불교문학과 공연예술

불교문학과 공연예술

초판 1쇄 인쇄   2016년 12월   7일
초판 1쇄 발행   2016년 12월 14일

지은이 사재동
펴낸이 지현구 **펴낸곳** 태학사 제406-2006-00008호
주소 경기도 파주시 광인사길 223
전화 031-955-7580 **전송** 031-955-0910

전자우편 thaehak4@chol.com **홈페이지** www.thaehaksa.com
페이스북 www.facebook.com/thaehak4 **트위터** www.twitter.com/thaehak4
인스타그램 www.instagram.com/thaehak4 **카카오톡 플러스친구** 태학사

값은 뒤표지에 있습니다.
ISBN 978-89-5966-780-2   93800

불교문학과
공연예술

사재동 지음

태학사

진실행·진실에게

지금 동양권 문화학은 실크로드의 불교문화를 중심으로 그 각국의 문화까지 총체적으로 연구하여 실크로드학이나 돈황학 등에 다대한 성과를 올리고 있다. 이에 한국학계에서는 중·일 학계와 함께 그러한 불교문화를 국제적 학제 간의 열린 방법론으로 연구하는 데에 동참하여 상당한 업적을 내고 있는 게 사실이다. 그리하여 이 방면의 광범위하고 정치한 연구가 바야흐로 본격적인 동양학·인문학과 문학·예술학의 새로운 지평을 열어가고 있는 터다.

일찍이 필자도 이러한 관점과 방법론으로 한국불교문화, 그 문학·예술을 나름대로 연구하여 왔다. 이와 같은 불교문학·예술이 그대로 한국문학·예술로 발전·전개되어 왔기 때문이다. 기실 한국문학과 예술은 그 시원적 형성·전개의 전통을 가지고 이러한 불교문학·예술의 세계와 유통·교류하면서 본격적으로 발달·전개된 사실이 확실하게 밝혀졌다. 따라서 필자도 이 한국문학·예술의 주류로서 불교문학·예술을 고구한 논저를 몇 권 낸 바가 있다.

나아가 최근 실크로드학이나 돈황학 등의 첨단적 추세에 따라, 그동안 불교계의 전유물로 취급·방치되어 온 보배로운 원전·자료들을 불교문학·예술로 확인하고 적극 연구·개발하여, 여러 편의 졸고를 기회 있는 대로 얽어내게 되었다. 그 한국문학·예술의 연구방법론을 재론하면서, 실크로드 문화와 한국 문학·예술의 관계, 불교계 역사서나 불경언해, 제반 불서와 의례집 등에 이르기까지 관심을 가졌기에, 그 논고가 범박할 수밖에 없었다. 그리하여 이를 좀 더 다듬고 체계적으로 정리하여 부족하나마 한 권의 책으로 묶어 내기에 이르렀다.

제1부에서는 '불교문학 총론'으로서, 먼저 불교문학·문학사의 연구 과제를 점검하고, 『한국불교전서』의 문학적 실상과 전개 양상을 고찰하며, 문학·예술 중심의 사찰문화로서 비래사 문물의 불교문화적 전개를 탐색하여 보았다. 제2

부에서는 '불교문학과 예술세계'로서, 실크로드의 불교미술과 문학을 검토한 다음, 실크로드의 불교문학과 연행양상을 탐색하고, 관음전승의 문학적 실상과 예술적 전개를 고찰하였으며, 나아가 「반야심경언해」의 문학적 실상과 연행양상을 거론하였다. 제3부에서는 '불교재의의 공연양상과 문학세계'로, 불교재의괘범의 연행 양상과 문학적 전개를 고구하고, 수륙재의궤의 공연 양상과 희곡적 전개를 검토하였으며, 「사리응험기」의 공연 양상과 희곡적 전개를 탐구하게 되었다.

이 책은 처음부터 저서로 계획된 것이 아니고 개별적 독립 논고를 분야별로 정리한 것이기에, 전체적 통일성이 부족하고 더러는 중복된 부분도 없지 않을 것이다. 그렇지만 대체적인 주제와 방향에는 큰 차질이 없으리라고 본다. 이로써 사계의 질정을 받는 한편, 한국의 불교문화, 문학·예술을 광범위한 공동영역으로 확대시키고, 개방적이고 첨단적인 방법론으로 적극 연구·개발하기를 기대할 따름이다.

돌아보건대, 사계의 학문정신과 방법론을 일깨워 주신 지헌영·김열규 두 은사의 학은과 사계 석학의 교시, 지금껏 건강과 지혜를 주신 부모님의 은혜에 감사하고, 진실행의 내조·격려와 은경이 이하 자녀들의 조력, 김진영 교수를 비롯한 제자들의 후원에 고마운 마음을 표하며, 나아가 어려운 가운데도 이런 저서를 선뜻 간행해 준 태학사 지현구 사장에게도 감사의 뜻을 전한다.

2016년 10월 9일

저자 사재동 근지

서문

제1부 불교문학 총론

제2부 불교문학과 예술세계

제3부 불교재의의 공연양상과 문학세계

『사리영응기』의 공연양상과 희곡적 전개

제1부

불교문학 총론

불교문학·문학사의 연구과제

『한국불교전서』의 문학적 실상과 전개

비래사 문물의 불교문화적 전개

불교문학·문학사의 연구과제

1. 서론

　잘 아려진 대로, 불교문학은 불교가 문학으로 표현된 것으로부터 문학이 불교를 주제·내용으로 수용한 것에 이르기까지 그 모두를 포괄하고 있다. 그러기에 불교는 문학으로 하여 찬연하고 문학은 불교로 하여 영원한 것이라 하겠다. 불교문학은 불교와 문학이 '不二'의 조화를 이룬 극치의 경지이기 때문이다. 따라서 불교문학은 불교적 측면에서나 문학적 측면에서 다 같이 최상의 가치를 확보하고 있는 불후의 업적 그 자체라 하겠다. 그러므로 불교문학은 불교학계에서나 국문학계에서 연구할 필요성이 절실해지는 터다. 양쪽이 모두 이 불교문학의 본격적이고 전문적인 탐구를 통하여, 그 학문적 목적을 족히 달성할 수 있기 때문이다. 특히 국문학계에서는 불교문학을 연구하는 것이 당면과제로 등장하고 있는 실정이다. 그것은 중국이나 일본의 경우와 같이, 불교문학이 한국문학 내지 문학사의 핵심·주류를 이루어 왔다는 데에서 연유된다고 하겠다.

　그동안 국문학계에서는 대체로 불교가 우리 문학에 끼친 영향을 주목하고 그 불교와 문학의 상관성을 검토하는 데에 머물렀던 게 사실이다.[1] 그것도 불교연구의 작은 일환이라는 점에서, 매우 소극적인 일면을 보여 왔던 터다. 그

---

1 박성의, 「불교사상과 국문학」, 『한국문학배경연구(상)』, 이우출판사, 1978.; 김기동, 「국문학상의 불교사상」, 『한국문학의 사상적 연구』, 태학사, 1981.; 김열규, 「민족문학과 불교문학」, 『불교문학』 창간호, 1988 등 참조.

러는 가운데서도, 불교시가에 대해서만은 상당한 업적이 나왔고, 불교 설화 내지 불교소설에 관해서도 전문적 논고가 있었다.[2] 이런 연구성과는 적어도 중국과[3] 일본의 그것에[4] 비하면, 그 수준과 방향을 달리한다고 보아진다. 그런 데도 최근에는 불교 소설에 대한 전문적 연구가 진행되면서, 불교 수필 내지 불교희곡에 관한 깊은 관심을 드러내고 있는 실정이다.[5] 이런 학문적 환위 속에서 불교문학사연구회가 출범하여 그 본격적인 연구를 선언하고, 몇 가지 입문서와 기존 논문을 묶어 연구총서로 내기에 이르렀다.[6]

이러한 업적과 분위기를 긍정적으로 수용하면서도, 불교문학의 총체적이고 체계적 연구를 위하여 그 현황을 점검하고 나아가 당면과제를 검토하지 않을 수가 없다. 그것은 불교문학 연구의 현재 시점에서, 합리적인 방안을 제시하고 참신한 방향을 모색하는 획기적인 전환점이 되겠기 때문이다. 그래서 다음과 같이 총체적 체계를 내세워 그 문제점을 거론해 보겠다.

1) 불교문학의 개념과 범위를 규명·설정하는 문제

2) 불교문학개론을 체계적으로 설계하는 문제

3) 불교문학 장르를 독립시켜 전문적으로 논의하는 문제

4) 불교문학통사를 계통적으로 기술하는 문제

5) 불교문학 장르사를 분화시켜 본격적으로 논구하는 문제

2 이상의 연구 업적은 박찬두의 『한국불교문학연구논저목록, 불교문학연구 입문(2권) 부록』, 동화출판사, 1991 참조. 이에 따르면 불교시가 관계논문이 140여 편이고, 불교설화·소설 관계논문이 280여 편으로 단연 우세하다.

3 鄭阿財·朱鳳玉, 『敦煌學硏究論著目錄』, 漢學硏究資料及服務中心, 1987 참조.

4 今成元昭 等編, 『佛敎文學硏究史と硏究文獻目錄』, 佛敎文學講座 9卷, 勉誠社, 1993 참조.

5 史在東, 『佛敎系 國文小說의 硏究』, 중앙문화사, 1994. ; 「佛敎戱曲硏究序說」, 『釋林論叢』 28집, 동국대학교 석림회, 1994 등 참조.

6 불교문학연구회편, 「불교문학이란 무엇인가」, 『불교문학연구입문』(2권), 동화출판사, 1991.

6) 불교문학 각개 작품을 다각도로 분석·고찰하는 문제

이러한 문제들이 신중하게 거론되고 본격적으로 고구된다면, 불교문학이 올바로 연구·개발됨으로써, 불교학계에나 국문학계에 커다란 성과를 안겨 주게 될 것이다.

2. 불교문학의 개념·범위

우리 학계에서는 아직 불교문학의 개념조차 확립되지 않은 실정이다. 그동안 불교문학은 불교와 문학의 관계 속에서 파악되기도 하였다. 그래서 이 양자의 관계가 밀접하여, 역대 불교가 그 문학에 많은 영향을 주었다고 간주되었던 게 사실이다. 그리하여 한국문학 속에는 불교사상이 상당히 투영되어 있다고 논의되어 왔다. 그러기에 불교와 시가, 불교와 설화, 불교와 소설의 관계를 주목하여, 그 작품 속에서 불교적 요소를 추출·고찰하는 데 주력하였던 터다. 이것은 그런대로 불교문학의 개념과 범위를 어림하는 데에 도움을 준 것은 사실이다.

그러나 거기에는 불교와 수필, 불교와 희곡, 불교와 평론 등이 논급된 바 없기로, 벌써 그 개념과 범위 설정에서 결함이 생긴다. 실제로는 불교와 관련되고 불교의 요소를 많이 지닌 수필·희곡·평론 등의 작품들이 얼마든지 실존하고 있는 것이다. 그러므로 한국문학의 5대 장르가 모두 불교와 관련되고 불교적 요소를 갖추었다는 전제 아래, 광의의 불교문학의 범주가 설정된다고 하겠다.[7]

---

7 金雲學, 『佛敎文學의 理論』, 一志社, 1990; 불교문학연구회, 『불교문학이란 무엇인가』 등 참조.

그런데도 아직은 불교문학의 본질적인 개념·범위는 규명·설정되지 않았다. 잘 알려진 대로 모든 경전은 일체가 문학이다. 인도에서는 불경을 범어문학으로 취급하고 중국에서는 한역불경을 번역문학으로 간주·고찰하며, 일본에서는 그러한 개념이 보편화되어 불교문학을 넓게 관망하고 있다. 그러나 우리 학계에서는 이런 불경 내지 불경언해까지도 문학으로 보지 않는 게 상례로 되어 있다. 그것은 불교의 경전이지 문학이 아니라는 편견 때문이라고 본다. 이제는 불경을 가장 고차원의 값진 문학작품이라고 간주해야만 된다. 아무리 고급스러운 현대문학론에 입각하여 분석·검토한다 하여도, 그것은 문학임에 틀림이 없기 때문이다. 그리고 불경을 연원으로 하여 각개 국가에서 찬성한 불서도 훌륭한 문학이다. 저 『월인천강지곡』이 문학이듯이, 『석보상절』[8]·『월인석보』[9]·『석가여래십지수행기』·『권념요록』 등이나 『석가여래행적송』[10]·『선문염송설화회본』, 그리고 역대 고승전이나[11] 고승의 문집, 『삼국유사』 등이 문학 아님이 없다는 것이다.[12] 이런 류의 중국 불서와 일본 불서도 다 그 나라에서는 한결같이 문학으로 취급되고 있는 실정이다. 이러한 불서는 불경보다도 더욱 자국화되고 보다 절실해진 불교문학이라고 간주되어야 마땅할 터다. 나아가 불교가 각국에 토착화되어 그로부터 형성·전개된 불교가요·불교설화 등이 비록 구비적 민간문학이지만, 진솔한 불교문학임에 틀림이 없다. 그런데도 이것을 액면 그대로 불교문학으로 취급하지 않으려는 경향이 아직도 남아있는 실정이다. 이것은 설화와 가요를 문학으로 간주하는 것과 똑같이 당연한 일이라 하겠다.

8 印權煥, 「석보상절의 문학적 고찰」, 『민족문화연구』 9집, 고려대학교 민족문화연구소, 1975.

9 사재동, 「월인석보의 문학적 연구」, 『인문과학논문집』 XII-6, 충남대학교 인문과학연구소, 1975.

10 李鍾燦, 「서사시 석가여래행적송 고찰」, 『한국의 선시』, 이우출판사, 1985.

11 金承鎬, 『韓國僧傳文學의 硏究』, 민족사, 1992.

12 金烈圭, 『三國遺事와 韓國文學』, 學硏社, 1983.

그렇다면 불교문학은 넓게는 불교와 관련되고 불교를 담은 문학을 포함하며, 좁게는 불경문학과 불서문학 불교구비 등을 포괄하는 것이라 하겠다. 그래서 불교문학은 광의나 협의를 막론하고 언어·문자에 구애되지 않는다. 따라서 그것은 한문·향찰·국문 등으로 기록된 불교문헌은 물론 구어로 표현된 구비전승에까지 영역을 넓히게 되겠다.

3. 불교문학개론의 구도

이 불교문학개론은 불교문학 연구의 출발이며 결론이다. 실제로 개론을 통하여 그 연구가 시작되고 나아가 그 연구성과가 체계화되어 보다 나은 개론으로 정립되기 때문이다. 우리 학계에서는 아직 이렇다 할 불교문학개론이 찬술되지 않은 실정이고, 지금 구상 중에 있는 것 같다. 그래서 우리는 불교문학개론의 구도를 제시할 수가 있겠다.

우선 총론이 전제된다. 전술한 바 불교문학의 개념과 범위를 구체적으로 제시한다. 그리고 불교문학 장르체계를 국문학의 그것과 대비시켜 설정한다. 이른바 상위장르는 국문학이나 세계문학에 공통되는 것이므로 시가·수필·소설·희곡·평론 등으로 나눈다. 그리고 그 상위장르에 소속되는 하위장르는 그 나라의 고유성·토착성·민족성 등이 반영되는 것이므로 국문학의 그것과 상통한다고 본다. 나아가 중국·일본의 그것과도 조응시켜 우리 불교문학의 하위장르를 구체적으로 분류·정리하는 것이다. 이어 그 하위장르에 해당되는 실제적 작품을 거명·논의할 방법론을 정립시켜 놓는다. 그래서 불교문학의 장르체계를 통한 그 실체를 개관할 예비적 단계를 마련한 것이다.

그리고 이 상위장르에 대한 각론이 필요하다. 시가론·수필론·소설론·희곡론·평론이론 등이 그것이다.[13] 그동안 이러한 각론이 구체적으로 진행되지 않은 게 사실이다. 적어도 불교문학 5대 장르에 대한 개념과 영역을 합리적으로 규명·설정하고, 각개 장르의 실상이나 하위장르에 관한 분류·논의가 선행되어야 한다. 그 장르들의 전체적 구조와 유형, 그리고 구체적 형태와 구성, 표현 문체 등을 분석·고찰한다. 나아가 그 장르들의 주제와 내용, 배경사상 등을 각기 총괄함으로써, 그것들이 다른 문학장르와 대비된 변별성과 특성을 부각시킨다.

다음에 각개 장르의 하위장르를 설정한다. 실제로 불교시가에는 민요·향가(사뇌)·단가(시조)·사설·별곡·가사·잡가·한시·근대시·현대시 등이, 불교수필에는 교령·주의·논설·서발·전장·비지·애제·서간·일기·기행·담화·잡기·근대수필·현대수필 등이, 불교소설에는 설화소설·기전소설·전기소설·강창소설·국문소설·신소설·현대소설 등이, 불교희곡에는 가창극본·가무극본·강창극본·대화극본·잡합극본 등이, 불교평론에는 문장론·시가비평·수필비평·소설비평·희곡비평·평론이론 등이 설정될 수 있다. 그리고 이러한 하위장르에 각기 해당되는 실제적 작품들을 선택·거론한다. 그 작품들의 원전·서지, 작자·연대, 형식·내용, 표현·문체, 주제·사상, 가치 평가 등을 간요하게 설명한다. 그리하여 불교문학개론의 구도는 총론에 이어 상위장르론과 하위장르론, 그리고 해당 작품들의 개설 등으로 정연하게 체계화될 것이다.

13 李相寶 외, 『國文學槪論』, 정화출판사, 1985 참조.

4. 불교문학 장르 연구

　이제 불교문학개론을 바탕으로 한층 전문화된 장르별 연구가 필요하다. 불교시가 연구, 불교수필 연구, 불교소설 연구, 불교희곡 연구, 불교평론 연구가 바로 그것이다.[14] 그동안 이러한 연구가 시가와 소설분야를 제외하고는 제대로 이루어지지 않은 게 사실이다. 먼저 그것은 전술한 개론의 체계를 확대·심화시킨 연구라 하겠다. 그래서 각개 상위장르에 대한 총설적 논의와 그 실상에 관한 특징적 개관을 전제로 한다. 그리고 그 하위장르에 대해서 개괄적으로 논의한 다음, 그 문학적 실상을 상론한다. 그리고 그에 해당하는 전형적 작품을 선별해서 작품론에 준하는 분석·고찰을 가하는 것이다.

　나아가 각개 상위장르 연구에 근거하여, 각기 하위장르 연구가 가능해진다. 불교시가 분야에서, 불교민요 연구, 불교향가 연구,[15] 불교단가 연구, 불교사설 연구, 불교별곡 연구, 불교가사 연구,[16] 불교잡가 연구, 불교한시 연구,[17] 근대불교시 연구, 현대불교시 연구 등이 전개될 수 있다. 불교수필의 분야에서 불교교령 연구, 불교주의 연구, 불교논설 연구, 불교서발 연구,[18] 불교전장 연구, 불교비지 연구, 불교애제 연구, 불교서간 연구, 불교일기 연구, 불교기행 연구,[19]

---

14 각주 2와 같이 불교시가와 불교설화·소설에 대해서는 연구성과가 많으나, 불교수필·불교희곡·불교평론에 대해서는 별다른 연구업적이 나오지 않고 있다.

15 향가의 불교문학적 고찰이 불교시가 연구의 주류를 이루고 있다. 박찬두, 전게 목록(pp.316-317)에 의하면 그 논문이 40편을 헤아린다.

16 金周坤, 『韓國佛敎歌辭硏究』, 대구대학교 대학원, 1991.

17 李鍾燦, 『韓國의 禪詩』, 이우출판사, 1985.; 印權煥, 『高麗時代 佛敎詩의 硏究』, 고려대학교 민족문화연구소, 1983.

18 史在東, 「국문수필의 형성문제」, 『수필문학연구』, 정음문화사, 1991.

19 張德順, 「최초의 異國紀行—慧超의 往五天竺國傳」, 『韓國隨筆文學史』, 새문사, 1985.

불교담화 연구, 불교잡문 연구, 근대불교수필 연구, 현대불교수필 연구 등이 전개될 수 있다. 불교소설의 분야에서 불교설화소설 연구,[20] 불교기전소설 연구, 불교전기소설 연구, 불교강창소설 연구[21], 불교국문소설 연구[22], 근대불교소설 연구, 현대불교소설 연구 등이 전개될 수 있다. 불교희곡의 분야에서 불교가창극본 연구, 불교가무극본 연구, 불교강창극본 연구, 불교대화극본 연구[23] 등이 그리고 불교평론의 분야에서, 불교문학론 연구, 불교시가비평 연구, 불교수필비평 연구, 불교소설비평 연구, 불교희곡비평 연구 등이 진행될 수 있다. 또한 문학사상의 분야에서,[24] 상위장르별 문학사상 연구와 하위장르별 문학사상 연구, 그 문학사상의 비교 연구 등이 전개될 수도 있겠다.

한편 상위장르나 하위장르를 단위로 하여 문학작품의 여러 측면을 상론할 수가 있다. 실제로 각개 상위장르의 원전·서지 연구, 작자·동기 연구, 구조·형태 연구, 소재·내용 연구, 주제·사상연구, 문체·표현 연구, 가치·비교 연구 등이 가능하다. 그리고 각개 하위장르에서 위와 같은 분야의 연구가 세분·심화될 수가 있겠다. 가령 하위장르 단위라면 그것의 어떤 측면이라도 연구할 수 있다는 것이다. 따라서 상위장르나 하위장르 등의 상호관계, 국문학 일반장르와의 대비 연구, 타국 불교문학과의 비교연구 등도 얼마든지 해낼 수 있겠다.

---

20 黃浿江,『新羅佛敎說話硏究』, 一志社, 1975. ; 黃仁德,『佛典系 韓國民譚硏究』, 충남대학교 대학원, 1988.

21 景一男,『高麗朝講唱文學硏究』, 충남대학교 대학원, 1989.

22 史在東,『佛敎系 國文小說硏究』, 충남대학교 대학원, 1976 참조.

23 史在東,『佛敎戲曲硏究序說』참조.

24 조동일,『한국문학사상시론』, 지식산업사, 1989에서 元曉와 慧諶의 문학사상을 논급하였다.

5. 불교문학통사의 구상

이 불교문학통사는 불교문학의 유기적이고 계통적인 전개과정을 체계화하는 일이다. 그동안 이러한 불교문학통사가 본격적으로 시도되지 않은 것이 사실이다. 우선 총론에서 불교문학사의 개념과 범위를 논의·설정하고, 장르사의 체계와 하위장르의 전개를 개관하며, 그 시대구분을 검토·결정하고 기술 방법론을 제시한다. 그 시대구분은 불교문학을 핵심·주축으로 하고 국문학사 일반의 그것과 조응하여 이루어져야 할 것이다.

이에 그 시대별 불교문학의 전개양상을 고찰하게 된다. 실제로 상고시대(삼국 중심), 중고시대(통일신라 중심), 근고시대(고려 중심), 근세시대(조선 중심), 근대·현대(개화기·광복이후) 등의 불교문학을 역사적으로 계통화하는 게 바로 그것이다.[25] 위 각개 시대마다 먼저 시대배경을 정치·사회, 언어·문화, 교육·제도, 전적·유통, 신앙·사상, 미술·음악, 무용··연극 등에 기준하여 개괄한다. 그리고 일단 그 시대의 상위장르를 단위로 큰 표목을 내어 걸어, 시가의 형성·전개, 수필의 발전·난숙, 소설의 변모·성행, 희곡의 융성·흥행, 평론의 위축·쇠퇴 등으로 표시·서술한다. 나아가 구체적으로 하위장르의 전개과정이 논의되고 실제적 작품이 거론된다. 말하자면 각 시대의 장르사처럼 연구·기술하되, 현전 작품만을 근거로 하지 말고, 이름만이라도 전하는 작품들, 그 편린·잔영만이라도 짐작되는 작품들을 복원·재구하는 차원에서 잃어버린 불교문학사를 찾아야 한다. 그래서 전체적으로 조감할 때, 시종 완벽했던 불교문학사를 시대별·장르별로 체계화하되, 장르 간의 유기적 관계와 계통적 선후가 조화와 통일을 이루어, 불교문학통사의 체재가 구비되어야 한다.

---

25 조윤제, 『한국문학사』, 탐구당, 1984 참조.

6. 불교문학 장르사 연구

이 불교문학의 장르사 연구는 불교문학통사의 체계를 장르 중심으로 확대·심화시킨 것이다. 그동안 이러한 문학장르사는 시가사와 소설사의 일부 말고는 거의 논의·기술되지 않은 실정이다. 우선 총론에서 위 통사와 같이, 개념과 영역을 전제하고 하위장르사의 체계와 실제적 작품들의 위상, 그리고 시대 구분과 기술방법 등을 거론한다. 여기서 시대구분은 위 통사의 것을 그대로 따르되, 각 시대에 따라 그 장르의 전개양상이 독특할 때에는, 그 점을 감안·강조할 수는 있겠다.

이에 그 장르사의 시대별 전개과정을 검토·기술하게 된다. 시가사의 상고시대로부터 중고시대·근고시대·근세시대·근대·현대까지를 논의·기술한다. 그래서 한 시대의 시대배경을 제시하고 하위장르별 전개양상을 유기적·계통적으로 논의하고 실제적 작품을 선택·편입시켜 그 문학적 실상과 장르사상의 위치를 정립시킨다. 이런 시가사의 모형을 준거로 하여 수필사·소설사·희곡사·평론사 등이 체계적으로 기술될 수가 있겠다.

이제 이 장르사는 위 통사의 확대·심화라는 틀을 벗어나 자유롭게 연구·논의될 수 있다. 우선 하위장르사가 성립될 수 있다. 불교시가사의 분야에서 불교민요사·불교향가사·불교단가사·불교사설사·불교별곡사·불교가사사·불교잡가사·근대·현대불교시사 등이 가능하다. 이와 같은 모형으로, 불교수필사나 불교소설사·불교희곡사·불교평론사·문학사상사 등의 제분야에서도 각기 그 하위장르사가 성립되는 것이다.

여기에도 시대적 개념을 강조·대입시켜 이 상위장르사나 하위장르사를 나누어 볼 수가 있겠다. 불교시가사에서, 상고시대의 시가사, 중고시대의 시가사, 근고시대의 시가사 근세시대의 시가사, 근대·현대의 시가사 등이 그것이다. 나아가 단대사의 개념을 강화하여 세분한다면, 구체적인 불교시가사가 산

출된다. 가령 몇 세기의 불교시가사, 그리고 어느 왕조·모모왕대의 시가사 등
이 가능해진다. 그렇다면 이런 불교시가사를 모형으로 수필사와 소설사, 희
곡사와 평론사 내지 사상사 등도 그만큼 세부적 전개사가 성립될 수 있겠다.

나아가 이런 시대적 방법을 하위장르에 적용시키면 더욱 상세한 장르사가
양산될 것이다. 가령 상고시대의 불교민요사·불교향가사·불교한시사, 중고
시대와 근고시대의 불교민요사·불교향가사·불교단가사·불교사설사·불교별
곡사·불교가사사, 그리고 근세시대의 하위 장르사, 근대·현대의 하위장르사
가 가능해진다. 더구나 단대사적 기준을 시가의 하위장르에 적용한다면, 몇
세기의 하위장르사 그리고 어느 왕조·모모왕대의 하위장르사가 산출되는 것
이다. 그렇다면 시가사의 모형을 기준하여 수필사·소설사·희곡사·평론사 등
의 자세한 시대별 하위장르사가 성립되는 터다.

7. 불교문학 작품 각론

이 불교문학 각 장르의 각개 작품을 개별적으로 연구하는 일이 중요하다.
기실 불교문학의 본격적인 연구는 어느 방향 어떤 방법으로든지 이런 작업·
업적에 바탕을 둔다. 고금을 통하여 불교계, 사찰이나 일반 문사의 서재, 민
간의 다락 등에 전승되어 온 불교문헌 그리고 상하 민중에 유통되던 불교구
비 등에서 광의나 협의의 불교문학을 발굴·정리하고 연구·고찰해 내야 한다
는 것은 당연한 일이다.

우선 현전하는 불교문학 작품을 수집·정리하고 불교문학을 반영한 미술·음
악·무용·연극 등에서 작품을 재구해 내는 것이 급선무다. 그리고 방증기록만
있고 원전이 실전된 작품도 여러 방법으로 복원해 낼 수가 있다. 그동안 불교
의 전유물로 취급되어 문학적 접근이 금기시되던 그런 작품도 과감히 끌어내

어 문학적으로 연구 검토해야 될 것이다. 그것은 작품의 개별적 검토를 요구하고 작가들의 개별적 고찰을 요청한다.

먼저 종합적 작품집을 검토·고구해야 된다. 전술한 바 불경들은 대승경전을 중심으로 한역이든 국역이든 다 불교문학 작품으로 간주하여 검토할 수 있다. 한역 대장경의 본연부를 중심으로『육도집경』,『불소행찬』,『보은경』,『비화경』,『보요경』,『불본행경』,『현우경』,『잡보장경』등 서사적 불경, 게송과 산문이 혼효된 강창체 불경[26]이 연구 대상이다. 그리고 국역되어 현전하는『법화경언해』,『능엄경언해』,『원각경언해』,『지장경언해』,『아미타경언해』,『금강경언해』,『법보단경언해』,『반야심경언해』등이 번역문학의 차원에서 국문 불교문학으로 연구될 수 있다. 중국의 불서와 관련된 한국의 불서는 물론, 자체 찬술한 국한문 불서는 모두가 불교문학으로 취급·고찰되어야 한다. 전게한『삼국유사』를 비롯하여 역대 고승전,『해동고승전』, 원효·원측·의상·경흥·둔윤·태현·균여·의천·지눌·각운·운묵 등 고승들의 저술, 명찰·고승관계의 사지와 비문, 그리고『석가여래십지수행기』·『석가여래행적송』·『선문염송설화회본』등 한문불서와[27]「안락국태자경」·「목련경」·「선우태자경」·「균여전」같은 위경 변문과 사찰재의 각종 궤범[28] 등이 모두 불교문학으로 간주·고구될 것이다. 나아가『월인천강지곡』·『석보상절』·『월인석보』·『권념요록』그리고『팔상명행록』류의[29] 국문불서는 값진 불교문학이라 하겠다.

그리고『東文選』에 실린 불교한시를 비롯한 역대 불교한시의 각 작품들,

26 『新修大藏經』第3·4卷「本緣部」(上·下), 寶蓮閣(인행) 참조.

27 高翊晉 主編,『韓國佛教全書』全10冊, 東國大學校出版部, 1979~1989.; 韓國學文獻研究所,『韓國寺刹志叢書』全12輯, 아세아문화사, 1984.; 許興植 編,『韓國全石全文』全3冊, 아세아문화사, 1984.; 權相老,『退耕堂全書』全10卷, 동전서간행회, 1990.

28 朴世敏 編,『韓國佛教儀禮資料叢書』全4輯, 보경문화사, 1993.

29 史在東,「寺刹傳來國文佛書의 文學的 研究」,『語文研究』제27집, 語文研究會, 1995.

「제망매가」·「원왕생가」·「우적가」·「도천수관음가」류와「보현십원가」등 불교향가의 각 작품들, 그 많은 단가·사설·가사·잡가 중의 불교시가 각 작품들이 있고, 국·한문 불교수필 각 작품들, 『금오신화』를 비롯한 한문불교소설과「왕랑반혼전」·「안락국전」·「목련전」·「구운몽」·「사씨남정기」·「심청전」·「옹고집전」등 국문소설 각 작품들, 나아가「수륙재」·「예수재」·「영산재」등 불교재의극의 각종 극본 등이[30] 모두 불교문학으로서 개별적으로 연구되어야 한다.

이와 같은 불교문학 작품들은 각기 기초적인 원전 연구로부터 비본질적 배경 연구를 거쳐야 한다. 그리고 작품의 본질적 고찰로 들어가, 그 구조·형태, 소재·내용, 주제·사상, 문체 표현 등을 분석·논의하여, 그 가치를 평가하고 그 장르를 규정 소속시켜야 한다. 그리고 그 문학사·장르사상의 위상을 정립시켜야 한다는 것이다.

8. 결론

이상 불교문학 연구의 전체적 영역과 모형을 세워, 거기에 따라 그 연구의 현황과 과제를 개괄하여 보았다.

1) 불교문학의 개념과 범위를 논의·설정하되, 종래의 윤곽을 벗어나 거시적이고 합리적인 논의·규정을 하였다. 그것은 불교 측에서나 문학 쪽에서 각기 달리 볼 수 있지만, 불교와 문학의 조화로운 합일이라는 면에서 원만하고 합리적인 합의점을 찾을 수 있었던 것이다.

2) 불교문학개론을 합리적으로 체계화하기 위하여, 총론에 이어 시가·수

---

30 史在東, 「寺刹齋儀의 文學的 硏究」, 『人文科學論文集』 XXIII-1, 충남대학교 인문과학연구소, 1995.

필·소설·희곡·평론 등의 상위장르론과 그에 소속되는 하위장르론을 유기적으로 논의·검토할 필요가 있었다. 그것은 다시 상위 장르별로 전문적이고 본격적 연구와 구체적인 작품을 통한 하위장르의 구체적 논고로 전개될 수가 있다. 상하 장르의 개념만 기준을 정한다면 그 장르적 연구는 세분된 영역까지 제대로 고찰할 수가 있다.

3) 불교문학통사를 계통적으로 체계화하기 위하여, 총론에서 문학사의 구성을 전제하고, 시대별 장르사를 구상·고구해 갈 수가 있었다. 나아가 불교문학 장르에 역점을 두고 각개 장르사를 시대별로 통관·기술할 수도 있었다. 상위장르나 하위장르를 통하여 장르사라는 기준만 지킨다면 세분된 장르사가 가능하기 때문이다.

4) 불교문학의 각 장르 각개 작품을 발굴·정리하여 개별적으로 고구할 필요가 있었다. 그동안 방치되고 산일된 작품들을 적극 재구·평가하여, 그 문학적 실상과 문학사적 위상을 정립해 주는 일이 긴요하다. 그 작품들의 원전 서지 등 기초적 연구와 비본질적 고찰, 그리고 구조·형태, 소재·내용, 주제·사상, 문체·표현 등을 분석하여 문학적 가치를 규명하고 그 장르를 규정·배속시키는 일, 나아가 그 작품들이 자리한 장르사나 문학사상의 위상을 파악하는 일들은 우선적인 과업이다. 이러한 연구성과 그 자체로도 값진 것이지만, 그것이 다시 합리적으로 체계화됨으로써 불교문학개론, 불교문학 장르 연구를 이룩하고, 나아가 불교문학통사, 불교문학 장르사 연구를 가능케 하기 때문이다. ●

『한국불교전서』의 문학적 실상과 전개

1. 서론

　『한국불교전서』(이하 전서)는 역대 승려들이나 문사들의 불교저술을 현전하는 원전대로 집대성한 보전이다. 이 전서는 당대의 저명한 고승·학승, 그리고 고명한 문사들이 불타·경전·승가에 걸쳐 그 철학·사상·신행 등에 관한 최고·지선의 저술을 이룩하여, 한국불교의 실상과 전통의 전체를 체계화하고 있기 때문이다. 적어도 이 전서에서는 당대의 모든 종파·전공에 따라 최고의 전문가들이 불타의 행적이나 불경의 내용, 승려들의 수행, 신도들의 신행, 그 불교활동 등에 관한 제반문제를 전형적 저술체제로 작품화하고 있다는 점이다. 실제로 이 저술들은 그 불교적 주제·내용을 가장 효율적으로 기술·표현하기 위하여 당시에 통용되던 문학적 방법을 그대로 활용할 수밖에 없었던 터다. 그것만이 최고·지선의 저술을 위한 유일무이의 방편이었기 때문이다. 따라서 이 저술들은 모두 주제·내용에서는 불교이지만, 그 표현·문장에서는 문학이라는 게 당연한 귀결이었다. 다만 그 표현적 명색이 불교저술이요 불교전서일 따름이다.

　그러기에 이 전서는 한국불교를 표방한 불교문학 고금전집이라고 보아지는 터다. 기실 종서고금의 학계에서는 불경이나 각국 불서, 승려의 저작, 불교적 주제·내용의 모든 저술을 불교문학으로 간주·평가하고 있다. 그리하여 그 불교계 저술들이 문학적 방법과 수준에 따라 그 가치가 평가·결정되고 있는 실정이다. 따라서 역대 한국불교계에서 형성·생산된 수많은 저술들이 평가·유통의 험난한 과정을 겪으면서 생존하여 창해유주로 집성된 이 전서야 말로 한국불교문학사를 이끌어 온 보배로운 작품전집이라고 보아야 마땅하다. 이러한 관점에서 이 전서의 문학적 실상과 그 전개양상을 고구하는 작업은 상당한 의미가 있다고 본다. 이 전서가 모두 불교문학이라면, 이 불교문학은 바로 한국문학이기 때문이다. 그리고 한국 문학계가 국문문학을 넘어서 한문학 전체를 포함시키면서도 그 작품·원전의 한계를 절감하는 현실에서, 이런 불교문학의 계발·수용은 작지 않은 의미가 있는 터다.

그동안 학계에서는 이 전서를 표제 그대로 불교학이나 불교사의 연구에서 활용하였을 뿐, 그 전체를 문학적으로 검토·고찰한 논저는 아직 발전되지 않은 것 같다. 다만 이 전서의 일부 원전을 문학적으로 검토하고[1] 그것도 불교시가에 집중하여 고찰하거나[2] 불경논소의 일면을 거론하며[3] 영험설화의 일부를 취급하여[4] 온 것만은 사실이다. 이에 힘입어 이제는 이 전서의 전체를 문학적으로 논구할 필요가 절실한 터다.

이에 본고에서는 이 전서의 문학적 실상과 전개양상을 고구하겠다. 첫째 이 전서의 찬성경위와 유통양상을 원전론·유통론에 따라 검토하겠고, 둘째 이 전서의 문학적 유형을 불교학·유형론에 의하여 점검하겠으며, 셋째 이 전서의 문학적 실상과 장르적 전개를 문학론·장르론 내지 연행론에 준하여 고찰하겠고, 넷째 이 전서의 문학사·예술사 내지 문화사상의 위상을 파악해 보려 한다.

여기서는 그 원전으로 동국대학교 한국불교전서편찬위원회의 『한국불교전서』 전 10책을 활용하겠다. 이 전서는 국내외에 산재한 현전 한국불서의 필사

---

1 김동욱, 『삼국유사와 문예적 가치해명』, 새문사, 1982; 김열규, 『삼국유사와 한국문학』, 학연사, 1983.

2 이종찬, 『한국의 선시』, 이우출판사, 1985.; 인권환, 『고려대 불교시의 연구』, 고려대학교 민족문화연구소, 1983.

3 사재동, 「원효논소의 문학적 전개」, 『한국문학유통사의 연구』 I, 중앙인문사, 2006.

4 사재동, 「법화영험전의 문학적 고찰」, 『불교문화학의 새로운 과제』, 중앙인문사, 2010.

본·목판본 등을 주석·교정하고, 시대별·작자별·작품별로 체계화하여 현대활판에 올린 것이다.[5] 그리고 이 전서의 해제격인 『韓國佛敎撰述文獻總錄』을 참고할 것이다.[6]

2. 『한국불교전서』의 찬성경위와 유통양상

1) 찬성의 주체

적어도 삼국시대 불교가 전래·발전하면서 그 불교 전반에 대한 불교계의 저술이 찬성되어 온 것은 당연한 추세였다. 실제로 고승·학승 등이나 신불 문사들이 상구보리하고 하화중생하기 위하여 그 전문분야의 다양한 언설과 저술을 펴내는 것은 사명이요 책무였기 때문이다. 그러기에 역대 고승·학승이나 문사들은 그 전공에 따라 선사·법사·강사·논사 등의 전문적 위치에서 불타·불경·승가·신앙 등 모든 불교활동에 관하여 최선의 저서를 찬성해 왔던 것이다. 따라서 그들의 저술은 불전계를 비롯하여 논소계·승전계·재의계·문집계 기타 잡저계 등으로 전개되어 불교저술사를 이룩하게 되었다.

그러기에 삼국시대 불교계에서부터 그 저술이 나오기 시작하였다. 일찍이 고구려 불교계에 고승·학승들이 많았기로 그런 저술이 적지 않았을 것이나, 현전하는 것은 양나라에 유학한 僧郞의 『三論學關係散說』과 『大涅槃經集解』 정도가 이름만 전할 뿐이다. 그리고 백제의 불교계에서는 많은 고승·학승들이 활동하여 상당한 저술을 남겼을 터이지만, 성왕대의 명승 曇旭과 惠仁은 謙益이 범본 율장을 가져다 전역할 때 그 『律疏』를 찬성하고, 이에 성왕이 그 서문을

---

5 정재각, 『한국불교전서』전 10책(보유편제외), 동국대학교 출판부, 1979~1989. 총 270건을 선택·활용한다.

6 홍정식, 『韓國佛敎撰述文獻總錄』, 동국대학교 출판부, 1976.

지었다는 것이다. 그리고 의자왕 말경에 일본으로 가서 크게 활동한 道藏이『成實論疏』를 지었고, 연대미상의 백제 승 義榮이『藥師本願經疏』와『瑜伽論義林』을 찬술했다는 기록이 전할 뿐이다.

한편 신라에서는 통일 전후에 걸쳐 불교의 성세와 함께 많은 고승·학승 내지 문사들이 다양한 저술을 남겨 그 주류를 이루었으니, 현전하는 것도 상당한 터다. 진평왕대의 명승 圓光은 당나라에 유학하고 돌아와 대승경전을 두루 강설하였거니와, 저술로서 남긴 것은『如來藏經私記』와『大方等如來藏經疏』가 알려졌을 뿐이다. 그리고 선덕왕대의 고승 慈藏은 당나라에 유학하여 대성하고 돌아와 대승론을 널리 강설하는 한편,『阿彌陀經疏』·『四分律羯磨私記』·『觀行法』등 5종의 저술을 내었다. 이어 신문왕대의 명승 圓測은 일찍이 입당·수학하여 역경에 동참하고 제반 논소에 통달하여 많은 저술을 남겼으니,『般若波羅密多心經贊』·『仁王般若經疏』·『解深密經疏』등 모두 19종을 헤아리게 되었다. 그리고 신라의 고승 神昉은 일찍이 당나라에 유학하여 교학·논소에 능통하고 현장의 역경·논석에 동참하면서,『十輪經疏』·『成唯識論要集』·『顯唯識論集記』등 9종의 저술을 내었다. 또한 문무왕대의 명승 元曉는 국내에서 출가·대성하여 불법·제경에 통달하고 수많은 저술을 남겼으니,『大慧度經宗要』·『金剛三昧論』·『華嚴經疏』등 86종의 방대한 질량에 이르렀다. 한편 문무왕대의 명승 義湘은 일찍이 입당·구법하여 화엄학에 대가를 이루고, 귀국하여 제경을 광설하면서 많은 저술을 남겼지만,『一乘法界圖』·『華嚴十門看法觀』·『阿彌陀經義記』등 6종만이 알려지고 있다. 이어 문무왕대의 고승 憬興은 출가 수행하여 삼장에 통달하고 크게 떨쳤으니 원효 다음으로 많은 저술을 남겼거니와,『法華經疏』·『涅槃經疏』·『無量壽經連義述文贊』등 40종 정도가 알려지고 있다. 또한 신라의 고승 智仁은 일찍이 입당·구법하여 현장의 문하에서 역경에 진력하면서,『十一面經疏』·『佛地論疏』·『顯揚論疏』등 5종의 저술을 남겼다. 이어 신라의 명승 勝莊은 입당·수학하여 원측의 문하로 많은 역경에서 증의를 맡아 헌신하면서 여러 저술을 남겼으니, 『金光明最勝王經疏』·『梵網經菩薩戒本述記』·『成唯識論決』 등 7종이 유전되었다. 한편 신라의 명승 玄一은 대승·교학에 능통하여 교계를 주도하면서 상당한 저술을 내었으니, 『法華經疏』·『無量壽經記』·『觀無量壽經疏』 등 10종이 행세하였다. 그리고 신라의 학승 道證은 일찍이 입당하여 원측의 제자로서 불법에 통달하고 적지 않은 저술을 남겼으니, 『金剛般若經疏』·『西方極樂要贊』·『因明入正理論疏』 등 13종이 알려지고 있다. 이어 신라의 대덕 義寂은 의상의 제자로서 대승불경에 능통하여 대단한 저술을 내었으니, 『大般若經綱要』·『法華經論述記』·『涅槃經疏』 등 25종이나 알려져 있다. 그리고 신라의 학승 道倫은 대승경전에 통달하여 상당한 저술을 남겼으니, 『大般若經疏』·『法華經疏』·『瑜伽論記』 등 18종 정도가 알려져 있다. 한편 신라 고승으로 일찍이 입당 수학하고 인도에 구법한 慧超는 대승·불법에 능통하여 많은 저술을 남겼겠지만, 『往五天竺國傳』·『賀玉女潭祈雨表』와 1편의 經序만이 전래될 뿐이다. 또한 경덕왕대의 대덕 太賢은 대승을 성취하여 유가·유식·인명에 통달하고 후진을 일깨우면서 많은 저술을 내어 원효·경흥과 함께 삼대저술가로 유명하였으니, 『華嚴經古迹記』·『法華經古迹記』·『無量壽經古迹記』 등 52종이나 알려져 왔다. 이어 신라의 고승 緣起는 입당·구법하여 대성하고, 화엄원돈의 대지를 해동에 유포시키면서 상당한 저술을 남겼으니, 『華嚴經要決』·『華嚴經開宗決疑』·『大乘起信論珠網』 등 5종이 유통되었다. 그리고 신라말기의 대학자 崔致遠은 불학에도 조예가 깊어 『法藏和尙傳』·『毘盧遮那佛幷二菩薩像贊』·『釋迦如來像贊』 등 18종의 명문을 남기고 있다.

이밖에도 신라의 고승·학승으로 法位(1종)·靈因(3종)·行達(2종)·順璟(4종)·悟眞(3종)·智通(2종)·道信(1종)·表員(2종)·明晶(1종)·不可思議(1종)·大衍(4종)·見登(3종)·月忠(1종)·珍嵩(2종)·義融(1종)·淨達(1종)·可歸(2종)·順之(2종)·端月(1종)·大悲(1종)·法融(1종) 등이 당대의 불교계를

이끌며 모두 몇 종씩의 저술을 줄지어 내고 있는 터다. 이런 고승들은 실제로 적지 않은 저술을 냈을 것이로되, 거의 실전되어 빙산의 일각으로 남은 것이라 보아진다.

이어 고려시대에도 불교왕국의 대세를 계승하여 대승 선교의 고승·학승들이 그 강설·교화와 함께 많은 저술을 내어 온 게 사실이다. 그런데도 고려대의 그 승려·문사들은 신라대의 그 다양·방대한 저술을 주로 수용·활용하였기에, 그 에 비견될 만한 새로운 저술을 획기적으로 내놓을 수가 없었고, 또한 그럴 필 요도 없었던 터다. 그러기에 신라시대와 같은 저술의 대가가 나오기 어려웠고, 상대적으로 그 시대 저술계에 상응하여 최선을 다한 업적을 기대하는 게 당연 한 일이다.

우선 고려 초의 명승 均如는 신라 불교학계를 계승하여 화엄학을 대성하고 많 은 저술을 남겼으니, 『釋華嚴教分記圓通鈔』·『釋華嚴旨歸章圓通鈔』·『華 嚴三寶章圓通記』 등 11종 정도가 알려졌을 뿐이다. 특히 이 저술은 원래 그 의 강론을 당시의 향찰 산문으로 기술한 것인데, 간행할 당시에 편의상 한역하 였다고 전한다. 기실 이 균여는 이러한 저술을 통하여 향가 〈보현십원가〉 11수 를 제작하였으니, 그것이 신라시대 고승들이 그 저술 과정에서 향찰산문·시가 를 지어냈으리라는 전거가 되는 터라 하겠다. 이어 고려초기의 고승 義通은 중 국에 유학·성취하여 천태종의 16조를 지내면서 상당한 저술을 내었으니, 『觀 經疏記』·『光明玄贊釋』·『光明句備急鈔』 등이 알려지고 있다. 그리고 문종 대의 진사 赫連挺은 당대의 문사로서 균여를 따라 배우다가 마침내 『大華嚴 首座圓通兩重大師均如傳幷序』를 지어 대사의 향가와 함께 유명하였다. 한 편 문종대의 명승 義天은 넷째 왕자로 출가·대성하여 속장경을 간행하고 천태 종을 개창하며 교학 융성에 위업을 세우면서 많은 저술까지 남겼으니, 『成唯識 論單科』·『八師經直譯』·『天台四教儀註』 등 10여 종과 함께 『諸都三百餘 卷 邦語譯』·『大覺國師文集』 등이 행세하여 왔다. 그리고 예종대의 신불 문사 李資賢은 고관에 올랐으나 은퇴하여 선학에 전념하면서 상당한 저술을 내었으니, 『心要』·『禪機語錄』·『南遊詩』 등 5종이 알려졌다. 또한 의종대 선종의 대가 坦然은 6경에 통달하여 관직에 나갔으나 출가·대성하여 대선사로 선종을 이끌면서 일부 저술을 내었으니, 『四威儀頌』·『上堂語』·기타 시문 등이 알려지고 있다. 한편 의종대의 명승 知訥은 조계 선종을 대진하여 교계를 크게 발전시키면서 값진 저술을 남겼으니, 『定慧結社文』·『修心訣』·『眞心直說』 등 13종 정도가 알려졌다. 이어 고종대의 고승 覺訓은 회엄종으로 대성하여 교계를 이끌고 당대의 문인들과 교유하면서 상당한 저술을 남겼으니, 『海東高僧傳』·『禪宗六祖慧能大師頂上東來緣起』·『詩評』 등만 알려지고 있다. 그리고 명종·고종대의 고승 慧諶은 지눌의 제자로 출가·대성하여 조계산 수선사의 제2세에 오르고 교계를 주도하면서 상당한 저술을 남겼으니, 『禪門拈頌集』·『心要』·『狗子無佛性話揀病論』 등 7종만이 알려졌다. 그 제자 覺雲이 불학·선수에 능통하여 『禪門說話』를 집성하여 『禪門拈頌說話會本』을 완성하게 되었다. 이어 희종·충렬왕대의 고승 一然은 가지산계의 선승·학승으로 대성하여 교계를 제접하면서 많은 저술을 남겼으니, 『三國遺事』·『重編曹洞五位』·『語錄』 등 10여 종이 유전되었다. 그리고 고종·충렬왕대의 고승 沖止는 당대의 선승으로 교계를 이끌면서 적지 않은 저술을 남겼으니, 『海東曹溪第六世圓鑑國師歌頌』·『曹溪圓鑑國師語錄』·『海東曹溪宓庵和尙雜著』와 함께 『圓鑑國師集』 등이 행세하였다. 한편 고종·충숙왕대의 고승 彌授는 자은종의 종장으로 유식론의 주강이 되어 교학진흥에 공헌하면서 상당한 저술을 남겼으니, 『經論之解』·『大般若經難信解品記』·『心地觀經記』 등이 전래되었다. 이어 고종·충숙왕대의 고승 混丘는 조계종의 대선사로 교계를 주도하며 상당한 저술을 내었으니, 『寶鑑國師語錄』·『歌頌雜著』·『新編水陸儀文』 외에 『重編拈頌事苑』이 유전되었다. 그리고 고려대의 고승 天顯은 백련사 팔국사의 4세로 선학에 대성하여 상당한 저술을 내었으니, 『禪門寶藏錄』·

『禪門綱要集』·『海東傳弘錄』과 함께 그 문집이 알려져 있다. 또한 고려대의 고승 雲默은 만덕산 백련사에 출가하여 천태학을 대성하고 크게 떨치면서 적지 않은 저술을 내었으니, 『釋迦如來行蹟頌』과 『天台末學雲默和尙警策』 등 이 유명하게 행세하였다. 그리고 충숙왕대의 고승 體元은 화엄종의 대가로 활약하며 저술을 남겼으니, 『白花道場發願文略解』·『華嚴經觀自在菩薩所說 法門別行疏』·『華嚴經觀音知識品』 등이 유통되었다. 한편 충숙왕·우왕대의 慧勤은 출가 수련하여 선지를 크게 깨닫고 임제선풍을 진작하며 교계를 이끌어 가면서 상당한 저술을 남겼으니, 『懶翁和尙語錄』·『懶翁和尙歌頌』·『普濟 尊者三種歌』 등 10종 가까이 유전되었다.

이밖에도 고려의 고승·학승으로 諦觀(1종)·惠素(1종)·了世(1종)·宗湛(1 종)·瑞龍禪老(1종)·守其(2종)·李藏用(2종)·天因(2종)·法珍(1종)·惠永(1 종)·普幻(1종)·元昷(1종)·景閑(2종)·普愚(2종)·維昌(1종)·千熙(1종)·息 影庵(1종)·混修(1종)·法藏(1종)·覺宏(1종)·野雲(1종)·了圓(1종)·宏演(2 종)·萬雨(1종)·元傳(2종) 등이 당시 불교계를 주도하여 각기 몇 종씩의 저술 을 남겼던 것이다. 기실 이런 고승들은 상당한 저술을 냈을 것이지만, 거의 유실 되어 창해의 유주로 남은 것이라 하겠다.

이어 조선시대에는 초기 불교계의 격동·부흥기를 거쳐 중기 이래 쇠퇴의 과 정을 겪으면서도 선교의 고승들이 속출하여 당대의 불교세를 부지해 온 것은 사 실이다. 그러나 이런 승려들이 불교계 저술을 내는 데는 그만한 한계가 있고 무 리가 따랐던 터다. 그리하여 그 본격적인 논소계열은 매우 부진하여 겨우 명맥 을 유지하는 상태일 수밖에 없었다. 여기서는 신라·고려대의 논소·명저가 그대 로 전승·수용되는 데다 새로운 논소를 내놓을 제반여건이 허락되지 않았기 때 문이다. 그러기에 조선 초기 불교 중흥기에 주목할 만한 논소가 나타났지만, 그 후로는 미미한 채로 다른 분야의 발전으로 접어들게 되었다. 그게 당대 고승들 이 각종 재의궤범을 찬성·편찬하고 개인적인 저서·문집을 저술하는 방향으로 나타났던 터다. 따라서 그 문학적 관점이나 연행예술적 측면에서는 그것이 오히려 소중한 특성을 보이게 되었다.

먼저 태조대의 고승 自超는 원래 고려 승려로서 태조를 등극시키는 데에 일조하고 불교계를 부지하는 가운데에 여러 저술을 냈으니, 『無學祕決』·『無學國師語錄』·『佛祖宗派之圖』와 문집 『印空吟』 등이 알려졌다. 그리고 태종·세종대의 고승 己和는 조선 초기 논소의 대가로 유교에 상대하여 불교의 존재이론을 당당히 구축하면서 상당한 저술을 남겼으니, 『金剛般若波羅蜜多經五家解說誼』·『圓覺經疏』·『顯正論』 등 7종이 유전되었다. 또한 세종·성종대의 고승 雪岑은 교학에 능통하고 문장에 뛰어나, 『蓮經別讚』·『十玄談要解』·『法華經別讚』 등 4종의 논소를 내고 그 시문집 3종을 남겼다. 이어 명종대의 고승 普雨는 당시 불교계의 중진으로 문정왕후의 후원을 받아 불교중흥을 주도하면서 몇 가지 저술을 내었으니, 『虛應堂集』·『懶庵雜著』·『水月道場空花佛事如幻賓主夢中問答』 외에 『勸念要錄』이 행세하였다. 한편 선조대의 명승 休靜은 당시 양종판사직으로 불교계를 주도하고 호국·헌신하면서도 상당한 저술을 남겼으니, 『禪家龜鑑』·『三家龜鑑』·『說禪儀』 등 10여 종과 문집 『淸虛堂集』이 유전되었다. 그리고 선조대의 고승 惟政은 休靜의 제자로 선교에 능통하고 불교를 부지하며 호국·헌신하는 가운데 몇 가지 저술을 내었으니, 『奮忠紓難錄』과 여러 상소·발문·서장 등과 함께 문집 『四溟堂大師集』이 행세하였다. 이어 조선 중기의 명승 海眼은 운묵·서산 문하에서 수학하여 선교에 통하고 호국·헌신하면서 『竹迷記』·『華嚴寺事蹟』·『金山寺事蹟』 등과 문집 『中觀大師遺稿』를 남겼다. 그리고 조선 후기의 고승 淨源은 출가하여 완월·추향에게 경론을 배우고 『열반경』 등 300여 부에 구결을 달며 『화엄경』의 일실된 부분을 바로잡는 가운데, 『禪源諸詮集都序科文』·『法集別行錄節要科文』·『水墮寺事蹟』 등을 엮어냈다. 또한 조선 후기의 명승 性聰은 조기 출가·수학하여 불법을 통하고는 교법을 널리 천양하며 불서 간행에 헌신하는 과정에서,

『淨土寶書』·『緇門集詮』·『持驗記』 등과 문집 『栢庵集』을 남겼다. 그리고 조선 후기의 고승 秋鵬은 벽계에게 수학하고 도안의 의발을 받아서 불교활동에 매진하면서, 『禪源諸詮集都序科評』·『法集別行錄節要私記』·『妙香山誌』 등과 문집 『雪巖雜著』·『雪巖亂藁』를 지어냈다. 이어 조선 후기의 명승 子秀는 조기 출가하여 추계에서 수학·성취하고 강경에 힘쓰다가 선을 참구하는 가운데 『無竟室中語錄』·『佛祖禪格』·『自己三宮寶鏡三昧』 등과 문집 『無竟集』을 남겼다. 한편 조선 후기의 고승 定慧는 동진 출가하여 보광에게 수학·수계한 뒤에 학중을 제접하면서, 『禪源集都序著柄』·『別行錄私記畵足』 등 4종의 저술을 전하였다. 그리고 조선 후기 명승 有機는 일찍이 출가하여 낙암에게 수학·성취하여 강학에 힘쓰는 여가에 『普勸文』·『海印寺事蹟碑文』과 문집 『好隱集』을 내었다. 이어 조선 후기 고승 最訥은 조기 출가하여 세찰에게 수학하고 호암·용담 등 종장들에게 배운 뒤에 학중을 제접하면서, 『華嚴科圖』·『諸經會要』·『心性論』 등과 문집 『默庵集』을 저술하였다. 그리고 조선 후기의 명승 有一은 청년기에 출가하여 호암·영허·용암 등 10대법사에게 참학·문법하고 대성하여 강석을 연 뒤에 선교를 참구하는 가운데, 『書狀私記』·『禪要私記』·『圓覺私記』와 문집 『蓮潭大師林下錄』 등 14종의 저술을 지어 냈다. 이어 조선 후기의 고승 義沾은 청년기에 독서 차로 상사했다가 출가하여 서악·추파·농암 등의 당대 명사를 거쳐 설파에게 선교를 배워 성취하고 학중을 제접하여 행화를 떨치면서, 『圓覺經私記』·『華嚴經私記』·『楞嚴經私記』 등 7종의 저술과 문집 『仁岳集』을 남겼다. 그리고 조선 말기의 석학 丁若鏞은 경학과 문장에 빼어난 대학자로 천주교에도 밝은 경지에서, 강진으로 유배된 이래 대흥사에 왕래·음영하며 초의 등 대덕들과 교유하는 가운데, 불학에 심취하여 적지 않은 불교계 저술을 남겼지만, 『大東禪敎考』·『挽日寺志』 정도가 알려졌다. 또한 조선 말기의 명승 亘璇은 일찍이 출가하여 시헌·설파·실봉 등 제사에게 수계·수학하고 선지·교학을 대성한 뒤에, 학중을 제접하면서, 『禪門手鏡』·『六祖大師法寶壇經要解』·『五宗網要私記』 등 9종과 문집 『白坡集』 등을 내었다. 그리고 조선 말기의 명승 意恂은 일찍이 출가하여 벽봉·완호·금담 등 당대 선지식에게 수계·수학하여 선지·문장에 능통하고 당시 정약용·신위·김정희 등 명사들과 교유하면서 상당한 저술을 남겼으니, 『禪門四辨漫語』·『二禪來儀』·『震默祖師遺蹟考』 등 5종 저술과 문집 『草衣詩藁』가 행세하였다. 한편 조선 말기 학자 金大鉉은 유교·도교에 통하였는데, 40세가 넘어 『능엄경』을 본 뒤부터 불승 연구에 전념하여 상당한 불교계 저술을 내었지만, 임종에 거의 다 불태우고 겨우 『禪學入門』과 『述夢瑣言』 정도가 전할 뿐이다. 이어 조선 말기의 고승 覺岸은 일찍이 출가하여 호의·하의·초의 제사에게 수계·수학하고 선지·고학에 능통한 뒤에 이를 널리 강론·교화하면서 적지 않은 저술을 남겼으니, 『東師列傳』·『遺敎經記』·『四十二藏經記』 등 12종과 문집 『梵海禪師遺稿』·『梵海詩稿』 정도가 유전되었다. 끝으로 조선말기의 명승 有炯은 일찍 출가하여 한성을 거쳐 긍선에게 수업·성취하고 도원의 법증을 이어 학중을 제접하면서 『禪源溯流』·『私記』 등과 문집 『有炯詩集』을 남겼다.

이밖에도 조선의 고승·명승으로 省敏(문집 1종)·智訔(문집 1종)·一禪(문집 1종)·海日(문집 1종)·善修(문집 1종)·敬軒(문집 1종)·印悟(문집 1종)·法堅(문집 1종)·冲徽(문집 1종)·太能(문집 1종)·淸學(문집 1종)·彦機(문집 1종)·守初(문집 1종)·明照(저술 1종·문집 1종)·處能(문집 1종·행장 1종)·明察(문집 1종)·明眼(문집 1종)·秀演(문집 1종)·志安(저술 1종·문집 1종)·若坦(문집 1종)·淸性(문집 1종)·泰守(문집 1종)·大智(저술 1종)·懶湜(문집 1종)·霜月(문집 1종)·海源(문집 1종)·兌律(문집 1종)·龍潭(문집 1종)·普印(문집 1종)·尙彦(저술 2종)·時聖(문집 1종)·毅旻(문집 1종)·泓有(문집 1종)·取如(문집 1종)·大輝(저술 1점)·采永(저술 1점)·別關(저술 1점·문집 1종)·大圓(문집 1종)·旨冊(문집 1종)·有聞(저술 1종)·鼎馹(저술 1종)·應允(문집 1종)·展翎(저

술 1종) · 知濯(문집 1종) · 正訓(문집 1종) · 自優(문집 1종) · 戒悟(저술 1종·문집 1종) · 敬和(저술 2종) · 惠楫(문집 1종) · 善影(문집 1종) · 致能(문집 1종) · 洪基(저술 1종) · 太先(저술 1종) · 治兆(문집 1종) · 承宣(저술 1종) 등이 당시의 어려운 교계를 부지·주도하며 그 문집을 중심으로 약간씩의 저술을 내었던 터다. 기실 이런 고승·문승들의 저술은 선교 전문의 논저보다도 문학적 저작에 기울고 있기에, 문예적 측면에서는 중요한 특징을 보이는 것이라 하겠다.

이와 같이 삼국·신라·고려·조선을 통관하는 불교사상에서 당대의 불교계를 주도하는 고승·명승·문사들이 그만큼 값진 저술을 내었으니, 그 권위와 업적을 높이 평가하지 않을 수 없다. 그 저술의 주체들은 그 시대마다 계통을 이어 빛나는 업적으로 커다란 산맥을 이루었던 것이다. 그것이 바로 역대 불교계의 저술사, 문학사로 재확인되었기 때문이다.

2) 찬성의 동기

기실 이 모든 불교저술의 찬성 동기는 보편적으로 자명해진다. 불교 활동의 전체적 동기·목적은 上求菩提·下化衆生이기 때문이다. 따라서 이 저술들은 그 주체들이 불교의 진리를 탐구하는 최상의 결과요 나아가 이로써 중생을 교화하기 위한 최고의 방편이었던 것이다. 그러기에 이 저술들은 한결 같이 그 최상의 결과를 가장 절실하고 오묘하게 표현하고, 그 최고의 방편을 가장 아름답고 감명 깊게 표현하는 데에 이상을 두는 게 필연적인 일이었다. 여기서 이 저술들은 실제적으로 문학의 동기·이상과 상통하는 게 분명한 사실이다. 이러한 전제하에 이 저술들의 동기·목적은 그 분야별로 구체화되었던 터다.

먼저 불전계의 저술들은 불타의 거룩한 행적을 존숭·찬탄하고 미화·표현하는데에 동기·목적이 있었다. 따라서 이 계열의 저술 작품들은 모두 불타의 행적전체가 바로 불교의 전체라고 전제하여, 그 탐구·표현에서 문학적 방편을 선택하게 되었다. 그 불교권 전체에서 개발된 불타의 팔상구조를 기반으로 석가보계통의 경전이나 불서가 모두 이러한 동기 목적에서 공통되고 있는 게 사실이다. 실제로 이 불전계 작품들은 인도의 『佛所行讚』이나 중국의 『釋迦譜』, 한국의 『월인천강지곡』 등과 동일한 동기·목적을 가지고 있었기 때문이다.

다음 논소계의 저술들은 불교사상이나 불경들의 세계를 깊이 있게 탐구·논의하여 쉽고 아름답게 표현하는 데에 동기·목적이 있었다. 아무리 심오한 불교철학·사상이라도 올바로 절실하게 표현되지 않으면 진리로 성립되지 않는 법이다. 또한 아무리 보배로운 경전이라도 그 진상을 밝혀 깨끗하고 아름답게 표현하지 않으면 아무런 의미가 없는 게 당연하다. 그러기에 역대 불교사상이나 모든 경전들은 그 실상을 가장 효율적으로 표현하기 위하여 최선의 문학적 방편을 수용할 수밖에 없었다. 기실 그 사상서나 불경들이 원래 문학적으로 저술되어 있는 터에, 이를 다시 문학적으로 탐구·논의하는 것은 그 동기·목적이 바로 문학평론의 그것과 상통하는 게 불가피한 일이다.

그리고 승전계의 저술들은 역대 고승·명승들의 저명한 행적을 입전하여 불전계처럼 대중의 신앙·수행에서 귀감·전범으로 삼기 위한 것이다. 그러기에 이 저술들은 그 승려의 행적을 존숭·찬탄하고 미화·표현하는 데에 동기·목적을 두었다. 따라서 그 저술의 표현이 당시 최선의 문학적 방편을 활용할 수밖에 없었다. 그리하여 이 저술들은 인도나 중국의 고승전과 함께 문학적으로 표현되고 나아가 불경처럼 승화·행세할 수가 있었다. 실로 이 저술들은 저 목련경류나 육조법보단경류와 동일한 동기·목적을 지향하였던 것이다.

또한 재의계의 저술들은 역대 불교계의 신앙·수행을 실연하는 그 재의의 대본으로서, 그 효율적인 공연을 위하여 조성된 것이다. 따라서 이 저술들은 결국 문학적 방편에 따라 기존의 불교계 시가·진언과 각종 산문을 수용하거나 새로 제작하여 하나의 종합문학적 극본형태를 지향하게 되었다. 그러기에 이 저술들은 불교활동의 전체를 연극적으로 공연하는 효율적 대본·극본을 제작·편성하는 데에 동기·목적을 두었던 것이다.

이어 문집계의 저술들은 그 주체·찬성자의 불교사상·신행을 직접 문학양식으로 표현한 것이다. 그들이 불타의 행적·경전·재의나 고승전 등에 의하여 참구·성취한 그 불교사상·신행을 전문적으로 문학화하였기 때문이다. 그러기에 이 저술들은 자신의 탐구한 진리를 가장 아름답고 절실하게 표현하고, 그것이 중생을 교화하는 최선의 방편이 되는 게 중대한 동기·목적이었던 터다. 그러기에 이 저술들은 각기 불교문학으로서 중생을 교화하는 교본·경전의 실상을 갖추고 그 역할을 다하게 되었다. 기실 이러한 동기·목적이 이 저술들을 불교문학의 본격적 주류로 승화시키는 원동력으로 작용했던 것이다.

끝으로 잡저계의 저술들은 다양한 저술형태의 잡합이니, 그 동기·목적이 복합적일 수밖에 없었다. 기실 이런 저술들은 위와 같은 계열의 동기·목적을 일부씩 갖추고 있을 뿐만 아니라, 잡저로서의 형태나 성격에 따라 그 나름의 독자적 방향을 지향하고 있었던 것이다. 따라서 어떤 전문적인 저술보다도 특징적이고 현실적인 주제·내용을 대중적으로 절실하게 표현하는 데에 그 동기·목적이 있었다. 그러기에 이 저술에서도 자연 그 표현·기술에 있어 문학적인 방편을 취택하게 되었던 것이다.

이와 같이 이 저술들은 분야별로 지향하는 동기·목적이 실현됨으로써, 그 작품들의 형태·표현에서 유형적 독자성을 갖추게 되었다. 이렇게 중대한 그 동기·목적은 비록 다양하지만, 그것들이 선택·활용한 방편·방법이나 방향에서는 공통점을 보여 주었다. 그것이 바로 문학적 방편·방법·방향이었다. 그러기에 이 각개 분야의 저술들은 결국 문학적 형태와 표현을 성취하게 되었던 터다.

3) 찬성의 실제

이 저술들의 찬성과정은 그 원전의 실상과 성격을 보증하는 게 사실이다. 이 저술들의 원전이 단순한 수용·편찬이냐 창의적 기술·제작이냐 또는 그 절충이냐, 이 문제는 그 작품의 가치와 기능을 밝히는 중요한 열쇠가 되기 때문이다.

이에 그 분야별로 찬성과정을 점검할 필요가 있다.

먼저 불전계 저술은 너무도 저명한 불타의 행적을 작품화한 것이다. 전술한 대로 불타의 행적이 불교의 전부이기에, 그 열반 이래 불경을 결집할 때부터 그 전기가 본격적으로 형성되기 시작하였다. 기실 모든 경전은 불타를 주인공으로 하는 그 교설·실행이기 때문이다. 그 경전의 결집이 발전적으로 계속되면서 불타의 전기가 보완·완결되어 불경의 명목으로 작성·행세하기에 이르렀다. 그리하여 이 전기적 경전이 완성되면서, 인도·중국의 불교계를 통하여 불타의 행적이 八相構造로 정립되었던 것이다.[7] 그로부터 인도에서는 『佛所行讚』 계열의 경전·작품이 제작되고, 중국에서는 『釋迦譜』 계열의 불서 작품이 찬성되며, 한국에 이르러 『釋迦如來行蹟頌』 계열의 전기 작품이 저술되었던 것이다. 그러기에 이 불전계의 저술들은 원래의 창작이 아니고, 불교계 전래의 불전계 經典이나 八相系 佛書 등을 전범으로 전수받아서 문학적 방편에 따라 새롭게 표현한 결과라 하겠다. 그리하여 후대의 『월인천강지곡』·『석보상절』·『월인석보』 등의 불전계 문학작품으로 전개될 수가 있었던 것이다.

다음 논소계 저술은 모든 불경을 존승·찬탄하고 참구·평가하며, 해석·논의한 작품이다. 따라서 이 저술은 그 경전의 심오한 철학·사상과 불법의 실상을 승려나 신도·대중들이 알고 깨닫기 쉽게, 아름답고 자상하게 작품화한 것이다. 그러기에 경장·율장이 결집·정립된 이래, 인도와 중국 등지를 거쳐 이러한 논소가 사계의 대가들에 의하여 많이 저술되어 왔다. 그리하여 이런 저술들이 집성되어 그대로 논장이 되고 이른바 삼장을 이루게 되었다. 따라서 이 논장이 한국에 유입·행세하게 되니, 그 전문 승려들이 이를 전범으로 각기 전공하는 불경을 독자적으로 논소하기에 이르렀다. 그 어떤 불경이든지 그 심오·무궁한 진

---

7 불타의 팔상적 행적은 兜率來儀相·毘藍降生相·四門遊觀相·逾城出家相·雪山修道相·樹下降魔相·鹿苑轉法相·雙林涅槃相으로서 5언 율시의 형태로 정형화되었다.

리 실상을 갖추었기에, 논소자의 지혜·안목에 따라서 얼마든지 독자적으로 참신하게 깨닫고 오묘하게 표현할 수가 있는 법이다. 따라서 동일한 경전이라도 역대 논소자에 따라 각기 다른 값진 논소 작품으로 제작·전개될 수가 있었던 것이다. 전술한 대로 이 논소계 저술은 그 밝혀진 바 불법의 진리 실상을 가장 효율적으로 표현하기 위하여 그 문학평론의 방법을 활용하고 있는 게 확실한 터다. 이런 점에서 실제로 원효의 제반 논소는 이 계열 저술의 전형으로 그 절정을 이루었다고 본다.[8]

그리고 승전계의 저술은 역대 고승·명승의 행적을 찬탄·입전한 작품이다. 그것은 승려들이 불타의 행적을 추숭하는 것처럼, 불전계 저술을 지향하고 있는 터다. 이런 승려들의 전기가 완벽하게 입전되어 후대 승려나 신도·대중의 불교 신행·활동의 귀감·전범이 되어야 했기 때문이다. 기실 불타 이래 역대 조사들의 전기가 인도·중국 등을 통하여 수많이 입전되어 이른바 高僧傳의 구조·형태로 행세해 온 게 사실이다. 따라서 그런 선행 저술을 수용·계발하여 한국의 역대 고승·명승들의 전기를 작품화하게 되었던 터다. 그러기에 이 전기의 입전·작품화 과정이 문학적으로 발전하기 마련이었다. 역대 고승 중에서 고명한 승려의 행적을 선택하되, 당시 교계와 불교사상에서 보여 준 역사적 사실을 중심으로 승려·민중 사이의 전설적 평판·일화까지 종합하여 윤곽을 잡은 다음, 그것을 전기적 유형으로 재구성하여 전기문학 형태로 작품화하는 게 정칙이었다. 결국 이 승전계 저술에서 그 최선의 방편은 전기형태, 서사문학의 방법을 쫓고 있었다는 이야기다.

또한 재의계 저술은 불교활동의 일체 재의에서 효율적인 공연을 위한 대본으로 작품화된 것이다. 기실 역대 불교권에서 일체 불교활동의 주류·주축을 이루어 온 것이 그 진리·신행을 실천하는 제반 재의였던 터다. 그러기에 이런 재의

8 사재동, 「원효논소의 문학적 전개」, pp.179-182.

를 주도 연행하는 대본들이 가장 효율적인 방향으로 작품화되는 것은 당연한 추세였다. 따라서 이런 재의가 적어도 연극적 공연으로 전개되려면, 그 대본이 이에 상응하는 극본의 수준으로 작품화될 수밖에 없었던 터다. 실제로 이러한 재의와 그 극본적 대본은 일찍부터 인도에서 형성되어 실크로드를 타고 중국에 전래·발전되고 마침내 한국에 유입·실용된 게 사실이다. 이에 한국의 역대 불교계에서는 전래된 이 재의 대본을 그 시대의 실정에 맞도록 개편·보완하여 활용하였다. 그러다가 고려대와 조선조에 걸쳐서는 그 대본이 점차 불교계의 실정과 그 재의 연행의 발전 경향에 맞추어 점차 새롭게 재구성되게 마련이었다. 그리하여 이 대본은 그 재의의 연극적 공연에 적합하도록 전체적 구조·구성을 희곡적 서사구조·구성으로 상향 조직가고, 그 장면화를 기하면서 거기에 필수적인 게송·시가와 진언, 그리고 각종 재의 산문을 수용·제작하여 입체적 희곡형태로 작품화되었다. 결국 이 대본은 가장 효율적인 공연을 위하여 점차 최선의 대본을 지향하고, 마침내 문학·희곡적 방편을 취탁할 수밖에 없었다. 따라서 이 재의계 저술은 그 재의의 연극적 공연을 위한 극본·희곡으로서 종합문학적 양상을 유지하였던 것이다.

한편 문집계 저술은 고승·명승·문사들이 그 불교철학·사상이나 신행·정감 등을 당대의 문학형태로 작품화한 것이다. 그러기에 이 저술은 선행 전범이 없이 창작된 작품들로서 당시의 문학장르를 충족시키고 있었던 터다. 물론 불교가 유통되면서 그 승려·문사들이 각기 시가나 수필·소설·희곡 등을 창작하여 문집으로 남긴 사례는 얼마든지 있었다. 따라서 이 저술들은 그러한 문학유산을 전통·배경으로 하여 형성·제작되었지만, 그것이 창작의 가치를 갖추고 있는 것만은 분명한 사실이다. 그런 점에서 이 저술은 본격적인 불교문학이거니와, 그 주제·내용과 표현방법의 공질·공통성으로 하여 위 계열 저술들의 문학적 성격을 결부·보증하는 전거가 되리라 본다.

끝으로 잡저계 저술은 그 주제·내용이 복합적인 만큼 그 찬성과정이 다양한 터다. 그래서 이 저술이 비록 어떤 분야의 전문적 저작이 아니라도 각기 독자적 가치를 지닌 채, 그 나름의 자유로운 제작 방법에 의존한 것이 사실이다. 기실 이 저술에서 최선의 방법은 문학의 그것을 따르는 게 당연한 일이었다. 결국 이 잡저계 저술은 불교적 주제·내용을 다양한 문학형태로 작품화한 것이기에, 그 창작적인 문학성이 문집계와 함께 더욱 돋보이는 터다.

4) 저술의 유통

다음에는 이렇게 찬성된 6개 분야의 모든 저술들이 유통·전개된 양상을 살펴 볼 필요가 있다. 기실 이 유통의 실태는 복합적인 유통망을 이루어, 그 저술들의 문학·예술적 실상과 계통적 위상을 파악하는 데에 중요한 전거가 되기 때문이다. 우선 이 저술의 선행 원전이 전래·수용된 것부터가 그 유통 현상에 의존해 온 터다. 그리고 이 저술이 생동하며 그 기능을 발휘하는 것이 다 유통에 힘입은 것이다. 그러면서 이 저술이 전파·유전되면서 당대나 후대에 영향을 끼치는 것도 실제로 유통에 따라서 이룩된 터라 하겠다. 그리하여 이러한 시간·공간적 유통망이 이 저술들의 실상과 위상을 보증하는 것이다. 여기서 이름만 남고 작품은 실전된 수많은 저술들의 문학세계가 추정·복원될 수 있는 터다.

실제로 이 저술들은 역대 불교왕국이나 불교계에서는 승려나 신도, 식자층을 중심으로 활발하게 유통되었다. 당시 이 저술은 모두에게 보배로운 필독서였기 때문이다. 그리하여 불교국·불교계의 각계각층에서 이 저술들은 다양한 방편을 타고 유통되었으니, 대강 구비적 방법과 문헌적 방법으로 전개될 수 있었다. 먼저 이 저술들은 구비적으로 유통의 성세를 보였던 것이다. 그 당시의 신행·염송이나 설법·강설에서 이 저술들은 하나의 대본이 되어 다양한 말·소리와 음악적 방편으로 구설되었던 터다. 그래서 이 저술들은 실제로 가창이나 가무·강창·대화 등의 형태로 연행되어 적어도 연극적 공연을 지향하였던 것이다. (후술 참조)

다음 이 저술들은 문헌적으로 유통의 성황을 보여 왔던 터다. 이 저술이 제작될 때 원형적인 필사본으로 태어난 것은 불문가지의 일이었다. 그 친필본이 다시 전사되어 다시 유통의 길을 갈 수밖에 없었으니, 그것은 인쇄술 이전의 불가피한 형편이면서 한편 인쇄본의 원고본으로 활용·행세했던 터다. 나아가 불교국·불교계에 인쇄술이 등장하면서 이 저술들은 판본으로 인쇄·전파되는 추세가 나타났다. 잘 알려진 대로 신라시대부터 그 목판본이 성행하였고, 고려대부터는 그 목판본과 함께 활판본이 개발·생산되어 유통의 선봉에 섰던 것이다. 따라서 이러한 판본의 전통은 그대로 조선시대까지 계승되었던 것이다.

나아가 이러한 판본시대로부터 이 저술들은 다양한 이본으로 대량 출간되어 유통의 황금시대를 이룩하게 되었다. 적어도 그 목판·활판이 조성되면서 한꺼번에 많은 부수를 출판하였기 때문이다. 기실 이런 판본들이 오래 유통되어 절판이 되면, 그 증보·중간이 또 수많은 이본으로 간행·전파되어 실로 복합적인 유통망을 형성하게 되었다. 이러한 저술의 원간본·중간본 등 많은 이본들이 오랜 세월에 걸쳐 유전되거나 자연 도태되고 특별한 사정으로 유실되었으니, 그 중에서도 면면히 유전되어 현전하는 저술은 정말 창해유주의 보배라 할 것이다. 나아가 그 이름만 기재·전래되는 저술도 유통의 의미망을 고려하면, 그 실상과 위상이 그만큼 중요한 터라 하겠다. 실제로 상게한 제가의 저술 중에 상당부분이 이름만 남고 유실되었지만, 그 실상과 위상이 족히 유추·복원될 수 있기 때문이다.

3. 『한국불교전서』의 문학적 유형

1) 불전계 유형

이 불전계 유형은 불타의 행적을 문학적으로 표현한 작품의 일환이다. 전술한 대로 이 불타의 행적은 불교의 모체요 불교의 전체이기에, 그 실상이 가장 완벽한 작품으로 정립된 것이다. 그리하여 이 유형은 전기문학의 구조·형태로 발전하여 마침내 '八相傳'의 전형을 완성하게 되었다. 그러기에 이 유형은 전기문학 내지 서사문학으로서 대강 장편시가나 장편소설 내지 장편희곡의 형태를 보였던 것이다. 따라서 이 유형은 그 표현·문체에서 운문체와 산문체 그리고 운·산문 교직의 강창문체 등을 개발하여 전체적으로 방대한 종합문학적 양상을 유지했던 터다. 실제로 이 유형은 유통·연행을 통하여 각종 문학장르로 분화·전개될 수가 있었기 때문이다.

기실 이 유형의 저술은 불교계 문원에서 일찍부터 형성·발전하여 성행한 게 사실이다. 그런데도 질량 면에서 현전하는 것은 희귀한 편이다. 원래 이런 유형은 인도에서는 불경으로서, 중국에서는 불전으로서 상당한 저술이 형성되어 유입되었기에, 한국의 이런 한문작품이 양산될 필요성이 부족한 데다, 기존의 저술마저도 적잖이 유실되었기 때문이다. 그 대신 이 유형은 정음 창제와 함께 국문불경으로 전개한 『월인천강지곡』·『석보상절』·『월인석보』 등으로 제작·유통되었던 것이다.[9] 이 유형의 현전하는 저술을 들어보면 다음과 같다.

慧諶·覺雲, 禪門拈頌說話會本 2권(고측 1−71, 전서 5책, pp.1−79)
여기서는 처음 4편의 서문이 나오고 전체적 구조가 석가불의 행적과 제자들의 언행이 요약된 서사형태를 취하고 있다. 게다가 그 구체적인 구성은 그 행적의 주요한 대목을 '古則'으로 제시하고 거기에 대한 후대 조사·고승들의 게송과 설화, 그리고 중요 어휘의 해석 등으로 연결되어 있다. 그리하여 이 저술은 고칙 단위로 독자적인 운문과 산문으로 조직되어 종합문학적 양상을 보이고 있다. 먼저 이 운문들은 근체시형 한시형태를, 그 산문들은 각기 수필형태를 취하고 있다. 나아가 전

---

9 사재동, 「월인석보의 문학적 실상과 위상」, 『월인석보의 불교문화학적 연구』, 중앙인문사, 2006, pp.87−90.

체적인 서사구조가 소설적 구성을 지향하고, 그 장면화와 강창문체에 대화까지 조직되어 희곡적 구성·형태를 보여 준다. 그리고 그 해석의 중·장편은 평론의 성격을 띠고 있는 터다.

無寄, 釋迦如來行蹟頌 2권(전서 6책, pp.484-540)
여기서는 2편의 서문에 이어 서설을 펴고, 석가행적 송시의 1단식을 내세워 해석·강설·논석하여 나가 2편의 발문으로 마무리된다. 그러기에 이 작품은 전체적으로 서사구조를 가지고 장편서사시와 장편소설의 형태를 지니며, 그 전체의 장면화와 운·산문의 강창문체·대화체를 통하여 장편희곡의 형태를 갖추고 있는 터다. 그러면서 이 작품은 종합문학적 양상을 유지하고 유통·연행을 거치면서 여러 문학장르로 분화·전개될 수밖에 없다. 마치 저 『월인석보』의 문학적 형태와 상통한다고 보아진다.[10] 따라서 이 작품에서는 적어도 근체시형의 한시와 수필계의 산문에 이어, 소설계 내지 희곡계·평론계의 형태가 복합적으로 유지되고 있는 터라 하겠다.

未詳, 釋迦如來行蹟頌撮要 1권(전서 7책, pp.757-766)
위 석가여래행적송의 본송을 집편하고 그 사이사이에 강설을 삽입하였다. 따라서 이 작품이 장편서사시임을 보이면서, 이에 삽입된 강설문이 수필 형태와 평론 형태를 나타내고 있는 터다.

采永, 釋迦如來成道應化事蹟記實(王敎) 1권(전서 10책, pp.97-99)
석가불의 행적을 요약 기술하고 말미에 찬송(명)을 불렀다. 따라서 이 찬송은 저명한 시가요, 그 산문은 전기로서 수필 형태인데, 나아가 소설 형태를 지향하고 있다. 기실 이 기본구조가 팔상을 갖추어 그만한 서사문맥을 갖추고 있기 때문이다. 나아가 이 산문이 강설되고 그 찬송 운문이 가창되면 그 강창문체를 이루어 극본·희곡

10 사재동, 『월인석보의 문학적 실상과 위상』, 앞의 책, pp.92-96.

으로도 전개될 수가 있는 터다.

 이밖에도 실제로 석가불이나 아미타불·약사불·미륵불 등 제불과 문수보살·
보현보살·관음보살·지장보살 등을 주인공으로 하는 서사적 경전들은 모두가
기본적으로 불전계 유형을 지향하고 있는 게 사실이다. 따라서 그런 유형에도
시가와 수필·소설·희곡·평론 등의 제반 문학 형태가 자리하였던 것이다.
 이상과 같이 불전계 저술들은 모두 문학적 유형을 갖추고 있다. 그 전체적인
구조·형태와 표현·문체가 문학작품으로 성립되었기 때문이다. 그것은 전체적
으로 전기적 유형을 띠고 이른바 '영웅의 일생'을 유지하는 일대 서사문학이라
하겠다.[11] 그리하여 이 저술들은 서사문학·소설형태를 지향할 뿐만 아니라, 그
장면화에다 강창문체·대화형식을 갖추어 희곡형태를 보이고 있는 터다. 나아
가 이러한 종합문학적 양상은 제반 문학장르를 포괄하였기에, 그 유통·연행을
통하여 시가계와 수필계 내지 소설계·희곡계·평론계의 산문을 두루 갖추고 있
는 것이다.

 2) 논소계 유형

 이 논소계 유형은 제반 불경을 문학적으로 논의한 작품의 일환이다. 잘 알려
진 대로 모든 불경은 다 문학이다.[12] 가장 위대하고 심오한 진리·철학의 세계를
가장 아름답고 감동적으로 표하고 있기 때문이다. 그런데 이 논소계 유형의 저
술들은 그런 문학적 불경을 다시 탐구·조명하여 문학적 방편에 따라 가장 우아
하고 절묘하게 표현하고 있는 게 사실이다. 그러기에 이 유형의 저술들은 그 원
전 전체가 문학적 구조 형태를 갖추어 서사문학으로서 소설형태 내지 희곡형태

11 조동일, 「영웅의 일생, 그 문학사적인 전개」, 『동아문화 연구』 10집, 서울대학교, 1971, pp.
77-87.
12 小野玄妙, 「經典文學成立槪觀」, 『佛敎文學槪論』, 甲子社書房, 1925, pp.152-158.

를 나타내고 있는 터다.[13] 그런데다 이 저술들은 종합문학적 양상을 유지하여 제반 문학장르로 분화·전개될 수가 있었다. 기실 이 저술이 최선의 문학적 방편을 활용할 때, 이미 그 각종 문학장르를 다 수용하였기 때문이다.

실제로 이 유형의 저술들은 일찍부터 당대 최고의 고승·명승 등에 의하여 가장 충실하게 흥성하였다. 그것은 불교적 이념을 구현하는 불교활동의 핵심적 과제요 그 실천적 묘안이었기 때문이다. 그러기에 이 저술들은 그 시대에 상응하여 가장 성행하였고, 현전하는 원전도 제일 많은 실정이다. 다음에 그 전형적인 저술 일부를 제시·검토하여 보겠다.

圓測, 解深密經疏 10권(전서 1책, pp.123-478)

여기서는 서문에 이어 해심밀경의 원문 전체를 문단으로 제시하고 그 진리·사상·의미를 탐색·파악하여 강설·논석해 내며, 발문이 나온다. 그러기에 그 경전의 내용이 여러 편으로 분단·독립되는 것은 물론, 그 강설·논석의 문장이 다양한 문학형태로 정립된다. 그리고 이들 문장들에는 근체시형 게송·한시가 적절히 삽입되어 운·산문이 결부된 강창문체와 함께 대화체를 이룩한다. 따라서 이것은 중국의 강경문 내지 변문의 문체와 상통하고 있는 터다.[14] 그러기에 이 저술은 전체적으로 서사적 구조를 갖추어 소설형태 내지 희곡형태를 지향하고, 나아가 그 종합문학적 양상으로 전개되어, 시가와 수필 내지 평론의 형태를 취하고 있는 터다.

元曉, 法華宗要 1권(전서 1책, pp.487-494)

여기서는 법화경의 전체를 요약하면서 6개 부문으로 나누어 강설·논석해 내는데, 그 각개 문장에서는 서사문맥이 부각되고 게송 시가가 삽입되며 대화체가 성립되

13 陳允吉, 『佛經文學』, 佛敎文學精編, 上海文藝出版社, 1977, pp.1-5.; 胡適, 『白話文學史』, 樂天出版社, 1970, pp.145-146.

14 전홍철, 『돈황강창문학의 이해』, 소명출판, 2011, pp.510-512.

었다. 그리하여 이 저술 전체는 장엄한 법화의 소설형태 내지 희곡형태를 제시·지향하고 있으며, 그 각개 부분의 문장들은 각기 수필형태와 함께 평론형태를 갖추고 있다.

元曉, 遊心安樂道 1권(전서 1책, pp.566-580)
여기서는 정토세계, 관무량수경의 극락세계를 7단계로 나누어 강설·논석해 내는데, 그 극락세계로 왕생하는 과정과 9품 연화대에 오르는 절차를 화려 찬란하게 연결시키고 있다. 그리고 각 단계의 문장들이 모두 서사문맥을 부각시키고 문답식 대화체를 조성하였다. 그리하여 전체적으로나 각단별로 서사문학·소설형태 내지 희곡형태를 지향하면서, 한편 수필형태와 평론형태까지 유지하고 있는 터다.

元曉, 金剛三昧經論 3권(전서 1책, pp.604-677)
여기서는 금강삼매경의 대의와 종지를 총설하고 그 본문을 분단하여 강설·논석하여 나가면서 발문을 붙였다. 그 본문의 각단과 그 강설·논석의 문장에는 게송 한 시가 삽입되고 서사문맥과 함께 문답식 대화체가 연결되어 있다. 그리하여 전형적인 강경문·변문의 서사구조를 갖추고 전체적으로 소설형태 내지 희곡형태를 지향하면서, 그 종합문학적 양상 속에 시가와 수필, 그리고 평론의 형태를 포괄하고 있는 게 사실이다.

義湘, 華嚴一乘法界圖 1권(전서 2책, pp.1-8)
여기서는 화엄경의 요체를 게송으로 짓고, 그 전체와 각개 구절의 진의를 문답체 대화로 신묘하게 풀어내어 문장화하였다. 그리하여 이 문장은 각 편으로 분화되어 독자적 산문형태로 자리하고, 그 시가를 전제로 강창문체를 연출하며 대화체를 형성하여, 입체적 종합문학성을 보이고 있다. 따라서 이 저술은 시가를 중심으로 수필형태를 보이고, 그 화엄경의 장엄한 서사구조를 기반으로 소설세계 내지 희곡세계를 지향하면서 평론 시론의 실상까지 보여 주고 있는 터다.

憬興, 三彌勒經疏 3권(전서 2책, pp.77-114)

여기서는 미륵삼부경의 세계를 총설하고 나아가 각 경의 본문을 분단·제시하고 강설·논석하여 문장으로 나타냈다. 이러한 문장에는 게송이 삽입되고 문답식 대화체가 자리하여 입체적 종합문학양상을 유지하고 있다. 그리하여 이 저술은 시가형태를 비롯하여 그 서사적 구조가 맥을 이어 소설형태 내지 희곡형태를 지향하며 수필형태를 보이고, 한편 그 논석의 문장으로 평론형태를 나타내고 있는 터다.

表員, 華嚴經文義要決問答 4권(전서 2책, p.350)

여기서는 화엄경의 장엄한 문의를 그 요목에 따라 문답식 대화로 풀어 강설·논석하여 나갔다. 이 저술은 전체적으로 일대 서사구조를 갖추고 요목마다 독자적 문장으로 때로 게송을 삽입하고 서사문맥을 떠올리며 대화체·강창문체로 짜여 있는 터다. 그리하여 이들 문장은 크게는 일대 장편소설 내지 장편희곡의 형태를 지향하고, 작게는 시가형태와 수필형태, 그리고 평론형태를 보여주고 있는 터다.

均如, 華嚴經三寶章圓通記 2권(전서 4책, pp.160-239)

여기서는 화엄의 삼보장을 강설·논석하여 문학적으로 기술하였다. 따라서 이 저술은 각장별로 서사문맥을 가지고 문답식 대화체를 활용하여 독자적 작품으로 전개되면서 발문까지 갖추고 있다. 그러기에 이 저술 작품은 시가형태가 전제되면서 많은 산문, 수필형태와 평론형태로 전개되는 게 당연하다. 특히 이 발문에서는 이 균여의 강설을 신라어·향찰로 표기하였음을 증언하고 있어 주목된다.

體元, 華嚴經觀自在菩薩所說法門別行疏 2권(전서 6책, pp.577-602)

여기서는 화엄경 입법계품 중 관세음보살이 선재동자에게 설한 법문을 여러 문단으로 나누어 강하여 나갔다. 따라서 여기에는 전체적으로 서사문맥을 주축으로 상당한 시가와 각종 산문이 개입·조직되고 강창문체에다 문답식 대화체까지 가세하여 종합문학적 양상을 보인다. 그러기에 이 저술은 크게 소설형태 내지 희곡형태를 지향하면서, 또한 시가형태에다 수필형태와 평론형태 등으로 전개되기 마련이었다.

涵虛, 金剛般若波羅蜜多經五家解說誼 2권(전서 7책, pp.10-115)

여기서는 금강경의 서분 3편을 해설하고 본분 32편을 육조와 야부·종경·규봉·부대사 등 5가의 논해에 따라 설의해 나갔다. 따라서 이 금강경의 분구마다 그 5대가의 시문이 각기 나열되고, 서사문맥의 부각과 함께 문답식 대화체까지 이입된 뒤에 5편의 발문이 붙어 있다. 그리하여 이 저술은 그대로 종합문학적 양상을 유지하여, 그 서사문학의 소설형태 내지 희곡형태를 지향하면서, 시가형태와 수필형태, 그리고 평론형태까지 포괄하고 있는 터다.

金時習, 蓮經別讚 1권(전서 7책, pp.287-295)

여기서는 법화경의 실상을 총설하고 품목별로 찬탄·설화하며 게송으로 읊어 나갔다. 따라서 이 저술 작품은 전체적으로 서사적 구조를 갖추고 여러 운문과 산문을 거느려서 소설형태를 지향하고, 그 장면화와 함께 강창문체를 이루어 희곡형태를 마련하고 있는 터다. 그리하여 이러한 종합문학적 양상은 유통·연행을 통하여 시가형태와 수필형태 내지 평론형태로 분화되게 마련이었다.

이로써 논소계 유형의 전모·전형이 완전히 부각·현시되었거니와, 나머지 보배로운 저술이 많다. 이에 편의상 그 저술들을 다 해설·제시하지 못하고 그 명목만이라도 들어 볼 필요가 있다. 그 제목만 보더라도, 위에서 거론된 유형의 저술들을 미루어 그 대강을 유추할 수가 있기 때문이다.

圓測, 般若波羅蜜多心經贊 1권(전서 1책, pp.1-14) : 강설·논석, 서사문맥·게

송, 문답식 대화체·강창문체.

圓測, 仁王經疏 6권(전서 1책, pp.15-122) : 강설·논석, 서사문맥, 문답식 대화, 발문.

元曉, 大慧度經宗要 1권(전서, pp.480-486) : 강설·논석, 서사문맥·게송, 문답식 대화체·강창문체.

元曉, 華嚴經疏 卷三 幷序 1권(전서 1책, pp.495-497) : 서문, 강설·논석, 서사문맥·게송, 문답식 대화체·강창체.

元曉, 本業經疏 卷下 幷序 1권(전서 1책, pp.498-523) : 서문, 강설·논석, 서사문맥, 문답식 대화체, 발문.

元曉, 涅槃宗要 1권(전서 1책, pp.524-546) : 강설·논석·서사문맥, 문답식 대화체.

元曉, 彌勒上生經宗要 1권(전서 1책, pp.547-552) : 강설·논석, 서사문맥, 문답식 대화체.

元曉, 無量壽經宗要 1권(전서 1책, pp.553-561) : 강설·논석, 서사문맥, 문답식 대화체.

元曉, 阿彌陀經疏 1권(전서 1책, pp.562-565) : 강설·논석, 서사문맥, 문답식 대화체, 발문.

元曉, 菩薩戒本持犯要記 1권(전서 1책, pp.581-585) : 강설·논석, 서사문맥·게송, 문답식 대화체·강창체, 발문.

元曉, 大乘起信論別記 2권(전서 1책, pp.677-697) : 강설·논석, 서사문맥, 문답식 대화체.

元曉, 大乘起信論疏記會本 6권(전서 1책, pp.733-788) : 강설·논석, 서사문맥·게송, 문답식 대화체·강창체.

憬興, 無量壽經連義述文贊 3권(전서 2책, pp.18-76) : 강설·논석, 서사문맥, 문답식 대화체, 발문.

勝莊, 梵網經述記 4권(전서 2책, pp.114-180) : 강설·논석, 서사문맥·게송, 문
답식 대화체·강창체.

勝莊, 金光明最勝王經疏 1권(전서 2책, pp.181-231) : 강설·논석, 서사문맥·게
송, 문답식 대화체·강창체.

義寂, 菩薩戒本疏 3권(전서 2책, pp.251-299) : 서문, 강설·논석, 서사문맥·게
송, 문답식 대화체·강창체, 발문.

義寂, 法華經論述記 1권(전서 2책, pp.300-319) : 강설·논석, 서사문맥·게송,
문답식 대화체·강창체.

明晶, 海印三昧論 3권(전서 2책, pp.397-399) : 서문, 강설·논석, 서사문맥·게
송, 문답식 대화체·강창체.

遁倫, 瑜伽論記 48권(전서 2책, pp.400-873) : 강설·논석, 서사문맥, 문답식 대
화체.

太賢, 本願藥師經古迹 2권(전서 3책, pp.409-417) : 강설·논석, 서사문맥·게
송, 문답식 대화체·강창체.

太賢, 菩薩戒本宗要 1권(전서 3책, pp.478-482) : 서문, 강설·논석, 서사문맥·
게송, 문답식 대화체·강창체.

太賢, 成唯識學紀 6권(전서 3책, pp.483-690) : 강설·논석, 서사문맥·게송, 문
답식 대화체·강창체.

見登之, 華嚴一乘成佛妙義 1권(전서 3책, pp.719-743) : 강설·논석, 서사문맥·
게송, 문답식 대화체·강창체.

均如, 一乘法界圖圓通記 2권(전서 4책, pp.1-38) : 강설·논석, 서사문맥·게송,
문답식 대화체·강창체.

均如, 十句章圓通記 2권(전서 4책, pp.39-80) : 강설·논석, 서사문맥·게송, 문
답식 대화체, 발문.

均如, 釋華嚴旨歸章圓通抄 2권(전서 4책, pp.81-159) : 강설·논석, 서사문맥·

계송, 문답식 대화체, 발문.

均如, 華嚴經敎分記圓通鈔 10권(전서 4책, pp.239-510) : 강설·논석, 서사문
맥·계송, 문답식 대화체.

諦觀, 天台四敎儀 1권(전서 4책, pp.517-527) : 서문, 강설·논석, 서사문맥·계
송, 문답식 대화체, 발문.

知訥, 勸修定慧結社文 1권(전서 4책, pp.698-707) : 강설·논석, 서사문맥, 문
답식 대화체, 발문.

知訥, 眞心直說 1권(전서 4책, pp.715-723) : 서문, 강설·논석, 서사문맥, 문답
식 대화체, 발문.

知訥, 圓頓成佛論 1권(전서 4책, pp.724-732) : 강설·논석, 서사문맥·계송, 문
답식 대화체, 발문.

知訥, 看話決疑論 1권(전서 4책, pp.732-737) : 강설·논석, 서사문맥·계송, 문
답식 대화체, 발문.

知訥, 華嚴論節要幷序 3권(전서 4책, pp.767-869) : 서문, 강설·논석, 서사문
맥, 문답식 대화체, 발문.

一然, 重編曹洞五位 3권(전서 6책, pp.216-244) : 강설·논석, 서사문맥·계송,
문답식 대화체·강창체, 발문.

普幻, 楞嚴經解刪補記 2권(전서 6책, pp.418-468) : 강설·논석, 서사문맥, 문답
식 대화체, 발원문.

天頙, 禪門寶藏錄 3권(전서 6책, pp.469-483) : 서문, 강설·논석, 서사문맥·계
송, 문답식 대화체·강창체.

體元, 華嚴經觀音知識品 1권(전서 6책, pp.602-603) : 강설·논석, 서사문맥·계
송, 문답식 대화체·강창체.

元旵, 現行西方經 1권(전서 6책, pp.860-876) : 강설·논석, 서사문맥·계송, 문
답식 대화체·강창체, 발문.

涵虛, 金剛般若波羅蜜經論貫 1권(전서 7책, pp.116-121) : 강설·논석, 서사문
맥, 문답식 대화체.

涵虛, 大方廣圓覺修多羅了義經說誼 3권(전서 7책, pp.122-169) : 강설·논석,
서사문맥·게송, 문답식 대화체·강창체, 간기.

涵虛, 禪宗永嘉集科註說誼 2권(전서 7책, pp.170-216) : 서설, 강설·논석, 서사
문맥·게송, 문답식 대화체·강창체, 간기.

涵虛, 顯正論 1권(전서 7책, pp.217-225) : 강설·논석, 서사문맥, 문답식 대화체.

智訔, 寂滅示衆論 1권(전서 7책, pp.280-286) : 강설·논석, 서사문맥·게송, 문
답식 대화체·강창체, 찬송, 발문.

金時習, 華嚴釋題 1권(전서 7책, pp.295-308) : 강설·논석, 서사문맥·게송, 문
답식 대화체·강창체.

金時習, 大華嚴法界圖註幷序 1권(전서 7책, pp.301-308) : 서설·법성게 강설·
논석, 부록 설잠시.

雪岑, 十玄談要解 1권(전서 7책, pp.309-323) : 강설·논석, 부록 조주삼문.

淨源, 禪源諸詮都序分科 1권(전서 8책, pp.404-439) : 총서, 강설·논석, 서사문
맥·게송, 문답식 대화체·강창체, 발문.

性聰, 大乘起信論疏筆削記會編 4권(전서 8책, pp.654-796) : 서문, 강설·논석,
서사문맥·게송, 문답식 대화체·강창체.

大智, 雲峰禪師心性論 1권(전서 9책, pp.1-16) : 서문, 강설·논석, 서사문맥·게
송, 문답식 대화체·강창체, 부록 찬운봉시.

子秀, 佛祖眞心禪格抄 1권(전서 9책, pp.442-458) : 강설·논석, 서사문맥·게
송, 문답식 대화체·강창체.

志安, 禪門五宗綱要 1권(전서 9책, pp.459-466) : 서문, 강설·논석, 서사문맥·
게송, 강창체.

別關, 三門直指 1권(전서 10책, pp.138-166) : 서문, 강설·논석, 서사문맥·게

송, 강창체.

亘璇, 修禪結社文科釋 1권(전서 10책, pp.528-551) : 강설·논석, 서사문맥·게송, 문답식 대화체·강창체, 부록 시가.

意恂, 禪門四辨謾話 1권(전서 10책, pp.820-829) : 서문, 강설·논석, 서사문맥·계송, 강창체.

이밖에도 현전하는 저술들이 35종이나 되지만, 형편상 거명하지 않겠다. 그래서 이 논소계 유형의 저술은 무려 100여 종을 헤아리며 질량 면에서 그 불교전서의 주류를 이루고 있는 터다.

이상과 같이 논소계 저술들 모두가 문학적 유형을 갖추고 있다. 원래 문학적인 불경을 다시 그 이상의 문학 작품으로 표현하고 있기 때문이다. 따라서 이 저술들은 그 거룩하고 심오한 불교적 주제·내용을 당대의 첨단적 문학양식을 통하여 최선의 구조·형태와 표현·문체로 작품화하고 있는 게 확실한 터다. 일찍이 한·중·일 불교문학계에서는 모든 서사적 불경이 다 소설형태 아니면 희곡양식이라고 논의·규정되어 왔다.[15] 이러한 배경과 계통에 의하여 위 논소계 저술들은 서사적 구조·형태를 주축으로 구성 양식과 그 표현·문체를 통하여 소설형태에 접근하고 있으며, 한편 이러한 서사문맥을 장면화하고 강창체와 대화체·시가를 수용·조직하여 희곡형태로 전개될 수가 있는 게 사실이다. 나아가 이러한 저술들은 그 종합문학적 양상을 갖추고 그 유통·연행을 통하여, 시가형태와 수필형태 내지 평론형태로 분화·행세하게 되었던 것이다.

3) 승전계 유형

이 승전계 유형은 역대 고승·명승의 평생 행적을 문학적으로 입전한 작품의

---

15 深浦正文,「戲曲文學」,『佛敎文學槪論』, 永田文昌堂, 1965, pp.347-349.

일환이다. 기실 이런 승려들의 이상적 행적은 성불을 전제로 불타의 행적을 지향하여 온 게 확연한 터다. 그러기에 이런 승려들의 행적은 불타의 그것에 얼마만큼 접근했느냐에 따라 불교계의 평판·존숭이 좌우될 수밖에 없었다. 따라서 그 행적이 입전되는 과정에서 그 불타의 행적, 불전계 유형을 전범으로 삼는 게 당연한 일이었다. 그리하여 이 승전계 작품들은 대강 팔상구조에 입각하여 전기적 유형으로 구성·작성되었던 터다. 그러기에 이 유형은 결국 전기문학 내지 서사문학의 형태로 정립되어, 전기·행장을 비롯해서 적어도 소설형태 내지 희곡형태를 지향하게 되었던 것이다. 그래서 이런 저술들은 그 구성형태와 표현·문체상에서 시가나 산문을 도입하여 강창문체를 이루고, 자연 종합문학적 양상을 유지하게 되었다. 마침내 이런 저술들은 그 승려들의 행적을 기리고 숭앙하면서 사부대중의 신행에 본보기가 되는 불서·경전처럼 찬연한 문학작품으로 완결되었던 것이다.[16] 따라서 이 저술의 종합문학적 실상은 그 유통·연행의 과정을 통하여 소설·희곡은 물론, 시가 형태나 수필형태로까지 분화·전개될 수가 있었던 터다.

실제로 이 승전계 저술은 역대 불교계에서 일찍부터 형성·제작되어 불서·경전처럼 유전·행세하였던 것이다. 이런 저술들은 그대로 전래되면서 새롭게 입전되어 발전을 보이고 질량 면에서 성황을 이루었던 터다. 그러기에 현전하는 원전도 비교적 많은 편이다. 그러나 이것도 지난한 전승과정을 겪으면서 창해유주로 살아남은 것이라 본다. 이에 그 원전을 들어보면 이러하다.

慧諶·覺雲, 禪門拈頌說話會本 28권(고축 72-1463, 전서 5책, pp.80-925)

여기서는 서문에 이어 인도·중국·한국에 걸친 역대 조사의 도심·언행을 古則으로

---

16 육조단경류는 본래 육조 혜능의 전기, 승전류인데, 후대적으로 불서 경전으로 행세·유통되었다.: 정무환, 「육조단경의 성립과 제문제」, 『육조단경의 세계』, 대한전통불교연구원, 1989, pp.247-248.

내세워, 이에 대하여 후대 고승·명승들이 찬송한 시가와 설화한 산문 내지 그 평설문을 조직해 놓은 작품들로써 연첩되어 있다. 그리고 발문까지 붙었다. 우선 상계한 석가불의 행적 고측 1-17을 전제로 이어지는 고측 1463까지 실로 방대한 이 작품 속에는 수많은 고승전이 자리한 것이다. 그 고측의 주인공이나 등장 승려는 물론, 이 고측을 두고 송찬하거나 설화하는 승려들의 고명한 전기가 다 포괄되었기 때문이다. 그러기에 이 작품은 전체적으로 역대 선문 조사의 찬연한 행적으로 이어지는 일대 장편소설을 지향하고, 이것이 장면화되어 아려한 강창체·대화체를 갖추고 일대 장편희곡으로 전개되었던 터다. 따라서 이러한 종합문학적 양상은 그 유통·연행을 통하여 그 장편소설·희곡의 구조·형태를 기반으로 해서, 시가형태와 수필형태 내지 평론형태로 전개될 수 있었던 터다.

未詳, 通錄撮要 4권(전서 7책, pp.767-827)

여기서는 인도·중국의 역대 조사의 빛나는 행적을 순차·계파별로 입전·나열하고 있다. 그러기에 이 저술에는 전체적으로 고금 조사·선승의 찬연한 행적·언행을 중심으로 엮어나간 선종문학사가 전개되어 있다. 여기서는 각개 조사·선승의 생동하는 언행을 전기형태로 입전하되, 그 안의 서사문맥에 시가와 대화 등을 함입시켜 하나의 작품으로 만들어, 총체적인 작품형태를 조성하고 있기 때문이다. 그래서 이 저술은 전체적으로 서사적 구조 형태에 따라 일대 장편소설을 지향하고 나아가 그 장면화와 함께 시가·대화 등의 교직문체에 의하여 일대 장편희곡으로 전개될 수가 있었던 것이다. 한편 이 작품은 그 종합문학적 실상이 유통·연행을 통하여 각기 소설·희곡형태는 물론, 시가형태와 수필형태 내지 평론형태로 분화·행세할 수 있었던 터다.

覺訓, 海東高僧傳 2권(전서 6책, pp.89-101)

여기서는 서문을 겸하여 논의를 하고, 삼국시대로부터 신라에 걸쳐 대표적인 고승의 행적을 전형적인 고승전의 양식에 맞추어 입전·배열하였다. 따라서 이 저술은 전체적으로 승전문학사를 이룩하여 그 서사문학적 구조·형태에 따라서 장편소설을 지향하고, 나아가 개인별로 장면화에 이르러 대화·논평을 포용하면서 장편희곡으로 전개될 수가 있는 터다. 이 작품은 개별적으로 전기적 유형을 통하여 전기문학의 전형을 이루고 수필형태를 보이며, 그 말미에 '贊曰'을 붙여 평론형태를 나타내었던 터다.

覺岸, 東師列傳 6권(전서 10책, pp.995-1075)

여기서는 신라 이래 조선 말기까지의 고승들의 행적을 승전의 유형에 맞추어 입전·나열하였다. 기실 이 각 편들은 각기 전기적 유형의 서사문맥을 유지하고 간결한 산문체로써 승전문학의 백미를 이루고 있다. 이러한 작품이 170여 편이나 연결되니, 실로 역대 승전문학사를 보여 주고 있는 터다. 기실 이 작품들은 전체적 균형이나 열전의 성격상 그 다양·풍성한 서사문맥이 상당히 응축 간략화되어 있는 실정이다. 따라서 다른 기록·전승을 통하여 그 원형을 족히 복원할 수가 있는 게 사실이다. 그렇다면 이 저술은 전체적으로 일대 서사문학을 이루어, 장편소설과 장편희곡의 형태를 지향하면서, 개별적으로는 단편 내지 중편의 소설·희곡은 물론, 수필형태를 나타내게 되었던 것이다.

休靜, 三老行蹟 1권(전서 7책, pp.752-756)

여기서는 벽송당대사와 부용당선사 경성당선사의 빛나는 행적을 명문으로 입전하였다. 각 편에는 말미에 진찬이 붙어 시가적 면모를 곁들이고 있는 데다. 3편의 발문이 있어 문학적 성격을 더하고 있는 터다. 따라서 이 작품들은 각기 전기적 유형의 서사문학으로 성립되어 그 찬시와 함께 강창적 입체성까지 보여 주는 터다. 그래서 이것은 각기 승전문학일 뿐만 아니라, 서사문맥을 복원·부연하여 소설형태를 지향하고 있다고 본다. 그리고 이 작품들은 부록된 발문들과 함께 수필의 일면을 드러내고 있는 터다.

崔致遠, 法藏和尙傳 1권(전서 3책, pp.769-777)

이것은 법장의 찬연한 행적을 승전의 전형인 10과목에 준하여 입전한 명문으로 완벽한 승전문학이다. 그 말미에 명이 붙어 시가의 일면까지 있으니 강창체의 입체성이 돋보이는 터다. 이 작품은 그 자체로서 전기문학 고승전의 형태를 취하고 있지만, 실제로 그 화려·찬란한 행적을 복원하여 부연하면 당당한 서사문학 소설형태로 정립될 수가 있고 나아가 희곡형태를 지향하는 터다.

赫連挺, 大華嚴首座圓通兩重大師均如傳幷序 1권(전서 4책, pp.511-516)

이 저술은 서문에 이어 균여의 찬연한 행적이 전형적인 10과목에 준하여 명문으로 입전된 완벽한 승전문학이다. 특히나 이 작품은 빼어난 서사문맥에 향가와 한시가 삽입·교직되어 아려한 강창문체로 입체성을 갖추고 있는 터에 발문까지 붙었다. 그리하여 이 작품은 그 자체로서 전장체이기는 하지만, 그 응축·생략된 서사문맥을 복원·부연하면 한편의 소설로 전개될 수가 있는 터다. 그리고 이것이 10단의 장면화에다 시가와 대화가 결합되어 희곡으로 성립·행세하게 되었다. 나아가 이 작품 그 시가형태는 물론, 각단의 산문이 그 서발과 함께 수필형태를 보이고 있는 터다.

이밖에도 승전계 저술에 속하는 원전이 있어 거명해 보면 다음과 같다.

智儼, 拈頌說話節錄 1권(전서 7책, pp.388-528) : 위 원본에서 각칙 설화의 평설만을 절록.

景閑, 佛祖直指心體要節 2권(전서 6책, pp.604-636) : 과거불·석가불 이래 역대 선사들의 선법문, 서사문맥·게송, 문답식 대화체·강창체.

自超, 佛祖宗派圖 1권(전서 7책, pp.1-9) : 불조 이래 각종파의 도시, 종파별 말미에 게송.

采永, 西域中華海東佛祖源流 1권(전서 10책, pp.97-134) 석가여래와 과거칠불의 행적, 서역·중화·해동에 걸친 역대 조사의 행적·언행을 입전.

慧諶, 四溟堂枝派根源 1권(전서 10책, pp.135-137) : 서문, 사명당 계보 승전.

意恂, 震默祖師行蹟考 1권(전서 10책, pp.867-884) : 서문, 진묵의 행적, 발문.

이 승전계의 작품은 『삼국유사』 같은 잡저 속에 고승전으로 자리하거나 고승들의 어록·문집 등에 전기·행장으로 부록된 것이 적지 않다.(하술 참조) 그러나 이런 작품들은 그 원전의 일부로 취급되어 여기서는 논외로 하겠다.

이상과 같이 승전계 저술들은 역대 고승들의 행적을 찬탄·미화하되, 그 진상을 밝혀 선양하는 최선의 방편으로 문학적 방법을 선택·활용하였다. 그리하여 이 저술들은 종합문학적 양상을 갖추게 되었다. 따라서 이 작품들은 먼저 전기적 유형을 통하여 기본적으로 기전문학의 형태를 취하였던 터다. 나아가 이런 기전문학이 발전적으로 허구·부연되어 소설형태를 지향했던 게 사실이다. 한편 이러한 소설적 서사구조가 자연스럽게 장면화되고 시가나 대화 등과 결부되어 희곡형태로 전개될 수 있었다. 그러기에 이 작품들은 유통·연행을 통하여 소설·희곡의 형태는 물론, 시가형태와 수필형태 내지 평론형태로 분화되었던 게 사실이다.

4) 재의계 유형

이 재의계 유형은 역대 불교계에서 그 사상·신행의 실천적 연행을 위한 대본으로 형성·제작된 작품의 일환이다. 따라서 이 저술들은 그 연행을 가장 효율적으로 추진하고 그 성과를 극대화하는 방향에서 문학적 방편을 최대한 수용·활용하였다. 그리하여 각개 저술의 전체적 구조는 여러 재의단계를 길게 연결하여 서사문맥으로 조직되고, 그 단위마다 재의 효과를 강화하는 다양한 시가와 진언, 각종 산문을 인용·조합시켰던 것이다. 그러면서 이 단위 작품의 적절한 곳에 그 공연을 위한 각종 지시문이 삽입되었던 터다. 그러기에 이 저술들은 전체적으로 그 연행, 연극적 공연을 위한 대본·극본으로서 장편희곡의 실상을 보이는 게 사실이다. 한편 그 서사적 구조는 소설적 구성과 문체를 통하여 중·장편소설의 형태를 지향하고 있는 터다. 기실 이러한 종합문학적 양상은 그 연극적 공연을 통하여 희곡·소설형태는 물론, 시가형태와 수필형태 내지 평론형태로 분화·전개될 수 있었던 것이다.

실제로 이러한 저술들은 역대 불교계에서 일찍부터 형성·제작되어 점차 성행을 보였던 게 사실이다. 그것이 대중적 불교활동, 신행생활의 주축이었기 때문이다. 그러기에 이 저술 작품이 한·중 불교계에 널리 유통·행세하여 현전하는 것도 비교적 많은 편이다. 기실 이 전서에는 12종이 수집되었지만, 다른 불교의례자료집에는 75종까지 수록되었던 터다.[17] 이에 그 원전 중의 일부를 들어 보면 다음과 같다.

惠永, 白衣解 1권(전서 6책, pp.411-417)
여기서는 관세음보살의 찬양 총설에 이어 그 보살의 위덕을 11단계에 걸쳐 찬탄·예경·참회하고, 나머지 15단계까지는 지장보살·대세지보살·제존보살, 일체 현성을 찬양하고 있다. 이 각단마다 예찬문과 게송·진언·참회문이 섞여 나오고, 각개 문단에 걸쳐 해설문이 붙어 논평의 역할을 하는 터다. 이 저술은 관세음보살과 제존보살·일체 현성의 찬연한 행적·권능을 단계적인 서사구조로 조직하여, 전체적으로 한편의 소설작품을 지향하고 있는 게 사실이다. 한편 이러한 서사구조가 장면화

---

17 박세민, 『한국불교의례자료총서』 전 4집, 총 75편, 삼성당, 1993.

되고 시가·진언과 찬문·해설이 어우러져 한편의 희곡형태로 전개되고 있는 터다. 따라서 이러한 종합문학적 실상이 그 유통·연행을 통하여 적어도 소설·희곡형태는 물론, 시가형태와 수필형태 내지 평론형태로 전개될 수 있었던 것이다.

休靜, 說禪儀 1권(전서 7책, pp.737-739)

여기서는 참선을 위한 의례로서 석가불과 제자, 지신·공신들을 등장시켜 예경하고 각종 공양을 올린 다음, 그 세존을 법좌에 모시고 선문답을 진행한다. 그 과정에서 절차마다 게송을 읊으면서, 선불교의 핵심 요목을 제자가 묻고 세존이 답하는 대화의 문장으로 꽃을 피운다. 그리하여 이 작품은 간단하면서도 의미 심중한 선문답의 극적 대본으로 전개되었다. 그러기에 이 작품은 전체적으로 그 서사문맥의 부연과 문장화로 소설형태를 지향하고 있다. 한편 이 작품은 장면화와 함께 시가와 대화를 인용·조직하여 하나의 희곡형태를 보여 주고 있다. 이러한 종합문학적 양상은 그 연행을 통하여 소설·희곡은 물론, 시가형태 내지 수필형태로 전개될 수 있었던 것이다.

休靜, 雲水壇歌詞 1권(전서 7책, pp.734-749)

여기서는 영가를 천도하기 위한 재의로서 먼저 부처를 앙청하여 예경·공양하고, 그 권능 아래 영가를 소청하여 공양·설법으로 서방정토에 왕생하도록 봉송한다. 따라서 이 대본은 전체적인 서사문맥으로 여러 단계의 재의과정을 연결시키고, 각개 단계마다 필요한 각종 산문과 운문 게송·진언 등을 조화롭게 엮어 나간다. 따라서 이 대본은 그 연극적 공연의 극본·희곡으로서 시가·대화 등 모든 요건을 갖추었다. 한편 이 대본은 그 서사문맥을 부연·미화하여 소설형태를 지향하고 있는 터다. 이러한 종합문학적 양상은 그 유통·공연을 통하여 소설·희곡형태는 물론, 시가형태와 수필형태 내지 평론형태 등으로 분화·전개될 수가 있었던 터다.

未詳, 念佛作法 1권(전서 7책, pp.816-824)

여기서는 서방정토 극락세계에 왕생하기 위한 염불의례로서, 석가여래·아미타불에 귀의·송념하여 극락세계에 이르는 수행과 성취의 과정을 제시하고 있다. 그러기에 처음부터 청불·예불·염불에 전념하고 찬탄·공양하는 제반 산문과 각종 운문이 연첩되어 있는 실정이다. 이어서 고래의 염불문에서 저명하게 통용되어 온 아미타찬·정토삼부경찬·각종 발원문 등을 엄선·나열하고 있는 터다. 따라서 이 저술은 정토계 염불 수행에 따르는 운문·산문의 선집이라 보아진다. 그러기에 이 저술은 전체적으로 차안의 사바세계에서 피안의 극락세계에 이르는 일련의 서사구조를 중심으로 소설형태를 지향하고 있는 한편, 그 서사문맥의 장면화에 따라 시가·산문·대화체를 수용하여 희곡형태를 연출하고 있는 터다. 그래서 이 작품은 종합문학적 실상이 유통·연행을 거치면서 소설·희곡은 물론, 시가형태·수필형태로 분화·전개될 수가 있었던 것이다.

眞一, 釋門家禮抄 2권(전서 8책, pp.277-289)

여기서는 서문에 이어 승가의 상례에 따른 의식과 제반 절차, 그리고 그 의례의 진행과 마무리에 관련된 모든 격식·문장이 연결·나열되고 발문까지 붙었다. 그러기에 열반과 장례·다비·습골·입탑·제례·왕생 등에 따르는 재의과정이 서사문맥으로 조성되고, 수많은 운문과 산문을 동반하여 문원을 이루고 있는 터다. 따라서 이 저술은 그 재의의 전체적 서사문맥을 통하여 소설형태를 지향하고 있거니와, 그 장면화와 더불어 유관 산문·운문에 대화체까지 합세하여 희곡형태를 현시하고 있는 실정이다. 그리하여 이런 종합문학적 형태가 연극적 공연을 거치면서 소설·희곡형태는 물론, 시가형태와 수필형태로 분화·전개될 수 있었던 것이다.

亘璇, 作法龜鑑 2권(전서 10책, pp.552-609)

여기서는 서문에 이어, 불가의 예경재의와 수행재의·법회재의·천도재의·점안재의 등에 걸친 의례절차가 정연하게 펼쳐지고 있다. 따라서 그 각개 재의의 연행 대본으로서, 그것은 모두 종합문학적 양상을 갖추고 있는 게 사실이다. 그래서 이들 각개 대본이 그 연극적 공연의 극본으로서 희곡형태를 보이고 있는 것은 당연한 일이다. 그리고 이 대본들은 전체적 서사구조에 따라 그 부연·허구를 통하여 소설형태로 전개될 수 있었던 것이다. 이러한 종합문학적 양식이 그 유통·연행에 의하여 희곡·소설형태를 바탕으로 다양한 시가형태와 수필형태 내지 평론형태로 분화·발전하게 되었던 터다.

이밖에도 재의계 저술이 상당하지만, 이 전서에 수록된 것만 거명해 보면 이러하다.

> 未詳, 東國諸山禪燈直點壇 1권(전서 7책, pp.739–741) : 재의절차 계송·기원문.
>
> 中觀子, 先王先后祖宗列位壇 1권(전서 제7책, pp.741–743) : 의례절차·계송·기원문.
>
> 覺性, 釋門喪儀抄 2권(전서 8책, pp.237–243) : 재의절차·계송·기원문, 발문.
>
> 明照, 僧家禮儀文 1권(전서 8책, pp.397–403) : 재의절차, 계송·의례문, 발문.
>
> 明眼, 現行法會禮懺儀式 1권(전서 9책, pp.201–204) : 재의절차, 계송·의례문.

이러한 저술들이 위와 같은 유형으로 종합문학적 실상을 갖추고, 그 문학장르로 분화·전개될 수 있었던 것이다.

이상과 같이 재의계 저술들은 불교계 제반 재의의 대본으로서 그 연행의 효과를 극대화하기 위하여 최상의 문학적 방편을 따라 종합문학적 양상으로 제작·조성되었다. 그리하여 이 대본들은 전체적으로 그 재의의 연극적 공연을 주도하는 극본·희곡의 실상을 보유하였던 것이다. 한편 이 대본들은 그 전체의 서사구조를 중심으로 부연·허구되어 소설형태를 지향하게 되었다. 그 자체의 서사문맥 뿐만 아니라 이 재의의 연행을 통하여 형성·전개되는 신화·전설적 서사문학이 얼마든지 결부되었기 때문이다. 이러한 대본의 희곡·소설적 종합문학 형태는 많은 시가·진언과 다양한 재의산문을 수용·조합시킨 나머지, 그 재의의 유통·연행을 통하여 각기 장르별로 분화·전개되는 게 당연한 일이었다. 그리하여 이 대본들은 마침내 희곡·소설형태를 전제로 그 시가형태와 수필형태 내지 평론형태를 지향하게 되었던 것이다.[18]

5) 문집계 유형

이 문집계 유형은 역대 고승·문사들이 그 불교사상·신행의 세계를 자유자재한 문학형태로 표현한 작품의 일환이다. 이로부터 한국 문승·문사에 의한 창의·창조적 작품들이 본격적으로 꽃피게 되었던 터다. 이미 삼국시대부터 불교문원이 형성되어 본격적인 불교문학이 제작·유통된 것은 당연한 일이었다. 당시 한·중 간에는 이런 불교문학이 일반문학과 동일하게 발전·성행하였으니, 그것이 시가와 수필, 소설과 희곡, 그리고 평론 등으로 당당히 행세하였던 터다. 다만 이 유형의 작품들은 심오·미묘한 불법의 세계를 보다 고아·미려하게 표현해 낸 것으로 더욱 돋보일 뿐이었다.

실제로 이러한 불교문학은 불교의 발전·성세와 함께 점차 발전하여 신라 이래 고려를 거쳐 조선시대에 이르면서 보다 융성하고 나아가 그 시대 문원의 주류를 이루었던 것이다. 따라서 이런 문집계 유형은 당대 문인들의 문집류와 대등하게, 많은 학승·문승들의 작품들을 장르별 체계로 집성하는 데서 성행하였던 게 사실이다. 그런데도 신라대의 문집은 보이지 않고 겨우 고려대 대각국사

---

18 사재동, 「불교재의궤범의 공연양상과 문학적 전개」, 『충청문화 연구』 15집, 충남대학교 충청문화연구소, 2015, pp. 214-215.

의 문집부터 현전하고 있는 실정이다. 그런대로 창해유주로 남아 있는 문집은 조선시대의 것을 중심으로 상당한 질량에 이르고 있는 터다. 우선 그 중의 전형적인 것을 들어 보면 다음과 같다.

義天, 大覺國師文集 잔간 23권(전서 4책, pp.528-566)
여기서는 序·記 5편과 辭 5편, 表 52편, 狀 30편, 書 19편, 疏文 12편, 祭文 18편, 그리고 詩 146편 등이 수록되었다. 그리하여 이 작품들은 시가와 수필로 분류된다.

義天, 大覺國師外集 잔간 13권(전서 4책, pp.567-596)
여기에는 書 69편과 記 2편, 辭 4편, 詩 38편, 그리고 대각국사비명 2편이 실려 있다. 따라서 이 작품들은 시가와 수필로 분화·전개되고, 비명은 그 전기적 서사성으로 하여 기전소설을 지향하고 있는 터다.

義天, 圓宗文類 총 23권 중 제14, 22권(전서 4책, pp.597-647)
여기에는 諸文行位類로 探玄記가 20편, 搜玄記 등 3편, 讚頌(詩) 134편, 그리고 잡문으로 論·記 3편, 書 1편, 序 12편, 비명 1편, 疏 5편, 願文 6편이 자리하였다. 따라서 이 작품들은 시가와 수필로 분화·행세하고, 그 비명이 전기적 서사성으로 하여 기전소설을 지향하는 터다.

冲止, 圓鑑國師文集 4권(전서 6책, pp.370-410)
여기에는 서문 2편에 이어, 詩 329편과 祭文·發願文 5편, 疏 46편, 表 5편 등이 수록되고 발문이 붙어 있다. 따라서 이 작품들이 시가와 수필로 분화·전개될 수 있다. 한편 위 시가들에 상당수 서문·해설이 붙어서 강창문체를 이루니, 그 서사문맥의 장면화와 함께 어울려 희곡형태를 지향하는 터라 하겠다.

懶翁, 懶翁和尙歌頌 1권(전집 6책, pp.730-765)

여기에는 歌 3편, 頌 351편, 僧元歌(가사) 1편, 그리고 위 三種歌를 法藏이 시적으로 해석한 것이 실려 있다. 그리하여 이 작품들은 시가는 물론, 그 삼종가의 해석문이 강창체를 이루어 희곡형태를 지향하고 있는 터다.

金時習, 梅月堂詩四遊錄·同 別集·全集所在佛敎關係詩文 6권(전서 7책, pp.324- 383)

여기에는 서문에 이어 遊關西錄 31편, 遊關東錄 44편, 遊湖南錄 15편, 遊金鰲錄 80편, 별집시 27편에 발문, 그리고 전집시문초에 시 233편, 잡저문 10편 등이 수록되었다. 그리하여 이 작품들은 시가와 수필, 금오신화 등의 소설 형태로 분화·전개되었다.

休靜, 淸虛堂集 7권(전서 7책, pp.658-736)

여기에는 서문 3편에 이어, 辭 7편과 詩 558편, 歌 1편, 그리고 序 1편, 記 11편, 疏 6편, 書 76편, 祭文 1편, 雜著 19편 등이 실렸다. 따라서 이 작품들은 시가와 수필형태로 분화·전개되는 게 당연하다.

善修, 浮休堂大師集 5권(전서 8책, pp.1-23)

여기에는 서문에 이어, 詩 229편과 疏 13편, 記 1편, 書 2편이 실려 있다. 그래서 이 작품들은 시가와 수필형태로 행세하였다.

海日, 映虛集 4권(전서 8책, pp.34-45)

여기에는 서문에 이어, 詩 64편과 賦 3편, 그리고 유산록 3편에 영허대사행장, 발문이 실려 있다. 따라서 이 작품들은 시가와 수필, 그리고 그 행장의 전기적 서사문맥을 따라 소설형태를 지향하고 있는 터다.

惟政, 四溟堂大師集 7권(전서 8책, pp.45-78)

여기에는 서문에 이어, 辭 6편과 詩 230편, 禪偈 27편, 雜文 19편, 그리고 사명당의 행장·비명 각 1편, 발문 2편이 수록되었다. 그래서 이 작품들은 시가와 수필형태로 분화·전개되고, 한편 그 행장·비명의 서사구조를 기반으로 소설형태를 지향하고 있는 게 사실이다.

有璣, 好隱集 4권(전서 9책, pp.704-728)

여기에는 서문에 이어 文(一) 15편과 文(二) 28편, 詩文(一) 46편, 詩文(二) 12편, 그리고 自傳·眞影讚 각 1편이 실렸다. 따라서 이 작품들은 시가와 수필형태로 분화되고, 그 자전의 전기적 유형이 서사문학·소설형태의 경향을 보이는 터다.

有一, 蓮潭大師林下錄 4권(전서 10책, pp.213-287)

여기에는 서문·자서 4편에 이어, 詩 305편과 疏 9편, 記 6편, 序 8편, 上樑文 4편, 題 4편, 文 27편, 贊 16편, 法語·示衆 14편, 부록 4편, 발문 등이 자리하였다. 따라서 이 작품들이 시가와 수필형태로 분화·행세했던 것이다.

戒悟, 伽山稿 4권(전서 10책, pp.758-795)

여기에는 서문 2편에 이어 詩 177편과 讚 6편, 그리고 書 8편, 記 8편, 序 3편, 上樑文 12편, 月荷大和上行狀, 발문 등이 실려 있다. 그래서 이 작품들은 시가와 함께 수필형태로 분화될 수가 있었던 것이다.

이밖에도 위와 같은 유형의 저술들이 상당히 많다. 이에 그 제목을 들어 대강을 살피면 아래와 같다.

慧諶, 無衣子詩集 2권(전서 6책, pp.50-66) : 근체시 각체, 금강경찬 병서.

連公, 南明泉和尙頌證道歌事實 3권(전서 6책, pp.102-161) : 영가대사 증도가·남명천선사계송·해석문.

景閑, 白雲和尙文集 2권(전서 6책, pp.637-669) : 서문, 법어·시가·서.

普愚, 太古和尙文集(語錄) 2권(전서 6책, pp.669-702) : 서문, 법어·선어·한시 각체.

普雨, 虛應堂集 2권(전서 7책, pp.529-576) : 한시 각제, 병서.

敬軒, 霽月堂大師集 2권(전서 8집, pp.113-127) : 서문, 한시 각체, 각종 산문, 행장.

印悟, 靑梅集 2권(전서 8책, pp.128-157) : 서문, 한시 각체, 각종 산문, 발문.

法堅, 奇巖集 3권(전서 8책, pp.157-185) : 서문, 한시 각체, 각종 산문.

彦機, 鞭羊堂集 3권(전서 8책, pp.237-243) : 서문, 한시 각체, 각종 산문.

處能, 大覺登階集 2권(전서 8책, pp.307-343) : 서문, 한시 각체, 각종 산문.

懸辯, 枕肱集 2권(전서 8책, pp.345-371) : 서문, 한시 각체, 각종 산문, 국문가사.

明照, 虛白堂集 3권(전서 8책, pp.379-397) : 서문, 한시 각체, 각종 산문, 발문.

性聰, 栢庵集 2권(전서 8책, pp.440-483) : 한시 각체, 각종 산문.

策憲, 月峰集 3권(전서 9책, pp.17-44) : 한시 각체, 각종 산문.

道安, 月渚大師集 3권(전서 9책, pp.79-121) : 서문, 한시 각체, 각종 산문, 발문.

明登, 楓溪集 3권(전서 9책, pp.122-159) : 서문, 한시 각체, 각종 산문.

秋鵬, 雪巖雜著·亂稿 5권(전서 9책, pp.236-341) : 한시 각체, 각종 산문, 발문.

秀演, 無用堂遺稿 2권(전서 9책, pp.342-365) : 서문, 한시 각체, 각종 산문, 행장.

子秀, 無竟集·室中語錄 5권(전서 9책, pp.366-441) : 서문, 한시 각체, 각종 산문, 행장.

法宗, 虛靜集 2권(전서 9책, pp.487-527) : 서문, 한시 각체, 각종 산문, 발문.

懶湜, 松桂大禪師文集 3권(전서 9책, pp.570-590) : 서문, 한시 각체, 각종 산

문, 발문.

海源, 天鏡集 3권(전서 9책, pp.600-632) : 서문, 한시 각체, 각종 산문, 발문.

自優, 雪潭集 2권(전서 9책, pp.728-747) : 서문, 한시 각체, 각종 산문.

時聖, 野雲大禪師文集 3권(전서 9책, pp.748-758) : 서문, 한시 각체, 각종 산문, 발문.

寂吶, 默庵大師詩抄 3권(전서 10책, pp.1-25) : 서문, 한시 각체, 각종 산문, 행장, 발문.

泓宥, 秋波集 3권(전서 10책, pp.58-81) : 서문, 한시 각체, 각종 산문, 발문.

別闊, 振虛集 2권(전서 10책, pp.167-177) : 서문, 한시 각체, 각종 산문, 행장.

取如, 括虛集 2권(전서 10책, pp.302-323) : 서문, 한시 각체, 각종 산문, 행장, 발문.

旨冊, 冲虛大師遺集 2권(전서 10책, pp.324-357) : 서문, 한시 각체, 각종 산문, 실기, 발문.

箕穎, 象庵大師文集 2권(전서 10책, pp.358-385) : 한시 각체, 각종 산문.

義沾, 仁嶽集 3권(전서 10책, pp.400-423) : 권수, 한시 각체, 각종 산문, 행장, 발문.

應允, 鏡巖集 2권(전서 10책, pp.424-455) : 서문, 한시 각체, 각종 산문, 행장, 발문.

正訓, 澄月大師詩集 3권(전서 10책, pp.486-505) : 서문, 한시 각체, 각종 기문, 행장, 발문.

惠藏, 兒庵遺集 3권(전서 10책, pp.690-709) : 서문, 한시 각체, 각종 산문, 발문.

意恂, 草衣詩稿 2권(전서 10책, pp.830-870) : 서문, 한시 각체, 각종 산문, 탑비명, 발문.

善影, 櫟山集 2권(전서 10책, pp.940-967) : 서문, 한시 각체, 각종 산문, 행장, 발문.

致能, 涵弘堂集 2권(전서 10책, pp.968-994) : 서문, 한시 각체, 각종 산문, 행
　　장, 발문.
覺岸, 梵海禪師文集·詩集 4권(전서 10책, pp.1075-1125) : 서문, 한시 각체, 각
　　종 산문, 행장, 발문.

　그러고도 이 유형에 속하는 저술 중에서 25종을 편의상 거명하지 못하였다.
이 저술들은 모두 단권으로 그 수록 작품이 한시 각체요 각종 산문으로서 서발
을 포함하여 시가와 수필의 형태를 취하고 있는 터다.
　이상과 같이 문집계 저술들은 그대로 불교문학의 본령을 차지하는 작품들의
집성이다. 원래 문집은 제반 문학작품의 집성이거니와, 당대 불교계 문사들이
불교적 주제·내용을 본격적이고 창의적으로 작품화하여 총합해 놓은 것이다.
그러기에 이 저술들은 문학적 방편이나 방법에 있어 보편적이면서 높은 수준을
유지하는 것은 물론, 그 장르에 있어서도 보편적인 전형을 그대로 현시하고 있
는 터다. 적어도 이 작품들은 불교적 명색을 띤 일반 문학 그 자체로서 제반 장
르로 분화·전개되고 있기 때문이다. 따라서 이 작품들은 시가와 수필, 소설과
희곡, 그리고 평론의 정형으로 자리하고 있는 것이다. 그리하여 이 문집계의 작
품들은 각기 장르적 제목을 명시하고 있어, 그 장르적 실상과 전개에 대하여 상
론할 여지가 없는 터다.

　6) 잡저계 유형

　이 잡저계 유형은 위 5개 유형에서 벗어나면서 그 불교적 주제·내용을 당대
최선의 문학형태로 자유롭게 표출한 작품의 일환이다. 그러기에 이 작품들은 보
편적인 주제·내용이라도 그 관점과 목적에 따라 그 문학적 방법과 장르를 독자
적으로 자유롭게 활용한 것이 특징이라 하겠다. 따라서 그 집성된 면모는 잡다
하지만, 그 개별 작품으로나 장르별로는 완벽한 문학적 실상을 유지하고 있는

게 사실이다. 그리하여 이 저술들은 잡합의 선입견으로 폄하되는 경향을 불식하고 값진 문학작품으로 적어도 시가와 수필, 소설과 희곡 내지 평론 등으로 독립하게 되었던 것이다.

기실 이 유형의 저술들은 수행·참구나 대중 교화를 위하여 일찍부터 많이 제작되어 실질적으로 널리 유통되었다. 그만큼 이 저술들은 대승적이고 대중적인 설득력을 가지고 불가·신중들을 감화시켰기 때문이다. 따라서 이 저술들은 그 당시는 물론 후대까지 유전된 것이 상대적으로 많았던 것이다. 그리하여 현전하는 원전이 상당수에 이르니, 그것 역시 유통과정에서 많이 유실되어 창해유주의 가치를 지니는 터라 하겠다. 이에 그 중에서 먼저 전형적인 원전부터 들어보면 아래와 같다.

一然, 三國遺事 5권(전서 6책, pp.245-369)

여기에서는 서문에 이어, 삼국에 관한 기이한 사담·불화를 紀異·興法·塔像·義解·神呪·感通·避隱·孝善 등 8분야에 걸쳐 전체 135편의 작품이 순열·배치되고 발문까지 붙였다. 이 여러 각 편들은 거의 다 불교문학으로 각기 독자성을 갖추고 그만한 장르 성향이 뚜렷한 터다. 이들 각 편들은 모두 인물 중심의 서사 작품으로서 그 일부에는 향가 14수와 함께 상당수의 한시가 삽입되어 문학적 입체성을 강화하고 있다. 따라서 이 저술 전체는 종합 문학적 양상을 보이거니와, 그 장르 성향에 따라 시가와 수필, 소설과 희곡 내지 평론 등으로 분화·전개되는 게 사실이다.[19]

了圓, 法華靈驗傳 2권 (전서 6책, pp.542-569)

여기서는 서문에 이어 법화경의 품목에 기준하여 18부에 걸친 영험설화 111편을 정연하게 배열해 놓았다. 이 각 편들은 그 내용과 규모에 있어 차등은 있으나, 인물

---

19 사재동, 「삼국유사의 문학적 실상과 연행 양상」, 『어문연구학술발표회논문집』, 어문연구학회, 2015, pp.150-152.

중심의 서사 작품으로 전기적 유형을 갖추고 있다. 이 작품들은 대체로 장편의 영험적 행적을 축약한 형태를 취하기에 게송 같은 시가가 거의 다 생략되어 일부만 남게 되었다. 그러면서도 이 작품들은 문학 장르적 성향을 보이니, 대체로 약간의 시가형태와 많은 전장양식의 수필형태, 그리고 이 장형을 부연한 소설형태, 나아가 그 서사구조의 장면화에 강창·대화를 가세시켜 희곡형태를 지향하고 있는 게 사실이다.[20]

性聰, 四經持驗記 4권 (전서 8책, pp.518-552)
여기서는 화엄경과 금강경·법화경·관음경의 지경영험담을 175편에 걸쳐 정연히 나열하고 있다. 이 각 편들은 인물 중심의 서사 산문으로 문학작품의 면모를 보이고 있다. 이 각 편들은 각기 독립되어 그 내용과 장단에 차이가 있지만, 전기적 유형의 서사문학임에는 틀림이 없다. 이 작품들은 원래 장편적 행적을 축약시킨 터라 게송류의 시가는 거의 다 생략되었다. 그러면서도 문학장르적 성향을 보이니, 그 단형·중형은 전장류의 수필형태를 취하고, 그 장형은 그 복원·부연을 통하여 소설형태를 갖추며, 또한 그 서사문맥을 장면화하고 그 안의 대화를 재생·결부시켜 희곡형태를 지향하는 터다.

慧諶, 曹溪眞覺國師語錄 1권(전서 6책, pp.1-50)
여기에는 上堂·示衆·小㕦·室中對機·重代·下化·法語·書答 등에 걸친 법문·설화·게송 등이 214편이나 수록되어 있다. 이 각 편들은 각기 독립된 산문과 운문, 그리고 운·산문 교직의 강창체, 나아가 선문답의 대화체 등으로 문학적 실상을 보이며 장르적 분화를 지향하고 있다. 그 게송류의 시가와 각종 산문류의 수필형태가 주류를 이루고, 그 중의 전기양식이나 서사문맥은 소설형태를 지향하며, 나아가 그 서사구조의 장면화에 그 강창체와 대화체가 가세·연결되면서 희곡형태를 형

---

20 사재동, 「법화영험전의 문학적 고찰」, pp.764-767.

성하고 있는 터다.

慧勤, 懶翁和尙語錄 1권(전서 6책, pp.702-729)
여기에는 서문 2편과 행장·탑명 각 1편에 이어, 上堂·小叅·示衆·下化·看語·書答·法語 등이 64편이나 나열되고, 발문까지 붙어 있다. 이 각 편들은 법문·설화·게송 등으로 각기 독립된 산문과 운문·그리고 운·산문 교직의 강창체, 선문답의 대화체와 서사문맥을 갖추고 있는 터다. 따라서 이 작품들은 모두 문학적 실상을 보이면서 장르적 성향을 띠는 것이다. 그래서 이 게송류의 시가형태와 각종 산문류의 수필형태가 주류를 이루고, 나아가 그 장형의 서사문맥이 복원·부연되어 소설형태를 지향하며, 한편 이 서사구조의 장면화에 그 강창체와 대화체가 결부·조화되어 희곡형태를 연출하게 되었다.

普雨, 懶庵雜書 3권(전서 7책, pp.576-614)
여기에는 法語·跋·記·碑銘·疏·등 31편이 실리고, 한편 서문에 이은 水月道場空花佛事如幻賓主夢中問答 1편과 勸念要錄의 이름으로 往生傳 11편에 觀法·引證 각 1편이 결부되어 있다. 이 각 편들은 모두 법문 게송의 운문과 함께 문학적 산문으로서 그 장르적 성향을 보이고 있다. 따라서 이 작품들은 시가형태는 물론, 수필형태와 소설형태를 갖추고, 또한 그 서사문맥의 장면화에 강창체와 대화체를 결부시켜 희곡형태를 지향하고 있는 터다.

性聰, 淨土寶書 1권(전서 8책, pp.485-511)
여기에는 서문에 이어 阿彌陀因地와 淨土起信文·念佛法門·佛示念佛十種功德·念佛兼誦經往生·阿彌陀經 등에 걸쳐 염불공덕 설법과 함께 영험담을 57편이나 나열하고, 나아가 念佛現應 과 日課念佛·歷代尊宿·淨土果驗·王臣往生類·士民往生類·尼衆往生類·婦女往生類·惡人往生類·畜生往生類 등을 통

하여 모두 195편의 염불공덕·왕생전을 실어 놓았다. 기실 이 각편들은 일부 강설 말고는 모두 예화·서사형태로 전기적 유형을 갖추고 가끔 게송과 대화체를 삽입 하여 문학적 실상을 보이고 있다. 따라서 이 각 편들은 시가형태는 물론, 수필형태 를 갖추고 그 서사구조의 복원을 통하여 소설형태를 지향하고 있다. 한편 이 서사 형태의 장면화에 그 시가와 대화체를 연결시켜 희곡형태로 전개될 수가 있는 터다.

性聰, 緇門警訓註 3권(전서 8책, pp.552-653)

여기에는 서문에 이어 역대 고승이나 신불제왕·문사의 경책·교훈문이 185편이나 수록되고 각기 주석문을 붙여 놓았다. 기실 각 편들은 게송을 비롯하여 강설·담화· 대화·전장·서사 등으로 다양한 표현을 하면서 모두가 문학적 실상을 보이고 있다. 이런 점에서 元曉의 「發心修行章」(전서 1집, pp.841-842)나 義湘의 「白花道場 發願文」(전서 2책, p.9), 慧超의 「大敎王經序」(전서 3집, p.381), 知訥의 「誡初 心學人文」(전서 4책, pp.738-739) 등은 바로 이 유형에 속하는 터다. 따라서 이 각 편들은 그 주석문을 포함하여 시가형태는 물론, 수필형태를 유지하고 있다. 그 리고 그 전기적 유형이나 서사문맥을 지닌 작품들은 그 복원·부연을 통하여 소설형 태를 지향하게 되고, 그 서사문맥의 장면화와 함께 그 시가와 강창문체·대화체를 흡수·조화시켜 희곡형태를 조성하게 되었던 것이다.

慧超, 往五天竺國傳 1권(전서 3책, pp.374-381)

여기서는 인도의 성지·명승을 순례·기행하면서 그 문물·풍속과 함께 성지·숭불의 감회·감명을 기술하고 있다. 기실 이 작품은 일기성과 기행성을 지니며 전체적으 로 그 행적의 전기성, 그리고 그 일련의 소설성을 두루 갖춘 종합문학적 양상을 보 여주는 터다. 따라서 이 작품은 그 삽입시가 시가형태로 연결되는 것은 물론, 바로 수필형태와 소설형태의 실상을 갖추고 있는 게 사실이다. 나아가 그 전체의 서사 구조를 장면화하고 그 시가에 대화체를 재구하여 희곡형태를 지향하고 있는 터다.

이밖에도 이 유형에 속하는 저술들이 상당수에 이른다. 이에 이 유형의 실체와 전형이 밝혀졌기로, 그 나머지 저술은 편의상 거명 정도로 대강을 살피겠다.

志謙, 宗門圓相錄 1권(전서 6책, pp.71-88) 원상 중심 선문답, 문답식 대화체, 발문.

野雲, 自警文(전서 6책, pp.765-767) 서문 自警十說, 十頌, 서사문맥, 강창체.

休靜, 三家龜鑑 3권(전서 7책, pp.616-646) 유교·도교·불교의 요체·명구를 강설.

休靜, 禪家龜鑑 1권(전서 7책, pp.634-646) 선문의 요지·명언을 강설

休靜, 心法要抄 1권(전서 7책, pp.647-653) 禪心妙用, 成佛妙法을 설파. 念頌·禪詩

休靜, 禪敎釋 1권(전서 7책, pp.654-656) 禪敎別而爲一의 妙相을 강설, 문답식 대화체, 서사문맥, 발문.

休靜, 禪敎訣 1권(전서 7책, pp.657-658) 禪是佛心·敎是佛語의 설파, 문답식 대화체·서사문맥.

未詳, 孝順文 1권(전서 7책, pp.809-828) 孝順傳·不孝傳, 일부 게송, 강창체

未詳, 禪家金屑錄 1권(전서 7책, pp.828-830) 선가 요설, 게송 시가, 문답체

明衍, 念佛普勸文 1권(전서 9책, pp.44-79) 서문, 염불 권장문, 왕생전, 국문가사.

快善, 請擇法普勸文 1권(전서 9책, pp.633-649) 서문, 보은 강설, 보은문, 서사체.

有璣, 新編普勸文 1권(전서 9책, pp.695-703) 서문, 염불 권장 강설, 법담·염불 게찬,국문가사, 발문.

有一, 釋典類解 1권(전서 9책, pp.987-301) 禪言·敎語, 명승·명찰·명시,해설

奉琪, 少林通方正眼 1권(전서 10책, pp.626-652) 少林結社會記, 像贊幷序,

碑銘幷序·書, 禪文手鏡結, 行狀

賢政, 日本漂海錄 1권(전서 10책, pp.710-719) 서문, 불상을 모신 배가 풍랑으
로 일본에 표류한 문장

金大鉉, 述夢珀言 1권(전서 10책, pp.927-939) 禪言修語의 夢想自說,발문.

이외에도 같은 유형의 저술이 10여 종이 있지만 여기서는 제외키로 한다. 이
상과 같이 잡저계 저술들은 다양한 주제·내용을 여러 문학형태로 표현하고 있
다. 그러기에 일정한 전문영역을 고정적으로 표출하는 데서 벗어나, 자유롭고
여유롭게 저술되어 오히려 광범위한 문학성을 갖추었던 터다. 따라서 이러한 종
합문학적 양상 안에는 각개의 작품들이 장르별로 유합되는 성향이 현저한 게 사
실이다. 그리하여 여기에는 그 게송·찬시 등의 시가형태를 비롯해서 잡다한 산
문들의 수필형태가 분명하게 자리하였다. 그리고 이 가운데의 전기적 유형, 서
사문맥의 작품들은 그 복원·부연을 통하여 소설형태를 지향하고 있는 터다. 나
아가 이러한 서사구조의 작품들이 장면화되고 그 강창체나 대화체를 흡수·조
화시키면서 희곡형태를 조성하게 되었던 것이다. 그러면서 이 강설·논석의 작
품들은 그 찬탄·평가의 기능으로 하여 평론형태의 역할을 할 수 있었던 터다.

4. 『한국불교전서』의 장르적 전개

1) 불교문학의 장르적 성향

기실 문학이 사상·감정을 어문으로써 가장 아름답게 표현한 예술이라면, 이
불교의 세계, 그 주제·내용을 어문에 의하여 가장 효율적으로 표출한 것은 모두
불교문학이다. 그러기에 일찍부터 이 불교문학의 개념과 범위는 너무 넓고 깊어
서, 그 불경을 비롯하여 불교관계의 수준 높은 문장·저술을 모두 포괄할 수 있

었던 것이다.[21] 이런 점에서 이 전서의 저술들이 모두 훌륭한 문학작품이란 것은 당연한 일이다. 위에서 이 전서의 6개 유형을 거론하는 가운데에 그 실상이 이미 밝혀졌기 때문이다.

실제로 이 전서의 저술 그 문학적 유형은 각기 종합문학적 실상과 장르적 성향을 갖추고 있었다. 그러기에 이 불전계의 유형이 불타의 행적을 찬탄·미화한 문학적 실상에 장르적 성향을 지니고, 이 논소계의 유형은 불경을 탐구·찬탄·평가·해설한 문학적 실상과 장르적 성향을 가지고 있었다. 또한 승전계의 유형은 역대 고승의 행적을 찬탄·평가·미화한 문학적 실상과 장르적 성향을 보이고, 재의계의 유형은 모든 재의의 효율적인 대본으로 미화된 문학적 실상과 장르적 성향을 나타내고 있었다. 또한 문집계의 유형은 모든 문승·문사의 불교사상·정감을 창의적으로 표출한 문학적 실상과 장르성향을 유지하고, 잡저계의 유형은 잡다한 불교활동을 다양·절실하게 표출한 문학적 실상과 장르적 성향을 구비하고 있었다.

이처럼 이 전서의 6개 유형은 만단의 주제·내용을 불교문학으로 통합하였고, 그 장르적 성향을 공유하고 있었다. 그리하여 이 개별 작품의 문학적 실상을 전제로, 그 장르적 성향을 입증·규정할 필요가 있다. 이 작품들의 장르를 설정·규정하는 것이 바로 그 문학적 실상·가치와 기능·위상을 확정하는 일이기 때문이다. 그러기에 문학의 장르론에 입각하여 한국문학 장르론에 따라, 이 전서 작품들의 장르를 논의·규정하는 것이 당연하고 합당한 터다. 이 불교문학이 그만한 특성과 국제성을 띤 것은 물론이지만, 그 불교적 주제·내용만이 탁이할 뿐, 역시 일반문학·한국문학임에는 틀림없기 때문이다.

그러기에 보편화된 문학·한국문학의 장르론을 적용하여, 실제로 시가와 수필, 소설과 희곡, 그리고 평론 등을 내세워 그 논의의 기준으로 삼을 수밖에 없

---

21 사재동, 「불교문학·문학사의 연구과제」, 『한국문학유통사의 연구』 1, pp.127-129.

다. 이 5대 장르는 이른바 상위 장르로 통용되는 원칙이니, 세계문학이나 각국 문학에 공통적으로 적용되고 있는 실정이다. 나아가 잘 알려진 상위장르에 속하는 하위장르가 국가적으로 특성 있게 적용되는 터다. 이 하위장르는 각개 국가의 민족성·문화성·토속성·언어성 등에 따라 독자성을 확보하고 있기 때문이다. 이에 이 전서의 유형별 작품들은 통틀어 그 상위장르에 따른 하위장르로 나누어 논의·규정하고, 나아가 그 연행양상을 검토해 보겠다.

2) 시가계 장르

시가계는 실제로 다양하게 전개되었다. 각개 유형의 게송이나 찬송·예경가 등에 걸쳐 한시 각체와 장가, 향가 내지 국문시가 등까지 망라하고 있기 때문이다. 첫째, 이 한시는 6개 유형에서 주류를 이루고 있다. 그 근체시의 각체가 절구·율시·고시·장가에 걸쳐 4언·5언·7언으로 성황을 이루고 있기 때문이다. 먼저 절구체와 율시체는 5언·7언을 중심으로 불전계와 논소계, 승전계와 잡저계에 일부 자리하고 재의계와 문집계에서 성황을 이루니[22] 그 방대·고아한 질양을 헤아리기 어렵다. 그리고 이 고시체는 5언·7언에 따라 위 절구체나 율시체와 경향을 같이하지만, 그 수량이 비교적 적은 편이니 오히려 그 가치가 돋보인다. 기실 그 불타·불경·승려 등에 대한 찬탄·예경·공양 등에 걸쳐 서사적 장시로 조성되었기 때문이다.

그리고 이 장가는 역시 5언·7언을 중심으로 탁이한 장편형태를 이룬다. 크게는 불타의 일생이나 불경의 전체를 운문·시가화하여 서사적 장편을 이룩하고, 작게는 불보살의 일부 행적이나 경전·교리의 편목을 찬양·송념하여 알찬 중편으로 성립된 것이 많다. 이런 장편은 불전계와 논소계·문집계에서 일부 보이고,

---

22 사재동, 「영산재의궤범의 희곡문학적 전개 : 시가계 작품의 독립」, 『한국공연예술의 희곡적 전개』, 중앙인문사, 2006, pp.652-665.

그 중편은 문집계를 중심으로 각개 유형에 상당수 산재한다. 한편 일부 고승·문사가 그 불교사상·신앙의 세계를 5언·7언 장편으로 서사화한 작품이 문집계에 여러 편 전하여 주목된다. 이러한 일연의 장가는 한문 서사시로서 후대의 樂章體나 歌辭體와 연결되는 것이다.

둘째, 이 향가는 그 유형 전체에 자리했을 가능성을 바탕으로, 그 일부에 창해 유주의 작품들이 전한다. 원래 이 향가는 불교계에서 민중 포교의 방편으로 향찰을 개발하여 불교시로 지어낸 가요이기에, 위 각개 유형에 다 실재할 수가 있었던 터다. 그러기에 불전계에서도 불보살을 찬탄·예경하는 향가가 형성될 수 있고, 논소계에서도 불경의 문학적 표현의 현장에서 향가의 출현은 얼마든지 가능한 것이었다. 그 고승·법사들의 강경·설법이 당시의 국어로 진행되니, 이를 향언·향찰로 기술한 일이 상당히 많았다.[23] 이런 과정의 향언 강설에 향가가 삽입되어 향찰로 기록되는 것은 당연한 일이었다. 적어도 균여 같은 고승이 향언으로 화엄경을 강설하고 향가를 지어냈다는 사실은 빙산의 일각으로 보아지기 때문이다 기실 승전계에 이르러 균여의 향가가 화엄경의 논소과정에서 창작된 사실이 확인된 것이다.[24] 이처럼 신라대의 학승·법사들도 실은 그 강설·설법·재의 등의 과정에서 그 향가를 지어낸 것이 확실한 터다. 그러기에 재의계에서도 그 과정에 향가가 활용된 게 드러나고[25] 문집계에서도 그만한 전거가 보인다.[26] 결국 잡저계 삼국유사류의 승전류에서 이 향가가 고승들의 작품으로 현전

---

23 균여의 보현십원가 11수는 화엄경의 핵심인 보현보살 십종행원을 응축시켜 표현한 것으로 그 논소와 직결되어 있는 터다.

24 均如, 『一乘法界圖圓通記』 발문에 '壬寅蔵 金生寺住持首座印元 於古藏搜得法瓏法師所寫此記方言本一卷' (전서 4책, p.38)이라 하였다.

25 사재동, 「月明·兜率歌의 연행양상과 희곡적 전개」, 『어문연구학술발표논문집』, 어문연구학회, 2014.

26 義天, 『大覺國師文集』 권20, 庚辰六月四日조에 '雖有古人相承之說 吾併不用 但依本疏 飜譯方言 其南本涅槃三十六卷等亦爾 妙玄十卷等諸部 古無傳授者 不樸膚受 輒釋方言' (전서 4

하는 것이다. 실제로 이 향가의 현전분만 보더라도 여기에는 장르성향이 뚜렷한 터다. 적어도 그 4구체의 민요체와 3구 6명의 사뇌체, 그 보현십원가류의 연장체, 산화가류의 장가체 등이[27] 분화·전개되기 때문이다.

셋째, 국문시가는 정음 실용이후 일부 저술에 몇 편이 수록되었을 뿐이다. 원래 불교계에서는 국문시가가 성행하여 민중교화에 활용되었던 터다. 그러기에 그 장르도 단가·사설·별곡·가사·잡가 등으로 분화되었던 것이다. 그중에서도 가사가 주제·내용과 규모·문체로 하여 그 주축을 이루었으니, 월인천강지곡류를 연원으로 많은 작품들이 제작·유통되었던 게 사실이다. 그런데도 이 전서의 편찬 의도에 따라 이 가사는 겨우 재의계의 和請에서 그 대본으로 활용되고, 문집계와 잡저계에 몇 편이 수록되었을 정도다.

3) 수필계 장르

수필계는 그 6개 유형에 걸쳐 가장 다양하고 풍성하게 자리하여 그 장르성향도 뚜렷한 편이다. 따라서 이 수필의 하위 장르는 그만큼 보편화되어, 한·중 문학계에서도 공통되는 점이 적지 않다. 여기에는 국왕이 백관·대중들에게 정책·훈계 등을 내리는 敎諭과 신민이 국왕이나 불보살께 염원·소망을 아뢰는 奏議, 인문·사회·생활상의 제반 문제를 논의·개진하는 論說, 서책이나 작품에 그 제작 경위와 함께 평가를 내리는 序跋, 저명한 인물들의 전기나 행적을 그리는 傳狀, 그 비문이나 지문을 아우른 碑誌, 고인을 애도하거나 각종 제의에 올리는 哀祭, 서로의 소식이나 용건을 교류·왕래하는 書簡, 개인·공인의 하루 일과와 생활을 기록하는 日記, 어떤 지역을 찾아가 그 견문·감회를 적는 紀行, 적절한 일화·사실을 들어 주견을 예증·피력하는 譚話, 잡다하지만 소중한 사실·정

책, p.566)이라 하였다.

27 그중에서도 산화가류의 장가체는 「月明師 兜率歌」조(삼국유사 감통7)에 '今俗謂此爲散花歌 誤矣 宜云兜率歌 別有散花歌 文多不載'(전서 6책, p.360)이라 하였다.

감을 자유롭고 다양하게 표출하는 雜記 등이 이에 속한다.[28] 기실 이 6개 유형 중의 모든 산문들이 이 수필 장르 전체를 모두 충족시키고 있다는 게 중시된다.

첫째, 이 敎令은 전체적으로 희귀한 편이다. 원래 이 교령은 숭불제왕이 중요한 국가적 불사에서 이를 경찬·격려하는 교서·어명을 내리는 것으로 당연하고 값진 일이었다. 국왕의 이 교령은 불교의 성세와 발전에 큰 영향을 끼치기 때문이다. 그리하여 불전계에는 그 국왕의 찬탄·존숭의 어제문이 내려졌고, 논소계에도 어명에 의한 경전 논소에는 서발의 명목으로 어제문이 붙게 되었다. 한편 승전계에서도 고명한 국사나 왕사의 경우, 그 상·장례와 비탑의 건립에 대하여 어재문이 따르고, 또한 재의계에는 국행재의에 따라 국왕이 축원·예경의 어제문을 내리며, 나아가 문집계나 잡문계에도 국왕의 숭불·예경에 의한 어명이나 어제문이 결부될 여지는 얼마든지 있는 터다.

둘째, 이 奏議는 비교적 많은 작품이 유전·현존하고 있다. 원래 이 주의는 역대 모든 불사에서 승려·신도들이 국왕이나 불보살께 고유하는 것이므로, 일찍부터 수많은 작품들이 명멸·유전되었다. 그 국왕에게 올리는 주의는 대체로 위 교령에 상응하여 지어지지만, 불보살께 바치는 주의는 제반 불교활동에서 무수하게 이루어졌기 때문이다. 따라서 이 주의는 불전계와 논소계에 많고 승전계에는 비교적 적은 편이다. 그런데 재의계와 문집계에는 너무도 많은 작품들이 자리하였고, 잡저계에는 별로 많지 않다.

셋째, 이 論說은 6개 유형을 통하여 상당히 많은 작품들이 유존되고 있다. 기실 이 논설은 불교사상·철학이나 삼보 내지 제반 불교활동 등에 걸쳐 논의·해설을 가하는 것이므로 그 영역이 다단·광범할 수밖에 없는 터다. 그러기에 불전계에서는 그 팔상적 행적을 분야·계열별로 일일이 찬탄·평가하는 문장이 많이 나왔고, 논소계에서는 그 경전에 대하여 다양·무수한 논의가 이어져 그 문장이 대

---

28 진필상(심경호 역), 「산문의 문체 분류」, 『한문문체론』, 이회, 1995, pp.40-51.

단한 성세를 보였던 터다. 또한 승전계에서는 그 말미에 으레 당해 승려를 찬양·평의하는 논설이 따랐고, 재의계에서도 그 재의의 진행과정에 논설적 문장이 일부 나왔던 것이다. 한편 문집계와 잡저계에도 상당한 논설이 자리하였던 터다.

넷째, 이 序跋은 전체적으로 상당히 많은 편이다. 원래 이 서발은 불교계의 모든 저술과 예물·공양 등에 관례적으로 붙이는 서문과 발문이기 때문이다. 따라서 각개 유형에 걸쳐 고루 분포되어 있는 터다. 그 불전계에는 저술마다 서발이 붙고, 그 논소계에도 저술별로 서발이 중첩되어 나온다. 적어도 한 저술에 서문·발문이 2편 이상 나오는 경우가 허다하기 때문이다. 또한 승전계에는 개별적 승전이나 고승전집을 막론하고 으레 서문·발문이 함께하고, 재의계에서도 재의의 시작·모두나 공양할 때, 또는 그 마무리에서 그 서문격·발문격의 문장을 남겼던 것이다. 한편 문집계에서는 그 저술 자체의 앞·뒤에 서발이 붙는 것은 물론, 그 문집내의 산문부에는 서문 중심의 그 작품이 무더기로 실려 있는 실정이다. 그리고 잡저계에도 잡다한 작품안에 그 서발이 적잖이 섞여 있는 게 사실이다.

다섯째, 이 傳狀은 그 유형 전체에 걸쳐 상당한 질량을 확보하고 있다. 원래 모든 저술에는 그 등장인물이나 거론되는 인물 등의 행적, 전기·행장이 어떤 형태로든지 포함되기 마련이다. 이 불교의 제반 문제와 활동을 논의·기술하는 데서 이 전장형태는 매우 효율적인 방법이기 때문이다. 그러기에 불전계에서는 불타의 다양·찬연한 전장과 보살·신중이나 당대 제자·신도들의 전장이 성세를 보이고, 논소계에서는 그 불경에 등장하고 거론되는 석가불과 제불보살, 수많은 제자들과 신남·신녀들의 대소 행적이 모두 전장화되어 있는 게 사실이다. 한편 승전계에는 모든 저술이 그대로 전장이니 재론할 여지가 없다. 그런데 이 승전류는 승려의 전장만이 아니라 그와 연결된 불보살이나 신중, 신도들의 전장도 포함되어 있다는 사실이다. 또한 재의계에서는 이 전장류가 더욱 많이 형성·유전되었다. 그 모든 재의에 강림·등장하는 제불보살과 제반 신중은 물론, 거기소청되는 유주무주 만령 등이 모두 그 행적을 가지고 역할을 한 결과이기 때문이다. 이른바 상단과 중단의 모든 전장은 다 위와 같거니와, 그 만령의 전장은 의외로 천차만별의 특성을 가지고 나타났던 터다. 거기서는 그 만령의 생전 행적과 인과에 의한 과보까지 합세하여 만 가지 전장이 형성되기 마련이었다. 그리고 문집계에도 이 전장은 상당히 많다. 그 각개 문집의 산문부에는 교류한 인물들의 전장이 거의 다 수록되어 있기 때문이다. 기실 이들 문집에는 고금·주변 인물의 평전이나 행장의 명목으로 많은 전장이 실리는 것은 거의 관례로 되어 있는 터다. 나아가 잡저계에도 이 전장은 상당수 수록되어 있는 게 사실이다. 여기서는 그 전장이 고식적인 형식을 벗어나 자유롭게 기술되어 오히려 문학성이 돋보이는 터다.

여섯째, 이 碑誌는 상당히 제한적이라 비교적 드문 편이다. 원래 이 비지는 불보살의 탑비나 고승·대덕의 비명, 그리고 사찰 사적이나 성물 내력의 비명 등이 고금 각처에 산재해 있지만, 이 저술에 수록된 것은 그리 많지 않다. 실제로 이 비지는 문집계의 각개 저술, 그 산문부에 상당히 실려 있고, 잡저계에 그 일부가 끼어 있을 정도다. 그래서 최근에 智冠이 역대고승비문을 모두 수집하여 『歷代高僧碑文』(6권)과 『韓國高僧碑文總集』으로 집성해 낸 것을[29] 결부시켜 보아야 한다.

일곱째, 이 哀祭는 실제로 많은 작품이 형성·유통되었지만, 현전하는 게 적은 편이다. 원래 이 애재는 역대 승려나 신도들의 열반에 따라 그 애도문이 붙고, 그 천도재의 내지 모든 재의에 제의문을 올리는 데서 성세를 보였던 터다. 그런데도 여기에 수록된 작품은 그리 많지 않다. 기실 불전계에서는 그 열반과정에 일부 애제가 개입되어 있고, 논소계에는 수록될 여지가 없는데다, 승전계에서 많은 작품이 나올 법한데 실제로 수록되지 않았다. 사실 이 고승전류는 일

---

29 李智冠, 『譯註歷代高僧碑文』6권, 『韓國高僧碑文總集』(1책), 가산불교문화연구원, 2000.

부 애제의 의미와 표현이 없지 않은 터다. 그런데 이 애재는 재의계에서 그 성세를 보여 왔다.[30] 여기서는 모든 재의과정에서 불보살과 신중, 유주무주 만령에게 바치는 애제가 주류를 이루고 있기 때문이다. 기실 이 재의 각개 과정에서는 게송·진언과 함께 그 산문이 거의 모두 제의문의 속성을 갖추고 있는 터다. 그리고 문집계에는 이 애제가 상당한 분포를 보여 왔다. 그 많은 문집의 산문류에는 으레 애도문 일부와 제문이 실려있기 마련이다. 끝으로 잡저계에도 약간의 애제가 섞여 있는 게 사실이다.

여덟째, 이 書簡은 고금을 통하여 수많이 유통되었지만, 여기에 수록된 게 비교적 적은 편이다. 원래 이 서간은 국내외 승려들이나 승속 간에 안부나 법문답을 위하여 주고받은 작품들이 주축을 이루어 왔던 터다. 그래서 개별적으로나 분야별로 적잖이 현전하는데도 여기에 채록되지 않았을 뿐이다. 그리하여 불전계나 논소계에는 소식이 없고, 승전계에서는 그 서신 교류의 흔적을 보이면서, 재의계에 그 일부가 자리하였다. 적어도 수륙재 같은 데서 그 사자를 소청·공양하고 재의봉행의 소식과 함께 그 대상을 소청하는 서신을 보내는 일이 필수되었던 터다. 한편 문집계에는 이 서간이 비교적 많이 수록되었다. 그 각개 문집의 산문부에는 상당수의 서간이 왕래·정착되었기 때문이다. 그리고 잡저계에도 서간의 개입될 여지는 있지만, 그 작품이 몇 편밖에 보이지 않는다.

아홉째, 이 日記는 고금의 승려·문사들이 많이 남겼지만, 여기에 수록된 것은 거의 없는 실정이다. 기실 이 일기는 승려를 중심으로 산거일기나 수행수기 등으로 상당히 저술되었지만, 그 독자성과 내밀성으로 하여 공개·유전이 어렵고, 그 보존·수록이 거의 불가능했기에, 겨우 문집계와 잡저계에 몇 편이 전할 정도다.

열째, 이 紀行은 불타 이래 제불보살이나 모든 승려들이 남긴 작품이 많았지

---

30 사재동, 『불교재의궤범의 공연양상과 문학적 전개』, p.203.

만, 여기에 수록된 것은 희귀한 편이다. 원래 모든 성자들은 수행기행이나 법계기행, 교화기행을 일삼는 가운데 언어로나 문장으로 기행문을 써보였던 것이다. 그러기에 이 모든 수행·성도·교화에 관한 실천·문장은 거의 기행문이라 하여도 과언이 아니다. 따라서 이 기행은 불전계에 많이 내재하는 터다. 불타는 길에서 나서 깨닫고 교화하다가 열반하였기 때문이다. 그러기에 불타의 팔상 행적은 모두 대소 찬연한 기행문의 면모를 보인다고 하겠다. 이어 논소계에서도 그 법계기행이 수없이 벌어진다. 기실 모든 불경은 법계기행문의 성격을 갖추고 있는 터다. 그것은 제불보살·신중의 유심세계요 승려·신도들의 유심안락도의 과정과 그 결과이기 때문이다.[31] 그리고 승전계에도 이 기행은 수많이 내재되어 있다. 기실 모든 고승전은 그 주인공의 수행기행·법계기행·교화기행의 행적을 입전한 것이기 때문이다. 그러기에 이 승전류는 기행적 성격을 띤 전장이라고 하겠다. 또한 재의계에는 실제로 법계기행의 작품들로 가득하다. 그 재의에서 불보살·신중 등이 본좌로부터 재단에 강림·정좌하여 예경·공양을 받고 그 만령과 동참 대중을 감화·구제한 다음, 다시 본처로 회향하는 과정이 바로 법계기행이요, 그 만령이 사바세계의 고혼으로서 재단에 소청되어 목욕재계하고 청정한 심신으로 불보살의 교화·구원을 받아 극락왕생하는 것이 바로 법계기행이기 때문이다. 다만 그러한 작품세계가 기행의 이름으로 작품화되지 않았을 뿐이다. 나아가 문집계에는 이 기행이 실제적 작품으로 상당히 자리하였다. 이들 각개 문집의 시가에도 기행시가 있는가 하면, 그 산문에는 적잖은 작품이 들어 있는 터다. 그리고 잡저계에도 국내외 성지 순례나 성물 탐방 등의 기행문이 알차게 수습되어 있는 것이다.

열한째, 이 譚話는 각개 유형에 걸쳐 상당수의 작품이 실려 있다. 기실 어떤 분야에서든지 그 주제·내용을 작품화하는 데에서 적절한 예화를 들어 주견을

---

31 원효, 『遊心安樂道』, 전서 1책, pp.566-580.

논증·제시하는 방법이 가장 손쉽고 효율적이었기 때문이다. 그러기에 불전계에서는 이 담화가 얼마든지 가능하고 실제로 그런 작품이 많이 실려 있는 터다. 기실 불타의 행적에는 8만4천의 방편으로 중생을 교화·구제하는 실화가 있거니와, 그 예화를 들어 불교적인 주견을 요약·강조하면 거의 다 담화 작품이 되었기 때문이다. 그러기에 현존하는 작품이 많은 것은 당연한 일이다. 또한 논소계에서도 이 담화가 성세를 보이고 있다. 원래 그 불경을 찬탄·논의하고 탐구·연설하는 데서 그 안의 무수한 예화·실화를 들어 논증·선양하는 것이 가장 보편적이고 효과적인 방법이었던 것이다. 따라서 이런 담화가 무수히 형성·유전되어 성세를 보이는 것은 필연적인 일이었다. 이러한 과정에서 이 논소계야말로 그 논설과 함께 이 담화장르의 집성·보고라고 하겠다. 한편 이 담화는 승전계에서 상당한 세력을 보이는 터다. 이 장르의 관점에서 보면 고승전류는 담화적 성격을 많이 보여 주고 있다. 적어도 이들 승전은 그 승려의 탁이한 행적, 일화를 전거로 이를 찬탄·평가하는 작품이기 때문이다. 따라서 이 고승전 가운데는 담화에 소속될 작품이 많은 게 사실이다. 그래서 이 고승전의 주변에서 담화류의 작품이 계속하여 형성·전개되었던 것이다. 그리고 재의계에도 그 전장류와 연결되어 이 담화류가 적잖이 형성·유전되었던 터다. 그 각개의 제의 과정에 다양한 등장인물들의 전장에 따라 담화가 형성될 뿐만 아니라, 그 재의의 성과·가피에 따르는 영험담류를 예화로 하여 담화가 수없이 제작·유통되었기 때문이다. 한편 이 담화는 문집계에 적잖이 수록되어 있다. 그 각개 문집의 산문부에 잡저의 명목으로 이런 작품이 상당히 끼어 있는 터다. 끝으로 이 담화는 잡저계에도 많이 실려 있다. 그 가운데에서도 삼국유사류나 어록류 등은 이 담화 작품으로 가득 차 있는 것이다.

열두째, 이 雜記는 그 6개 유형에 걸쳐 가장 많이 분포되어 있다. 기실 그 주제·내용이 값지고 그 표현이 절묘하되, 위 11개 장르에서 벗어난 문장들이 그만큼 많기 때문이다. 실로 그 광범하고 다양한 철학·사상이나 불교적 사념 등을 그에 적절하고 효율적인 문장으로 간요하게 표출하니, 그 질량을 헤아리기 어렵다. 그래서 이 작품들은 불전계에서 그 산문부의 각개 장르들이 분화된 자리에 수많이 남아 있고, 논소계에서는 마치 석축의 잡석처럼 중요한 위치를 무수히 지키고 있는 터다. 그리고 승전계에는 유명승들의 여화나 무명승들의 밤별 같은 행적을 알차게 기술한 잡기들이 상당수 수록되어 있는 실정이다. 한편 재의계에는 불보살·신중·영가들에게 바쳐지는 찬탄·예경·공양·발원의 온갖 산문들이 무형식의 간곡한 문장으로서 일체 감응을 일으키는 무량한 잡기를 이룩하고 있는 터다. 나아가 문집계에는 각개 문집의 잡저 속에 상당수의 잡기가 당당히 자리하였고, 마지막 잡저계는 차라리 雜記의 천지라 하여 마땅할 터다.[32] 기실 그 잡저계는 이 잡기를 중심으로 조성되었기 때문이다.

이와 같이 전서의 저술에 실린 그 무량한 산문들 가운데서 이 수필장르가 주류를 이루어 온 것이 사실이다. 그동안 이런 작품들이 단순한 문장으로 애매하게 취급되어 왔거니와, 이제 그 산문들이 어엿한 불교문학의 수필로 평가되고 하위장르 12개 분야로 규정·정리된 것은 당연하고 다행한 일이다. 나아가 이 한문수필과 직결되어 정음 실용이래, 국문수필이 위와 같은 장르에 따라 엄연히 자리하고 풍성하게 전개되었던 터다.[33] 다만 이 전서의 편집 방향에 따라 그 작품들이 제외되었기에 자연 논외로 할 수밖에 없다.

4) 소설계 장르

소설계는 위 모든 유형을 통하여 상당한 위치를 차지하고 있다. 따라서 작품들은 다양하고 풍성하면서 장르 성향을 갖추고 있는 터다. 적어도 이 소설계는 신화·전설·민담 등의 설화적 유형으로 성립된 說話小說을 비롯하여, 역사적

---

32 邵傳烈, 『中國雜文史』, 上海文藝出版社, 1991, pp.1-8.
33 사재동, 「국문수필의 형성·전개」, 『한국문학의 방법론과 장르론』, 중앙인문사, 2006, pp.620-621.

인물의 행적에 따라 그 전기적 유형을 재구·부연한 紀傳小說, 그리고 위 소설 형태에 기반을 두고 이를 환상적으로 허구·연설한 傳奇小說이 그 하위 장르로 전개되었다. 한편 그 소설들의 구조·형태와 문체·표현이 운문과 산문의 교직으로 강창체를 지향하는 성향에 따라 講唱小說이 성립될 수 있고, 나아가 이런 한문소설을 국문화하여 재창출한 國文小說이 설정될 수도 있는 것이다.

첫째, 이 說話小說은 각개 유형에 걸쳐 상당한 비중을 차지하고 있다. 원래 역대 불교계에서는 불타의 행적이나 불경의 구조, 승려의 공적 등을 가장 이상적으로 기술하기 위하여 소설적 방법을 취택하여 왔기 때문이다. 그러기에 불전계에는 그 팔상구조에 의하여 장편소설, 대석가전이 형성되고, 나아가 그 분화·독립의 추세 아래, 중·단편소설로 전개되었던 것이다. 또한 불타나 그 제자들의 행적에 따른 무량한 신화·전설·민담 등이 발전적으로 재구·부연되어 소설형태를 갖춘 것은 헤아릴 수 없을 정도다. 다만 여기에는 그 일부만 수록되었을 뿐이다. 그리고 논소계에는 주로 대승경전의 논의를 통하여 그 자체의 신화·전설적 서사문맥이 소설적으로 부각되어 있다. 원래 서사적 산문불경은 모두 소설 아니면 희곡이라 하거니와,[34] 이 논소에 의하여 무수한 설화적 소설세계로 재구·부연되는 것은 당연한 일이다. 다만 여기서는 이 작품들이 소설의 명목으로 독립성을 유지하지 못하였을 따름이다. 한편 승전계에도 불전계와 유사한 작품 경향이 있다. 그 고승전 중의 신승이나 이승의 신화·전설적 행적이 소실적으로 재구·부연되어 있기 때문이다. 기실 이 고승들의 탁이한 행적은 거의 다 신화·전설로 기술되어, 그것이 소설로 재구·부연되는 것은 결코 어려운 일이 아니다. 이어 재의계에는 그 재의의 연행과정이나 그 결과적 영험담을 통하여 수많은 설화소설이 형성·전개될 수가 있다. 기실 각개 재의의 연행절차가 시종 신화적 서사구조를 유지하여, 이것이 소설적으로 구성·부연되어 설화소설로 성립되는 것

---

34 도업, 「소설적 구성·희곡적 전개」, 『화엄경의 문학성 연구』, 운주사, 2013, pp.139-141.

은 당연한 현상이다. 나아가 이 재의의 효능으로 나타난 불보살·신중이나 만령 등의 영험담계 신화·전설이 소설적으로 재구·부연되어 수많은 설화소설이 형성·전개되었던 터다. 다만 그것이 명목을 띤 독자적 소설형태로 독립·수록되지 않았을 뿐이다. 또한 문집계에는 이렇다 할 설화소설이 수록되지 않았다. 그저 고승들의 전기·행장이나 잡저 중에 그 신이·영험한 행적이 있어, 그 설화소설의 전거와 함께 가능성을 보여줄 따름이다. 그런데 잡저계에는 상당수의 설화소설이 실려 있다. 적어도 삼국유사류에는 고승이나 사찰·성물 등에 얽힌 신화·전설이 산재해서 설화소설로 재구·부연된 것이 많다. 그리고 보권염불류의 왕생전 중에도 그 설화성이 현저하여 설화소설로 재구·연설된 것이 적지 않은 터다.

둘째, 이 紀傳小說은 그 각개 유형에 걸쳐 고루 산재하여 있다. 기실 전개한 傳狀이 실재하는 한 이를 주축으로 기전소설이 재구·부연될 여지가 얼마든지 있기 때문이다. 따라서 불전계에는 불타의 역사적 행적이나 제자·신도들의 사실적 신행담이 전기적 유형으로 재구·부연되어 기전소설로 성립·행세할 수 있는 터다. 그리고 논소계에는 소승경전에 보이는 불타와 그 제자·신도들의 역사적 행적이나 대승경전에 나타나는 모든 인물의 전장형태가 다 소설적으로 구성·재현될 수가 있었던 터다. 기실 그 논소과정에서 이 경전에 나오는 인물들의 무수한 역사적 행적이 해설·부각되어 기전소설적 구조·형태를 지향하는 사례가 얼마든지 있기 때문이다. 또한 승전계에는 이 기전소설이 대세를 이루고 있다. 기실 이 고승전은 상당수 전장으로만 머무는 작품이 있지만, 나머지 탁이한 역사적 행적을 가진 승전은 대부분 기전소설로 재구·부연될 수가 있었기 때문이다. 이어 재의계에서도 이 기전소설은 실세를 지키고 있는 터다. 이 재의 선상에 오른 역사적 인물들, 국왕·대신, 신도·만령들의 파란 만장한 역사적 행적이 전장에만 머물지 않고, 소설적으로 재구·부연되어 모두 기전소설로 형성·행세할 수 있었던 것이다. 한편 문집계에는 각개 문집의 산문부에 전기·행장·비문의 형태가 소설적으로 재구·부연되어 紀傳小說을 지향하고 있는 터다.

그리고 잡저계에는 이 紀傳小說이 비교적 많이 수록되어 있다. 여기에는 불전계나 논소계·승전계 등의 잡문형이 뒤섞인 가운데, 그 기전소설이 자유로운 형태로 실려 있는 터에, 그 중에서도 삼국유사류에는 상당한 기전소설이 집성되어 있는 것이다.

셋째, 이 傳奇小說은 설화소설류와 기전소설류를 조화시켜 일층 허구·창작된 본격적 한문소설이기에, 각개 유형에 걸쳐 상당수에 이른다. 기실 이 전기소설은 설화소설과 기전소설이 수승하게 정화된 소설형태로 존재·행세하였기 때문이다. 그러기에 불전계에는 그 설화소설과 결부되어 적지 않은 傳奇小說이 형성·수록되어 있고, 논소계에도 그 설화소설과 기전소설의 기반을 타고 이 전기소설이 일부 포진하고 있는 터다. 그리고 승전계에는 그 설화소설에 기대어 상당수의 전기소설이 실려 있고, 재의계에도 그 설화소설·기전소설의 기반 위에서 이 전기소설이 형성·전개될 여지는 얼마든지 있지만, 실제적 작품은 흔하지 않다.[35] 그 재의궤범의 정토계 대본에 왕생전의 형태로 여러 편이 실려 있을 정도라 하겠다. 한편 문집계에는 각개 문집의 산문부에 일부 전기소설이 실려 있으니, 금오신화류가 바로 그것이다.[36] 나아가 잡저계에는 그 설화소설과 기전소설의 질량에 따라 이 전기소설이 상당수 끼어 있는 터다. 그 가운데에서도 이 전기소설은 주로 삼국유사류와 보권염불류 사이에 집중적으로 실려 있는 실정이다.[37]

넷째, 이 강창소설은 그 유형들에 산재한 소설장르에서 적어도 서사적 강창체를 중심으로 성립된 작품 계열이기에, 광범하게 분포되어 있다. 기실 이 강창체

---

35 사재동,「수륙재의궤의 공연양상과 희곡적 전개」,『한국수륙재와 공연문화』, 한국공연문화학회. 2015, p.314.

36 金時習의『金鰲新話』는 本格的인 傳奇小說로서 그 주체·내영과 구조·구성으로 보아 불교소설이라 하겠다.

37 사재동,「삼국유사의 문학적 실상과 연행양상」, pp.120-121.

는 그 구성과 문체에 있어 운문·산문이 교직된 강설·가창 형태의 전형적 작품으로서 한·중의 작품 사이에 공통점을 가지고 있다. 게다가 이 강창소설은 그 연극적 공연을 통하여 그대로 희곡형태로 전환될 수가 있었던 터다.[38] 그러기에 불전계에는 설화소설이나 기전소설·전기소설 등에 걸쳐 강창체가 관류하여 강창소설의 형태를 유지하고 있는 터다. 그리고 논소계에는 그 소설형태가 변문적 성격상 거의 모두 강창체를 유지하여 이 강창소설의 실상을 보이고 있는 터다. 한편 승전계에는 그 소설형태 안에 시가를 삽입시키기 어렵기에, 이 강창소설의 성립·행세가 희귀할 수밖에 없다. 그리고 재의계에는 게송·가송의 성세와 서사문맥의 조합으로 강창체가 성행·일관하여 이 강창소설이 성세를 보이는 터다.[39] 또한 문집계에는 그 전기소설이 상당한 시가를 삽입하여 강창체를 갖추고 강창소설의 면모를 보이는 정도다. 끝으로 잡저계에는 그 삼국유사류의 소설작품 중에 일부 한시·향가를 삽입하여 강창소설의 형태를 유지하고 있는 실정이다.[40]

다섯째, 이 국문소설은 일부 유형에만 실려 있다. 이 전서의 편찬 범위에 따라 그것이 제외되었기 때문이다. 원래 정음 이후에 국문불경 『석보상절』·『월인석보』 등에는 수많은 국문소설이 형성·전개되었고, 신라·고려대의 변문계 작품들이 국문화되어 국문소설로 행세하여 성황을 이루었다.[41] 이어지는 대승경전의 언해는 번역계 국문소설을 양산하여 소설계의 대세를 이룩하였던 터다. 따라서 불전계에는 팔상록류의 국문소설이 형성 전개되었고, 승전계에도 족히 국문소설이 생성·유전되었지만, 여기에 수록되지 않았을 뿐이다. 다만 잡저계에

---

38 사재동, 「한·중 강창문학의 희곡사적 위상」, 『한국공연예술의 희곡적 전개』, pp.362-365.

39 사재동, 「불교재의궤범의 공연양상과 문학적 전개」, p.204.

40 사재동, 「삼국유사의 문학적 실상과 연행양상」, pp.121-122.

41 사재동, 「국문소설의 형성문제」, 『한국고전소설의 실상과 전개』, 중앙인문사, 2006, pp.141-148.

는 그 보권염불류에 이 국문소설이 단편으로나마 몇 편 실려 있는 실정이다.[42]

5) 희곡계 장르

무릇 불교문학은 신행과정에서 연행되는 것이 원칙이다. 실제로 이 작품들은 모든 장르에 걸쳐 개인적 수행생활이나 집단적 신앙활동에서 어떤 형태로든지 연행되었기 때문이다. 따라서 그 모든 연행을 연극적 공연이라고 전제할 때, 이 작품들은 그 대본으로서 이미 극본·희곡적 성향을 갖추고 있는 터라 하겠다. 이미 밝혀진 대로 불교계의 모든 재의, 그 연극적 공연이 장르별로 가창극과 가무극·강창극·대화극·잡합극 등으로 분화·전개된 게 사실이다. 그러기에 이런 연극 장르의 대본, 그 극본·희곡의 장르가 歌唱劇本과 歌舞劇本·講唱劇本·對話劇本·雜合劇本으로 구분·전개되는 것은 당연한 일이라 본다.[43]

첫째, 歌唱劇本은 가창을 중심으로 공연하는 대본이기에, 각개 유형에 두루 분포되어 있다. 원래 모든 시가는 가창하기 위하여 창작되고 따라서 언제 어디서나 가창되어 연극적 공연의 극본·희곡이 되었던 터다. 그러기에 불전계에는 찬불·예불 등에 따른 시가가 서사문맥과 함께 그 가창극의 대본으로 성립·성행하였다. 그리고 논소계에는 불경을 찬탄·예경하는 시가나 논소과정의 게송, 경전 내용의 중송 등 모든 시가가 그 서사문맥과 더불어 가창극의 극본으로 정립·행세하였다. 또한 승전계에는 고승을 찬양·공양하는 게송이나 승전 속에 삽입된 게송, 시가 등이 그리 많지 않아서, 그 가창극의 대본으로 약세를 보였던 터다. 한편 재의계에서는 그 궤본들 전체의 단계마다 게송·가영·찬시 내지 진언까지 합세하여 그 가창극의 대본으로서 대세를 이루었던 터다. 그리고 문집계에는 각개 문집의 그 많은 시가들이 모두 개인적으로나 집단적으로 서사적 문

---

42 사재동, 「왕랑반혼전의 실상」, 『한국고전소설의 실상과 전개』, pp.695-696.

43 사재동, 「불교재의의 희곡적 전개」, 『한국문학유통사의 연구』 II, 중앙인문사, 2006, pp.435-436.

맥 가운데서 음영·가창되었기에, 결국 다양한 형태의 가창극적 공연의 대본으로 행세할 수밖에 없었다. 실로 그것은 시가의 예술적 운명이었기 때문이다. 끝으로 잡저계에는 이 시가의 분포가 저조하여 그것이 가창극의 대본으로 역할하기에 미흡했던 게 사실이다.

둘째, 이 歌舞劇本은 가창극에 무용이 결합되는 연극형태로 그 극본이 전체 유형에 걸쳐 비교적 희귀한 편이다. 기실 이 가창극에는 으레 자발적인 무용이 따르지만, 전문적 무용이 결부되는 사례는 제한적이었기 때문이다. 따라서 불전계에는 그 가창극본의 성세에 비하여 찬불·예불·공양의 특별한 의식에 따라 가무극이 공연되고 그 극본이 정립될 수밖에 없었다. 그리고 논소계에는 그 가창극본의 상당한 세력에도 불구하고, 그 전체의 학문적 분위기로 하여, 가창극의 자발적 무용 외에 전문적 무용이 결부되기는 쉽지 않았기에, 이 가무극본이 자연 저조할 수밖에 없었다. 또한 승전계에는 그 각개 고승들의 추모재의와 직결되어, 가창이 있는 곳에는 거의 다 무용이 결부되고 가무극을 이룩하니, 여기에 가무극본이 상당수 정립·행세하였던 터다. 한편 재의계에는 그 가창극본이 성행하면서 당연히 자발적 무용과 전문적 무용이 결합하여 가무극이 활성화되면서, 이 가무극본이 성세를 보인 것은 당연한 일이다. 그리고 문집계에는 그 가창극본이 그만큼 대세를 이루면서도 그 개인적 감상·음영·연행의 성향이 우세하여, 자발적 무용 외에 전문직 무용의 개입이 제한되고, 따라서 이 가무극본이 저조할 수밖에 없었던 터다. 끝으로 잡저계에는 그 시가의 비중만큼 자발적 무용과 함께 전문적 무용이 일부 개입되어, 이 가무극본이 적으나마 자리하고 있는 게 사실이다. 그것도 삼국유사류와 보권염불류의 승전·사찰·성물 관련의 가창이 그 재의와 함께 무용을 수용한 데서 집중적으로 나타났던 터다.

셋째, 이 講唱劇本은 각개 유형의 강창체를 통하여 상당히 배치되어 있는 터다. 원래 이 강창극본은 그 서사문맥의 장면화에 따라 강설과 가창을 교직·공연하는 강창극의 대본으로 경제적이고 보편적인 극본·희곡이다. 그러기에 불전계에는 그 장엄·찬란한 서사적 행적을 운문의 가창과 산문의 강설로 엮어 나가는 강창체가 성행하니, 그 강창극의 공연에 따른 강창극본이 비교적 성세를 보였던 터다. 그리고 논소계에는 그 경전을 논소하는 과정에서 산출된 다양한 강창체를 통하여 강창극적 분위기에 따라 이 강창극본이 성세를 보이는 터다. 원래 서역·중국·한국의 불교계는 강경과정에서 불경 자체의 강창체를 바탕으로 그 산문을 강설하고 운문을 가창하여 강창극적 공연을 하면서, 이 강창극본을 정립·활용했던 것이다. 가까이 중국의 변문, 그 강경변문이 이와 공통되는 대본이라 보아진다.[44] 또한 승전계는 그 승전에 게송시가가 있는 한, 그 산문을 강설하고 그 시가를 가창하여 강창극의 형태로 연행되면서, 이 강창극본을 성립시켰던 것이다. 그리고 재의계에는 모든 재의궤범의 전편을 통하여 각종 재의 산문이 각개 장면을 중심으로 강설되고 그 해당 운문이 가창되어 다양한 강창극으로 공연되면서, 그에 따른 강창극본이 많이 정립·행세하였던 터다. 한편 문집계에는 시가와 산문이 전문적으로 분화·수록되어 그 강창체의 작품이 비교적 적은 편이다. 그 일부 연작시형태에 서문이나 해설문이 끼어 강창체를 이루는 경우에, 그 연행이 강창극형태를 보이면서 이 강창극본이 성립될 수 있었던 것이다. 끝으로 잡저계에는 그 가창극본과 관련되어 이 강창극본이 저조함을 면치 못한다. 다만 그 삼국유사류와 보권염불류, 기행류 중에서 일부 강창극본의 면모를 보이고 있을 정도다.

넷째, 이 對話劇本은 그 유형 전체에 걸쳐 있는 대화체를 통하여 상당히 퍼져 있는 실정이다. 원래 이 대화극본은 보다 전문적이고 본격적인 극본·희곡형태다. 원래 희곡은 대화와 연기의 문학이기 때문이다. 기실 이 대화극본은 그만한 서사문맥의 장면화에 등장인물의 대화가 연기지시로 조화되면 원만히 성립되는 터다. 그러기에 불전계에는 각개 저술에 걸쳐 대화체가 발달하여 대화극을 통

---

44 조명화, 「불교와 강창의 관계」, 『불교와 돈황의 강창문학』, 이회, 2003, pp.91~92.

한 이 대화극본이 상당히 성립·행세하였던 터다. 기실 장엄·찬란한 불타의 행적은 극적인 서사장면에서 일체의 교화·법문이 모두 문답식 대화체로 이루어졌기 때문이다. 그러기에 불타가 머무는 곳마다 제자·신도, 제불보살·신중이 운집하여 설법의 대화극을 연출하고, 그 대화극본이 여러 경전의 이름으로 정립되었던 것이다. 그래서 논소계에는 그 대화극본적 경전을 고구·탐색하고 해설·부연하는 과정에서 문답식 대화를 강화하여 그 경전·논소의 장면마다 서사문맥과 함께 대화극을 이룩하고, 따라서 그 대화극본이 정립·발전했던 것이다. 그러기에 돈황변문, 강경변문이 대화극본적 성격을 지닌 점과 상통하는 터라 하겠다. 또한 승전계에서는 그 행적의 입전에서 서사문맥에 문답식 대화체가 자주 활용되었다. 이것이 그 행적의 서사적이고 극적인 표현의 효율적 방법이었기 때문이다. 그러기에 고승전의 일부분은 대화극을 전제한 대화극본의 형태를 유지하고 있는 터다. 그리고 재의계에는 각개 저술마다 대화극본이 상당히 분포되어 있다. 기실 그 재의과정에서 제불보살·신중 내지 만령과 재자·주관승려들의 신비로운 문답·대화가 서사적 장면에 충만하고, 또한 재자·승려·신도 사이에 생동하는 대화가 역시 활발하여 실제적 대화극을 이루며, 따라서 다양한 대화극본이 산출되는 것은 당연한 일이다. 한편 문집계에는 이 대화극본이 비교적 저조한 편이다. 원래 이 전문적 문집에 희곡장르가 배제되어 있는데다, 그 산문부에도 극적인 서사문맥에 대화체가 결부된 작품이 드물기 때문이다. 그저 일부 산문부의 전장형태에 대화체가 섞이어 이 대화극본의 일면을 보이는 정도라 하겠다. 끝으로 잡저계에는 그 산문류에 서사문맥이 불투명한데다 그 대화적 표현마저 뚜렷하지 않아 대화극적 분위기가 부족하니, 이 대화극본이 실세를 보이기 어려웠던 터다. 그런데도 삼국유사류의 승전·사찰·성물에 얽힌 서사물에는 흔히 대화체가 끼어들어 승전계와 같이 대화극적 연행을 전제로 이 대화극본이 정립되어 있는 게 사실이다.

다섯째, 이 雜合劇本은 여러 유형을 통하여 상당히 자리하고 있는 터다. 원래 이 잡합극본은 각개 저술 중의 희곡장르가 규정된 나머지 잡합양식의 극본이기에, 여러 장르의 형태를 일부씩이나마 취합하여 그 나름의 종합성을 갖추면서 다양한 극본의 역할을 감당하고 있는 터다. 그러기에 이 잡합극본은 실제적 기능면에서 다방면으로 작용하기로 중국식 전능극본이라고 보아진다. 그래서 불전계에는 적지 않은 잡합극본이 자리하였고, 논소계에는 상당수의 이 극본이 실려 있는 터다. 그리고 승전계에는 이 잡합극본이 저조한데에 반하여, 재의계에는 이 극본이 대세를 이루고 있다. 원래 그 재의계가 각개 대본을 통하여 연극적 공연으로 전개되어 각개 장르를 이룩하고, 각개 극본·희곡장르로 분화·전개되었기에, 그 장르들의 나머지를 종합·조정하여 잡합극을 조성하면서 이 잡합극본이 다채롭게 형성·전개된 것은 당연한 일이었다. 끝으로 잡저계에는 이 분야의 성격·영역에 따라 이 잡합극본이 대소간 상당한 위치를 지키고 있는 터다.

6) 평론계 장르

자고로 문학이 있으면 반드시 그 평론이 따르는 게 원칙이다. 기실 언제·어디서나 문학작품이 나오면 어떤 형태나 방법으로든지 평론이 떠도는 것은 당연한 이치다. 따라서 이 전서의 6개 유형이 모두 문학작품이기에, 그에 대한 평론이 다양한 형태·방법으로 나오게 되었다. 그리하여 이 방대한 작품들은 장르별로 그 평론이 덧붙게 되었던 터다. 따라서 이들 유형의 시가에는 詩歌論이, 수필에는 隨筆論이, 소설에는 小說論이, 희곡에는 戲曲論이 따르는 것은 당연한 일이고, 나아가 평론의 이론까지 제시되어 있는 게 사실이다.

첫째, 詩歌論은 전체 유형에 걸쳐 상당한 분포를 보이고 있다. 기실 그 각개의 저술 중에 시가가 있으니, 그 작품들에 대한 서문·찬양·해석·해설 등이 넓은 의미의 시화·시가론으로 나타나 있다. 실제로는 먼저 그 구비적 시평으로 시작되었지만, 다음에 그것이 문장화되어 다양하게 기록되었던 터다. 따라서 불전계는 그 석가여래행적송류의 장편서사시에 서문이 붙어 전체적으로 찬양하고,

의미 단위별로 나눠어 해석·해설이 나와 시가론의 구실을 하였던 터다. 또한 그 장편서사산문 사이에 시가를 삽입하고 이를 전후 문장이 해설·평가하여 시론의 기능을 발휘하였던 것이다. 그리고 논소계에는 그 불소행찬류의 장편운문불경을 분단하여 강설·논석하고 찬탄·평가하니, 그게 바로 본격적인 시가론으로 성립되었던 터다. 한편 이 불경의 논소 중에 삽입된 게송이나 중송 등을 분석·논의하고 평가·선양한 것도 그대로 시가론이 되었던 것이다. 또한 승전계에는 그 승전 중에 시가가 삽입되었을 경우에만, 그 전후 문장이 이를 해설·논의하여 소박한 시가론의 기능을 발휘하게 되었다. 그리고 재의계에는 각개 궤범에 분포된 수많은 게송·찬시를 그 전후의 산문이 해설·찬양함으로써, 그대로 시가론의 역할을 해냈던 터다. 또한 문집계에는 그 전문적 시집의 서문·발문이 그 시편에 대한 총괄적 찬양·평가를 내려 이 시가론을 대신하였고, 이 시문집의 경우, 그 탁이한 시가의 앞뒤에 서언·해설이 붙어 시화·시가론의 역할을 해냈던 터다. 끝으로 잡저계에서는 삼국유사류와 같이 한시나 향가를 삽입하고 이를 해설·평가하는 문장이 그대로 시가론으로 정립되었다. 그리고 이 계열 중의 기행류에서는 삽입 시가 적지 않은 터에, 그 전후 문장이 이를 감상·음미하는 소박한 시가론의 기능을 다했던 것이다.

둘째, 이 隨筆論은 각개 유형의 수필계 산문에 대한 평가·해설·논의의 형태로 나타났거니와, 그 형적이 뚜렷하지 않고 그 분포가 저조한 편이다. 자고로 이 수필계 산문의 독자성을 확인하지 않고, 따라서 그에 대한 평가·논의를 소홀히 하였기 때문이다. 그런데도 불전계에는 그 장편의 산문이 분화·해설되는 과정에서, 그 수필적 단편들을 해석·평가한 문장이 일부 나타나니, 그게 소박한 수필론의 일환이라 하겠다. 또한 논소계에는 산문불경을 강설·논석하는 과정에서 수많이 분화되어 나오는 수필적 단편에 대하여 일일이 평가·논의가 붙었으니, 그게 바로 수필론의 전형이라 하겠다. 그리고 승전계에는 전장에 해당되는 작품의 말미에 논의나 찬시가 붙어서 그 수필론을 대신하고 있는 터다. 한편 재의계에서는 수많은 수필계의 문장에 일부 평가·논의적 문장이 결부되니, 그것이 바로 수필론의 일면을 보여주고 있는 것이다. 이어 문집계에는 산문중심의 문집류가 그 서문·발문을 갖추니, 그것이 수필계 산문의 평문으로 행세하였던 터다. 끝으로 잡저계에는 독립된 책자의 경우, 그 서문·발문을 통하여 수필계 산문의 포괄적 평가를 내리니, 그게 소박한 수필론으로 작용하는 터라 하겠다.

셋째, 이 小說論은 전체 유형에 걸쳐 희귀하게 나타난다. 기실 그 유형들에 수록된 소설계 작품들이 명실 공히 독자적인 실상과 위상을 갖추기 어려운데다, 그 작품마다 평론이 붙지 않은 까닭이라 본다. 그런데도 불전계에서는 그 팔상 행적의 장편소설 또는 중·단편소설 형태가 전체적으로나 부분적으로 강설·논의되고 평가·찬양되는 사례가 드물게 나타나니, 그 문장이 바로 소설론을 대행하는 터라 하겠다. 한편 논소계에서는 이 소설론이 본격적으로 전개되어 성황을 이루었다. 기실 그 많은 산문적 불경들이 장편소설 또는 중편소설의 형태를 갖추고 있는 터에, 이를 강설·논석하여 평가·선양한 논소가 그대로 소설론이 되기 때문이다. 실제로 이 논소들은 그 소설계 불경의 주제·내용을 파악하고 전체적 구조와 배경·인물·사건 등의 구성, 그 문체·표현에 이르기까지 철저하게 분석·거론하여 완벽한 소설론을 지향하고 있는 것이다. 이런 논소야말로 근현대 소설론의 전범이라 하여 마땅할 터다. 이어 승전계에서는 특히 소설적 수준의 작품에 한하여 그 말미에 논의를 붙인 것이 일부 있으니, 그게 소박한 소설론으로 작용할 수 있었다. 한편 재의계에서는 그 궤본들이 전체적으로 소설적 구조·형태를 갖추었음을 전제한다면, 이를 총평하는 언설·여론이 소박한 소설론으로 전개될 여지가 있는 터다. 그리고 문집계에서는 그 산문부의 일부 본격적인 소설 작품이 그 말미에 논의·평설을 붙였으니, 그게 소설론의 일환이 될 것이다. 끝으로 잡저계에서는 그 삼국유사류의 소설작품에 일부 논평이 가해졌으니, 이것이 바로 소설론을 대신할 수 있을 것이다.

넷째, 이 戲曲論은 위 소설론과 결부되어 거의 동일하게 성립·전개되었다.

원래 이 희곡과 소설은 동일한 서사구조에서 돋아난 두 개의 작품형태이기에, 그 강설·논석과 평의·선양의 안목이 전문화되지 않은 차원에서, 두 장르의 작품들을 통합적으로 논평하게 되었다. 그러기에 불전계에서는 그 장편희곡적 작품에 소설론과 같은 평가를 내리고, 논소계에서는 그 희곡적 경전을 본격적으로 논소하여 희곡론의 전형을 세우게 되었다. 한편 승전계에서는 그 나름의 희곡작품에 일부 논평이 붙어 희곡론을 대신하였고, 재의계에서는 역시 소설계와 나란히 희곡적 작품에 붙은 중평·언설이 희곡론으로 전개될 수가 있었다. 나아가 문집계에서는 이 희곡작품이 그 소설작품과 맞붙어 일부 평가되니, 그게 또한 희곡론의 면모를 보이는 터라 하겠다. 끝으로 잡저계에서는 그 희곡작품이 일부 소설과 같이 평의되어 희곡론의 일면을 들어냈던 터다.

다섯째, 이 評論의 이론은 실제로 논소계에서만 실세를 보인다. 기실 이 평론의 이론은 그 원리와 방법을 체계적으로 논의하는 것이다. 그러기에 문학작품을 평론하는 가운데, 이 평론의 원리를 밝히고 그 실제적 방법을 이론화하는 작업으로 전개되는 터다. 그래서 논소계에서는 그 불경문학을 해석·평가하는 가운데, 먼저 그 원리를 서설하고 방법론을 제시하는 문장이 대세를 이룬다. 그리하여 불교문학계의 평론, 이 평론의 이론에 하나의 전범을 보였던 터다. 실제로 이 평론의 이론은 한국문학 비평사의 효시가 되리라 본다.[45]

7) 연행적 전개양상

모든 문학, 그 고전문학은 유통·연행을 통하여 그 실상과 기능을 발휘하는 게 원칙이다. 그 중에서도 이 불교문학은 모든 장르에 걸쳐 신행과정의 제반절차에 따라서 연행되는 것이 필수적이었다. 전술한 이 전서 6개 유형의 모든 작품들이 실제적으로 연행되어 이런 사실을 확증하고 있기 때문이다. 나아가 이 작품들의

---

45 사재동, 「원효논소의 문학적 전개」, pp.179-182.

연행은 다양한 형태의 재의에 의하여 연극적 공연으로 전개되어 왔다는 사실이 주목되는 터다. 이것이 바로 불교문학의 예술적 특징이기 때문이다. 이런 점에서 상술한 바 희곡장르의 연극적 공연양상을 상기할 필요가 있다. 이러한 희곡장르는 이미 그 연극적 공연형태를 장르적으로 전제하고, 그것에 의하여 설정되었던 터다. 그러기에 이제는 이 희곡장르를 기준으로 역추적하여 그 공연형태, 그 연극장르를 유추해낼 수가 있는 것이다. 말하자면 이 희곡장르의 가창극본에서 歌唱劇을, 가무극본에서 歌舞劇을, 강창극본에서 講唱劇을, 대화극본에서 對話劇을, 잡합극본에서 雜合劇을 각기 추적·재구할 수가 있는 터다.[46]

첫째, 이 歌唱劇은 전체 유형의 시가장르를 바탕으로 가창극본이 조성되어 널리 공연되었다. 그 시가가 적어도 그 주제·내용이나 방향·기능에 따라 제반 형태의 재의를 통하여 다양한 가창극으로 공연되는 것은 당연한 일이었다. 기실 이 가창극은 단순한 개별적 음영·연행으로부터 집단적 공연에 걸쳐 독창이나 연창·합창 등 성악과 기악의 합연으로 전개되었다. 여기에는 일정한 무대와 청중이 있어, 출연자가 분장·의상과 소도구를 갖추고 적합한 연기를 베푸니, 단순한 채로 연극의 기능을 발휘했던 터다. 따라서 불전계에서는 그 시가가 찬불·예경·공양의 성향을 띠어 대개는 여러 형태의 예불재의를 통하여 가창극으로 공연되었던 터다. 그리고 논소계에서는 이 시가가 그 대상 경전의 주제·내용에 따라, 그 해당계열의 여러 재의를 통하여 가창극으로 공연될 수 있었던 것이다. 또한 승전계에서는 각개 작품의 시가에 따라 그 추모재의나 천도재의 등의 가창극본을 정립하여 가창극으로 연행되고 성세를 보이지 못하였다. 한편 재의계에서는 그 수많은 시가와 가창극본에 따라, 그 다양한 재의절차상에서 가창극이 공연되어 성황을 이루었다. 그리고 문집계에서는 그 풍성한 시가가 불교적 시정을 읊은 데에 역점을 두어 어떤 재의와의 관계가 긴밀하지 않았다. 따라서 이

---

46 사재동, 「불교연극 연구서설」, 『한국공연예술의 희곡적 전개』, p.173.

시가들은 가창극본을 이루고는 있지만, 일정한 재의에 의한 가창극으로 공연된 경우가 드물다. 그러기에 그 시가 내지 가창극본은 개인적 음영·가창이나 동호인끼리의 연행에 그치는 사례가 많았다. 끝으로 잡저계에서는 그 삼국유사류의 시가를 중심으로 가창극본이 성립되고, 어떤 재의나 연행의 계기에 따라 가창극으로 공연된 게 사실이다.

둘째, 이 歌舞劇은 가창극과 결부되어 공연된 게 사실이지만, 그 무용을 수용하는 데에 제한이 따라서 흔한 편은 아니었다. 그런대로 이 가무극에는 일정한 무대에 무용자들의 분장·의상이 따르고 그 형태가 독무·대무·군무 등으로 전개되었던 터다. 그래서 불전계에서는 그 재의의 특성에 따라 가창극과 합세하여 이 가무극이 실연되었던 것이다. 그리고 논소계에서는 그 학문적 분위기로 하여 가창극이 소극적인 현실에서, 이 가무극의 공연은 매우 드물었던 터다. 이어 승전계에서는 추모·천도재의상의 가창극이 실연된 만큼, 이 가무극은 상당한 가능성을 보였던 게 사실이다. 한편 재의계에서는 시가와 가창극본의 성세에 직결되어 이 가무극이 가장 성행하였다. 기실 여기 가창극의 대부분이 제반 재의의 각개 장면에 따라, 그 입체성과 역동성을 강화하기 위하여 그 작법무를 적극수용함으로써, 이 가무극은 그만큼 빈번하게 공연되었던 터다. 이어 문집계에서는 그 시가와 가창극본이 구비되어 있지만, 그 공연에 제한을 받은 만큼, 이 가무극이 더욱 제한되어 실연의 기회를 거의 갖지 못했던 터다. 끝으로 잡저계에서는 그 시가와 가창극본이 정립되어 일부 재의에서 공연될 때, 특별하게 그 작법무를 수용함으로써, 이 가무극이 희귀하게 연행되었던 것이다.

셋째, 이 講唱劇은 그 전체 유형의 강창체에 의거하여 상당한 실세를 보이는 터다. 원래 이 강창체와 강창극본이 널리 분포된 만큼, 그 연행이 매우 보편적이고 경제적이었기 때문이다. 기실 이 강창극은 서사문맥의 강창체만 있으면 그대로 그 극본이 되면서, 바로 연창될 수가 있었다. 그 연창자 혼자서 평상복으로 무대·장치에 제한 없이, 소박한 장단에 따라 청중을 향하여 강설하고 가창해

나가면, 그대로 그 공연이 성립되는 터다. 그러기에 불전계에서는 그 강창체·강창극본에 따라 이 강창극이 예경재의나 법회재의 등에서 상당히 연행되었다. 그리고 논소계에서는 그 저술들이 전체적으로 강창체·강창극본으로 조성되었기에, 법회의식·강경의식을 통하여 강창극이 성행하였던 것이다. 기실 여기서는 법사·강사가 일체의 강경법석에 임하여 불경을 강설하거나 경전을 속강할 때, 그 자체가 강창극으로 성립·기능하였기 때문이다. 또한 승전계에서는 그 강창체·강창극본에 따라 이 강창극이 연행되니, 그다지 성행하지는 못하였다. 반면에 재의계에서는 그 강창체·강창극본이 성세를 보이니, 그만큼 이 강창극이 제반재의에 따라 성행한 것은 당연한 일이다. 한편 문집계에서는 강창체·강창극본이 상당히 구비된 것은 사실이지만, 그 재의와의 관계가 소원하여 강창극으로 공연되기는 쉽지 않았던 것이다. 끝으로 잡저계에서는 그 강창체·강창극본이 형성되어 있는 만큼, 이 강창극은 자유롭게 연행될 수가 있었다.

넷째, 이 對話劇은 전체 유형에 걸쳐 대화체·대화극본이 분포된 곳에서 공연될 가능성은 얼마든지 있는 터다. 그런데 이 대화극은 그 전문적이고 본격적인 연극형태이기에, 그 공연의 계기와 여건을 갖추기가 어려웠다. 적어도 여법한 무대와 연기에 능한 등장인물들, 연기·연출과 여러 보조인물, 그들에 대한 사례와 막대한 예산들이 필수되기 때문이다. 그리하여 불전계에서는 찬불·예경·공양의 견지에서 대화체·대화극본이 족히 형성되어 있었기에, 이 방면의 각종 재의를 통하여 이 대화극이 상당히 공연되었던 것이다. 또한 논소계에서는 그 대화체·대화극본이 많이 마련되었다 하더라도, 그 학문적 성향·분위기로 하여 이 대화극이 그대로 공연되기는 쉽지 않았던 터다. 그리고 승전계에서는 그 작품의 규모·내용에 비추어 대화체·대화극본이 일부 형성되기는 했다지만, 이 대화극이 그 공연의 계기나 여건을 갖추기는 그만큼 어려웠던 것이다. 한편 재의계에서는 그 방대한 재의궤범에 대화체·대화극본이 상당히 많은 터에, 이 대화극이 그만큼 공연의 성세를 보였던 것이다. 여기서 이 재의계의 작품뿐만 아니라 모든 대화극본은 그 공연의 계기·여건만 충족되면, 그에 상응하여 대화극으로 얼마든지 공연된다는 사실이 입증되는 터다. 또한 문집계에서는 그 대화체·대화극본이 그만큼 마련되었다 하더라도, 이것이 대화극으로 공연될 기회와 여건을 만나기는 쉽지 않았던 것이다. 그렇다면 그 저자 학승·문사들이 이 대화극본을 나름대로 연행할 수는 있지만, 그 공연이 결국 대화극의 수준에 이르지 못하고 자칫 잡합극의 면모를 연출하게도 되었던 터다. 끝으로 잡저계에서는 그 대화체·대화극본이 일부 형성되었지만, 그것이 대화극으로 공연되기는 사실상 어려웠던 것이다.

다섯째, 이 雜合劇은 위 연극장르의 나머지를 통합·조정한 연극형태이기에 종합적이고 개방적인 공연예술로서, 어떤 작품이든지 자유롭게 극화·연행하니, 이른바 全能劇의 역할을 다하여 왔다. 따라서 그 무대가 다양하고 개방적인 데다, 그 출연자의 분장·의상·연기와 연출이 그만큼 대중적이고 자유로웠던 것이다. 그러기에 불전계에서는 그 나머지 문장들이 잡합극본을 이루면서 즉시 잡합극으로 연행되어 실세를 이루었다. 또한 논소계에서는 그 나머지 잡문이 잡합극본을 형성하여, 그대로가 잡합극으로 실연됨으로써 상당한 실세를 보였던 터다. 또한 승전계에서는 그 나머지 문장들이 잡합극본으로 조직되면서 즉각 잡합극으로 연행될 수 있었던 것이다. 그리고 재의계에서는 그 나머지 작품들이 잡합극본을 이룩하여 그대로가 잡합극으로 진행됨으로써 성황을 보였던 터다. 한편 문집계에서는 그 나머지 잡문들을 잡합극본으로 구성하여 그대로가 잡합극으로 연행되었던 것이다. 끝으로 잡저계에서는 그 많은 잡문들로 잡합극본을 조성하여 모두 잡합극으로 연행하였던 터다. 이로써 불교문학은 각개 장르에 걸쳐 모두 연행되었다는 사실이 증명되었다. 그 불교문학의 전체가 잡합극의 공연을 통하여 그 마지막까지 연행되었기 때문이다.

5. 『한국불교전서』의 문예사적 위상

1) 문학사상의 위치

이 전서의 문학적 유형과 장르적 전개가 계통적으로 파악·실증되었다. 그리하여 이 전서의 문학적 실상과 그 역사적 전개는 그대로 한국불교문학사 내지 일반문학사라는 사실이 밝혀진 것이다. 기실 이 문학사는 그 실체로나 학문적 파악에 있어, 그 시대배경과 저자별 작품의 장르적 전개로써 이룩되는 것이기 때문이다. 그렇다면 이 전서는 삼국·신라·고려·조선시대를 통하여 고승·문사들의 모든 작품들이 장르별로 계승·전개되었기로, 완전한 불교문학사·한국문학사로 평가되는 것이 당연한 일이다. 원래 본질적이고 본격적인 문학사는 작품사요 장르다. 그러기에 이 전서는 한국의 문학시대를 통관하여 저명 작자들의 작품들을 배열하고 장르별로 계통화함으로써, 진정한 작품사 내지 장르사로 엄연히 자리한 것이라 하겠다. 따라서 이 전서의 작품사는 그 장르사로서 더욱 뚜렷하게 빛나는 터다.

첫째, 이 詩歌史의 전개다. 이 전서의 시가 작품들은 적어도 신라 이래 조선시대까지의 시가사를 전담하고 있다. 여기에는 그 한시사와[47] 향가사 내지 국문시가사까지 포괄되어 있다.[48] 나아가 이 시가사는 그 하위 장르로까지 분화·전개되어 계맥을 유지해 왔던 것이다. 따라서 이 시가사는 한국불교시가사로서 뿐만 아니라 일반시가사의 주류로서 자리하여 그 영향을 끼쳤던 터다. 나아가 이 시가사는 불교적 주제·내용과 구조·형태의 공통점으로 하여 불교권 시가사와의 유통사 내지 교류사까지 감당하고 있는 것이다.

둘째, 이 隨筆史의 전개다. 이 전서의 수필작품들은 실제로 신라·고려·조선

---

47 이종찬, 『한국불가시문학사론』, 불광출판사, 1993, pp.13-14.
48 조윤제, 『조선시가사강』, 박문출판사, 1936, pp.1-4.

시대의 수필사를 이루어 왔다. 여기서는 그 한문수필사와 함께 향찰수필사, 그리고 국문수필사가 계통을 이어 왔던 것이다. 따라서 이 수필사는 하위장르로 분화되어, 교령·주의·논설·서발·전장·비지·애제·서간·일기·기행·담화·잡기 등의 계통사로 전개되었던 것이다. 그리하여 이 수필사는 불교수필사상에서 뿐만 아니라, 일반수필사상에서도 주류를 이루어 영향을 끼쳤던 것이다. 한편 이 수필사는 불교적 주제·내용으로 보편성을 확보하여 불교권 수필사와의 유통사 및 그 교류사까지 드러내고 있는 터다. 그동안 이 수필사는 엄연히 자리한 그 실체에도 불구하고 그 계맥이 제대로 파악되지 못했던 게 사실이다. 이제 이 전서의 수필사가 그 위상을 드러냄으로써, 한국 수필사가 뚜렷이 부각된 것은 상당한 의미가 있는 터다.[49]

셋째, 이 小說史의 전개다. 이 전서의 소설작품들은 신라 이래 조선시대까지의 소설사를 형성하여 왔다. 여기에는 그 한문소설사와 후대의 국문소설사가 합류하여 내려왔던 것이다.[50] 그래서 이 소설사는 하위장르로 분화되어 설화소설사와 기전소설사·전기소설사 내지 강창소설사와 국문소설사 등의 계통을 지켜왔던 것이다. 그리하여 불교소설사의 주축이 되면서 한국소설사의 주류로 부각되었던 터다. 그러면서 저 불교권의 소설사와 유통·교류한 사실까지 보증하게 되었다.[51] 그동안 이 소설사의 실체는 시종 성실하게 이어져 왔는데도, 그 계맥이 올바로 파악되지 못하였던 게 사실이다. 이에 이 전서의 소설사가 그 위치를 드러냄으로써, 한국소설사가 보완·부각되는 것은 그만큼 의미 있는 일이다.

넷째, 이 戱曲史의 전개다. 이 전서의 희곡작품들은 실제로 신라 이래 조선시대에 걸쳐 뚜렷한 희곡사를 이룩하여 왔다. 여기서는 구비희곡사를 전제하고 한

---

49 장덕순, 『한국수필문학사』, 박이정, 1995, pp.1-5.
50 김태준, 「조선소설의 개관」, 『조선소설사』, 학예사, 1939, pp.21-25.
51 뢰영해(박영록 역), 「불교와 소설」, 『중국불교문화론』, 동국대학교 출판부, 2006, pp.496-506.

문희곡사와 후대의 국문희곡사까지 합세하여 성세를 보이고 있다. 나아가 이 희곡사는 장르별로 분화되어, 가창극본사·가무극본사·강창극본사·대화극본사·잡합극본사 등이 각기 계맥을 타고 상대적인 특성을 유지하며 전개되어 왔던 것이다.[52] 그리하여 불교희곡사의 주체가 되면서 한국희곡사의 주류를 이루었던 터다. 나아가 이 희곡사는 저 불교권의 희곡사와 유통·교류한 사실까지 실증해 주는 터다.[53] 그동안 이 희곡사는 실제로 풍성한 실체와 뚜렷한 위치를 지키고 있는데도, 그것이 올바로 부각되지 못하고 아예 거론조차 되지 않은 실정이었다. 이제 이 전서의 희곡사가 그 실체·위상을 제대로 드러냄으로써, 한국희곡사가 계통적으로 파악되는 것은 다행한 일이다.

다섯째, 이 評論史의 전개다. 이 전서의 평론작품들은 신라·고려·조선시대를 통하여 풍성한 평론사로 전개되었다. 여기서는 한문평론사를 중심으로 국문평론사가 부수되는 터에, 그 장르성향에 따라 시가론사와 수필론사·소설론사·희곡론사가 계통을 이어 나갔던 터다. 그리하여 이 평론사가 불교평론사의 주체가 되면서 한국평론사의 주류를 이루어 왔던 것이다. 그러면서 이 평론사는 저 불교권의 평론사와 긴밀히 유통·교류한 사실을 직증해 주고 있는 것이다. 그동안 이 평론사는 그 실체가 완전히 자리했는데도 고려 이래의 시론사 정도가 논의되었을 뿐, 그 시대를 통관하는 수필론사나 소설론사·희곡론사는 일체 논급되지 않았던 터다. 기실 그 시론 이외의 장르별 평론이 아예 거명조차 되지 않았기 때문이다. 이에 이 전서의 평론사가 확고하게 파악되면서 불교평론사는 물론, 한국평론사가 본격적으로 부각되는 것은 뜻 깊은 일이라 하겠다.

52 사재동, 「한국희곡사 연구서설」, 『한국문학유통사의 연구』 II, pp.303-305.
53 뢰영해, 「불교와 희곡」, 『중국불교문화론』, 동국대학교 출판부, 2006, pp.527-532.

2) 예술사상의 위치

이른바 종교는 종합예술의 백화점이라 하거니와, 그 중에서도 불교가 이 사실을 가장 절실하게 구현하고 있는 터다. 그 심오한 진리의 세계를 최상의 예술로 표현하고 있기 때문이다. 그리하여 이 전서가 불교문학의 집대성이라면, 그것이 그만한 예술로 연행되는 것은 필연적인 일이었다. 그러기에 이 문학은 형성·전개와 함께 종합예술로 연행되면서 불교전래 이래 기나긴 역사를 이끌어왔던 것이다.[54] 전술한 대로 이 전서의 문학작품들은 실제로 미술·음악·무용 등과 연결되면서 마침내 연극적 공연으로 연극사의 전통을 이어 왔던 것이다. 그러기에 적어도 신라 이래 이 불교문학사는 바로 이 연극사와 운명을 같이 해온 것이 사실이다. 따라서 이 연극사는 그만큼 다양하게 장르별로 계맥을 이루어 왔던 것이다.

첫째, 이 歌唱劇史의 전개다. 여기 가창극은 시가와 맞물려 그 역사적 계맥을 형성하여 왔던 것이다. 그리하여 불교가창극사의 주체가 되면서 일반가창극사의 주류를 이루었던 터다. 그러면서 이 가창극사는 저 불교권의 가창극사와 유통·교류한 사실을 실증해 주었다. 그동안 이 가창극은 그 개념조차 불투명하여 그 실상과 시대적 위상이 거론되지도 않았는데, 이제 적어도 신라 이래 조선시대에 걸치는 가창극사가 부각된 것은 의미 있는 일이라 하겠다.

둘째, 이 歌舞劇史의 전개다. 여기 가무극은 가창극과 직결되어 그 전통을 이어 왔던 것이다. 그리하여 이것이 불교가무극사의 주축이 되면서 일반가무극사의 주류를 이룩하게 되었다. 그러면서 이 가무극사는 불교권의 가무극사와 교섭·교류한 사실을 입증해 주었던 터다. 그동안 이 가무극의 실상과 위상이 거론되지 않아 그 역사적 계맥이 불투명한 터에, 여기 가무극사가 적어도 신라·고려·조선시대를 통하여 뚜렷이 밝혀진 것은 뜻있는 일이라 보아진다.

---

54 이두현, 「연극의 분류와 시대구분」, 『한국연극사』, 학연사, 1999, pp.11-12.

셋째, 이 講唱劇史의 전개다. 여기 강창극은 강창문학을 대본으로 폭넓은 역사를 이끌어 왔다. 그리하여 이것이 불교강창극사의 주체가 되었음을 물론, 일반강창극사의 주축을 이루어왔던 것이다. 나아가 이 강창극사는 저 불교권의 강창극사와 상통·교류한 사실을 직증하게 되었던 터다. 그동안 이 강창극의 개념과 범위가 설정되지 않아 그 역사적 맥락이 불투명했던 게 사실이다. 그런데 이렇게 이 강창극사가 신라 이래 조선시대에 걸쳐 선명하게 부각된 것은 다행한 일이 아닐 수 없다.

넷째, 이 對話劇史의 전개다. 여기 대화극은 그 전체의 극적인 서사문맥과 대화체를 중심으로 장구한 역사를 이룩하여 왔다. 그래서 이것은 불교대화극사의 주축이 되면서 일반대화극사의 주류가 되었던 터다. 더구나 이 대화극사는 불교권의 대화극사와 소통·교류한 근거를 제시하여 주는 것이다. 그동안 이 대화극은 그 실체와 위상이 거의 논의되지 않아 역사적 계맥이 밝혀지지 않았던 것이다. 이에 이 대화극사의 실체와 그 계맥이 적어도 신라·고려·조선시대에 걸쳐 제대로 파악된 것은 실로 다행한 일이라 하겠다.

다섯째, 이 雜合劇史의 전개다. 여기 잡합극은 종합적 극본을 바탕으로 전능극의 기능을 발휘하여 풍성한 전통을 세워 왔던 게 사실이다. 그리하여 이 잡합극사는 실제적으로 불교잡합극사의 주체가 되고 또한 일반잡합극사의 주축이 되었던 터다. 나아가 이 잡합극사는 저 불교권의 잡합극사와 일부 교류하면서도, 그 자유·개방적 형태 안에 토착적인 요건을 수용함으로써, 독자적인 면모로 전개되었던 것이다. 그동안 이 잡합극의 개념·범위와 위치가 거론되지 않아 그 역사적 전개과정이 방치되어 온 게 분명하다. 이제 이 잡합극사의 실체와 계맥이 신라 이래 조선시대에 이르기까지 올바로 파악된 것은 실로 의미있는 일이라 본다.

3) 문화사상의 위치

이 전서의 모든 작품들이 그 시대의 불교계에 상응하여 널리 자유롭게 유통·

전개되면서, 불교문학·예술사를 중심으로 그 주변의 문화사를 형성·전개시켰던 것이다. 기실 이러한 불교문화사는 일반문화사와 동반하여 광범하고 다양한 역사를 이끌어 온 게 사실이다. 그 중에서도 이 불교사상사·포교사와 불교신앙사·의례사, 불교문헌사·유통사 등이 중시되는 터다.

첫째, 불교사상사·포교사의 전개다. 이 전서의 모든 작품들은 불교사상을 주제·내용으로 저술된 게 사실이다. 그것이 바로 불교전서의 진상이기 때문이다. 그러기에 이 저술들은 그 시대의 불교철학·사상의 실체와 변화·발전의 사조 등을 포괄·반영하고 있는 것이 당연하다. 기실 이 불교사상은 인도로부터 실크로드·중국을 통하여 한국에 이르기까지 장구한 역사를 이끌어 왔다. 이것은 신라·고려·조선시대에 걸치는 불교사상의 역사를 그대로 저술한 작품으로 유통·행세하였으니, 그대로가 불교사상사요 불교발전사라고 해야 마땅할 것이다.[55]

한편 이 전서의 모든 저술은 실제로 포교·전법을 위한 방편이요 그 교재였던 것이다. 이들 저술의 동기·목적이 바로 상구보리하며 하화중생하는 데에 집중되어 있었기 때문이다. 기실 이 저술들은 우선 불교진리·사상을 참구하는 게 사명이지만, 결국 그것이 이 불교전체를 올바로 광포하는 데에 역점을 둘 수밖에 없었다. 그러기에 이 저술들은 포교 현장의 필수적인 방편으로 그 역량을 발휘하였다. 그리하여 이 저술들은 신라 이래 조선조까지 그 포교의 일선을 주도하며 일대 포교사를 장식하여 왔던 것이다. 실로 그것은 한국불교 홍통사의 주축이 되었던 것이다.

둘째, 이 불교신앙사·의례사의 전개다. 이 전서의 작품들은 그 시대의 승려나 신도들의 신행을 위하여 어떤 형태로든지 활용된 게 사실이다. 기실 이 승려·대중이나 신도·민중의 신행이 독경이나·염불·기도·참선 등으로 다양하게 전개될 때, 이 작품들은 모두 그 교본이 되어 왔기 때문이다. 실제로 이 전서는

---

55 김영태, 「불교가 한국정신문화에 끼친 영향」, 『불교사상사론』, 민족사, 1992, pp.254-262.

역대 불교사회의 신앙활동, 이 신행이 생동하는 불교생활로서 불교발전의 원동력이 되고, 그 불교사를 주도하여 왔던 것이다. 그리하여 이 작품들은 이러한 신행과정에 교범으로 제작·활용되었거니와, 반면에 그런 과정을 통해서 이것이 더욱 발전·전개되었던 터다. 이처럼 이 작품들이 적어도 신라 이래 조선시대까지의 신행사를 이끌어 오면서 생동하는 불교발전사를 이룩하게 된 것은 중요한 의미가 있다.

한편 그 신앙사는 이 재의사와 직결되어 온 게 사실이다. 역대 불교사회 언제·어디서나 그 신행은 어떤 형태로든지 이 재의를 통하여 실현되었기 때문이다. 기실 이 전서의 작품들 중, 재의계는 이 재의를 연행하는 대본으로서 바로 이 재의사를 주도하여 왔던 것이다. 따라서 이 재의사는 인도나 실크로드·중국을 거쳐 한국에 이르기까지 면면한 전통을 이어 한국적 변용을 겪었거니와, 실로 여기에는 그 주변사가 직결되어 더욱 중요한 의미를 가지는 터다.[56] 이미 알려진 신앙사는 물론, 문학유통사와 연행·연극사 등이 이 재의사와 직결·전개되어 왔기 때문이다.

셋째, 이 불교문헌사·유통사의 전개다. 이 전서의 작품들은 모두 문헌을 통하여 활용·전승되었다. 그 역대 불교사회에서 이 많은 작품들이 문헌으로 성행·유통되어 왔으니, 그 문헌사는 실로 문학사와 함께 찬연한 것이었다. 그것은 필사본을 비롯하여 주로 목판복이나 활자본으로 행세·유전되었거니와, 그것이 차지하는 불교문화사상의 비중이 그만큼 컸던 것이다.[57] 실제로 이 문헌은 그 모든 작품들이 유통·활용되는 방편이었으니, 그게 광의의 문학사라 하여 무방할 것이다. 나아가 이것은 연행·연극의 대본문헌으로서 연행·연극사와도 불가·분리의 관계를 맺어 온 게 사실이다.

---

56 홍윤식, 「한국의 불교의식과 불교음악」, 『한일전통문화비교론』, 지원미디어, 2004, pp.99-100.

57 김두종, 『한국고인쇄기술사 : 총설』, 탐구당, 1974, pp.1-14.

한편 이 문헌사는 구비적 유전사와 함께 이 작품들의 유통사를 이룩하여 왔다. 기실 이 유통은 그 작품의 실상, 그 생동하는 역량을 발휘·전달하는 첨단적 현장이니, 그 유통사야 말로 이 모든 작품들의 생동·전달사라 하겠다. 그러기에 모든 불경의 결미에 그 유통을 가장 강조한 점과 함께 이 유통사는 공시적으로 이룩되는 유통망의 전통이요 역사라고 본다. 결국 이것은 불교사회에 이 저술·작품들을 널리 펼쳐 알린 보급사로서 중시해야 될 것이다. 이 유통·보급사는 실제로 그 작품들의 실상·실체사, 그 기능·영향사이기 때문이다.

6. 결론

이상 『한국불교전서』의 문학적 실상과 전개양상을 불교적 관점에서 문학·장르론과 공연예술론·유통론 등에 의하여 총체적으로 고구하였다. 지금까지 논의해 온 것을 요약하면 다음과 같다.

1) 이 전서의 찬성경위와 유통양상을 검토하였다. 먼저 이 전서의 저술들은 적어도 신라·고려·조선시대의 고승·학승·문사들이 주체가 되어 상구보리·하화중생의 동기·목적으로 삼보에 관한 불교의 주제·내용 일체를 당대의 문학·예술적 방법으로써 제작·기술해 낸 것이다. 따라서 그 방대한 저술들은 모두 값진 문학작품으로서 그 시대에 상응하여 찬연한 역사를 이끌면서, 구비·문헌적 방편을 타고 유통·전승되었던 것이다.

2) 이 전서의 문학적 유형을 점검하였다. 이 많은 저술들은 그 주제·내용과 전통적 저술방법에 따라 대강 6개 유형으로 분류되었다. 우선 그 불타의 거룩한 행적을 찬탄·미화한 불전계, 그리고 모든 불경의 진리·사상을 밝혀내어 깊이 있게 논석·해설하고 아름답게 선양한 논소계, 이어 역대 고승들의 빛나는 공적을 숭모·입전한 승전계, 또한 그 제반 재의를 연행하는 대본으로 제작된 재의

계, 한편 역대 학승·문승·문사들이 불교철학·사상이나 상념을 당시의 문학장르로 창작한 문집계, 끝으로 위 유형에서 벗어난 다양한 내용을 자유스러운 형태로 지어낸 잡저계 등의 유형이 바로 그것이다. 기실 이 유형들은 각기 그 주제·내용과 구조·형태, 표현·문체 등에서 운문과 산문을 통하여 문학적 실상을 갖추고 있는 터다. 따라서 이 유형들의 일체 저술은 다 문학작품으로 행세하면서 각개 문학장르를 지향하고 있었던 것이다.

3) 전서의 장르적 전개양상을 고찰하였다. 먼저 이 6개 유형의 작품들은 상위장르, 시가와 수필·소설·희곡·평론 등으로 분화되고, 다시 그 하위장르로 전개되었다. 따라서 그 작품들은 이 시가장르 아래, 한시 각체 4언·5언·7언의 絶句·律詩·古詩·長歌 등을 무수히 확보하고, 鄕歌 25편과 국문시가 여러 편 중의 몇 수만 수록하였다. 그리고 이 수필장르 밑에, 敎令·奏議·論說·序跋·傳狀·碑誌·哀祭·書簡·日記·紀行·譚話·雜記 등이 수많은 작품을 거느리고 일부 향찰수필의 전거와 함께 국문수필 몇 편을 수용하여 그 문원의 주류를 이루었다. 한편 이 소설장르 아래, 說話小說과 紀傳小說·傳奇小說 등 많은 작품을 포괄하고, 그 전체의 강창 구조·문체를 통하여 講唱小說을 설정하며 국문소설을 포함시켰다. 또한 이 희곡장르 극본의 명목 아래, 歌唱劇本·歌舞劇本·講唱劇本·對話劇本·雜合劇本이 상당수 배치되었다. 끝으로 이 평론장르 아래, 詩歌論과 隨筆論·小說論·戲曲論 나아가 평론의 이론까지 다 갖추었던 것이다. 그리하여 이 전서는 불교문학 내지 한국문학이 각개 장르에 걸쳐 값진 작품으로 집대성된 역사적 보고라 하겠다. 더구나 이 전서의 작품들은 구비·문헌적 방편을 타고 불교계와 일반문원에 널리 유전·활용되었기에, 공시적 유통망을 형성하여 왔다. 그것은 다양한 형태의 연극적 공연을 통하여 연극장르로 전형을 이루었으니, 그 희곡장르에 상응하여 가창극과 가무극·강창극·대화극·잡합극으로 전개되었던 것이다.

4) 전서의 문학·예술사적 위상을 파악하였다. 이 전서의 작품들은 적어도 신

라 이래 고려·조선시대까지의 그 시대에 걸쳐 저명한 작자의 문학작품들이 장르별로 계통을 이어 왔기에, 그게 그대로 한국불교문학사를 이룩하면서 한국문학사의 주류를 이루게 되었다. 이러한 문학작품들은 그 장르별로 형성·전개사를 이끌어 왔기에, 바로 이 시가사와 수필사·소설사·희곡사·평론사로 전개되었던 것이다. 나아가 이 작품들이 유통·연행의 전통 속에서 그 연극적 공연을 계승하여 왔으니, 그것이 바로 불교연극사를 이루어 장르별로 가창극사와 가무극사·강창극사·대화극사·잡합극사를 형성하여 일반 연극사·장르사로 합세하였던 것이다. 나아가 이 전서는 불교문화사상에 지대한 영향을 끼쳤으니, 유구한 전통을 계승하여, 그것이 불교사상사와 포교사, 불교신앙사와 의례사 그리고 불교문헌사와 유통사 등으로 전개되었던 터다. 기실 이러한 불교문화사의 전개는 이 불교문학사·공연예술사의 형성·전개의 외연에 따라 그 값지고 광범위한 영역으로 확대된 결과이니, 그 유통·영향의 역량과 역사가 실로 찬연한 것이라 하겠다.

이와 같이 『한국불교전서』는 불교문학의 대강이요 집대성으로 값진 작품의 보고로서, 불교문학사를 전담하여 한국문학사 내지 예술사·문화사의 주류를 이루었다. 이렇게 방대·찬연한 그 역사적 작품군에 대하여, 이 논고는 실로 전체를 조감·해설하는 시론에 불과하다. 다만 이 불교전서가 불교학 내지 인문학의 보고임을 전제하고, 이를 문학작품으로 탐구·고찰하는 관점과 방법을 제시하는 데에 만족할 따름이다. 앞으로 이 전서의 모든 작품들을 문학론·장르론·공연론·문학사론 등에 따라, 본격적인 연구가 이루어지기를 기대한다. ●

비래사 문물의 불교문화적 전개

1. 서론

새로운 문화세기에 호응하여 한국문화의 핵심·주류가 되어 온 불교문화를 개발·선양하는 일은 사계의 긴요한 과제라 하겠다. 이것은 거창하거나 이상적인 과업이 아니라 현실적으로 직면한 실천적 과제이다. 따라서 학계나 교계에서 이런 점에 착안하여 이 방면에 지대한 관심과 획기적인 노력을 기울이고 있는 것은 참으로 당연하고 바람직한 일이다. 그런데 그동안 유관학계나 불교계에서는 유명한 사찰의 저명한 문화재에만 치중하여 그 문물을 거듭 연구·개발하고 널리 선양하는 데에 급급하면서, 천년고찰, 전통사찰이 폐사되었거나 어렵게 명맥을 유지해 온 무명 사암의 유서 깊은 문물에 대해서는 소홀하거나 방치해 온 것이 부인할 수 없는 사실이다.

이제는 전국 방방곡곡 산골짜기에 산재해 있는 그 무명고찰의 문물에 주목하여 그 불교문화적 실상과 문화사적 위상을 올바로 고증·복원하여 널리 선양하고 한국문화·불교문화학에 기여할 때다. 그 사찰의 문물이 바로 한국문화·불교문화의 요람이요 근원이기 때문이다. 따라서 사계에서는 그 유명사찰을 중심으로 무명고찰의 문물까지 그 문화적 실상과 역사적 위상을 깊이 있게 연구·검증하여 전체적 한국문화·불교문화에 귀납적으로 합세·동화시키는 것이 순리적이고 필연적인 일이라 본다.

이런 점에서 대전을 두른 계족산 그 골짜기에 자리한 천년고찰, 전통사찰 비래사의 문물이 오랜 세월 우여곡절을 겪으면서 그 지역의 불교와 불교문화를 육성·선도해 왔으면서도 무명의 그늘 속에 묻혀 침묵해 오다가, 마침내 불교문화학계의 전통적 재조명을 받게 된 것은 늦은 감이 있지만 참으로 다행한 일이다. 상상 밖으로 당사 주지 혜문스님의 뜻 깊은 발원으로 이 비래사 문물에 대한 불교문화학술회의가 전문학회 전공학자에 의하여 당당하게 열리기 때문이다. 필자의 「비래사 문물의 불교문화적 전개」를 발제로 한기범 교수의 「비래사의 유래와 문화적 특성」, 이달훈 교수의 「비래사의 대지와 건축」, 김창균 교수의 「비래사 대적광전 봉안 목조비로자나불좌상에 대한 고찰」, 유기준 교수의 「계족산 비래사와 문화관광」등이 바로 그것이다. 이처럼 그 방면의 전공 교수들이 이 사찰의 문물을 각개 분야에 걸쳐 입체적으로 검증·고찰함으로써, 지금은 실전·변모되어 초라한 듯한 그 불교문화의 진상과 전통을 제대로 개발·복원해 내리라 믿는다.

그간에 이 비래사의 존재는 역대 지지서, 『조선환여승람』, 『여지도서』, 『회덕현읍지』, 『충청도회덕지』 등에[1] 거명되고, 근래의 『대전시지』나 『대전시사』, 『대덕의 전통건축』 등에[2] 개괄적으로 소개되었지만, 그 문물에 대한 전문적이고 학술적인 논급은 없었던 게 사실이다.

이에 본고에서는 이 비래사의 문물을 불교문화학적으로 개괄해 보고자 한다. 본고는 이번 불교문화학술회에서 포괄적 발제의 성격을 띠고 있는데다, 위 각개 분야의 전문적 논고가 흡족한 성과를 낼 것이기 때문이다. 그리하여 본고에서는 첫째, 비래사의 환경과 전통을 불교문화사적으로 검토하겠다. 우선 비래사의 자연환경과 역사·지리적 위치, 그 불교사상적 배경을 살피고 이 사찰의 창건부터 그 현대적 전개에 이르기까지 개관해 본다. 둘째, 비래사 유형문물의 변천과정을 불교미술사적으로 점검하겠다. 먼저 비래사의 대지와 가람배치를 추적하

---

1 대전시사편찬위, 『대전시사』 제4권, 대전직할시청, 1992, 부록 고읍지, pp.1-132.

2 대전시지편찬회, 『대전시지』, 대전시청, 1984, pp.138-139 ; 『대전시사』 제4권, pp.129-131 ; 『대덕의 전통건축』, 대덕문화원, pp.188-243.

고, 그 건축과 회화·조각·공예의 원형적 실상과 변모된 양상을 재구해 본다. 셋째, 비래사 무형문물의 전승양상을 구비문화의 관점에서 파악하여 보겠다. 우선 비래사의 법통과 신행, 기도와 영험, 그 문학적 표현, 연극적 공연, 그 문화적 전승과정을 전형적 사찰의 사례를 기준으로 추적·고찰해 보겠다.

이러한 일련의 연구 성과가 비래사 문물의 실상과 위상을 재구·복원함으로써, 그것이 한국문화·불교문화의 본질이요 기반임을 실증하고 그 중대한 가치가 올바로 평가되기를 바란다. 나아가 이를 통하여 그동안 소홀하거나 방치되었던 무명사암의 문물이 재조명·재평가되는 계기를 마련했으면 좋겠다.

2. 비래사의 환경과 전통

1) 비래사의 환경과 전통

(1) 비래사의 자연환경

이 비래사는 원래 비래암으로 대전광역시 대덕구 비래동 산1번지 계족산 남록 골짜기에 자리하였다. 그 계족산은 대전의 동북방을 둘러리한 명산으로 봉황산·응봉산·고봉산 세 산봉이 연접하여 장관을 이루었는데, 그 중앙 남면 응봉의 주맥을 응결시킨 명당에 비래사가 대지를 마련한 것이다. 그 응봉산이 힘차게 뻗어 나려 큰 암산으로 뭉쳐 비래동·송촌동으로 날아 갈 듯이 내닫는 가운데, 그 암산 좌면에 웅장한 사자암 석굴을 이룩한 자리, 벽계수가 흐르는 암반 위 불지를 비래사가 차지하였다. 이 대지가 계곡 청수를 사이하여 영기어린 복기산을 병풍처럼 끼어 안고 남향하여 두렸이 열린 창공으로 한밭벌에 이어진 식장산·보문산을 바라보니, 그 경관은 마치 중국의 유명한 계족산이 '前列三峰後拖一嶺'으로[3] 이룬 절경의 일부를 연상케 하고, 해동의 저명한 백월산이 삼산,

---

3 大鑐和尙,「鷄足山指掌圖記」,『鷄足山寺志』, 丹靑圖書公司, 1985, p.62.

'一体三首'와 '獅子岩'으로[4] 만든 승경의 일부를 방불케 하여 그 연관성을 추상하고도 남음이 있다. 그래서 이 곳에 오는 시인·묵객·관광객들이 경탄·상찬하는 것은 물론[5], 여기에 오르는 고승·대덕들이 이를 불보살의 수적지로 확신하고 그 삼보의 성전·수행도량을 세우는 데에 주저하지 않았을 터다. 이러한 비경에 인문이 열리면서 비래리 입구로부터 이 영지에 오르고 다시 절고개를 넘어 추동·직동 등에 이르는 산골·산길이 열리어 다른 수행처나 명소로 통하게 되었다.

(2) 비래사의 역사·지리적 위치

비래사의 대지는 삼국시대에 백제와 신라의 국경지대에 자리하였다. 잘 알려진 대로 백제가 웅진에 천도하여 외방·축성에 전력을 기울일 때, 대전지역은 그 왕도를 지키는 제1의 전초기지가 되었다. 그리하여 동성왕·무령왕을 정점으로 역대의 군왕들은 대전의 외곽 산악지대, 계족산·식장산·보문산·산장산 등에 성채를 쌓고 막강한 군대를 배치하여 국방에 만전을 기하였다. 그러기에 여기에는 계족산성을 비롯하여 질현성·능성·갈현성·삼정산성·계현성·노고성·견두성·비파산성·백골산성·고봉산성·녹동산성·부수산성·증봉산성·망경대산성·곡남산성·보문산성·사정산성·월평산성·덕진산성·산장산성 등 30여 개 산성이 중첩되어[6] 군사기지를 이루고 적병을 감찰·퇴치하여 그 후방 주민들의 안평을 유지하고 있었다.

여기에는 그 성채와 군병들의 사기와 전력을 고조·격려하기 위하여 국가적인 지원·혜택이 주어진 것은 물론이지만, 그 백제 군사들의 호국정신과 승전사명을 고취하고 그들의 심신강건과 무운장구를 기원하는 종교적 위력이 필수되는 게 당연하였다. 웅진 왕도시대 백제의 호국불교가 바로 그 역할을 다했던

---

4 일연, 「남백월이성」, 『삼국유사(권상로 역)』, 동서문화사, 1978, p.274.

5 송상기, 「비래암수각상량문」, 『대전시사』 제4권, pp.417-418.

6 『대전시사』 제4권, pp.73-118.

것이다. 그러기에 웅진 왕성을 보호·옹위하는 동·서·남·북에 사방 혈사를 설치 운영하였고[7], 위에 든 국경지대 주저항선의 성채 뒤 전략 요충지대에 호국원찰을 건립·활용했던 것이다. 추단컨대 저 연기 주류성 배후의 비암사처럼, 대전 외곽산성의 성채를 관장·옹호하는 호국원찰로 계족산의 법천사·봉주사·비래사, 식장산의 고산사·봉서사, 보문산의 보문사 등이 창건·투입되었던 것이라 보아진다.

이 비래사의 위치는 위와 같은 호국원찰로서 그 기반과 요건을 숙명적으로 갖추고 있다. 그 비경이 적적 청정한 수도도량으로서 적합한 것은 물론, 그 군사 전략기지로서도 결코 부족함이 없다고 본다. 그 울창한 수목과 기암층석, 그 사자암 석굴 등으로 구성된 그 자리에 약수천으로부터 솟아나 비롯된 비래천이 항시 청정수를 내려 보내기 때문이다. 기실 비래사는 계족산의 주성 계족산성과 직접적인 관계를 맺을 수밖에 없었던 것이다. 그 상호간의 위치와 규모·역할등이 불가분의 연관성을 보이고 있는 실정이다. 지금도 비래사에서 약수천을 지나 절고개에 올라서 산등성을 따라 가면 불과 3km 지점에 그 계족산성이 위치하였기 때문이다.

(3) 비래사의 불교적 배경

이 비래사의 불교는 역사적으로 복합적인 배경을 갖출 수밖에 없었다. 먼저 백제불교와의 관계다. 이 백제불교는 웅진 왕도시절에 이미 발전을 거듭하여 동성왕대를 거쳐 무령왕대에 이르면 그 황금시대를 이루었다. 이 시대에 익산 비륵사를 창건하였고 웅진의 사방 혈사를 건설·운영했으리라 추정되거니와[8] 그 무렵에 대전지방 산성을 위한 호국원찰까지 건립·경영했으리라고 추단되는 터

7 박용진, 「공주의 서혈사지와 남혈사지에 대한 연구」, 『공주교육대학 논문집』 3집, 1966 참조.
8 사재동, 「비암사 문물의 불교문화적 고찰」, 『불교문화학의 새로운 과제』, 중앙인문사, 2010. p.239.

다. 그 당시에 신앙·유통되는 불교사상은 호국불교 중심의 법화사상·미륵사상·화엄사상, 미타사상 내지 관음사상으로 난숙·성행하였던 것이다[9]. 이러한 불교사상과 그 신앙이 왕도를 중심으로 수도권 지역의 관방지대 호국원찰에 그대로 감응·신앙되었을 것은 물론이다.

이 비래사의 불교는 신라통일기에 이르러 그 제도나 방향이 바뀔 수밖에 없었다. 백제시대 최첨단의 국경 성채의 배후에서 호국원찰로 기능·작용한 이 비래사 등은 신라 조정·불교계의 비상한 관심을 받아서 그 본래의 성격과 방향을 버리고 신라 불교식으로 변혁되는 게 당연한 일이었다. 그러기에 이 비래사는 신라의 성산·성지신앙에 의하여 계족산과 함께 새로운 신앙체계로 변하게 되었을 것이다. 저 중국의 계족산 성지신앙을 배경·전형으로 하여 바로 이 계족산을 수적 성지로 조성하기에 이르렀을 터다. 이 계족산의 산형·승경·영기가 중국의 계족산과 유사·상통하는 점이 있었기 때문이리라.

이 계족산문이 조성되면서 골골이 승지에 창건·경영되는 많은 사암들이 신라적인 미륵사상이나 미타사상 내지 관음사상에 따라 그 신앙을 계승·발전시키는 것이 순리였던 것이다. 이 계족산문이 고려대로 계승되면서 신라시대부터 형성·유전되던 백월산 성지신앙을 수용하여 고려적인 특징을 갖추게 되었을 터다. 이 계족산의 형세·승경이나 비래사 등의 수적 대지가 백월산 성지의 그것과 유사·상통하는 점이 있었기 때문이다. 여기서도 신라·고려를 잇는 그 미륵신앙과 미타신앙이 관음신앙을 통하여 조화를 이루었으리라 추상된다.

2) 비래사의 전통

(1) 옹산성 옹호도량으로서

이 비래사는 그 자연환경과 역사·지리적 위치, 불교적 배경 등으로 미루어볼

9 김영태, 『백제불교사상연구』, 동국대학교 출판사, 1985, p.97, 123; 길기태, 『백제사비시대 불교신앙연구』, 서경, 2006, pp.237-238.

때, 창건의 역사가 상상외로 오래리라고 본다. 그 자연환경과 대지의 요건은 불교 이전에도 시원적 신앙의 기도처로서 개발·활용되었으리라 추상되거니와, 적어도 이 자리에는 백제시대 국경 수비의 성채가 세워지던 동성왕·무령왕 이후에 어떤 형태로든지 사찰이 창건되었으리라 추정된다. 전술한 대로 이들 외방 수비의 성채 뒤에 이를 옹호·지원하는 호국원찰이 필수적으로 설립·운영되었던 게 역사적 사실이기 때문이다. 그것이 바로 전개한 웅진 도성의 사혈사요, 그 중의 북혈사, 비암사에 연이어 대전 주변 산성의 법천사·봉주사·비래사·고산사·봉서사·보문사 등이었으리라 본다.

그 중에서도 이 비래사는 그러한 국방적 필요성과 호국불교적 의도가 복합되어 건립되었다는 점이 지금도 어렵지 않게 짐작되고 있는 터다. 지금의 계족산성이 옹산성임을 전제할 때[10] 나·제 간의 마지막 결전에서[11] 옹산성의 장졸들이 신라군의 대공세를 막아내는 데는 이를 적절하게 후원하는 요충지역 후방기지의 적극적 활동이 있었기에 가능했을 것이었다. 그 곳이 바로 당시의 비래사였으리라 추정된다. 바로 비래사에서 절고개에 올라 그 산성으로 직행하는 데는 3km 미만의 가까운 거리일 뿐만 아니라, 그 전략적 지형·여건 등으로 보아 서로 호응·후원하기에 가장 적절했기 때문이다. 이런 점에서 나·제 간의 치열한 전투사에서 옹산성과 비래사의 관계는 양국의 각기 다른 관점에서 가장 큰 주목을 받게 되었을 것이다.

이렇게 탁이한 호국원찰, 비래사는 지금까지 알려진 웅진지역 호국혈사의 위치·대지·석굴·가람배치 등에서 상당한 일치점을 보이고 있는 실정이다. 그 중에서도 연기 주류성의 일환 운주산성의 배후에서 운주산봉이 성곽처럼 둘러치고, 그 주령에서 남행으로 뻗은 암산의 뭉친 자락, 사자처럼 솟아 오른 암석 아

---

10 지헌영, 「옹령회맹·취리산회맹의 축단 위치에 대하여」, 『한국지명의 제문제』, 경인문화사, 2001, p.24에서 '옹산성은 계족산성의 고칭이다'라고 하였다.

11 지헌영, 위의 논문, pp.236-237.

래 자리잡은 비암사는 양쪽에 청계를 끼고 3층단의 대지에다 조금 멀리 석굴까지 갖추고 있다. 이에 비래사는 그 산형의 특색에도 불구하고 전술한 위치·절경과 사자암 아래 청계를 끼고 3층단 대지에다 바로 뒤의 석굴까지 갖추고 있는 점이 거의 일치하여 중시된다. 다만 가람배치는 그 지형과 대지의 규모에 따라 일부 특성을 가질 수도 있지만, 근본적으로 다르지 않았을 터다. 현전하는 전각이야 후대적으로 개변된 것이기에 그 대지와 초석 등을 기반으로 그 상사점을 주측할 수 있을 뿐이다.

그렇다면 이 비래사가 호국원찰로 옹산성과 호응하여 창건된 것은 그 형태와는 관계없이 동성왕·무령왕대를 상한선으로 하여 백제시대까지 올라가리라 추정된다. 문헌 위주의 사학계서야 근거 없는 상상이라 하겠지만, 백제시대 국경 외방의 성채 경영과 호국원찰의 상호관계를 깊이 있게 참구한다면, 이 비래사의 창건·발상의 역사는 그만큼 소급·재구되어도 무방할 것이다. 적어도 옹산성 즉 계족산성의 존재를 인정하는 한, 그 역사적 운명을 같이한 이 비래사의 존재를 무조건 부인할 수가 없기 때문이다. 이러한 비래사가 옹산성과 함께 백제 말기까지 유지되다가 마침내 나·제 간의 결전에서 그 사명·역할을 다한 뒤에 새로운 운명을 맞이하게 되었다.

(2) 계족산문 기도도량으로서

이 계족산은 백제시대 본래의 명칭이 아니었다. 원래 이 산을 봉황산이라 했다는 설이 있지만 전거가 불명하고, 한편 옹산이라 불렀을 가능성도 있지만 그것은 이 산 전체의 통칭으로는 마땅치 않은 터다. 지금으로서는 그 본명을 알길이 없지만, 적어도 백제시대까지는 계족산이 아니었던 게 사실이다. 백제로서는 이 산이 호국 결전의 성지이었지만, 망국의 유민들로서는 어찌할 도리가 없었다. 그러나 신라에서는 이 산, 그 옹산성을 최후의 승전지, 통일의 성지로 기념하고 향후 국태민안을 발원·성취하는 일대 도량으로 새롭게 조성할 필요가 있었다.

이에 불교국 신라에서는 승전·통일의 위력으로 승단을 통하여 이 산을 개명·성역화하는 데에 착수하였을 터다. 여기 승단에서 착안한 것이 당시 중국에서 유명한 계족산문 미륵성지였으리라고 본다. 이미 중국에서는 아미산문 문수성지와 오대산문 보현성지, 보타산문 관음성지, 구화산문 지장성지가 전개되어 있었고, 그 계족산문 미륵성지가 내외로 널리 알려져 있었다.[12] 그러기에 중국 불교계에 민감했던 신라 불교계에서는 그 산문 성지를 전범·원형으로 하여 해동에도 영축산문 석가성지와[13] 함께 오대산문 문수성지[14], 낙가산문 관음성지를[15] 열어 놓고, 이 계족산문 미륵성지까지 그대로 조성했던 것이라 본다.

이 계족산이 저 계족산문처럼 성역화되는 데는 그만한 불연과 함께 산형·지세가 상당한 공통성을 갖추고 있다는 것이다. 저 계족산이 '山形前分三岡後拖一嶺' 하여 그 '鷄足形'을[16] 이루고 있는 것과 같이, 이 계족산도 '地形三峰幷列 形如鷄足'으로[17] 상통하는 바가 완연한 터다. 나아가 양자 간에는 불지·성적의 형세·영기가 융통하여 원지·상합의 신묘한 경지가 없지 않았던 터다. 저 계족산문에는 사암이 110여위를 헤아려 미륵성지의 위용을 자랑하는 데에 호응하여 기존의 비래사 등 상계한 사암을 중심으로 상당수의 사찰이 중수·창건되어 성세를 보였으리라 추정된다. 물론 그 사암의 규모나 수량에서는 이 계족산문이 저 계족산문에 비하여 축소된 것이 사실이겠으나, 그 기본 구조나 사상·내용에서는 일치점을 지향했으리라 보아진다. 기실 이 계족산문에 현존하는 사

---

12 杜潔祥, 中國佛寺史志 第3輯 제1冊, 『鷄足山寺志』, p.65, p.278.

13 경상남도 양산군 하북면 지산리 영축산 통도사 참조.

14 강원도 평창군 진부면 동산리 오대산 상원사 참조.

15 강원도 양양군 강현면 전진리 낙산 낙산사 참조.

16 위의 책, 『鷄足山寺志』, p.99.

17 지헌영, 「계족산하 지명고」, p.31.

지나 미개발 방치된 사적지를 모두 발굴·복원한다면 상상 밖의 공질성을 발견하리라 예상된다.

그렇다면 이 비래사는 신라시대에 조성·유지된 계족산문 가섭성지의 중심적 사찰로서 사세를 유지하여 왔으리라고 보아지는 터다. 이 사찰에서는 신라시대에 성행하던 미타사상과 미륵사상 나아가 관음사상이 신행·유통되었던 것이 당연한 귀결이었다. 이 사찰은 저 경주 중심의 불교세나 구도 웅진지역의 미륵 중심 불교풍과 함께 호흡하면서, 긴밀한 관계를 유지하였을 것이기 때문이다.

(3) 백월산문 수도도량으로서

이 계족산문과 비래사는 고려시대에 이르면서 신라의 불교사상과 그 신행을 그대로 계승하면서도 무엇인가 새로운 방향과 방편을 통하여 진취적인 변신을 모색할 수밖에 없었을 터다. 그동안 이 계족산문의 중심 사찰이 오랜 타성과 답보상태를 면치 못하고 있을 때, 왕조의 교체와 함께 불교정책이 획기적으로 혁신·강화되었기 때문이다. 실제로 고려 초기부터 그 불교국임을 선언하고 명실공히 불교중흥의 기치를 들어 실천하여 왔던 것이다.

이 무렵 불교계에서는 이 계족산문 비래사의 바탕과 전통 위에, 신라적 전통을 가지고 당시 저명하던 백월산문 이성도량의 사상·신앙을 수용하여 새바람을 불어 넣는 게 상책이었다. 『삼국유사』에서 기록·증언하듯이, 그 백월산문의 두 성인이 관세음보살의 접인·권화로 미륵불과 아미타불로 성불했다는 극적인 신화가 바로 그것이다. 『삼국유사』의 그 내용은 대강 이러하다.

백월산은 신라의 구사군(의안군)에 있는데 산봉·지세가 기이 수려하고 수백리에 미쳤으니 참으로 크고 아름답다. 그 중에 사자와 같은 바위가 꽃 사이로 어렴풋하게 미치는 절경이 있어 중국 황제에게까지 알려질 지경이다. 이 산에 의지한 마을에 노힐부득과 달달박박이 있어 풍골이 비범하고 세속을 벗어나고자 하는 마음이 같기로 벗을 삼아 수행하였다. 그 둘은 부처님의 몽중 계시를 받고 백월산 계곡으로 출가하여 각기 수행처를 달리하여 정진하였다. 박박은 북쪽 사자바위 아래 판잣집을 지어 아미타불을 찾고, 부득은 동쪽 바위 밑 물가에 돌방을 만들어 미륵불을 염하였다.

그리한 지 3년이 채 못 된 성덕왕 8년 4월 8일 해질 무렵 20세쯤 되는 미모 무쌍의 낭자가 북쪽 암자에 나타나 재워 주기를 청하니 박박은 계행을 내세워 거절해 쫓는다. 그 낭자가 남쪽 암자에 가서 유숙하기를 간청하니 부득이 중생에 대한 자비심으로 한 방에다 재운다. 그 낭자가 밤중에 해산하고 목욕하는 것을 인행·보조하고 그 낭자의 권유로 함께 목욕하고는 미륵생불이 되니 그 낭자가 관세음보살의 화신으로 성불을 도왔다면서 사라진다. 밤을 새운 박박이 남암에 찾아와 부득의 성불에 놀라고 그 미륵생불의 지시로 남은 물에 목욕을 하니 아미타생불이 되지만 그 물이 부족하여 얼룩이 부처가 된다.

두 생불은 그 소식을 듣고 찾아와 경배하는 사람들을 교화·구제하고 서승하니, 이 소문을 들은 경덕왕이 백월산남사를 짓고 미륵불상과 아미타불상을 조성·봉산하였다.

이러한 백월산문 이성도량의 사상·신앙이 거의 그대로 이 계족산문에 적용·재현되었다는 것이다. 전술한 대로 백월산의 삼산, '一體三首'·'師子岩'과 이 계족산문의 '地形三峰幷列'·'師子岩'이 직접 상통하고 있는데다, 저 백월산의 '南庵'·'白月山南寺'와 '北庵'이 이 계족산의 남향암자 '南庵'·'鷄足山飛來寺'와 북향암자 '北庵' 실명사지로 공통되어 현존하고 있는 터다. 여기 비래사야 말로 저 백월산 북암의 '師子岩' 아래 '板房'과 남암의 '磊石下有水處'·'磊房'의 요건을 함께 갖추고 있어 주목된다.

이러한 두 산문 성지의 유사·공질성은 각 산하 지명을 통하여 직·간접으로 조응·실증된다. 일찍이 사계의 권위 지헌영이 「鷄足山下 地名考-白月山下 地名과 비교하여」에서 그 논증의 탁견을 보인 바가 있어, 경의를 표한다. 그 논문이 해박한 고증을 거쳐 내린 결론은 다음과 같은 대조표로 요약되었다.

박월산하 지명	계족산하 지명
白月山	白達村
雉山村	鷄足山
花山(三首一體)	鷄足山(三峰竝列)
法宋谷	法洞·宋村
法積洞	法洞·宋村
懷眞洞	懷德縣
琉璃光寺	飛來庵
磊房	돌고개(鳳巢寺)
無等谷	無比山里
仙川村	紅桃村(武陵村)
僧道村	法洞(梵洞)
師子岩	虎岩
彌勒說話	彌勒院[18]

이와 같은 공통점을 통찰하여 두 산문성지의 법연과 상관성을 입증하고 있는 터다. 여기에는 '磊房≒돌고개(鳳巢寺)'나 '師子岩≒虎岩' 등에 재고의 여지가 있다지만, 총체적인 지명 비교가 현지 확인의 과학적 전거에 의하여 움직일 수 없는 그 양자의 유사·공질성을 보증하였다.

이로써 두 산문 성지의 관계가 밝혀졌거니와, 지헌영은 양쪽의 사암에 관하여 구체적인 대비를 주저하지 않았다.

飛來庵은 語源的으로 白月山下의 「板房」·「琉璃光寺」에 比할 수 있는 反面, 그의 位置 地形에서 白月山下의 「磊房」에 比할 수 있으리니 (중략) 鷄足山東鳳巢洞

---

18 지헌영, 「계족산하지명고」, p.36.

(飛來寺北二里)「돌고개」下 梵洞〉범채골〉虎岩上에 있던 無名寺址를 位置, 地形的으로 白月山下 板房에 比하고, 語源的으로 白月山下「磊房」에 비할 수가 없을까[19]

그리하여 이 계족산문 비래사가 백월산 남암, 백월산남사의 위치를 점유하고 그 불교적 실상을 구비하여 그 역할을 다했으리라는 점을 재확인하였다.

그렇다면 이 계족산문 비래사는 백월산 남암, 백월산남사와 같이 미륵불을 봉안하고 겸하여 아미타불을 안치하며, 나아가 관세음보살을 신봉하는 통합적 도량으로 위용을 보였으리라 추정된다. 이러한 비래사가 신라대와 고려대에 걸쳐 전통을 지켜 온 불교사상을 포괄적으로 신앙해 온 것은 당연하고도 자연스러운 현상이기 때문이다. 그러기에 이 계족산문 비암사와 백월산문 남사의 사이에서 그 저명한 두 성사의 성불담, 관세음보살의 감응신화는 어느 단계까지 감명 깊은 불교성화로서 행세·유전되었으리라 보아진다.

(4) 유·불 소통 융합도량으로서

조선시대의 숭유배불정책은 불교의 수난기를 가져 왔지만 '外儒內佛'의 조류를 보인 것도 사실이었다. 이 무렵의 계족산문이 사태를 만나고 허물어지기 시작한 것은 사실이지만, 비래사의 사세는 사하촌 송촌이나 비래동 등 회덕현 신도들의 신행에 의하여 그 명맥을 유지하여 왔던 것이다. 이 비래사가 워낙 전통적인 도량으로서, 유교숭상의 새로운 분위기 속에서도, 양반 대가 부호들을 중심으로 그 내정·부녀들의 신심·정성에 의지하여 겨우 현상을 유지하며 하향의 세월을 보내게 되었다. 그러기에 불교무상의 흐름에 따라 계족산문이나 백월산문의 위용과 신앙적 위신이 꿈처럼 사라지고 그 찬연한 불교사상이나 성불신

---

19 지헌영,「계족산하지명고」, pp.36-37.

화 등이 점차 망각의 뒤안길로 들어설 수밖에 없었다.

그런데도 이 비래사는 사하촌 대성들의 원찰처첨 행세하며 통과의례나 세시기도 등 기복불교로써 활로를 모색하게 되었다. 여기서 이 비래사는 양반·향민들의 가정적 기도처가 되고, 그 자제들의 강학처 내지 개인적인 공부방으로 전환되었던 것이라 하겠다. 이로부터 이 비래사가 유·불소통의 융화도량으로 서서히 그 면모를 갖추게 되었을 터다. 기실 회덕지역의 양반·향민의 자제, 그 인재들이 이 비래사에 와서 과거공부나 유학 강의를 하게 되면서 유교와 불교의 소통이 이루어지고 자연스럽게 그 융화의 분위기가 형성되었기 때문이다.

그러기에 이 비래사는 조선 중기에 이르러 축소·퇴락의 난관 속에 그 중수의 기회를 맞이하게 되었다. 그 당시 회덕 중심의 명문가 출신의 명인들이 그 재력과 성심으로 이 비래사를 중창하기에 이르렀던 터다. 일찍이 사우당연보 1616년조에 비래사 승려 지숭을 시켜 그 부친의 문집을 편간케 하고 그 판목을 비래사에 소장했다고 하니, 그 당시 비래사의 위치를 확인할 수가 있다. 그리고 송준길의 동춘연보, 기해 숭정 12년(인조 17, 1639) 선생 34세 때에

二月與諸生會講于飛來庵. 宋村東有飛來洞 頗有岩崖潭瀑之勝 先生爲構小
庵于瀑上 以爲諸生肄業之所

라고 하여, 일찍이 비래암에서 여러 제자들과 회강한 적이 있음을 말하고, 이어 비래동의 암애·담폭의 승경지 비래암 아래 폭포 위에 작은 집, 옥류각을 지었다고 증언하였던 것이다. 여기서 이 옥류각이 창건되기 이전에 비래암이 유지 경영되었음을 확인하게 된다. 그로부터 5년 후 숭정 17년(1644)에 학조가 화주로서 요사를 확대·신축하고[20] 그 후 3년 정해년(1647)에 비래암을 중창하게 되

20 비래암 요사의 해체시 등보에서 나온 문서에 '崇禎十七年 化主學祖' 라 하였다.

었다. 송시열이 「飛來庵故事記」에서

崇禎丁亥 洞中諸宗令緇徒學祖 重創此齋 旣成 同春宋公書此于紙云云[21]

하여 동중 여러 일가들이 협력하여 학조로 하여금 비래암을 중창게 했다고 증언하였다. 이런 정도로 비래사가 조선 후기까지 현상을 유지하면서 명맥을 지켜온 것은 그 요사의 재건·중수의 기록을 통하여 확인할 수가 있다. 그 요사 해체 시 나온 문서에 숭정 28년(1655)에 법장이 개건하고, 숭정 105년(1743)에 덕명이 중수했다고 기록되었기 때문이다.[22] 이어 이 비래사는 사세가 미미했을 것이지만, 조선 말기까지 간단없이 법등·향화를 보존하여 왔던 것이다. 비록 이 시대의 비래사가 하향의 운명에서 어렵게 그 전통을 이어 왔지만, 그 찬연했던 산문·성지의 법맥을 저조하게나마 축소·계승하였음을 확인하고, 나아가 유·불소통의 원융한 도량이었음을 주목해야 될 것이다.

(5) 근·현대적 중흥도량으로서

비래사는 개화기·일제강점기를 거치면서 현상 유지조차 어려워 폐사의 위기까지 맞이하게 되었다. 광복 이후 혼란기에 이 비래사의 사정이 더욱 악화되었을 때도, 사하촌 회덕지방의 부녀 신도들의 신심·정성으로 폐사의 위기를 겨우 면하고, 이른바 불교정화 이후 조계종 총무원에 의하여 질서를 잡게 되었다. 제6교구 본사의 발령을 받아 온 주지들이 능력껏 노력했지만, 남은 것은 옥류각과 함께 퇴락한 대웅전·산신각, 사자암 석굴과 요사뿐이었다.

그러다가 최근에 이르러 제8대 주지 지홍이 대지를 높이고 대적광전과 삼성

---

21 비래사 소장 비래사고사기 목판 참조.
22 위 비래사의 요사관계문서 참조.

각을 신축하면서 3층석탑을 세우고 사자암 석굴에 기도단까지 만들었다. 이어 제10대 주지 석파가 2층 요사를 신축하여 그 면모를 일신하였다. 이로써 이 비래사는 근·현대적 중흥도량이 되었지만, 그 원형적 전통을 계승한다는 점에서는 너무도 혁신적인 것이었다.

이에 이 비래사는 창건으로부터 유구한 전통을 이어 현재에 이르기까지 면면히 우여곡절을 겪어 왔다. 전술한 대로 백제시대 호국원찰로부터 신라시대의 계족산문 기도도량, 고려시대의 백월산문 수도도량을 거쳐 조선시대의 유·불소통 융합도량에 이어 근·현대의 혁신적 중흥도량에 이르기까지 실로 천수백년의 역사를 이끌어 온 것이었다. 그렇다면 이 비래사는 천년고찰이라 혀여 무방하리라 본다. 실제로 이 비래사의 창건과 그 전개에 대한 역사적 연구는 한기범교수의 「비래사의 유래와 문화적 특성」으로 미룰 수밖에 없다.

3. 비래사 유형문물의 변천과정

1) 비래사의 대지와 가람배치
(1) 비래사의 성격과 대지선정

전술한 대로 이 비래사가 백제시대 나·제 간의 국경선상의 산지 옹산성의 배후 사찰로 호국원찰이었다면, 그 대지는 천혜의 길지요 수적의 불지로 마련된 것이었다. 당시 백제의 수도 웅진 궁성을 옹위하는 동·서·남·북의 호국혈사, 그 중에서도 북혈사에 해당하는 비암사의 대지와 함께 이 비래사의 대지는 그 특징을 함께 갖추고 있다. 그 자체로서 방위에 적합한 자연요새의 환경 지형, 천연 장애물을 방벽으로 하는 지대가 이 비래사의 숙명적인 대지였다. 계족산 중앙 산봉 응봉산의 암애와 사자암 석굴, 그 첩첩한 암반과 청계가 둘러 흐르는 그 성지가 바로 비래사의 대지로 선정되었다.

그래서 비래사의 대지는 다른 호국원찰과 똑같이 그 지대가 3단층으로 조성되고, 그 뚜렷한 석굴을 대동하고 있는 게 당연하다. 이 비래사의 입구 옥류각이 서있는 자리가 제1층단이라면, 고금 요사와 석탑이 있는 마당이 제2층단이요, 현대 대적광전과 삼성각이 자리한 대지가 제3층단이라 하겠다. 게다가 제3층단의 가장자리 사자암 아래의 석굴이 기도와 방어의 공간으로 버티고 있는 형국이다. 이만하면 옹산성을 옹호·후원하는 호국원찰의 요건을 완비한 적지라 하겠다.

(2) 비래사의 가람배치

잘 알려진 대로, 백제 사찰의 가람배치는 중문 안에 1탑·1금당·1강당을 요사와 함께 일직선상에 배치한다 하거니와, 이 산간 호국원찰은 그 원칙을 따르되 우선 그 강당이 생략되고 산신각이 부대되는 게 특징이라 하겠다. 이런 점에서 비래사는 제1층단에 중문을 겸하여 천왕문을 세우고, 제2층단 좌우에 요사·승사와 부속건물을 배치하여 제3층단에 석탑과 법당을 경영하는 게 원칙이었다. 그 동일 평면 사자암 쪽으로 산신각을 설치하는 게 당연한 일이었다. 이 전각이 석굴과 연결되어 산신영험·호법신앙의 현장이었기 때문이다. 특히 이 석굴은 다른 원찰에 비하여 크고 넓어서 선무 수련에 적합하고 적대 방위의 요새 도량이 되었을 것이다.

2) 비래사의 건축과 변모
(1) 전각의 원형과 유형

이 비래사가 백제시대 호국원찰로 창건될 당시 그 전각은 기본적인 원형을 갖추고 있었을 터다. 전술한 대로 이 비래사에는 입구로부터 제1층단에 인왕문을 겸한 천왕문이 중문 역할을 하는 게 순리였다. 제2층단에는 요사가 자리하고 그 맞은편에 종각이 섰을 가능성이 크다. 거기에 최소한 대북과 범종을 설치하여 조석예불에 응용했을 뿐만 아니라, 그 국경 산성과의 군사적 연락이나 성원에 사용할 필요가 있었기 때문이다. 제3층단에는 먼저 석탑 1기가 세워지고 그 앞에 법당이 우뚝이 서서 금당의 위풍을 보였을 것이다. 그 법당이 그 안에 봉안 된 불격에 따라 성격이 결정되거니와, 여기는 호국원찰이라는 명분에 의하여 화엄신중과 더불어 비로자나불이나 석가불이 주불이었을 터다. 그러기에 그 법당이 적광전이나 화엄전, 그리고 대웅전이라 불릴 수도 있었을 것이다.

그리고 동일 층단에 그 사자암 쪽으로는 산신각이 세워졌을 것이다. 그것은 산중 사찰의 특징으로 고유한 산신신앙과 직결되어 호국사찰의 역할까지 겸하고 있었기 때문이다. 이 제3층단 사자암 아래의 석굴은 매우 독특한 기도·수행 공간으로 설치·인식되어 아주 존중되었을 터다. 이 석굴이야말로 원래 고유신앙의 신행처로 활용되다가 호국원찰의 필수적인 석굴로 승화되어, 실제로 수행·호국의 기능을 다하였을 것이기 때문이다. 이러한 초창기 전각이 배치·건립 되는 데에는 지형·경관에 따라 다소의 차이는 있지만, 대체로 그 보편적인 유형을 크게 벗어나지는 않았으리라 본다.

(2) 전각의 중창과 변모

비래사가 나·제의 결전으로 옹산성을 옹호·지원하는 호국원찰이었기에, 그 패전의 결과로 신라군에 의한 막대한 피해를 예상할 수밖에 없다. 그런데도 신라의 통일·평화정책과 함께 이 계족산문 미륵성지로 개산하여 중부지역의 불국 정토를 지향했다면, 이 비래사는 이 산문의 중심사찰로 획기적인 재건·중창을 보았으리라 추정된다. 그렇다면 이 비래사는 창건당시의 기본적 전각을 유지하면서 호국원찰로서의 면모와 특성을 제거·정리하고, 신라적 면모를 강조하는 방향으로 변모되었을 터다. 그러기에 호국을 강화한 주불이나 신중을 평화와 자비의 정토를 강조하는 방향으로 전환시켰을 것은 있음직한 일이다.

이러한 계족산문의 비래사가 오랜 전통을 이어 오다가 고려시대를 맞아 그 백월산문 성불성지로 새로운 면모를 맞추게 되니, 그 전각이 색다르게 변화될 수밖에 없었다. 그 계족산문의 불국정토 신앙을 계승하되, 특색 있게 구체화됨으로써 그 변형의 양상이 그 전각에 반영되는 게 당연하기 때문이다. 그런데 이 비래사의 전각은 저 백월산남사에 상응하여 재편되었을 터다. 그러니 그 법당의 주불이 미륵불로 바뀌면서 이 전각은 외부의 현판·벽화나 내면의 탱화·성물 등에서 그에 상응하는 변화를 겪었을 것이다. 이어 이 미륵전의 뒷면 사자암 석굴에 상응하는 자리에 전각을 새로 지어 아미타불을 봉안하면서 이를 무량수전이나 극락전으로 꾸몄을 터다. 저 백월산문 남사의 두 불전이 이와 같은 상관성을 갖추고 있었기 때문이다. 따라서 위 사자암 석굴은 두 성인을 성불시킨 관세음보살을 모시고 관음굴로 숭봉되었을 가능성이 짙다.

일찍이 고유섭은 「박연설화」에서 개성 박연 상에 있는 석불 2기가 '노힐부득 달달박박'이라고 호칭되었던 사실을 들어 '백월산의 세계와 박연의 세계가 이 박박·부득 양상으로 말미암아 교법으로나 전설로나 어느 긴밀한 관련이 있을 것이라' 전제하면서, '그 양상이 있는 상곡에 관음굴이 있다'고 증언하였다.[23] 그처럼 이 비래사에 그 양성의 성불로 두 불전이 조성되었다면, 그 성불 인연을 지은 관세음보살이 그와 직결된 석굴에 봉안되는 게 당연한 일이었기 때문이다.

여기서 비래사에서는 미륵불 중심도량으로 사세를 확장하고 있을 때, 계족산 자락의 교통 요지에 황씨 대시주의 보시·협력으로 미륵원을 창건·운영했을 가능성이 충분하다. 전재한 중국의 계족산문 아래에도 '彌勒院'이 중심을 이루었거니와[24] 이 계족산문 아래에도 신라 때부터 유래했을 미륵원이 고승 정심과 황연기 중심으로 중수·운영되다가 그 자손들에 의하여 그 부설 남루까지 건립·경영하여 그곳을 통과하는 모든 사람들에게 미륵신앙에 따른 자비 보시를 베풀

---

23 고유섭, 「박연설화」, 『문장』 제1권 제9호 참조

24 彌勒院, 「在慧燈庵左背靠 迦葉殿創建年遠日就傾圮 丁亥年僧正用募鄉紳 吏部曾高捷遷 址重建 康熙丙辰年僧學融 重修接衆」, 『鷄足山寺志』, p.278.

었던 것이다. 그러기에 이 회덕의 미륵원은 미륵중심도량 비래사와 긴밀한 관계를 맺은 자비·보시의 실천도량이었으리라 추측된다. 그러기에 이 미륵원 남루에 대한 불교적 찬사와 역대 명인의 제영이 거듭되었던 것이다. 그 중에서도 이색의 「회덕현미륵원남루기」는 이 미륵원의 내력과 불교적 운영실태을 잘 증언하는 터다.[25]

이 비래사는 조선시대 배불의 사태 속에서 모든 전각이 점차 축약·퇴락의 길로 접어들 수밖에 없었을 터다. 그러는 와중에서 전래되던 천왕문이나 종각 등이 위기를 맞았을 것이다. 쇠퇴 일로의 사찰에서는 이런 전각이 방치·무시되기 쉬운데다가 일단 추락하면 중창·재전의 기회를 얻지 못하는 경우가 허다하기 때문이다. 이럴 때에는 미륵전 같은 주전이 무난한 석가불을 모시는 대웅전으로 개편될 수도 있었던 터다. 그것이 미륵불 중심의 사세를 약화시키는 하나의 실제적 방편일 수도 있었다. 이런 시점에서 미타신앙이 쇠퇴하던 분위기를 타고 비래사의 무량수전이 퇴락의 기로에서 폐기되었을 가능성도 없지 않다. 그렇다면 위 사자암 관음굴도 본래의 위력과 기능을 상실하여 변모되었으리라 추측된다.

이 비래사가 조선중기에 이르러 위와 같이 중창될 때는, 대웅전을 중심으로 산신각과 요사가 주축을 이루었고, 그 천왕문의 자리에 옥류각이 건립되었으리라 추정된다. 따라서 위 무량수전이나 관음굴, 종각·천왕문은 자취를 감추게 되었을 터다. 이다지 유·불소통의 융합적 중창 불사는 조촐하게 진행되었고, 그때의 축소된 전각들은 중수의 우여곡절을 겪으면서 조선 후기까지 유지되고 그 퇴락의 면모를 근대까지 보여 왔던 것이다.

다만 그 옥류각만은 비래사가 중수될 무렵, 천왕문 중문 자리에 건립되어 유·불 협력과 공존의 표본을 실증했던 것이다. 이 전각은 비래사의 일환이면서도

25 『대전시사』 제4권, pp.172-173.

항상 독자적 관리를 받으며 활용되었던 터다. 그러기에 이 옥류각은 비래사 본전이 퇴락하는 형편 아래에서도, 그 자체로서 중수를 거듭하여 전통적 면모를 그대로 유지하여 왔다.

(3) 전각의 재배치와 신축

이 비래사는 근·현대에 들어서도 전대의 전각을 초라하게 계승하여 최근까지 그 모습을 보여 주었다. 그리하여 비래사의 전통적 전각 대웅전과 산신각, 요사 외에도 옥류각 등이 그 사실을 증언하고 있었다.

이 대웅전은 동향하여 자리잡은 익공계의 건물로 정면 3칸, 측면 2칸의 규모에 겹처마 팔작지붕을 갖추고 있었다. 그 구조는 자연석 기단 위에 원형의 주초석을 놓고 원형 기둥을 세웠다. 주상부의 공포는 초익공 계통이나 익공의 아래에 용두장식을 하는 등 퇴화된 수법을 보이며, 주간의 창방 위에는 5개의 소루를 놓아 주심 도리·장설을 받쳤다. 그 가구는 간결한 삼량 보집으로 구성되었는데, 양단간에서 측면의 중앙기둥과 대들보 사이에 걸쳐진 충량이 있으니, 내단에는 용두장식을 새기고 외단에는 용신을 조각하여 지붕을 받들었다. 이 전각의 내부는 우물마루를 깔고 그 중앙 칸 후편으로 불단을 조성하여 석가불을 모셨다.

이어 산신각은 대웅전의 우측 사자암 석굴 옆에 자리한 소형 전각이다. 원형의 초석에 4개의 원주를 세워 올린 팔작지붕의 건물이다. 정면 3칸에 측면 1칸의 작은 규모에 공포가 분명치 않고 단청마저 퇴색되었다. 그 내부는 마룻바닥이고 그 절반의 맞은 편 벽면에 의지하여 신단을 꾸미고 3매의 산신도를 봉안하였다.

그리고 이 요사는 '비래암'이란 현판이 붙어 있어, 그 전각과 혼동하게도 되었다. 제2층단의 동편 청계를 두르고 자리했는데, 이 건물은 정면 4칸, 측면 2칸으로 주간을 구획한 다음 다시 우선으로 꺾이어 정면 2칸, 측면 2칸을 덧달아 전체적으로 ㄱ자형 고패집을 이루고 있다. 이 건물 정면의 좌측 3칸과 우단부에

잇따른 2칸에는 반 칸씩의 툇마루가 달린 온돌방으로 꾸미고, 우단 꺾인 부분에 부엌과 1칸의 온돌방을 각각 들였다. 구조는 자연석 기단 위에 큰 할석의 덤벙주초석을 놓고 방형 기둥을 세웠는데 부분적으로 원형 기둥을 사용한 데도 두 곳이나 있다. 거기에는 공포가 생략되었고, 가구는 2고주 5량 집으로 지붕은 홑처마에 팔작형을 유지하고 있다.

이러한 전각이 1990년대에 이르러 후락하여 헐리게 되고 새로운 건물로 건립되었다. 새로운 석축으로 제2층단과 제3층단을 상당히 높이고 그 위에 대적광전과 삼성각, 요사 등을 신축하였다. 이상 비래사의 전각, 그 건축의 변천과정과 신축 건물의 실상에 대한 상론은 이달훈 교수의 「비래사의 대지와 건축」으로 미루겠다.

3) 비래사의 회화와 변천

(1) 전각의 단청

이 비래사의 단청은 역대 모든 전각의 내외에 걸쳐 일체의 목재 위에 그려진 화려한 장엄이요 불화의 기반이었다. 그들 전각의 붉은 색 둥근 기둥이 창방과 평방을 만나는 자리로부터 내외 공포와 서까래·처마, 그 내부 천정에 걸쳐 다양한 색깔로 불보살·연화·서조·서초·도안 등이 일체의 불교적 문양을 조화롭게 그려, 아름답고 거룩한 미술세계를 이룩하여 왔다. 그러나 지금 비래사에서는 그러한 당청을 회상·재구할 수밖에 없고, 다만 현존하는 전각의 단청만 소중하게 바라볼 따름이다.

회상해 보면 옹산성을 옹호하는 호국 원찰로서나 계족산문 기도도량, 백월산문 수도도량, 나아가 유·불소통 융합도량으로서 이 비래사가 건립·행세할 때, 그 전각들의 단청이 그 시대와 상황, 주불과 사세에 따라 그 특성과 차이점을 보였을 것은 물론이다. 그 당시 그 전각들의 단청이 그 시공자 단청장의 능력과 안목에 의한 최선의 작품이었다고 전제할 때, 현전하지 않는다손 치더라도 비래사의 단청사·회화사상에서는 그 가치와 위상을 복원해 볼 수가 있겠다.

이에 현전하는 대적광전을 중심으로 삼성각까지의 단청을 보면 현대적 감각을 살리면서 전통적 문양과 색상을 능숙하게 조화시켜 놓았다. 이것은 비래사 단청이 우여곡절을 겪으며 그 시대의 조류에 맞게 변모·혁신된 성과이므로, 이를 중시하면서 그 이전의 단청이 변모되어 온 궤적을 추구·복원해 보는 현대적 전거로 삼아야 할 것이다.

(2) 벽화의 계통

이 비래사의 벽화는 역대 여러 전각의 벽면에 그려져 뚜렷한 불화의 세계를 이루어 왔다. 이러한 벽화는 그 전각의 성격과 권능에 따라 특색 있게 그려지는 게 당연한 일이었다. 이 비래사가 호국원찰 시대나 계족산문 시대, 백월산문 시대 나아가 유·불소통 융합시대에 걸쳐 그 벽화가 그 전각들에 상응하는 내용·법화를 그려 놓았을 가능성이 얼마든지 있었기 때문이다.

회상컨대 호국원찰로서의 전각에는 애국과 승전을 기원하며 찬탄·격려하는 법화를, 계족산문 기도도량으로서의 전각에는 신라 불교사상의 주류인 미륵신 앙·미타신앙의 정토세계를, 백월산문 수도도량으로서의 전각에는 위 정토세계 에다 관음신앙을 더하여 그 두 성인의 성불담 정도를, 유·불소통 융합도량으로 서의 전각에는 유생과 승려가 어울리는 장면을 그려 놓았을 것이다. 그러나 분명한 것은 이 역대의 벽화들이 그에 적합한 장면화·서사화로서 그 전통을 면면 히 이어 왔으리라는 점이다. 지금은 다만 대적광전의 벽면에 혜능·원효에 관한 법담과 신이한 불타의 행적 등을 단편적으로 그려 놓았을 뿐이다.

(3) 괘불탱화의 전통

비래사에도 그 사격과 역할을 통하여 중형·소형의 괘불탱화가 제작되어 있었을 터다. 비암사에도 지금껏 대형괘불이 전해 오는 것을 미루어, 역대 비래사에서는 그 불사·역할에 따라 중대한 행사에 특별이 이용하기 위하여 그 괘불탱화를 조성·보관했을 가능성이 얼마든지 있기 때문이다. 이 비래사의 위와 같은 역대의 사격·사세로 보면, 그만한 괘불탱화를 보존하는 것이 당연한 관례 전통이라 하겠다.

(4) 후불탱화의 다양화

비래사의 후불탱화는 역대의 모든 전각 안에서 불상·보살상·신중상의 후벽에 걸리어 그 성상의 세계를 표상·장엄하여 왔다. 이러한 후불탱화는 창건 이래 성상을 모실 때에 반드시 그 배경화로서 필수되었기 때문이다. 이 비래사의 역대 전각과 불상들이 비로자나불상을 비롯하여 미륵불상·아미타불상·석가불상 등으로 계맥을 이었거니와, 그때마다 그 불상에 상응하는 불교세계를 장엄하는 불화가 그려져 그 뒷벽에 걸리는 것은 너무도 당연한 일이었다.

그러나 이 후불탱화는 조선시대 이전의 것은 물론, 조선 후기 작품까지 폐기되거나 도난당하여 남은 것이라고는 하나도 없다. 최근까지 위 대웅전에 걸렸던 신중탱화와 지장탱화가 대적광전에 옮겨졌는데, 그 후불탱화 대신에 현대적 소형불상을 배열하는 바람에 그 자취를 감추고 최근에 그린 신중탱화만 자리를 지키고 있다. 한편 신축한 삼성각 전면 벽에는 일제강점기나 최근에 그린 칠성태화와 독각성탱화, 산신탱화가 나란히 걸려 있는 실정이다.

4) 비래사의 조각과 변모
(1) 불보살상과 신중상의 조성

비래사의 불보살상과 신중상은 창전 당시부터 다양하게 제작되어 해당 전각 안에 봉안되어 왔던 게 사실이다. 역대의 모든 전각에는 반드시 주불과 보처 보살상이 안치되는 게 너무도 당연하기 때문이다.

가령 초창기 호국원찰일 때는 그 적광전에는 화엄전의 성격을 띠고 비로자나

불과 보처보살, 화엄신중을 모셨을 가능성이 있다. 그 신중들은 천왕전에 사천왕상이나 인왕상 등이 조성·배치되어 호국원찰의 면모를 갖추었을 것이다. 나아가 계족산문이나 백월산산문 시절에도 그 도량의 성격대로 미륵전에 미륵불과 좌우보처, 무량수전에 아미타불과 좌우보처가 봉안·숭신되었을 것이고, 그 사자암 관음굴에는 관음상이 자리하였을 것은 필연적인 일이다.

그리고 유·불소통 융합도량에는 축소된 대웅전에 석가불이 좌우보처와 함께 불좌를 지켰을 것이니, '대웅전의 내부에 중앙간 후편으로 불단을 조성한 후 금강합장인의 통견의를 걸친 석가여래 1구가 모셔져 있는데 머리에는 계주 2개가 장식되어 있어 조선시대 불상의 특징을 잘 보여 준다'[26] 보고되었다. 그 후로 사자암 관음굴은 변모되어 그 옆에 석조미륵불상을 세웠다는 구전이 있을 뿐, 지금은 그 석굴의 불단에 소형 약사여래좌상이 자리하고 있다.

그런데 신축된 대적광전에는 조선시대의 목조비로자나불상이 후불탱화 대신 최근에 조성한 소형불상에 둘러 싸여 있어 주목된다. 이 불상은 효종 2년(1651)에 조각되어 지금은 대전시 유형문화제 제30호로 지정되었지만, 실로 국가 보물급 성상이다. 이 불상에 대한 내력과 실상·그 가치에 대해서는 김창균 교수의 「비래사 대적광전 봉안 목조비로자나불좌상에 대한 고찰」로 미룬다.

(2) 석탑의 건립과 보전

이 비래사의 석탑은 호국원찰로 창건당시부터 건립되었을 터다. 백제시대 가람배치의 전형이 1탑·1금당·1강당이었기로, 비래사에서도 1기의 석탑이 건립되는 것은 필수적이었기 때문이다. 그러던 것이 계족산문의 기도도량에서는 파괴되었을 가능성을 배제하기 어렵다. 아무래도 백제의 국력과 교세를 표상하는 그 석탑이 신라군에 의하여 피해를 입기가 쉬웠을 터다. 그러나 통일 이후 신

---

26 『대전시사』 제4권, p.131.

라 정치와 불교 정책에 따라 계족산문을 개창하면서, 백제의 그것을 제압하고 신라불교의 성세를 서원하는 신라식 석탑을 지었을 것은 짐작하기에 어렵지 않다. 이 석탑은 고려시대 백월산문을 새롭게 열기까지도 그대로 유지되었으리라 보아진다. 이 고려시대 불교가 신라의 그것을 평화적으로 계승·발전시켰기 때문이다. 이 비래사의 석탑은 조선시대에 들어 배불·억불의 소용돌이 속에서 방치·제거되었을 가능성이 가장 크다. 그런 중에서도 비래사의 역대 스님들이나 신도가 그런 석탑을 다시 일으키려 노력했을 것이나 뜻을 리루지 못하다가 최근에서야 대적광전 재건과 함께 제2층단 법당 바로 앞에 중형 3층 석탑을 새롭게 조성하였다.

(3) 여타 석조 성물의 설치

비래사는 석축이나 석교·당간지주·주춧돌·우물, 석등이나 부도·비석 등 석재 조각을 다양하게 제작·활용하였던 게 사실이다. 이러한 조각들이 창건 이래 변모·소실되어 그 형적을 찾을 수 없으나, 현존한 잔재를 통하여 그 전승·변천의 전통·맥락을 어림해 볼 수가 있겠다. 이제는 그 시대의 석축과 석교의 흔적만을 볼 수가 있고, 주춧돌의 일면을 신축건물의 일각에서 찾을 수 있을 뿐이다. 여기 유서 깊은 석축 우물은 최근가지도 지금의 석탑 바로 앞에서 오랜 세월 석간 청정수를 뿜어내다가, 그 신축 건물·석탑을 위하여 무참히 메워지고 말았다. 그리고 단 하나의 석비, '비래사공덕비'가 사자암 석굴불단 앞에 두뚝이 서 있을 뿐이다.

3) 비래사의 공예와 활용
(1) 법당 장엄구의 부각

비래사에서는 역대의 법당마다 장엄구가 찬연하게 치장되어 왔던 것이다. 지난날의 그 장엄구는 회상에 머물 수밖에 없지만, 신축된 대적광전 등의 그것만으로도 족히 그 전통적 계승의 면모를 유추할 수가 있다. 우선 외모로부터 그 공포의 미술적 조직·부각이 목조공예의 절정을 이루고, 앞면과 양측의 띠살문은 단순한 듯이 현란한 기하학적 문양이 목조공예의 뛰어난 단면을 부각시키고 있다. 이들 전각의 현판이 명필의 정교한 새김을 받아 그 정법의 핵심을 드러내고 있다. 지금의 '大寂光殿'도 그렇거니와, 요사에 걸려 있던 우암의 명필 '飛來庵'을 아로새긴 현판과 '玉溜閣'의 그것이 너무도 소중한 것이다. 나아가 역대 불법의 명구를 명필로 써서 핍진하게 새겨 냈으니 목조공예의 일품이다. 여기 대적광전과 삼성각의 기둥에 목각된 주련을 걸은 것은 '天上天下無如佛 十方世界亦無比' 등의 명언으로 하여 그 진가와 전통성을 입증하고 있는 터다.

이어 법당 안에 들어서면, 내면공포의 현란한 조직·부각이 들러리한 가운데 주존불 위의 닷집이 찬연하게 조성되어 목조공예의 결정체를 보인다. 위 대적광전의 아려·정교한 닷집과 그 주위의 장엄은 범궁이나 용궁의 용상·천정을 방불케 한다. 그래서 본존불의 그 불단에는 또한 정성을 다한 목조공예의 보좌가 형성된다.

그 불단·보좌에 새겨진 각종 문양, 4각의 공간에 청정불법의 연화나 상서로운 화초, 조류·동물을 조각하여 목조공예의 진면모를 보이고 있다. 또한 그 법당 안 후불탱화 대신의 소불상은 소형 좌대와 함께 전체적으로 유명한 석굴의 천불동을 연상할 만한 공예작품이라 보아진다.

(2) 법구·공양구의 구비

비래사에는 오랜 세월을 걸쳐 각종 법구가 전래·활용되어 왔을 것이다. 법구는 흔히 법고·범종·목어·운판 등 사물과 법당 안의 소종·징·경쇠·목탁·요령까지 예불·법회 등에 법음을 올리는 성물이다. 따라서 고금의 웬만한 사찰에서는 의례 이들 법구를 거의 다 갖추어 온 게 사실이다. 그렇다면 비래사에서도 창건 당시부터 이러한 법구를 필요한 대로 구비해 왔다는 것은 너무도 당연한 일이다. 그것이 호국원찰시절에 알맞은 법구로 마련되고, 계족산문 시절의 신라적 변모와 백월산문 시절의 고려적 계승을 거쳐 배불·척불의 시대에 허물어지고 말았을 것이다, 그 후로부터 지금까지 그 복원을 보지 못하고, 다만 대적광전 안에 연기 없는 소종 하나가 있을 뿐이다.

한편 이 비래사에는 자고로 육법공양구가 갖추어져 불교공예의 정수를 보여 왔던 게 사실이다. 지금 법당 안에서 활용되는 각종 공양구가 그런 전통을 계승한 공예품이라 하겠다. 그 향공양의 향로를 비롯하여 꽃공양의 화구, 등공양의 촛대, 메공양·떡공양·과일공양의 각종 도기·기명 등이 바로 그것이다. 그 대부분이 현대적 제품이지만, 오랜 전통을 계승·발전시켰다는 점에서, 그 불교공예로서의 진가와 기능은 오래 이어질 것이다.

(3) 여타 특수한 공예품

비래사에는 대대로 명인·공장들이 남긴 공예물이 있어 왔다. 역대 명인들의 글·글씨를 암석이나 목판에 새겨놓은 것이 바로 그것이다. 이 사찰에는 조선 중기 이전에도 이러한 공예물이 전래되어 왔겠지만, 그 흔적을 찾기가 어렵다. 다만 이 비래사가 조선 중기로부터 유·불소통의 융합도량으로 행세하면서 그 특수한 공예품이 제작되었다.

먼저 비래사의 입구 옥류가 흐르는 길가의 자연석에 새긴 '超然物外'는 명언 명필인데다 멋진 석각이라 더욱 돋보인다. 동춘당이 그 명구를 직접 썼다 하거니와, 그 석각이 주위 환경과 어울려 청정·해탈의 불교적 경지를 실증하고 있다. 그리고 지금은 허청에 자리한 돌절구통이 소박한 모습으로 옛날 사찰음식의 역사를 말해 준다.

이어 그런 목각공예로는 동춘당이 지어 썼다는 '來遊諸秀才 愼勿壁書以汙新齋'가 명필에 정교한 각자까지 어울려 명품이 되었다. 그것은 당시 유생들이 사암에 대한 애호의 경고를 보이고 있으니, 지금 옥류각에 걸려 소중하기만 하

다. 기실 이 옥류각 안에는 여기를 거쳐간 시인·묵객·명사들의 시와 산문이 목
각판으로 많이 걸려 있었지만, 이제 그 작품이 내용만 전해질 따름이다. 그중에
서도 비래사·옥류각의 내력·현장을 증언한 우암의 「飛來庵故事記」는 문장과
글씨가 빼어날 뿐 아니라 각자가 정교하기로 유명하거니와, 그 명인의 작품이
원전 그대로 비래사에 현전하고 있으니, 실로 보물급이 아닐 수 없다. 이어 옥
오재 송상기의 「飛來庵水閣上樑文」도 명문·명필에 각자마저 정교하여 저명
했지만, 지금은 그 문장만 전하니 안타까울 뿐이다. 한편 저 회덕 미륵원남루의
현판·제영이 모두 명사·시인·묵객의 시문과 글씨로 판각되어 걸려 있었으니 실
로 장관이었을 것이다. 지금이야 그 문장만 전하지만 족히 복원할 수가 있는 터
다. 그 미륵원이 비래사와 불가분의 관계라면, 그 제영계의 판각공예는 이 비래
사의 독특한 공예문화를 이루니, 그 가치를 높이 평가할 만하다.

4. 비래사 무형문물의 전승양상

1) 비래사의 법통과 신행
(1) 불교사상과 승려들의 법맥

비래사의 불교사상은 오랜 세월 여러 단계를 거쳐 정착·집적되었기에, 결국
총합적일 수밖에 없었다. 전술한 바 호국원찰로서의 비래사 시절에는 호국불교
중심의 백제불교사상을 수용·유전시켰고, 계족산문 기도도량으로서의 비래사
시절에는 정토불교 중심의 신라불교 사상을 숭신·유통시킬 수밖에 없었으며,
백월산문 수도도량으로서의 비래사 시절에는 고려불교사상을 유지·발전시키는
게 순리적이고 당연한 일이었다. 유·불소통 융합도량으로서의 비래사 시절에는
조선불교사상을 그대로 계승·신행하는 게 불가피한 현상이었다.

이와 같이 비래사의 불교사상이 총합적 양상을 보였다면, 그 안에는 역대 불

교계에 유통된 화엄사상·법화사상·미륵사상·미타사상·반야사상 내지 선사상 등이 모두 집적되어 신행되는 게 필연적인 일이었다. 그러한 역대의 불교가 그 시대에 따라 국시·정책과 승단의 종책·홍법의 차원에서 그 경향과 특색을 달리 해 온 것은 사실이지만, 적어도 화엄사상을 바탕으로 불국정토·국태민안을 강조하는 미륵사상·미타사상 내지 관음사상이 신앙의 주류를 이루어 온 것이 사실이다.[27]

이에 이 불교사상을 신행·수행하고 신도 대중을 교화해 온 비래사의 승통을 어림해 볼 필요가 있다. 실제로 이 비래사의 승려들은 그 통치하는 국가에 따라 단계적으로 법맥을 달리하는 게 당연한 일이었다. 백제시대의 비래사에는 호국 원찰로서 웅진 불교본원의 직할 아래서 호국불교에 사명감을 가진 승려들이 주석했을 것이다. 연부 역강하고 법력과 지도역량을 두루 갖춘 주지가 승병을 겸할 만한 승려들을 상당수 거느리고 웅산성과의 관계와 유사시 대응하는 병력과 법력을 겸수하고 있었으리라 보아진다. 이어 신라시대의 비래사는 백제계의 승려들이 잔류하여 순국 장병들의 영가를 추도하는 경우도 있었겠지만, 그 당시의 정화를 유추하여 추정할 뿐이다.

신라통일 이후 백제 유민을 회유·안정케 하기 위하여 계족산문을 개창하고 그쪽의 대표적 승려들이 이 비래사를 조직적으로 관리하기 위하여 주석·수행했을 것이다. 그리하여 백제계의 승려들은 퇴출·이동되거나 합류·동화되었을 것이다. 이때에는 계족산문을 개창·발전시키고자 상당한 법력·권능을 가진 승려들이 그 아래 상좌를 거느리고 수행·교화에 전력했으리라 본다.

이어 고려시대에는 신라의 불교를 계승하면서 이 비래사에는 아무래도 도력과 능력을 갖춘 승려들이 계족산문의 다른 사찰 승려들과 제휴하면서 도량을 지

---

27 김영태, 『백제불교사상연구』, 동국대학교출판부, 1985. pp.35-37; 김영태, 『신라불교연구』, 민족문화사, 1987, p.165, 187, 205, 217.

키고 사세를 발전시켰으리라 추정된다. 나아가 이 계족산문에 저 백월산문의 신앙유형이 새롭게 수용되고 활성화될 때, 이 비래사에는 저 산문의 노힐부득이나 달달박박과 같이 성불의 경지에 이른 고승들이 주석하고 그 법맥을 이어 갔을 것이다. 그런 고승 중의 하나가 미륵원과 관련된 정심이었을 것이다.

마침내 조선시대의 배불·척불에 사태를 만난 계족산문·백월산문이 실세·쇠퇴하면서, 이 비래사는 자연 퇴락·하향의 운명을 맞고, 따라서 승려들의 주석이나 교화가 쇠해지기 마련이었을 것이다. 이 무렵에는 극소수의 승려들이 겨우 명맥을 유지하면서 황폐화되는 사찰을 지켜볼 수밖에 없었을 것이다. 이러구러 이 비래사가 조선 중기에 이르러 회덕 명인·유생, 종친들의 협력으로 중창될 때 비로소 학조가 등장하여 활동하였으며 지숭이 여기에 주석하며 문화사업까지 벌렸다. 이어 법장과 덕명이 그 법맥을 이끌어 건물을 개건 중수해 왔던 것이다. 그로부터 조선 후기까지 무명의 승려들이 어렵게 사세를 유지하여 왔기에 그 이름을 알 길이 없다.

이어 일제강점기에는 일본 불교의 영향으로 대처승이 대두하여 가족과 함께 이 비래사에서 생활하며 신행하는 일이 광복 이후까지 계속되었으니, 그 이름마저 남기지 않았다. 1960년대 이른바 불교정화 이후에 대한불교 조계종 총무원이 조직·활동하면서, 마곡사가 제6교구본사가 되고 그 주지로부터 인정받은 승려가 비래사의 주지로 발령을 받아 부임·활동하였다. 이런 주지들은 비구들로서 대개는 본사 마곡사 문중의 법맥을 이어 총무·재무·교무 등 3직 이하 승려들을 거느리고 사세를 늘리는 한편, 많은 신도들을 교화하여 오늘에 이르렀다. 역대 주지의 발령·주석 상황을 보면 아래와 같다.

번호	성명(법명)	임명일 ~ 해임일	비고
1	윤충희(성희)	1962-10-15 ~ 1967-06-23	
2	윤충희(성희)	1967-06-23 ~ 1971-12-09	

3	윤충희(성희)	1971-12-09 ~ 1976-06-01
4	허 환(성지)	1976-06-01 ~ 1979-03-21
5	김인원(태일)	1979-03-21 ~ 1982-05-19
6	윤석길(성연)	1982-05-19 ~ 1984-07-26
7	윤석길(성연)	1984-07-26 ~ 1988-12-16
8	조정희(지홍)	1988-12-16 ~ 1993-02-23
9	한현규(보휘)	1993-02-23 ~ 1997-02-13
10	하태구(석파)	1997-02-13 ~ 2001-01-04
11	하태구(석파)	2001-01-04 ~ 2005-01-13
12	하태구(석파)	2005-01-13 ~ 2006-08-10
13	송도경(탄공)	2006-08-10 ~ 2010-08-10
14	김규일(혜문)	2010-08-10 ~ 현 재

(2) 각종 재의와 재반 법회

비래사에는 위와 같은 승려들이 수행·정진하면서 주로 그 사찰 내의 재의를 통하여 신도들을 교화·구제하는 데에 역점을 두었다. 원래 불교는 이런 재의를 가장 중시하거니와, 이런 재의가 실제적으로 불교활동의 핵심·주류를 이루기 때문이다. 이 비래사에서는 고금을 통하여 매일 신도들을 위한 재의로 시작하여 재의로 끝났던 것이다. 당시나 후대의 어느 사찰에서도 그다지 재의를 중시해 온 것은 물론이지만, 이 비래사는 그 시대적 사명과 책무로 하여 그 재의에 보다 큰 의미를 부여했으리라고 본다.

우선 본존불의 팔상 행적에 입각하여 4대 재의가 중시되는 것은 당연한 일이었다. 이 비래사에서도 역대 주전을 중심으로 석가불의 강탄재와 출가재·성도재·열반재가 해마다 봉행되었었을 터다. 먼저 이 사찰에서는 불탄재를 거행할 수밖에 없었다. 그 불탄재일이 4월 초파일로 정해진 것은 언제부터인지 확실치 않다. 그러나 그 날이 인도로부터 중국을 거쳐 한국에 이르러 현재까지 그 날짜에 관계없이 매년에 한 번씩 석가불의 강탄을 맞이하는 큰 재의로 진행되어 온 것만은 분명한 사실이다. 이 불탄재일은 어떤 형태로든지 불교가 전래된 삼국시대로부터 신라 통일기와 고려시대 나아가 조선시대까지 그 명맥을 뚜렷하게 유지해 왔던 터다. 그러기에 그 비래사에서는 백제시대로부터 지금에 이르기까지 다른 대소 사찰과 함께 이 불탄재를 받들어 왔던 것이다. 물론 이 사찰이 창건 당시로부터 우여곡절을 거치며 폐사의 위기를 맞을 때에는 그 불탄재의 단절을 전제할 수 있지만, 지금의 부처님 오신 날을 근거로 하여 소급해 본다면, 그 면면한 전통을 확인할 수가 있는 터다.

다음 이 석가불의 출가재일도 중시되어 온 것이 사실이다. 그 실달태자가 왕궁의 4대문을 나서 돌아보고 크게 느끼어 출가를 결심하고 모든 만류와 장애를 극복하여 마침내 말을 타고 궁성을 넘어 설산으로 출가하니, 그 날이 2월 8일이었다. 이 날이 출가재일로 정해진 내력은 자세하지 않으나, 이 불교권에서는 일찍부터 이 날을 중시해 온 것만은 분명한 터다. 이 실달태자의 출가가 바로 석가불로 성불하는 출발점이었기 때문이다. 삼국에 불교가 전래되면서 이 출가일에 여법한 재의와 행사를 치러 왔으니, 이 백제시대의 사찰에서 그 출가재일을 엄중히 지켜 왔을 것은 물론이다. 따라서 이 비래사에서는 초창기부터 이 출가재의를 시행하여 왔고, 신라통일기와 고려시대를 거치면서 그 사세에 따라 이 재의를 중시해 왔을 터다. 그러다가 조선시대에 이르러 불교세가 꺾이면서 역시 비래사에서도 이 출가재의를 소홀히 지냈을 가능성이 높다. 이러한 타성이 조선말기와 일제강점기를 거쳐 오늘에 이르기까지 영향을 끼친 것 같다. 따라서 그 출가재일이 이 비래사에서도 관심 밖으로 밀려 난 것은 크게 참회할 일이라고 보아진다.

그리고 이 석가불의 성도재일은 고금을 통하여 매우 중시·숭앙되어 왔다. 기실 이 성도재일이야 말로 그 실달태자가 6년간의 고행과 피나는 수행·정진 끝에 진정한 부처로 태어 난 날이기 때문이다. 실제로 인도에서는 한 인간이 그 한계를 벗어나 족히 마군을 항복시키고 새벽별을 바라보며 그 위대한 진리를 깨달은 이 성도재를 가장 장엄하게 봉행하여 왔고, 중국에서도 역시 이 날을 가장 중시했을 터다. 한국에서도 삼국시대의 불교 전래 이래 어느 새 12월 8일을 성도재일로 기념하여, 백제시대로부터 신라통일기 내지 고려시대를 거치면서, 중대한 재의·법회를 열어 왔던 것이다. 그러기에 이 비래사에서도 이 성도재일을 매우 중시하고 그 재의를 정성껏 봉행하고 승속 대중이 스스로 부처님 같이 성불하기 위한 정진법회를 열어 왔던 것이 사실이다. 그러던 것이 조선시대에 이르러 불교세가 꺾이면서 이 성도재일의 의미가 퇴색된 것은 사실이지만, 조선 말기나 일제강점기 등의 암흑기를 거치면서도 이날은 면면한 전통을 이어 온 것이 분명한 터다. 따라서 이 비래사에서도 이 성도재일의 전통·법속이 어어져 왔고, 오늘의 현상을 유지하고 있다.

이어 석가불의 열반재일은 그 의미가 매우 심중하다. 이 열반이란 세속적인 육신의 서거를 초월하여, 지극한 적멸의 세계, 극락 영생의 정토왕생을 의미하니, 석가불은 이 열반에 들어 천백억화신의 진정한 부처님으로 승화되었던 것이다. 기실 석가불은 이 열반을 통하여 청정법신과 원만보신을 조화시켜 무량·무변의 대방편과 대위신력을 자유자재로 운용할 수 있었다. 그러기에 이 열반재일은 2월 15일로 잠정되어 인도로부터 중국을 거쳐 한국에 이르러 삼국시대·백제시기는 물론 신라통일기나 고려시대까지도 매우 중시되었으리라 본다. 따라서 이러한 불교세에 호응하여 비래사에서도 이 열반재일이 여법하게 시행되었을 것이다. 나아가 이 열반재일은 역시 조선시대에 이르러 불교계의 대세에 따라 그 의미가 희석되어 단순한 석가불의 죽음으로 인식되었던 터다. 그리하여 조선 말기나 일제강점기에 걸치는 암흑기에는 이 열반재일이 점차 축소·망각되는 경향을 보였다. 이에 따라 비래사에서도 이 열반재일을 기념하는 여법한 재의나 법회가 제대로 열리지 못한 게 사실이었다.

한편 불교계의 5대 명절이라는 우란분재가 매우 중시되어 왔다. 일찍부터 인도에서도 이러한 재의가 성립되었을 것이지만, 중국에 이르러 당·송대에는 이미 7월 15일이 중원절로 정립되어 더욱 성황을 이루었던 터다. 한국에서는 삼국시대의 불교 전래와 함께, 백제에서까지 이 우란분재가 봉행되었을 가능성이 크다. 적어도 비래사에서는 백제시대에 이어 신라통일기나 고려시대에 이 우란분재가 성행했을 것은 추정하기가 어렵지 않다. 실제로 이 운란분재는 그 자체의 불교적 감화력으로 인하여 조선시대에 이르러서도 여전히 성세를 이루어 왔다. 그러기에 비래사에서는 조선 말기나 일제강점기를 거쳐 최근에 이르기까지도 이 우란분재만은 끈질긴 전통을 이어 왔고, 부처님오신날과 대등하게 성세를 보였던 것이다.

이러한 우란분재의 전체는 그대로가 불교문화의 종합체라고 보아진다. 거기에는 불교적 자비·보은·효행·천도·왕생 등의 신행이 의례적 문화를 타고 유전되었다. 여기에는 그 설법이나 행사·연행의 대본이 된 목련문학이 엄연히 존재하여 왔다. 그 목련구모의 이야기는 서사적 구조가 소설형태와 극본·희곡형태를 유지하고 있을 뿐만 아리라, 이것이 응축되어 시가형태로도 행세하였다. 또한 이 목련고사를 중심으로 그 행사·연행을 위한 회화·조각·공예 등의 미술이 매우 발전·성행하여 왔다. 나아가 이 재의의 의례 양식과 공연형태가 바로 음악·무용 등을 포괄한 연극형태·공연예술의 장르로 형성·전개되었던 것이다.

이런 점에 비추어 비래사에 계승되어 온 우란분재의 전통은 상상외로 끈질기고 그만큼 깊은 의미를 간직하여 왔던 것이다. 이밖에도 비래사에서는 고금을 통하여 여러 형태의 천도제례가 계속되어 왔다. 이 사찰에서는 그 사명에 따라 유주·무주 영가를 천도하는 수륙재를 거행하여 왔고, 또한 백제의 호국영령, 망국의 결전과 부흥의 항전에서 순사한 영가들을 추천하는 위령재를 시행하여 왔으리라 추정된다. 고금을 통하여 이다지 큰 추모재에서는 그 설비와 절차에 있어 특별할 뿐만 아니라, 그 의식의 정연·경건함과 함께 그 영산재 같은 공연 과정이 찬연·특출하였던 것이다. 나아가 가족이나 개인의 영가를 천도하기 위한 이른바 49재나 100일재 등에서도 그 규모는 작으나 제례 절차나 내용은 위의 재의와 다를 바가 없었다. 이 모두가 그 영가들을 천도하여 극락세계로 왕생시키는 염원에서는 동일하기 때문이다. 이러한 천도재의는 이 비래사에서도 초창기부터 지금까지 우여곡절을 다 겪으면서도 면면하게 이어져 왔던 것이다. 기실 이러한 재의가 사소한 듯하면서도 사세를 유지하는 필수적 역할·기능을 다하였던 터다.

나아가 비래사에서는 불공이라는 이름으로 갖가지 재의를 봉행하여 왔다. 위 불교 5대 명절을 비롯하여 매월 초하루와 18일 지장재일, 24일 관음재일에 불공을 올려 온 것은 오랜 법속이 되어 온 터다. 그리고 개인적 통과의례에 관하여 기자불공이나 순산불공·생일불공·치병불공·합격불공·출세불공·혼인불공·임종불공·장례불공·제사불공 등이 이 사찰에서도 성행하였던 것이다. 게다가 세시풍속과 관련하여 정초불공·단오불공·칠석불공·추석불공·동지불공 등이 기회 있는 대로 거행되었던 터다. 기실 이러한 불공은 사소한 것 같지만, 따지고 보면 실질적인 수행·교화의 과정이요 사세를 유지·계승하는 기반이 되어 왔던 것이다.

또한 이 비래사에서는 자고로 각종 법회가 열려 왔던 것이다. 위 다양한 재의 중에 법사의 설법이 있었던 것은 물론이지만, 이 밖의 본격적인 법회가 사찰 내외에서 열리고, 거기서 저명한 법사의 설법이 대중적으로 이루어졌던 것이다.

이어 민중포교를 위한 대중적 법회가 수시로 열려 왔다. 일정한 길일을 잡아서 고승·대덕을 모시고 사내 법당·강당이나 사찰 밖의 야단법석·저명공간에서 법문을 열어 왔던 게 사실이다. 이에 비래사의 불사나 특별행사에 권선법회나 경찬법회 등이 열려 승속 대중의 신심을 높이고 보시를 권장하였던 것이다. 이러한 법회가 이 비래사의 신행·포교사상에서 매우 소중한 영향을 끼쳤던 것이다.

(3) 수행의 실제

비래사에서 이어진 사부대중의 수행은 실제로 독경이나 염불, 주력과 기도, 그리고 참선 등에 의존한 것이었다. 우선 이 독경은 승속 간에 개인적이나 집단적으로 소중한 대승경전, 『금강경』·『법화경』·『화엄경』 등을 소리 내어 봉독하는 것이 원칙이다. 그 개인적인 독경은 때로 묵독을 할 수도 있지만, 그 음독의 경우에는 여기에 음악적인 성음이 따르게 마련이다. 이것이 바로 불교음악의 기반을 이루어 왔다. 이 독경에서는 물론 그 내용·진리가 소중하거니와, 그 음악적 성음에 의하여 그 종교적 감흥이 얼마든지 증가되는 게 신묘한 일이었다. 이 사찰의 승려나 신도들이 목탁소리에 맞추어 이런 경전을 합송할 때에 그것은 장엄한 합창을 이루어 그 감동파가 무한대로 확산되는 게 당연한 일이었다.

이 경전에 관련된 공덕이 대단한 것이다. 여기서 말하는 독경공덕 말고도 이 경전을 모셔 지니는 지경공덕, 이 경전을 필서하는 사경공덕, 이 경전을 간행·유포시키는 간경공덕, 그리고 이런 경전을 남에게 강설하는 설경공덕 등이 바로 그것이다. 그러한 경전의 공덕은 이 비래사에서도 고래로 신앙·실천되어 면면한 신행의 전통을 이어 왔던 것이다.

다음 이 염불은 이 비래사에서도 아주 보편화된 수행법으로 유통되어 왔다. 노는 입에 염불하라고, 모든 사부대중은 적어도 이 사찰에 온 이상 다 개인적으로나 집단적으로 염불하는 게 당연한 일이었다. 신도라면 누구든지 일심으로 염불하여 삼매경에 들어가면 반드시 불보살의 가피를 입는다는 믿음과 실천이 이 사찰에서 소중한 신행으로 전통을 이어 왔다. 이 염불에는 석가모니불과 아미타불, 관세음보살을 염하는 것이 상례지만, 때로 지장보살을 염하기도 하였다. 대체로 불탄일의 염불에서는 석가모니불을 주로 염하고, 추모·천도재의 염불에서는 아미타불과 지장보살을 겸하여 염하며, 관음재일이나 평상의 염불에서는 관세음보살을 주로 염하는 게 보편적 관례로 되어 왔다. 실제로 염불자의 의도와 정성에 따라 자유자재로 어떤 불보살을 염하든지 큰 공덕을 짓는 일이니, 가장 중요한 것은 그 일심·지심으로 염불삼매에 들어가야 된다는 점이다. 기실 이 비래사에서는 일찍부터 신도들이 고승들을 모시고 염불에 전념하여 왔던 것이다.

그리고 비래사에서는 그 주력으로 신행을 끌어가는 법속이 고금을 통하여 꾸준히 계속되었던 터다. 잘 알려진 대로 이 주력은 다라니·진언을 일심으로 염염하여 삼매경에 이르고 불보살의 가피를 받는 신비한 수행법이다. 그것은 원래 범어로 된 신성한 진리의 말씀이거니와, 이를 번역하지 않고 그 소리대로 독송하는 게 원칙이다. 그래서 대부분의 사찰에서는 이 다라니를 번역해서는 안 되는 신묘한 진리 그 자체라고 신앙하며 무조건 독송해 나가는 것을 중시하여 가르쳐 왔다. 그러기에 신묘장구대다라니를 비롯하여 광명진언이나, 관세음보살 본심미묘육자대명왕진언 등을 결코 번역함이 없이 범음 그대로 염송해 왔을 따름이다. 이 비래사에서도 그렇게 주력을 위주로 하는 사부대중이 많았고, 그 중에는 뜻을 같이하는 신도들이 정진에 정진을 거듭해 왔던 것이라 본다. 이 주력은 밀교적 신행과 같아서 그 자취와 근거도 없거니와, 그 면면한 전통은 고금을 통하여 비래사와 함께 해 온 것이 사실이다.

끝으로 비래사에서는 사부대중이 참선을 통하여 수행하는 법통이 성립되어 왔으리라고 본다. 이 사찰에 주석하던 선승을 중심으로 참선에 동참하여 수행·정진함으로써, 그 진성을 깨달은 신도들이 적지 않았을 것이다. 이 사찰에 들어와 어떤 자세로든지 세속의 잡념·망상을 비우고 허령·청정한 가운데 그 자성을 관찰하며 일심삼매에 들어 맑은 진리를 깨닫는 일이 참선의 진면목이라 하겠다.

2) 비래사의 기도와 영험

(1) 기도·정진의 삼매경

모든 종교가 다 그러하듯이 불교에서는 가장 발단된 의식·재의와 함께 기도에 의한 영험을 철저히 믿는다. 이것은 무조건적인 맹신이 아니라 인과법칙에 의한 작용과 반작용의 관계요, 주고받음의 원리에 속한 것이기 때문이다. 우리가 모든 것을 다 바쳐 기도하면 불보살이 그 무한한 권능과 보배를 온통 내려 주시니, 그것은 기적이나 영험으로 절감될 따름이지, 전체와 전체를 주고받는 법칙과 원리를 결코 벗어나지 않는 터다. 그런데도 이 비래사의 역대 사부대중은 그런 것을 따지기에 앞서 진정한 기도삼매에 들어 소원을 원만 성취한 신앙적 전통을 지금까지 이어오고 있다. 이 비래사의 대지와 도량, 불보살상이나 석탑 등 성물과 함께 고승과 신도들에 얽힌 많은 영험담들이 이를 증명하고 있기 때문이다.

(2) 도량에 얽힌 영험담

잘 알려진 대로 이 비래사는 자연환경, 산천경관이 너무도 수려한 천하의 길지·명당이요 수적 불지에 자리하여 호국도량으로 발원해서 계족산문 기도도량, 백월산문 수도도량을 거쳐 유·불 소통 융합도량과 근·현대적 중흥도량에 이르기까지 청정·영험한 도량의 전통을 지켜왔다. 그러기에 이 도량에는 고금을 통하여 많은 영험담이 얽혀 온 게 사실이다. 백제 말기 옹산성과 직결된 호국원찰로서 나·제 간의 최후 결전에 관한 영험담이 다양하게 유전되었을 것이나 현전하는 바가 없다.

다만 계족산문이나 백월산문을 상한선으로 하는 영험담이 이 비래사와 결부되어 있고, 일부 신중들에게 막연하게 구전되는 단편적인 영험담이 있다.

먼저 고기록에 전하는 도량 영험담이 비래사와 결부된 사례다.

이 비래사는 지금으로부터 1335년 전 백제지역으로서 의자왕 10년에 창건한 고찰이다. 고구려의 반룡산 연복사에 주석하던 보덕화상이 당시 국내에 노장사상이 유통·홍성하여 장차 나라가 망할 것을 민망히 여겨, 여러 차례 왕에게 간하였으나 듣지 않아 그 나라에서 떠나 남쪽으로 가리라 결심하였다. 이에 그 화상이 신통력으로 방장(암자) 하나를 남쪽 명산으로 날려 옮겨 갔다. 지금도 그 산에 '飛來方丈'이 남아 있으니, 그게 바로 '飛來庵'이다. (석파, 비래사의 유래, 당사 주지, 2001. 삼국유사 권 제

3, 탑상 제3, 보장봉로 보덕이암 참조.)

　백월산 남사에서 두 성인이 성불한 영험담이 이 계족산 남쪽 비래사에 얽힌 것이
다. 옛날에 한 고장의 친구인 두 스님이 이 명산에 들어와 각기 기도처를 마련하여 성
불을 기약하고 정진하였다. 한 스님은 이 산의 남쪽 사자암 아래 물 있는 곳에 돌방을
짓고 미륵불을 염하였고, 또 한 스님은 이 산의 북쪽에 판방을 만들어 마니타불을 염
하였다. 어느 날 저녁에 한 모령·미모의 낭자가 북암에 나타나 재워 주기를 청하니 그
스님은 청정도량을 더럽힐 수 없다 하고 거절하여 내 쫓았다. 그 낭자가 절고개를 넘
어 남암에 와서 재워 주기를 간청하였다. 이에 그 스님은 깜짝 놀래어 응당 그런 여인
을 멀리할 것이로되 중생을 자비로 접인하는 것이 보살행이라 생각하고 단칸방에 들
여 재우고 자신은 희미한 등불을 밝혀 송념·정진하였다. 날이 샐 무렵에 그 낭자가 산
기를 느껴 그 자리를 마련해 주고 해산을 도왔다. 이어 그 낭자가 다시 목욕하기를 청
하여 그 스님은 욕조에 물을 데워 주고 부끄럽고 민망한 마음으로 살펴 주었다. 이때
에 그 물이 향기를 강하게 뿜고 금액으로 변하니 그 낭자가 스님도 함께 목욕하기를
권하였다. 이 스님이 마지못하여 한 욕조에 들어가 목욕하니 마음이 상쾌해지고 피부
가 금색으로 변하며 미륵불로 성불하였다. 이 낭자가 그 앞에 솟아 오른 연화좌에 그
스님을 앉게 하고 자신은 성불을 도와 준 관세음보살이라면서 홀연히 사라졌다. 날이
새자 북암의 스님은 남암 스님이 파계했으리라 짐작하고 찾아가니, 그 스님이 이미 설
불·정좌하였기로 놀라서 경배하고 가르침을 청하였다. 이 성불한 스님이 북암 스님
에게 그 물이 조금 남아 있는 욕조에서 목욕하라고 명하였다. 그 스님이 목욕을 하니
물이 부족하였지만, 역시 아미타불로 성불하여 두 생불이 마주 앉아 미소하였다. 이
소식을 들은 사람들이 몰려와 두 성불성인이 교화하다가 산채로 서천을 향하여 떠났
다. 이 소문을 들은 왕이 그 남암에 큰 절을 세우고 미륵불상과 아미타불상을 봉안하
였다. 이 비래사에도 이와 같은 연기·영험담이 결부되어 있다. (지헌영, 계족산하지명
고, 1969. 삼국유사 권제3, 탑상 제4 남백월이성 참조.)

다음은 승려와 신도들 사이에 전승되는 바 비래사에 얽힌 연기 영험담의 일부 사례다.

한 스님이 큰 바위 아래 굴에서 정진을 하고 있었다. 대낮에 갑자기 장끼 한 마리가 급하게 날아와서 그 스님의 무릎 밑으로 기어들었다. 이상한 일이라고 생각하는 순간 이제는 매 한 마리가 뒤좇아 날아와 그 꿩을 따라 굴 안으로 들어오려다 그 스님을 보고 굴 앞에서 오락가락 하며 기다리고 있었다. 그 스님은 매에 쫓기던 꿩이 다급하여 굴 안으로 들어 온 것임을 직감하고 매에게 미안하다고 합장하고는 손짓하여 쫓아 버렸다. 한 참 후에 그 꿩을 안고 나가 그 매가 날아갔음을 확인하고 놓아 주었다. 그 후로 가끔 매가 산 위에서 날아돌고, 그 꿩은 거의 날마다 굴 안까지 날아들거나 마당을 거닐다가 청계의 물까지 마시고 가기를 거듭하였다. 뒷날 그 스님이 그 마당에 터를 잡아 절을 짓고, 새들이 죽기 살기로 날아 온 그 의미를 되새겨 '비래암'이라 했단다. 그로부터 매가 날아도는 그 뒷산을 매봉, 응봉산이라고 부르게 되었단다.(석파, 상동)

한 스님이 이 계족산의 산세가 좋아 암자 하나를 지어 수행하려고 그 절터를 찾아 헤매었으나 마땅한 곳을 찾지 못하였다. 그 스님은 피로하여 산 능선을 내려와 남향 골짜기로 접어들다가 약수터를 발견하고 목마른 판에 그 물을 마음껏 들이켰다. 처음 엔 생기가 나더니 도로 피곤해져서 그 약수 옆 바위에 앉아 졸다가 잠이 들었다. 해가 지고 어둠이 오는가 싶더니 서천이 환하게 밝아지면서 황금색 봉황이 날아올라 산 위를 빙빙 돌더니 스님에게로 가까이 왔다. 그 스님은 눈이 부시고 황홀하여 그 봉황을 가까이 하려하니, 그 봉황은 따라오라는 듯이 날갯짓을 하였다. 즉시 일어나 그 봉황이 날아 앉는 그곳에 이르니, 정말 선경·길지가 나타났다. 그 봉황은 사자암 위에 앉아 그 아래 대지를 바라보고 있으니 그곳에 절을 세우라는 뜻으로 알고 살펴보니 천하 명당 수적 불지가 분명하였다. 그 스님은 너무도 기쁘고 고마운 나머지 소리를 버럭 지르고 그 소리에 놀라 번쩍 깨어 보니 꿈이었다. 하도 신기하여 서둘러 그 봉황이 앉았던 곳을 찾아가 보니, 꿈에 본 그 자리가 확실하였다. 거기다 절을 짓고, 봉황이 날라 온 뜻을 되새겨 '비래암'이라 했다는 것이다.(이덕례, 80세, 여, 친가 대덕구 회덕면 비래리, 주소 대전시 대덕구 추동 마산리)

이 비래사는 청정도량이라 여기서 계행에 벗어나는 부정한 짓을 하면 큰 벌을 받는단다. 대전에 사는 친한 친구 둘이서 등산 겸 소풍을 간다고, 먹고 마실 것을 잔뜩 짊어진 채 계족산에 올라 구경하고는 점심 때가 되어 예정대로 비래사에 도착하니 마침 아무도 없었다. 잘 됐다 싶어 둘이서 잡아 온 생닭을 흐르는 물에 씻고 잘라 다시 샘가에서 양념에다 물을 부어 임시 화덕을 만들어 절집 나무를 가져다 불을 붙여 부글부글 끓였다. 그리고 절집 그릇을 마음대로 내다가 그 국을 떠 먹고 또한 가지고 간 술을 마음껏 마시었다. 거나해서 콧노래까지 하며 큰 소리로 떠드는데, 마침 출타했던 스님이 들어와 그 꼴을 보고 크게 꾸짖었다. 이에 한 친구는 취중에도 잘못했다고 사죄를 하고, 또 한 친구는 인심이 어찌 그리 야박하냐고, 스님이면 스님이었지, 성인 남자를 애들처럼 나무라느냐고 대어 들었다. 한 친구가 뜯어 말리며 스님에게 사과하고는 하산했다. 그 날 저녁부터 두 사람이 병이 나서 그 덤비던 친구는 응급치료를 받고도 죽었고, 그 사죄하던 친구는 겨우 목숨을 건졌다. 얼마 후에 회생한 친구가 부인과 함께 이 비래사에 와서 참회·불공하고 건강을 완전히 회복하여 충실한 신도가 되었단다.(이덕례)

이 비래사의 도량은 신묘해서, 이 절을 배반하고 떠난 신도들이라도 다른 절을 어렵게 방황하다가 결국은 이 절에 다시 와서 더욱 충실한 신행을 한다는 것이다. 일제 강점기·광복 이후 혼란기에 이 비래사의 여신도들이 모임을 가지고 이 절을 보존하며 신행생활을 열심히 하였다. 이 절 스님이나 다른 신도들이 그 모임을 찬탄하고 예우하였다. 세월이 흐르면서 그 모임이 더욱 득세하면서 이 비래사의 운영을 좌지우지하며 오만하게 굴었다. 이에 다른 신도들의 반감을 사서 불화하게 되니, 주지 스님이 엄중히 경책하였다. 이제 그 모임은 화를 내고 일제히 이 사찰을 떠나 버렸다. 이 사찰에서는 그런 뜻밖의 사건에 어리둥절했지만, 어쩔 수가 없는 일이었다. 일단 비래사를 떠난 그 모임은 뿔뿔이 헤어져 각기 다른 절에 다녔지만, 마음이 불편하고 매사에 불만이었다. 그 모두가 거의 다 시름시름 앓게 되고, 집안에 불편·불행한 일이 생겨서 비래사에 대한 신앙적 이탈·배반을 반성·참회하게 되었다. 그 모임의 총무보살이 다시 연락하여 비래사에 모여 참회 기도하고 스님이나 신도들과 화합하여 지내니, 개개인의 병환이 말끔히 낫고 얽혔던 집안일이 모두 잘 풀리게 되었다. 이로부터 비래사와 등진 신도들은 언제나 다시 돌아온다는 신앙이 생기게 되었고, 그것이 도량의 영험을 실증하였다.(이덕례)

(2) 전각과 불상·성물에 얽힌 영험담

비래사에서는 창건 이래 각개 전각이나 불보살상에서 기도에 의한 응험이 나타나 영험담으로 유통되는 게 당연한 일이었다. 그런데도 그런 영험에 관한 기록이나 증거는 보이지 않고 막연하게 영험한 도량이라고 믿어져 왔다. 다만, 근·현대에 이르러 그 체험담이나 견문담의 형태로 그 일부가 전해질 뿐이다. 여기서는 산신각과 비로자나불상, 여타 성물에 대한 영험담이 몇 편 유전되고 있다.

먼저 산신각에 얽힌 영험담이 다양하고 흥미롭다. 어느 단계에 이르러 법당의 권능이 하향하면서 산신각의 영험이 더 돋보일 때가 있었다.

어떤 보살이 비래사에 와서 산신각이 영함하다는 말을 듣고 그 안을 한번 들여다보고 싶었다. 그런데 마침 문이 닫히고 잠겨 있어 굳이 문을 열지 않고 손가락에 참을 발라 그 문의 창호지를 뚫고 그 구멍으로 바른 쪽 눈을 대고 그 산신상을 노려보았다. 그때 그 산신상이 노하는 기색을 보이는가 했더니 갑자기 캄캄해지는 느낌이 들었다. 그 보살이 깜짝 놀라 눈을 떼고 물러나 가슴을 두근거리며 집으로 가려 하니 발이 허둥

허둥하여 몸을 가누기 어려웠다. 그게 바른 쪽 눈이 안 보여서 그렇다고 깨닫고는 치료를 받았지만, 결코 낫지 않았다. 마침내 무당을 불러 굿까지 해 보았지만 효험이 없었다. 생각다 못하여 이 비래사에 와서 스님에게 실토하고 방법을 물었다. 그 스님이 100일간 이 산신각에서 참회·기도하면 곧 나을 것이라고 가르쳐 주었다. 그대로 참회·기도 했더니 꼭 100일이 되는 날 그 눈이 밝아져서 그 영험을 실감하였다.(이덕례)

이 비래사의 여신도 한 사람이 부자로 살았는데, 재산 자랑을 하다가 친한 사람을 통하여 어떤 사업자에게 거금을 이잣돈으로 빌려 주었다. 처음에는 그 이자를 꼬박꼬박 내서 돈 모으는 재미가 쏠쏠하였다. 그러다가 그 사업자가 다른 데서도 또 거금을 빌려 이자에 쫓기는 데다 사업도 잘 되지 않아 부도가 나서 도망쳐 버렸다. 거금을 버리게 된 그 신도가 너무 황당하고 낙망하여 비래사로 스님을 찾아서 그 해결책을 간절히 물었다. 그 스님의 말씀은 단 한마디 '산신각이 영험하니 그 돈이 돌아 올 깨까지 지극한 기도를 하라'는 것이었다. 그 신도는 그 말씀만 믿고 그 기도에 목숨을 걸었다. 그리 기도하기 100일째 되는 날 비몽사몽간에 산신이 현몽하여 근엄하게 '걱정마라'고 할 뿐이었다. 바로 그날 저녁에 그 거액의 돈을 찾아오게 되었다.(한순수, 76세, 여, 대전시 동구 용전동 414)

다음 대적광전 비로자나불상에 결부된 영험담 몇 가지가 전한다. 이 불상은 목조고불로 국가 보물급의 가치와 권능을 갖추었기에, 그 영험이 다양하게 나타났던 것이다.

흔히들 비래사를 산신도량이라고 하지만, 실은 비로자나불, 청정법신도량이 되었다. 연등화보살은 비래사 사하촌 비래동에서 태어나 어릴 때부터 어머니를 따라 그 절에 다녔다. 처녀시절에는 절에 살다시피 하고, 시집가서도 틈만 나면, 친정을 핑계로 비래사에 가서 기도하였다. 이 모두가 비로자나불의 자애로운 미소와 영험한 감흥 때문이었다. 나이 들어 시집갈 때도, 첫 아이를 나을 때도, 남편이 큰 일을 할 때나 자식들이 진학·시험·취직할 때, 손자·손녀들의 출생·진학·출세를 기원할 때, 심지어 새 차를 사서 고사를 지낼 때까지 비래사의 비로자나불께 정성껏 기도하여 항상 가피를 입었다. 언제나 그 청정법신께 발원 기도하면, 그 날 밤에 반드시 현몽하여 미소 짓는데, 그러면 틀림없이 그 소원이 성취되었다. 이렇게 청정법신께 기도하여 영험을 얻으니 행복하기 그지없는 일이다.(이덕례)

비래동의 한 청년이 학업을 마치고 비래사에서 고급고시 준비에 열중하고 있었다. 요사의 방사와 옥류각을 왕래하면서 쉼 없이 공부했는데도 실제로 시험을 치르면 낙방하는 것이었다. 이 청년을 더욱 실망케 하는 것은 매번 다 아는 시험문제인데도 흥분 상태로 당황하여 실패를 했다는 점이다. 그 청년은 포기와 재도전 사이에서 갈등하다가, 그 신심이 장하여 비래사 법신불의 영험을 받는다는 사촌 누님에게 이 사실을 알리고 상의하였다. 그 누님이 '비래사 부처님은 영험하여 정성어린 기도에는 반드시 감응하시니 공부하는 틈에 간곡히 기도하라'는 대답이었다. 무엇인가 억울하고 답답하던 차에 다시 비래사에 올라가 그 시험공부를 하면서 틈을 내서 혼자 법당에 들어가 자기 시름에 겨워 울면서 절실한 기도를 올리게 되었다. 마침내 시험일이 돌아오자 상경 전날 새벽에 마지막 기도를 눈물로 올렸다. '부처님이시어 도와주소서' 이 기도에 스스로의 감격을 이기지 못하고 소리 내어 울다가 부처님의 존안을 바라보니 분명 미소를 지으며 고개를 끄덕이셨다. 그로부터 편안한 자신감을 가지고 시험장에 임하니 어찌 그리 평온한 마음이든지. 그 시험문제는 모두 아는 문제요 공부한 내용이었다. 다소 긴장되었지만, 차분하고 즐거운 마음으로 답안을 잘 써서 우수하게 합격하고 그 앞길이 훤하게 열렸다. 그는 이것이 비래사 부처님의 영험이라고 감사하며 불교를 믿게 되었고, 언제고 고향에 올 때는 비래사에 올라가 부처님께 참배하고 보시까지 아끼지 않았다.(이덕례)

비래사의 한 여신도가 백일기도에 동참하고 있었다. 어느 날 밤에, 비래사 법당에서 부처님께 기도하다가 잠시 쉬려고 마당으로 나왔는데, 어떤 청년이 다가와 '예수를 믿으라'고 강권하여 강력히 거절하고, 마침 주지스님을 만나 그 얘기를 하니, '보살님 마음대로 하시오'라며 미소 지을 뿐이었다. 다시 법당에 들어가다 문지방에 걸려 깨어 보니 꿈이었다. 그날 비래사 법당에 가서 부처님께 눈물겹게 기도하니, 물기 어린 눈에 그 부처님의 미소가 환하게 비치었다. 그때 주지스님을 만나 인사하니, 그 꿈속의 모습 그대로 미소 짓는 것이었다. '참 꿈과 생시가 다르지 않구나' 하는 생각으로 다시금 부처님을 예경하고 또 예경하였다. 그날 밤 꿈에 비래사 부처님이 나타나 미소를 지으니 스스로 감격하여 소리 나게 흐느꼈다. 남편이 깨워 일어나니 신묘한 꿈이었다. 이런 꿈을 꾸는 날이면 모든 일이 너무도 잘 되어 실로 그 영험에 감탄할 뿐이었다. 이 여신도의 큰 아들이 수재여서 장래가 촉망되는데 일류 대학에 응시하여 불합격을 맞았다. 얼마나 억울한지 하늘이 무너지는 것 같아 비래사 법당에서 자기 설움에 겨워 흐느껴 울면서 기도하였다. 그래서 부전스님에게 격려와 함께 충고도 받았다. 집에 돌아와 관세음보살을 염하면서 마음을 안정시키고 잠을 자는데 꿈에, 비래사 법당에서 마구 울면서 기도 하였다. 그 비로자나불의 미소 짓는 모습이 지나가고 주지스님이 나타나 미소 지으며 '보살님 뜻대로 될 거야' 하고 사라졌다. 꿈을 깨서 생각하니 너무 울어서 이런 꿈을 꾸는 게 아닌가 참회심이 생겼다. 그 후로 그 아들은 원하는 대학에 합격하여 그 부처님의 영험을 실감케 하였다.(양희례, 74세, 여, 충남 논산군 상월면 구곡리)

이어 사자암 석굴에 얽힌 영험담이 상당히 많아서 주목된다. 실은 그 석굴이 관음굴로서 기도에 따라 상응하는 영험을 나투기 때문일 것이다.

비래사의 한 노보살이 그 손자를 하나 얻기 위하여 간절한 기도를 계속하였다. 그 아들이 대전의 재벌가인데 딸만 8명이나 낳고 아들을 못 낳은 채, 낳으면 또 딸일 것이라 겁을 먹고 있는 중이었다. 그 노보살은 신심이 깊고 손자 볼 소망으로 법당에 기도하는 것은 기본이고 산신각에 시도하는 것은 물론, 마침내 관음굴 앞에서 허공 산신기도까지 겸하게 되었다. 며느리·아들을 권장하여 생남의 확신을 주고, 생남 발원

기도를 강요하면서 그 수태 기간에 맞추어 용맹·철야 기도를 겸하고 있었다. 이 노보살이 불철주야 기도하는 가운데, 한 밤중 자시를 넘기면서 하늘이 환히 열리고 동방이 환해지는데, 그 석굴 위 사자암에 산군 범이 나타나 눈에 시퍼런 불을 켜고 그 노보살을 경건히 내려 보았다. 그 노보살이 그 산군을 보자 너무 감격하여 눈물을 흘리며 고성염불하니 얼마만에 산속으로 들어갔다. 그 노보살이 감응하여 기도를 마치고 돌아서니 언제 와서 기도했는지, 그 아들·며느리가 감동하여 눈물을 흘리고 있었다. 그 시어머니와 며느리가 포옹하고 흐느껴 우니, 그 아들이 양쪽의 어깨를 다독이며 '이제 틀림없이 생남하리라' 굳게 믿었다. 과연 그 달부터 태기가 있어 건강하고 잘난 아들을 얻었다. 그 석굴 관음굴·사자암의 영험을 실감·신앙하며 그 보은으로 많은 보시를 하게 되었다.(한순수)

어떤 보살이 비래사에 다니면서 신행하기 30년이 넘었다. 그 법당에 예불하고 산신각에 참배하고는 바로 그 옆의 사자암 석굴로 가서 산신 허공기도를 지성으로 올렸다. 이런 식으로 오랜 세월 기도·정진하니 그 석굴이 '사자굴'이라 믿어지고, 그 바위와 굴 속에서 신묘한 영기가 솟아나서 심신에 청정심과 환희심을 일으켜 주었다. 그리하여 자신은 젊었을 때 산후 조리를 못하고 무리하게 일을 많이 해서 뼈 속에 든 병을 서서히 고치고 건강한 생활을 하게 되었다. 그런데 남편이 어려운 병에 걸려 병원에 다녀도 낫지 않고 점점 더 고통을 호소하니, 실로 안타깝고 답답하였다. 그리하여 보살은 마음을 굳게 먹고 비래사 부처님께 의지하리라 법당과 산신각을 거쳐 사자굴 옆에서 눈물겹게 기도하였다. 기도가 끝나는 대로 비래사 약수터에서 청정수를 병에 떠다 남편이 마시게 하고 밤이면 자신의 손을 따뜻하게 비벼서 남편의 머리·이마, 얼굴과 가슴·배를 정성껏 문지르며 관음염불을 계속하였다. 이렇게 정성을 드리니 남편의 병환과 통증이 어느새 가라 앉아 편안해졌다. 그로부터 몇 해를 지나 남편의 병이 골수에 사무쳐 회춘할 수 없음을 직감하고 이제는 편안히 떠나게 하시라고 기도하니, 어느 날 꿈에 산신인지, 보살인지 성상이 나타나 미소를 지으며 고개를 끄덕이었다. 그

날 한 밤중에 남편은 정말 편안히 돌아가고 장례를 모신 뒤에, 비래사에서 49재로써 극락왕생을 기원하였다. 이 천도재를 계기로 자녀들과 손자들까지 신심을 가지고 비래사를 다니게 되었다. 그러든 중 큰 아들의 사업에 문제가 생기어 또 그 기도에 매달리니 지금은 크게 일어나서 그 영험에 감사하고 있다. 공교롭게도 작은 아들의 진로에 애로가 생겨 고생하게 되었는데 그 기도에 전념하여 지금 고급공무원으로 잘 지내게 되었다. 겸하여 두 아들과 두 딸이 건강한데다 귀여운 손자·손녀를 보게 되니, 행복하기 그지없다. 모두가 불보살님께 기도하여 그 영험한 가피를 입으니, 그 보살은 감사한 마음으로 비래사의 행사·불사에 성심껏 동참하고 있다. (조중분, 78세, 여, 계룡시 금암동 주공아파트 102-1004호)

어떤 보살이 금산에서 24살에 시집온 이래, 시어머니를 따라 비래사에 다니기 시작한 것이 어언 50년 가까이 되었다. 처음부터 법당의 비로자나불에게 불공하고 산신각에도 기도하며 가끔 사자암 석굴에도 가 보았다. 그럴 때마다 가피를 입어 부부의 건강과 가정의 화평을 유지하였다. 그 기도는 항상 가정을 위하여 선망조상·부모의 극락왕생, 남편과 자녀의 건강 증진, 전도의 여의 성취, 손자·손녀의 성장·교육에 걸쳐 간절하게 올렸던 것이다. 그래서 2남 1녀와 그 배우자, 손자·손녀 등이 모두 무탈하고 편안하게 사는 것이 모두 불보살님의 가피라 믿고 있었다. 그런 가운데 언제부터인가 확실한 병명도 모르고 몸이 무겁고 힘이 빠지며 가끔 어지러운 기운도 있었다. 그 보살은 나이 탓이라 생각도 하고, 그동안 바쁘게 사느라고 자신을 돌보지 않고 자신을 위한 기도를 전혀 하지 않은 탓이라 여기게 되었다. 그 나이 70이 되면서 기력이 더 떨어지고 병세가 점점 깊어지는 것 같아서 스스로 놀래서, 신심이 부족하고 기도가 부실해서 그렇다고 믿었다. 이제라도 자신의 건강과 행복을 위해서 새로운 신념으로 특별한 기도·정진을 통해 모든 것을 극복하리라 결심하였다. 그로부터 비래사에 가면 법당 불공, 삼성각 기도를 거쳐, 그 사자암 석굴에 설단하고 약사여래를 모신 도량에서 염불하는 데에 전념하였다. 그 사자암 석굴이 옛날부터 신이한 기도처로서 때로 사

자굴이라 하고 때로는 관음굴이라 일러 왔지만, 지금은 약사도량이니 계속 '약사여래
불'을 염하며 정성껏 정진하였다. 기도가 끝나면 그 위 비래사 약수터에 가서 남몰래
기도하고 그 청정수를 가지고 귀가하여 남편과 함께 장복하여 점차 노환이 사라지니
생기차고 편안한 생활을 하고 있다. 이런 것이 노후의 행복이라 확신하고 불보살님의
가피·영험에 보은하리라 다짐한다.(이만순, 70세, 여, 대전시 동구 가양1동 430-32)

어떤 여신도가 비래사에 다닌 지 20년이 되었다. 자녀는 1남 3녀를 두었는데 그 유
일한 아들은 부처님의 점지하였다고 믿었다. 그 무렵에 아들을 빌기 위해서 유명한 기
도처는 거의 헤매면서 눈물로 기도하였기 때문이다. 이 비래사에 다니면서 아들·딸
을 다 짝 지우는 데도 유난히 많은 기도를 하여 모두 다 무사하게 살고 있으니, 불보살
님의 가피 영험에 힘입었다고 생각하였다. 두 딸이 딸만 낳고 아들을 못 두었기에, 자
신의 죄라도 되는 것처럼 비래사 부처님과 산신님께 기도·발원하고, 마침내 어떤 재
벌이 아들을 빌었다는 사자암 석굴 앞에서 눈물겨운 기원을 드렸다. 그 지극한 정성
에 성스러운 영험이 내려 드디어 두 딸이 나란히 아들을 낳았던 것이다. 언제나 비래
사에 올 때는 그 딸들에게 연락하여 동참하거나 정성을 모아 주로 그 석굴 기도를 멈
추지 않았다. 그러던 중에 아들이 사업에 실패하여 가정경제가 파탄에 이르게 되었
다. 이에 그 보살은 비래사에 와서 묵으면서 법당의 본존불이나 산신각에 불공함은 물
론, 그 석굴 앞에서 철야정진을 거듭하였다. 그리 하기를 7일 만에 집으로부터 반가
운 소식이 들리고 아들의 사업은 돈줄이 풀려서 족히 회복되었다. 이때에 가족 모두,
특히 그 아들이 사업을 회복·성공한 것은 바로 어머니의 기도에 의한 불보살의 영험
이라 확신하고, 신앙심을 실천하고 있다.(이정렬, 70세, 여, 대전시 동구 법동 한마음
아파트 102-901)

어떤 보살이 30년 가까이 이 비래사에 다니면서 절실한 기도를 통하여 다양한 영험
을 몸소 겪었다. 이 보살은 초등학교 때 올케가 끓여 준 잉어탕을 한 술, 한 점을 먹고
죽었다 살아나는 데서 나름대로 부처님을 느끼고 신행하기 시작하였다. 그렇다고 사

찰에 다니면서 부처님께 기도하는 것은 아니었지만, 불교를 무조건 좋아하게 되니, 친구들이 교회에 가자면 골치부터 아팠다. 이로부터 시집에 오니 시어머니와 남편이 신심을 가지고 비래사에 가자기로 반갑게 따라 다닌 것이 제대로 신행하게 된 계기가 되었다. 그 보살은 자신이 불연을 띠고 태어났다고 믿으며 훌륭한 아들을 낳겠다는 기도를 시작하였다. 그 법당의 법신불이나 산신각의 산신에게 기도 발원한 것은 물론, 아들바위처럼 신앙되는 사자암 석굴에 가서 영통한 관세음보살을 염하였다. 이미 관음경을 읽었기에 언제 어디서나 관세음보살을 염하면 잘 생기고 복덕을 갖춘 자식을 점지해 주신다고 믿었기 때문이다. 실제로 잘난 아들과 예쁜 딸을 낳아 건강하게 길러서 지금 좋은 대학에 다녀 전도가 양양하니, 이 모두가 부처님과 관세음보살의 영험이라고 확신하였다. 그로부터 신심이 더욱 깊어지고 발원·기도가 그만큼 절실해지니 불보살이 마음에 새겨져서, 기도할 때마다 그 불상과 보살상의 두광이 훤하게 보였다. 특히 사자암 석굴 앞에서 관음기도를 하면 그 감동이 충만하여 눈물이 비 오듯하니 이 석굴이 언제부처인가 관음굴이었으리라는 믿음까지 생겼다. 집안이 부자가 되고 애들이 잘 자라는 가운데 행복한 생활을 하는데, 난데없이 남편의 사업이 잘 안 되고 따라서 남편의 몸이 불편해지니, 이 보살도 갑자기 심신이 불안하여 병을 얻게 되었다. 그 와중에서 그 보살이 대형 교통사고를 당하였다. 양쪽의 차가 완파되고 저쪽의 운전자·동승자가 중상을 입었는데도 자신은 큰 피해를 기적적으로 면하였다. 이것은 분명 관세음보살의 가피력이라고 확신하였다. 사고의 순간에 그 보살이 관세음보살을 본능적으로 염하였기 때문이다. 그 관세음보살의 마음으로 가해자를 배려하여 구속·처벌을 벗어나게 하였다. 그 후로 비래사에 가서 마음을 바쳐 본존불과 삼성각에 이이 시자암 석굴 관음굴 앞에서 눈물로 기도를 드렸다. 이어 이번 백중날(우란분재) 6재때 그날 새벽에 꿈을 꾸었다. 남편과 함께 알밤을 따고 있는 중에, 관세음보살인지, 친정어머니인지, 흰 옷 입은 여인이 흰 스판을 입은 남자와 함께 춤추듯이 지나가면서 '내가 도와줄게'라고 한 마디 하였다. 그 순간에 자신은 그 흰옷의 여인을 붙잡고 '남편의 병환과 사업을 도와 달'고 애걸복걸하며 실컷 통곡하다가 깨었다. 생각해보니 관세음보살의 화현·가피가 분명하였다. 우선 자신의 마음이 후련해지고 몸이 개운해졌다. 그 보살이 증험해 보니, 그게 바로 관세음보살의 가피요 영험임에 틀림없었다. 그 후로 얼마 안 있어 남편의 사업이 풀려 잘 돌아가게 되었고, 따라서 남편의 병환이 깨끗이 나았다. 이로부터 그 부부와 가족이 불은을 입어 감사하고 그 보은의 길을 찾게 되었다.(남순현, 54세, 여, 대전시 동구 판암동53-2)

비래동에 사는 한 여신도가 시집 온지 5년이 넘도록 자녀를 두지 못하였다. 시어머니가 걱정이 되어, 아기 낳기를 재촉하며 조바심을 내고, 남편도 은근히 압력을 넣었다. 정히 아이를 못 낳는다면 첩이라도 얻어 자손을 이어야겠다는 것이다. 그 여신도는 하도 답답하여 친정에 가서 어머니에게 호소하며 한약도 먹고, 용왕·산신 기도까지 하였지만 아무런 효험이 없었다. 집에 돌아와 하도 답답하고 안타까워 이웃에 있는 비래사 법당에 가서 예배하며 혼자서 울었다. 한 참 만에 법당을 나오다가 낯모르는 노보살과 만나서, 그 절박한 사정을 말하며 방법을 물었다. 그 노보살이 웃으며 말하기를 '날마다 이른 새벽에 법당에 와서 부처님께 예배하고 이 샘물에 떠 있는 달을 떠다 마시면 머지않아 임신하리라'고 하면서 그 샘을 가르쳐 주고는 온데간데없이 사라졌다. 이상히 생각하면서도 지푸라기라도 붙잡는 심정으로 그 이튿날부터 이른 새벽에 비래사 법당에 와서 예불을 하고 그 샘물을 내려다보니, 과연 그 속에 달이 떠 있었다. 하늘을 보니 보름달이 아직도 훤하게 비쳤다. 그제야 그 노보살의 말뜻을 알고, 그 물 속의 달을 떠다 그 물을 정성껏 마시었다. 이리하기를 100일 정도 계속하니 그날 밤 꿈에 그 노보살이 나타나 '네 정성이 헛되지 않으리라'고 웃으면서 사라졌다. 그 달부터 태기가 있어 열 달 만에 떡두꺼비 같은 아들을 낳았다. 그 감격과 기쁨은 온 가족의 행복으로 이어졌다. 이 여신도가 생각하니 그 노보살이 바로 관세음보살이라 확신하고 비래사 법당·산신각, 사자암 석굴에 가서 감사 기도를 드렸다. 그리고 그 여신도는 계속하여 예불하고 우물의 달을 떠다 먹고 떡두꺼비 같은 아들 둘을 더 낳았다. 그리하여 그 삼형제 집안이 번창하였다고 한다.(이덕례)

(3) 역대 승려와 관련된 영험담

비래사에 주석했거나 긴밀한 관계로 왕래한 역대 승려들이 그 도력에 따라 많은 영험담을 남겼을 것은 당연한 일이다. 그것이 비록 기록되거나 구전되지 않는다 하더라도 그 영험·법담이 이룩되어 사라진 그 사실 자체는 결코 부인할 수 없기 때문이다. 그러기에 전술한 바 이 사찰에 결부된 승려의 법맥을 인정하는 한, 그 영험·법담이 형성·유전된 무형의 계맥을 탐색해 볼 수도 있겠다. 일찍이 『삼국유사』에는 그 많은 고승·대덕의 영험·법담이 일부나마 기록되어 있거니와, 그 중 「남백월이성」의 성불담이 이 비래사 도승의 영험·법담과 결부되어 있었음을 주목해야 한다. 이 비래사 승려들의 영험·법담은 안타깝게도 문헌·구전을 통하여 남아 있는 게 거의 없다. 다만 고금을 통하여 두어 가지가 전할 뿐이다.

먼저 고려대의 고승으로 비래사에 미륵전이 건립되어 미륵신앙을 선양할 때, 이와 직결되어 회덕현의 미륵원에 깊이 간여했으리라는 정심에 관한 영험담이 있어 중시된다. 적어도 고려 말기에 회덕현 미륵원은 황 씨 일가의 적덕·보시로 운영되었지만, 그것이 불원의 성격을 갖추었기에 불교적으로 주관하는 주승이 주석할 수밖에 없었다. 그러기에 이 비래사와 관련되어 고승 정심이 그곳에 머물러 불법을 폈을 가능성이 크다. 그 무렵 미륵원이 비좁고 불편하여 황 씨 일가에서 그 곁에 남루 하나를 더 짓게 되었다. 그 남루의 건립 작업에 그 정심이 직접 가담하여 주관했던 것은 분명한 사실이다. 그 남루가 완성되자 이제는 샘물이 없어 마음을 밝히지 못하여 모두 적정해 마지않았다. 그때 고승 정심이 도력으로 수맥을 찾으라는 중의가 일어났다. 이에 정심은 허심탄회하게 그 요청을 받아들이고 하루 말미를 얻어 미륵불전에 기도하여 몽중에 그 이인 성자의 계시를 받았다. 이튿날 정심이 현장에 나가 샘물이 나올 지점을 가르치니, 모두들 반신반의하였다. 그만한 샘물이 나올 만한 땅이 아니었다. 찬반양론

이 분분한 가운데 그 정심은 눈을 지그시 감고 회심의 미소를 짓고 있었다. 그 정심의 도력을 믿는 황 씨 주인이 인부에게 명하여 그곳을 파 보니 얼마 되지 않아 맑은 물이 콸콸 솟아 나왔다. 모두 놀라고 기뻐하면서 정심의 신통력을 찬탄하였다. 그 후로 이 샘을 이용하여 미륵원에 머물고 가는 사람들은 모두 정심의 도력·권능을 길이 경모하게 되었다.(이색, 회덕현미륵원남루기, 대전시지 제4권, p.173)

다음 최근 비래사의 초대 주지로 부임한 한 승려에 얽힌 영험담이 전하여 흥미롭다. 그 주지는 부임 이래 12년간이나 주석하면서 이 절을 보수·보전하기 위하여 부단히 노력하였고 신도들을 모아 불공·기도와 각종 재례를 봉행하며 홍법·교화에 최선을 다하였다. 그 주지는 착하고 순진한데다 절실한 수행정진을 통하여 남모르는 법력과 자비행을 구비·실천하여 왔다. 그동안에 이 비래사를 그만큼 가꾸고 발전시켜 겨우 사격을 높이고 사세를 넓히려는 마당에, 6교구 본사의 방침으로 그 주지를 바꾸게 되었다. 그 임기도 되었거니와 더 버틸 재주가 없었지만, 금방 떠날 처지가 아니었다. 정말 아무런 준비도 없는 빈손인데다 다른 사찰로 전근되는 형편이 아니었기 때문이다. 너무도 답답하고 난감하여 대웅전과 산신각에 밤새워 기도하였다. 그 주지는 부처님과 산신님께 10여 년 간 조석으로 시봉한 보답이 바로 이것이냐고 따지는 심정으로 호소하며 부디 앞길을 지시해 달라고 간절히 발원하였다. 그날 밤 꿈에 부처님이 나타나 미소만 짓고 가시더니, 이어 산신이 들어와 머리에 손을 얹고 '그동안 고마웠다. 너는 내일 윤 씨 성을 가진 거사를 만나 도움을 청하고 송촌지역 이러이러한 남향 길지에 절을 세우면 크게 번창하리라'고 계시하였다. 그 주지는 꿈이 하도 생생하여 부처님과 산신님께 감사의 절을 하고 즉시 법연 있는 종친 윤거사를 찾아가 사정을 이야기하고 도움을 청하니 즉시 응낙하였다. 그 송촌지역의 남향 길지를 넓게 구입하여 절을 세우고 대웅전과 산신각이 뚜렷하니, 많은 시도들이 호응하여 짧은 기간에 사격을 갖추고 사세를 넓혀 나갔다. 이처럼 산신의 계시가 그대로 현실화되니, 그 주지는 물론 이 사실을 아는 모든 신도들이 감격하여 마지않았다.(이덕례)

3) 비래사 문물의 문학적 표현

(1) 시가문학의 형성·전개

먼저 위 불상들을 바탕으로 불교가요가 형성·유통되었으리라 추정된다. 이 불상들은 불교미술품이기에 앞서, 불교계로서는 예경의 대상이다. 따라서 승려·신중들은 정기 내지 수시로 거기에 재례를 올리고 법회를 열었던 것이다. 그때는 반드시 예불·찬탄의 시가가 어떤 형태로든지 가창되기 마련이다. 이런 점에서 당시의 승단이나 신불대중들이 이런 불상들, 석가삼존이나 미타삼존 등을 예경·찬탄하며 견성성불이나 극락왕생을 희원하는 각종 재의·법회에서, 그에 상응하는 게송, 불교계 가요가 그 악공에 의하여 가창되었을 것은 너무도 당연한 일이다. 더구나 불상들을 대상으로 선인들의 극락왕생을 기원하는 추천재의가 되풀이되어 베풀어진 것이 사실일진대, 거기에 적합한 염불가송이나 기원가요가 필수되었을 것은 물론이다. 지금은 백제시대의 정토계 가요가 유실되었지만, 현존하는 신라시대나 고려시대의 불교계 가요에 상응하는 그 시가작품들이 형성·행세했으리라고 추정할 수가 있다.

이밖에도 비래사 자연환경의 아름다움과 명당적 지형을 찬탄한 시, 민요성 가요, 각개 전각이나 불상 등을 찬미한 시, 이곳에 머물거나 순례하면서 그 감회를 적은 승·속간의 시, 각개 전각에 새겨 붙인 주련 시, 이 사찰에도 유통된 경전·불서 중의 시, 각종 공양과 재의에 활용된 많은 기도문·염불문 중의 시, 비래사에 주석한 고승들의 시 등이 한시 중심으로 시가장르를 유지하며 시가사를 이끌어 왔다.

여기 비래사와 관련되어 특기할 것은 전술한 옥류각의 제영, 한시들이다. 그다지 유명한 옥류각에 머물거나 왕래한 시인·묵객이나 명사들이 비래사와 이 전각에 대하여 명품 한시를 지어 걸었기 때문이다. 기실 이 옥류각이 비래사의 일환이기에 이 제영을 비래사의 시가로 취급하는 것은 당연하다. 그리고 이 제영의 제작과정이나 분위기는 물론 그 내용에 있어서도 유·불소통의 융합적 경향을 보이기에 주목되는 바가 있다. 여기 한시로는 김창흡을 비롯하여 송래희·송종호·송규렴·송준길·안동김씨·송종렴 등이 각 1수씩, 송문필이 5수 모두 12수를 헤아린다. 우선 이들 한시의 작자에 대한 간단한 소개와 함께 그 작품을 열거한 원전을 예시하겠다.[28]

金昌翕(號 三淵 肅宗詩人 官 贈吏判)

石擁藏書閣 松扶歎逝臺 斯文一丘壑 古道半苺苔 夜氣生雲雪 泉聲應地雷 懷哉春服會 遲暮我東方

宋來熙(號 錦谷 憲宗詩人 官 工曹判書)

木石依然數架成 空庭人去欲塵生 映階碧草合新態 喧閣長流聽舊聲 洞鎖輕陰巖樹靜 岡分遠勢野雲明 抽毫試賦還多感 繞壁題詩摠大名

宋鐘五(號 漢蒼 高宗詩人 官 承旨)

春來佳興與人同 況是名區溜閣東 幽逕初開新草嫩 昏眸更拭小桃紅 坐歎詩料無酬處 遙點風光不落空 此會固知多後日 老年忽覺水聲中

宋奎濂(號 霽月堂 肅宗詩人 官 判書)

臨流小閣喜初成 底事憑欄恨易生 依舊碧峰千丈色 祇今淸瀑一泉聲 高臺尙有陳蹟在 古壁空留寶藻明 膽炙儒林玉溜句 合將遺睡揭新名

宋浚吉(號 同春 顯宗詩人 官 左參贊)

良友隨緣至 扶節共上臺 層岩飛玉溜 積雨洗蒼苔 軟語情如漆 高吟氣若雷 天行元有復 七日更朋來

安東金氏(肅宗詩人 宋堯和妻郡守 金盛達 女)

舊聞溪閣自先成 此日登臨感復生 疎竹葱籠依舊色 淺流幽咽作愁聲 千年往跡山猶綠 一代淸遊月獨明 惆悵祇今追不及 室留誠意拜尊名

28 『대전시사』 제4권, pp.219-220.

宋文弼(號 東士 肅宗詩人)

– 萬疊空山裏 蕭蕭落木秋 青天一片月 人與共登樓

– 飄忽光陰去不禁 九秋霜葉滿山深 此中無與論心者 時向高臺獨自吟

水色山老映客衣 夕陽歸杖下岩苔 不知後會在何處 半月臺邊菊正開

– 醉揷巷花臥石臺 宿雲飛晝洞門開 天山落木西風急 都送秋聲入枕木

– 綠樹陰濃洞壑幽 水軒風動爽始秋 醉客滿坐呼玉溜 不知山外夕陽水

– 落石淸泉帶玉琴 綠陰深處亂蟬吟 披襟獨臥松窓下 一枕淸風値萬金

宋鐘濂(號 草庭 高宗詩人 官 右侍直)

耆臘留人旁雨天 山門靜宿日如年 空桑三宿生恩愛 苦海千塵冷業緣 簷蒀花開春已過 頻伽鳥歇世相牽 樓鐘似覺心頭淨 雅欲逃禪入自然

이 시들은 대체로 옥류각 내지 비래사의 자연경관이 빼어나고 이 누각의 단아함을 읊고, 시우·지기들이 여기에 모여 유유자적하는 '소요자재'와 '초연물외'의 높은 경지를 유·불의 조화로까지 승화시키고 있다. 이런 중에 송종렴의 시는 실로 비래사의 정적한 산문을 통하여 삼세 숙연의 은애를 되새기고 고해천진의 업연을 초탈하여 청정한 경지를 깨달으니, 선경을 넘어서 자연으로 들어가는 멋진 선시라 하겠다.

(2) 수필문학의 제작·유통

이러한 바탕 위에서 비래사에서는 여러 갈래의 수필들이 제작·유통되었던 것이다. 먼저 이 비래사에서는 백제시대의 호국원찰로 행세하거나 신라시대의 사찰로 활동할 때에, 역대 왕들이나 조정의 교령을 받고 또한 그에 상응하는 상소문으로써 주의를 제작해 냈을 가능성이 충분한 터다. 그리고 불법이나 경전 등에 대하여 이 사찰의 학승들이 논석을 붙이거나 의견을 개진하는 논소들이 제작되어 왔을 것이다. 또한 이 사찰에서 큰 재의나 법회, 경찬회 등을 거행할 때는 문승이나 문사가 소문을 지어 불전에 고유하였으니, 그게 바로 주의성 논설이 되었던 터다. 나아가 이 비래사의 많은 불경·불서를 간행하였다면, 그 서책에는 서문과 발문이 붙게 마련이었다. 이러한 서발에는 이 사찰에서 불사를 시작할 때 쓰이는 모연·권선문까지 포함되어 왔다.

한편 이 비래사에서는 고승이나 거사의 생애·행적을 기리는 전장이 있었다. 이것은 역대 고승전과 거사전 등으로 유명하였다. 그 이외에도 여기에 머물던 모든 승려나 거사들은 구비든 기록이든 다 행장이 따르게 마련이었다. 그리고 이 승려 중에 전계한 바 탁이한 고승들의 행장은 그 비문에 새겨 기리는 문장으로 빛났던 터다. 또한 이 비래사의 고승들이 입적하였을 때, 그 장례식에는 추도문이 반드시 따르고, 기재 때에도 천도재의와 함께 재의문이 필수되었던 것이다. 지금은 역대의 그 애제문이 실전되어 있지만, 근·현대 고승의 장례·재례에서 그 애제문의 실제를 확인할 수가 있는 터다. 이렇게 누적된 애제문이 수필의 전형적 작품으로서 비래사 문학의 전통 속에 살아 있었던 것이다.

이어 이 비래사에 머무는 승려나 거사들이 불교적 편지를 승속 간에 써서 교환했다면, 그 서간이 바로 수필장르의 하나였다. 비래사의 역대 고승들이 여러 동기와 내용으로 서간을 교환했던 것은 당연한 일이고, 그것이 현전하지 않는 것도 부득이한 일이다. 그리고 승려나 문사가 비래사에 머물면서 사찰과 자연, 사찰과 신앙, 사찰과 문학 등을 체험하면서 매일같이 일기를 써 낼 수 있었던 것이다. 이른바 '산중일기'·'산사일기' 등이 바로 그것으로 수필의 한 장르를 이루어 왔다. 지금 비래사나 그 주변에서 이런 일기의 흔적을 찾을 수는 없지만, 이 사찰의 현장에서 역대 승려·거사의 일기가 수필장르의 한 줄기를 이루어 왔던 것은 부인할 수가 없다. 그리고 승·속 간에 이 비래사나 산내 암자들을 순례·구경하거나 유숙·체험할 때, 거기에서 기행이 나올 수밖에 없었다. 이 기행은 수필의 중요한 장르로 행세하였지만, 비래사의 기행문으로 남아 있는 것은 찾기가 어렵다.

다행히도 이 비래사에는 2편의 주옥같은 산문이 현전하여 주목된다. 전계한 바 송시열의 「飛來庵故事記」와 송상기의 「飛來庵水閣上樑文」이 바로 그것이다.

먼저 우암의 작품은 이 비래사를 중창한 뒤 동춘당이 쓴 위 벽서경계문을 두고 의미를 되새기며, 지난날 여기서 열린 동중노소 명인들의 성대한 모임이 저 난정지회보다 문아함에서 더 낫다고 회상한 내용이다. 우선 그 본문을 들어 보겠다. 승정 갑인년(1674) 5월에 지었다.

崇禎丁亥 洞中諸宗令緝徒學祖重創此齋 旣成 同春宋公書此于紙 宋公曾書來遊諸秀才愼勿壁書以汚新齋十三字 揭之于壁 而以警諸生矣 後二十六年 公就世 諸生宋有濟炳憲等懼而亂未 遂補其缺畫而繡諸梓 噫追慕之心至矣 愚略記其事 仍推其說曰 宋之前輩有云 壞筆汚墨 癏子弟職書 凡書硯自 黷其面 朱子引此爲戒 而仍有窓壁几案 不可書字之訓 今諸生追慕公如此則 雖尋常言語 猶不可護 況其出於朱子者耶 記昔 戊子年中 市南兪公自京移疾而來過之 洞中老少大會于此 殆四十餘人 (中略) 同春曰 此盛會也 不可以不記 卽使黃生世楨列書姓名于壁間而愚誦六一公所謂其視蘭亭之會 荒淫不及 而文雅過之之語矣 其後惑有會時 而皆不如當日之盛也 俛仰之間 右十數人者與市南幾盡爲古人 吾與同春公落落如晨星 今同春又遽先我 而壁間題名又皆殘滅 惟獨有此一紙焉 亦足令人感慨者也 當時之會 可爲此齋之一故事 而復有同春稱賞之語 故幷及之後之來遊者 幷記文雅荒淫之語 而爲鑑戒可也

기실 우암과 같은 거유 석학·고관이 비래암과 관련하여 이런 명문을 지은 것은 참으로 놀랍고 값진 일이다. 전술한 대로 이런 산문작품이 판각되어 걸렸었고 현전하니, 이 비래사의 산문으로서 보옥과 같은 것이다. 이 작품은 적어도 수필계의 기행적 기문에 속하리라고 본다.

다음 옥오재의 작품은 비래암의 수각, 옥류각 중창에 바친 상량문으로서, 이 수각과 비래사의 자연경관이 수승함을 찬탄하고 고승·명인 등이 머물 만한 승지·명당임을 사실적으로 설파하며, 이 수각의 건조과정과 그 위용을 들어 차후 그 기거·활용의 전망까지 아름답고 경건하게 묘파한 내용이다. 우선 그 본문의 중요 부분을 예시하겠다. 숙종 19년(1693) 3월에 썼다.

盖聞招提勝境 擧在雲水之間 兜率諸天莫非蕅蘺之外 雖釋流遁俗之所亦游人探勝之場 況復讓水廉泉 卽近仁里之物色 神丘福地 曾經嘉客之逍遙 如欲遺躅之長存 可無別構之新創 惟我飛來一洞 卽時(缺)述名區 雞山北迤疊千堆之翠錦 鷹嶺西峙 聳一朶之靑蓮 丹崖翠壁之崢嶸 蔽虧日月 碧流瓊澤之環轉 呑吐雲煙 飛錫何待於高僧丈室 遂開於居士 相度經始盖出長老先生 護視勤渠更有學祖和尙 雲窓負笈 不但講誦之所 於月臺披襟抑 亦游賞之爲最 從知特地之奇勝 亶由大賢之發揮盧阜寒溪 溯百代之流波 武夷仙洞傳九曲之詩篇 沂水春衣直追天仞之氣像 齋廚晩飯時 觀三代之威儀 第緣水閣之欠營 每恨溪山之少色 天成地造 方謨八窓之開 棟折榱摧 奄失千間之庇 高樓十二弟子之悲 無窮大界三千衆生之願 轉切淸泉白石 想雅情之在 玆霽月春風懷德音 而如昨顧遺意所未逞者 在今日其敢忽諸董役裒財 各出有司之任 治材伐石 亦屬都料之工 瞻星斗相陰陽 定左右面背之勢 鶩溪澗登崖岸 度高下廣狹之宜 空門趨事之如雲龍象效力傑構告完 於不日燕雀賀成區畫 雖在於肇新意旨 實出於遵舊堭 其內軒其外 取四時之俱 便山之高 水之淸 要一覽 而皆盡紺園瀟洒 隔紅塵 奚啻千重翠 薈蔚飛去 靑天不盈 一尺淸流 映帶光凝山客之樽 飛瀑嘹嚦響雜林 僧之磬居 然眼前之突兀 宛爾壺裏之風光 滿堅松濤杏壇 琴瑟之餘韻 緣溪石路 蘆峰杖屨之遺蹤 山川不殊仁智之樂 誰繼風月無盡 吟弄之趣 追香山石樓 惟知放浪之是尙淨界蓮社 豈有文物之可稱 玆實前代之罕聞 奚止一方之盛事 徘徊昕夕 孰無景行之思 俯仰古今 還有曠世之感 屬當修梁之擧 敢闕善頌之陳 聊賦一言贊

六偉 (후략)

실로 옥오재처럼 우뚝한 학자·고관이며 빼어난 문장가가 비암사 수각을 위해 이러한 명문을 지었다는 것은 희유한 일이다. 이 비래사와 옥류각의 자연 경관과 그 자체의 위용을 그림 그리듯이 묘사하고 그 위상과 활용의 실제와 전망을 기도하듯이 제시하고 있다. 더구나 그 문맥에 불교적 명색·정의가 융화되어 불교산문으로서 백미를 이룬다고 하겠다. 그 수필계의 기행적 제문에 속하여 보옥 같은 명품이다.

(3) 서사문학·소설형태의 형성·유지

여기서 위 비래사의 불교신행과 관련되어 『법화경』이나 『미륵경』·『아미타경』 등의 내용과 결부시킬 때, 그 중에서 장엄한 서사문학·소설형대를 판독·재구해 낼 수가 있다. 그 중에서도 이 『법화경』과 아미타경류 중의 『관무량수경』은 그 전체가 최상의 서사문학·소설형태로 규정될 수 있거니와, 이를 집약하여 창조적으로 조성해 낸 불교적 이상계에서 다시 독자적인 서사문학·소설형태를 탐색해 내는 것은 얼마든지 가능한 일이다. 실제로 이 비래사에서 빈번하게 진행된 추천 재의에서 그 영가들의 왕생극락을 발원·찬탄할 때, 그 법회의 법화나 여담으로 우선 『관무량수경』의 이야기와 그 유화가 대두·유통되었을 것은 물론이다. 그래서 그 선망자들의 저명한 행적이 설화되면서 재의의 영험담이 결부되어, 그 개개인에 관한 신화·전설적 전기로서 서사문학·소설형태가 재창조되었을 가능성은 충분한 터다. 자고로 이만한 재의에서는 그 영험을 실증하고 포교을 위하여 그에 상응하는 영험담이 법석의 실화로 설화된 사례는 얼마든지 있었다. 그리고 선망조상의 명복을 비는 발원자들을 안심시키고 위로하기 위하여 재의 행사나 뒤풀이에서 재미있고 신기한 왕생담을 이야기하는 게 상례였던 것이다.

그러기에 계속되는 그들의 추천재의에서 각기 불경적 신화와 그 전기적 설화가 형성·유통되었으리라 보아진다. 그리하여 이러한 영험적 왕생담이 개인적 왕생전으로 정착되어 서사문학·소설형태를 취하게 되었으리라 추정된다[29]

이러한 바탕 위에서 비래사와 결부되거나 여기서 전통적으로 유전되던 서사문학·소설형태들은 상당한 질량을 유지하면서 유형별로 전개되었으리라 추정된다. 먼저 설화소설은 비래사의 자연환경과 그 문물에 얽힌 전설적 서사문학이 주축을 이룰 수밖에 없었다. 이 비래사의 창건설화나 그 전각이나 불보살상·신중상이나 석탑·부도·비석 그리고 승려나 신도의 기도에 따른 영험담들이 부연·변모되어 효과적으로 재창작되고 설화소설로 정립되었을 것이다.

다음 이 비래사에서는 기전소설이 형성·유전되었던 것이다. 이 사찰의 창건 이래 역대의 고승·대덕이나 신승·이승들의 행적이 오랜 세월에 걸쳐 변모·부연되어 기전소설로 정립될 수가 있고, 유명한 거사나 대시주 등의 탁이한 공적이 점차 허구적으로 구전되어 마침내 기전소설로 형성·전개될 수도 있었던 것이다.

또한 비래사에서는 그 불상을 통한 화생 즉 왕생극락의 법담이나 『법화경』·『관음경』이나 『아미타경』·『관무량수경』등의 영험적 법화들이 승려나 거사들에 의하여 전기소설 즉 본격적인 소설로서 형성·유전되었을 것이다. 실제로 위 『관음경』을 통하여 관세음보살의 응신과 신통자재한 변신이 감동적인 신이 서사로서 관음계 소설로 형성·전개될 수가 있었던 것이다.[30]

이런 점에서 이 비래사에 결부되었다는 「남백월이성」에서 두 성인을 성불시킨 관세음보살의 신화는 족히 설화소설 내지 전기소설 형태를 갖춘 '관음소설'

---

29 화엄사판, 『권념요록』 및 『아미타경』, 『왕생전』, 보련각 1987 등 참조.
30 이 『관음경』을 중심으로 한·중간에 영험담이 풍성하여 소설·희곡으로 형성·전개된 작품들이 허다하다. 한국에 관음소설이 있고 중국에도 『觀世音全傳』(소설, 신문풍출판사)이 있다. 인권환, 「관음설화의 소설적 전개」, 『성곡논총』 26집, 성곡문화재단, 1995, pp.1107-1110 참조

이라 하여 무방할 것이다. 그 주제·내용과 이야기 줄거리가 위에서 간략히 소개되었거니와, 그 배경·무대설정과 등장인물의 성격·행동, 그들이 엮어가는 극적인 사건진행, 대화중심의 생동하는 문체·표현 등으로 미루어 이는 고금을 통한 수작이라 하겠다. 실로 그 극적인 상황·실정을 고려한다면, 그것은 희곡적 소설 작품이라고 할 만한 터다.[31] 이러한 설화·신화적 전승이 비래사에 결부되었다는 전제 아래, 이 사찰에서도 그만한 불교소설이 형성·전개될 수 있었기 때문이다.

　나아가 불전계 팔상경이 '대석가전'으로 전개되어 장편소설의 면모를 보이게 되었고, 그것의 독자적인 부분들이 중편·단편으로 분화·행세하는 경향까지 드러내게 되었던 터다[32] 이러한 소설적 작품군은 이른바 '팔상명행록'으로 유전되다가 한글 실용 후에 국문소설로 발전·정립되었던 것이다.[33]

(4) 극본·희곡의 성립

　위 비래사의 신행과정에서 연극적 상황·분위기와 『법화경』·『관무량수경』 등에 나타나는 극적 장면을 결부시킬 때, 거기에서 감동적 연극을 유추·관람할 수 있고, 따라서 그것을 주동·통어한 극본·희곡을 추출해 낼 수가 있다. 실제로 이『법화경』·『관무량수경』 등의 전체구조는 드대로가 웅편의 극본·희곡이 아닐 수 없다. 『법화경』에 나오는 극적인 비유담은 물론, 특히 『관무량수경』에 나타나는 바 빈바사라왕과 위제희부인이 그 아들 아사세에게 당하는 핍박과정은 시대를 초월하는 일대 비극이다. 비극의 왕비 위제희가 죽음의 고해를 초탈하여 극락을 달관코자 철천의 서원을 세우고 그 부처님의 권능과 자수·정진으로 정토세계 십육관을 체달하는 열반과정은 장엄한 희비극이라 하겠다. 이처럼 그 전

---

31 사재동, 「남백월이성에 대한 문학적 고찰」, 『한국고설의 실상과 전개』, 중앙인문사, 2006, pp.172-273.

32 박광수, 『팔상명행록의 계통과 문학적 실상』, 충남대학교 대학원, 1997, pp.231-233.

33 사재동, 「국문불서의 문학적 연구」, 『한국고전소설의 실상과 전개』, pp.149-150.

편은 완벽한 희비극으로 빈틈없이 조성되어 있는 게 사실이다. 따라서 이 『법화경』·『관무량수경』의 세계는 실제적인 유통의 현장에서 어떤 형태로든지 극화·실연되어 그 극본을 형성시켰을 가능성이 충분한 것이다.

기실 이 불상들을 바탕으로 아미타계의 각종 법회·재의·행사 등이 벌어졌을 때, 거기에 『관무량수경』의 세계를 가장 실감 있고 효율적으로 표출하기 위해서 연극적 방편을 활용했을 것은 당연한 일이라 하겠다.[34] 승려·거사 등의 주동으로 그 세계를 시가나 가요로 가창했을 가능성이 짙다. 잘 알려진 사찰의 주악도는 경전 속의 기악과 관련하여 각종 가창의 연극적 상황을 증명하고 있기 때문이다. 그 세계의 연극적 바탕 위에서 가창된 그것은 곧 가창극과 그 극본의 실태를 보이고 있는 터라 하겠다. 나아가 이러한 가창극은 그 효과를 극대화하고 입체화하기 위해 춤사위를 더하게 마련이었다. 이처럼 가창극이 가무극으로 전개되는 것은 그 형태적 상관성에 따른 자연스러운 형상이라 보아진다. 위와 같은 분위기도 그렇거니와, 가창의 법열이 '대환희'[35]로 이어져 무용과 합세함으로써 가무극의 양상과 그 극본의 실상을 보일 수밖에 없었기 때문이다.

한편 이들 불상과 관련하여 『관무량수경』을 강설했다면, 그것은 그 효율성을 높이기 위하여 속강식으로 강창되었으리라 추정된다. 잘 알려진 대로 대중포교에서 최선의 방편이 속강일진대, 그 경문을 재미있고 쉽게 연설하면서 감명 깊은 곳곳에 가창을 끼워 넣는 강창양식을 취하게 되었던 것이다. 이것은 한 사람의 속강승, 강창사가 1인 연극의 형태로 전담·실연하는 강창극과 그 극본으로 전개될 수밖에 없었다. 이것은 고금을 통하여 한·중 불교계에서 널리 통용되어 온 보편적인 포교연예로서 연극과 극본의 전통을 이어 왔다.[36] 어쨌든 이 관무량수경류와 그 토착적 서사물은 강창극을 통하여 가장 왕성하게 유통되었으리

---

34 사재동, 「불교연극연구서설」, 『한국공연예술의 희곡적 전개』, 중앙인문사, p.195.
35 『관무량수경』의 말미에 '聞佛所說 皆大歡喜'라 하였다.
36 사재동, 「불교계 서사문학의 연구」, 『한국고전소설의 실상과 전개』, pp.78-80.

라 보아진다. 이 강창극이 그 극본과 함께 가장 용이하고 경제적인 포교문예인데다 위 불상·불화들이 변상적 역할을 족히 해냈으리라고 전제되기 때문이다.

이러한 강창극이 그 연행조건과 요청에 따라 1인 1역으로 전문화·입체화되면 곧 대화극과 그 극본으로 전개되기 마련이었다. 자고로 인도·중국·한국 등 불교국에서는 불보살 내지 고승대덕의 탑비·성상 앞에서 정기적으로 그 성적·권능을 기리는 집단적 연극 즉 대화극이 벌여졌거니와, 여기서도 그 불상과 영가를 기리는 연극이 대화극과 그 극본으로 전개되었을 가능성이 농후한 게 사실이다.

따라서 이 비래사에서도 일찍부터 이 사찰과 결부된 신화·전설, 영험담 등 극적인 서사문학·소설형태를 저본으로 하여 그 시대 상황에 상응하는 극본·희곡을 만들어 공연했을 가능성이 얼마든지 있다. 가량 「남백월이성」같은 서사문학·소설형태를 수용하여 그 저본으로 가창극본·가무극본·강창극본·대화극본 등을 족히 제작해 낼 수가 있었기 때문이다.

4) 비래사 문물의 연극적 공연

(1) 불교공연의 전제

이 비래사의 불교음악·무용·연극 등 연행예술에 대해서다. 원래 이들 연행예술은 셋이면서 하나요, 하나이면서 셋이다. 부득이 세 장르로 분화·발전하여 왔지만, 실제로 연행될 때는 결코 독단적으로 진행될 수가 없고, 언제나 상호 협연의 관계로써 정립될 수밖에 없기 때문이다. 기실 이 불교음악이 연주될 때는 벌써 연극적 연행형태를 띠고 곧바로 무용의 협연을 필수로 하는 법이다. 그리고 불교무용이 연행될 때는 벌써 연극적 양식을 취하고 음악의 협연을 받아야만 되는 것이다. 나아가 불교연극이 연출될 때는 음악과 무용의 협연을 전제로 하여 공연될 수밖에 없는 터다. 일반적으로 고금의 사찰에서는 실제로 음악·무용·연극이 연행되어 왔지만, 그것이 무형문화재인데다가 사찰당국에서 그 연행의 악보·무보·극본 등을 근거 있게 정착·보존하지 않았기에 항상 애매·공허한 실정이었다. 기실 비래사도 그 도량 내외에서 연행한 불교공연의 상태가 이 범주를 벗어날 수가 없었다.

(2) 불교음악의 여운

이 비래사의 불교음악은 내부와 형태 상호 간에 그 전통을 함께 하여 왔다. 처음부터 그 기도음악·신앙음악 등이 필수·성행하여 왔기 때문이다.[37] 계족산의 여명, 비래사의 새벽 3시부터 종성·사물의 소리와 도량석 목탁소리, 승려의 염불소리와 법당 안의 쇠북소리, 목탁·요령소리와 합동예불소리 등이 장엄한 음악을 이루었다. 이것이야 전국 사찰의 공통음악이라 하겠지만, 각개 사찰마다 가풍이 있으니 비래사의 그것이 독특할 수밖에 없었다. 그 이후 승·속간의 염불소리·기도소리·독경소리 등이 끊이지 않고, 이 사찰의 일반적 음악으로 전개되었던 것이다. 그리고는 유사시에 각종 재의, 추천재의나 경축재의 등에서 전문음악으로 범패·화청이 이루어졌던 것이다.[38] 이런 전문음악인은 비래사에 상주하는 승려일 수도 있지만, 그 전문음악에는 역시 전문음악승, 범패승이나 화청승이 별도로 있어, 각개 사찰의 행사에 따라 초빙·연행하는 경우가 많았다.[39]

(3) 불교무용의 춤사위

이 비래사의 불교무용은 그 음악과 운명을 같이 한 게 사실이다. 원래 이 무용은 그 음악과 짝을 이루어 하나로 연행되었기 때문이다. 실제로 불교음악 중의 범패·화청에는 무용이 따르게 마련이었다. 여기서 무용을 중심으로 본다면, 그 중의 작법무에는 범패가 따랐던 것이다. 이 작법무의 나비춤과 바라춤·법고

---

37 한만영, 「불교음악개설」, 『불교음악연구』, 서울대학교 출판부, pp.1-3.
38 박범훈, 「불교음악의 한국적 전개」, 『한국불교음악사 연구』, 장경각, 2000, pp. 318-319.
39 한만영, 「화청과 고사염불」, 앞의 책, pp.110-111.

춤·타주춤에는 그에 해당되는 범패가 조화·협연되는 게 당연한 일이었다.[40] 이러한 무용은 위와 같은 경찬회에서 뿐만 아니라, 추천재의에서도 연행되었던 게 분명하다. 기실 이 무용은 가무형태를 취하였는데, 그것은 애사·경사 간에 이 사찰에서 벌이는 영산재에서 본격적으로 연행되었던 것이다.[41] 나아가 이 비래사에서는 고금을 통하여 이러한 영산재가 끝나고 뒤풀이로서 연희가 베풀어질 때에, 조금은 대중화된 가무로써 승속이 즐기고 승화되었던 터다.

(4) 불교연극의 공연

이어 비래사의 불교연극은 위 불교음악·무용 등을 통합하고 극화·연합하여 종합예술로 연행되었다. 원래 제의는 제의극으로 전개되어 왔거니와, 이 비래사에서 행하여진 각종 재의에 따른 다양한 의식·영산재 등이 일단 연극형태로 행세하였던 터다.[42] 실제적인 연극의 관점에서라면, 위 불교음악은 불교적 의미의 가사로 가창될 때, 이미 가창극 형태를 취하게 되었다. 그리고 위 무용 즉 가무는 바로 가무극 양식으로 규정될 수가 있었다. 그리고 화청을 중심으로 간간히 산문적 법화를 곁들이면, 강창극 형태가 성립되었던 터다. 더구나 불교의 명절에 축제적 분위기 아래서 법문을 쉽고 재미있게 연설할 때, 극적인 서사문맥을 강설과 가창으로 연행하면, 그것이 판소리와 같은 강창극이 되었던 것이다. 여기서 이 비래사의 특별한 연희에 당대의 연예승이나 기생·광대를 초청하여 대중적 불교극을 입체적이고 전문적으로 공연하면 그대로가 대화극으로 성립되는 것이었다. 나아가 이 사찰 재의·행사의 뒤풀이에서 승속 간에 즐기고 승화되면서 여러 연극적 요소를 뒤섞어 공연하면, 재미있는 잡합극이 되었던 게 사실

40 법현,「불교의식 및 무용구성」,『불교무용』, 운주사, 2002, pp.31-37.
41 법현,『영산재 연구』, 운주사, 2001, pp.159-160.
42 史在東,「佛敎齋儀의 戲曲的 展開」,『한국희곡문학사의 연구』 Ⅳ, 중앙인문사, 2000, pp.331-334.

이다. 이러한 연극장르들이 비래사에 뿌리박은 독특한 종합예술이라는 문헌적 증거는 없다. 그러나 고금 사찰의 각종 불사와 그 경찬 축제에서 그만한 연극이 공연되었다는 것은 상식·관례에 속하는 터라 하겠다.

5) 비래사의 문화적 전승

(1) 불교언어와 실용

이 비래사의 불교언어와 실용에 대해서다. 우선 비래사의 언어가 오랜 세월 널리 형성·유통되었음을 파악할 수가 있다. 보편적으로 말하면 이것은 불교언어라 하겠지만, 그것이 비래사에 토착화되거나 특성화되어 있다는 게 중시된다. 기실 비래사의 자연환경이나 지리적 요건에 불교언어가 결부될 수 있다. 비래사의 주변이나 산내 암자 근처의 지명이 바로 불교언어라는 것이다. 실제로 비래사 주위에 '비람재'나 '비람절골'·'비럭골(비래동)'·'절고개'·'절골'·'비래암 약수터' 등의 지명이 있으니, 그것이 바로 불교언어의 소중한 일환이라 하겠다. 이어 비래사의 창건 이념과 관련하여 전술한 불교·신앙에 관한 경전적 전문용어는 물론, 그 신앙·의례에 관한 특수용어나 생활용어도 불교언어로 간주할 수 있다. 그리고 비래사 각개 전각의 명칭은 물론 건축 전체 내외의 각 부분에 대한 고유명칭과 그 활용에 따른 특수용어가 존재하고, 단청 문양의 명칭과 용도의 표제어, 각종 불화의 전체와 부분의 명칭 및 용도어, 거기에 등장하는 불보살·신중상, 기타 잡상의 명칭과 역할 용어 등이 불교용어로 중시된다. 이어 비래사의 불상·보살상과 신중상, 석탑·석조기단 등 불교조각의 전체 및 각 부분의 명칭과 용도, 또한 각양각색인 불교공예의 명칭과 활용어들이 소중한 불교언어로 수집·정착되어야 한다.

한편 비래사에서 행해진 역대의 대소 재의가 열릴 때, 각종 장엄과 차비물, 육법공양과 그 용기의 명칭, 재례절차와 여러 용구의 명칭과 활용어, 재례의 실제에 따르는 재문·기도문·발원문의 관용구와 특수어 등이 불교언어로 간주된다.

이 사찰 내에서 승·속간에 벌이는 독경·염불·주력 내지 참선 등에 속하는 전문 용어와 특별용어 등이 보편성과 특수성를 겸유한 불교언어라 하겠다. 나아가 이 사찰의 승려들이 사미·사미니로서 삭발·염의하고 구족계를 받으며 법계에 오르는 의식에 소용되는 각종 전문용어와 특수어, 그 승려들이 강원에 입학하여 졸업할 때까지 겪는 모든 학습용어, 그리고 그들이 선방에 들어가 안거·정진할 때의 일체의 수행용어 등이 모두 소중한 불교언어에 속한다고 본다.

또한 승려들의 가사·장삼과 승복 및 내복의 재료, 제작법에 따르는 일체의 명칭과 용어, 그 옷을 착용·생활할 때의 특수용어, 양말·신발과 모자나 장신구·소도구의 명칭과 용어 등이 불교언어로 취급될 것은 물론이다. 이 사찰에서 불보살 내지 신중에 공양을 올리고 승·속간에 먹는 음식의 재료·요리법·식사방법, 온갖 용기 등의 명칭과 용어, 여기 승려들의 잠자리·침구와 취침·기상에 따르는 일체의 생활용어 등이 소중한 불교용어로 정리·평가될 수가 있다. 특히 승려들의 병환과 의약에 소용되는 갖가지 명칭과 용어, 열반·장례·다비·습골·장골과 재의·기념에 따르는 다양한 명칭과 용어가 빼놓을 수 없는 불교언어라 하겠다. 더욱 특수한 것은 여기 역대 승려만이 사용하는 금기어나 유행어 내지 은어 등이라 하겠다. 이상과 같은 비래사의 불교언어는 보편성과 특수성을 겸유한 값진 문화유산이다.

(2) 불교신앙과 윤리

이 비래사의 불교신앙과 윤리에 관해서다. 먼저 비래사의 승·속 간 신앙활동은 유구한 전통과 법맥을 이어 온 게 분명하다. 여기 승려나 신중들이 고금을 통하여 이 사찰에 주석하고 왕래하면서, 그 많은 성전과 성상들을 숭앙·배례하고 공양하며 기도해 온 믿음의 역사가 너무도 뚜렷하기 때문이다. 이 비래사에서는 승려들만의 기도와 신앙도 있었지만, 그 대세는 신도 대중의 신앙적 요청·갈망에 의하여 유지되었던 것이다. 대체로 신중들이 대소간 소구소망을 불보살께 기원·성취하려고 사찰에 오면, 승려들이 그에 맞추어 기도 의식을 거행함으로써, 신앙의 성과를 내는 것이었다. 이러한 신앙 형태가 오랜 세월 개인적으로나 집단적으로 거행·누적되면서, 이 비래사의 신앙적 문화사는 성립되었던 터다. 이처럼 풍성하고 줄기찬 신앙의 역사는 이 사찰의 불교문화사상에서 가장 중요한 것 중의 하나가 되었던 것이다.

이어 이러한 신앙사의 구체적인 양식은 몇 가지 경향으로 나타났으니, 보편적 차원에서 전술한 바 독경·사경·간경·설경과 염불·주력 그리고 참선 등이 바로 그것이다. 이러한 신앙 양식은 비래사 자체의 가풍과 역대 신도들의 독자적인 성향에 따라 전통적인 토착화현상을 보이게 되었던 터다. 기실 이러한 신앙의 실상과 위상은 고금의 어떤 기록에 의존하기보다는 현행되고 있는 신앙의 실태를 기반으로 유추·소급해 볼 수밖에 없다. 그리하여 고금을 통관하는 비래사의 신앙적 실상과 전통적 위상을 재구·복원할 수가 있기 때문이다.

이에 따라 불교윤리가 원칙적으로 교시되고 실천적으로 수용되었던 것이다. 여기서 비래사의 윤리적 강령과 실제적 세목이 신앙적 윤리로 승·속 간에 뿌리 내리게 되었던 터다. 여기 역대 승려들은 청규·가풍을 따라 율장에 의거한 계율을 엄격히 지키며 수행·정진하여, 실천적 윤리 규범을 신도 대중에게 알리고 가르쳤던 것이다. 그리하여 역대 신도들은 그 교화·영향에 힘입어 자발적으로 신앙적 윤리를 실천하게 되었고, 그것은 재가생활에서도 윤리적 역량으로 전개되었던 것이다. 이 비래사의 승려나 신도들은 그런 계율들에 기반을 두되, 오랜 세월 속에 친숙·원만해진 그 윤리를 체득하여 커다란 흐름을 형성하게 되었던 터다. 나아가 동방 공유의 윤리적 이념이 된 오륜삼강조차도 불교계에서 보편화되어 승·속 간에 실현되고 있었다. 따라서 비래사에서는 충효를 중심으로 오륜 덕목이 승려의 수범과 신도대중의 실천으로 족히 전통을 이루어 왔던 게 사실이다. 그리기에 비래사의 문화사상에서 이런 불교윤리의 실상과 위상은 무형문화로서 그 전통과 기능을 발휘하여 왔던 것이다.

(3) 불교의례와 민속

비래사의 불교의례와 민속에 대해서다. 우선 이 의례는 불교의 실천적 연행으로 공헌하여 왔다. 이 의례야말로 불교에서 가장 발달한 양식과 탁월한 권능으로 불교신앙의 기반·주축이 되어 왔기 때문이다. 이 사찰에서 진행된 모든 불사와 불공은 모두 의례로 시작하여 의례로 끝나는 것이었다. 기실 이 사찰 자체의 조석예불로부터 각종 대소 불사가 일체 의례로 진행되는 것은 물론, 신도 대중이 개인이나 집단으로 요청하는 광범·다양한 불공·기도는 그 자체가 바로 의례였던 것이다. 이렇게 중대한 사찰의 의례는 승속 간에 그것이 불교전체로 인식되고 신앙생활의 총체로 수용·실천됨으로써, 엄연한 전통·계맥을 이루었던 터다. 여기서 보편적이면서 독자적인 비래사의 의례사가 형성·전개되었던 것이다. 그리하여 이 불교의례는 무형문화로서 그 실상과 위상을 확보하였고, 그 전통·관례를 면면히 계승·발전시키게 되었다. 이러한 과정의 구비적 불안성을 극복하여 이 사찰에서는 의례절차·사례를 집성·편찬하여 의례집을 편성할 수도 있었다. 이것은 고금을 통하여 『불교의례집성』이나 『석문의범』 등으로 편간·유통되고 있는 실정이다. 기실 이 의례는 그 자체가 원숙한 연행인데다 그 속에 음악·무용·연극 등을 융합·포괄함으로써, 종합적인 의례극·제의극으로도 행세하였던 터다. 그래서 이 불교의례와 그 의례집은 불교민속으로도 연계되었지만, 불교연극 내지 그 극본·희곡의 면모를 갖추어 더욱 주목되는 것이라 하겠다.

이에 비래사의 불교민속이 제반문물과 직결되어 형성·전개된 양상을 보이고 있다. 실제로 이 민속은 매우 광범하고 다양하게 형성·전개된 것으로 보인다. 여기에는 풍수적 민속, 신앙적 민속, 명리적 민속, 무속적 민속, 의약적 민속, 월령적 민속, 통과의례적 민속 등이 혼효·전승되고 있기 때문이다. 기실 이러한 민속이 이 사찰 자체의 불교적 본령에서 벗어난 것 같지만, 그러나 이것이 비래사의 불교 문물과 결부되고 신도 대중을 중심으로 오랜 세월에 걸쳐 형성·전승되었기에, 이 불교문화의 한 분야로 취급 될 수밖에 없다.

기실 비래사의 도량 전체가 명당에 자리하고 있다는 평판·소문이 고금을 통하여 이어지고 있는 터다. 전술한 대로 그 자연환경과 지리적 요건이 그만큼 완벽하기 때문이다. 이에 따라 승속 간에 이 사찰의 풍수지리적 구비조건을 이러저러하게 논의·전승하는 경향이 생기게 되었다. 이른바 지사들이 전문적 평가는 물론, 승려들의 지견·혜안으로도 그 명당성을 수긍하고 오히려 강조하는 데까지 이르렀다. 이에 호응·추수하여 신도 대중과 일반민중까지 그런 소문에 큰 호기심을 가지고 그 명당성을 신비화하고 어느새 명당전설까지 형성·전개시켰던 것이다. 이에 그 비래사뿐만 아니라 산내 다른 사찰의 터전이나 그 주변의 빼어난 봉우리·골짜기 등에 대해서도 풍수적 관점과 전설 등이 하나의 민속을 이루게 되었다.

이어 신앙적 민속은 오랜 역사 속에서 신도대중을 중심으로 다양하게 형성·전개된 게 사실이다. 기실 비래사에서도 불교신앙이 심화되고 민간에 보편화되면서, 일부 신도나 여러 대중은 본격적인 신앙과 기도보다는 막연하게 사찰에 드나들면서 기복하는 경향을 띠게 되었다. 여기서 절에 가거나 부처·신중에게 절을 많이 하면 큰 복을 받는다는 민간신앙적 성향이 나타나게 되었다. 이것이 바로 불교에 대한 민간신앙, 신앙적 민속으로 자리잡게 된 것이다. 이러한 민속은 이미 고유한 전통신앙에 젖어 있는 신도나 민중이 그런 신앙적 기반을 가지고 이 사찰의 불교신앙과 접합시키는 데서, 그것의 민속화가 적극적으로 진행되었던 터다. 이런 신앙은 법당의 주불보다는 산신각이나 사자암 석굴 등을 중심으로 상당히 유통되었다고 본다. 지금의 삼성각 칠성·산신·독각성이 주재하는 신앙세계는 도선계의 습합과 함께 이미 민속성을 강하게 발휘하고 있었던 터다. 이와 관련하여 이 사찰 내의 회화·조각 등에 나타난 짐승류·조류, 지금 마당가에 서 있는 300년 묵은 상나무 같은 수목류, 화초류 등에 대한 애호와 신앙이 민속과 연관되어[43] 신앙적 민속을 조장하는 경향도 나타났던 것이다.

한편 명리적 민속은 이른바 도승이나 신승들이 혜안을 가지고 신도 대중의 마음을 읽거나 장래를 예견하여 올바르고 안전한 방향을 지시하는 데서 비롯되었던 것이다. 기실 불교가 올바르고 값진 인생의 길을 교시·실천하는 것이라면, 정통적인 명리와 공통되는 부면이 있는 것은 사실이다. 이런 데에서 사찰 내에 이른바 명리학이나 운명론이 잠입되고, 따라서 승속 간에 명리적 민속이 형성·유전되는 사례가 고금을 통하여 적지 않았던 터다. 여기서 불교학에 건실한 바탕을 두고 중생을 제도하는 대중적 방편으로 불교적 명리학이 정립될 수도 있었던 것이다. 다만 유념할 것은 그것이 사리와 미신으로 전락하여 부작용을 일으킬 수도 있다는 점이다. 좌우간 이런 현상이 불교계·사원내의 명리적 민속으로 전승되어 온 것은 부인할 수 없는 터다.

또한 불교는 일찍부터 무속과 습합하여 '巫佛習合'의 현상을 보여 왔다[44] 따라서 불교계와 사찰에서는 무속의 일부를 말단으로 포용하고, 무속계 민속에서는 불교의 일면을 중심부로 수용했던 것이다. 이러한 무속계 민속이 비래사에서도 형성·전개되었으리라 본다. 적어도 신도·대중의 애사·경사에 대한 재의와 그 신비체험, 나아가 그 기대성과에 대한 믿음 등이 이 사찰의 무속적 민속을 결코 벗어날 수 없었기 때문이다.

그리고 불교계에는 산사를 중심으로 승속의 치병이나 건강에 대한 묘방과 향약이 사용되어 왔던 것이다. 이것은 고금을 통하여 정통적 의약에서는 벗어나지만, 오랜 세월에 걸쳐 경험방으로 성립된 것으로서 민간요법 및 민간약물과 기본적으로 상통되고 있었다. 그러기에 이 고유한 산사에서 활용된 치병의 묘

---

43 오출세, 「한국사찰의 동물 숭배관」, 『불교문화연구』 1집, pp.125-127.

44 유동식, 「무불습합와 삼신신앙」, 『한국무교의 역사와 구조』, 연세대학교 출판부, 1983, pp.258-260.

방과 건강의 향약 등을 불교의 의약적 민속이라 취급할 수가 있는 것이다. 이 비래사에서도 고금을 통하여 이러한 의약적 민속이 한의약과 직결되어 구전심수로 형성·유전되어 왔던 게 사실이다. 그러한 전거가 현전하지는 않지만, 현대적 의약이 발달한 지금에도 상당수의 승려들은 그런 의약적 민속에 젖어 양방보다는 한방에 의존하는 사례가 적지 않은 실정이다.

한편 전통적 산사에서는 승려 생활의 자급자족을 위하여 의식주에 관한 관례·습속이 계승되어 왔다. 이 비래사에서도 의식주의 생활이 그와 같은 절차·과정을 그대로 밟아 온 게 사실이다. 그 의생활을 위하여 승복·내복의 재료 구입이나 염색·재단과 제작, 나아가 세탁·보관 등에 관한 일체의 습속, 이를 착용·활용하는 방법, 사내 생활의 복장과 외출·법회 때의 각종 차림에 제도·법도·계율까지 모두 살피는 의생활적 민속이 형성·유전되었다. 이어 식생활을 위하여 그 사찰 내외의 전답에 파종·관리하여 수확하는 생산과정, 그것을 도정·수장하는 방법과 이를 조리하여 음식으로 만드는 과정, 또한 이 음식을 먹는 절차 등에 따르는 일체의 관행·습속이 그 식생활적 민속으로 생기·전승되었던 터다. 그리고 주생활의 편의를 위하여 방사를 배정 받되, 독방이냐 공용이냐에 따라 주생활의 규정·관례가 달라지고, 이 두 가지 경우에 맞는 자세한 규제·관례가 까다로웠던 것은 물론이다. 이런 주생활이 실제로 승려 생활을 좌우하고, 따라서 주생활적 민속이 그만큼 중요한 의미를 지니는 것이었다.

나아가 모든 사찰에서는 고금을 통하여 신도 대중과의 상관성 아래서 세시풍속, 월령적 민속에 매우 민감하였다. 따라서 민간의 그것에 적극적으로 호응하여 그 월령적 민속을 공유하게 되었다. 정월 초하루와 보름, 2월 초하루, 3월 삼질, 4월 초파일, 5월 단오, 유월 유두, 7월 칠석과 우란분절, 8월 추석, 9월 중구일, 10월 상달, 11월 동지, 12월의 제석 등이 정도의 차이는 있으나, 승속 간에 어엿한 민속으로 시행되었던 것이다.[45] 이 비래사에서도 보편적 차

<hr />

45 이창식, 「불교민속과 세시풍속」, 『불교민속학의 세계』, pp.131-133.

원에서 월령적 민속을 더불어 실천하고, 나아가 그 자체의 가풍에 따라 특성을 지니기도 하였던 터다. 이것의 구체적 실천은 사찰 자체의 자발적 행사이기보다는 신도 대중의 요청에 의한 의례로 치러졌던 게 사실이다. 그것은 사찰 내의 사대명절이나 매월의 여러 재일을 포함하여 다양하고 풍성하게 불교 민속의 큰 흐름을 이루는 터였다.

이런 점에서 승·간의 통과의례적 민속은 모든 사찰, 비래사의 중심적 재의로 실현되었다. 기실 승려들의 통과의례는 많이 생략되거나 음성화되는 경향이었지만. 신도 대중의 그것은 고금을 통하여 철저하게 시행되어 왔다. 실제로 이러한 통과의례는 형편에 따라서 가정에서 치르기도 하지만, 상당수의 신도들은 소속 사찰에 가서 그 의례·행사를 치르기에, 그것은 바로 비래사에서도 의례·행사로 자리잡게 되었다. 그래서 이러한 의례·행사는 기자·출생·삼칠일·백일·돌·생일·입학·결혼·취직·출세·육순·환갑·진갑·고희·희수·팔순·미수·졸수의 경우나 치병·서거·장례·제례 등에 걸쳐 이 사찰의 통과의례적 민속이 되어, 그 유지·발전에 실질적으로 기여하여 왔던 터다.[46]

(4) 불교교육과 포교

이 비래사의 불교교육과 포교에 대해서다. 먼저 비래사의 불교교육은 도제교육·사승관계로 시작되었을 것이다. 역대의 고승들은 스스로 정진하여 선·교에 능통하고 법력·권능을 확보할 때, 그 스승을 존숭·시봉하고 제자를 올바른 승려로 편달·배출하는 것을 사명으로 실천하고 거기에 신명을 걸었다. 여기서 그 사찰의 교학적 법통과 선학적 법맥이 형성·전개되었다. 그러기에 비래사에서도 비로소 사격을 갖추고 교육적 문화전통이 정립·계승되었던 것이다. 전술한 바 많은 고승·대덕 등 여러 승려들이 깊은 법연을 가지고 비래사의 승통을 유지·발전시켜 온 것이었다. 이러한 교육적 경향은 시대적 요청에 의하여 유·불소통

---

46 박계홍, 『한국인의 통과의례』, 어문연구회, 1987 참조

의 융합적 교육전통으로 정립·활성화되어 왔던 터다. 이러한 비래사의 교육적 문화사는 그 사세의 쇠퇴와 더불어 자취를 감추고 근·현대에 이르러서도 재기할 기미를 보이지 않는다.

이와 같은 비래사의 상구보리적 교육 문화사에 상응하여 하화중생의 포교적 문화사가 면면한 전통을 이어 왔던 것이다. 기실 비래사의 창건 이념과 우선적 과제는 그 승려들이 법력과 권능을 갖추고, 신도대중을 교화하며 불법을 홍포하는 일이었다. 따라서 전술한 승려들이 몰려오는 신도·대중을 가장 효율적으로 교화하고 유기적으로 관리하기 위하여 신도의 조직을 선도·운영하였던 터다. 이것이 바로 비래사의 역대 신도회가 출범·발전한 문화사였다. 이러한 신도회는 대소간 여러 형태로 유지·개편되어 왔으니, 비래사에 현존하는 신도단체를 통하여 추적·확인할 수가 있다. 기실 비래사의 문화사는 승려와 신도들의 문화사라 하겠다. 이 비래사는 창건 당시부터 지금까지 그 승려와 신도들의 신심·법력·보시에 의하여 찬연한 불교문화사를 창출·계승하여 왔기 때문이다. 이런 점에서 신도 중심의 교화사와 대민 포교사는 실제적인 불교문화사의 출발점이요 회향처라 하여 마땅할 것이다.

(5) 불교행사와 봉사

비래사에서는 오랜 세월에 걸쳐 수많은 불교행사와 봉사활동을 전개하여 왔다. 이 사찰에서는 연중행사로 불교의 4대 명절 행사와 월령 및 세시 행사를 치러 왔지만, 그 중에서도 석가탄일의 연등행사가 오랜 전통을 이은 소중한 행사로 꼽히었다. 그리고 이 사찰에서는 큰 불사를 일으킬 때에 그에 상응하는 권선 및 보시행사를 적극 추진하여 왔다. 나아가 자비 구제의 실천적 행사로 봉사활동을 많이 해 왔다. 이 비래사에서는 신도단체의 자발적 노력으로 복지활동에도 상당한 성과를 올리게 되었다.

그리고 이 비래사에서는 큰 불사를 일으킬 때마다 신도들이 주축이 되어 권선행사를 적극적으로 벌려 왔다. 옛날부터 이런 권선행사가 진행되어 왔지만, 그 기록이나 증거가 다 없어져 안타까운 일이 되었다. 다만 근·현대에 이르러 그 신도들의 권선행사가 그 업적으로 남게 되었다. 이 비래사가 폐사의 험로에서 헤맬 때 당시의 신도회가 중심이 되어 적극적으로 모연을 하자니, 그 어려운 시기에 힘겨운 권선으로 눈물겨운 일이 한 두 번이 아니었다. 그리하여 그 부족한 액수를 신도들 스스로가 크게 보시하여 그 모든 불사를 원만 회향하게 되었으니, 실로 갸륵한 공덕이 아닐 수 없었다.

이어 이 비래사에서는 일찍부터 신도들로 하여금 보살행을 실천케 하였으니, 그게 바로 자비요 봉사활동이었다. 원래 사찰에서는 승·속 간에 아동복지와 노인복지를 중요한 불사로 수행하여 왔던 것이다. 근년에 이르러 각 사찰에서는 대부분 그런 사업에서 손을 떼고, 뜻있는 사찰에서만 그 사업을 계속하거나 전문화하는 경향이 있는 터다. 그런데도 이 비래사에서는 신도들이 단체로나 개인적으로 그런 복지활동에 알게 모르게 동참하여 왔던 것이다. 이런 점에서 역대 신도회의 꾸준한 활동을 전통적으로 높이 평가하며, 이를 계승한 현재의 신도단체에 기대하는 바가 크다. 고금을 통한 신도단체의 신행활동이 그대로 비래사의 생동하는 문화사를 이루기 때문이다. 지금 비래사에는 관음회(회장 채순자)와 지장회(회장 조춘화), 다도회(회장 김인선), 그리고 보현불교청년회(회장 신동준) 등이 조직되어 매우 활발하게 움직이고 있는 중이다.

(6) 불교문화 관광

비래사에 있어, 이 불교문화 관광은 중대한 의미가 있다. 본래 문화관광은 그 문화를 개발·선양하고 이를 널리 펴서 모두가 행복문화를 누리게 하는 적극적 방법이기 때문이다. 이 비래사의 문화가 유구하고 값질 뿐만 아니라, 그것이 대전시나 계족산 일대와 연계되어 그 관광적 환경·위치가 가장 유리한 터다. 이런 바탕 위에 비래사는 앉은 자리에서 수많은 관광객을 상대로 문화 포교를 효과적으로 수행할 수 있기 때문이다. 모든 시민의 관광로와 직결된 사찰은 포교를 위한 '황금어장'이라는 게 적절한 표현이다. 실제로 비래사 마당과 관광로가 그대로 하나가 되어 날마다 수많은 관광객이 오르내린다. 이제 비래사는 보시·복지의 문화관광, 그 포교활동을 강화할 때가 되었다. 이 비래사의 문화관광에 대해서는 유기준 교수의 「계족산 비래사와 문화관광」으로 미루겠다.

이상 불교문화의 분야 이외에도 다시 새로운 분야를 설정할 만한 여지는 얼마든지 있다. 이 불교문화학의 발전과 방향에 따라, 그 영역이 변화·확대될 수가 있기 때문이다. 우선 이 불교문화의 기반·배경으로 비래사의 정치·행정, 경영·경제 등을 주목할 필요가 있다. 다만 이러한 문제는 이번 논고의 성질과 한계로 하여 구체적 논의를 유보할 수밖에 없었을 뿐이다.

5. 결론

이상 비래사의 문물을 불교문화학적으로 고찰하였다. 지금까지 논의해 온 것을 요약하면 다음과 같다.

1) 비래사의 환경과 전통에 대하여 사찰문화사의 관점에서 검토하였다. 우선 그 자연환경이 계족산 삼봉 중의 가운데 응봉산이 암석 줄기로 우뚝 솟은 좌측 사자암 석굴 옆에 청계를 끼고 자리하여, 그 경관은 중국 계족산의 명소나 경남 백월산의 그것과 같았다. 그리고 그 역사 지리적 위치는 대전 외곽의 나·제 국경 산성 근처에 처해서 백제 당시의 옹산성(계족산성)과 호응하여 호국성전에 임하는 데에 적합하였다. 또한 그 불교사적 배경은 이 비래사가 백제시대 웅진 수도권에 자리하여 백제불교의 직접적인 영향을 받고, 신라 통일기나 고려시대 불교의 관할을 받으며 조선시대 배불·억불을 겪게 되었다. 그리하여 이 비래사는

백제시대에 계족산 옹산성을 옹호·지원하는 호국원찰로 창건되었고, 신라시대에는 계족산문 기도도량으로, 고려시대에는 백월산문 수도도량으로, 조선시대에는 유·불소통 융합도량으로서 근·현대적 중흥도량으로 신축되기까지 유지·전개되어 면면한 전통을 이루어 왔다.

2) 비래사 유형문물의 변천과정을 불교미술사적으로 점검하였다. 먼저 그 대지는 천혜의 길지·명당, 수적 불지로서 3층단을 이루고 사자암 석굴을 갖추어, 그 가람배치와 함께 백제시대 호국원찰의 전형을 보였다. 이어 이 사찰의 건축은 그 전각의 원형과 변형, 그 역대에 걸친 단계적 중창·변모, 그 전각의 재배치와 신축에 이르기까지 면면한 전통을 이어 왔고, 그 회화는 역대 전각의 단청으로부터 벽화의 계통, 괘불탱화의 전통 및 후불탱화의 다양화에 이르기까지 고금을 통하여 그 계맥을 지켜 왔다. 그 조각은 불보살상과 신중상의 조성으로부터 석탑의 건립과 보전, 석조 성물의 설치에 이르기까지 그 명맥을 유지하였다. 끝으로 그 공예는 법당장엄의 부각과 법구·공양구의 구비, 명인 문장의 목각판 등에 걸쳐 전래·활용되었다.

3) 비래사 무형문물의 전승양상을 구비문화의 관점에서 파악하였다. 먼저 그 법통은 역대 불교의 적층적이고 총합적인 불교사상으로 계승되었고, 승려들의 법맥은 백제계와 신라계·고려계·조선계·조계종계로 전환을 겪으면서, 유명·무명의 승려들에 의하여 이어져 왔다. 그 신행은 각종 재의와 법회, 승·속 간 독경·염불·주력·참선 등의 실제적 정진에 의하여 전통을 이어 왔다. 그 기도와 정진은 삼매경에 이르는 것을 전제로 하고, 여기에 따르는 가피·영험은 고금 승·속 간의 다양한 영험담, 도량에 얽힌 영험담, 전각과 불상·성물에 얽힌 영험담, 역대 승려와 관련된 영험담으로 실증되어 왔다. 한편 그 문학적 표현은 이 사찰의 문물에 대한 시가문학의 형성·전개, 수필문학의 제작·유통, 서사문학·소설 형태의 형성·유전, 극본·희곡의 성립·연행으로 나타나 계통을 잡았다. 그 연극

적 공연은 불교공연의 총제적 관점에서 불교음악의 여운, 불교무용의 춤사위, 불교연극의 맥락으로 전통을 이었다. 끝으로 그 문화적 전승은 불교언어와 실용, 불교신앙과 윤리, 불교의례와 민속, 불교교육과 포교, 불교행사와 봉사, 불교문화와 관광 등 광범하고 다양하게 전개되었다.

이에 이 논고는 전거가 부족한데다 그 고증조차 부실하여 소설 같이 서술되었음을 자인한다. 여기서는 원래 비래사의 없어진 문물을 재구하고 무형의 문물을 탐색·확장하는 방법을 적용하였기에, 예정된 결과라고도 보아진다. 이제 졸고와 전계한 네 교수의 옥고를 종합해 보면 비래사 문물의 실상과 전통이 그만큼 찬연하고 유구하였음을 공인하지 않을 수 없다. 특히 이 비래사의 문물은 유형문물과 똑같이 무형문물이 광범·다양하게 형성·전승되어 왔음을 확인하는 계기가 되었다.

이로써 그동안 무시·방치했던 전국 각지 산간벽지의 사지나 무명사암이 그대로 풀뿌리 불교문화로서 불교문화 전체와 한국문화의 기반·원류가 되어 왔음을 재확인하는 길이 열렸으면 한다. 앞으로 종단이나 국가 문화당국의 차원에서 사찰의 불교문화를 연구 개발하고 국내외로 선양하는 게 급선무라 하겠다. 이것이 불교문화를 중흥하고 문화강국으로서 새로운 문화경쟁시대에 대응하는 첩경이기 때문이다. 🌑

제2부

불교문학과 예술세계

실크로드의 불교미술과 문학

실크로드의 불교문학과 연행양상

관음전승의 문학적 실상과 예술적 전개

『반야심경언해』의 문학적 실상과 연행양상

실크로드의 불교미술과 문학

1. 서론

미술과 문학의 관계가 긴밀하다는 것은 문학을 미술화하고 미술을 문학화한다는 데에 근거를 둔다. 따라서 실크로드의 불교미술과 문학의 상관성을 전제하면서, 그 불교미술에서 문학을 탐색해 낸다는 것은 매우 의미 있는 일이라 하겠다. 그 미술의 대본이 되었던 불교문학, 잃어버린 그 문학의 세계를 바로 그 불교미술을 통하여 재생·복원시킬 수가 있겠기 때문이다. 그래서 그 불교문학의 실상과 문학사상의 위상을 정립하는 작업은 그만큼 중요하고 필요한 일이다.

오늘날 神畵를 통하여 神話를 탐색·재구하는 방법론이 대두·활용되고 있거니와,[1] 실크로드 불교미술의 대본을 검토하거나 '佛敎壁畵故事'를 고찰한 업적이 나타나게 되었다.[2] 그러나 그것은 이른바 故事畵의 원전을 밝혀내는 미술사적 노력에 머물렀지, 문학 그 자체를 탐구하는 작업에 이르지는 못하고 있는 실정이다.

이에 본고에서는 문학 내지 문학사의 관점에서, 실크로드의 불교미술, 그 중에서도 돈황 막고굴의 벽화와 문서를 중심으로 그 문학적 실상을 고구하고 문학사적 위상까지 추적하여 보려는 것이다. 그리하여 우선 불교미술의 구조 형태를 개관하고, 다음 불교미술과 문학의 관계를 통하여 그 문학의 세계를 재구하며, 그 돈황문서 중에서 불교문학을 탐색하여 그 장르적 실상과 연행 양상을 고찰하

---

1 파트릭 데 링크(박누리 역), 『세계 명화 속 성경·신화 읽기』, 마로니에북스, 2011, pp.8-13.
2 敦煌文物研究所, 『敦煌壁畵故事』, 甘肅人民出版社, 1995, pp.1-3.

고, 나아가 중국불교문학사상의 위치와 한국불교문학사의 관계를 추적하겠다. 여기서는 그 동안에 출간된 실크로드 불교미술과 돈황문서·문학관계의 원전· 자료를 전거로 하고, 그에 대한 연구 성과를 참고로 하여 논의해 나갈 것이다.

2. 불교미술의 구조형태

실크로드의 불교미술은 실로 다양한 구조 형태와 기나긴 역사를 가지고 있다. 인도의 아잔타·에로라 등 석굴미술은 간다라 석굴미술을 거쳐 실크로드 주변 에 수많은 석굴미술을 조성해 놓았다.[3] 돈황석굴 이전만 하더라도 대표적인 것 이 10여개나 된다. 천산남록의 석굴은 크게 두 지역으로 나누어 정리할 수 있 다. 즉 천산남록의 동쪽과 서쪽지역으로 나누는 방법이다. 천산남록 동부석굴 로는 베제크릭 석굴사원과 생금구 석굴사원, 토욕 석굴, 아이딘호 석굴 등이 주 축을 이루고, 천산남록 서부석굴로는 키질 석굴과 쿠즈라가호 석굴·쿰트라 석 굴·森木塞姆石窟과 瑪擇伯哈石窟·시쿠신 석굴·스바시(소호리) 동·서 대의 석굴 등이 대표성을 띠고 있다.[4]

이상과 같은 석굴사원의 계통을 이어 중국적으로 집대성된 것이 돈황 막고굴 이다. 이것은 실크로드의 불교미술의 백미요 연화라 하겠다.[5] 이 불교미술의 구 조 형태를 개관해 보겠다.

1) 돈황 막고굴의 창건
막고굴이 언제 창건되었는지에 대한 正史의 기록은 찾아볼 수 없다. 그러나

---

3 이주형, 『인도의 불교미술』, 한국국제교류재단, 2006, pp.10-37.
4 김혜원, 「중앙아시아의 석굴사원」, 『실크로드의 역사와 문화』, 서경문화사, 2008, pp.119-132.
5 徐秀榮, 「莫高窟槪況」, 『敦煌藝術』, 國仁書局, 1981, pp.7-13.

방증기록 몇 가지와 현존석굴을 통해서 대체적인 개착연대는 알 수 있다.

첫째, 당나라 때의 『沙州土鏡』(파리국립도서관소장)이라는 지리지에 '永和八年癸丑'에 석굴이 창건되었다는 기록이 보인다. '永和 8年'은 '癸丑' 때문에 29년으로 보는 것이 타당하다는 의견이 지배적이어서 353년에 석굴개착이 시작되었다고 볼 수 있다.

둘째, 698년(則天武后聖歷元年)에 세운 '重修莫高窟佛龕碑'에 따르면, 전진 때인 366년(建元 2年) 樂僔스님이 이 산에 천불이 있는 듯한 장관을 본 뒤 절을 세우고 바위를 뚫어 龕像을 조성했다는 것이다. 그 후 법량선사가 낙준이 개착한 굴 옆에 다시 석굴을 조성했다고 한다. 북위시대에는 이 곳 刺史였던 건평공과 동양왕이 석굴들을 개착하는 데 심혈을 기울였던 것으로 기록되어 있다. 동양왕은 북위 때 주천일대의 지방장관이던 과주자사 원태영이고 건평공은 서위 때부터 북주 때의 于義로 추정되고 있어서 석굴의 중수 개착의 성황을 알 수 있다.

셋째, 제156굴 밖 북쪽벽(外北壁)에 새겨져 있는 막고굴기(865년)에는 서진 태안 2년(303)에 진의 사공벼슬을 살던 索靖이 선암사라는 글자를 벽에 새긴 이래 조상활동이 끊이지 않았다고 전하는 것으로 미루어 보아, 초창연대가 더 거슬러 올라갈 가능성도 배제할 수 없게 되었다.

이런 견해에 대해서는 논의가 분분하므로 좀 더 두고 볼 일이지만, 돈황보살로 명성이 자자하던 축법호가 서진(266~316) 때 돈황에서 포교와 역경사업(284년)에 진력하다가 장안으로 들어가 불교를 크게 선양하였다는 사실에서 돈황불교의 성황을 알 수가 있다. 따라서 사막의 사찰로 최적의 장소인 막고굴을 당시에 개착하기 시작했다고 해서 전혀 터무니없는 것만은 아니지 않을까. 그러나 막고굴의 본격적인 개착은 전량(313~376) 때인 353년 아니면 366년, 즉 350년 전후라고 생각하면 크게 틀리지는 않을 것이다. 이 당시의 석굴이 어느 것인지 현재로서는 알 도리가 없다. 완전히 파괴되어 버렸는지 개축되어 원 모습을 상실했는지 아니면 당시의 것이라고는 생각할 수 없는지 도대체 알 수 없는 일이다.

현존 석굴로 가장 오래된 것은 268굴, 또는 272굴이나 275굴로 추정되고 있는데, 268굴 등은 북량(379~439) 때의 것으로 판단되고 있다. 적어도 5세기 전반기의 석굴은 남아있는 셈이다. 이에 이어지는 병령사 석굴(420), 맥적산 석굴(421) 등도 모두 이 시기에 개착되었다고 보고 있으므로, 당시 하서회랑을 중심으로 중국쪽 실크로드 상에 석굴 개착의 붐이 일어났다고 할 수밖에 없다. 이렇게 창건되기 시작한 막고굴은 북조를 거쳐 수·당대에 절정을 이루었고, 원나라 때까지도 개착되었으며, 명·청 때에 이르러서도 계속 보수가 된 것으로 알려져 있다.[6]

2) 석굴의 건축구조 형식

석굴의 형식은 일반 사원과 마찬가지로 크게 두 형식으로 나눌 수 있다. 하나는 禮拜窟이고 다른 하나는 複合窟이다. 예배굴은 탑이나 불상을 본존으로 봉안한 석굴로서 예배나 의식만 행하는 예불당, 이른바 금당이라 하는데 인도에서는 '차이티야'라 부른다. 이 경우 주위에 승방이나 강당 등이 따로 개착되거나 중국의 경우처럼 석굴 앞 평지에 목조사원을 별도로 세우는 형식이 주류를 이룬다. 예배굴 형식도 다시 두 형식으로 나눌 수 있다.

　　　① 예배굴+강당굴+승방굴
　　　② 예배굴+일반사원

예배굴 형식 중 ①형식은 예배굴, 강당굴, 승방굴이 별도로 개착되는데 강

6 이수웅, 「돈황과 막고굴의 역사와 연혁」, 『돈황문학과 예술』, 건국대학교 출판부, 1990, pp.11-15; 로드릭 위트필드(권영필 역), 명사산의 돈황, 예경, 1995, pp.262-269.

당굴이 개착되지 않는 경우도 있다. 주로 인도 봄베이의 나식크 석굴 등에 많이 보이고 있다. ②형식은 예배굴만 석굴로 개착하고 강당이나 승방의 기능은 일반 목조사원에서 행하는 형식을 말한다. 이 형식은 중국이나 우리나라의 석굴암 등에서 주로 애용되었는데, 돈황 석굴도 이런 예가 상당수 있는 것 같다.

두 번째 복합굴은 인도에서 '비하라'라 말해지고 있는데, 한 석굴 내에 예배당·강당·승방 등이 일정하게 배치된 형식이다. 이 경우 중앙의 대형 홀을 강당으로 활용하며, 강당의 후진에 예배당, 좌우 측면에 승방, 식당 등이 배치되는 것이 통례로 되어 있다. 한 석굴 내에 모든 사원 기능이 복합적으로 갖춰져 있는 일종의 종합 석굴 사원, 이른바 衆園的인 석굴을 말한다. 돈황석굴에는 이런 예가 거의 없지만 몇 개의 굴만이 예배굴에 참선 내지 기도하는 선방 또는 수행방이 딸린 복합굴적인 성격을 보여주고 있을 뿐이다. 복합굴 형식도 다음의 두 형식으로 나눌 수 있다.

① 예배당+강당+승방(僧房+修行房)
② 예배당+수행방(修行房＝禪房)

복합굴의 승방은 스님이 거주하면서 참선이나 염불 등을 수행하는 수도방의 기능도 겸하고 있는데, 인도에서는 대부분 침상을 보유하고 있는 것이 원칙이다. 중국에서는 스님이 거주하면서 수행하는 인도적인 승방은 거의 없고 수행을 하는 석실만 딸린 것이 고작인데 이것은 돈황석굴에서 잘 나타나고 있다.[7]

3) 막고굴의 조각, 화려한 채색소조
돈황석굴의 석질은 왕모래가 섞여 있는 역암이어서 조소작품을 만들 수 없다.

---

7 謝生保 等, 「敦煌建築藝術槪述」, 『敦煌藝術之最』, 甘肅人民藝術出版社, 1993, pp.3-6.

그래서 석굴을 조성할 때 운강석굴이나 용문석굴 등과는 달리 벽면에 흙을 발라 벽화를 그렸고, 각 공간에는 흙을 이용하여 塑像을 만들어 봉안했던 것이다.

소상은 나무 골재에다 사막에서 나는 풀 등을 새끼로 꼬아 튼튼하게 묶고, 강바닥에 침전된 고운 점토에 삼베와 모래를 섞은 것으로 덧붙여 형상을 만들고 여기에 백토로 마감한 후 색채와 금박으로 불·보살상 등을 자연스럽게 조성·장식한 것인데, 채색된 소상이라 해서 彩塑라고도 한다. 이들 채소로 492개 굴에 2,415구가 남아있는데, 붕괴되어 없어진 것과 각국에서 도굴해 간 것까지 합친다면 천문학적 숫자가 된다. 또한 이들 채소로 하여 돈황석굴은 세계 최대의 彩塑博物館이라 할 수 있는 것이다.[8]

(1) 北涼의 彩塑

초창기의 불상은 석굴과 함께 붕괴되어 남아 있지 않기 때문에, 북량 때의 275·272·268굴 등이 현재 가장 오래된 석굴이고, 여기의 조각들은 북조 제1양식으로 취급하고 있다. 즉 275굴이 분묘, 천정형식 등으로 보아 후한의 영향이 농후한, 가장 오래된 석굴(5세기 초기)이다. 이 석굴 석벽의 교각보살상 역시 중국적인 양식이 농후하지만, 밀착된 衣文 등에서는 인도양식도 엿보이고 있다. 여기에 비해 272굴의 本尊倚像은 균형미 있는 체구, 몸에 밀착된 불상의 유연한 선 등에서 새로운 인도양식이 수용된 것을 실감할 수 있는데, 444년의 북위 금동불입상과 가까운 양식으로 생각되고 있다. 그리고 268굴의 대표적인 불상은 정면 龕內에 있는 交脚 불상으로 떡 벌어진 어깨와 가는 허리, 교각자세의 경쾌한 처리, 얇은 옷 속으로 드러난 체구 등에서 275굴 불상양식과는 다른 인도·서역적 기풍을 엿볼 수 있다.

---

8 甯强, 「敦煌藝術中的基本形象」, 『敦煌佛教藝術』, 高雄復文圖書出版社, 1992, pp.23-35.

(2) 北魏의 彩塑

북위가 북량을 멸망시키고 돈황을 점령한 것은 442년이었다. 이 때 돈황은 漢人 李寶가 다스리면서 돈황부성을 다시 일으켰으며, 북위는 그 후 서역 여러 나라를 지배하게 되었는데, 이 때 돈황이 서역 경영의 기지로 활용되었다. 서역과의 밀접한 교류는 돈황 막고굴에도 서역양식의 영향이 농후하게 미치는데, 그것은 태무제의 폐불사건 이후 불교부흥 때(452년)부터이다. 이때의 양식을 북조 제2기 양식이라 부르고 있으며, 259·257·251·263굴의 불상들이 이에 속한다. 이들 불상들은 강건하고 당당한 체구, 얇은 옷 속에 드러난 웅건한 신체, 2조 선의 의문 등 특징적인 양식을 보여주고 있는데, 이는 전대의 양식이 강하게 작용하고 있는 것이다.

당시의 대표적인 걸작품은 259굴의 탑 모양 돌기둥에 새긴 삼불병좌상이다. 둥글게 팽창된 얼굴, 높은 육계, 떡 벌어진 어깨와 당당한 자세, 두 줄기의 융기선·의문 등이 당대 양식을 잘 반영하고 있다. 이 불상의 특징은 雲岡 曇曜石窟佛像이나 炳靈寺石窟 169굴 21감 내지 24감의 불상들과 유사하다. 여기서 하나 유의할 점은 259굴 북벽 하단 동쪽 佛龕안의 선정좌한 불좌상이 서역의 룸쑥 출토 선정상과 흡사한 것으로서 서역양식의 강한 영향을 실감나게 느끼는 점이다. 아마도 서역 조각가에 의하여 조성된 것으로 보아 좋을 그런 작품이다.

이외에도 260·257굴 돌기둥 정면 본존상, 254굴 돌기 중 정면 본존교각불상들도 당대의 대표작이라 할 수 있다. 당당한 어깨에 가는 허리, 높은 코, 긴 귀, 정돈된 눈·코·입·음각적인 의문 처리 등은 중국 본토의 太和佛들과 유사한 특징을 보여주고 있다. 이런 양식을 바로 북조 제2기 양식이라 하는 것이다.

이 제2기 양식은 6세기 초기가 되면서 일변한다. 그것은 동양왕이 과주자사(525~542)가 된 것과 밀접하게 관련되고 있는데, 동양왕 때 막고굴에는 수많은 석굴이 조영된다. 이 당시의 조각은 화사하면서도 후리후리한 귀족적 풍모를 보여주는 이른바 秀骨淸像이 유행되었는데, 옷에서 당시의 특징이 보다 분명히 표현되고 있다. 이를테면 종래의 얇은 우견편단식 옷에서 두꺼운 통견식 옷에 띠를 맨 중국식 佛衣形式을 대거 채용한 점이다. 진정한 의미에서의 중국식 불상 양식이 성립된 것으로 볼 수 있는데, 운강석굴 이후 용문석굴에 성행하던 이와 같은 새로운 양식이 이른바 북조 제3기 양식인 것이다.

(3) 北齊, 北周의 彩塑

북주의 지배하에서도 소조작품은 여전히 조성되고 있다. 그것은 제3기 양식과 흡사하지만 중국화가 보다 진전되고 있는데, 북조 제4기 양식으로 분류된다. 그 290·428·432·438굴의 조각들이 그 대표적인 것들이다.

(4) 隋의 彩塑

수문제는 불교 부흥운동을 대대적으로 전개했는데, 그 영향이 돈황석굴에 그대로 반영되어, 110개굴이나 현존하고 있다. 북조에서 성행하던 교각상·사유상·2불병좌상 등은 거의 없어지고, 1불·2보살·2나한의 5존불, 또는 2천왕이 첨가된 7존상 등 군상조각이 유행했으며, 현란하고 호화찬란한 장식적 조각이 대두되고 있다. 隋 양식은 전기와 후기의 두 양식으로 대별된다. 즉, 301·304·312·302·303·419·423·420굴 등의 불상이 전기 양식이며, 244굴은 후기양식을 대표하는 것이다. 전기양식은 우아하고 유연한 齊·周 양식의 연장양식과 양감있고 엄숙한 수양식 등이 있다. 후기양식에서 244굴 남벽이나 서벽 불상에서 보이는 것처럼, 唐 양식에 나타나는 현실주의 양식이 엿보이고 있다.

(5) 唐의 彩塑

당나라는 국력의 신장과 더불어, 불교미술이 최성기에 도달한 시기이다. 또한 서역이나 주변 일대에 강력하게 영향을 미쳐 서방의 문화가 돈황을 통해서 수입되고 중국의 문화 역시 돈황을 통해서 진출하는, 국제문화가 꽃피던 시절이었다. 조각에는 인도의 새로운 사실주의 양식이 수용되는 한편 隋 조각에서 발전된 중국의 전형적 양식을 확립하고 있다.

돈황 채소에도 이런 특징이 그대로 반영되어 사실주의 양식이 전면적으로 대두되고 있으며, 막강한 경제력은 33m의 거불도 조성할 수 있었다. 당 양식은 초당의 1기, 성당의 2기, 토번 점령기인 3기, 장의조의 귀의군 시대인 4기 등으로 나눌 수 있다. 초당 양식은 57·332굴이 그 대표작인데, 수 양식을 답습하고 있어서 생경함이 엿보이긴 하지만, 사실적인 수법이 상당히 진전되어, 당 양식이 정착되어 가는 과정을 보여주고 있다. 성당기의 제2기 양식은 단정하면서도 육감적인 사실주의 양식을 잘 표현하고 있는데, 328굴 불상이 대표적인 작품이다.

토번기(781~848)의 조상은 성당 양식을 형식적으로 계승하고 있는데 194굴의 불상이나 158·148굴의 불상, 특히 열반상이 이를 잘 반영한다. 장의조의 귀의군기 양식은 중원의 중당기 양식을 그대로 반영하고 있는데, 196굴·17굴 등의 불상이 시대양식을 대표하고 있다. 오대 이후에는 양이나 질 양면에서 모두 급속히 떨어지고 있지만, 어쨌든 이들 채소 작품들이 역대를 통하여 당대의 조각양식과 신앙 변천을 생생하게 보여주는 경이로운 걸작품들이라는 사실에는 변함이 없다.[9]

4) 막고굴의 불교회화, 장엄한 벽화

돈황의 벽화는 다종다양한 내용과 풍부한 양, 뛰어난 회화성 등에서 세계미술사상 경이의 대상이 되고 있다. 즉 492개굴의 벽화를 모두 한 벽면으로 모으면

9 謝生保 等, 「敦煌彩塑藝術槪述」, 앞의 책, pp.81-90.

5m 높이로 장장 25㎞의 길이에 걸쳐 그려진 대벽화이며, 이는 차로 한 시간이나 걸려야 갈 수 있는 거리이니, 그 어마어마한 양에 우선 압도당하고 만다. 여기에 佛尊像圖을 비롯하여 佛傳圖·本生圖·經變相圖·供養者圖·장식문양 등 갖가지 벽화들이 현란·무비하고 호화·찬란하게 그려지고 있어서, 돈황벽화야말로 경탄의 대상이 될 수밖에 없는 것이다.[10]

(1) 남북조 시대의 벽화

북량·북위·서위·북주 등 4대에 걸쳐 그려진 북조 벽화는 4기에 따라 다소간 변화하고 있지만, 여기에서는 전체로 한 묶음해서 살펴보도록 하겠다.

이 당시의 벽화 주제는 불존상도와 불전도 및 본생도가 주류를 형성하고 있는데, 이 점은 당대 벽화의 가장 중요한 특징이다. 이들 벽화의 양식도 다른 시대와 뚜렷이 구별될 수 있는 특징을 갖고 있다. 첫째, 구도 면에서 3단구도의 특징이 보이고 있는 점이다. 즉 중간에 불상이나 본생도가 배치되고 하부에 공양자, 상부에 天界가 전개되는 상중하의 3단구조가 주류를 이루고 있다는 것이다. 둘째, 색채 면에서는 묵색의 굵은 윤곽선이 층을 이루어 입체감을 묘사하고 있는데, 눈·코·입 등은 흰색으로 악센트를 강조하고 있다. 한마디로 말해서 강렬하고 거친 채색에 명암법을 사용하고 있는 것으로서, 서역(키질벽화 등) 내지 인도 벽화의 수법이 강하게 반영되고 있음을 알 수 있다. 선은 자유분방하고 활력에 넘치며 衣褶線 역시 날카롭게 뻗치는데, 이러한 선은 강렬한 색채와 잘 조화되어 당대의 회화를 특징 지워 주고 있는 것이다.

가장 오래된 272·275굴의 북량 벽화는 불·보살·비천·본생도 등 모든 주제에서 강력한 힘을 느낄 수 있다. 이러한 전통은 257굴 남쪽 본존불 등과

10 謝生保 等,「敦煌壁畵佛傳故事」,『敦煌藝術之最』, pp.161-178; 謝生保 等,「敦煌壁畵本生故事」, 앞의 책, pp.179-187.

260·435·248굴 등 북위 굴 벽화에서도 잘 표현되어 있고, 249·285굴 등 서위 굴의 벽화나 290굴 등의 북주 굴까지 연장되고 있다. 다만 서위나 북조벽화는 복장이나 장식 등에서 중국식이 상당히 가미되어 있다는 게 다른 점이다.

(2) 隋의 벽화

수나라 때의 벽화는 북조 때의 벽화와 상당히 달라지고 있다. 첫째로 주제에서 불전도나 본생도가 크게 줄어들고 석가설법도나 경변상도 등이 증가하며, 중국 독자적인 형식을 만들어 낸 점이다. 둘째로 구도 면에서는 군상적인 구도와 함께 천불도 등이 화면의 배경으로 즐겨 배치되고 있으며, 셋째로 형태면에서도 존상이나 인물 표현이 전대의 장대하고 거친 형태에서 벗어나 점차 풍만하고 세련된 용모로 정착해 갔던 것이다. 넷째로 선도 부드럽고 원만해졌으며, 다섯째로 색채도 강렬한 입체감을 벗어나 부드럽고 온화한 평면적 색채로 변했던 것이다. 584년의 302굴, 585년의 305굴 등의 벽화는 서위 이래의 전통이 남아있지만, 390굴의 樹下說法圖에 이르면 수 양식이 크게 진출하고 있는 것을 알 수 있다.

(3) 唐의 벽화

돈황 예술은 당시대에 그 절정기에 도달했는데, 벽화에서도 가장 우수한 걸작품들이 나타나고 있다. 말하자면 사실주의의 극치를 보여주는 작품들이다.

당나라의 벽화는 첫째로 다양하고 천변만화한 경변상도들이 현란한 수법으로 묘사되었으며, 그 가운데서도 정토변상도들은 압도적으로 유행하여 우리가 상상할 수 있는 최대의 아름답고 신비로운 이상세계의 극치를 보여주고 있다. 둘째로 구도 면에서 변상도나 설법도는 220굴의 약사정토변이나 유마변상도에서 보다시피 본존을 중심으로 협시보살을 강조함으로써 그 예배존상을 압도적으로 강조하는 특징과 치밀하고 화려한 구성을 보여주고 있다. 셋째로 형태는 존상이나 인물 등에서 보다시피 풍만하고 양감 있는 모습의 사실주의 양식으로 표현되고 있으며, 활발하면서도 유연한 선과 명쾌하고 부드러운 색채를 구사하고 있어서, 풍만한 형태와 더불어 사실주의 회화를 성공적으로 묘사하고 있는 것이다. 202굴의 벽화는 당 초기를 대표하는 것으로, 이 가운데 유마경변상도의 유마상은 당태종이 염입본에게 그리게 한 역대 제왕도의 인물과 흡사한, 뛰어난 묘사력을 보여주고 있어서, 돈황화가 중앙화단과 동일한 수준을 유지하고 있었던 것을 알 수 있다. 217굴이나 320굴 등 성당기의 벽화는 화려 장대한 극락정토의 구성과 육감적인 사실성의 강조 등에서 난숙한 아름다움을 유감없이 묘사하고 있다.

그러나 중당 때인 토번의 점령기에는 성당 때의 화려한 사실성이 감퇴되는데, 이 점은 159굴, 158굴 벽화에서 잘 나타나고 있으며, 만당기인 장의조 지배기에는 156·16·17·196굴 등에서 보다시피 거칠고 형식화된 그림이 유행하였다.[11]

3. 불교미술과 문학의 관계

이상 현존 492개 굴의 석굴미술이 찬연한 가운데, 그 벽화는 최상의 걸작으로 각기 독자성을 유지하고 있다. 이 벽화의 연면적은 45,000평방미터로 추산되거니와 각개 석굴의 벽화미술은 신비한 예술 공간을 영원 속에 간직하여 온 것이다. 그것은 불멸의 미술이요 음악이요 그래서 문학의 세계라 하겠다. 이 벽화의 유형을 다시 세분해 보면, 佛菩薩說法圖·僧侶·神衆敎化圖·佛敎故事圖·佛經變相圖 등으로 나타난다. 특히 이러한 석굴 미술의 세계에서 형성·유통된 서화·문헌들이 그 유명한 돈황문서로 집성·발굴된 것이다. 이런 유형의 전

---

11 이수웅,『돈황문학과 예술』, 건국대학교 출판부, 1990, pp.230-290.

형적인 것을 택하여 그 문학성을 탐색하여 보겠다.

1) 불보살설법도와 문학

불보살설법도는 매우 풍성하거니와 그 중에서 저명한 것은 다음과 같다.

막고굴 제272굴 북벽 설법도(북량시대)

막고굴 제251굴 북벽 설법도(북위시대)

막고굴 제285굴 동벽북측 설법도(서위시대)

막고굴 제428굴 전부북벽 설법도(북주시대)

막고굴 제420굴 동벽문상 설법도(수시대)

막고굴 제390굴 북벽중앙 설법도(수말당초)

막고굴 제328굴 서벽불감 설법도(당시대)

막고굴 제205굴 북벽 설법도(당시대)

막고굴 제390굴 통도정부지장보살 설법도(오대)

막고굴 제206굴 남벽중앙 설법도(서하시대)

막고굴 제254굴 서벽백의불 설법도(북위시대)

막고굴 제322굴 동벽남측약사불 설법도(당시대)

막고굴 제285굴 남벽상층서측이불 설법도(서위시대)

막고굴 제3032굴 북벽전부이불 설법도(수시대)

막고굴 제263굴 남서삼불 설법도(북위시대)

막고굴 제220굴 동벽문상삼불 설법도(당시대)

막고굴 제14굴 굴정사방불 설법도(당시대)

막고굴 제285굴 북벽상층칠불 설법도(서위시대)

막고굴 제276굴 남벽설법도중 관음보살상(수시대)

막고굴 제3굴 서벽북측이 관음보살도(원시대)

막고굴 제148굴 남북이벽동측 문수·보현도(당시대)

막고굴 제161굴 공양보살도(당시대)

이상 불보살설법도를 중심으로 수많은 설법도가 산재하고 있다. 이처럼 다양하고 생동하는 설법도에서 불교문학이 용출하고 있는 것이다. 불타의 장광설, 사자후에서 법음이 문학으로 쏟아져 나오기 때문이다. 불타의 게송이 장엄하게 흐르고 법화가 감명 깊게 펼쳐진다. 불타와 보살·제자·신중이 어울려 문답·대화, 게송들을 나눈다. 이러한 언어 표현이 장중한 내용을 담고 문학적으로 세련·승화되고 있는 것이다. 여기서 불교미술에서 울려나오는 그 문학을 포착·정립시킬 수가 있는 터다.[12]

2) 승려·신중교화도와 문학

승려·신중교화도는 매우 다양하거니와, 그 중에서 대표적인 것을 들면 다음과 같다.

막고굴 제76굴 동벽남측 불제자상(송시대)

막고굴 제97굴 북벽 십륙나한도(서하시대)

막고굴 제100굴 굴정 사방천황(오대)

막고굴 제6굴 서벽불감남북측 천룡팔부상(오대)

막고굴 제285굴 남벽상측 최후일신비천상(서위시대)

막고굴 제428굴 남벽서측 자금관비천상(북주시대)

막고굴 제206굴 감내북측 비천군상(수시대)

막고굴 제321굴 서벽불감남측 비천상(당시대)

12 謝生保 等,「尊像說法簡述」,『敦煌藝術之最』, pp.186-190.

막고굴 제158굴 서벽상부보개북측 비천상(당시대)

막고굴 제148굴 남감정부 육비비천상(당시대)

막고굴 제290굴 중심주정향면 비천상(북주시대)

이상 승려·신중교화도를 중심으로 수많은 교화도가 실존하고 있다. 이러한 교화도에서 위 설법도에 버금가는 불교문학을 읽어낼 수 있는 게 사실이다. 우선 승려 불제자가 실제로 교화·설법하는 데서 문학이 벌어져 나온다. 승려들의 유창한 게송 가창, 감명 깊은 법화, 불·보살께 아뢰는 기도, 승려 상호간과 승·속간의 대화 등이 모두 불교문학으로 집성·세련되어 산출되기 때문이다. 승려들의 모습에서 상호 응시하고 입을 벌린 점이 이를 뒷받침한다고 본다. 그리고 신중들이 베푸는 교화방편에서 문학이 흘러나오고 있음을 본다. 나아가 비천상의 주악과 춤사위에서 저절로 음악과 시가 그리고 신성한 대화를 들을 수가 있다는 것이다.[13]

3) 불교고사도와 문학

불교고사도는 너무도 다양하고 찬란하다. 그 고사를 알고 그 그림을 보면 일장 연극을 보는 것 같다. 실제로 이 석굴을 무대·배경으로 연출된 연극의 장면을 그린 것이라 볼 수도 있다. 그 풍성한 자료 중에서 저명한 것만을 추려보면 이러하다.

快目王以眼施人(제275굴 북벽, 16국, 대장경 제4권)

沙彌守戒自殺(제257굴 남벽, 북위, 대장경 본연부(上) 제3권)

須摩提女請佛(제257굴 서벽, 북위, 대장경 제2권 아함부(下))

13 謝生保 等, 敦煌飛天像簡述, 앞의 책, pp.405-407.

薩埵那太子捨身飼虎(제254굴 남벽, 북위, 대장경 본연부(上) 제3권)

五色鹿故事(제257굴 서벽, 북위, 대장경 본연부 제3권)

五百强盜成佛(제285굴 남벽, 서위, 대장경 제12권)

須達拏太子施象(제428굴 동벽, 북주, 대장경 본연부 제3권)

須闍提割肉濟父母(제296굴 북벽, 북주현우인연경 권1)

睒子深山奉親(제299굴 북정, 북주, 대장경 본연부 제3권)

善友太子入海取寶珠(제85굴 남벽, 만당, 대방편불보은경 악우품)

鹿母夫人生蓮花(제85굴 남벽, 만당, 대방편불보은경)

波暗羅醜女變美(제96굴, 만당, 현우인연경)

月光王施頭(제275굴, 북량, 현우인연경)

微妙比丘尼(제196굴, 북주, 현우인연경 미묘비구니품)

婆羅門聞偈施身(제285굴 서위, 대반열반경 제13권)

甁沙王求子(제320굴, 성당, 관무량수경)

須達起精舍(제196굴 만당, 현우경)

이렇게 불교고사도를 통하여 탐색한 작품들은 그대로가 감명 깊은 불교문학
이다. 그 언어적 서사구조를 미술로 집약·형상화하여 그러한 명화로 성취하였
기 때문이다. 따라서 이러한 미술을 통하여 그만한 문학작품을 재구해 내는 것
은 당연하고 올바르다고 하겠다. 어찌 보면 그것들이 이러한 서사적 불교문학
을 강창하는 데에 배경화 내지 변상도의 역할을 했으리라 보아진다. 그래서 이
불교고사도는 역시 그 자체로서 상술한 문학세계를 항상 연출하고 있었던 터라
하겠다.[14]

14 謝生保 等,「佛傳故事畵簡述」, 앞의 책, pp.437-438.

4) 불경변상도와 문학

거시적으로 보면, 이들 벽화미술들이 모두 불설·불경의 변상도라는 생각이
다. 그러나 여기서는 명확하게 들어나는 불경의 변상도만을 거론하겠다. 그 많
은 변상도 중에서 대표적인 것만을 들면 다음과 같다.

法華經變相(제217굴 남벽, 당시대)

觀音經變相(제45굴 남벽, 당시대)

維摩詰經變相(제420굴 남측, 수시대)

阿彌陀經變相(제251굴 서방삼경설법도, 북위)

觀無量壽經變相(제431굴, 당시대)

藥師經變相(제220굴, 433굴, 수당시대)

涅槃經變相(제148굴 서벽, 당시대)

이러한 불경변상은 여러 굴, 각 시대에 걸쳐 많은 이본을 가지고 있는 것이
특징이다. 이러한 변상도는 불경을 알기 쉽게 도상화했거니와, 그것이 불경을
강설하는 보조 방편으로 활용된 데에 뚜렷한 의미가 있다. 이러한 변상도는 반
드시 강경문을 대동하게 마련이었다. 그래서 이 변상도는 그 자체에서 불경문
학·불교문학을 재구해 낼 수도 있지만, 그것이 문학으로서의 강경문 내지 변문
을 필수적으로 갖추고 있다는 데에 문학사적 의의가 있는 터다. 따라서 변문이
있는 곳에 변상이 있고, 변상이 있는 곳에 변문이 있다는 사실을 확인하게 된다.
여기서, 위 변상도를 통하여 찬연한 불경문학·불교문학을 종합적으로 추적 재
구할 수가 있겠다.[15]

15 謝生保 等, 經變畵簡述, 앞의 책, pp.526-527.

4. 돈황문서 중의 불교문학

敦煌畵卷·文獻은 돈황석굴 藏經洞에서 발굴된 문서 전체를 말한다. 그러기에 이른바 이 敦煌文書는 엄청난 질량과 그 문화적 가치로 하여 돈황학의 보전이 되었다. 대략 5만 권에 달하는 필사본과 인판본 등 그 풍부한 문서 중에는 불화 등 화본을 비롯하여 불교계 문헌을 중심으로 經·史·子集, 詩·詞·曲·賦·通俗文學, 方志·醫藥·曆書 등에 걸쳐 광범하기 이를 데 없다.[16]

그 중에서 핵심을 이루는 불교관계 문헌은 다양한 형태의 문학적 실상과 가치를 지닌 명품으로서 크게 중시된다. 먼저 그 탱화형으로 게시·활용되던 변상적 화권이 많아, 그 석굴벽화와 관련될 뿐만 아니라, 그 자체로서 불공의식이나 법회·강경과 속강 등에서 족히 활용되었던 것이다. 그래서 그 불교계 문헌들은 불경의 사본도 있었지만, 찬불가나 게송·기원가 등 시가계열과 석굴사원의 불사활동에 관련된 여러 형태의 산문류, 나아가 강경·속강의 대본인 변문류가 주류를 이루어 불교문학의 커다란 계맥을 이루고 있다.[17]

먼저 시가계의 대표적 작품을 들면 다음과 같다.

偈讚에

先洞山和尙辭親偈(S.2165) 靑峰山和尙誡肉偈(S.2165) 初夜無常偈(P.5575) 六禪師偈(P.3409) 臥輪禪師偈(S.5657) 華嚴經偈(P.3035) 觀音偈(P.3817) 讚普滿偈十首(P.2603) 十慈悲偈(S.4427) 願往生禮佛偈(S.2557) 太子入山修道讚(P.3065) 悉達太子讚(京歲永皇 76) 十思德讚(P.2843) 送師讚(P.3120) 勸善文讚(皇 76) 父母恩重讚(S.2204) 五台山讚(P.4652) 淨土樂讚(P.2150) 金剛經

---

16 유진보(전인초 역), 『돈황학이란 무엇인가』, 아카넷, 2013, pp.357-418.
17 顔廷亮, 『敦煌文學』, 甘肅人文出版社, 1989.; 王書慶, 『敦煌佛學:佛事篇』, 甘肅人文出版社, 1995.

讚(P.2039) 法華經二十八品讚(P.3120) 開元皇帝讚金剛經(P.2094)

詩에

百歲詩(悟眞, P.2748) 九相觀詩(S.6631) 心海集至道篇(S.2295) 四威儀詩(S.6631) 贈禪師居山詩(S.6923) 述凡情詩(P.2671) 謁法門寺眞身五十韻(P.3445) 王梵志詩 念珠歌(S.4243) 鳴鍾歌(S.381) 池台樓觀非吾宅(S.5558) 觀音禮(P.3828) 和菩薩戒文(S.6631) 三囑歌(S.2702) 勸善詩(S.6469)

詞에

望月婆羅門曲子(S.4578) 長安詞(S.5540) 出家樂(P.2066) 無相珠(S.4243) 三歸依(S.3880) 悟眞如(S.5692) 歸尙樂(P.2056) 歸去來(P.2066) 解悟成佛(S.3016)

曲辭에

十無常(S.2204) 緇門百歲篇(S.2947) 大唐五台曲子(P.3360) 十偈辭(P.2603) 行路難(P.3409)

別曲歌辭에

回波樂(권호미상) 禪門十二時(S.0427) 法體十二時(P.3113) 學道十二時(P.2943) 聖敎十二時(P.2734)五更轉(太子入山修道, P.3061) 大乘五更轉(S.4634) 南宗讚五更轉(P.2963) 報慈母十恩德(S.0289) 普勸四衆依敎修行十二時(P.2054) 十二因緣文字歌詞(P.2385)

　　이러한 작품들이 불교시가로서 다양한 형태를 취하며 석굴 중심의 사원과 불교사회에서 형성·발전·유전되었던 것이다.

그리고 산문계의 전형적 작품들을 들면 다음과 같다.

疏에

曹議金回向疏(P.2704)　紹宗爲亡母設齋回向疏(P.2697)　曹元深捨施回向

疏(P.4046)　宋化二年回向　疏(S.0086)　馬丑女回施疏(S.0068)　翟氏普施疏

(S.2687)

表狀啓에

奏請僧徒及寺舍依定表(S.2679)　沙州寺舍利骨　金棺表(S.1438)　某捨官出家

幷施宅充寺表(S.1438)　聖意請處分普光寺尼光顯狀(S.0542)　開元寺參學比丘

歸文狀(S.0529)　定州開元寺僧歸文啓(S.0529)

祈禱에

忌日還願意(P.2820)　離月文(S.5759)　爲家人祈平安文(S.5639)　社齋文(S.5640)

齋文(P.3781)　角結壇文(P.3149)　課邑文(S.0543)　社衆弟子設供齋文(P.2820)

離巷文(P.2642)　平安文(P.2820)　罷四季文(S.2146)　行城文(S.2146)　四門轉經

文(S.5957)　行軍轉經文(S.2416)　釋門爲某官患病祈禱文(P.2850)

願文에

願齋文(P.3566)　畵經變願文(P.2854)　星流發願文(P.2854)　消滅交念願生發

願文(S.0522)　慶彌勒像　發願文(P.3588)　放子出家願文北京(地 17-8554)　發

願文上下篇(S.4537)　京都發願文(P.2189)　回向發願文(P.2855)　屍陀林發願

文(S.6577)　敕爲大惠禪師建碑于塔設齋讚願文(P.3535)　發願懺悔略出文

(P.3210)

慶賀文에

慶壽文(S.5639) 賀誕子文(S.5639) 滿月文(P.3800) 慶誕文(S.5639) 七月十五日夏終設齋文(P.2807) 慶橋文(P.3800) 慶鍾文(P.3800) 堅幢傘文(P.2854) 慶幡文(S.2838) 置傘文(S.2146) 造幡銀渥畵彩(P.3149) 燃燈文(S.5957) 慶像文(S.1441) 散經文(S.5957) 轉經文(S.5957) 慶經文(P.3494) 逾城文(P.3566) 八宅文(S.5637) 印沙佛文(P.1441) 嘆佛文(P.3494) 受戒方等道場祈光文(P.3781)

題跋에

梵網經佛說菩薩心地戒題記(S.0102) 藥師本願經疏願記(S.2551) 六門多羅尼經論幷廣釋開決記題記(P.2165) 般若波羅密多心經題記(北京 鳥 62) 大般涅槃經卷第十題記(S.2136) 金光明最勝王經卷第一題記(S.1177)

讚幷書에

都僧統悟眞邈眞讚幷序(P.4460) 副僧統和尙邈眞讚幷序(P.2481) 李僧祿讚幷序(P.4640) 炫闍梨讚 幷序(P.4660) 賜紫沙門和尙邈讚幷序(P.3718) 曹法律尼邈眞讚幷序(P.3556)張法律尼淸淨戒邈眞讚幷序(P.3556) 張和尙生前寫眞讚幷序(P.3792) 范海印和尙寫眞讚幷序(P.3718) 張喜首和尙寫眞讚 幷序(P.3718) 了性句幷序(P.3777) 鳩摩羅什法師通韻(S.1344) 悉曇頌(P.2204) 董保德建造蘭若功 德頌文(S.3929) 創建伽藍功德記幷序(S.4860) 建佛堂門樓文(P.2857) 佛堂內開光明文(S.5574) 開經文(S.5957)

超度에

亡考妣三周文(S.5637) 亡母文(P.2854) 亡妣文(S.5957) 男意(P.2820) 亡女(P.2820) 亡僧文(S.5880) 亡齋文(S.5573) 盖聞無餘涅槃金棺永寂(S.6417) 爲亡孩超度文(S.5639) 追七文(S.5639) 爲追福文(S.5639) 爲小娘子追福文

(S.5639)

祭文에

祭僧文(S.5802) 祭寺主文(P.3214) 僧祭兄文(P.3214) 祭馬文(P.3545) 祭四天
王文(P.2854) 水陸遮大會疏文(S.0663)

行香·唱導文에서

張議潮國忌日行香文式(P.2815) 國忌行香文(P.2854) 先聖皇帝遠忘文
(P.2854) 宮齋行道文(S.3354) 菩薩唱道文(P.3228) 歸依啓請文(S.2685) 奉請
八大金剛文(S.55812) 四天王文(P.2854)

禮懺에

信行禪師禮懺文(S.2574) 晝夜六時發願文(S.2574) 往生禮讚文(P.2722) 黃昏
禮懺(S.0236) 寅朝禮懺(P.3842) 禮佛文(俗家, P.3232) 西方阿彌陀佛禮文(乃
68-8348) 禮彌勒願文(始 46-8361) 法身禮文(推 79-8370) 觀音禮文(生 25-
8347)

碑文에

周柱國李君修佛龕碑(紋 2.2621字) 李府君修功德碑(紋 1.294字) 陰處士修功
德碑(約 2,232字) 吳僧統碑(約 940字) 索法律0窟銘(約 1,685字) 張氏修功德
記(約 1,026字) 李氏再修功德碑(約 1,700字) 皇慶寺碑記(約 330字) 義辯和
尙修功德碑記(S.0530)

銘文에

劉金霞和尙遷神志銘幷序(P.3677) 河西都僧陰海晏墓志銘幷序(P.3720) 傳

記. 行狀에

鳩摩羅什別傳(P.0381) 竺道生別傳(S.0556) 釋僧肇別傳(S.0556) 曇曠傳記
(S.6219) 玄奘別傳(P.2037) 菩提流支別傳(P.2037) 曇無讖別傳(P.2037) 道信
別傳(P.3858) 弘忍別傳(P.3858) 法如別傳(P.3858) 麻禪師行狀(P.3035)

書에

國師唐和尙百歲書(P.2784) 諷諫今上破鮮于叔明書(P.3608) 王錫上吐藩讚普
書(P.3201) 尙書致鄧法律書(P.0376) 陰氏致某和尙書(P.0526) 贈僧洪辯. 悟
眞等告身(P.3720)

貼牒에

釋門貼諸寺綱管(P.6005) 都僧統賢照帖諸僧尼寺綱管徒衆等(S.1604) 保護寺
院 常住物常住戶不受 侵犯帖(P.2187) 爲釋迦降誕大會念經僧尼于報恩寺雲
集帖(s.3839) 沙彌尼法相牒(P.3730) 尼惠性牒(P.3730) 普光寺尼定忍等辭識
牒(P.3753) 請律師善才充寺主牒(P.3100)

雜記에

靈州史和尙因緣記(S.0276) 龍興寺毘沙門天王靈驗記(S.0381) 懺悔滅罪金
光明經傳(P.2099) 持誦金剛經靈驗功德記(P.2094) 白龍廟靈驗記(P.3142) 陰
處士公修功德記(P.4638) 報恩吉祥之窟記(P.2991) 于當居創造佛利功德記
(P.3190)

勸善受戒에

說之法文(S.1498) 勸善文(P.4597) 和戒文(P.2921) 受八關齋文(P.2668) 受八
戒法(P.2894)

이러한 불교계 산문들이 줄기차고 풍성한 문헌을 이루어 왔던 것이다. 나아가 돈황문서 중에서 가장 저명한 서사문학 형태로 이른바 변문류가 많이 유통되었다. 그 중에서 불교계 변문을 열거해 보겠다.

押座文에

八相押座文(S.2440) 三身押座文(S.2440) 維摩經押座文(S.2440) 溫室經講唱押座文(S.2440) 故圓鑑大師二十四考押座文(P.3361) 押座文(1)(P.2044) 押座文(2) (S.4474) 押座文(3)(原藏 列寧格勒東方院)

講經系에

長興四年中興殿應聖節講經文(P.3808) 雙恩記(報恩經講經文, 新亞書院學術年刊 15期) 金剛般若婆 羅密經講經文(P.2133) 佛說阿彌陀經講經文(1)(S.6551) 佛說阿彌陀經講經文(2)(S.6551) 佛說阿彌陀經講經文(3)(P.2955) 佛說阿彌陀經講經文(4)(P.2122) 妙法蓮華經講經文(1)(P.2305) 妙法蓮華經講經文(2)(P.2133) 維摩詰經講經文(1)(P.4571) 維摩詰經講經文(2)(S.3872) 維摩詰經講經文(3)(P.2122) 維摩詰經講經文(4)(P.2292) 維摩詰經講經文(5)(北京 光94) 維摩詰經講經文(6)(羅振玉, 敦煌零拾) 維摩碎金(蘇聯科學院 亞州人民硏究所藏 敦煌 F 101) 維摩詰所說經講經文(上揭 敦煌 F 252) 十吉祥講經文(上揭 敦煌 F 223) 佛說觀彌勒菩薩上生兜率天經講經文(P.3093) 無常經講經文(P.2305) 父母經講經文(1)(P.2418) 父母恩重經講經文(2)(北京 河 12) 盂蘭盆經講經文(大北國立中央圖書館 敦煌 32)

俗講系에

太子成道經(P.2999) 悉達太子修道因經(S.3711) 太子成道變文(1)(P.3496) 太子成道變文(2)(S.4480) 太子成道變文(3)(P.2854) 太子成道變文(4)(S.4128) 太

子成道變文(5)(S.3096) 八相變(北平 雲 24) 破魔變文(P.2187) 降魔變文(S.5511) 難陀出家緣起(P.2324) 祇園図記(P.2344) 目連緣起(P.2193) 大目乾連冥間救母變文幷圖一卷幷序(S.2614) 目連變文(北平 成 96) 地獄變文(北平 衣 33) 頻婆娑羅王后宮綵女功德意供養塔生天因緣變(S.3491) 歡喜國王緣(P.3375) 醜女緣起(S.4511) 不知名變文(1)(P.3128) 不知名變文(2)(S.4327) 不知名變文(3)(S.3050)

因緣記에

祇園因由記(P.2344) 佛圖澄和尙因緣記(S.1625) 劉薩訶和尙因緣記(P.2680) 慧遠和尙因緣記(P.2680) 白草院史和尙因緣記(S.5528)

小說에

落蕃貧女懺悔感應記(S.6036) 龍興寺毗沙門天王靈驗記(S.0381) 大莊嚴寺僧釋智興判(S.0381) 懺悔滅罪金光明經冥報傳(S.4487) 持誦金剛經靈驗功德記(P.2094) 道明還魂記(S.3092)

이러한 변문들이 실크로드 돈황의 불교미술·음악·무용 등 예술적 토양에서 다양하게 형성·유통되어 불교문예의 주류를 이루어 왔던 것이다.

이상 돈황문서 중의 불교문학이 그 불교미술에서 재구해 낸 문학작품들과 합류하여 실로 장엄·풍성한 불교문원을 과시하고 있다. 이제 이 작품군을 정리·조정하여 그 장르적 실상과 연행양상을 개관해 보겠다.

5. 불교문학의 장르적 전개

실크로드 돈황의 불교문학은 전체적으로 융화·종합된 양상을 보이고 있지만, 내질·외형에서 이미 장르적 성향을 엄연히 갖추고 있다. 따라서 이 전체적 종합문학에서 그 갈래를 따라 장르적 실상을 파악하는 것이 긴요한 일이다. 그래야만 그 문학작품의 계통과 체계가 조직화되어, 그 장르의 독자적 영역과 함께 개별 작품의 기능과 가치가 올바로 밝혀지기 때문이다. 그러기에 이 불교문학은 포괄적 개론을 바탕으로 장르별 각론을 거쳐 개별적 작품론으로 진입하는 것이 당연한 터다.[18]

여기서 적용되는 장르론은 한·중 간에는 물론, 세계적으로 공통되는 상위장르다. 잘 알려진 대로 불교시가와 불교수필, 불교소설과 불교희곡 그리고 불교평론이 바로 그것이다. 다만 본고에서는 2차 장르라 할 불교평론을 별도로 논의하지 않고, 제1차 장르별로 당시 수용층의 호응·평가에 맡길 것이다. 그리고 이 상위장르에 속하는 하위장르는 각국 문학의 고유성·전통성·특이성 등에 따라 달라질 수 있으므로, 해당 장르별로 논의될 것이다.

나아가 이 불교문학의 장르적 전개 과정에서 주목할 것은 바로 그 연행적 실태라 하겠다. 기실 모든 문학작품은 어떤 형태로든지 실연될 때, 그 기능과 가치가 제대로 발휘되는 게 사실이다. 따라서 이 문학작품은 여러 예술적 연행·공연의 대본이라고 볼 수도 있는 터다. 실제로 미술이나 음악·무용, 연극 등의 대본은 모두 각개 장르의 문학작품이기 때문이다.

1) 佛敎詩歌

(1) 불교시가의 장르적 실상

불교시가의 하위장르는 원칙적으로 중국문학의 시가장르에 준거하지만, 단

---

18 顏廷亮, 「敦煌文學總述」, 『敦煌文學通俗談』, 甘肅人文出版社, 2000, pp.1-17.

순히 詩·詞·曲 등으로만 재단할 수 없는 특성을 부인할 수 없다. 따라서 그 하위 장르는 偈頌·佛讚을 비롯하여 近體詩·詞·曲辭·別曲·歌辭 등으로 나누어 볼 수 있다.

게송은 대개 승려들이 한시의 형식을 빌려 자신의 소회·심경이나 불심·훈교의 의도를 읊은 작품이다. 역대 승려들의 게송이 한·중 불교계에 온축되어 큰 분야를 이루고 있다. 그 중에서 돈황의 게송으로 남아 있는 것은 빙산의 일각이라 하겠지만, 그만큼 희귀하고 값지다고 본다. 그 형식은 거의 근체시를 따르고 백화체를 활용한 것이 사실이다. 주로 그 고시형에서 장편의 자유를 발휘하고 있는 터다. 그 대표적 작품은 전게한 「先洞山和尙辭親偈」를 비롯하여 「靑峰山和尙試問偈」·「初夜無常偈」·「六禪師偈」·「華嚴經偈」·「觀音偈」·「讚普滿偈十首」·「十慈悲偈」·「願往生禮佛偈」 등이다.

불찬은 승려나 신도들이 불타나 불법을 찬탄하여 그 신심을 표출한 시형이다. 그 주제·내용이 무거운데다 그 정성이 절실하여 비교적 7언구의 장형을 선호하고 있다. 고금의 불교계에 승속의 작품이 허다하여 시가유산으로 중시된다. 거기에 내함된 찬불의 내용이 심오·찬연한 데다 그 표현이 자유·자재의 경지에 이른 것이 특징이다. 다만 돈황의 불찬이 희귀하여 그 가치를 더하고 있는 실정이다. 그 현전하는 전형적 작품으로는 「太子入山修道讚」을 비롯하여 「悉達太子讚」·「十恩德讚」·「送師讚」·「勸善文讚」·「父母恩重讚」·「五台山讚」·「淨土樂讚」·「金剛經讚」·「法華經二十八品讚」·「開元皇帝讚金剛經」 등을 들 수가 있다.

불교근체시는 그대로 중국 근체시에다 불교적 주제·내용을 효율적으로 담고 있다. 당·송대에 걸친 근체시가 정형을 이루고 성왕을 보인 것은 너무도 저명한 일이거니와, 불교계의 문사들이 이만한 작품을 허다히 남긴 점을 주목할 만한 터다. 더구나 당시의 불교시가 장구한 세월에 걸쳐 돈황석굴에 비장되어 오다가 발굴·산일되고, 창해유주처럼 남아 있는 것은 그만큼 희귀하고 값진 일이다. 이 불교시가 5언·7언의 절구·율시·고시체를 갖추고 있는 것은 잘 알려져 있거니와, 그 표현 어사·기교가 백화체를 지향하고 있는 점이 특징이라 하겠다. 그 대표적인 작품으로 「百歲詩」를 비롯하여 「九相觀詩」·「心海集 至道篇」·「四威儀詩」·「贈禪師居山詩」·「謁法門寺眞身五十韻」·「王梵志詩」·「念珠歌」·「勸善詩」 등을 들 수 있다.

불교사는 전형적인 송사체로서 뚜렷한 장르 성향을 갖추고 있다. 그런데 이 돈황의 불교시가 송대의 그것보다 선행하는 원형성을 지니고 있다는 점이 주목된다. 그러니까 당대의 근체시가 정형을 이루는 과정에 이어, 송대의 사가 형성·전개되는 흐름을 상당히 소급할 수 있는 전거로서, 이 불교사가 중요한 위치를 차지한다고 보아진다. 그 대표적인 작품은 「望月婆羅門」과 「長安詞」·「出家樂」·「無相珠」·「三歸依」·「悟眞如」·「歸常樂」·「歸去來」·「解悟成佛」 등이다.

불교곡사는 이른바 불곡을 말한다. 그 형태가 불교사와 유사하지만, 그 곡조에서는 범패조를 활용하여 그 특성을 보인다. 이미 알려진 변문 압좌문에서 보여주는 '作梵而唱'과 상통한다고 추정된다. 그 규모가 비교적 장형인데다 불교적 주제·내용에 충실하여 그 표현이 아주 자유롭다. 그 대표적인 작품으로는 「十無常」을 비롯하여 「緇門百歲篇」·「大唐五台曲子」·「十偈辭」·「行路難」·「國波樂」 등을 들 수가 있다. 그리고 불법이나 불공의 내용을 범패적 불교음악으로 가창한다는 점에서는 그 압좌문이 이 장르에 포함되어도 무방할 것이다.

불교별곡은 흔히 연장체로 알려져 온다. 말하자면 독립적 시가형태가 하나의 주제를 두고 여러 장으로 연결·구성되기 때문이다. 여기서는 돈황의 '十二時'와 '五更轉'이 주류를 이루는 터다. 그 독립적 작품의 형태는 5언·7언의 절구나 율시체를 지향하고 있다. 그래서 이런 작품이 5곡이나 12곡으로 연결되는 형태가 주류를 이루지만, 아주 자유롭게 장편화되는 경우도 없지 않다. 그 대표적 작품에는 「禪門十二時」와 「法體十二時」·「學道十二時」·「聖數十二時」

그리고 「五更轉」(太子入山修道)·「大乘五更轉」·「南宗讚五更轉」 등 정격 연장체와 「報慈母十恩德」에다 「勸善四衆依敎修行十二時」 등 변격·장편 연장체까지 있다.

불교가사는 불법이나 불경 중의 법담·서사를 자유롭게 서술하는 장편시가 형태다. 따라서 이 가사는 기본적으로 '노래조의 이야기'요 '이야기체의 노래'라는 복합성을 가지고 있어 '辭·賦'의 형식에 가깝다. 대강 대승경전의 서사적 내용을 운문으로 요약하는 이른바 '重頌'과 같은 것이다. 이것은 고금 한·중의 불교계에서는 성행하는 장형시가인데, 돈황문서에서 발견된 것은 아주 희귀한 터다. 현재까지 알려진 전형적인 작품으로는 「十二因緣文字歌辭」 정도다. 따라서 많이 알려진 돈황곡사로서의 포괄적인 '敦煌歌辭'와는 구별되는 형태라 하겠다.[19]

(2) 불교시가의 연행양상

기실 불가·사찰에서의 모든 신행활동은 불교음악으로 시작하여 불교음악으로 끝난다. 신행 상의 모든 언어·문학은 모두 악곡을 통하여 '음성공양'으로 올리기 때문이다. 그러기에 불교시가가 그 장르나 작품에 따라, 그 용처에 따라 각기 개성 있는 불교음곡으로 불리는 것은 너무도 당연한 일이다. 따라서 불교시가를 검토하는 데서 그 문자적 가사만을 취급하는 것은 그 실상의 절반도 파악하지 못하는 결과가 되는 터다.

불교시가의 가창, 음악적 연행은 그 장르와 작품, 또는 그 용도에 맞추어 악곡이 다 특성과 장점을 가지게 된다. 그 게송은 그것대로 보편적 음곡이 있지만, 그것을 풀어내는 승려의 음성·음색, 음악적 소질·기능에 의하여 독특한 반응

---

19 이수웅, 「돈황시가」, 『돈황문학』, 일월서각, 1986, p.86; 顔廷亮, 「敦煌詩賦」, 『敦煌文學槪論』, 甘肅人文出版社, 1993, p.355.

을 일으키고 효능을 발휘한다. 이와 같이 불찬이나 불교근체시 불교사·불교별곡·불교가사 등이 모두 독자적 음곡으로 불리어 특성을 나타내니, 가위 불교시가는 종합적으로 음악의 화원을 이루어 총체적인 음성공양을 성취하는 것이다.

이러한 불교시가의 음악적 연행은 그 음성 이외에 악기나 소품을 지참·활용하고 자연스러운 표정·몸짓이 따르며, 나아가 무용까지도 포섭하게 된다. 이런 때의 가창은 성악과 기악으로 조화되고 표정·몸짓의 연기와 무용을 곁들여, 가창극 내지 가무극을 지향하고 나아가 강창극까지 유도하는 터다.[20]

여기서 주목할 것은 이렇게 다양한 장르의 작품들이 연행·유통되는 과정에서 수필·소설 내지 희곡의 산문·서사 문맥 속에 끼어들어 삽입·조화의 입체적 기능을 다하여 왔다는 사실이다. 실제로 이런 산문 장르에서는 그 구성이나 문체의 역동적이고 생동하는 역량이나 감동파를 극대하기 위하여 선행한 시가작품을 자유로이 삽입·활용할 수가 있으니, 강창문이나 희곡이 그 대표적인 사례다. 그러기에 이 불교시가의 연행적 실상을 탐색·검토하는 일이 소중한 과제라고 본다.

2) 불교수필

(1) 불교수필의 장르적 실상

불교산문 중 수필의 하위 장르는 한·중 수필문학의 하위 장르에 준거하는 것이 당연하다. 한·중 수필의 공통 유형을 추출·조정하여 그 하위 장르를 설정하면 敎令·奏議·論說·序跋·哀祭·碑誌·傳狀·書簡·日記·紀行·譚話·雜記 등이 성립된다. 여기서는 불교수필의 특성상 그 論說이 각개 장르의 작품 중에서 논설성이 강한 것을 거론·규합하는 것이 순리이고, 상당한 질량의 작품유형을 확보하고 있는 祈願을 신설할 수밖에 없다. 실제로 이 수필작품을

---

20 高金榮, 「禮佛舞伎」, 『敦煌石窟舞樂藝術』, 甘肅人文出版社, 2000, pp.19-26.

총괄해 보면, 그 하위장르에 해당되는 작품원전이 아직 수습되지 않은 경우가 있다. 그렇지만 한 장르의 설정근거가 타당하고 해당 작품이 형성·유전되다가 실전되었다는 사실이 추정되면, 일단 그 장르는 논의될 필요가 있다. 거기서 수필론·작품론은 불가능하지만, 수필사·작품사는 재구·보전될 수가 있기 때문이다.

불교교령은 황제나 군왕이 불교계·사찰이나 승단·승려 등에게 내리는 조칙과 교서를 말한다. 당·송대를 전후해서 숭불하는 황제나 제후들은 숭불·불사에 관하여 긍정적으로 권장·격려하는 조칙·교서를 얼마든지 내리어 왔다. 이에 반하여 배불의 황제·제후들이 훼불·척불의 조칙·교서를 내린 경우도 부정적인 문장이긴 하지만 여기에 해당된다. 이러한 불교교령이 역대 불교계에 많이 있지만, 돈황문서에서는 뚜렷한 작품원전이 발견되지 않는다.

불교주의는 불교계 사찰이나 승단·승려 또는 신도들이 황제나 제후에게 숭불이나 불교시책, 불사나 불교 내의 사정을 상주하여 처분을 바라는 작품이다. 여기서 특기할 것은 이 불교의 황제나 제후에 해당되는 불·보살들에게 불법·불사 기타 사정을 호소·고유하는 문장도 불교주의에 해당된다는 점이다. 이러한 주의는 역대 불교계에 수많이 축적되어 전하고 있다. 그런데도 돈황의 불교주의는 질량 면에서 충분하지 못한 실정이다. 그런대로 현전하는 대표적 작품들 들어 보면, 전게한 疏와 表·狀·啓에 속하는 작품들이다.[21]

불교논설은 승려들이나 불교학자들이 불법이나 불경, 내지 수행·교화, 불교정책 등에 대하여 연구·논의하여 문학적으로 표현한 글이다. 따라서 이 논설은 불교학이나 불교논문과 같이 학술적인 전문서와는 스스로 구분되는 터다. 이러한 불교논설은 역대 불교계에 얼마든지 축적되어 왔지만, 돈황문서에서 수습된 작품은 그리 흔하지 않다. 게다가 표제와 내용이 일치되는 이런 불

21 杜琪, 「表·疏」, 『敦煌文學』, pp.16-25.

교논설은 쉽사리 눈에 띄지 않는 실정이다. 전술한 바대로 다른 하위 장르의 작품 중에서 논설성이 강한 것을 끌어들일 수밖에 없다.[22] 그래서 〈修道文〉이나 〈燃燈文〉·〈禮佛文〉·〈勸善文〉·〈功德文〉·〈設齋文〉 등의 유형에서 그 논설을 찾아내야 한다. 여기에 그 대표적 작품을 들면, 「善惠雪山修道文」이나 「燃燈文」 등이 있다.

불교기원은 승려나 신도들이 불보살께 기도하고 발원하며 각종 법회와 불사를 찬탄경하는 글이다. 자고로 이러한 기원문은 가장 많이 작성·유통되어 그 작품원전이 산적해 있다. 기실 돈황문서 중에서 수습된 이 방면의 원전이 질량 면에서 가장 풍성한 편이다. 상계한 祈禱와 願文, 慶賀文 등에 속하는 작품들이 줄지어 있기 때문이다.[23]

불교서발은 원래 불경·불서나 불교관계 서적·문장에 대하여 해설·상찬하는 서문과 발문을 가리킨다. 그러기에 승려나 불교학자들이 어떤 경전·불서에 대하여 거의 전문적으로 해설·찬탄하는 題記나 특히 황제·군왕의 어제서문 등이 저명한 터다. 그리고 어떤 법회·불사를 시작할 때 그 서두를 알리는 글, 찬시류의 앞에 붙이는 병서 등까지 여기에 포함되어 다양한 모습을 보여온다. 고금의 불교계에 이런 서발은 너무도 풍성한 터에, 돈황문서에서 발견된 것은 그리 많지 않다. 현전하는 대표적 작품은 상계한 題跋과 讚幷序에 들어 있다.[24]

불교애제는 불교계·사찰에서 통용되는 애도문과 각종 제의문을 포괄하니 그 범위가 넓다. 게다가 승려나 신도들이 일상에서 일어난 애사나 민간의 제례에서 지어 바친 불교적 조사나 각종 축문까지 포함하여 풍성한 문원을 이루어 왔다. 실제로 이 불교애제는 역대 불교사회에서 가장 성행하여 온 문장으

---

22 周丕顯, 「論說·文錄」, 『敦煌文學』, pp.80-87.

23 王書慶, 「願文」, 『敦煌文學』, pp.24-36.

24 韓建瓴, 「題文」, 『敦煌文學』, pp.73-79.

로 유명한 터다. 지금 돈황문서에서 발견되는 불교애제도 전계한 超度와 祭文, 그리고 行香·唱導文·禮懺 등에 적잖이 분포되어 있다.[25]

불교비지는 사찰문물이나 각종 불사를 기념하고 승려·신도들의 행적·공덕을 추념하는 비문과 묘지 등을 포괄하는 글이다. 대개 이 비지는 고승·대덕이나 학승·문승, 신불문사 등이 제작하여 비석이나 지석에 새기는 금석문이라 더욱 소중하다. 이런 비지는 금석에 새겨 공개적으로 기념하여, 의도적인 파괴를 입지 않는 한 오랜 역사를 지니어 온 터다. 불교계 석굴·사찰의 내외에 버티고 있어 많은 작품이 현존하고 있는 실정이다. 그런데도 실크로드 석굴·돈황석굴 같은 데서 보존·발굴된 비지는 희귀한 편이다. 그 중에 현저한 원전은 전계한 碑文과 銘文에 열거된 정도에 불과한 터다.

불교전장은 승려나 신도들의 행적·공덕을 기술한 전기 또는 행장을 아우른다. 이 전장은 개인적 사록이나 비문·지문 등과 긴밀히 연관되면서 그 문학성을 중심으로 표현의 특성을 유지하고 있다. 나아가 이 전장의 주인공이 승·속 간에 신기하고 탁이할 때, 그것이 紀傳小說과 결부될 수도 있는 터다. 이러한 불교전장은 역대 불교계에 얼마든지 제작·유통되었다. 그 시대에 상응하는 고승전이 그 전형적 사례다. 그리고 불교계나 민간에 개별적으로 비전되거나 구전되는 불교전장도 적지 않았던 것이다. 그런데도 돈황문서에서 발견된 이 전장은 희귀한 편이다. 전계한 傳記·行狀에 해당되는 작품들이 대표성을 띠고 있을 정도다.

불교서간은 승려 상호간이나 승·속 간에 주고받은 불교적 서신을 말한다. 여기에는 불교계와 사회적 관계로 빚어진 문제점을 해결하려 왕래한 서신과 함께 승·속 간 불보살을 향한 신심에 겨워 귀의·호소하는 가상의 서신까지도 포괄된다. 그리고 보니 역대 불교계에서 가장 성행한 것이 이런 서간이라고

---

25 譚蟬雲, 「祭文」, 『敦煌文學』, pp.121-130.

보아진다. 그런데도 이 서간은 그 성격 상 비장되어 전하거나 실전되는 경우가 허다하여, 그나마 개인문집에서나 유전되는 게 상례였다. 따라서 돈황문서에서도 이런 서간이 많이 발견될 수가 없었던 터다. 겨우 상계한 書와 貼牒에 그 일부가 자리하게 되었다.

불교일기는 승려나 신도들이 산거일기나 신행일기, 성지순례기 형태로 써 놓은 매일 단위의 생활수기이다. 이 일기는 그만큼 개성적인 생활문학으로 의미 있고 값진 것이 사실이지만, 그 공개 기피의 성격·관례로 하여 비전되거나 실전된 경우가 많았다. 따라서 돈황문서에서 이런 불교일기가 발견되기 어려운 것은 불가피한 추세라 하겠다.

불교기행은 승려나 신도들이 명승고적이나 불교성지·유적 등을 순례·탐방하여 그 관찰내용과 개인적 소감을 기술한 작품이다. 이 기행은 상당히 개방적인데다 타인에게 해설·홍보하는 성격으로 하여 불교계에서 많이 제작·유통되어 여행기의 역할까지 해 왔던 터다. 그런데도 이 기행은 개인문집에 수록되는 이외에 널리 유통·현전하는 작품이 그리 흔하지 않다. 그러기에 돈황문서 중에서 慧超의 「往五天竺國傳」이 발굴·소개되어 귀중한 작품으로 빛을 보게 된 것은 다행한 일이다.

불교담화는 승려나 신도, 일반 문사들이 불교나 경전 속의 재미있고 감명 깊은 일화·법화를 간요하게 내세워 자신의 주견을 펴는 작품이다. 자고로 이런 담화는 불교계에 성행하여 불교수필이나 불교수상 등을 대표하여 왔다. 이런 작품이 승·속 간의 문집이나 사계의 선집·전집 등에 삽입되어 전승되는 바가 상당히 많은 터다. 그리하여 불교계의 수필·수상에서 이 담화가 가장 용이하고 효율적인 작품으로 행세하여 왔던 게 사실이다. 그런데도 돈황문서 중에서는 아직도 이 담화가 독립적인 장르로 공인 소개된 바가 아직도 없는 실정이다.

불교잡기는 승려나 신도, 그리고 일반 문사들이 불법과 불경 내지 불교관계 제반사에 대하여 자유로운 문체로, 필요한 대로 써낸 글이다. 그러기에 위와 같은 장르에 구애되지 않고, 때로 그런 장르의 일부를 활용하여 잡되지만 독특한 기법을 드러내는 터다. 그러기에 불교에 관한 한 승·속 누구나가 손쉽게 생각하고 느낀 것을 자유롭게 그려낼 수 있다는 점에서, 이 잡기는 수필다운 수필이라고 하겠다.[26] 그리하여 고금의 불교계서 이런 잡기가 가장 많이 제작·유통되었지만, 전문적 문학관에서 여전히 폄하되고 작자 자신도 소홀히 하는 경향 아래 적지 않은 작품들이 비장·실전된 게 사실이다. 그런데도 돈황문서에 남아있는 작품이 상당수에 이르고 있다. 전게한 雜記와 勸善·受戒文에 주목할 만한 작품들이 나열되어 있는 터다.

(2) 불교수필의 연행양상

잘 알려진 대로 적어도 불교수필은 모든 하위 장르에 걸쳐 단순하게 읽히는 작품은 하나도 없었다. 그것은 석굴·사원과 불교사회에서 다양한 신행·법회·재의·행사 등에서 반드시 일정한 곡조·성률에 의하여 음악적으로 낭송·연행되었기 때문이다. 얼핏 보면 시가가 아닌 산문에서 곡조·성률 등의 음악적 연행이 왜 필요하며 또한 가능한 일이냐고 말할 수도 있겠다. 그러나 고금의 불교계 승려나 신도들은 자연적으로 거기에 곡조·성률의 음악적 효능이 강력하게 작용한다는 것을 체험·확인하여 왔다. 그러한 음악적 연행이 아니고는 그 산문들이 족히 감동·감명을 자아낼 수 없고, 그래서 불보살의 감응·가피를 결코 입을 수가 없다고 확신하였기 때문이다. 그러기에 적어도 이런 산문을 주도적으로 활용하는 승려들에게는 독경할 때의 성음 이상으로 그 곡조·성률에 대한 전문적 곡보를 가지고 교육·수련이 가해졌던 것이다. 그리고 그런 곡보가 없을 때는 철저한 사승 관계로 구전심수의 과정을 겪었던 터다.

---

26 韓建瓴, 「雜記」, 『敦煌文學』, pp.67-72.

수필의 하위 장르들은 그 연행의 목적과 용도에 따라 그 악곡도 다르지만, 그 사용상의 위치도 달라진다. 적어도 이 산문들이 종합예술적 재의·법회·행사 등에 끼어들어, 그 기능을 독특하게 발휘하기 때문이다. 이럴 때에는 그 대소의 서사적 구조·문맥에 따라 전후에 불교시가가 삽입·합세할 뿐만 아니라, 각종 기악과 성악이 협력·보조하여 장엄한 종교예술적 감흥을 불러일으키는 터다.

여기서 불교수필은 그 연행의 영역을 확대하여 그 문예적 가치와 기능을 십분 발양하게 되었던 것이다. 따라서 이 불교수필이 그 종합적 연행의 연극적 추세에 따라 그 대본의 역할을 감당하면서 앞으로 논의될 극본·희곡을 지향할 수밖에 없는 터다. 그러기에 그동안 방치·등한시되었던 불교수필의 연행관계는 그 자체의 문학적 가치와 연행적 기능을 밝혀내는 관건이라 하겠다.

3) 불교소설

(1) 불교소설의 장르적 실상

모든 불교문학이 그렇듯이 불교소설 역시 불경을 기원으로 하여 형성되었다. 그것이 인도의 불경으로부터 연원하여 실크로드를 거쳐, 우여곡절과 변환·전변의 과정을 밟아 돈황문서의 소설형태로 정립되기까지, 그 유구한 변천사를 실증하고 있다.[27] 이러한 소설의 장르는 한·중 문학계의 공질적인 합의가 이루어졌다고 본다. 대강 說話小說·紀傳小說·傳奇小說 등이 바로 그것이다. 따라서 불교소설의 하위 장르도 이에 준거하는 것이 보편적 합리성을 확보하는 길이 되겠다.[28]

물론 돈황문서 중의 불교소설 작품들이 이런 하위 장르를 충족시키리라 기대할 수는 없다. 그러나 중국소설의 하위 장르가 풍성한 원전들로 가득차고, 역대

---

27 周紹良, 「小說」, 『敦煌文學』, pp.279-287.
28 顔廷亮, 「敦煌小說」, 『敦煌文學槪論』, pp.325-345.

불교소설이 하위 장르마다 해당 작품들로 충분하다는 점을 주목할 필요가 있다. 따라서 이 돈황문서 중 불교소설의 하위 장르에도 해당 작품들이 족히 배속되어 있었다고 전제하는 게 당연한 터다. 그러기에 이 하위 장르상에 그 작품들이 현전하지 않더라도 문학사·소설사의 관점에서 재구해 낼 수밖에 없다.

불교계 설화소설은 불경 속의 신화·민담적 법화나 신앙생활의 전통 속에서 생기·유전되는 전설적 영험담 등에 입각하여 형성·정착된 소설작품을 이른다. 여기에는 승·속간에 확실한 작자가 없고 민중 공동의 창의적 윤색을 거쳐 어느 단계에 문헌으로 정착된 게 대부분이다. 따라서 전문적 작가의 창작소설과는 스스로 구별되는 터다. 그러나 불교소설로서의 특성이나 기능은 족히 갖추고 있는 게 사실이다. 전술한 대로 역대 북교계에는 영험담·응험기 등의 문헌 속에 이런 소설작품들이 상당수 실려 있는 터다. 그런데도 돈황문서에서 발견된 작품으로 뚜렷한 것이 없는 실정이다.[29]

불교계 기전소설은 역사적 인물, 승려나 신도의 저명한 행적을 이상적으로 허구·연설하여 제작한 소설을 가리킨다. 이 작품에는 엄연히 작자가 있어, 그 대상 인물의 행적을 바탕으로 오랜 기간 전승·구연되면서 허구·연설된 담설까지 수집·보완하여 창작한 것이라고 본다. 고금 불교계에는 이런 기전소설이 대강 고승전의 형태로 수많이 제작·유통되었다. 그러기에 소설계에서는 역대 고승전을 크게 주목할 수밖에 없다. 그래도 돈황문서에서 나온 「祇園因由記」·「佛図澄和尙因緣記」 등을 중시하는 게 당연하다.

불교계 전기소설은 전형적인 창작소설이다. 승·속 간의 문사·작가가 불법·불경이나 제반 불사에 나타난 탁이한 이야기, 영험·기이한 사실을 소재로 허구·창작해 낸 소설이기 때문이다. 따라서 이 전기소설이 불교소설의 핵심·주류를 이루어 왔던 것이다. 그리하여 역대 불교문원에는 이런 소설작품이 성행하여 많이

---

29 顔廷亮,「敦煌話本」,『敦煌文學槪論』, pp.303-325.

전승되었던 터다. 물론 이런 작품들이 포교를 위한 것이지만, 그 독특한 문학성을 갖추고 장편·중편·단편 등 다양한 양식과 세련된 표현으로 일관하고 있다. 그 문체가 대화 중심으로 생동하고 더구나 상당한 시가 형태를 삽입하여 운·산문의 입체적 역동성을 보이니, '강창소설'이라 해도 무방할 것이다.[30] 그러기에 돈황문서에도 이런 작품이 상당수 보존 되어 있다. 먼저 전계한 變文 중 俗講系의 「太子成道經」·「悉達太子修道因經」·「降魔變文」·「目連緣起」·「醜女緣起」 등과 상계한 小說에 속하는 「落潘貧女懺悔感應記」 내지 「道明還魂記」 등이 그 대표적 작품군을 이루고 있는 실정이다.

그리고 특기할 것은 전계한 바 '佛教故事圖와 文學' 조에 보이는 벽화에서 이런 소설작품을 복원해 낼 수가 있다는 점이다. 이미 밝혀진 것 가운데, 적어도 「五色鹿故事」와 「須闍提割肉濟父母」·「睒子深山奉親」·「善友太子入海取寶珠」·「須達起精舍」 등은 족히 불교소설의 자질·형태를 취하고 있었으리라 추정된다.[31] 이 작품들은 그 벽화와 직결되어 아무래도 변문계의 문헌으로 유통되다 실전되었을 것이나, 다행히 그런 원전이 한국불교계에 『釋迦如來十地修行記』로 현전하여, 그 전거를 방증하고 있는 터다.[32]

(2) 불교소설의 연행양상

이미 알려진 대로 모든 불경은 다 문학이요 서사적 대승경전은 거의 모두 소설이며 희곡이라고 한다. 이러한 불경이 강독되고 강담되며 강창되어, 그 내용을 쉽고 재미있게 그리고 감명 깊게 연행한다는 사실에 주목할 필요가 있다. 바

---

30 전홍철, 「돈황강창문학의 소설사적 의의」, 『돈황강창문학의 이해』, 소명출판사, 2011, pp.491-500.
31 張鴻勛, 「變文」, 『敦煌文學』, pp.240-254.
32 사재동, 「석가여래십지수행기의 변문적 실상과 국문화 과정」, 『훈민정음의 창제와 실용』, 역락, 2014, pp.583-586.

로 불교소설이 이와 같은 연행을 본받아, 보다 세련되고 좀 더 음악적인 강독·강담·강창을 통해서 효율적으로 유통·행세하였기 때문이다.

먼저 불교소설의 강독에 대해서다. 원래 소설은 읽히기 위한 문학이다. 그 당시에는 승·속 간에 이 소설을 반드시 음독·낭송하는 것이 당연한 일이었다. 혼자서 읽어도 소리 내서 음악적으로 읽어야 스스로 이해되고 감흥이 배가 되기 때문이다. 더구나 한 강독자가 여러 청중을 상대로 이 소설을 읽어 줄 때에는, 소리 높여 신나게 음곡·성률을 타고 능숙하게 읽어 내렸다. 이런 전통과 관습으로 하여 강독의 음곡·성률이 정형화되고 그 전문적인 강독사가 등장하게 되었다. 따라서 그 강독사가 이 소설을 여러 청중 앞에서 그 곡조·가락에 맞추어 멋지게 낭독하여 감흥을 극대화하고는 그들에게 자발적인 보시를 받는 일까지 생기게 되었다. 이 강독사는 승·속 간 상당한 신심과 식견을 가진 기능인으로 그 강독을 상당 수준의 연행으로까지 이끌었다. 그래서 이 소설을 대본으로 강독사가 청중에게 연행을 베풀어 매우 감동적인 공연판을 지향하게 되었던 터다.

다음 불교소설의 강담에 대해서다. 본래 소설은 이야기 문학이다. 적어도 그 소설의 이야기 줄거리만을 기억하고 있는 사람이라면, 이야기하고 싶은 본능에 따라, 이야기를 즐기는 사람들에게 반드시 이야기하게 마련이었다. 여기서 고금을 통한 이야기판이 그 연행의 현장으로 벌어졌던 것이다. 그러기에 이야기판의 주체는 그 소설을 화본으로 이야기하는 사람이다. 기실 그런 이야기는 누구나 할 수 있지만, 많은 사람들을 모이게 하고 그런 청중들에게 가장 멋지고 감동적으로 연행하기 위해서는 점차 전문적인 기능, 연기를 갖추는 일이 불가피하였다. 그리하여 자연 전문적인 이야기꾼, 강담사가 등장하게 되었다. 실제는 그 강담사는 기억력이 뛰어난 데다 말솜씨가 좋아야 함은 물론이다. 나아가 강담사는 그 이야기의 줄거리를 기본으로 하여 축약하거나 부연·미화하는 창작적 능력에다 거기에 알맞은 표정·동작을 구사하는 연기력까지 갖추었던 터다. 그러기에 강담사는 전문성을 띠고 그 이야기를 능소능대하게 구연하되, 해설을 입담 좋게 하고 대사를 대사답게 하면서 삽입가요를 가창함으로써, 청중의 반응·욕구를 충족시킬 수 있었다. 이것이 전통적으로 관례화·전형화되어, 불교소설의 이야기판을 상당 수준의 연행현장으로 만들었던 터다. 이런 강담사는 '이야기꾼'에서 '傳奇叟'로 행세하면서 이런 이야기판을 점차 연극적 공연으로 연결시켰던 것이다.

그리고 불교소설의 강창에 대해서다. 실제로 불교소설은 변문게 전기소설을 중심으로 상당한 시가를 교직시킴으로써, 강창구조와 문체를 구비하고 있는 터다. 따라서 이런 소설을 연행하는 데서 강창의 방편을 사용하는 것은 너무도 당연한 일이다. 이러한 강창은 강독이나 강담보다 전문적인 기예를 가지고 그 작품의 지문을 강설하면서 대화는 생동화시키고 시가부분은 악곡·성률에 따라 가창하는 것이 원칙이다. 이러한 연행은 아무나 할 수가 없고, 강독·강담에 능통하면서도 그 음악에 밝고 연기에도 능숙해야 된다. 이런 수준의 연행자를 강창사라 이름하고, 이런 전문가가 그 소설을 강창할 때, 비로소 연극적인 연행이 되어 모든 시청자에게 감동을 줄 수가 있었다. 여기서 이른바 속강·변문의 속강승과 강창연기에 능한 광대를 주목할 필요가 있다. 적어도 이 전문적 연행자들이 비록 1인 전역으로 1편의 소설을 극화하는 연행적 효과를 내고 있기 때문이다. 그 연행자들이 벌리는 불교소설의 강창판은 마치 1인극의 연극같이 연극 중의 강창극과 연결되는 터라 하겠다.[33]

4) 불교희곡

(1) 불교희곡의 장르적 실상

잘 알려진 대로 희곡은 연극의 대본이다. 따라서 불교연극의 실상과 장르를 논의한 다음에, 그 극본·희곡의 장르를 분류·검토하는 것이 연극학의 입장이

---

33 전홍철, 「돈황강창문학의 연행양상」, 『돈황강창문학의 이해』, pp.299-355.

다. 그런데 여기서는 희곡학의 관점에서, 이미 통설적인 연극, 불교연극의 장르를 전제하고, 불교희곡의 하위 장르를 설정·논의하는 것이 좋겠다. 그 다음에 이 불교희곡의 연행양상을 검증하는 과정에서 그 연극형태의 실상을 파악하는 것이 순리라고 본다. 이런 점에서 한·중 연극의 하위 장르를 탐색해 보면, 대강 가창극과 가무극·강창극·대화극·잡합극(전능극)으로 나누어진다. 따라서 불교연극의 하위 장르도 이에 준거하는 것이 옳겠다. 그렇다면 이 불교희곡의 하위장르는 결국 가창극본과 가무극본·강창극본·대화극본·잡합극본으로 나타난다.[34]

먼저 불교계 가창극본에 대해서다. 위에서 불교시가의 연행양상을 살폈거니와 그 연행양상이 바로 연극적인 맥락과 분위기로 하여 가창극의 실제를 보여 주었다. 그러기에 그 대본이 된 모든 시가는 각개 작품 단독으로나 다른 작품과 연합하여 그 해설·시화 등으로 연결되어 다 가창극본으로 성립·행세하는 것이다. 상게한 불교시가 중 정격 한시, 근체시의 경우마저 시화를 곁들여 연극적 분위기로 음영·연행되면, 가창극의 면모를 보이니, 그게 바로 가창극본으로 정립·행세하는 실태라 하겠다. 그러니 나머지 시가 장르야말로 모두가 가창극본으로 희곡성을 띠는 게 당연한 일이다.

다음 불교계 가무극본에 대해서다. 위 가창극본은 공연의 실제에서 반드시 무용을 동반하게 된다. 비록 그 시가를 단순하게 가창한다 하더라도 그 가창자의 표정과 모든 동작이 기초적인 무용형태를 이루는 터다. 그러기에 이 가창극은 운명적으로 어떤 형태의 무용이든지 원용·합작할 수밖에 없다. 기실 가장 간편하고 보편적인 연극이 가무극이라면, 그 극본 역시 그런 면모를 지니는 것이 당연하다. 그런데도 이 가무극본은 원형 그대로 기록·보존되는 경우가 드물다. 대

---

34 사재동, 「한·중 불교고사의 희곡적 전개」, 『한국공연예술의 희곡적 전개』, 중앙인문사, 2006, pp.228-230.

개 그 가무극본은 전체적 구조나 서사문맥, 그 별도의 무보가 분리·실전되어 기본적으로 고정성이 강한 시가만 남기 때문이다. 그러기에 대부분의 시가 장르들은 현전하는 무보와 극적 상황을 고려하여 그 가무극본으로 재구·복원될 수가 있는 터다.

그리고 불교계 강창극본에 대해서다. 이른바 강창문학은 본래 이 강창극본의 운명을 타고 났다. 모든 강창문학은 그 자체가 당장 강창극으로 연행될 수 있는 여건을 충분히 갖추고 있기 때문이다. 상게한 바 변문 전체가 압좌문을 비롯하여 강경계나 속강계의 모든 작품이 다 강창극본이라 하겠다. 이미 불교소설을 중심으로 강창구조·문체를 갖추고 있는 한, 바로 강창극본으로 전환·행세할 수가 있는 터다. 이런 점에서 이 강창극본은 가장 보편적이고 입체적인 극본·희곡이라 하겠다. 실제로 이 강창극본에서 서사문맥을 축약하여 시가 중심으로 개편하면 곧 가창극본이 되고, 그것이 다시 무용을 곁들이면 가무극본이 된다. 나아가 이 강창극본에서 서사문맥을 극정에 맞추어 장면화하고 그 대사를 부각시키며 등장인물의 언동·연기를 현실적으로 입체화하면, 그대로 대화극본이 되기도 하는 것이다.

나아가 불교계 대화극본에 대해서다. 기실 이 대화극이 가장 입체적인, 종합적인 연극이라면, 그 대화극본이 가장 빼어나고 전형적인 극본·희곡이 되는 것은 당연하다. 그런데 이 대화극을 전체적으로 서술하여 완전한 극본으로 정착·기록하기는 지난하고 거의 불가능한 일이다. 따라서 이 대화극본은 기본적인 서사문맥과 지문·대화 그리고 가창과 제한된 연기·극정의 요약표기 정도로 제작되는 것이 보편적 관례가 되었다. 그러기에 이 대화극본의 완벽한 원전은 원대의 잡극본에서 기대되고, 당시의 형편으로는 가창극본·가무극본의 형태로 축약되거나 전술한 바 강창극본의 양태로 존치될 수밖에 없었다. 따라서 이 대화극본은 가창극본·가무극본을 기반으로 재구해 내고, 그 강창극본을 개변·입체화해서 재생시킬 수가 있는 터다. 이런 점에서 불교계 대화극본이 가장 다양하고 풍성한 터라 하겠다.

한편 불교계의 잡합극본은 바로 만능극본의 다른 이름이다. 원래 잡합극은 여러 가지 연극적 요소가 조화롭게 섞이어 이룩된 종합적인 연극형태다. 그리하여 이 연극 장르는 시청자들에게 모든 연극적 면모와 기능을 발휘하기에 전능극으로도 통하는 터다. 따라서 이 잡합극본은 그 자체로서 완벽한 극본·희곡을 구비·유지할 수가 없다. 위 세 장르의 극본이 성립되어 있기만 하면 그것을 기본으로 하여 다른 장르의 일면을 끌어들이고, 게다가 비연극적 잡기·무술 등까지 가미하여 필요에 따라, 수시로 편성해 낼 수가 있기 때문이다. 그러기에 돈황문서에 명실상부한 잡합극본이 발견되지 않는 것은 사실이지만, 적어도 잡합극본을 편성해 낼 수 있는 극본적 소재는 너무도 풍성한 터라 하겠다.[35]

(2) 불교희곡의 연행양상

이미 선행된 불교연극의 하위 장르에 근거하여 그 극본·희곡을 규정·논의한 마당에, 다시 이 극본들의 연행양상을 논의하는 것은 중복되는 감이 없지 않다. 그러나 이 극본을 대본으로 하여 극화·공연의 양상을 고찰하는 작업은 꼭 필요한 터다. 결국 이 불교극본·희곡의 하위 장르가 극화·공연되면, 바로 가창극과 가무극·강창극·대화극·잡합극으로 전개되기 때문이다.

먼저 불교계 가창극에 대해서다. 이 가창극은 우선 무대와 무대장치, 그리고 객석이 필요하다. 여기 무대는 야외공연의 경우에 별도로 설치하고 그에 상응하는 장치를 할 뿐이며, 평상시에는 석굴·사원의 강당·법당 등 적당한 공간을 무대로, 불·보살상이나 벽화·탱화 등을 그 장치로 활용하면 그만이다. 그 출연자는 독창의 경우 말고는 그 배역에 따라 분장·의상을 갖추고, 소도구를 지참하여 가창하면서 적절한 연기를 겸하면 된다. 그 가창은 2인 대창, 2인 이

---

35 사재동, 「한·중 불교계 강창문학의 희곡적 전개」, 『한국공연예술의 희곡적 전개』, pp.362-368.

상의 합창, 도창과 후렴, 남녀 혼성창 등 그 양식을 다양하게 진행할 수 있다. 이때에 기악의 반주가 따르는 것은 물론, 간혹 가창하며 악기를 연주하는 병창도 가능한 터다. 그리고 그 무대 설치와 공간의 형편에 따라 청중은 전면에 자리하거나 사면 주위에 둘러앉을 수도 있다.

다음 불교계 가무극에 대해서다. 이 가무극은 위 가창극에 무용이 결합된 입체적이고 역동적인 형태다. 여기서는 가창이 주축을 이루고 무용이 종속되는 경우와 그 반대의 경우를 예상할 수가 있지만, 양쪽이 대등하게 조화를 이루는 게 원칙이다. 그렇지만 사실상 이런 비율과 그 조화는 총체적인 연출자가 좌우하는 게 현실이다. 여기 무대와 그 장치는 가창극과 같되, 그 무대의 넓이가 무용의 범위를 보장하기 위하여 보다 확대되는 게 당연한 일이다. 그 출연자는 역시 가창·무용 간에 그 배역에 따라 분장·의상을 갖추고 소도구까지 지참·활용한다. 그 가창부는 위와 같고 그 무용부만은 가창과의 상관성에서 멋진 조화를 위하여 단독무·대무·군무나 남녀 혼성무 등으로 극적 효과를 극대화한다. 그 관객의 자리는 가창극과 같다.

그리고 불교계 강창극에 대해서다. 이 연극형태는 불교소설의 강창적 연행에서 전문적으로 진일보한 것이라 간주된다. 따라서 그 무대는 어디든지 관계없이 자유스럽다. 적어도 석굴·사찰의 강당이나 법당이면 그 불·보살상과 벽화 등을 배경으로 하여 가장 어울리지만, 석굴·사찰의 광장이나 야외·산야, 민간의 사랑방, 마당 등 어디든지 출연자가 서있는 곳이면 바로 무대가 되기 때문이다. 다만 그 연행 대본의 내용에 알맞은 변상도를 공연자가 서있는 배경에 설치하는 게 장치의 전부이자 필수 요건이다. 그러니까 청중이 그 변상도를 보면서 그 강창의 연행을 듣는 입체적 효과를 노린 것이다. 이로써 돈황 문서 중에 발견된 상당한 크기의 변상도는 이런 강창극을 위한 배경화라 보아진다. 그리고 그 공연자는 속강승이든 민간 광대든 단 한 사람이 나와서, 그 대본에 나오는 강설·가창과 여러 등장인물들의 연기까지 전담하는 완벽한 1

인극으로 공연한다. 따라서 그 분장·의상은 일일이 따라 할 수도 없거니와 원래 평상복, 그 설창·연창자에 맞는 복장만으로 족한 것이다. 그러기에 이 공연자는 모든 방면에 능통한 만능의 기예를 갖추어야 비로소 청중을 감동시키는 데에 성공할 수 있는 터다. 이때에 보조·상대자는 그 가창시에 북이나 판을 쳐주는 고수가 있을 뿐이다. 그 청중의 자리는 그 무대만큼 자유롭다. 그 연창자의 전면을 중심으로 그 주위에 빙 둘러 앉을 수도 있기 때문이다. 그러기에 이 강창극은 가장 개방적이고 경제적인 공연형태로 손꼽는다. 따라서 이것은 중국의 설창 곡예나[36] 한국의 판소리와도 상통하는 터다.[37]

나아가 불교계 대화극에 대해서다. 이 연극형태는 가장 입체적이고 역동적인 종합예술로 공연되는 터다. 그러기에 무대와 그 장치가 본격적으로 설치되어야 한다. 그 무대는 가창극 등과 같으나 그 배경과 장치는 불·보살상이나 벽화·탱화로는 만족할 수가 없다. 그 연극 장면의 변환에 따라, 그 배경·장치도 사실적으로 변화되어야 하기 때문이다. 그런데도 무대장치의 부담을 덜 겸 연극적 효과도 노리기 위하여 독특한 약식을 활용하는 경우가 많은 것이다. 그 등장인물들은 배역에 따라 분장·의상을 하고 장식품·소지물 등 소품도 소용에 따라 다양하게 준비·활용한다. 그 인물들은 사건 진행과 극정에 따라 주인공을 중심으로 출입하며 대화·대창하고 갖가지 표정과 연기를 펼친다. 여기서 가장 중요한 것은 바로 대사다. 그러기에 그 배역에 따른 대사를 능숙하게 외워야 하고, 만약에 잊었으면 그 위기를 모면하는 임기응변도 필요한 터다. 물론 극단에 따라 무대 뒤에서 그 대사를 급히 알려주는 역할까지 하는 경우가 있다. 이때에 배경음악이나 연기자의 가창에 반주음악이 나오고 필요한 대로 조명까지 보조하는 게 사실이다. 이런 모든 연극적 요건들이 원만한 조화

---

36 이정재, 「고사계 강창 연구」, 『중국구비연행의 전통과 변화』, 일조각, 2014, pp.415-421.

37 사재동, 「불교계 강창문학의 판소리적 전개」, 『한국공연예술의 희곡적 전개』, pp.419-422.

로 진행되어 그 종교·예술적 절정을 이루는 것이다.

한편 불교계의 잡합극에 대해서다. 이 연극형태는 만능극이라 할 만큼 광범하고 복잡한 공연으로 전개된다. 따라서 그 무대는 공연공간과 관중석을 포함하여 광활할 수밖에 없다. 그러기에 석굴·사원의 전각 내보다는 실외 광장이나 야외 공간이 더욱 적합하다. 따라서 연극 진행에 따른 무대장치가 필요 없고, 무대 주변에 대형 괘불도를 게양하거나 다양각색의 깃발·당번을 내세우는 것으로 족하다. 등장인물은 다양하게 분장하고 적절한 의상을 걸치고 나온다. 대개는 그 연극을 역동적으로 보조하기 위하여 잡기기능자나 무술보유자, 또는 특별한 인형·가면도 나오고, 경우에 따라서는 말이나 곰, 코끼리, 사자, 범 등이 훈련되어 동참해서 실로 다양하기 그지없다. 비록 그 연기는 가창·가무·대화 등이 뒤섞이고 잡기·무술, 동물놀이 등으로 복잡하게 얽히지만, 전체적으로 공연의 순차에 어긋남이 없고, 각개 부분의 연행이 대체적으로 조화를 이루는 데에 특징이 있는 터다.[38]

6. 불교문학의 유통과 전파

1) 중국불교문학사상의 위치

실크로드의 불교미술이 돈황 막고굴에 이르러 집대성되고 운강석굴과 용문석굴 등으로 꽃을 피울 때, 여기에 바탕을 두고 형성·전개된 돈황문서 중의 불교문학은 장르별로 성행되다가 장경동굴 속에 비장·매몰된 이래, 장구한 세월 망각의 어둠을 뚫고 빛을 보게 되니, 그대로가 돈황보장이요 불교문학의 보전이라 하겠다. 이 돈황문서를 통하여 불교문학의 원전을 수습·연구한 결과, 그것은

---

38 사재동, 「불교연극 연구서설」, 『한국공연예술의 희곡적 전개』, pp.195-198.

불교문학·중국문학의 막중하고 새로운 작품으로 그 진가를 발휘하며 각개 문학 장르를 충족시키고 있다. 나아가 그 작품들은 장르사를 이루어 불교문학사·중국문학사의 장르적 계맥을 보완·보전하는 위치를 점유하게 되었다.

먼저 돈황문서의 불교문학 작품들이 그만큼 발견되어 그처럼 값진 원전을 중국불교문학계의 자산으로 편입시키니, 이는 당초부터 사계의 행운이요 역사적 사건이었다. 그 당시 돈황문서가 발굴·소개되면서 세계의 동양학계가 놀라며 그 자료를 입수하려고 가위 쟁탈전을 벌렸던 사실이 기억에 생생한 터에, 중국 정부나 학계는 새삼스럽게 통분하며 그 자료수습에 나섰다. 그 돈황문서의 분산과 피탈은 국가적 손실이요, 학계의 치욕이었기 때문이다. 뒤늦게 그 자료들이 이른바 문화 강국들의 도서관이나 박물관, 개인 수집가에게 수장된 자료들을 확인·수습하면서 그 가치와 중요성을 재인식하고 마침내 『敦煌寶藏』140책을 편간하게 되었다. 그때는 이미 이 자료를 수집한 세계 학자들이 돈황학을 정립하고 국제적 돈황학회를 조직하여 학풍을 일으키고 있었으니, 그래도 그 전문성과 친연성으로 하여 그 연구의 주도권은 중국학계에서 쥐고 있었다.

이처럼 돈황학을 일으킨 역사적 돈황문서에는 중국문학 자료가 주류를 이루고 그 가운데서도 불교문학자료가 핵심을 이루었던 것이다. 그동안 이 문학자료들이 돈황학의 대세에 힙쓸려 크게 주목을 받지 못하였지만, 중국문학계나 불교문학계가 본격적인 연구를 심화시키면서, 그 돈황문서 중의 이 원전을 더욱 높이 평가하게 되었다. 실제로 당·송 이래의 중국문학이나 불교문학은 이 돈황문서의 자료가 없었다면 결코 올바로 연구할 수 없다고 학자들마다 감탄하였던 터다.

그리고 이 돈황문서 불교문학 작품들은 중국문학사·불교문학사의 장르적 형성·전개 과정에서 그 공백기나 불투명한 부분을 보전하고 보완하는 획기적 역할을 다하였던 것이다. 적어도 그 시가사에서 근체시의 정형이나 백화체의 등장, 그리고 사의 기원·형성 등에 걸친 여러 문제를 그 돈황문서의 이 자료가 해결한 것이 사실이다. 나아가 전통·계맥이 튼튼한 산문, 수필사에서도 고문체와 조응하여 형성된 백화문체에 관한 문제까지 그 돈황문서의 이 자료가 개입되어 해결한 것이 분명한 터다. 나아가 매우 유동적인 소설사의 공백기나 복잡·다단한 희곡사의 불투명한 부분이 그 돈황문서의 이 자료에 의하여 보전되었다는 사실도 학계 공지의 사실이다. 이런 논의는 이미 사계의 정론으로 널리 알려졌기에 상론을 유보할 따름이다.[39]

2) 한국불교문학과의 교류관계

이미 알려진 대로 실크로드·돈황의 불교문물은 한국의 그것과 상통·교류하여 동일한 문화권을 유지하고 있는 게 분명하다. 삼국시대에 불교전래와 함께 그 석굴·사원의 창건·운영과 그 속의 불교미술이나 불교음악·무용·연극 등 예술형태가 또한 그러한 관계 아래 놓여 있는 게 사실이다. 모든 불교문물이 인도로부터 실크로드를 거쳐 중국에 유통되고 그것이 삼국에 전래·정착될 때부터 국적을 초월한 승려들이나 부수인물들의 빈번한 왕래와 노력에 의하여 그 불교미술·예술이나 그 핵심을 이루는 불교문학이 동시에 제작·유통되었던 터다. 따라서 삼국의 구법승이나 유학승들이 인도·서역·중국의 불교문물·예술과 문학 등을 민감하게 탐구·체달하여 모국에 와서 실현·정착시키는 추세와 조류가 면면히 지속되었다.

그 결과로 삼국의 불교신앙과 석굴·사원의 건축·회화·조각·공예, 음악·무용·연극 등이 불교문학을 주축으로 실크로드 돈황과 교류하면서 형성·정착되었던 터다. 이런 삼국의 불교문학이 학승·문승이나 신불문사에 의하여 제작·유통되고, 신라통일기나 고려시대로 거쳐 조선시대까지 풍성한 원전으로 그 시대에 상응하여 제작·유전되었다. 고익진의 주도로 편간된『韓國佛敎撰述文獻

---

39 이수웅, 「돈황문학의 중국문학사상의 지위 및 영향」,『돈황문학과 예술』, pp.211-223.

總錄』에 따르면 그 엄청난 사실이 대강 들어난다. 적어도 역대 고승이나 문사들이 찬술·제작한 불교문학 작품류가 거의 망라되어 있기 때문이다. 그 내막을 살펴보면, 삼국시대에는 고구려 승려 1명에 2작품, 백제 승려 4명, 왕 1명에 7작품, 신라통일기까지 승려 42명·문사 1명에 370작품이다. 고려시대 승려 42명·문사 3명에 124작품이요, 조선시대 승려 104명·문사 3명에 216작품이니, 모두 201명의 편저자에 710작품으로 비교적 풍성한 편이다.

그런데 이 소중한 작품들이 유전되는 과정에서 거의 다 실전되거나 국외로 유출되었다는 사실이다. 그 돈황문서는 특별한 위기 상황에서 집단적으로 수합·비장되다가 그대로 발굴되어 최대의 사건으로 전개되고 전세계·문화·문학계에 큰 충격과 영향을 끼쳤지만, 한국의 역대 불교문헌·문학 작품들은 그 시대에 상응하여 알게 모르게 훼손되고 빼앗기고 팔아넘기는 우여곡절을 겪었기에, 별다른 반응을 일으키지 않았다는 것뿐이다. 그러나 되돌아보면 이 소중하고 값진 불교문학 원전이 그처럼 분산·실전된 회한과 애석함은 돈황의 경우와 다를 바가 없다.

다행하게도 동국대학교 불교문화연구소가 다년간의 숙원사업으로 국내외 도서관·박물관과 개인 장서가의 수장본을 탐색·인출하여 150명의 편저자에 327작품을 『한국불교전서』(전 13권)로 집대성하니, 불교문학을 중심으로 보면 저 『敦煌寶藏』과 같은 보전이라 하겠다. 이 전서야 말로 자료 빈곤과 방법론의 부재로 낙후되어 있던 불교문화·불교문학의 본격적인 연구에 다시없는 보고로 높이 평가되어야 할 것이다. 따라서 이 전서를 원전으로 하여 한국불교문학의 실상과 문학사상의 위상을 개괄적으로 고찰하는 것이 당연한 일이다.

우선 이 전서에 수록된 작품들을 연구 주제에 맞추어, 시대순에 따라 작자·편자별로 선정·정리할 것이다. 여기서 이 전서에 실린 모든 문서가 다 불교문학 작품이냐의 문제가 제기될 수는 있다. 그러나 본고에서는 모든 불경은 다 문학이라는 관점에서, 적어도 문학작품에 해당되는 원전만을 선정·정리할 것이다. 이 원전들은 돈황문서의 시대와 상응하여 신라시대로부터 고려시대까지로 한정하되, 필요에 따라 이 전서에 실리지 않은 몇 가지를 더 열거하겠다.

- 新羅時代에

　圓測의

　　佛說般若婆羅密多心經贊(1권) 講經文

　　仁王經疏(6권) 講經文

　　解心密經疏(10경) 講經文

　神昉의

　　大乘大集地藏十論經序 序文

　元曉의

　　大慧度經宗要(1권) 論說

　　法華宗要(1권) 論說

　　涅槃宗要(1권) 論說

　　無量壽經宗要(1권) 論說

　　彌勒上生經宗要(1권) 論說

　　菩薩戒本持犯要記(1권) 論說

　　大乘起信論別記(2권) 論說

　　梵網經菩薩戒本私記(1권) 論說

　　安心樂道(1권) 論說

　　二障義(1권) 論說

　　判比量論(斷簡) 論說

　　十門和諍論(斷簡) 論說

　　金剛三昧論(3권) 講經文·論說

　　中邊分別論疏(1권) 講經文·論說

大乘起信論疏記會本(6권) 講經文·論說

起信論海東疏幷序(1권) 講經文·序跋

華嚴經疏幷序(1권) 講經文·序跋

本業經疏幷序(1권) 講經文·序跋

解深密經疏序(1권) 序文

發心修行章(1편) 祈願

大乘六情懺悔(1권) 祈願

彌陀證性偈(1권) 偈頌

義湘의

華嚴一乘法界圖·法性偈(1권) 偈頌·論說

白花道場發願文(1편) 祈願

法位의

無量壽經義疏(2권) 講經文

璟興의

無量壽經連義述文贊(3권) 講經文

三彌勒經疏(1권) 講經文

勝莊의

梵網經述記(4권) 講經文

金光明最勝王經疏(1권) 講經文

玄一의

無量壽經記(1권) 講經文

義寂의

菩薩戒本疏幷序 講經文·序跋

法華經論述記(1권) 講經文

無量壽經述義記(3권) 講經文

表員의

　　華嚴經文義要決問答(4권) 講經文

明晶의

　　海印三昧論幷序(1권) 論說·序跋

遁倫의

　　瑜伽論記(48권) 講經文

慧超의

　　往五天竺國傳(1권) 紀行

　　大乘瑜伽大敎王經序(1권) 序跋

　　賀玉女潭祈雨表(1권) 奏議

不可思議의

　　大毘盧遮那經供養次第法疏(2권) 講經文

太賢의

　　菩薩戒本宗要幷序(1권) 論說·序跋

　　大乘起信論內義略探記(1권) 論說

　　成唯識論學記(6권) 講經文

　　本願藥師經古迹記(2권) 講經文

　　梵網經古迹記(4권) 講經文

見登之의

　　華嚴一乘成佛妙義(1권) 論說

順之의

　　祖堂集所載順之和尙說(3편) 論說

崔致遠의

　　法藏和尙傳及碑傳叙·碑文(1권) 傳狀·碑誌

• 高麗時代에

　均如의

　　一乘法界圓通記(2권) 論說·序跋(향찰문)

　　十句章圓通記(2권) 論說·序跋(향찰문)

　　華嚴經三寶章圓通記(2권) 講經文·序跋(향찰문)

　　釋華嚴敎分記圓通妙(10권) 講經文

　　釋華嚴旨歸章圓通妙(2권) 講經문·序跋(향찰문)

　赫連挺의

　　大華嚴首座圓通兩重大師均如傳幷序(1권) 紀傳·序跋(2)·偈頌 11수·鄕歌 11
　　수

　諦觀의

　　天台四敎儀(1권) 論說·四敎頌·序跋(3)

　義天의

　　大覺國師文集(殘簡 23권) 序(5)·表(68)·發辭(6)·狀(44)·疏文(16)·祭文(18)·詩
　　(142)

　　大覺國師外傳(殘簡 13권) 書(87)·雜記(3)·詩(32)

　　圓宗文類(32권 중 권 14·22) 探玄記(16)·讚頌(133)·論說(3)·書(1)·記(1)·序
　　(12)·疏(5)·願文(5)

　　釋苑詞林(250권 중 권 191-195) 碑文(19)·墓誌(9)·誅(8)

　　諸宗敎藏總錄(3권) 序文(2)

　知訥의

　　勸修定慧結社文(1권) 論說

　　牧牛子修心訣(1권) 論說

　　眞心直說(1권) 論說·序文(2)

　　圓頓成佛論(1권) 論說

看話決疑論(1권) 論說

誡初心學人文(1권) 論說

六祖法寶壇經跋(1권) 序跋

法集別行錄節要幷入私記(1권) 論說·序跋

華嚴經節要幷書 講經文·序跋

覺雲의

　禪門拈頌說話會本(60권) 禪詩 論說 序文(4)

慧諶의

　曹溪眞覺國師語錄(1권) 雜記(142) 示書(47) 近體詩(24) 詞(2)

　無衣子詩集(2권) 近體詩(234) 詞·歌(7) 傳奇小說(2)·書(1) 記(1) 銘(5)

　金剛般若波羅蜜多經贊(1권) 講經文

覺訓의

　海東高僧傳(2권) 傳記(18)·序文(1)

瑞龍禪老의

　南明泉和尙頌澄歌事實(3권) 歌頌(319)·說話(335) 序跋(3)

一然의

　三國遺事(5권)　興法(7)·塔像(30)·義解(14)·神呪(3)·感通(10)·避隱(10)·孝善(5)

天因의

　萬德山白蓮社第二代靜明國後集(1권) 法華經隨品別讚(29)〈歌辭〉·序文(1)

天頙의

　萬德山白蓮社第眞淨國師湖山錄(2권) 歌頌(41)〈歌辭〉·疏(6)·記(1) 銘幷序(1)·書(4)·願文(4)

冲止의

　海東曹溪六世圓鑑國師歌頌(1권)　歌頌(324)·序跋(2)·祭文(4)·願文(1)·疏

(46)·表(5)

普幻의

　首楞嚴經環解刪補記(2권) 講經文·序跋(2)

雲默의

　釋迦如來行蹟頌(2권) 頌歌·註解·序跋(4)

了圓의

　法華靈驗傳(2) 17段 應驗(110)·序跋(2)

體元의

　華嚴經自在菩薩所說法門別行疏(2권) 講經文·挿入詩歌·序(1)

　華嚴經觀音知識品(1권) 偈讚〈歌辭〉·跋(1)

　三十八分功德疏經跋文(1권) 序跋

普愚의

　太古和尙語錄(2권)　上堂·示象(17)·法語(21)·歌辭(7)·偈頌(114)·書(3)·疏

　(1)·行狀·碑文(2)·序跋(3)

慧勤의

　懶翁和尙歌頌(1권) 歌辭(5) 偈頌(296)

法藏의

　善濟尊者三種歌(1권) 別曲(3)·偈(1)

그리고 이 전집에 들지 않은 작품으로

　釋迦如來十地修行錄(1권) 小說(10) 序(1)

　佛說大目連經(1권)

　佛說父母恩重經(1권)

　月印千江之曲(3권)

　釋譜詳節(24권)

　月印釋譜(25권)

이상과 같은 작품들을 장르론에 입각하여 논의·정리하면, 돈황문서 중 불교문학의 경우와 동일한 양상을 보인다. 따라서 여기서는 상위 장르로, 불교기가와 불교수필, 불교소설과 불교희곡·불교평론 등을 논의하고, 그 하위 장르에 대해서는 거명만 할 뿐, 구체적 논급은 유보할 수밖에 없다.

불교시가는 매우 풍성하고 값진 작품들을 갖추고 있다. 위 講經文類에 삽입된 시가들을 취합하고, 元曉의「彌陀證性偈」를 비롯하여 義湘의「法性偈」와 赫連挺의『均如傳』에 보이는 普賢偈頌 11수와 鄕歌 11수, 『天台四敎儀』의「四敎頌」, 『大覺國師文集』의 시가 142수, 그 外集의 시가 32수, 『圓宗文苑』의 讚頌 133수, 『禪門拈頌說話會本』의 무수한 禪詩, 『無衣子詩集』의 시가 234수와 詞 7수, 『南明泉和尙頌證道歌事實』의 歌頌 319수, 『三國遺事』의 많은 삽입시가송과 鄕歌 14수, 『靜明國師後集』의 法華經隨品別讚〈別曲〉 29수, 『眞淨國師湖山錄』의 가송〈歌辭〉 41수, 『圓鑑國師歌頌』의 324수, 『釋迦如來行蹟頌』의 장편가송, 『華嚴經觀音知識品』의 전체 가송〈歌辭〉, 『太古和尙語錄』 가사 7편과 게송 114수, 『懶翁和尙歌頌』의 가사 5편과 게송 296수, 『普濟尊者三種歌』의 가사 5편과 게송 1수, 『月印千江之曲』 등이 족히 불교시가군을 형성하고 있다. 따라서 이 불교시가들이 偈頌·佛讚·近體詩·曲辭·別曲·歌辭 등의 하위 장르를 족히 채우면서 널리 연행되었던 것이 사실이다.

불교수필은 다양한 작품을 많이 확보하고 있다. 위 작품들 중에 疏와 表·狀 등이 있고, 論說이 주류를 이루며, 祈禱와 發願文이 적지 않다. 대체로 서책 형태의 작품집이나 개인 분집에는 거의 다 序文과 跋文이 갖추어지고, 추모문이나 제문·誄文이 공존하며, 碑文·銘文과 함께 傳記·行狀이 高僧傳의 형태로 상당수 존재한다. 이어 書가 개인문집에 집중적으로 수록되고, 일기는 발견되지 않으며, 紀行은 매우 희귀한데, 譚話는 비교적 많은 편이다. 論說이나 註解의 일부 단편들, 上堂·示衆·法語·雜文·記 등이 어울려 문학적 형태를 유지하고 있는 터다. 따라서 이 불교수필은 敎令이나 日記에서는 자료의 발굴·재구가 요구되지만, 奏議로부터 論說·祈願·序跋·哀祭·碑誌·傳狀·書簡·紀行·譚話를 거쳐 雜記에 이르기까지 그 하위 장르로 형성·유통되며, 활발히 연행되었던 터다.

불교소설은 그 작품이 비교적 풍부한 편이다. 여기 說話類는『海東高僧傳』의 단편 일부와『三國遺事』의 단편 상당수,『法華靈驗傳』의 전체,『釋迦如來十地修行記』의 단편 일부,『釋譜詳節』과『月印釋譜』중의 단편서사 등에 걸쳐 소설의 경지에 오르고, 紀傳類는『海東高僧傳』의 장편 일부,『三國遺事』의 고승전계 중편들,『均如傳』등이 소설의 수준에 올라 있다. 그리고 傳奇類는『三國遺事』의 장편서사 일부와『釋迦如來十地修行記』의 장편 대부분,『釋譜詳節』과『月印釋譜』중의 장편서사 등을 망라하여 본격적인 소설로 자리잡고 있다. 이로써 불교소설은 說話小說과 紀傳小說·傳奇小說 등 하위 장르로 성립·충족되어 거의 연극적으로 실연되었던 터다.

불교희곡은 그 자체보다도 다른 장르의 작품들로부터 개변·재구되는 차원에서 그 원전이 아주 풍성하다. 우선 가창극본은 위 불교시가의 연행과정에서 극본으로 재구되는 것이요, 가무극본은『月印千江之曲』과 같이 불교무용과 결부된 시가나 歌唱劇本에서 그 형태가 구성되는 터라 하겠다. 그리고 강창극본은 위 각종 講經文이 그 문학적 서사와 함께 시가를 곁들여, 자연 극본형태를 유지하니 그 강경문들이 집성되어 講經劇本의 대세를 이룬다고 하겠다. 이들 강경문은 저 敦煌變文 중의 강경계와 형태·내질을 같이 하는 점이 주목된다. 이러한 韓國變文의 講經系 작품과 조응하여 俗講系 變文들이 상당수에 이르니, 위 불교소설과 직결되어『三國遺事』나『釋迦如來十地修記』중 삽입시가가 교직·조화되어 있는 작품들은 전형적인 강창서사로서 모두 강창극본이라 보아진다. 나아가 『禪門拈頌說話會本』이나 『釋迦如來行蹟頌』과 같이 시가를 핵심으로 이를 강설한 작품들은 실질적인 강창문학으로서 또한 강창극본으로 실연·행세할 수 있는 터다. 이 강창극본은 가장 풍성하고 입체적이어서 대화극본이나 잡합극본으로 전환될 가능성이 얼마든지 있다. 따라서 원전 그대로 현전하지 않는 대화극본과 잡합극본은 거듭 논의할 필요가 없다. 이로 보아 불교희곡 작품들은 가창극본과·가무극본·강창극본·대화극본·잡합극본으로 재구·편성되어, 그 하위 장르를 충족시키고 있는 터에, 모두가 극화·연행되어 왔던 것이다.

끝으로 불교평론의 장르 설정이 가능해진다. 전술한 대로 모든 불경이 다 문학이라 할 때, 그 다양한 강경 논소나 해설 담론 등은 일단 문학평론으로 간주할 수가 있기 때문이다. 위 불교시가를 주석·해설한 문장은 시가론이요, 그 논설의 대부분은 경론을 논의·설명한 산문론, 수필론이 될 것이다. 나아가 그 강경문은 이른바 서사적 대승경전을 강설·논의한 것이기에 실제로 소설론이나 희곡론으로 전개될 수 있는 터다.

이상과 같은 불교문학 작품들은 발굴·정리·집대성됨으로써, 사계의 보전·보고로서 그 증대한 가치를 새롭게 발휘하고 있다. 이러한 불교문학 작품이 총편되어 신간된 것은 사계의 학문적 진전을 위한 큰 사건이었다. 그런데도 실크로드·돈황의 불교문학 작품들은 '敦煌文書'라는 이유로 세계적으로 중시·평가되고, 한국의 불교문학 작품들은 일부 불교학자들만이 관심을 가졌을 뿐, 정작 불교문학·국문학자들의 주목을 받지 못한 실정이다. 그래도 이 불교문학 작품들은 창해유주와 같이 보배로운 원전으로, 한국불교문학의 총체적 연구, 그 장르론과 작품론을 본격적으로 심화시키는 보전임을 재인식해야 된다.

나아가 이 작품집은 전체적으로 공백기거나 불투명한 한국불교문학사 내지 국문학사를 보전·보완할 수 있는 보고라고 본다. 이 작품들은 그 장르사와 작품사를 근거 있게 계통적으로 연결할 수가 있기 때문이다. 이런 점에서 한국불교미술과 불교문학은 그 실크로드·돈황문서의 그것과 동일한 맥락·선상에서 직결·유통되어 왔던 터다. 이러한 기반·배경위에서 실크로드를 통한 신라와 세계의 문화·문예적 만남이 커다란 의의를 가지는 것이라 하겠다.[40]

7. 결론

이상 실크로드·돈황 막고굴의 불교미술과 그 돈황문서 중 불교문학의 실상 내지 장르적 유통양상을 고찰하였다. 지금까지 논의된 것을 요약하면 다음과 같다.

1) 실크로드 불교미술의 구조·형태에 대하여 검토하였다. 인도의 아잔타·엘로라 등 석굴미술을 기점으로 실크로드 주변에 수많은 석굴미술을 창조하니, 천산남·북록을 통하여 대표적인 석굴사원 10여 개를 거쳐 돈황 막고굴로 집대성되었다. 이 막고굴 현존 492개굴의 건축 구조는 예배굴과 강당굴, 그리고 승방굴로 대별되고, 그 조각 양식은 화려한 채색 소조가 주축을 이루는데 북량·북위·북제·북주와 수·당의 작품이 찬연하며, 그 회화 형식은 장엄한 벽화가 주류를 이루는데 남북조와 수·당의 작품이 저명하였다.

2) 불교미술의 중심이 되는 벽화를 몇 가지 유형으로 나누어, 그 가운데서 문학을 추출·재구하였다. 佛菩薩圖와 거기에 투영된 문학작품, 僧侶·神衆敎化圖와 그 속에 반영된 문학작품, 佛敎故事圖에 표현된 문학작품, 그리고 佛經

---

40 사재동, 「韓國佛敎全書의 문학적 실상과 전개」, 『어문연구학술발표논문집』, 어문연구학회, 2016, pp.53-54.

變相圖와 직결된 문학작품 등을 종합적인 문학형태로 점검하였다.

3) 막고굴 장경동의 돈황문서 가운데서 불교문학을 색출하고, 그 장르 성향에 준거하여 대표적인 작품을 선정·제시하였다. 즉 시가계의 偈頌·佛讚과 近體詩·詞·曲辭·別曲·歌辭 등과 산문계의 疏와 表·狀·啓·祈禱·願文·慶賀文·題跋·讚序·超度·祭文·行香文·唱導文·禮懺·碑文·銘文·傳記·行狀·書·貼·牒·雜記·勸善·受戒, 나아가 變文系의 押座文·講經系·俗講系·因緣記·小說 등에 걸쳐 불교문학 작품을 망라하였다.

4) 불교미술에서 추출·재구된 작품들과 돈황문서의 불교문학 작품들을 총괄하고, 그 장르를 유별·논의하여 각개 하위 장르별 실상과 그 연행양상을 검토하였다. 그 상위 장르를 보편적 일반문학의 기준에 따라, 불교시가와 불교수필·불교소설·불교희곡 등으로 분류하고, 그 고유성·전통성·토착성 등에 입각해서 하위 장르로 유별하여 실제적 해당 작품을 배치하였다.

5) 이 불교시가의 하위 장르소서, 偈頌에는 「靑峰山和尙誠肉偈」·「願往生禮佛偈」 등이 있고, 佛讚에는 「太子入山修道讚」·「開元皇帝讚金剛經」 등이 자리하였다. 그리고 近體詩에는 「百歲詩」·「勸善詩」 등이 들어가고, 曲辭에는 「十無常」·「國波樂」 등이 소속되어 있다. 또한 別曲에는 「禪門十二時」·「大乘五更轉」 등이 배속되고, 歌辭에는 「十二因緣文字歌辭」가 배치되어 있다.

이러한 시가들은 전체적으로 조화를 이루면서 석굴·사찰이나 민간 현장에서 필요에 따라 한결같이 연행되었다. 그 시가들은 각기 음악적 공연을 통해서만이 그 의미와 기능을 극대화하여 비로소 가창자 자신들이 감흥을 일으키고 감격할 뿐 아니라, 불·보살의 감응과 영험을 받을 수가 있기 때문이다. 이런 가창은 승려나 신도 등 가창자의 불교음악적 기능과 함께 기악의 반주를 받고, 그 표정이나 연기 나아가 무용적 요소까지 곁들여 실제로 가창극이나 가무극의 일면을 보이게 된다. 따라서 이 시가 작품들은 가창을 통하여 불교소설이나 불교회곡 등에 삽입·연행됨으로써, 그 역량을 확대시킬 수도 있다.

6) 불교수필의 하위 장르로서, 敎令에 속하는 작품이 역대 불교계에는 많지만 돈황문서에서는 아직 발굴되지 않았고, 奏議에는 疏와 表·狀·啓의 작품들이 해당되며, 論說에는 論證性이 강한 다른 장르의 작품을 끌어 올 수 있어 풍성한 원전을 포괄하는 터다. 그 祈願에는 祈禱와 願文·慶賀文의 작품들이 있고, 序跋에는 題跋과 讚幷序의 작품들이 자리하며, 哀祭에는 超度와 祭文·行香文·唱導文·禮懺의 작품들이 들어간다. 그리고 그 碑誌에는 碑文과 銘文의 작품들이 배속되고, 傳狀에는 傳記와 行狀의 작품들이 포함된다. 이어 書簡에는 書와 貼·牒의 작품들이 소속되고, 그 日記와 紀行·譚話는 고금 불교계에 상당한 작품들이 전하지만, 돈황문서에서는 뚜렷하게 발견되지 않았으며, 雜記애는 위 雜記와 勸善·受戒文의 작품들이 다양하게 배치되었다.

나아가 이 불교수필은 모든 하위 장르에 걸쳐 단순하게 읽히지 않고, 석굴·사원과 불교사회에서 다양한 신행·법회·재의·행사 등을 통하여 반드시 일정한 곡조·성률에 따라 음악적으로 연행되었다. 그 수필, 산문들은 음악적 연행이 아니고는 족히 감동·감명을 자아낼 수 없고 불·보살의 감응·가피를 받은 수 없다고 확신하면서, 이 산문을 활용하는 승려나 신도들은 이 음악적 수련을 쌓아 그 연행의 기능을 발휘해야만 했다.

7) 불교소설의 하위 장르로, 說話小說은 불경 속의 신화·민담적 법화나 신앙생활의 전통 안에서 생기·유전되는 전설적 영험담을 작품화한 것이 많지만, 돈황문서에서는 뚜렷하게 발견되지 않았고, 紀傳小說은 고승전의 형태로 제작되어 많이 유전되었지만, 돈황문서에서는 「祇園因由記」와 「佛圖澄和尙因緣記」 정도가 발현되었으며, 傳奇小說로는 본격적인 창작으로 변문 중의 속강계 「太子成道經」·「醜女緣記」와 小說의 「道明還魂記」 등 많은 작품이 돈황문서에서 나왔다.

이 불교소설은 그 유통과정에서 반드시 연행되었으니, 먼저 한 강독사가 자신이나 청중에게 그 작품을 소리 내어 곡조 있게 읽는 강독의 방법이 있고, 다음 한 강담사가 여러 청중에게 그 작품의 이야기를 재미있게 설명·대화·가창으로 구연하는 강담의 방법이 있으며, 한 강창사가 여러 청중에게 그 작품을 흥미롭게 강설하고 곡조 있게 가창하며 연기까지 보이는 강창의 방법이 있어, 이 소설의 연행적 역량을 입체적으로 극대화하였다.

8) 불교희곡의 하위 장르로, 歌唱劇本에는 모든 불교시가가 다 소속되는데, 돈황문서의 그 시가작품들이 연행대본 형태의 극본으로 재정비되었고, 歌舞劇本에는 위 가창극본에 무용이 결합되어 역동적인 극본으로 작성된 것이 있으며, 講唱劇本에는 강창문학의 유형인 그 변문이 강경계와 속강계를 망라하여 자리하고 있다. 그리고 對話劇本은 독자적인 원본이 완정하지 않고, 기존의 가창극이나 가무극본 특히 강창극본을 통하여 개편·재구되는 입체적인 형태로 행세하여 왔으며, 雜合劇本은 역시 정격 극본이 완결·유전되지 않고, 다른 장르의 일부를 인용·결하시키면서 잡기·무술 등까지 가미하여 전능적인 복합대본으로 구성되어 있는 것이다.

이 불교극본의 연행은 하위 장르별로 즉시 연극형태를 이룩하니, 가창극본은 가창극으로, 가무극본은 가무극으로, 강창극본은 강창극으로, 대화극본은 대화극으로, 잡합극본은 잡합극으로 공연되는 것이 당연하였다. 이들 극본은 원래 불교연극의 하위 장르에 근거하여 성립되었고, 따라서 그 극본이 바로 극화·연행되는 것은 필연적인 관계이기 때문이다.

9) 이상과 같은 실크로드의 불교미술과 돈황의 불교문학은 중국불교문학의 핵심·주류로 등장하여 새롭고 값진 원전을 제공하였고, 그 불교문학사상에서 시가사와 수필사·소설사·희곡사의 전통 계맥 가운데 공백기나 불투명한 부분을 보완·보전하는 역할을 다함으로써, 문학사상의 찬연한 위치를 확보

하여 왔다.

　나아가 그 불교미술과 불교문학은 한국불교미술 내지 불교문학과 직결·전파되어 발전적으로 토착화하였으니, 그 불교미술이 한국의 석굴·사원에서 건축과 회화·조각 등으로 전개되었을 뿐만 아니라, 그 불교문학 중에 시가가 「法性偈」나 『禪門拈頌說話會本』·『麗代僧侶詩文』 등으로 전승되고, 수필이 『圓宗文類』·『釋苑詞林』·『韓國佛敎儀禮資料叢書』 등에 집성되어 있으며, 소설 내지 희곡이 『三國遺事』와 『釋迦如來十地修行記』나 韓國變文類 등에 수록되어 하위 장르별로 현존하는 터다. 더구나 이 불교문학이 장르별로 연행되어 공연예술로서도 그 맥락을 같이 하는 게 사실이다. 이로써 한국의 불교미술과 불교문학 내지 불교공연 등이 실크로드·돈황의 그것과 직결되어, 그 연장선상에 놓여 있음을 확인하게 된다. ●

실크로드의 불교문학과 연행양상

1. 서론

　실크로드 불교문화권을 통하여 형성·전개된 불교문학은 그 예술적 가치와 역사적 위치가 그만큼 뛰어난 것이 사실이다. 그 불교문학 작품들이 동일 문화권 각국의 문학·예술사상에서 핵심·주류를 이루어 왔기 때문이다. 그 중에서도 한국과 중국의 불교문학에서 그 현저한 사례가 나타난다. 일찍이 이 불교문학은 중국문학·예술사상에서 그만큼 중대한 역할이 확인되면서, 그것이 한국문학·예술사상에서 차지하는 중요한 위치가 확증되기 시작하였던 터다. 그리하여 이제는 실크로드의 한·중 불교문학을 공질·공통적 차원에서 통합적으로 연구하여 그 성과를 상승시킬 필요가 절실한 것이다.

　그동안 실크로드를 통한 중국의 불교문학은 이른바 돈황문서로 집대성되었거니와, 이것이 특히 중시되어 중국학계는 물론 일본·불란서·독일·영국·러시아 등에서 국제적으로 연구되어, 세계적 보전이라고 평가되고 있다.[1] 그 중에서도 유명한 돈황변문은 발굴된 이래 중국문학·예술사를 다시 써야 하리만큼 획기적인 실상과 위상을 과시하고 있는 실정이다.[2] 그리하여 그 연구사가 형성되고 그에 동참한 학자들의 긍지와 함께 한국학계의 열등감이 겨우 그 부근을 넘보고 있는 실정이다.

1　顔廷亮, 『敦煌文學』, 甘肅人民出版社, 1989 참조.
2　周紹良, 『敦煌變文論文錄(上·下)』, 明文書局, 1985 참조.

그런데 실크로드를 통하여 중국의 불교문학과 교류하며 형성·전개된 한국의 불교문학은『한국불교전서』로 집대성되었거니와, 이것이 불교문서의 일환으로 묻혀버리고, 문학·예술계의 관심 밖에서 올바른 연구의 손길을 기다리고 있다.[3] 그 중에서도 한국의 변문은 위 불교전서의 주류를 이루며『삼국유사』나『석가여래십지수행기』등에 실린 신라·고려의 변문류와 합세하여 풍성한 원전이 현전하는데도, 이를 문학·예술적으로 연구한 업적이 보이지 않았다. 다만 최근에 필자와 경일남·김진영이 여기에 착안하여 몇 편의 논고를 냈을 뿐이다.[4]

기실 이러한 한·중의 불교문학은 실크로드의 불교문화권에서 상호간 긴밀히 교류하면서 동일한 배경과 동기로 형성·전개되었기에, 그 작품적 실상과 장르적 성향이 동궤일 수밖에 없다. 이 한·중 불교문학은 비록 그 형성의 시기와 장소는 다르더라도, 그 연원과 운명을 같이 하고 있기 때문이다. 그렇다면 이 한·중 불교문학은 평등선 상에서 동일한 관점과 방법론으로 고구하는 것이 당연한 일이라 하겠다. 따라서 그동안에 중국 불교문학을 연구해온 그 관점과 방법론대로 한국 불교문학을 연구하는 것이 공평하고 타당하다고 보아지는 터다.

그리하여 본고에서는 첫째, 실크로드 한·중 불교문학의 공질성과 장르적 공통성을 검토하고, 둘째, 이 한·중 불교문학의 장르적 유형을 구분하면서 그 연행양상을 연극적 공연으로 논의하며, 셋째, 이 불교문학의 문학·예술사적 위상을 파악하여 보겠다.

여기서 활용하는 원전은 주로 돈황문서집성과『한국불교전서』가 될 것이다. 저 돈황문서는 너무도 유명하여 이른바 돈황학의 원전으로 정리·교정된 것이 많

---

3 사재동, 「한국불교전서의 문학적 실상과 전개」, 『어문연구학술발표논문집』, 어문연구학회, 2016.

4 사재동, 「불교계 서사문학의 연구」, 『어문연구』 12, 어문연구학회, 1983; 경일남, 『고려조 강창문학의 연구』, 충남대학교 대학원, 1989; 김진영, 『불교계 강창문학 연구』, 충남대학교 대학원, 1992.

고『돈황보장』으로 집성·영인된 것도 나와서, 그 중에서 문학계의 원전만을 선택하면 된다. 이 원전은 운문계와 산문계, 변문계 등으로 교주·간행된 것이 있어 이용하기에 편리하다. 한편 『한국불교전서』는 신라·고려·조선에 걸치는 고승·학승들의 논저·문집을 시대별·저자별로 정리·집성하여 교주·인행하였기에 그 활용이 매우 용이한 터다.[5]

2. 실크로드 불교문학의 공질성과 공통성

이 실크로드 불교문학은 그 작품들의 공질성과 함께 장르상의 공통성을 지닐수밖에 없다. 그 불교문학이 인도로부터 연원하여 실크로드 불교문화권 안에서 동일한 기반과 배경, 동기와 목적으로 유사한 과정을 거쳐서 형성·유통되었기 때문이다. 그러기에 이 불교문학은 불교권 각국에 따라 비록 언어·문자와 시기·장소는 다르지만, 그 작품의 질량이 동일하고 그 장르 성향이 공통되는 것은 당연하고도 필연적인 일이다.

그 중에서도 한국과 중국의 불교문학은 이 작품들의 공질성과 그 장르적 공통성에서 가장 근사하고 밀접한 것이 사실이다. 잘 알려진 한·중의 문화·예술사가 그렇듯이, 이 불교문학은 그 형성·제작의 주체인 고승·학승이나 신불문사들이 그 동일 문화·문학권을 자유롭게, 빈번히 왕래·교류하면서 공통적 분위기와 경위를 통하여 생산해 냈기 때문이다. 그러기에 한·중 불교문학은 전체적으로 결집했을 때, 실제로 그 국적과 저자를 함께 명시하지 않으면 각국의 작품으로 구별할 수가 없는 실정이다.

5 潘重規, 『敦煌變文集新書(上·下)』, 中國文化大學, 1983. ; 정재각, 『한국불교전서』 전 10책, 동국대학교 출판부, 1979-1989.

우선 양국의 불교문학은 그 소재와 내용이 동일할 수밖에 없다. 양자가 다 불교적 소재와 내용을 취급하고 있기 때문이다. 그러기에 특이한 고유성이나 토착성을 갖춘 경우 이외에는 양국의 작품을 구분할 수 없는 게 사실이다. 그리고 그 작품들의 주제와 배경사상이 동일한 터다. 그 작품을 제작하는 의도와 동기·목적이 불교적인 점에서 합치되는 게 당연하기 때문이다. 또한 그 작품들의 구성 요건이 합치되고 있다. 기실 양국 작품에서 운문류나 산문류, 운문·산문의 강창류 등이 그 구성면에서 동일하여 구분되지 않는 것이 당연한 터다. 나아가 양자의 표현 문체가 동일시된다. 그 작품들이 모두 한자·한문으로 표현되어 동일한 문체를 갖추고 있기 때문이다. 이 불교문학의 한문 표현이 더러 불교적 특성을 지니거니와, 그것마저도 동일한 성향을 보이는 터다. 이럴 경우에 그 국적을 표시하는 것이 그 연호와 성명인데, 그것조차 동일하거나 유사하여 어쩔 수가 없다. 기실 그 연호가 거의 공용된 데다 성명 3자를 한자로 표기하고 그 아호나 법명 등까지 공통되어 있기 때문이다. 여기서 가장 확실한 구별법은 그 국적을 명시하는 것인데, 대개의 경우 이를 표시하지 않았다. 그 작품의 제작지가 당연히 자국이기에, 굳이 국적을 표시할 필요가 없었기 때문이다.

이처럼 한·중 불교문학은 공질성을 갖추고 있거니와, 따라서 그 장르적 성향이 공통될 수밖에 없다. 그 작품들이 전개한 운문과 산문, 운문·산문 교직의 강창문으로 유형화되면서, 보편적인 문학장르를 지향하고 있기 때문이다.[6] 기실 이러한 장르적 논의는 필수적인 과제라고 하겠다. 그래야만 이 작품들의 계통과 체계가 조직화되어, 그 장르의 독자적 영역과 함께 개별 작품의 가치와 기능이 올바로 밝혀지는 법이다. 그러기에 한·중 불교문학은 이미 개발·정리된 작품을 중심으로 상위 장르와 하위 장르에 걸쳐 논의·규정될 수가 있다. 그 상위 장르

---

6 김진영, 「불교계 변문의 형성·전개와 문학사적 위상」, 『실크로드문화와 한국문화』, 충남대학교 인문과학연구소, 1997, pp.530-533.

는 이미 보편화된 시가와 수필, 소설과 희곡·평론 등이다. 이에 준거하여 하위 장르와 소속 작품들을 논의하게 될 것이다. 여기에서 거론되는 작품들은 이미 정리·간행된 원전 중에서 전형적인 것이 임의로 선택될 것이다.

3. 실크로드 불교문학의 장르적 전개와 연행양상

여기서 적용되는 장르론은 한·중 간에는 물론, 세계적으로 공통되는 상위장르이다. 잘 알려진 대로 불교시가와 불교수필, 불교소설과 불교희곡 그리고 불교평론이 바로 그것이다. 다만 본고에서는 2차 장르라 할 불교평론을 별도로 논의하지 않고, 제1차 장르별로 당시 수용층의 호응·평가에 맡길 것이다. 그리고 이 상위 장르에 속하는 하위 장르는 각국 문학의 고유성·전통성·특이성 등에 따라 달라질 수 있으므로, 해당 장르별로 논의할 것이다.

나아가 이 불교문학의 장르적 전개 과정에서 주목할 것은 바로 그 연행적 실태라 하겠다. 기실 모든 문학작품은 어떤 형태로든지 연행될 때 그 기능과 가치가 제대로 발휘되는 게 사실이다. 따라서 이 문학작품은 여러 예술적 연행·공연의 대본이라고 볼 수도 있는 터다. 실제로 미술이나 음악·무용, 연극 등의 대본은 모두 각개 장르의 문학작품이기 때문이다.

1) 불교시가와 연행
(1) 중국 불교시가

불교시가의 하위 장르는 원칙적으로 중국문학의 시가 장르에 준거하지만, 단순히 詩·詞·曲 등으로만 재단할 수 없는 특성을 부인할 수 없다. 따라서 그 하위 장르는 偈頌·讚佛을 비롯하여 近體詩·詞·曲辭·別曲·歌辭 등으로 나누어 볼 수 있다.

게송은 대개 승려들이 한시의 형식을 빌려 자신의 소회·심경이나 불심·훈교의 의도를 읊은 작품이다. 그 대표적 작품은 「先洞山和尙辭親偈」를 비롯하여 「靑峰山和尙試問偈」·「初夜無常偈」·「六禪師偈」·「華嚴經偈」·「觀音偈」·「讚普滿偈十首」·「十慈悲偈」·「願往生禮佛偈」 등이다.

찬불은 승려나 신도들이 불타나 불법을 찬탄하여 그 신심을 표출한 시형이다. 그 현전하는 전형적 작품으로는 「太子入山修道讚」을 비롯하여 「悉達太子讚」·「十恩德讚」·「送師讚」·「勸善文讚」·「父母恩重讚」·「五台山讚」·「淨土樂讚」·「金剛經讚」·「法華經二十八品讚」·「開元皇帝讚金剛經」 등을 들 수가 있다.

불교근체시는 그대로 중국 근체시에다 불교적 주제·내용을 효율적으로 담고 있다. 그 대표적인 작품으로 「百歲詩」를 비롯하여 「八相觀詩」·「心海集 至道篇」·「四威儀詩」·「贈禪師居山詩」·「謁法門寺眞身五十韻」·「王梵志詩」·「念珠歌」·「勸善詩」 등을 들 수 있다.

불교사는 전형적인 송사체로서 뚜렷한 장르 성향을 갖추고 있다. 그 대표적인 작품은 「望月婆羅門」과 「長安詞」·「出家樂」·「無相珠」·「三歸依」·「悟眞如」·「歸常樂」·「歸去來」·「解悟成佛」 등이다.

불교곡사는 이른바 불곡을 말한다. 그 형태가 불교사와 유사하지만, 그 곡조에서는 범패조를 활용하여 그 특성을 보인다. 그 대표적인 작품으로는 「十無常」을 비롯하여 「緇門百歲篇」·「大唐五台曲子」·「十偈辭」·「行路難」·「國波樂」 등을 들 수가 있다. 그리고 불법이나 불교의 내용을 범패적 불교음악으로 가창한다는 점에서는 그 압좌문이 이 장르에 포함되어도 무방할 것이다.

불교별곡은 흔히 연장체로 알려져 온다. 말하자면 독립적 시가형태가 하나의 주제를 두고 여러 장으로 연결·구성되기 때문이다. 그 대표적 작품에는 「禪門十二時」와 「法體十二時」·「學道十二時」·「聖數十二時」 그리고 「五更轉」(太子入山修道)·「大乘五更轉」·「南宗讚五更轉」 등 정격 연장체와 「報慈母

十恩德」에다「勸善四衆依敎修行十二時」 등 변격장편 연장체까지 있다.

불교가사는 불법이나 불경 중의 법담·서사를 자유롭게 서술하는 장편시가 형태다. 따라서 이 가사는 기본적으로 '노래조의 이야기'요 '이야기체의 노래'라는 복합성을 가지고 있어 '辭·賦'의 형식에 가깝다. 현재까지 알려진 전형적인 작품으로는 「十二因緣文字歌辭」 정도다. 따라서 많이 알려진 돈황곡사로서의 포괄적인 '敦煌歌辭'와는 구별되는 형태라 하겠다.[7]

(2) 한국 불교시가

불교시가는 매우 풍성하고 값진 작품들을 갖추고 있다. 위 講經文類에 삽입된 시가들을 취합하고, 元曉의 「彌陀證性偈」를 비롯하여 義湘의 「法性偈」와 赫連挺의 『均如傳』에 보이는 普賢偈頌 11수와 鄕歌 11수, 『天台四敎儀』의 「四敎頌」, 『大覺國師文集』의 시가 142수, 그 外集의 시가 32수, 『圓宗文苑』의 讚頌 133수, 『禪門拈頌說話會本』의 무수한 禪詩, 『無衣子詩集』의 시가 234수와 詞 7수, 『南明泉和尙證道歌事實』의 歌頌 319수, 『三國遺事』의 많은 삽입시가송과 鄕歌 14수, 『靜明國師後集』의 法華經隨品別讚〈別曲〉 29수, 『眞淨國師湖山錄』의 가송〈歌辭〉 41수, 『圓鑑國師歌頌』의 324수, 『釋迦如來行蹟頌』의 장편가송, 『華嚴經觀音知識品』의 전체 가송〈歌辭〉, 『太古和尙語錄』 가사 7편과 게송 114수, 『懶翁和尙歌頌』의 가사 5편과 게송 296수, 『普濟尊者三種歌』의 가사 5편과 게송 1수, 『月印千江之曲』 등이 족히 불교시가군을 형성하고 있다. 따라서 이 불교시가들이 偈頌·讚佛·近體詩·曲辭·別曲·歌辭 등의 하위 장르를 족히 채우면서 널리 연행되었던 것이 사실이다.[8]

---

7 顔廷亮,「敦煌詩歌槪說」,『敦煌文學槪論』, 甘肅人民出版社, 1993, pp.355-363; 張錫厚, 「敦煌詩歌」,『敦煌文學』, 甘肅人民出版社, 1989, pp.151-182.

8 사재동,「시가계 장르」,『한국불교전서의 문학적 실상과 전개』, pp.33-34.

(3) 불교시가의 연행양상

기실 불가·사찰에서의 모든 신행활동은 불교음악으로 시작하여 불교음악으로 끝난다. 신행 상의 모든 언어·문학은 모두 악곡을 통하여 '음성공양'으로 올리기 때문이다. 그러기에 불교시가가 그 장르나 작품에 따라, 그 용처에 따라 각기 개성 있는 불교음곡으로 불리는 것은 너무도 당연한 일이다. 따라서 불교시가를 검토하는 데서, 그 문자적 가사만을 취급하는 것은 그 실상의 절반도 파악하지 못하는 결과가 되는 터다.

불교시가의 가창, 음악적 연행은 그 장르와 작품, 또는 그 용도에 맞추어 악곡이 다 특성과 장점을 가지게 된다. 그 게송은 그것대로 보편적 음곡이 있지만, 그것을 풀어내는 승려의 음성·음색, 음악적 소질·기능에 의하여 독특한 반응을 일으키고 효능을 발휘한다. 이와 같이 찬불이나 불교근체시 불교사·불교별곡·불교가사 등이 모두 독자적 음곡으로 불리어 특성을 나타내니, 가위 불교시가는 종합적으로 음악의 화원을 이루어 총체적인 음성공양을 성취하는 것이다.

이러한 불교시가의 음악적 연행은 그 음성 이외에 악기나 소품을 지참·활용하고 자연스러운 표정·몸짓이 따르며 나아가 무용까지도 포섭하게 된다. 이런 때의 가창은 성악과 기악으로 조화되고 표정·몸짓의 연기와 무용을 곁들여, 가창극 내지 가무극을 지향하고 나아가 강창극까지 유도하는 터다.

여기서 주목할 것은 이렇게 다양한 장르의 작품들이 연행·유통되는 과정에서, 수필·소설 내지 희곡의 산문·서사 문맥 속에 끼어들어 삽입·조화의 입체적 기능을 다하여 왔다는 사실이다. 실제로 이런 산문 장르에서는 그 구성이나 문체의 역동적이고 생동하는 역량 내지 감동파를 극대화하기 위하여 선행한 시가작품을 자유로이 삽입·활용할 수가 있으니, 강창문이나 강창계 희곡이 그 대표적 사례다. 그러기에 이 불교시가의 연행적 실상을 탐색·검토하는 일이 소중한 과제라고 본다.

2) 불교수필과 연행

(1) 중국 불교수필

불교산문 중 수필의 하위 장르는 한·중 수필문학의 하위 장르에 준거하는 것이 당연하다. 한·중 수필의 공통 유형을 추출·조정하여 그 하위 장르를 설정하면 敎令·奏議·論說·序跋·哀祭·碑誌·傳狀·書簡·日記·紀行·譚話·雜記 등이 성립된다.[9] 여기서는 불교수필의 특성상 상당한 질량의 작품유형을 확보하고 있는 祈願을 신설할 수밖에 없다. 실제로 이 수필작품을 총괄해 보면, 그 하위장르에 해당되는 작품원전이 아직 수습되지 않은 경우가 있다. 그렇지만 한 장르의 설정근거가 타당하고 해당 작품이 형성·유전되다가 실전되었다는 사실이 추정되면, 일단 그 장르는 논의될 필요가 있다. 거기서 실제적인 작품론은 불가능하지만, 수필사·작품사는 재구·보전될 수가 있기 때문이다.

불교교령은 황제나 군왕이 불교계 사찰이나 승단·승려에게 내리는 조칙과 교서로서 그 현전 작품이 드물고, 이 불교주의는 불교계·사찰이나 승단·승려 또는 신도들이 황제나 군왕에게 숭불대책이나 불사, 불교계의 사정을 상주하여 처분을 바라는 글로서, 상당수의 疏나 表·啓 등으로 남아 있다. 그리고 불교논설은 승려들이나 불교학자·신도들이 불법이나 불경, 수행·포교, 불교정책 등에 대하여 논의한 글로서, 수도문이나 연등문·권선문 형태 속에 들어 있고, 이 불교기원은 승려나 신도들이 제불보살께 기도·발원하며 각종 법회와 불사를 찬탄·경하하는 글로서, 가장 풍부한 원전이 기도문·원문·경하문 형태에 포함되어 있다. 이 불교서발은 각종 불경이나 불서, 승·속간의 불교계 저서에 붙이는 사문과 발문으로서, 그 수많은 자료가 남아 있고, 이 불교애제는 불교계 사찰에서 통용되는 다양한 애도문과 각종 제의문으로서, 가장 풍성한 문원을 이루었지만 현전하는 원전이 귀한 편이다. 이 불교비지는 사찰문물이나 각종 불사를 기념하

9 진필상(심경호 역), 「산문의 문체분류」, 『한문문체론』, 이회, 1995, pp.40-51.

고 황제·군왕, 승려나 신도들의 행적·공덕을 추념하는 비문·묘지로서, 상당수가 전하며, 이 전장은 승려나 신도들의 행적·공덕을 기술한 전기·행장으로서, 많은 작품이 현전한다. 이 불교서간은 승려간이나 승·속간에 주고 받은 불교적 선신으로 공사간의 작품이 상당한 편이고, 이 불교일기는 승려나 신도들의 산거일기나 신행일기, 성지순례기 등 매일 단위 생활수기로서, 의외로 현전 자료가 희귀하다. 이 불교기행은 승려나 신도들이 불교적 명승·고적이나 불교성지·유적 등을 순례·탐방하여 그 관찰 내용과 개인 소감을 기술한 작품으로서, 현전하는 자료가 많지 않고, 이 불교담화는 승려나 신도들이 불교·불경 등에 관련된 뜻 깊은 일화·법화들을 인용하여 자신의 주견을 내세우는 글로서, 상당한 성세를 보이며 현전하는 작품도 많다. 이 불교잡기는 승려나 신도·문사들이 불교의 제반문제에 관하여 위와 같은 형식에 구애됨이 없이 자유롭게 써 낸 글로서, 문학적 인식이 부족한데도 많은 작품이 현전한다.[10]

(2) 한국 불교수필

불교수필은 다양한 작품을 많이 확보하고 있다. 이 작품들 중에는 疏와 表·狀 등이 있고, 論說이 주류를 이루며, 祈禱와 發願文이 적지 않다. 대체로 서책 형태의 작품집이나 개인 분집에는 거의 다 序文과 跋文이 갖추어지고, 추모문이나 제문 등이 공존한다. 碑文과 誌文이 함께하고, 불교전장에는 傳記와 行狀이 高僧傳의 형태로 상당수 존재한다. 이어 불교서간이 개인문집에 집중적으로 수록되고, 불교일기는 발견되지 않으며, 불교기행은 매우 희귀한데, 불교담화는 비교적 많은 편이다. 그리고 불교잡기는 解說이나 註解의 일부 단편들, 上堂·示衆·法語·雜文·記 등이 어울려 문학적 형태를 유지하고 있는 터다. 따라서 이 불교수필은 모든 장르에 걸쳐 그 하위 장르로 형성·유통되며, 활

---

10 顔廷亮,「敦煌文」,『敦煌文學槪論』, pp.456-457.

발히 연행되었던 터다.[11]

(3) 불교수필의 연행양상

잘 알려진 대로 적어도 불교수필은 모든 하위 장르에 걸쳐 단순하게 읽히는 작품은 하나도 없었다. 그것은 석굴·사원과 불교사회에서 다양한 신행·법회· 재의·행사 등에서 반드시 일정한 곡조·성률에 의하여 음악적으로 낭송·연행되었기 때문이다. 얼핏 보면 시가가 아닌 산문에서 곡조·성률 등의 음악적 연행이 왜 필요하며 또한 가능한 일이냐고 말할 수도 있겠다. 그러나 고금의 불교계 승려나 신도들은 자연적으로 거기에 곡조·성률의 음악적 효능이 강력하게 작용한다는 것을 체험·확인하여 왔다. 그러한 음악적 연행이 아니고는 그 산문들이 족히 감동·감명을 자아낼 수 없고, 그래서 불보살의 감응·가피를 결코 입을 수가 없다고 확신하였기 때문이다. 그러기에 적어도 이런 산문을 주도적으로 활용하는 승려들에게는 독경할 때의 곡조 이상으로 그 곡조·성률에 대한 전문적 곡보를 가지고 교육·수련이 가해졌던 것이다. 그리고 그런 곡보가 없을 때는 철저한 사승 관계로 구전심수의 과정을 겪었던 터다.

수필의 하위 장르들은 그 연행의 목적과 용도에 따라 그 악곡도 다르지만, 그 사용상의 위치도 달라진다. 적어도 이 산문들이 종합예술적 재의·법회·행사 등에 끼어들어, 그 기능을 독특하게 발휘하기 때문이다. 이럴 때에는 그 대소의 서사적 구조·문맥에 따라 전후에 불교시가가 삽입·합세할 뿐만 아니라, 각종 기악과 성악이 협력·보조하여 장엄한 종교·예술적 감흥을 불러일으키는 터다.

여기서 불교수필은 그 연행의 영역을 확대하여 그 문예적 가치와 기능을 십분 발양하게 되었던 것이다. 따라서 이 불교수필이 그 종합적 연행의 연극적 추세에 따라, 그 대본의 역할을 감당하면서 앞으로 논의될 극본·희곡을 지향할 수밖

---

11 사재동, 「수필계 장르」, 『한국불교전서의 문학적 실상과 전개』, pp.34-38.

에 없는 터다. 그러기에 그동안 방치·등한시되었던 불교수필의 연행관계는 그 자체의 문학적 가치와 연행적 기능을 밝혀내는 관건이라 하겠다.

3) 불교소설과 연행

(1) 중국 불교소설

모든 불교문학이 그렇듯이 불교소설 역시 불경을 기원으로 하여 형성되었다. 그것이 인도의 불경으로부터 연원하여 실크로드를 거쳐, 우여곡절과 변화·전환의 과정을 밟아 돈황문서의 소설형태로 정립되기까지, 그 유구한 변천사를 실증하고 있다. 이러한 소설의 장르는 한·중 문학계의 공질적인 합의가 이루어졌다고 본다. 대강 說話小說·紀傳小說·傳奇小說·講唱小說 등이 바로 그것이다. 따라서 불교소설의 하위 장르도 이에 준거하는 것이 보편적 합리성을 확보하는 길이 되겠다.

설화소설은 불경 속의 신화·민담적 법화나 신앙생활의 전통에서 생기·유전되는 영험담 등을 작품화한 것으로서, 당시에 성행하였거니와 그 문서로 현전하는 것도 적지 않다. 이 기전소설은 역사적 인물, 승려나 신도의 불교적 행적·공덕을 이상적으로 허구·연설한 작품으로서, 당시에 성행하였던 것은 물론 고승전 형태로 현전하는 것이 많은 편이다. 그리고 이 전기소설은 승·속 간의 문사나 작가들이 불법·불경이나 제반불사에 나타난 탁이한 이야기, 영험·기이한 사실을 소재로 허구·창작한 본격적인 소설로서, 當代의 傳奇小說과 더불어 성행하였지만, 지금은 그 변문적 형태로 일부가 전한다. 이 강창소설은 불경을 속강하거나 설법을 통하여 그 환상적인 서사문맥을 산문과 운문으로 조화시켜 표현한 입체적 작품이다. 이런 작품은 그 저명한 변문으로 상당수가 현전하고 있다.[12]

---

12 周紹良,「敦煌小說」,『敦煌文學』, 甘肅人民出版社, 1989, pp.279-287; 顔廷亮,「敦煌小說」,『敦煌文學槪論』, pp.325-336.

(2) 한국 불교소설

불교소설은 그 작품이 비교적 풍부한 편이다. 여기 說話小說은 『海東高僧傳』의 단편 일부와 『三國遺事』의 단편 상당수, 『法華靈驗傳』의 전체, 『釋迦如來十地修行記』의 단편 일부, 『釋譜詳節』과 『月印釋譜』 중의 단편서사 등에 걸쳐 소설의 경지에 오르고, 紀傳小說은 『海東高僧傳』의 장편 일부, 『三國遺事』의 고승전계 중편들, 『均如傳』 등이 소설의 수준에 올라 있다. 그리고 傳奇小說은 『三國遺事』의 장편서사 일부와 『釋迦如來十地修行記』의 장편 대부분, 『釋譜詳節』과 『月印釋譜』 중의 장편서사 등을 망라하여 본격적인 소설로 자리잡고 있다. 또한 講唱小說은 이른바 한국변문의 거의 전부가 이에 해당된다. 이로써 불교소설은 說話小說과 紀傳小說·傳奇小說·講唱小說 등 하위 장르로 성립·충족되어 거의 연극적으로 연행되었던 터다.[13]

(3) 불교소설의 연행양상

이미 알려진 대로 모든 불경은 다 문학이요 서사적 대승경전은 거의 모두 소설이며 희곡이라고 한다. 이러한 불경이 강독되고 강담되며 강창되어, 그 내용을 쉽고 재미있게 그리고 감명 깊게 연행한다는 사실에 주목할 필요가 있다. 바로 불교소설이 이와 같은 연행을 본받아 보다 세련되고 좀 더 음악적인 강독·강담·강창을 통해서 효율적으로 유통·행세하였기 때문이다.

먼저 불교소설의 강독에 대해서다. 원래 소설은 읽히기 위한 문학이다. 그 당시에는 승·속 간에 이 소설을 반드시 음독·낭송하는 것이 당연한 일이었다. 혼자서 읽어도 소리내서 음악적으로 읽어야 스스로 이해되고 감흥이 배가 되기 때문이다. 더구나 한 독자가 여러 청중을 상대로 이 소설을 읽어 줄 때에는, 소리 높여 신나게 음곡·성률을 타고 능숙하게 읽어 내렸다.

---

13 사재동, 「소설계 장르」, 『한국불교전서의 문학적 실상과 전개』, pp.38-41.

다음 불교소설의 강담에 대해서다. 본래 소설은 이야기 문학이다. 적어도 그 소설의 이야기 줄거리만을 기억하고 있는 사람이라면, 이야기하고 싶은 본능에 따라, 이야기를 즐기는 사람들에게 반드시 이야기하게 마련이었다. 여기서 고금을 통한 이야기판이 그 연행의 현장으로 벌어졌던 것이다.

그리고 불교소설의 강창에 대해서다. 실제로 불교소설은 변문계 강창소설이나 전기소설을 중심으로 상당한 시가를 교직시킴으로써, 강창구조와 문체를 구비하고 있는 터다. 따라서 이런 소설을 연행하는 데서 강창의 방편을 사용하는 것은 너무도 당연한 일이다. 이러한 강창은 강독이나 강담보다 전문적인 기예를 가지고 그 작품의 지문을 강설하면서 대화는 생동화시키고 시가부분은 악곡·성률에 따라 가창하는 것이 원칙이다.

4) 불교희곡과 연행

(1) 중국 불교희곡

잘 알려진 대로 희곡은 연극의 대본이다. 따라서 불교연극의 실상과 장르를 논의한 다음에, 그 극본·희곡의 장르를 분류·검토하는 것이 연극학의 입장이다. 그런데 여기서는 희곡학의 관점에서, 이미 통설적인 연극, 불교연극의 장르를 전제하고, 불교희곡의 하위 장르를 설정·논의하는 것이 좋겠다. 그 다음에 이 불교희곡의 연행양상을 검증하는 과정에서 그 연극형태의 실상을 파악하는 것이 순리라고 본다. 이런 점에서 한·중 연극의 하위 장르를 탐색해 보면, 대강 가창극과 가무극·강창극·대화극·전능극으로 나누어진다. 따라서 불교연극의 하위 장르도 이에 준거하는 것이 옳겠다. 그렇다면 이 불교희곡의 하위 장르는 결국 가창극본과 가무극본·강창극본·대화극본·전능극본으로 나타난다.

먼저 불교계 가창극본에 대해서다. 위에서 불교시가의 연행양상을 살폈거니와 그 연행양상이 바로 연극적인 맥락과 분위기로 하여 가창극의 실제를 보여 주었다. 그러기에 그 대본이 된 모든 시가는 각개 작품 단독으로나 다른 작품과 연합하여 그 해설·시화 등으로 연결되어 다 가창극본으로 성립·행세하는 것이다.

다음 불교계 가무극본에 대해서다. 위 가창극본은 공연의 실제에서 반드시 무용을 동반하게 된다. 비록 그 시가를 단순하게 가창한다 하더라도 그 가창자의 표정과 모든 동작이 기초적인 무용형태를 이루는 터다. 그러기에 이 가창극은 운명적으로 어떤 형태의 무용이든지 원용·합작할 수밖에 없다. 기실 가장 간편하고 보편적인 연극이 가무극이라면, 그 극본 역시 그런 면모를 지니는 것이 당연하다.

그리고 불교계 강창극본에 대해서다. 이른바 강창문학은 본래 이 강창극본의 운명을 타고 났다. 모든 강창문학은 그 자체가 당장 강창극으로 연행될 수 있는 여건을 충분히 갖추고 있기 때문이다. 상술한 바 변문 전체와 압좌문을 비롯하여 강경계나 속강계의 모든 작품이 다 강창극본이라 하겠다.

나아가 불교계 대화극본에 대해서다. 기실 이 대화극이 가장 입체적이고 종합적인 연극이라면, 그 대화극본이 가장 빼어나고 전형적인 극본·희곡이 되는 것은 당연하다. 그런데 이 대화극을 전체적으로 서술하여 완전한 극본으로 정착·기록하기는 지난하고 거의 불가능한 일이었다. 따라서 이 대화극본은 기본적인 서사문맥과 지문·대화 그리고 가창과 제한된 연기·극정의 요약표기 정도로 제작되는 것이 보편적 관례가 되었다.

한편 불교계의 전능극본은 바로 만능극본의 다른 이름이다. 원래 전능극은 여러 가지 연극적 요소가 조화롭게 섞이어 이룩된 종합적인 연극형태다. 그리하여 이 연극 장르는 시청자들에게 모든 연극적 면모와 기능을 발휘하기에 만능극으로 통하는 터다. 따라서 이 전능극본은 그 자체로서 완벽한 극본·희곡을 구비·유지할 수가 없다.[14]

---

14 顔廷亮, 「敦煌變文的藝術成就及影響」, 『敦煌文學槪論』, pp.262-273; 사재동, 「한·중 불교고사의 희곡적 전개」, 『한국공연예술의 희곡적 전개』, 중앙인문사, 2006, pp.228-230.

(2) 한국 불교희곡

불교희곡은 그 자체보다도 다른 장르의 작품들로부터 개변·재구되는 차원에서 그 원전이 아주 풍성하다. 우선 가창극본은 위 불교시가의 연행과정에서 극본으로 재구되는 것이요, 가무극본은 『月印千江之曲』과 같이 불교무용과 결부된 시가나 歌唱劇本에서 그 형태가 구성되는 터라 하겠다. 그리고 강창극본은 위 각종 講經文이 그 문학적 서사와 함께 시가를 곁들여, 자연 극본 형태를 유지하니 그 강경문들이 집성되어 講經劇本의 대세를 이룬다고 하겠다. 이들 강경문은 저 敦煌變文 중의 강경계와 형태·내질을 같이 하는 점이 주목된다. 이러한 韓國變文의 講經系 작품과 조응하여 俗講系 變文들이 상당수에 이르니, 위 불교소설과 직결되어 『三國遺事』나 『釋迦如來十地修記』 중 삽입시가가 교직·조화되어 있는 작품들은 전형적인 강창서사로서 모두 강창극본이라 보아진다. 나아가 『禪門拈頌說話會本』이나 『釋迦如來行蹟頌』과 같이 시가를 핵심으로 이를 강설한 작품들은 실질적인 강창문학으로서 또한 강창극본으로 실연·행세할 수 있는 터다. 이 강창극본은 가장 풍성하고 입체적이어서 대화극본이나 잡합극본으로 전환될 가능성이 얼마든지 있다. 따라서 원전 그대로 현전하지 않는 대화극본과 잡합극본은 논외로 할 수밖에 없다. 이로 보아 불교희곡 작품들은 가창극본과·가무극본·강창극본·대화극본·잡합극본으로 재구·편성되어, 그 하위 장르를 충족시키고 있는 터에, 모두가 극화·연행되어 왔던 것이다.[15]

(3) 불교희곡의 연행양상

이미 선행된 불교연극의 하위 장르에 근거하여 그 극본·희곡을 규정·논의한 마당에, 다시 이 극본들의 연행양상을 논의하는 것은 중복되는 감이 없지 않다.

---

15 사재동, 「희곡계 장르」, 『한국불교전서의 문학적 실상과 전개』, pp.41-44.

그러나 이 극본을 대본으로 하여 극화·공연의 양상을 고찰하는 작업은 꼭 필요한 터다. 결국 이 불교극본·희곡의 하위 장르가 극화·공연되면, 바로 가창극과 가무극·강창극·대화극·잡합극(전능극)으로 전개되기 때문이다.

먼저 불교계 가창극에 대해서다. 이 가창극은 우선 무대와 무대장치, 그리고 객석이 필요하다. 여기 무대는 야외공연의 경우에 별도로 설치하고 그에 상응하는 장치를 할 뿐이고, 평상시에는 석굴·사원의 강당·법당 등 적당한 공간을 무대로, 불·보살상이나 벽화·탱화 등의 변상도를 그 장치로 활용하면 그만이다. 그 출연자는 독창의 경우 말고는 그 배역에 따라 분장·의상을 갖추고, 소도구를 지참하여 가창하면서 적절한 연기를 겸하면 된다. 그 가창은 2인 대창, 2인 이상의 합창, 도창과 후렴, 남녀 혼성창 등 그 양식을 다양하게 진행할 수 있다.

다음 불교계 가무극에 대해서다. 이 가무극은 위 가창극에 무용이 결합된 입체적이고 역동적인 형태다. 여기서는 가창이 주축을 이루고 무용이 종속되는 경우와 그 반대의 경우를 예상할 수가 있지만, 양쪽이 대등하게 조화를 이루는 게 원칙이다. 그렇지만 사실상 이런 비율과 그 조화는 총체적인 연출자가 좌우하는 게 현실이다. 여기 무대와 그 장치는 가창극과 같되, 그 무대의 넓이가 무용의 범위를 보장하기 위하여 보다 확대되는 게 당연한 일이다. 그 출연자는 역시 가창·무용 간에 그 배역에 따라 분장·의상을 갖추고 소도구까지 지참·활용한다.

그리고 불교계 강창극에 대해서다. 이 연극형태는 불교소설의 강창적 연행에서 전문적으로 진일보한 것이라 간주된다. 따라서 그 무대는 어디든지 관계없이 자유스럽다. 적어도 석굴·사찰의 강당이나 법당이면 그 불·보살상과 벽화 등을 배경으로 하여 가장 어울리지만, 석굴·사찰의 광장이나 야외·산야, 민간의 사랑방, 마당 등 어디든지 출연자가 서있는 곳이면 바로 무대가 되기 때문이다. 다만 그 연행 대본의 내용에 알맞은 변상도를 공연자가 서있는 배경에 설치하는 게 장치의 전부이자 필수 요건이다. 그러니까 청중이 그 변상도를 보면서 그 강창의 연행을 듣는 입체적 효과를 노린 것이다. 이로써 돈황문서 중에 발견된 상당한 크기의 변상도는 이런 강창극을 위한 배경화라 보아진다. 그리고 그 공연자는 속강승이든 민간 광대든 단 한 사람이 나와서, 그 대본에 나오는 강설·가창과 여러 등장인물들의 연기까지 전담하는 완벽한 1인극으로 공연한다.

나아가 불교계 대화극에 대해서다. 이 연극형태는 가장 입체적이고 역동적인 종합예술로 공연되는 터다. 그러기에 무대와 그 장치가 본격적으로 설치되어야 한다. 그 무대는 가창극 등과 같으나 그 배경과 장치는 불·보살상이나 벽화·탱화로는 만족할 수가 없다. 그 연극 장면의 변환에 따라 그 배경·장치도 사실적으로 변화되어야 하기 때문이다. 그런데도 무대장치의 부담을 덜 겸 연극적 효과도 노리기 위하여 독특한 양식을 활용하는 경우가 많은 것이다. 그 등장인물들은 배역에 따라 분장·의상을 하고 장식품·소지물 등 소품도 소용에 따라 다양하게 준비·활용한다. 그 인물들은 사건 진행과 극정에 따라 주인공을 중심으로 출입하며 대화·대창하고 갖가지 표정과 연기를 펼친다.

한편 불교계의 잡합극에 대해서다. 이 연극형태는 만능극이라 할 만큼 광범하고 복잡한 공연으로 전개된다. 따라서 그 무대는 공연공간과 관중석을 포함하여 광활할 수밖에 없다. 그러기에 석굴·사원의 전각 내보다는 실외 광장이나 야외 공간이 더욱 적합하다. 따라서 연극 진행에 따른 무대장치가 필요 없고, 무대 주변에 대형괘불도를 게양하거나 다양각색의 깃발·당번을 내세우는 것으로 족하다. 등장인물은 다양하게 분장하고 적절한 의상을 걸치고 나온다. 대개는 그 연극을 역동적으로 보조하기 위하여 잡기기능자나 무술보유자, 또는 특별한 인형·가면도 나오고, 경우에 따라서는 말이나 곰, 원숭이 등이 훈련되어 동참해서 실로 다양하기 그지없다.[16]

---

16 이상 연행양상은 高金榮, 「異彩紛呈의 敦煌舞樂」, 『敦煌石窟舞樂藝術』, 甘肅人民出版社, 2000 참조.

4. 실크로드 불교문학의 문학·예술사적 위상

불교문학은 한·중 문학사상에서 매우 중요한 위치를 차지하고 있다. 일찍부터 중국문학이 본격적으로 형성·전개된 것은 불교·불경을 한역·수용한 데서 비로소 가능하였다는 주장이 있었다. 이러한 중국문학의 불교문학적 수용과 영향이 실증되는 중심에 실크로드를 통하여 형성·전개된 중국 불교문학이 엄연히 자리하여 왔다. 그러기에 이 불교문학은 그동안 중국문학사에서 불투명했던 남북조·당송대의 시가사와 수필사 특히 소설사와 희곡사를 거의 완벽하게 보전하는 데에 핵심·주류를 이루어 왔던 것이다. 따라서 이 불교문학이 돈황문서로 개발·집성되면서 중국문학사를 다시 써야 한다는 견해가 대세를 보이게 되었다.[17]

또한 이 불교문학은 한국문학사상에서 실제적으로 핵심·주류를 이루어 왔던 것이다. 적어도 이 불교문학은 삼국시대 이래 신라·고려기 문학의 본격적인 형성·전개과정에서 그 중심에 자리하여 주동적 역할을 다해 왔기 때문이다. 그리하여 이 불교문학은 당대의 시가사와 수필사, 특히 소설사와 희곡사상에서 매우 중요한 위치를 점유하게 되었던 터다. 나아가 조선시대의 문학사는 신라·고려대 불교문학의 여세를 계승하고 정음을 통한 국문화에 박차를 가하여 새로운 국문문학사로 형성·전개되었던 것이다. 실제로 정음 이후의 국문시가사와 국문수필사, 국문소설사와 국문희곡사는 그 불교문학의 영역 안에서 본격적으로 성장·발전하였기 때문이다.[18]

한편 이 불교문학은 한·중 예술사상에서 매우 중요한 위치를 유지하여 왔다. 이 불교문학이 연행을 통하여 연극적 공연을 유도·발전시켰기 때문이다. 일찍이 중국의 연극사는 불교계의 극본·희곡을 기반으로, 불교연극의 도입·응용을

---

17 이수웅, 「돈황강창문학의 중국문학사상의 지위와 영향」, 『돈황문학』, 일월서각, 1986, pp.212-215; 김진영, 「불교계 변문의 형성과 문학사적 위상」, 『실크로드 문화와 한국문화』, pp.527-530.
18 사재동, 「문학사상의 위치」, 『한국불교전서의 문학적 실상과 전개』, pp.48-50.

통하여 본격적인 형성·발전을 보았다. 그 가창극사나 가무극사도 그렇거니와, 특히 강창극사는 불교계 강창극을 그대로 수용·발전시켜 왔던 것이다. 실제로 대화극사는 불교계 대화극이 주동적으로 이끌어 왔고, 그 전능극사도 역시 불교계 전능극을 전범으로 하여 형성·전개되었던 것이다.

이어 한국의 연극사는 역시 불교연극이 중심·주동이 되어 형성·발전시켜 왔다. 실제로 그 가창극사나 가무극사는 불교계 가창극과 가무극의 모형을 그대로 수용·발전시킨 것이 사실이다. 특히 그 강창극사는 불교계 강창극이 전범을 이루고 대세를 이루어 왔다. 그것이 전문화되고 세련되어 후대적으로 판소리를 형성·발전시켰던 것이다. 이어서 그 대화극사는 이 불교계 대화극이 유입·행세하여 종합예술적 공연사로 정립되었고, 그 잡합극사도 불교계 잡합극이 전능극 형태로 계승·발전시켰던 터다.

한편 이 불교문학은 그 유통·전개 과정에서 불교홍통사나 신앙의례사, 문헌유통사, 불교어문사 등 불교문화사에 지대한 영향을 끼쳤던 것이다. 나아가 이 실크로드 불교문학은 한·중 관계를 중심으로 그 불교문화권 전체에 공질·공통의 문예·문화사의 형성·전개에 중심적 역할을 다하여 왔던 터다.

5. 결론

이상 실크로드의 불교문학과 연행양상을 개괄해 보았다. 지금까지 논의한 것을 요약하면 다음과 같다.

1) 실크로드 불교문학의 공질성과 공통성을 검토하였다. 기실 한·중의 불교문학은 그 소재·내용은 물론, 주제와 동기, 구성·형태와 표현·문체까지 공질성을 갖추고 있다. 따라서 그 장르성향이 공통될 수밖에 없으니 상위 장르는 시

가·수필·소설·희곡 등으로 완전히 일치하고 나아가 그 하위 장르도 거의 같은 것이었다.

2) 실크로드 불교문학의 장르적 전개와 연행양상을 논의하였다. 돈황문서와 『한국불교전서』를 중심으로 문학적 실상과 장르적 성향을 검토하여 상위 장르가 한·중 공통으로 불교시가와 불교수필, 불교소설과 불교희곡 등으로 전개되고, 각기 연극적 연행을 통하여 유전되었음이 밝혀졌다. 이로써 한·중 불교문학의 가치와 기능이 더욱 높이 평가되었다.

3) 실크로드 불교문학의 문학·예술사적 위상을 파악하였다. 먼저 이 불교문학은 그대로 중국 불교문학사를 이루면서 각개 장르별로 중국문학사 내지 예술사의 중심·주류를 이루어 왔다. 그리고 이 불교문학은 그 자체로서 한국 불교문학사로 행세하면서 각개 장르를 통하여 한국문학사 내지 예술사의 핵심·주류를 이루어 왔던 터다. 그리하여 실크로드 불교문학의 한·중 유통사를 거시적이고 합리적으로 파악하게 되었다.

이상의 논의를 통해 세계적으로 각광을 받아온 실크로드 불교문학의 중국작품들과 함께, 그 동계·동류인 한국 작품들이 올바로 연구·평가될 계기가 마련되었다고 본다. 이제 한국불교전서류와 삼국유사류의 작품들이 본격적이고 전문적으로 탐색·고구되는 것이 당면 과제라 하겠다. ●

관음전승의 문학적 실상과 예술적 전개

1. 서론

모든 종교는 종합예술의 백화점이라고 한다. 그 진리·사상과 신앙·규범을 표현하고 널리 전파하기 위하여 종합예술적 방편이 필수되어 왔기 때문이다. 그 중에서도 불교는 그 철리·사상과 신앙·계율 등이 종합예술로 존재하고 종합예술로 표현되며, 종합예술로 작용하는 데에 가장 선도적인 전형과 성황을 보여 왔다. 이것이 바로 장구한 불교사의 전개과정에서 불교문학·불교예술 내지 불교문화로 정립되어 그 값진 실상과 위상을 확보하였던 것이다.

여기서 관음사상·신앙이 인도·서역·중국·한국의 불교 전체에 걸쳐 그 핵심·주류를 이루면서, 그 종합예술적 전승이 가장 빼어나고 찬연하였던 것이 사실이다. 그리하여 이 유구·찬연한 관음전승이 그만큼 보배롭고 중요한 것은 물론이다. 기실 이렇게 정립·행세해 온 이른바 관음문학과 관음예술 내지 관음문화가 당대 각국의 문학·예술·문화의 전형이 되고 주축을 이루어 왔기 때문이다. 이런 점에서 지금까지 형성 정착된 관음전승의 문학·예술·문화계 작품들은 그만큼 값지고 중요하기에, 그 연구의 필요성이 절실한 터다. 그리하여 이 관음전승의 문학적 실상과 예술적 전개에 대하여 고구하는 것은 긴요한 일이 아닐 수 없다.

그동안 이 관음사상이나 신앙에 대한 논의는 많았고, 관음계의 경전에 대한 논구도 적지 않았다.[1] 그런데 이 관음전승의 문학·예술·문화에 대한 논구는 소

---

1 불교문화연구소, 『한국관음신앙연구』, 동국대학교 출판부, 1988.

홀했던 게 사실이다. 그런 중에서도 관음문학에 대해서는 얼마만큼의 성과가 나왔다. 가령 중국문학 중의 관음을 고찰한 것이라거나,[2] 관음설화의 문학적 연구,[3] 관음소설의 실상적 탐구,[4] 이어 관음희곡에 대한 개관[5] 등이 바로 그것이다. 그리고 관음예술 중에서는 관음미술을 중점적으로 논의하고[6] 나머지 관음악무나 관음연극 등에 대해서는 무관심한 것 같다. 나아가 이 관음문화에 대해서는 신앙·의례·민속·기공·경적 등을 일부 개관하는 정도에[7] 머문 것이라 본다. 그래서 이 관음전승, 그 문학·예술·문화의 전반적 형성·전개나 그 실상, 장르적 전개 내지 문화사적 위상 등을 체계적으로 논구한 업적은 아직 보이지 않는 것 같다.

그리하여 본고에서는 관음전승의 문학적 실상과 예술적 전개양상을 총체적이고 체계적으로 고구하여 보겠다. 첫째, 이 관음전승의 종합예술적 형성·전개과정을 그 배경과 형성의 주체·동기, 그 형성의 실제와 유통으로 나누어 검토하겠고, 둘째, 이 관음전승의 유형적 실상을 불교문학·예술적 관점에서 점검하겠으며, 셋째, 이 관음전승의 문학적 전개 양상을 문학론·장르론에 따라 고찰하겠고, 넷째, 이 관음전승의 예술적 전개과정을 예술론·연행론에 의하여 탐구하겠으며, 다섯째, 이 관음전승의 문화사적 위상을 문학사·예술사, 기타 문화사의

2 孫武昌, 『中國文學中的維摩與觀音』, 高等教育出版社, 1996.
3 조명숙, 「삼국유사에 나타난 관음설화의 문학적 연구」, 충남대학교 교육대학원, 1995.
4 인권환, 「관음설화의 소설적 전개」, 『한국불교문학연구』, 고려대학교 출판부, 1999, pp.295-342; 설성경, 「사씨남정기에 형상된 관음의 세계」, 『서포소설의 선과 관음』, 장경각, 1999, pp.291-250; 박광수, 「묘법연화경의 서사문학적 전개」, 『고소설연구』 5집, 고소설학회, 1998, pp.367-385; 오대혁, 「관음설화의 상상력과 소설발생의 문제」, 『금오신화와 한국소설의 기원』, 역락, 2007, pp.287-312.
5 羅偉國, 「表現觀音的戲曲」, 『說話觀音』, 上海書店出版社, 1998, pp.138-140.
6 羅偉國, 「展示觀音的繪畵」, 위의 책, pp.135-137.
7 羅偉國, 「觀音與呪語」, 「觀音與氣功」, 「有關觀音的經籍」, 위의 책, pp.115-130.

계통에 따라 개괄적으로 파악하여 보겠다.

여기서 그 원전으로는 지금까지 한·중에서 공간된 관음관계 문헌·자료를 주로 활용하겠다. 그런데 그동안에 수집된 이 원전은 분명 한계가 있다. 기실 필자의 능력으로는 한·중의 불교계 도서관이나 개인장서에 퍼져 있는 그 방대한 도서 자료들을 망라하기가 어려웠기 때문이다. 그러나 이 논고가 추구하는 관음전승의 문학·예술·문화의 유형과 장르를 논의·고증하는 데는 현존 원전·자료만으로도 부족함이 없다고 믿는다.(이하 그 유형론 원전 참조)

2. 관음전승의 종합예술적 형성·전개

1) 형성의 배경과 전통

우선 이 관음신앙이 역대 불교홍통사상에 나타난 그 실상과 위상이 주목된다. 기실 관음신앙은 불교유통사에서 중심·주류를 이루며 가장 광범하게 유전되어 왔다. 실로 관음보살은 제불을 대행하며[8] 제대보살을 대표하는 위신력과 권능을 완비하고 '全知全能·無所不在'한[9] 역할을 다하여 왔기 때문이다. 그러기에 역대 불교계에서는 이 관음보살을 '自足神通力 廣修智方便 十方諸國土 無刹不現身'의[10] 거룩한 존자로 신앙하여 왔던 것이다. 실제로 관음보살은 시공을 초월하여 33형의 응신, 천수천안을 갖추고[11] 제불의 화신으

---

8 그러기에 관음보살상의 보관 정면에 불상을 모시고 있는 것이다.
9 이러한 신통력은 기독교에서 하나님의 권능으로 신앙하지만, 원래는 관음신앙의 종지였던 것이다.
10 이 종지는 관음의 위신력과 권능을 집약한 것으로 관음신앙에서 기도·정진할 때 필수적으로 염송하고 있다.
11 이 관음보살은 33응신과 천수천안을 기본적으로 갖추고 제불·석가모니불의 천백억화신을 족히 대행할 수 있다고 믿어졌던 것이다.

로서 일체 중생을 고해로부터 구제하고 지혜와 자비를 베풀어 오는 터였다.

　이러한 관음신앙은 인도로부터 형성·전개되어 실크로드를 거쳐 중국·서장과 한국·일본 등지로 전파되어 성세를 보여왔던 것이다. 기실 이 관음신앙은 그 실상과 권능이 여러 경전에 전개되어 있는 실정이다. 먼저 이 관음보살은 대승사상의 핵심인 지혜 수행을 완수하고 자비로 중생을 구제하는 주체로 행세하였다. 그리하여 반야경계의 요체인 『마하반야바라밀다심경』의 주인공으로 오온이 다 공한 것을 관조하고, 제법의 공상을 설파·실천하여 고해 중생을 제도하게 되었다.[12] 이어 관음보살은 지혜를 기반으로 자비의 권능을 강화·확대하여 일체 중생을 구제하였다. 기실 고통 속에 헤매는 중생들이 그 명호를 염하면, 관음보살이 그 소리를 들어 보고 즉시 건져 주었기 때문이다. 이로써 관음보살은 『관음경』의 주인공이 되어 사부대중·민중을 구제하는 자모로 숭앙되었던 터다. 이러한 『관음경』이 널리 유통·보급된 이래, 그 『법화경』의 제25부 「관세음보살보문품」으로 편입되면서 그 위신력이 더욱 확대되었다. 그리하여 관세음보살의 권능은 중생의 칭명하는 소리를 다 듣고 33형의 존재로 응신하여 즉시 구해 주는 자비·구제의 화신으로 확산·숭신되었던 것이다.

　이러한 추세로 관음보살의 권능은 그 광대한 『화엄경』에 합치됨으로써 더욱 확충되었다. 그 『화엄경』 「입법계품」에서 선재동자가 보리심을 발하여 53 선지식을 순방하며 수행법을 물을 때, 관음보살은 그 28번째 선지식으로 만나서 이미 성취한 보살도를 실행하여 가르쳐 그 권능을 보여 주었다. 이어 관음보살의 위신력은 그 정토신앙 세계와 융화되어 더욱 확대되었다. 그 극락정토의 주재자 아미타불의 좌보처로서 전지전능한 위력을 발휘하였기 때문이다. 먼저 『비화경』에서 그 「제보살본수기품」을 통하여 관음보살의 전생·권능을

---

12 사재동, 「반야심경언해의 문학적 실상과 연행양상」, 『어문연구학술발표논문집』, 어문연구학회, 2015, pp.28-29.

수기하고, 일체 중생들이 모든 고통·번뇌를 끊고 안락국에 처하도록 구제하는 권능을 부여·보증하였던 터다. 그리고 정토삼부경 중의『관무량수경』에서는 그 극락세계 아미타불의 좌보처로서 대세지보살과 함께 무량한 위신력을 발휘하고 있다. 우선 그 형상의 위의와 장엄은 인간의 상상이 미치는 지고·지선의 장관을 보이고, 그 권능은 상상도 미치지 못하는 무량·무변의 위력으로 사바 중생을 다 제도·접인하였던 것이다.

나아가 이 관음의 권능은『首楞嚴經』의 세계에서 무한대로 확장되는 터다. 이 경전은 삼매류를 가장 수승하게 대표하면서, 그 25원통을 내세워 관음보살의 원통위를 최상에 두고, 그 권능이 위로 십방 제불의 본묘각심과 동등하며, 아래로 십방 일체 중생과 합하여 더불어 상구보리하고 하화중생하는 만능을 갖추었다고 설파·보장하였다. 그리하여 관음보살은 33 응신을 나투어 모든 국토에 자재하니, 그 신통력이 구족하여 시방제국토 삼세의 육도 중생을 모두 구제하고 14무외의 공덕까지 누리게 만들었던 것이다. 그러기에 이 관음의 25원통이 가장 수승하면서 말세 중생에게 가장 빼어난 수행방편이라고 설파·창설하게 되었다.

마침내 이 관음의 위신력과 권능은 밀교계로 진입하여 불가사의·신통묘력으로 확산되었다. 여기서는 관음의 분화, 변화관음으로 인하여 그 형상과 권능이 매우 다양하고 광범하게 전개되었다. 기실 성관음을 기본으로 하여 관음의 분화가 자유자재로 이루어지는데, 이것은 그 대비 발원의 무애자재력이 가시화된 무한한 방편장엄으로 나타났던 터다. 적어도『천수천안무애대비심다라니경』을 비롯하여『불정심다라니경』·『십일면신주심경』·『청관세음보살소복독해다라니경』 등이 모두 관음보살의 신통묘력을 불가사의·신비력으로 강화하면서, 그 다라니의 염송을 통하여 자유자재한 형상·방편으로 일체 중생의 고통·재앙을 구제하고 소구소원의 전체를 원만 성취시켜 주었던 터다. 그러기에 그 형체는 6관음과 8관자재, 25관음과 33관음, 32응신에 53자용까지 나타났고, 11면관음과 40수관음, 나아가 천수천안관음까지 대두되었다. 마침 내 이 관음의 형상과 권능은 천백억화신으로 응신하여, 무한한 역량으로 무 량한 중생을 모두 구제하는 가장 절실한 신앙으로 정립·전승되었던 것이다.[13]

그리하여 이러한 관음신앙은 대승불교의 중심·주류를 이루고 상하 민중 대 중불교의 대방편, 견인차의 역할로 역대 불교국에서 성황을 누렸던 것이다. 이에 인도에서는 관음신앙의 원류로서 위에 든 경전을 중심으로 관음계 사원· 전각을 많이 건립하고 다양한 관음성상과 관음화상을 조성·봉안하였으며, 그 안에서 여법한 의례를 종합예술적으로 수행하여 관음신행의 원형·전범을 이 룩하였던 것이다. 이로써 관음신앙 그 전승과정에서 소관 경전을 계승·발전 시킨 관음문학이 형성되고, 그 성전과 성상·성화를 연계·발전시킨 관음미술, 그 유관 재의를 통하여 연행된 관음악무·관음연극 등이 형성·전개되어 그 전 통을 이루었던 터다.

이러한 관음신앙이 서역을 거쳐 중국에 이르러서는 성세를 보여 가위 전성 기를 이루었다. 후한대에 불교가 유입된 이래 위진남북조·양나라를 중심으로 이 관음신앙이 발전·성숙되고, 당대에 이르러서는 난숙·성황을 보였던 것이 다. 이어 이 관음신앙은 송대에 이르러서도 다른 신앙과는 달리 상하 민중·서 민 대중의 신앙으로 굳건히 자리 잡아, 여전히 성세를 이어 갔던 것이다. 이러 한 관음신앙의 대세는 원대를 거쳐 명대로 계승·전개되었고, 청대를 지나 민 국시대·근현대까지도 여세를 몰아갔던 것이다.[14] 이처럼 장구하고 찬연한 신 행과정에서 찬란한 관음문물·관음전승이 유전되고 있는 게 중시되는 터다. 기 실 관음사상·신앙을 담은 인도의 경전을 수용·유통시켰을 뿐만 아니라, 중국 신앙계 자체 내에서 『청관세음경』이나 『관세음삼매경』·『고왕관세음경』 등

---

13 이상은 지관, 「경설상의 관음신앙」, 『한국관음신앙연구』, 동국대출판부, 1988, pp.71-72.
14 孫昌武, 「觀音信仰的弘傳」, 『中國文學中的維摩與觀音』, pp.68-93.

위경을 많이 찬성해 내었다.[15] 그 연장선상에서 관음영험전을 비롯 관음관계의 문학작품을 형성시켜냈던 것이다. 여기에다 그 관음보살의 상주처로 보타낙가산을 성지로 설정하고, 관음계의 사원을 건축하면서 관음성상·관음성화 등을 조성·봉안하여 미술적 유물이 현저하게 남아 있다. 그리고 이 관음신앙의 수행과정에서 여법한 재의를 통하여 음악·무용, 의례·연기까지 합세하여 종합예술적 공연, 관음계 연극의 전통을 정립하였던 것이다.

한편 이 관음신앙은 한국에 전래되어 중국에서와 같이 불교신앙의 중심·주류를 이루어 왔던 것이다. 적어도 불교가 전래·정착한 삼국시대부터 이 관음신앙은 대승불교의 선봉이 되어 상하 민중과 대중사회에 파급·전개되었다. 먼저 고구려에 중국의 불교가 전래되면서 그 관음신앙이 우선적으로 수용된 것은 당연한 일이었다. 그때에 중국 찬술의 관음경들이 유입된 것은 족히 추정되는 터다. 기실 고구려의 관음신앙이 상당한 실세를 보였기에 백제·신라나 일본 등지의 관음신앙에 끼친 영향관계를 주목할 수밖에 없다. 그 중에서도 일본과의 관계가 중요한 전거로 되는 터다. 우선 고구려의 광명사에서 상자에 넣어 보낸 여의륜관자재상이 일본 담주의 바닷가에 흘러갔는데, 이를 성덕태자가 발견하여 정법사를 짓고 그 관음상을 봉안했다는 사실이다. 그리고 일본 승 행선이 고구려에 유학·거주할 때, 어느 날 길을 가다가 폭우를 만나 홍수진 다리를 건너는 중에, 한복판에 이르러 휩쓸려 떠내려가면서 요행히 다리말뚝을 붙잡고 관음보살을 염하였더니, 마침 한 노인이 배를 저어 와서 구제해 주었다. 그래서 행선이 감사하려고 돌아보니 노인도 배도 간 데가 없어, 그게 바로 관음보살의 응신인줄 알고 발심서원하여 관음상을 조각해 놓고는 지심 예경하였다. 그가 귀국할 때 그 관음상을 품에 안고 가서 흥복사에 안치하였다는 사례다. 이러한 사실로 미루어 고구려의 관음신앙이 그만큼 발전·성행하였음

15 牧田諦亮, 『疑經硏究』, 東京大學 人文科學硏究所, 1975, p.212, 272.

을 족히 추정할 수가 있겠다. 그러기에 이 관음신앙의 전통 속에서 관음계의 경전이나 위경 등이 유입·행세했던 것은 물론, 고구려의 신앙계에서 그 경전·불서에 대한 논술 내지 문학적 작품들이 형성·전개되었던 것은 당연한 일이었다. 나아가 이 관음의 상주처로 관음사·관음암·관음굴 등의 사찰을 건립하고 관음성상·관음화상을 조성·봉안한 도량에서 여법한 재의·의식을 통하여 음악·무용·연기까지 아우르는 연극형태가 전통을 이루었던 것이다.

그리고 백제에서도 중국으로부터 불교를 받아들이면서 그 관음신앙이 우선적으로 전파되었던 터다. 기실 고구려의 경우와 같이, 그 관음관계의 위경들이 수입·보급되면서 그 신앙은 뿌리를 내리고, 발정이나 현광·혜현 같은 고승들이 『법화경』을 통하여 관음신앙을 진작하였다. 이렇게 발전·성세를 보이던 관음신앙이 자연 일본에 전파되는 것은 당연한 사실로서 그 전거가 많은 터다. 백제 성왕이 십일면관음금상과 경전 등을 일본에 보낸 것과 백제 장인이 일본에 가서 관음상을 조성했다는 사실, 일본에 백제사가 건립되고 관음상을 조성·봉안했던 것, 백제 성왕의 임성태자가 일본 신복사에 목조 십일면관음상을 모셔간 사실, 백제승 의각이 일본으로 건너가 『반야심경』을 통한 관음신앙을 전파한 것, 백제의 금동구세관음상이 일본의 사천왕사에 모셔진 사실, 일본의 약사사에 봉안한 관음상도 백제에서 건너간 것, 일본의 법륭사에 안치된 세계적 목조관음상이 백제관음으로 불리고 있는 사실 등이 실은 백제 관음신앙의 발전세를 역증하고 있는 터다. 이로써 백제 내에서의 관음문물, 그 전승이 그만큼 성왕하였음을 추지할 수가 있다. 적어도 이 관음계의 경전·불서가 유입·유통되면서 백제 신앙계의 그에 대한 저술과 함께 문학적 작품들이 출현하고, 그 관음보살의 상주처로 사찰·도량이 건립되면서 그 성상·성화를 조성·봉안하여 관음미술의 전범을 보였던 것이다. 그리고 그 관음신앙의 여법한 재의를 통하여 음악·무용·연기를 통합한 관음연극이 전통을 정립하였던 터다.

나아가 신라에서는 통일 이전부터 관음신앙이 유입·발전하였거니와, 통일

이후에는 고구려·백제의 그것을 통합하고 더욱 융성하여 성세를 보이게 되었다. 이러한 사실이『삼국유사』를 중심으로 많은 유물·유적들을 남기고 있기 때문이다. 그 선덕왕대의 자장이 그 아버지 무렵의 관음 기도·공양으로 태어난 일과 낙산사의 창건연기에서 의상이 관음진신을 친견한 것은 물론, 원효가 관음변신을 만나고 경흥이 남항사 십일면관음의 비구니 응신을 만나 병을 고친 일, 백율사의 대비상이 사문의 모습을 나투어 부례랑과 안상을 구해 온 사실, 분황사의 천수대비화상이 맹아의 눈을 뜨게 하고, 낙산사의 관음이 속정에 헤매는 조신을 개오케 한 일, 중생사의 대비상은 생남과 함께 난리 중에 버려진 아이에게 젖을 먹여 주었고, 백월산에서 수도하는 두 승려에게 낭자로 화현한 관음이 나타나 모두 성불케 한 사실 등이 수없이 나타났다.16 이처럼 신라시대의 관음신앙이 그만한 성황·성세를 보였던 것이다. 따라서 신라에서는 전래 경전·불서를 수용하면서, 고승들의 관음관계 저술이 다양하게 출현하였다. 원효의『반야경소』나『법화경종요』·『화엄경소』·『화엄경입법계품초』·『유심안락도』, 의상의『입법계품초기』·「백화도량발원문」, 경흥의『법화경소』·『관무량수경소』, 태현의『화엄경고적기』·『법화경고적기』·『반야심경고적기』·『관무량수경고적기』, 지인의『십일면경소』와 둔륜의『십일면경소』 등이 속출하여 관음신앙의 실상과 성세를 보증하여 왔던 것이다.17 나아가 관음보살에 관한 문학적 작품이 시가·수필·소설·희곡 등의 형태로 대두된 것은 물론, 석굴암의 십일면관음 같은 조각상이나 분황사 천수대비화상 같은 회화 등 관음미술이 등장하였고, 여러 형태의 관음재의를 통하여 관음음악·관음무용 내지 관음연극 같은 종합예술 형태가 성행했던 것은 당연한 일이다.

이어 고려시대에는 신라의 관음신왕과 제반문물을 거의 그대로 계승하여 한층 심화·발전시켰던 것이다. 고려 후기 찬성된『삼국유사』상의 관음신앙은

16 조명숙,「삼국유사에 나타난 관음설화의 문학적 연구」, pp.5-12.
17 김영태,「삼국의 관음신앙」,『한국관음신앙연구』, pp.134-135.

전술한 대로 고려시대의 관음신앙을 대변하고 있기 때문이다. 기실 신라의 문물을 평화리에 순조롭게 받아 내린 고려대의 관음신앙이 그 성황·성세를 그대로 유지하는 것은 물론, 거듭된 국란과 민생의 고통을 구제하기 위하여 더욱 심화·강조되었던 게 사실이다. 그러기에 고려기 불교계에서는 신라의 관음계 저술을 전수·활용했을 뿐만 아니라, 당대 고승들이 그 나름의 관음계 저술을 내어 놓았던 것이다. 초기 균여의 화엄계 논술은 그 입법계품의 관음설법과 무관하지 않았고, 그 자신이 손위 누님의 대화에서 보현과 관음 두 지식품의 법문과 함께 신중·천수경의 신비세계를 설파하였던 터다. 그 후로도 이 관음관계의 저술이 계속되었거니와, 고려 말기의 혜영은 『白衣解』를 지어 관음신앙과 밀교를 융합시켜 관음재의의 밀교적 정토 신앙을 확립·실천하였다. 그리고 체원은 신라 의상의 교학에서 관음신앙의 실천성을 찾으려고 상게 「백화도량발원문」을 주석하여 그 약해를 지어 발문까지 썼다. 여기서 그는 가형 보응대사가 『화엄경』의 「관자재보살소설법문」을 30여인과 독송하면서 평생 관음보살만 신앙했다는 사실까지 밝혔다. 그러면서 체원은 직접 그 『화엄경관자재보살소설법문별행소』와 『화엄경관음지식품』을 저술하여 관음신앙을 이론적으로 정립하면서 영험의 전통을 계승·실천케 하였다. 이어 요원이 『법화영험전』을 찬술하여 관음신앙의 신비체험을 강조하였고, 보우는 용문산 상원암에서 관음보살계 12대원의 발원문을 지었으며, 혜근도 관음보살의 신통력으로 중생을 제도케 하라고 발원문을 써 냈던 것이다. 이러한 바탕 위에서 관음관계 문학작품들이 다양하게 형성·전개되었던 터다. 한편 고려대의 관음신앙은 그 형상을 통하여 추적할 수가 있다. 당시 사찰마다 관음전이나 원통전이 여러 곳에 건립되었던 것은 물론, 그 성상·성화 등이 봉안되었던 것은 당연한 일이다. 위 『삼국유사』에 실린 많은 관음상이 그대로 고려에 전래되었거니와, 고려대에 새롭게 제작된 성상들이 너무도 많았던 터다.[18] 이러한 관

18 이만, 「고려시대의 관음신앙」, 『한국관음신앙연구』, pp.158-159.

음계 건축·조각·회화 등의 성행이 그대로 그 시대 관음신앙의 성세를 반증하고 있는 터다. 나아가 그 관음재의 대본이 보여주듯이, 그 재의의 공연을 통하여 관음음악·무용 내지 관음연극 등이 관음전승의 예술적 실상과 위상을 실증하고 있는 것이다.

그리고 조선시대에는 숭유배불을 내세우지만, 외유내불의 실상을 유지한 게 사실이었다. 그 중에서 관음신앙은 고려대의 그것을 거의 그대로 계승하여 그 문물을 이어가고 있었다. 기실 억불정책이 강화되면서, 이 관음신앙은 내밀하게 더욱 성행하여 실세를 보여 왔던 것이다. 그것은 조선 건국 이래로 고려 유민들이 조선 백성으로서 불안하고 고난에 찬 민생을 관음보살의 위신력과 자비구제의 권능에 의지하여 왔기 때문이다. 실제로 불교세력의 협력까지 받아서 건국한 태조는 숭불주로서 건국의 염원과 퇴위의 갈등을 관음신앙에 의하여 해결하였거니와, 그 왕실의 불교신행이 바로 관음신앙을 중심으로 득세·전개되었던 것이다. 이에 따라 숭불 백성·대중들은 민중불교의 선봉인 관음신앙을 통하여 신앙적 공감대를 형성하여 왔던 터다. 그러기에 관음신앙의 제반문물이 발전적으로 계승되었던 게 분명한 터다. 그 태조대의 관음굴을 비롯하여 관음중심의 사암, 관음사·관음암은 물론, 전국 사찰의 관음전·원통전 내지 극락전·미타전 등으로 유지·발전하면서, 관음계 기도도량으로 행세하게 되었다.[19] 따라서 이 관음도량에는 수많은 관음상과 관음화상이 조성·봉안되어 신앙의 성상으로 미술적 전통을 유지하여 왔던 터다. 그리고 이 도량의 신행과정에 『관음경』을 비롯한 유관 경전·불서가 많이 편찬·간행되니 『반야심경』·『천수경』 등이 30종 가까이 번역·유통되었던 것이다. 여기서는 그 관음신앙의 영험담·응험록이 상당수 나와 지경영험록·관음응험기의 형태로

---

19 정만, 『관음성지를 찾아서』, 우리출판사, 1992, pp.5-6.

유전되었고,[20] 그와 결부되어 관음관계 문학이 다양하게 형성·전개되었던 터다. 나아가 이 관음신앙의 재의과정에서 그 문학적 대본이 성립되고, 이것에 의한 연행을 통하여 관음음악·무용이 형성·융화되고 의례·연기까지 합세함으로써, 관음연극으로까지 성장·정립되었던 것이다. 이러한 관음문물이 조선시대를 통관하는 그 관음문학·예술의 실상과 위상을 보증해 주었던 터다. 기실 조선시대의 관음신앙이 점차 발전·강화되는 추세에 따라, 근현대의 관음신앙·문물이 불교중흥의 선도적 역할을 다하고 있는 게 확인되는 형편이다.

이상과 같이 유구·찬연한 관음신앙을 그 문물·문화적 관점에서 총괄해 보면, 그 문학·예술적 계맥·전통이 성립·전개되어 온 사실이 분명해진다. 먼저 역대 관음신앙의 주체·신중들이 그 신앙의 주제·내용과 관음의 신비한 위신력 내지 무한한 권능을 어문으로 표현한 경전·불서와 함께 문학적 작품들의 전통을 확인할 수가 있다.[21] 다음 이 관음의 거룩한 용모와 전능의 역량을 시각적으로 표현한 건축·조각·회화·공예 등의 미술적 전통을 파악할 수가 있다.[22] 그리고 그 관음신앙의 효율적 실행을 위한 재의를 통하여 음악·무용 내지 연기를 조화시킨 공연예술·연극의 전통을 발견할 수가 있는 터다.[23] 바로 이런 전통이 그대로 관음전승, 그 문물의 문학·예술적 배경으로 자리하고 작용했던 것이다.

2) 형성의 주체와 동기

이 관음전승의 문학·예술적 배경과 전통이 밝혀지면서, 그 작품들의 실상과 위상이 윤곽을 드러내게 되었다. 따라서 그 작품들을 형성·전개시킨 주체가 우

---

20 이봉춘, 「조선시대의 관음신앙」, 『한국관음신앙연구』, pp.202-203.

21 이봉춘, 「조선시대의 관음신앙」, 위의 책, pp.176-179.

22 홍윤식, 「불교미술을 통해 본 관음신앙」, 『한국관음신앙연구』, pp.322-323.

23 채인환, 「예참의문을 통해 본 관음신앙」, 위의 책, pp.262-264.

선적으로 거론되어야 마땅한 터다. 바로 그 주체들이 역대 관음신앙을 주도하면서 관음보살의 불가사의한 위신력, 지혜·자비와 무량한 변화·응신으로 거룩한 권능을 발휘하는 실상·진실을 문학·예술적 방편으로 작품화하고 활용·전개시켜 왔기 때문이다. 기실 이 관음신앙이 불교활동의 핵심·주류를 이루면서, 그 종합예술적 신행활동이 가장 두드러질 수밖에 없었다. 따라서 이 관음신앙계의 승려나 신중 중에서 각개 분야에 걸쳐 전문적인 식견과 기능을 갖춘 인사가 그 형성·제작의 주체가 되는 것은 당연한 일이었다. 이 관음전승의 분야·영역은 대강 논설계와 설화계·재의계·문집계·화문계 등으로 전개되거니와, 그 분야에 따라 그 주체 즉 형성·제작자들을 추적해 보겠다. 여기서는 관음전승의 성질상, 개인적인 전문가를 원칙으로 하여 집단적인 형성·제작자군을 추정하게 될 것이다.

우선 이 논설계에서는 이미 중국의 고덕·학승들이 전계한 위경계 관음경전을 형성시킨 것은 물론, 그 인도 전래의 관음관계 불경을 논소·저술한 관례·전통이 확립되어 왔다. 따라서 이 논설계 작품들의 주체가 관음신앙계를 주도한 고승·대덕이었다는 사실이 당연시되는 터다. 그러기에 한국의 삼국시대 고구려나 백제에서도 중국의 그 관례·전통을 본받아 사계의 고덕·학승들이 이 관음관계 저술을 주도했을 것은 물론이다. 그런데도 그 전거가 없어져 추정에 머물 수밖에 없다. 다행히 통일 신라에서만 그 이름과 저술이 남아 있는 실정이다. 적어도 전계한 관음관계 경전을 논소한 원효나 의상, 경흥과 태현·지인 등이 그 저자로서 전형을 보이는 정도다. 이러한 학통과 법맥을 이은 후대의 고승·학승들이 상당수 그 관음관계 논설서를 냈을 것은 당연하지만, 그 전거가 없는 터다. 고려대에는 신라대 관음논설의 전통을 그대로 계승하여 유수한 학승들이 그 논설서를 냈을 것이지만, 균여 정도가 화엄경논소를 중심으로 관음논소를 곁들였으리라 추정되고, 후대의 체원이 전계한 『白花道場發願文略解』와 『華嚴經觀自在菩薩所說法門別行疏』·『華嚴經觀音知識品』 등 논술서를 냈던 것이다. 그리고 조선시대에는 상당한 학승들이 고려대의 그것을 이어 관음관계 논설서를 지었을 것이로되, 겨우 김시습이 『法華別贊』을 지어 내고, 후대의 정관이 『觀世音菩薩妙應示現濟衆甘露』를 저술한 정도로 흔적을 보였을 뿐, 나머지는 찬성자 미상으로 돌아갔던 터다. 그런데 근현대에 이르러 한·중간에 상당수의 사계 전문가들이 전래의 관음전승을 대상으로 논설서를 내어 주목된다. 한국의 김대은이 『관음신앙』을 내고, 도문이 『관세음보살』, 박희선이 『관음대사』를, 지관과 인환·김영태·이만·이봉춘·홍윤식 등이 『한국관음신앙 연구』를 출간하였으며, 정만이 『관음성지를 찾아서』를, 김현도가 『대성 관세음보살일대기』를, 김현준이 『관음신앙·관음기도법』을, 정성운 등이 『한국불교기도성지』를, 방경일·남종진이 『33관세음보살이야기』를 지어 냈던 것이다. 그리고 중국의 許止淨이 『觀世音菩薩本迹感應頌』을 지었고, 啓忠이 『觀音大士』를, 溫光熹가 『觀世音菩薩本迹因緣』을, 星雲이 『관세음보살이야기』(국역)를, 羅偉國이 『說話觀音』을, 南懷瑾이 『觀世音菩薩與觀音法門』을, 孫昌武가 『中國文學中的維摩與觀音』을 저술했던 터다.

　다음 설화계에서는 그것이 관음의 연기담이나 영험담을 중심으로 형성·전개되어 특정한 제작에 의한 게 아니었다. 따라서 이 계열의 작품들은 거의 모두 작자 미상인 것만은 사실이다. 그러나 제작·관여자가 없는 작품은 있을 수 없는 법이다. 그래서 이런 설화계 작품의 형성·전개의 주체는 불교계·관음신앙계의 고승·대덕을 중심으로 하는 사부대중·민중이라 하겠다. 이것이 바로 관음전승, 설화계의 특성이라 보아지는 터다. 그러기에 여기서는 그 설화들을 수집·편찬한 주체가 그 형성·제작자의 역할을 대행하여 매우 중시된다. 기실 그들이 아니었으면, 이 관음전승의 설화계는 형성·전개되기가 실제로 불가능했을 것이기 때문이다. 그리하여 한·중간 고금을 통하여 그들이 역대의 관음설화를 수집·편찬하게 되었다. 중국 육조시대 송의 傅亮이 『光世音應驗記』를 찬성하고, 張演이 『續光世音應驗記』를 편성한 것을 비롯하여, 제나라 陸杲가 『繫觀世音

菩薩應驗記』를 편찬한 것이 전범이 되었다. 이러한 전통은 관음신앙계에 이어졌거니와, 후대에 이르러 萬鈞이『觀音靈異記』를 편성하고, 毛凌雲이『觀音靈感錄續編』을, 煮雲이『南海普陀山傳奇異聞錄』을, 李世庭이『普陀山傳說』을, 李淼가『觀音菩薩寶卷』을, 冷華가『觀世音』을 편간하며, 徐建華 등이『中國佛話』를 선편하였던 것이다. 한국에서는 중국과의 교류에서 삼국시대부터 그 영험전이 형성·전개되었을 것이지만, 그만한 전거가 없다. 그래서 고려대 일연이 신라의 관음설화를『삼국유사』에 수록한 게 돋보이고, 이어 요원이『法華靈驗傳』을 편찬하고, 조선대 성총이『觀世音持驗記』를 편성해 낸 것이 뚜렷한 터다. 근현대에 이르러 권상로가『관음경: 국역 및 영험담』을 편저하고, 서병재가『영험실화전설집』(관음전)을, 황명륜이『관세음보살·영험록』을, 이수경이『불보살 영험이야기』(관음편)를, 오성일이『현대 관음기도 영험록』을 편술하였고, 활안이『불교영험설화대사전』(관음편)을 집성해 낸 것이다.

그리고 재의계에서는 일찍부터 한·중 간에 그 궤범이 형성·전개되었다. 중국에서는 양나라 寶誌와 寶唱이『慈悲道場觀音懺法』을 찬성한 이래, 역대 관음신앙의 재의가 성행하여 이에 상응하는 관음재의궤범이 상당수 편찬되었지만, 그 원전이 제대로 발굴되지 않는다. 그래서 전게한 萬鈞의『觀音靈異記』속에「禮觀音文」·「觀音聖誕祝儀」·「祈禱觀音文」등으로 삽입되거나 미륵출판사의『觀世音菩薩聖德彙編』안에「觀音法要」로 함입되어 작자가 미상한 채 전승되어 오는 실정이다. 한편 한국에서는 삼국시대를 거쳐 통일 신라기에는 이 관음재의가 성행하여 중국과의 교류상에서 그 재의궤범이 상당히 편성되었지만, 그 전적이 전하지 않는다. 다만 고려대의 혜영이『백의해』를 찬성한 이래, 조선대에『관세음보살예문』이 편성·유전되지만, 편자 미상으로서 사계의 전문가에 의하여 이룩된 것임을 추정할 뿐이다. 후대로 내려와, 권상로가『觀音禮文講義』를 저술하였고, 항순이 그 번역본을 내어 유통시켰다. 그리고 안진호의『석문의범』속에「관음시식」이 들어있어, 그 궤범의 면모를 보여주는 정도라 하겠다.

이어 문집계에서는 한·중 역대 관음신앙계의 문승·문인들이 일찍부터 관음의 신통·위신력과 구제 권능, 무량한 변모·응신을 본격적인 문학작품으로 제작한 사례가 얼마든지 있었던 것이다. 그에 상응하는 불교문학이 그만큼 발전하고 있었기 때문이다.[24] 그런데도 중국에서는 육조 이래 불교문학이 가장 성세를 보여 온 당·송대까지 장르별 문집은 보이지 않고, 관음시가나 과음수필, 관음소설 등이 다른 불서나 선집에 수록되어 독자적 행세를 하지 못했던 것이다. 그렇지만 원대를 거쳐 명·청대에 이르는 과정에 그 관음소설과 관음희곡이 전문적으로 형성·유전되면서, 관음시가나 관음산문도 전문화된 문집현태로 행세하게 되었던 터다. 그 시가류는 명대 胡應麟이『觀音大士慈容五十三現象贊』을 편찬하였고, 한편 상게한 관음재의궤본에 게송이나 찬송의 이름으로 집성되었던 것이다. 그리고 산문·수필은 문집형태로 집성되기보다는 논설계의 관음전서에 포함되어 그 작자가 제대로 들어나지 않았던 터다. 그런데 관음소설에서는 명대 朱鼎臣이『南海觀世音菩薩出身修行傳』을 편찬하였고, 江村이『觀音得道』를 찬성하였으며, 曼陀羅室主人이『觀世音全傳』을 저술하였던 것이다. 이에 호응하여 관음희곡에서는 원대의『觀世音修行香山記』가 작자 미상으로 金陵三山富春堂에서 간행되었고, 湛然의 원본을 寓山이『魚兒佛』로 증편하였으며, 이어『觀音魚籃記』는 작자 미상으로 金陵書舖唐氏가 간행되었던 터다. 그리고 위와는 별본으로『觀音菩薩魚籃記』가 있는데, 역시 작자 미상으로 涵芬樓에서 간행한 것이었다. 나아가『觀世音菩薩本行經簡集』이 작자 미상으로 간행되었고,『觀音寶卷』이 필사본으로 북경대학도서관 고적선본실에 소장되었다. 그리고『觀音十二圓覺』이 작자미상으로 上海翼化堂에서 간

---

24 孫昌武,「佛敎與中國文學創作」,『佛敎與中國文學』, 上海人民出版社, 1988, pp.222-223.

행이었고, 『善才龍女寶卷』이 작자 미상으로 출판되었던 터다. 이어 한국에서 는 중국과의 교류선상에서 삼국시대를 거쳐 적어도 통일신라기에 많은 문승·문 인들에 의하여 관음문학이 장르별로 형성·전개되어 문집형태를 지향한 것이 사 실이지만, 그 전거가 확실치 않다. 기실 이 관음문학은 관음신앙이 전성하던 신 라·고려기를 거치면서 장르별 문집보다는 시가나 수필·소설·희곡·평론의 형태 로 다른 불서나 선집에 편입되어 왔기에, 그 형성·제작의 주체들이 미상하여 집 단적 실체로 남을 수밖에 없었다. 그래서 관음시가는 「도천수관음가」 같은 향가 가 삼대목류의 가집에 실리거나 삼국유사류의 관음설화 속에 삽입되어 전승되 었고, 당시 시행되던 관음재의궤범 안에 게송·찬가의 모습으로 전래되었던 터 다. 이러한 관례는 고려대의 관음시가로 이어져 후대의 전범이 되었으니, 바로 최근 박희선이 위 『觀音大士慈容五十三現象讚』을 현대 장편서사시로 지어 냈던 것이다. 그리고 관음수필은 신라 의상의 「백화도량발원문」 이래 삼국유사 류에 관음설화나 법담 형태로 집성되어 신라·고려대를 일관하였기에, 그 작자 가 미상으로 머물 수밖에 없었다. 따라서 관음소설은 「조신전」이나 「김현감호」 같은 작품군이 삼국유사류에 합편되어 유전되었고, 관음희곡은 「맹아득안」이 나 「남백월이성」·「경흥우성」 같은 작품들이 역시 삼국유사류에 포함되어 전승 되었기에, 그 작자가 미상하게 되었던 터다. 이어 조선조와 그 후대에 이르면서 그 관음시가는 「원앙서왕가」·「관음찬」 같은 작품이 월인석보류·악학궤범류에 삽입되거나 그 관음재의궤범에 게송·찬가의 모습으로 집성되는 형편이다. 그리 고 관음수필은 여전히 다른 불서·선집에 편입되는 상태에 놓였던 터다. 그런데 관음소설은 독자적 장르로서 독립된 작품들을 내었으니, 「장나장자전」·「혜안 대사전」·「보덕각씨전」·「안락국전」 등이 형성·전개되고 「홍장전」과 「관음전」 내지 「심청전」 등이 출현·유전된 것이었다. 그 중에서 관음소설로 인정된 「사 씨남정기」만 김만중의 작품이고 나머지는 모두 작자미상으로 유통되었던 터 다. 끝으로 관음희곡은 그 자체로서 독립·행세한 작품이 발견되지 않고, 위 관음재의 궤본이나 위 소설작품의 서사구조를 바탕으로 그 형태가 유지·연행되었던 것이다. 따라서 그 작품들이 거의 다 작자미상의 처지를 면치 못하였던 터다.

마지막으로 화문계에서는 한·중 간의 화승·장인·화공·문인들이 일찍부터 이 관음상의 조각이나 회화를 중심으로 수없이 조성하였고, 그에 따른 해설·논의 등을 덧붙여 화문의 조화를 이룩하여 왔던 것이다. 기실 관음의 천변만화적 신상이 6관음·7관음으로부터 8대관음·24수관음·33관음·33응신·53자용 등으로 다양하게 발전하면서, 전형적인 화보와 함께 상응하는 해설·찬탄의 문장까지 조합되어 왔던 것이다. 이에 중국에서는 육조시대부터 당·송대를 거쳐 명·청대에 이르기까지 관음의 조각·회화류가 찬연하게 조성·봉안되고, 거기에 해설·찬탄의 문장이 구비나 기록으로 점차 결부·전개되었다. 그러기에 그 당시의 그 조각·회화의 작가들이 구전·망각되어 미상으로 돌아가고, 화문계의 본격적인 업적은 훨씬 후대에 이루어졌던 터다. 한편 그 관음의 다신상은 회화 중심으로 전형화되어 그 화보와 해설·찬탄의 화문계 업적이 나타났다. 그리하여 당·송대 이전의 그런 업적은 전거가 보이지 않고, 명대의 丁雲鵬이 『觀音畵譜』를 편간하고, 청대의 丁觀鵬이 『觀音尊卷像』을 제작해 내는 정도에 이르렀다. 한편 范福奇가 『관음경』을 분단 도해하여 『圖解觀音經』을 내는가 하면 『妙法蓮華經觀世音菩薩普門品圖證』이 편자 미상으로 간행되었다. 이런 분위기에서 『觀音三十三應身圖』가 대두·유통되었던 터다. 그런 결과로 『觀世音菩薩應化異蹟圖集成』이 편간되어 북경대 박물관에 소장되어 있는 것이다. 그 후 근현대에 이르러 역대 관음조상과 관음화상을 수합하여 해설·논의한 성과들이 상당수 출판되었다. 저 馬元浩·顧美華가 『中國雕塑觀音』을 공편하였고, 超煩이 주편하고 宋平이 찬문한 『觀世音菩薩故事畵』에 이어, 李翎이 『藏密觀音造像』을 저술하였으며, 洪立曜가 『觀音百態畵法鑑賞』을 편집했던 것이다. 이어 한국에서는 삼국 이래 통일신라·고려대의 관음신앙과 그 문물의 성황으로 미루어 그런 화문계 업적이 형성·전승되어 조선시대까지 미쳤을 것이지만, 그런 전거가 발견되지 않는다. 다만 근현대에 이르러 한국불화편찬실에서 『한국의 불화』(관음상)을 집간하였고, 이동주가 『고려불화』(관음상)를 주편·해설하였으며, 강우방이 수월관음도를 중심으로 『수월관음의 탄생』을 저술한 터에, 문명대 감수로 『한국미술대전』을 편간하였다. 한편 만봉이 관음화상을 그려 『현세에 꽃피운 극락』을 내게 되었고, 또한 방경일·남종진이 『33관세음보살 이야기』를 짓고, 이어 이연욱이 『황금33관세음보살도』를 제작하여 관음 화문계의 일면을 보였던 것이다.

이와 같이 관음전승의 분야별 주체가 파악되니, 그들이 이 작품들을 형성·유전시킨 그 동기의 윤곽이 잡히는 터다. 기실 한·중을 통틀어 이 관음전승의 문학·예술적 동기는 크게 두 방면으로 나타났다. 적어도 상구보리의 차원에서 관음신앙 그 관음의 본질과 권능, 천변만화의 용상을 절실히 밝혀 표현하는 게 제일의 동기요, 그리고 하화중생의 차원에서 사부대중·상하민중을 교화하여 관음신앙에 전념케 하는 게 최선의 동기였기 때문이다. 이에 위와 같은 분야로 나누어 그 동기를 살펴보겠다.

우선 이 논설계에서는 관음의 본질·실상과 그 위신력, 무소불능의 권능과 그 발휘현상을 좀 더 핍진하게 탐색하고 논의하여 절실하게 표현하는 데에 이상적 목표를 두어 왔다. 그리하여 관음신앙의 당위성과 필연성을 분명하고 확고하게 증명하게 되었던 터다. 그러기에 논설계는 보다 심오하고 미묘하게 탐구되고 보다 명쾌하고 사실적으로 문장화하는 것이 상책이었다. 한편 이 논설계는 사부대중·상하신중을 감화·구제하는 데에 주안점을 두는 게 당연하였다. 이 논설계는 그 중생들을 교화·접인하기 위하여 가장 진실하고 절실하게, 실로 감명 깊고 논리적으로 표현될 수밖에 없었던 터다.

다음 이 설화계에서는 관음신앙의 성과·공덕으로서 관음보살의 가피·영험을 실증하는 예화를 형성하는 게 중심적 동기·목적이었다. 그것은 어디까지나 관음보살의 불가사의한 신통력과 무한 권능이 그 신앙에 즉응하여 실현되는 응험을 최대한으로 추구·판명하는 데에 집중될 수밖에 없었다. 그리하여 이 설화계는 사부대중·상하민중이 감동·공감을 일으키도록 쉽고 재미있고 감명 깊은 이야기로 실감을 자아내는 데에 주력하게 되었던 것이다. 그러기에 이 설화계의 작품들은 민중적 설화로서 신화나 전설·민담 등의 문학적 역량을 강화하는 방향으로 발전·유전되는 게 당연한 일이었다.

이어 이 재의계에서는 관음신앙을 종합예술적 재례의식으로 공연하기 위하여 가장 효율적인 대본으로 형성·정립되었던 것이다. 그러기에 이 관음보살의 무량한 신통력과 자비·권능에 기원하여 무량한 가피·영험을 입기 위해서 그 대본은 가장 문학적 방향으로 성립되고, 그 공연을 감명 깊게 하기 위하여 배경무대는 물론 음악·무용·연기까지도 완벽하게 배치·결부시켰던 터이다. 결국 이 재의계는 그 대본이 최선의 문학작품을 지향하고, 그 공연의 효과를 증대하기 위한 음악·무용·연기의 수준을 점차 강화하는 데에 목표·역점을 두었던 것이다.

그리고 이 문집계에서는 이 관음신앙에 입각하여 그 신통한 묘력과 무량한 권능을 명실공히 문학작품으로 표현하는 데에 최선의 목표·이상을 두었던 터다. 그러기에 당시 문학의 장르, 시가·수필·소설·희곡·평론 등에 걸쳐 가장 아름답고 감명 깊게 제작·표출하는 데에 주력하는 것이 당연한 일이었다. 그러면서 이 문집계의 작품들은 상하민중·민간대중에게 감화·감명을 일으키기 위하여 보다 쉽고, 재미있고 감흥에 겨운 작품세계를 지향하였던 것이다. 그러기에이 이 작품들은 그 관음신앙, 관음의 실체·권능을 악착같이 교설하지 않고, 수준 높은 문학적 방법으로 고아한 예술세계를 창출하는 데까지 나갔던 것이다.

끝으로 이 화문계에서는 그 관음신앙의 배경과 대상을 보다 거룩하고 아름답게 장엄하기 위하여 최고의 미술적 방편을 실현하는 데에 최선의 목표를 두었던 터다. 그리하여 관음건축·배경에다 관음조각과 관음회화·관음공예 등을 가장 아름답고 거룩하게 창작해 내는 데 주력하여 왔던 것이다. 이러한 관음미술에다 설명·논설이 붙어서 완벽한 미술·문학의 예술적 경지를 지향하였던 것이다. 그리하여 상하민중과 민간·대중이 일견하매 감동·실감하도록 보다 핍진하고 생동하며 아름답게 표현하는 데에 최선의 예능·정성을 다 바쳤던 터다.[25]

3) 형성의 실제와 유통

이 관음전승의 각개 분야 작품들이 형성·제작된 실제적 과정은 실로 미묘·다양한 게 사실이다. 그런데도 분명한 것은 이 작품들이 분야별로 그 전통을 계승·발전시키는 궤도를 제대로 밟고 있다는 점이다. 기실 역대의 모든 종교적 문학·예술이 그런 보편적인 계맥을 지켜 온 것처럼, 이 관음전승이 바로 그 전범을 보여 준다는 게 중시되는 터다. 실제로 이러한 정상적 전형을 통관·수용하는 것이 기상천외의 괴기적 창작보다 값지기 때문이다. 이에 그 분야별로 그 형성·제작의 실제적 과정을 살펴보겠다.

먼저 이 논설계에서는 관음신앙계의 한·중 학승·학자들이 일찍부터 관음사상이나 그 신행에 관한 제반 문제를 논의·강설한 저술을 얼마든지 내어 왔다. 그런데 이 논설계는 자의적인 창작이 아니라, 이미 정립된 전통적 전범을 계승하여 참신하고 발전적으로 논의·강설하는 게 원칙이었다. 기실 이 논설계는 선행한 관음계 경전의 논소나 수행 전반에 대한 논의를 바탕으로 그보다 깊이 있게 탐구하고 새롭게 평가하며, 바르게 논증하는 문장으로 제작·전개되었다. 따라서 그것은 이 사상을 탐구·찬탄하고 이 신행을 평가·개선하는 논문·평설로서 논리적이고 사실적인 문장으로 나타났던 것이다. 그러기에 이 논설계의 작품들은 그 주제·내용이 좀 더 다양해지면서 그 표현이 더욱 합리적이고 평론적으로 발전해 왔던 것이다.

다음 이 설화계에서는 한·중 간의 오랜 관음신앙사상에서 그 기도·발원의 응

---

25 사재동, 「한국불교전서의 문학적 실상과 전개」, 『어문연구학술발표논문집』, 어문연구학회, 2016, pp.2-8.

감·효험으로 사부대중이나 세간·민중 사이에서 관음의 영험설화가 형성되어 왔던 것이다. 그것은 일반 설화 중의 신화·전설·민담과 같이, 일정한 작자의 창작을 벗어나, 신앙 대중의 재례·의식을 통하여 자연적으로 체험·형성시킨 영험설화로서, 때로 신화나 전설 또는 민담의 형태를 취하여 왔다. 이 설화계의 작품들은 선행한 설화를 계승하여 수만은 이화를 형성하고, 나아가 유사한 설화를 만들기도 하였다. 그래서 이 설화계의 작품들이 신앙계나 민간에 유전되면서 어떤 계기로 기록·정착될 때, 채록·편찬자의 안목·능력에 따라, 서사문학이나 담화형태로 개신·발전하여 또 읽히고 구전되면서 그 전승·개변의 전통을 이끌어 왔던 것이다. 그러던 것이 기록·정착되어 현전하는 문학적 관음설화로 정립되었던 터다.

이어 이 재의계에서는 한·중 간의 오랜 관음신앙이 재의로 실연되어 전통을 이어 왔다. 그 과정에서 이 관음재의궤본은 선행한 궤본을 일단 계승·수용하되, 그 현장적 실연과정을 통하여 그 실정에 맞고 공연의 효율성을 높이기 위해서 담당 전문가들의 개편·개선을 겪지 않을 수 없었다. 여기서 이 재의계 작품들은 재의 공연의 오랜 체험을 거쳐, 그 문학적 개신·보완과 공연상의 예술적 효능을 강화하는 방향으로 발전을 거듭해 왔던 것이다. 마침내 이 작품들은 관음시가·수필·소설 등 종합문학적 대본으로서 극본·희곡으로 정립되었고, 그 공연의 요건으로서 무대의 장엄과 음악·무용·연기를 아우르는 종합예술적 극본으로 완성되었던 터다.

그리고 이 문집계에는 한·중 역대의 관음신앙계와 문학계가 관음의 실상·신앙 전반에 걸쳐 그 문학작품을 지어낸 전통이 뚜렷하였다. 기실 이 문승·문사들은 원래 관음사상이나 신앙에 직접 집착하지 않고 본격적인 문학작품을 창작해 왔기 때문이다. 여기서 관음시가와 관음수필·관음소설·관음희곡들이 제작·전승되어 승·속 문단에 행세하고 후대 작품에 영향을 끼쳤던 것이다. 따라서 이 관음문학은 그 주제·내용만을 품으면서 장르별로 자유분방하게 표현되어 문학의 정화를 이루었던 터다. 그런데도 중요한 것은 이들 창작품들이 결코 기상천외의 창작이 아니라, 적어도 장르적 전통을 계승하고 그 작품적 성향을 최소한 닮지 않을 수 없었다는 사실이다. 여기서 그 문학작품의 전승적 의미와 가치가 들어나기 때문이다.

끝으로 이 화문계에서는 한·중의 역대 관음신앙계가 일찍부터 당대의 화승·장인·화공을 통하여 이 다양한 관음상을 그 배경과 함께 최선의 미술로 조성·봉안하여 왔던 것이다. 그 관음의 미술상이 그대로 신앙의 존상이요 대방편이었기 때문이다. 그리하여 일체의 관음상은 관음전이나 원통전의 장엄한 건축 안에 고귀하고 보배로운 관음조각과 관음회화·관음공예로 아름답고 성스럽게 군림하였던 것이다. 실로 이 관음상들은 그 신앙적 법열과 예술적 영감·열정으로 자유자재하게 제작되어 신앙예술의 극치를 오히려 넘어서고 있었던 터다. 이러한 관음의 미술세계는 계속 새롭고 아름답게 조성되어 황금시대를 이루어 왔거니와, 거기에도 그 미술적 전통과 전형적인 기본정신은 면면하게 계승되었던 것이다. 그러면서 이 관음상의 찬연한 미술작품들에는 그 가치나 응험 등을 설명하는 사연이 따르게 되었다. 여기에는 그 영험담이나 가치 찬탄, 연관 사실을 나타내는 문학적 문장이 덧붙게 되어 이른바 화문계의 작품이 완결되었던 것이다.

이와 같이 5개 분야의 작품들은 형성·전개되는 과정에서, 그 유통이 광범하고 활발한 양상을 보여 중시된다. 기실 이러한 작품들은 그 유통의 실태를 통하여 그 가치가 들어나고, 그 역량이 실증되기 때문이다. 실제로 이 관음전승의 작품들은 관음신앙의 성황과 확산에 따라, 그 유통이 그만큼 성세를 보고 사부대중과 상하민중에 깊이 파급되었던 것이다. 그러기에 이 관음전승은 고금 사찰을 거점으로 하고 관음신중과 당대 민중을 통하여 '家家有彌陀·戶戶有觀音'의[26] 현상을 보여 왔던 것이다. 이러한 그 유통양상은 고금을 통한 유통망을 이루어

---

26 李森, 『觀音菩薩寶卷』, 吉林人民出版社, 1995, p.1.

관음전승의 문학·예술적 실상과 문화사적 위상을 실증해 주었던 터다.

여기서 주목되는 것은 유통의 방편이다. 기실 이 구체적 방편은 크게 구비적 방법과 문헌적 방법으로 나뉘어 실행되었다. 실제로 이 구비적 유통은 그 작품들의 연행과정에서 염송·강창하거나 대화·설화되는 사례가 보편적이고, 또한 악무와 더불어 연극적으로 공연되는 실례도 흔히 나타났던 터다. 한편 이 문헌적 방법은 기본적으로 그 작품들이 필사되어 유전되는 경우가 있었고, 이어 그 것이 판본으로 대량 인행되어 널리 전파되는 실태가 보편적이었다. 이런 점에서 각개 분야별로 그 실상을 보면 상당한 특성을 보이는 게 사실이다.

먼저 논설계에서는 그 작품들이 필사되어 유통되는 사례가 상당한 터였다. 이 작품들을 형성·제작한 학승·학자들이 원고를 필서한 것이 유통의 원천으로 행세한 것은 물론이고, 그것이 판본화되지 못할 때에는 거듭 필사되어 유통될 수밖에 없었기 때문이다. 그 중요성에 비추어 판본으로 인행되었을 때도, 그 논설계 작품들은 그 전문성으로 인하여 이 전공자들, 학승·학자들을 중심으로 유통상에 상당한 제약이 따랐던 게 사실이다. 실제로 그 작품들은 일반 신중이나 민간 대중들에게는 전파·보급될 수도 없거니와, 그럴 필요도 없었기 때문이다.

다음 이 설화계에서는 고금을 통하여 가장 왕성한 유전실태를 보여 왔다. 원래 이 작품들은 사부대중과 세간·민중 사이에서 형성·유전되었기에, 그것이 그만큼 대중적으로 전파·성행한 것은 너무도 당연한 일이었다. 기실 이 작품들은 모두 관음신앙의 공덕·영험을 쉽고 재미있고, 감명 깊게 설화하고 있는 데다, 현장적인 대화·담론으로 친절하게 소통·교감할 수 있었으므로, 그만큼 성세를 보일 수밖에 없었다. 그리하여 이 작품들은 그런 유통과정에서 수많은 이화를 낳고 유사 작품을 내며, 다시 새로운 작품을 양산하는 대세를 보였던 터다. 그러한 가운데 이 작품들은 점차 풍성하고 감명 깊은 서사문학 작품으로 승화·발전하는 사례가 허다히 나타났던 것이다. 한편 이 작품들이 수집·정리되어 필사본이나 판본으로 나올 때도, 그 유통·보급은 여전히 관음신앙과 그 문학성을 두

날개로 하여 종횡무진으로 전파·전승되었던 게 분명하다.

이어 이 재의계에서는 그 대본 작품들이 연행을 통하여 사부대중과 신앙민중에게 널리 활발하게 전파·보급되었던 것이다. 기실 그 대본 자체는 필사본이나 판본의 형태로 전문가 사이에서 유통되는 가운데, 이 작품의 연행이야말로 연극적 공연을 통하여 상하 승·속의 동참 대중에게 직접 공감·보급되었던 터다. 실제로 이 작품, 대본이 문학·희곡적으로 조직되어 있는 데다, 관음미술로 장엄한 사찰·무대에서 불보살·신중들을 봉안한 가운데 주재승·연희승과 재자·신중들이 일연의 서사적 재의과정을 음악·무용·연기 등을 통하여 극화·공연하니, 그야말로 감명 깊은 관음연극이 아닐 수 없었다. 따라서 이 재의계 작품들의 유통은 종합예술적 방편을 통하여 최고의 성황을 보여 주었던 것이다.

그리고 이 문집계에서는 그 작품들이 제작자들의 필사원고로 나타나 유통의 진원이 되었던 터다. 그래서 그 작품들은 판본화되지 못하거나 그럴 필요가 없을 때는, 그 문승·문사들끼리만 소통하면서 그 필사본을 면치 못했던 것이다. 그 중에서도 대중성이 부족한 시가나 수필류는 대중적 출판이 어렵고, 따라서 개인적 문집이나 문승·문인들의 작품집에 편입될 때만 판본에 실려 유통되었을 터다. 그런데도 그 소설류는 대중적 호응을 얻은 경우에 판본으로 출간되어 상업망을 타고 유통되기도 하였다. 한편 그 희곡류는 그 특성상 책자로서 필사되는 사례가 나타났고, 그게 판본으로 인출되어 유통되기는 매우 드물었던 것이다. 그것이 극본으로서 공연을 통하여 대중적으로 유통·성행하였기 때문이다.

끝으로 이 화문계에서는 그 관음상이 조소상과 회화상으로 관음전각에 고정된 경우와 원래 화보형태로 그려진 사례가 각기 다른 유통양상을 보여 왔다. 전자는 사부대중·신앙민중들이 이 관음성상을 참배·예경하고 돌아가 구비로 그 형상을 선양하는 데서 유전이 이루어졌던 터다. 그래서 이 성상들에 대한 입소문으로 수많은 참배·관람객이 찾아들어 감상·감복하는 방편을 타게 되었다. 한편 화가나 그에 준하는 인사가 그 성상을 그림으로 그려서 전파하는 사례가 얼마든지 있었던 것이다. 그러던 것이 사진술이 도입된 이래로는 이 성상을 사진으로 찍고 그에 해설문까지 붙어 때로 책자화까지 되면서 전형적인 화문형태로 유통되어 왔던 터다. 또한 후자는 당초부터 여러 면모·형태의 관음상을 그리고 해설문·찬탄시까지 곁들여 책자형태로 유통시켰으니, 그것이 필사본을 벗어나 판본으로 인출·유통되기도 했다. 그리하여 이 화문계의 전형적인 작품으로 그 만큼의 유통양상을 보여 주었던 것이다.[27]

3. 관음전승의 유형적 실상

1) 논설계 유형

이 논설계 유형은 관음관계 불경이나 관음사상, 그 신행의 제반 문제를 평론식으로 논의·강설한 작품의 일환이다. 기실 이 관음계 경전이 원래 문학이거니와, 그에 대한 평론적 논의·강설이 문학평론적 실상을 갖추게 되었다. 그리고 관음사상이나 신행에 대한 간곡한 논의·강설이 평론식으로 기술되어 수필적 논설이나 문학평론적 문장으로 성립되었던 터다. 나아가 이런 작품들이 그 잡다한 문제를 다양하게 해설·논의하는 가운데 일부 유관시가가 삽입되는 사례가 있고, 수필적 작품이나 소설지향의 서사문맥 등까지 집성되어 종합문학적 저술로 정립되었던 터다.

실제로 이러한 저술들은 한·중 고금의 관음신앙계에서 고승·학승이나 문사들에 의하여 상당수 형성·유전되었던 게 사실이다. 그런데도 중국 측 고전시대의 작품들은 수집되지 않고, 한국 측에 일부 현전하고 있는 실정이다. 그래서 양국의 근현대에 이르러 이 유형의 작품들이 집성·유통되고 있는 터다.

---

27 사재동, 『한국불교전서의 문학적 실상과 전개』, pp.9-12.

體元, 白花道場發願文略解, 한국불교전서 6, 동국대 출판부, 1984, pp.570-577.

여기서는 의상의 「白花道場發願文」을 약해하되, 먼저 작자소개를 하고 이어 원문을 의미 단위로 나누어 강설·논석한 뒤에 발문을 붙였다. 그리하여 그 분단된 원문과 그 해석문 등이 각기 분화되어 독자적 문장을 이루었다. 그러기에 이 산문들이 수필장르로서 논설·서발·전상·잡기의 성향을 나타낸다.

體元, 華嚴經觀自在菩薩所說法門別行疏, 위의 책, pp.577-604.

여기서는 화엄경 입법계품 중 관세음보살이 선재동자에게 설한 법문을 여러 문단으로 강설·논석하여 나갔다. 따라서 여기에는 전체적인 서사문맥을 주축으로 상당한 시가와 각종 산문이 개입·조직되고 강창문체에다 문답식 대화체까지 가세하여 종합문학적 양상을 보인다. 그러기에 이 저술은 크게 소설형태 내지 희곡형태를 지향하면서, 또한 시가형태와 수필형태, 평론형태 등으로 전개될 수 있었다.

體元, 華嚴經觀知識品, 위의 책, pp.602-604.

여기에는 관음보살의 용모·권능을 찬탄하는 게찬시로 7언율시 1편, 7언고시 5편이 실리고, 관음이 정성무이행보살의 위신력을 두고 선재동자에게 설법·대담하는 장면이 나온다. 그리고 발문 2편이 부록되었다. 그리하여 이 작품에서는 시가형태와 발문·논설 등의 수필형태·강창체·대화체에 의한 소설·희곡 지향성이 엿보인다.

金時習, 蓮經別讚(관음부), 한국불교전서 7, pp.293-294.

여기서는 법화경의 실상을 총설하고 품목별로 찬탄·강설하며 게송으로 읊어 나갔다. 그 중에서 이 「觀世音菩薩普門讚曰」에 이르러 이를 찬양·약설하고 게송으로 중송하였다. 따라서 이 작품은 시가와 함께 수필계 논설, 그 강설·가창의 강창적 서사구조에다 평론적 성향을 갖추었다.

正觀, 觀世音菩薩妙應示現濟衆甘靈, 한국불교전서 11, pp.776-825.

여기서는 서문·연기에 이어 관음의 실체·권능을 10품에 걸쳐 찬탄·강설하고 그 중송을 하며, 그 강설 가운데에 적절한 게송을 끼어 넣었다. 따라서 전체적으로는 관음경계의 위경처럼 종합문학성을 갖추고 있는 것은 물론, 개별적으로는 다양한 시가형태와 수필형태 그리고 소설지향적 서사문맥에다 강설·가창의 강창체와 강설 중의 대화체 등이 희곡형태를 보이면서, 일부 강설은 평론적 성향을 보이는 게 사실이다.

金大隱, 觀音信仰, 三藏苑, 1978, pp.1-423.

여기서는 서문에 이어 '어떻게 살 것인가'로 서설하고, 관음신앙 전반과 관음의 자재무애, 한국의 관음도량과 영험, 불교와 관음신앙 등에 대하여 다각도로 논의·강설하고 영험·실화 등을 들어 재미있고 감명 깊게 서술하여 다양한 문학적 문장이 성립되었다. 이에 관음신앙을 주제로 한 입체적인 작품들은 모두 문학성을 갖추고, 수필형태나 서사형태, 평론형태로 분화될 수 있었다.

佛心道文, 관세음보살, 일륜문화사, 1983, pp.1-401.

여기서는 서문에 이어 관음총설로 관음보살의 실상과 권능·면모, 그 역사 등을 강설하고, 관음경전 5편을 해설·강론하며, 이어 관음설화로 관음의 신통력과 관음기도의 영험·공덕 등을 예화로써 실증하면서 관음소설 4편을 인용하였다. 그러기에 이 저술에는 관음신앙의 전반에 관한 논의·강설과 경전 논소의 문장은 물론, 그 설화의 논의·실례, 그리고 관음소설까지 포괄되어 있다. 이러한 종합문학적 저술은 그 수필형태와 소설형태는 물론, 평론형태로 분화·전개될 수 있었다.

김현도, 관세음보살 일대기, 예지각, 1983, pp.1-421.

여기에는 서문·추천사·머리말에 이어, 관세음보살 전기를 장편소설로 기술하고 관세음보살 입적 후기로 마무리하였다. 그리고 역사상 실존의 관세음보살에 대하여 6편을 논술하고, 관음의 전거 전적과 그 유래에 관하여 4편을 고찰하며, 관음신앙이 제종교에 미친 영향에 대하여 3편을 강설하였다. 이에 이 저술에서는 수필계의 논설·서발을 비롯하여 소설작품, 그리고 평론계 논문 등으로 분화·행세할 수가 있었다.

불교문화연구원, 한국관음신앙연구, 동국대학교 출판부, 1988, pp.1-437.
여기에는 발간사에 이어, 경설상의 관음신앙과 삼국의 관음신앙, 고려시대의 관음신앙, 조선시대의 관음신앙, 예참의문을 통해본 관음신앙, 불교미술을 통해 본 관음신앙, 관음신앙과 휴머니즘 등의 논문이 실려 있다. 이에 이런 전문적 논구들은 관음사상·신앙의 문헌들 평가·논의한 평론으로 볼 수가 있겠다.

박희선, 관음대사, 홍법원, 1989, pp.1-435.
여기에는 머리말에 이어, 관음대사와 토속신앙에 대하여 7편, 관음대사의 대비심에 관하여 8편, 문수·관음의 도량에 대하여 2편, 관음사상, 신앙의 실지에 관하여 3편의 논설·수상이 실렸다. 그리고 觀音大慈容五十三現象贊을 53편의 산문시로 읊어 내고, 화엄경 입법계품의 구조·형식을 빌어 관음 중심의 불교세계를 체험적으로 설파하니 그게 53화나 된다. 따라서 이 많은 작품들은 종합문학적 세계를 이루면서 각기 시가와 수필, 서사문학과 평론으로 분화·행세하게 되었다.

정만, 관음성지를 찾아서, 우리출판사, 1992, pp.1-295.
여기서는 서시와 간행사, 올바른 관음신앙을 위한 제언에 이어, 관음성지 강화 보문사와 낙산사 홍련암, 남해보리암을 찾아서, 그 관음신앙과 관음유적, 관음영험 등에 대하여 논의·서술하고 있다. 그러기에 이 작품들은 시가와 함께 수필류로 행세할 수 있었다.

김현준, 관음신앙 관음기도법, 효림, 1997, pp.1-159.

여기에는 서문에 이어, 관음신앙의 뿌리, 관음보살의 구원능력, 관음의 원형과 변신, 해탈을 안겨 주는 관음관, 경전 속의 관음관 등에 대하여 논의·설명하는 작품들이 실렸다. 그리고 관음기도법으로 관음신심을 강조하고 관음염불을 권장하면서 신앙인들에게 당부하는 글까지 수록하였다. 이에 이 저술들은 대강 수필계와 평론계 작품으로 행세하게 되었다.

정성운 등, 한국불교 기도성지, 불교시대사, 2000, pp.1-258.

여기에는 양양 낙산사 홍련암과 강화 낙가산 보문사, 남해 금산 보리암, 여천 금오산 향일암, 강진 월출산 무위사, 곡성 성덕산 관음사, 인제 설악산 오세암, 동해 두타산 관음암 등을 관음성지로 지목하고, 각개 사암의 관음적 내력, 관음신앙, 관음 유적·성물, 관음영험들에 대하여 기행·소개하는 작품 8편이 실려, 이 작품들은 대강 수필계의 작품으로 행세하게 되었다.

許止淨, 觀世音菩薩本述感應頌, 新文豊出版公司, 1979.

여기서는 서문 4편, 시적기·소문에 이어 관음의 권능과 자비구제 응신 등에 대하여 유관경전을 들어 찬탄하고, 이어 구고 8문과 여락 4단, 홍법 6조, 섭생 6편 등에 걸쳐 그 위신력과 시현의 증험을 논술하였다. 이어 그 본문을 의미 단위로 분절하여 강설·논증하는데 유관 경구나 고금의 실화·영험담을 인용·연결함으로써, 수많은 문학적 문장을 이루었다. 따라서 이 저술의 작품들은 전체가 종합문학적 양상을 보이고, 개별적으로는 일부 시가형태와 다양 풍부한 수필형태, 그리고 소설지향적 서사형태, 나아가 평론형태까지 드러내고 있다.

南懷瑾, 觀音菩薩與觀音法門, 老古文化事業公司, 1987, pp.1-272.

여기에는 현교부분에서 관음사상·신앙에 관한 법문·강설이 7편이나 있고, 밀교부분에서 관음신앙의 실상과 수행법에 대한 강설·법문이 12편이 실렸으며, 관음관계 경전 13종에 대한 논의·강설이 부록되어 있다. 따라서 이 작품들은 각기 수필계 논설이나 평론계 논문으로 행세하게 되었다.

羅偉國, 說話觀音, 上海書店出版社, 1998, pp.1-205.

여기에는 서문·초판전언·재판전언에 이어 관음의 내력·법상·화신에 대하여 8편의 논설과 관음의 의용·좌기·존호에 관하여 7편의 강설, 관음의 전당·소상·향화에 대하여 5편의 논설, 관음의 신앙·종파·민속에 관하여 6편의 강설, 관음의 신화·전설·고사에 대하여 9편의 논설, 관음의 기술·문학·예술에 관하여 8편의 강설, 관음의 명산·고찰·도량에 대하여 6편의 논설이 정연하게 수록되었다. 따라서 이 저술은 관음에 대한 문화적 전서이거니와 개별적으로는 수필계 논설이거나 평론계 논문이라고 하겠다.

성운, 관세음보살 이야기(국역), 운주사, 2012, pp.1-447.

여기에는 서문과 기원문에 이어 제1부에는 '자비의 눈으로 중생을 바라보는 관세음보살의 현묘한 지혜'를 주제로 5편의 강설이 실리고, 제2부에는 '관세음보살보문품강화'가 전개되며 마지막에 발문이 붙어 있다. 따라서 이 저술들은 대강 수필계의 논설이나 평론계의 강론으로 분화·행세하게 되었다.

李聖華, 觀世音菩薩之硏究, 中國民間傳傳論集, 聯經出版社, 1980, pp.279-296.

여기서는 관세음보살 숭배사와 명의·전설, 관세음보살의 여성적 변모, 관음신앙, 관음의 문학적 지위 등에 대하여 논의·강설하였다. 이는 전체가 하나의 논문이거니와 몇 편의 수필적 논설이거나 평론적 논술로 행세하게 되었다.

이상과 같이 이 논설계 저술들은 모두가 문학적 유형을 갖추고 있다. 원래 관음계 경전·불서들이 문학적 구조·형태를 유지하고 있는 터에, 이를 다시 문학적으로 강설·논석하고 있기 때문이다. 더구나 관음사상·신앙의 제반문제를 논의·서술할 때에도 문학적 전통·관례에 의하여 그 작품형태로 형성·제작되었던 터다. 그러기에 이 저술들은 전체가 종합문학적 실상을 보이거니와, 각기 그 문학장르적 성향을 보이는 게 사실이다. 적어도 이 작품들은 수필계의 논설과 평론계의 논술을 주축으로 성립·행세하였던 게 분명하다. 그런 중에도 이 저술들이 시가를 삽입·대동하거나 서발·전장·기행·담화·잡기류의 수필계 작품을 아우르는 사례가 허다한 터다. 한편 일부 저술에서는 관음설화를 인용하거나 병치하여 소설형태를 지향하고 있는가 하면, 실질적인 관음소설을 수록하였던 것이다. 나아가 이러한 소설형태를 바탕으로 이를 장면화하고 시가를 인용하면서 그 강창체와 서사상의 대화체를 엮어서 희곡형태를 지향하는 경우가 없지 않았던 터다.[28]

2) 설화계 유형

이 설화계 유형은 관음사상·신앙사상에서 관음의 신통력과 무한 권능에 의한 부사의 영험을 문학적으로 표현한 작품의 일환이다. 이러한 설화는 한·중 역대의 관음신앙계에서 가장 성행하여 신앙과 문학·예술의 별천지를 이룩하였다. 이러한 영험설화들은 대강 관음신화나 관음전설·관음민담의 형태로 수많은 이화와 함께 무수한 작품을 창출해 왔던 것이다. 기실 이러한 설화작품들은 그 자체로서 종합문학적 실상을 갖추어, 관음시가를 형성시키는 기반이 되었고, 관음수필이나 관음소설로 발전되었으며, 그 서사문맥을 장면화한 데다 시가를 인용하여 강창체를 이루고 서사상의 대화체를 조합시킴으로써 관음희곡으로 성

28 사재동,『한국불교전서의 문학적 실상과 전개』, pp.14-19.

립·전개될 수가 있었던 것이다. 나아가 이 관음설화들은 구전과 기록 정착을 거듭하면서, 그 문학적 수준을 더욱 강화·증진하고 구연·연행·전승의 전통을 이끌어 왔던 것이다.

실제로 이 설화계 유형의 작품들은 관음신앙계에서 생동·유전되는 한편 기록·전래되는 사례가 많았다. 이에 한·중 신앙계에서는 그런 작품집이 허다히 유통·전승되었거니와, 많은 것이 유실되고 현전하는 것도 상당수에 이른다. 특히 근현대에 이르러 전래 설화를 계승하고 현존 설화를 수집·정리한 설화집으로 성립된 것이 중시된다.

傅亮, 光世音應驗記, 觀世音應驗記三種, 中華書局, 1994, pp.1-9.
여기에는 서설에 이어 관음영험담 7편이 실려 있다. 이 작품들은 육조대에 기록·편찬된 것이기에 상당한 원형성을 지녔거니와, 당시나 후대에 소설형태로 평가·유전되었다. 그런데도 그 작품들의 실상을 살피면 수필계의 서발이나 전장·담화의 형태를 보이는 것도 있는 터다.

張演, 續光世音應驗記, 위의 책, pp.10-17.
여기에는 서설에 이어 관음영웅담 10편이 실려 있다. 이 영웅기들은 위 응험기의 속편으로 동일시대의 소산이기에, 그 작품의 실상·성격이 같을 수밖에 없다. 적어도 이 작품들은 그 원형성을 지니고 그 시대의 소설형태로 평가·행세하였거니와, 그 중에는 수필계의 서발·전장이나 담화 등으로 규정될 것이 있는 터다.

陸杲, 繫觀世音應驗記, 위의 책, pp.18-68.
여기에는 서설에 이어 관음응험담이 69편이나 실려 있다. 대체로 이 작품들을 육조대의 소설로 간주하는 경향이 있었다. 그런데도 이 작품들의 실상을 검토해 보면, 그 중에는 수필류에 들어갈 것이 적지 않다. 따라서 이 작품들은 소설류에 속하는 것을 뽑아 내면, 나머지는 서발·전장·담화 등 수필류에 해당될 것들이라 하겠다.

萬鈞, 觀音靈異記, 新文豊出版公司, 1983, pp.1-210.
여기에는 먼저 관음성적을 개관하고, 관음관계 경전을 들어 강설하면서, 관음발원
의문을 제시하였다. 그리고는 실제로 관음의 영이기를 체계적으로 수록하였다. 발
제병고에 2편, 탈리액란에 4편, 구득복혜에 5편, 자비구도에 5편, 권선징악에 3편,
신력섭화에 6편, 시현수호에 5편, 기타 영응에 31편 도합 61편이 합록된 것이다.
따라서 위 성적의 개관이나 유관경전, 관음발원의문에서 계송·찬탄 시가와 함께,
논설·서발·담화 등의 수필계와 평론계 논술형태가 분화·행세할 수가 있었다. 그리
고 이 수많은 영이기들은 상당수 소설계 형태를 보이는 게 사실이다. 그런데도 그
중에는 전장이나 담화 등 수필계에 속할 작품들이 적지 않은 터다.

毛凌雲, 觀音靈感錄續編, 台灣印經處, 1976, pp.1-128.
여기에는 서문에 이어, 서론으로 약서성적과 명현감응, 속편영감, 보권예념에 대하
여 강설하였다. 그리고 관음영감의 설화를 체계적으로 정리·수록하였다. 먼저 구도
병겁장에서는 서설 다음에 영험담이 44편, 구제화란장에서는 서설에 이어 영응담
57편, 구질병고장에서는 서설 다음에 영험담 120편, 구산영고장에서는 서설 아래
영응담 30편, 권선징악장에서는 서설에 이어 영험담이 98편, 시현접인장에서는 서
설 밑에 영응담 30편 등 모두 349편의 영감설화가 합편되었다. 끝으로 결권유통장
에서는 고락이 현수한 인과와 만전확보의 증좌, 이고득락의 묘법을 강설하였고, 관
음예념방법장에서는 간이염법과 전념과의, 통행공과를 논의·제시하였다. 따라서
위 서언장과 결권유통장·관음예념방법장에서는 계송·찬탄의 시가와 함께 논설·서
발 등의 수필계와 평론형태가 들어난다. 그리고 이 수많은 영감설화들은 소설형태
를 주축으로, 논설(각장 서설)과 전장·담화 등 수필형태를 취하고 있다.

李淼, 觀音菩薩寶卷, 吉林人民出版社, 1995, pp.1-330.

여기에는 전언에서 관음사상·신앙과 관음의 권능과 영험, 그리고 관음미술·문학 등에 대하여 논설하고, 이어 관음의 전세설화로 6편, 관음과 제신의 설화로 9편, 관음의 자비화현 설화로 27편, 관음이 승지에 얽힌 설화로 7편 등 모두 49편이 수록되었으며, 관음관계 불경들을 12종이나 부록하였다. 따라서 그 전언이 평론계 논술의 성향을 띠고, 나머지 설화들은 거의 모두 소설형태를 보여 주고 있다. 다만 그 성적에 얽힌 설화 가운데는 기행이나 담화 등 수필형태를 지향하는 작품이 들어있다.

冷華, 觀世音, 巴蜀書社, 1997, pp.1-404.

여기서는 서문에 이어 관음 출신설화 중 장편 '묘선공주수성관음' 2편을 내세우고, 관음의 전세설화로 4편, 관음과 제신의 설화로 8편, 관음의 자비화현설화로 11편, 관음이 유적·승지에 얽힌 설화로 5편 등 모두 30편이 수록되었으며, 끝으로 관음에 대한 역사·문화적 논술이 붙어 있다. 나아가 관음과 유관한 경전 12종이 소개·부록되어 있다. 서문과 말미의 그 논술을 보면 수필계의 서발·논설에 속한다. 그리고 이 관음설화들은 거의 모두 소설형태를 이루고, 그 일부는 수필계의 전장·담화의 성향을 보이는 터다.

李世庭, 普陀山傳說, 當代中國出版社, 1998, pp.1-128.

여기에는 전언에 이어 관음설화가 30편이나 실려 있다. 이들 작품들은 대부분 소설형태를 지향하고 있는 게 사실이다. 다만 유적·성지에 얽힌 설화의 일부가 기행·담화 등의 수필적 성향을 띠고 있는 터다.

徐建華 등, 中國佛話, 上海文藝出版社, 1994, pp.4-70.

여기에는 관음설화가 31편이나 수록되어 있다. 이 작품들은 거의 다 소설형태를 보이고 있다. 그 중에 몇 편만이 기행·담화의 수필형태를 나타내고 있을 정도다. 아

무래도 수집자들이 그 채록과정에서 현대적 구연자들의 증보적 작품을 다시 보완·

정리하였기 때문이라 하겠다.

一然, 三國遺事, 한국불교전서 6, pp.269-369.

여기에는 관음설화가 19편이나 수록되어 있다.[29] 기실 이 작품들은 일부 전장·담

화 등 수필형태를 보이지만, 대부분이 소설형태나 희곡형태를 유지하고 있는 게 사

실이다.[30]

了圓, 法華靈驗傳, 한국불교전서 6, pp.564-567.

여기에는 법화경 관세음보살보문품에 연관되어 관음영험담이 15편이나 수록되었

다. 이 작품들은 상당수 전장·담화 등 수필형태를 보이지만, 일부가 소설형태를 지

향하는 편이라 하겠다.

性聰, 觀世音持驗記, 四經持驗記, 한국불교전서 8, pp.544-552.

여기에는 관음영험담이 52편이나 수록되었다. 이것이 후대적으로 국문화되어 여

러 이본(목판본)을 남기고 있는 터다. 이 작품들은 상당수 전장이나 담화 등 수필형

태를 보이고, 일부가 소설형태를 지향하고 있는 편이다.

權相老, 觀音經 國譯·靈驗談, 佛敎思想社, 1963, pp.1-231.

여기에는 관음경의 국역문 사이 사이에 관음영험담이 150편이나 실려 있다. 기실

먼저 관음경 해설이 나오고, 경문 일부씩을 번역 강설하면서, 그에 해당되는 관음

영험담을 실례로 들어 놓는 체재를 취하였다. 따라서 이 작품들은 전체가 종합문학

29 조명숙, 『삼국유사에 나타난 관음설화의 문학적 연구』, pp.6-12.

30 사재동, 「남백월이성에 대하여」, 『한국고전소설의 실상과 전개』, 중앙인문사, 2006, pp.172-

173.

적 양상을 보이고, 개별적으로 논설·서발·전장·잡기 등 수필형태를 취하였고, 관음설화 중의 일부가 소설형태를 지향하고 있는 터다.

徐炳宰, 靈驗實話傳說集, 삼영출판사, pp.19-39.
여기에는 관음설화가 10편이나 실려 있다. 이 작품들은 수집·정리과정에 보완되어 상당수가 소설형태를 지향하고, 일부가 전장·담화 등 수필형태를 갖추고 있는 터다.

黃明輪, 觀世音菩薩·영험록, 삼영출판사, 1986, pp.5-177.
여기에는 머리말에 이어, 관세음보살보문품 이야기가 나오고, 관음영험담이 20편이나 수록되고, 끝에 「안락국태자전」을 부록하였다. 따라서 이 작품들은 일부가 서발·전장·담화 등 수필형태이고, 나머지 상당수가 소설형태를 유지하고 있는 터다.

오성일, 현대관음기도 영험록, 불광출판사, 2001, pp.1-323.
여기에는 머리말에 이어, 기도에 대하여 강설한 것이 76편, 가난과 질병에서 살아난 이야기가 27편, 자식을 위한 기도 26편, 가정 화목과 가업성취가 27편, 신행·기도·영험수기 17편 모두 126편의 작품이 수록되어 있다. 따라서 이 작품들은 대부분 논설·서발·전장·담화 등 수필형태를 갖추고 나머지 일부가 소설형태를 지향하고 있는 터다.

活眼, 불교영험설화대사전, 불교정신문화원, 2012, pp.992-1112.
여기서는 관음사상·신앙과 관음의 실상·권능·영험 등 제반문제를 일일이 강설한 다음, 관음설화가 88편이나 이어진다. 따라서 이 작품들은 관음강설을 주축으로 논설·서발·잡기 등 수필형태와 평론형태가 나타나고, 이 설화를 중심으로 전장·담화 등에 걸친 수필형태는 물론, 그 상당수가 소설형태를 지향하고 있는 터다.

이수경, 불보살 영험이야기, 운주사, 2015, pp.12-72.

여기에는 관세음보살 영험담이 16편이나 수록되었다. 이에 그 작품들은 대부분이 전장·담화 등 수필형태를 보이고, 일부가 소설형태를 지향하고 있다.

이상과 같이 이 설화계 유형은 관음전승의 중심을 이루면서, 문학·예술성이 가장 높은 것으로 나타났다. 기실 이 영험담은 관음신앙·수행의 최고 성취요 보응이기에, 그것이 어문예술로 표현되었기 때문이다. 그러기에 이 설화류는 질량 면에서 가장 우세를 보이고, 그 문학적 실상과 예술적 연행양상이 중시될 수밖에 없다. 따라서 수많은 설화계 유형은 전체가 종합문학적 양상을 보이면서, 논설과 전장·담화와 같은 수필형태를 지니고, 상당수가 소설형태를 갖추었다. 나아가 이 서사문맥을 장면화하고 시가를 인용하여 강창체를 조성하며 그 서사상의 대화를 창출해서 희곡형태를 지향하고 있는 터다.[31]

3) 재의계 유형

이 재의계 유형은 실제로 관음사상·신앙을 실천적으로 연행하기 위한 대본으로 형성된 작품의 일환이다. 따라서 이 작품들은 그 연행을 가장 효율적으로 진행하고 그 성과를 극대화하는 방편으로 문학적 방법을 최대한 받아드릴 수밖에 없었다. 그러기에 이 작품들은 해당 재의의 대본형태를 지향하여, 그 전체 구조를 여러 재의단계의 서사문맥으로 조직하고, 그 단계마다 다양한 시가와 진언, 각종 산문을 인용·조합함으로써 문학적 효과를 강화했던 것이다. 그러면서 이 작품들은 그 공연의 효과를 높이기 위하여 적절한 곳에 연행을 위한 각종 지시문까지 삽입했던 터다. 그러기에 이 작품들은 전체적으로 그 연극적 공연을 위한 극본으로서 중·장편희곡의 실상을 보이게 되었다. 한편 이 작품의 서사적 구

31 사재동, 「법화영험전의 문학적 고찰」, 『불교문화학의 새로운 과제』, 중앙인문사, 2010, pp.720-723.

조는 소설적 구성과 문체를 통하여 중·장편소설로 전개될 수가 있었다. 실제로 이러한 종합문학적 실상은 그 연극적 공연을 통하여 소설·희곡 형태로 굳어지면서, 나아가 시가형태와 수필형태, 평론형태로 분화·전개되었던 터다.

기실 이러한 유형의 작품들은 한·중 관음신앙계에서 일찍이 형성·제작되어 성행·전승되었던 것이다. 그러한 관음재의가 대중적 신행활동의 중심·주축이 되어 왔기 때문이다. 그러기에 이러한 작품들이 역대 불교계에 널리 유통·전승되었지만, 독자적인 대본양식으로 현전하는 것은 희귀한 편이다. 기실 이 관음재의가 일반재의와 합세하여 그 궤본이 그리로 합본되었기 때문이기도 하다.

寶誌·寶唱, 慈悲道場觀音懺法, 韓國佛敎儀禮資料叢書 1, 삼성암, 1993, pp.195-210.

여기에는 먼저 '관음영감보참'으로 향을 피우고 제불·관음보살께 예경하며 개경게를 염송한다. 그리고 제불보살·관음보살께 중생의 모든 죄업을 지심 참회하는 장면이 9편이나 계속되고, 마지막으로 관음찬이 나온다. 그래서 이 각편은 참회·기도문이지만, 그 구조·내용이 지옥·중생의 수고 참상을 무대·배경으로 세존과 보명존자의 문답을 통하여 진행되는데, 그 중생들의 수고 참상의 원죄를 들어 지심 참회로 극락왕생함을 밝히면서, 그 참회·예경하는 제불보살의 명호를 중송처럼 제시하였다. 따라서 이 작품은 전체적으로나 각편 단위로 서사문맥을 갖추고 대화체와 강창체를 지니고 있는 터다. 그러기에 이 작품은 종합문학적 실상을 보이면서, 시가형태와 수필형태 내지 소설지향성과 희곡형태로 분화·전개될 수 있었던 터다.

溫光熹, 觀音法要, 觀世音菩薩聖德彙編, 彌勒出版社, 1985, pp.135-257

여기에는 서문에 이어 서찬(산문·고시)이 나오고, 석명으로 관음의 실상을 밝히며, 관음의 권능 2가지로 구호중생과 도탈고해를 강설하였다. 이어 수행자의 수인으로 획득할 교리 11조와 수행법, 정수법 2종과 조수법 10종을 논설하였다. 따라서 이 작품은 관음신앙 수행법을 강설·논석한 저술이거니와, 그 각개 문장유형으로는 시가형태와 논설·서발·담화 등 수필형태에다 평론형태로 분화·행세하게 되었다.

萬鈞, 觀音發願儀文, 觀音靈異記, pp.68-77.

여기에는 먼저 관음예문으로 삼업을 청정히 하여 오체투지하고 관음보살께 귀의하며 14무애와 19설법, 7관2구와 32응신을 찬탄·수지하라는 강설이 나온다. 그리고 관음보살께 공경·예배하는 의례를 구체적으로 지시하는 문장이 붙는다. 이어 관음보살성탄축의에서는 향찬 다음에 축의문을 제시하고 해설·논의하여 놓았다. 또한 관음기도문에서는 기도의식을 제시하고, 성호를 칭송하여 대비주를 염송하라며, 관음찬과 관음게를 내세워 제불·관음보살께 참배·예경케 하고, 삼귀의로써 마무리 되었다. 따라서 이 작품은 전체가 종합문학적 양상을 띠고 시가형태와 함께 논설·담화 등 수필형태, 그 서사구조를 중심으로 소설형태를 지향하면서, 그 장면화에 시가·산문의 강창체를 유합하여 희곡형태를 보여 주고 있는 터다.

惠永, 白衣解, 韓國佛敎儀禮資料叢書 1, pp.235-243.

여기서는 관음보살의 찬양총설에 이어 그 위덕을 11단계에 걸쳐 찬탄·예경·참회하고, 나머지 15단계까지는 지장보살·대세지보살 등 제존보살과 일체 현성을 찬양하고 있다. 이 각단마다 예찬문과 계송·진언·참회문이 조합되어 나오고 지심참회송으로 끝났다. 이 본문의 각개 문단에 걸쳐 해설문이 붙어 논평의 역할을 하였다. 따라서 이 작품은 관음보살과 제본보살·일체 현성의 행적 권능을 단계적인 서사구조로 조직하여 한편의 소설작품을 지향하고 있는데, 한편 이런 서사적 간단 구조를 장면화하고 시가를 인용하여 강창체를 이루며 산문문맥 중의 대화체를 재생시켜서 희곡형태를 보여 주고 있는 터다. 그리하여 이 종합문학적 실상이 유통·연행을 통하여 소설·희곡형태는 물론, 시가형태와 수필형태 내지 평론형태로 전개될 수 있었다.

미상, 觀世音菩薩禮文, 韓國佛教儀禮資料叢書 1, pp.427-434.

여기서는 먼저 제불·관음 찬탄총설에 이어 삼존불·아미타불을 찬탄·예경한 다음, 관음예찬에 게송·진언을 염송하고 참회문을 바치는 절차가 11회나 계속되었다. 그리고 지장보살·대세지보살, 일체 현성승께 예경하는 단계가 이어진다. 끝으로 지심 참회송과 지심발원찬·무상게와 함께 공성불도의 서원을 세워 마무리되었다. 따라서 이 작품은 제불보살·관음보살의 행적을 연결시킨 서사문맥을 소설적으로 구성·표현하여 소설형태를 지향하고, 이 서사적 단계를 장면화하고 시가를 인용하여 강창체를 이루면서 그 서사단위에서 대화를 재생시키면, 바로 희곡형태를 취할 수가 있었던 터다. 이러한 종합문학적 실상은 그 유통·연행을 통하여 소설·희곡은 물론, 시가형태와 수필형태까지 드러내는 터라 하겠다.

항순, 관음예문, 태화산 내원암, 2009, pp.1-155.

여기서는 위 白衣解·觀音菩薩禮文을 그대로 계승·정립하여 국역하여 놓았다. 이 작품은 한국에 전래·유통된 관음재의궤범의 전범으로서 현대에 이르러 가장 널리 활용되고 있음을 실증하고 있는 터다. 더구나 이 작품이 국문본으로 널리 행세하고 있다는 점에서, 그 의미가 있다고 하겠다. 따라서 이 작품에서도 역시 종합문학적 차원에서 그 소설형태와 희곡형태를 유추해 낼 수가 있고, 그 유통과정에서 시가형태는 물론 수필형태까지 드러내고 있는 것이다.

權相老, 觀音禮文講義, 普成文化社, 1979.

여기서는 서문에 이어 위 관음예문을 국역하면서, 그 본문을 분단·강설해 나갔다. 그리하여 위 관음예문이 현대적으로 번역되고 새롭게 논의·해석되었다는 게 주목된다. 따라서 이 작품은 위와 같이 소설·희곡형태를 지향하면서 시가형태와 수필형태를 보이고, 白衣解처럼 그 논석을 통한 평론형태가 자리하고 있는 게 돋보이는 터다.

법성, 관음예문선해, 큰수레, 1993, pp.1-157.

여기서는 위 관음예문을 새롭게 번역·해설하고 있다. 그리하여 20세기 말 한국 관음예문의 강설·논석에서 가장 충실하고 문학적인 결정판을 이루었던 터다. 그러기에 이 작품은 위와 같이 그 종합문학적인 실상에서 소설·희곡은 물론, 시가형태와 수필형태 내지 평론형태가 더욱 뚜렷하게 부각되었던 것이다.

이상과 같이 재의계 작품들은 역대 관음재의의 대본으로서 그 연행의 효과를 극대화하기 위하여 이 문학적 방법을 적용하면서, 종합문학적 양상으로 형성·전승되었다. 그리하여 이 작품들은 전체적으로 그 재의의 연극적 공연에 적합한 극본·희곡형태로 조성·정립될 수밖에 없었다. 한편 이 작품들은 그 전체의 서사문맥을 주축으로 부연·표현되어 소설형태를 지향하게 되었다. 기실 이 소설형태에는 그 자체의 서사구조에서 뿐만 아니라, 이 재의과정과 결과에서 형성·전승되는 신화·전설적 서사형태가 얼마든지 결부될 수가 있었기 때문이다. 이러한 소설·희곡적 종합문학형태는 많은 시가·진언과 재의산문을 인용·조직했던 결과로, 그 재의의 공연·전승에 따라 각기 장르별로 분화·전개될 수가 있었다. 그러기에 이 작품들은 결국 소설·희곡형태를 기반으로 시가형태와 수필형태 내지 평론형태로 성립·행세하게 되었던 것이다.[32]

4) 문집계 유형

이 문집계 유형은 역대 문승·문인들이 관음사상·신앙이나 관음실상·응신 등 제반 주제·내용을 본격적인 문학장르로 제작해 낸 작품의 일환이다. 이로부터 한·중 문승·문인에 의한 창의·창조적 문학작품들이 장르별로 창작되어 유전되었던 터다. 그리하여 이 관음문학이 그 전통을 이어 발전·성행한 것은 사실이지

---

32 사재동, 「불교재의궤범의 공연양상과 문학적 전개」, 『충청문화연구』 15집, 충남대학교 충청문화연구소, 2015, pp.154-179.

만, 그 문학의 전집이나 장르별 선집이 편찬된 사례는 그리 흔하지 않은 것 같다. 그런 작품들이 개별적으로나 집단적으로 다른 문집에 편입되는 사례가 허다했기 때문이다. 그래도 이 작품들은 그 문학작품으로서의 실상과 장르가 확고하기에 독자적으로나 편입된 채로 그 가치와 존재는 뚜렷했던 것이다.

실제로 이러한 관음문학은 관음신앙의 발전·융성과 함께 많이 형성·전승되어 그 시대 불교문원이나 일반 문단에서 상당한 실세를 누렸으리라 본다. 따라서 그 작품들은 어떤 형태로든지 문헌화되어 빈번하게 유통되었거니와, 그 전문적인 전집이나 선집이 아직 발견되지 않는다. 다만 여러 작품이 다른 편저서에 편입되거나 그 독자적으로 행세해 온 사례는 많은 편이다. 기실 이 작품들은 일단 그 문학적 실체와 장르가 분명한 터이므로 이를 장르별로 정리할 필요가 있다.

시가형태로는

希明, 禱千手觀音歌, 三國遺事, 瑞文文化社, 1988, p.158.

未詳, 願往生歌, 위의 책, p.220.

미상, 원앙서왕가, 월인석보 8권, 77-89장.[33]

미상, 원앙왕생가, 위의 책, 96장.

未詳, 觀音讚 1편, 樂學軌範, 국립국악원, 2011, p.147.

胡應麟, 觀音大士慈容五十三現象讚 53편, 佛敎出版社, 1978.

印光, 觀世音菩薩偈讚楹聯集 14편, 觀世音菩薩聖德彙編, pp.74-76,

施護, 聖觀自在菩薩功德讚 장편 1수, 위의 책, pp.76-79.

慧智, 讚觀世音菩薩頌 장편 1수, 위의 책, pp.79-81.

梵琦, 觀音大士讚 20편, 위의 책, pp.81-85.

朴喜宣, 十五三慈容讚, 현대산문시 53편, 觀音大士, 弘法院, pp.118-210.

---

33 사재동, 「원앙서왕가의 실상과 위상」, 『한국문학유통사의 연구』 I , 중앙인문사, 2006, pp.579-613.

수필형태로는

義湘, 白花道場發願文, 韓國佛敎全書 2, p.9.

體元, 三十八分功德疏經跋文, 韓國佛敎全書 6, p.604.

印順, 觀世音菩薩的讚仰, 觀世音菩薩聖德彙編. pp.3-7.

印順, 修學觀世音菩薩的大悲法門, 위의 책. pp.8-12.

印光, 普陀山志序, 위의 책, pp.13-15.

沈家楨, 觀世音菩薩的修行方法及證悟過程, 위의 책, pp.16-32.

未詳, 現代大德對觀世音菩薩的認識與讚仰, 위의 책, pp.33-40.

李根源·許止淨·黃慶瀾·印光, 序文 각 1편, 普陀洛迦新志, 佛敎出版社, 1978, pp.1-15.

印光·普明, 南五台山觀音菩薩示迹記 2편, 위의 책, pp.15-18.

許止淨, 禮觀世音菩薩疏, 위의 책, pp.18-19.

未詳, 觀音靈異譚 68편, 위의 책, pp.169-204.

소설형태로는

未詳, 調信傳, 三國遺事, pp.161-163.

未詳, 金現感虎, 三國遺事, pp.224-226.

未詳, 洪莊傳, 관음사의 연기설화, 성덕산 관음사, 1998, pp.21-45.

미상, 장나장자전, 관세음보살, 일륜문화사, pp.265-283.

미상, 혜안대사전, 위의 책, pp.284-349.

미상, 보덕각시전, 위의 책, pp.350-375.

미상, 안락국전, 위의 책, pp.376-401.

미상, 관음전 필사본, 박광수 소장본.[34]

미상, 심청전 필사본, 충남대 도서관 고서실 소장본.

---

34 박광수, 「묘법연화경의 서사문학적 전개」, pp.370-371.

金萬重, 謝氏南征記 필사본, 충남대도서관 고서실 소장본.

朱鼎臣, 南海觀世音菩薩出身修行傳, 天一出版社, 1985, pp.1-156.

江村, 觀音得道, 中國民間通俗小說, 文化圖書公司, 1979, pp.1-65.

曼陀羅室主人, 觀世音全傳, 新文豊出版公司, 1974, pp.1-313.

희곡형태로는

未詳, 盲兒得眼, 三國遺事, pp.158-159.

未詳, 南白月二聖, 위의 책, pp.155-158.

未詳, 廣德 嚴莊, 위의 책, pp.219-220.

未詳, 憬興遇聖, 위의 책, pp.220-221.

未詳, 鶴蓮華台處容舞合設, 樂學軌範, pp.138-247.

未詳, 觀世音修行香山記, 明富春堂刊本 北京圖書館藏.

湛然·寓山, 魚兒佛, 北京大圖書館古籍善本室藏本.

未詳, 觀音魚籃記, 金陵書鋪唐氏, 北京大圖書館古籍善本室藏本.

未詳, 觀音菩薩魚籃記, 孤本元明雜劇 5, 粹文堂, pp.3145-3162.

未詳, 魚籃記穿關, 위의 책, pp.3163-3164.

未詳, 觀世音菩薩本行經簡集, 北京大圖書館古籍善本室藏本.

未詳, 觀音寶卷 필사본, 위 도서관장본.

未詳, 觀音十二圓覺, 위 도서관 소장본.

未詳, 善才龍女寶卷, 위 도서관 소장본.

평론형태로는

李淼, 觀音文學, 觀音菩薩寶卷, 吉林人民出版社, 1995, pp.13-17.

孫昌武, 大悲觀音信仰與文學藝術, 中國文學中的維摩與觀音, 高等敎育出

版社, 1996, pp.234-260.

孫昌武, 宋代以後文學創作中的觀世音, 위의 책, pp.361-387.

羅偉國, 表現觀音的戲曲, 說話觀音, 上海書店出版社, 1998, pp.138-139.

羅偉國, 贊頌觀音的對聯, 위의 책, pp.141-143.

印權煥, 觀音說話의 小說的 展開, 韓國佛敎文學硏究, 고려대학교 출판부,
1999, pp.205-342.

印權煥, 沈淸의 人間型과 觀音菩薩, 위의 책, pp.343-355.

설성경, 사씨남정기에 형상된 관음의 세계, 서포소설의 선과 관음, 장경각, 1999,
pp.191-249.

史在東, 元洪莊傳과 심청전의 關係, 韓國文學의 方法論과 장르論, 중앙인문
사, 2006, pp.709-776.

史在東, 사씨남정기의 몇 가지 문제, 韓國古典小說의 實相과 展開, 중앙인문사,
2006, pp.717-739.

史在東, 沈淸傳硏究序說, 위의 책, pp.779-834.

史在東, 안락국전의 연구, 위의 책, pp.581-610.

朴光洙, 『妙法蓮華經』의 敍事文學的 展開 -「觀音傳」을 중심으로-, 古小說硏
究 5, 韓國古小說學會, 1998, pp.367-385.

오대혁, 觀音說話의 상상력과 소설발생의 문제, 「금오신화」와 한국소설의 기원,
역락, 2007, pp.287-312.

　이상과 같이 문집계 유형의 작품들은 그대로 불교문학의 명실상부한 작품들
이었다. 비록 본격적인 문집체재로 집성된 사례가 드물지만, 그 작품들은 당대
의 문승·문사들에 의하여 전문적으로 창작된 본격적인 문학형태임에 틀림이 없
다. 적어도 이 작품들은 그 문학적 방편이나 기법에 있어, 보편적이면서 높은
수준을 유지하고 있을 뿐만 아니라, 그 장르적 성향에 있어서도 일반적인 전형

을 분명히 보이고 있는 터다. 실제로 이 작품들은 관음적 주제·내용을 담은 일반문학 그 자체로서 이미 제반 장르로 분화·전개되고 있었기 때문이다. 그러기에 이 작품들은 시가와 수필, 소설과 희곡, 그리고 평론에 걸쳐 제자리를 차지하게 되었던 터다.[35]

  5) 화문계 유형

  이 화문계 유형은 관음미술과 관음문학이 조합하여 입체적 예술성을 갖춘 작품의 일환이다. 이 작품들은 관음미술이 주축이 되어 유관문학을 결부시킨 현상을 나타내고 있는 게 사실이다. 그러나 원래는 관음신앙에서 관음의 무소불능한 권능과 무소부재한 응신·구제상을 유관경전과 관음문학이 설파·강설한 바탕 위에서, 그 실상을 미술로 그려낸 것이었다. 그러니까 이 작품들은 관음문학의 미술적 표현이라고 보는 게 원칙이다. 이런 점에서 이 작품들이 갖춘 관음문학과 관음미술의 입체적 실상과 그 가치·기능을 높이 평가하지 않을 수가 없다. 이로써 모든 신중·대중들은 그 입체적으로 조화된 관음예술세계를 동시에 감수·감동할 수 있기 때문이다.

  실제로 이 작품들은 두 가지 경향으로 형성·전개되었다. 원래부터 관음신앙계의 문승·문사와 화승·화가가 합작하여 관음문학과 관음미술을 합작해 낸 경향과 사암 현장의 관음미술을 모사하거나 사진 찍어서 관음문학을 결부시킨 경향이 바로 그것이다. 그리하여 이 두 방향의 작품들이 관음신앙의 발전·융성과 함께 일찍부터 형성·성행했거니와, 전자는 상당한 원전이 현전하고 있지만, 후자는 후대적으로 제작·유통되는 추세를 보이고 있는 터다. 기실 후자는 실제로 현전하는 관음미술을 재조명·연설하는 방식의 작품들이기 때문이다.

---

35 사재동, 『한국불교전서의 문학적 실상과 전개』, pp.25-28.

丁雲鵬, 觀音畵譜, 上海古籍出版社, 1997, pp.1-144.

여기서는 출판설명에 이어, 慈容五十三現象贊으로 53면의 묵색 관음화에 각기 1편씩의 찬시를 이면에 붙여 놓고 발문을 부록하였다. 다음에는 觀音三十二相을 묵색으로 그리고 각기 1편씩의 찬시를 같은 면 상단 일면에 써넣고는 발문을 붙였다. 따라서 전체적으로 85면의 관음화에 따른 85편의 관음시과 간행당시의 서발 3편이 수록된 것이다.

丁觀鵬, 觀音尊像卷, 商務印書館, 1988, 호접장 20면.

여기에는 어제 서문에 이어 관음보살의 응신도가 16면이나 연이어 채색으로 그려지고, 그 다음에 대자대비관세음보살의 연기와 법력·응신을 강설하며, 반야심경을 필서해 놓았다. 이어 위 16장면 응신상을 일일이 해설해 놓았고, 끝으로 법계원류도를 간단히 소개해 두었다. 따라서 그 관음화상에 따른 문장들은 대강 논설·서발 등의 수필형태를 취하고 있다.

娄西元·郭福貴, 觀音百像圖, 陝西人民美術出版社, 1996, pp.1-144.

여기에는 총서에 이어, 7관음의 소서가 나오고, 바로 7관음화에 대한 해설이 붙는다. 그리고 이 7관음화가 묵색·선사로 차례를 따라 그려져 있다. 다음에 8대관음의 소서가 나오고, 그 보살마다 해설문이 순열된 후에 그 관음화상이 차례대로 그려졌다. 한편 15관음의 소서에 이어 각개의 해설이 나오고 그 해당 관음화상이 순차대로 그려져 있다. 또한 33관음의 소서에 이어 그 해설이 나오고 그에 따라 33관음화상이 줄지어 그려졌다. 끝으로 관음33응신의 소서에 이어 그 응신의 해설이 순서대로 펼쳐지고, 그에 따라 그 관음화상이 연이어 그려졌다. 그래서 이 문장은 총서·소서와 각상의 해설문 모두 105편이 99면의 다양한 관음상과 결부되어 있는 터다. 따라서 그 화상에 따른 문장들은 대강 논설·서발 정도의 수필형태를 보이고 있다.

未詳, 妙法蓮華經觀世音菩薩普門品圖證, 江蘇 唐伯華 印布, 1970, pp.1-106.

여기에는 서장 법문·게송에 이어, 관세음보살보문품을 제시하고, 그 본문·중송을 55단으로 나누어 각기 강설을 붙이고, 그에 해당하는 응신도상을 그려 넣었다. 그리하여 이 보문품의 논소를 각 부분마다 그 화상으로 실증해 보이는 결과가 되었다. 따라서 이 작품의 문장들은 도해를 방편으로 적어도 논설·담화식 수필형태나 평론형태를 취하고 있는 터다.

顧美華·馬元浩, 中國雕塑觀音, 上海古籍出版社, 1994, pp.1-99.

여기에는 편자의 말에 이어 중국 역대 저명한 관음조소상 89장면을 찍어 싣고 해설문을 붙여 놓았다. 끝으로 관음의 전설·명호, 현성사적 등을 관음조소상과 관련시켜 논술하여 부록하였다. 그러기에 이 작품의 문장들은 논설·서발·잡기 등의 수필형태를 취하고 있다.

超煩·宋平, 觀世音菩薩故事畵, 中央民族大學出版部, 1993, pp.1-97.

여기에는 관세음보살의 고사를 주제로 그 명의와 실상, 그에 관한 전설·유관전설, 그 도량과 권능·공덕 등에 대하여 논술하였다. 그리고 이 관세음도상을 78면이나 내세워 일일이 해설하고 있다. 끝으로 후기를 붙여 놓았다. 따라서 이 작품의 문장은 논설·서발·담화 등 수필 형태와 일부 평론형태를 보여주고 있다. 이상과 같은 관음상이 응화도상을 중심으로 『觀世音菩薩應化異蹟圖集成』으로 편성되어 북경대 박물관에 소장되어 있는 실정이다.

李翎, 藏密觀音造像, 宗敎文化出版社, 2003, pp.1-286.

여기에는 서론에 이어 육자관음상과 지연화관음상, 장전불교조상 등에 대하여 신앙사와 직결된 조상의 실상과 특징을 밝힌 논문 3편이 연속 실려 있고, 발문이 붙었다. 따라서 이 작품은 서발계 수필형태와 함께 관음상에 대한 평론, 그 문학적 표현이라 하겠다.

李東洲, 高麗佛畵, 1981, pp.1-256.
여기에는 관음화상이 아미타불 협시로 31면, 독존으로 20면이 제시되고, 고려불화의 탱화, 그 조성과 문양 등에 걸친 3편의 논문에 기반으로 하여, 그 관음화의 해설이 나열되어 있는 터다. 따라서 이 관음화의 문장들은 그 평론적 논술이외에는 거의 모두 수필 중의 잡기에 머물고 있는 형편이다.

강우방, 수월관음의 탄생, 글항아리, 2013, pp.1-365.
여기에는 고려 수월관음상을 전체·부분에 걸쳐 16장면으로 제시하고, 서문에 이어 수월관음의 만불화생과 관음보살의 향기화생, 관음보살의 보주화생 등에 대한 3편의 논문이 실렸다. 이 논문에서는 고차원으로 표현된 수월관음의 조형구조를 밝히고, 나아가 그 역사적 특수성에서 초역사적 보편성을 탐구하고 있는 것이다. 따라서 이 논저에서는 수월관음의 논설·서발·담화 등 수필형태와 논문식 평론형태가 드러나고 있는 터다.

박원자, 현세에 꽃피운 극락, 북랩, 2013, pp.1-242.
여기서는 만봉찬시에 이어, 만봉의 생애를 '금어의 길로', '전통불화의 맥을 잇다'로 서술하고 '만봉스님의 불화이야기'로 들어가, 만봉의 관음보살화를 소개하였다. 이에 만봉이 '가장 많이 그린 불화가 관세음보살화였다'고 하면서 그 33화상을 결부시키고 있다. (만봉사 불화박물관 소장). 따라서 그 관음화상에 대한 문장은 논설 정도에 머물고 있는 터다. 한편 만봉의 관음도는 유명해서 그 중 13편이 엄선되어 임진면 월력(2012)으로 편간·유전되었다. 여기서는 표지화에 이어 그 12편에 해설 명언을 붙여 그 문학적 의미를 더해주고 있다.

방경일·남종진, 33관세음보살 이야기, 운주사, 2011, pp.1-255.

여기에는 머리말에 이어, 관음보살의 실체·진상을 밝히고, 이른바 33관음보살의 화상을 내세워 그 연기와 권능, 응화·영험 등에 대하여 설파·기술한 작품이 33편이나 실려 있다. 그리고 '나도 관세음보살이 될 수 있다'는 확신을 강조한 글까지 부록하였다. 따라서 이 모든 작품들은 각기 수필형태를 취하고, 거기에 삽입된 영험담이 소설지향성과 함께 평론현태를 보이고 있는 터다.

이연욱, 黃金三十三觀音菩薩圖, 낙산사 의상기념관, 2014, pp.1-89.

여기에는 서문 3편에 이어 황금관음상 찬탄문이 나오고, 33관음상이 찬연하게 나열되며 각상마다 해설문이 붙어 있다. 따라서 이 관음상의 문장들은 논설·잡기 등 수필형태를 취하고 있는 터다.

이와 같이 이 화문계 유형은 관음미술과 관음문학이 결합·조화되어 입체적인 관음예술의 실상을 보이고 있다. 따라서 이 작품들은 그 미술과 문학이 상호 보완을 통하여 이 관음미술과 관음문학을 각기 더 돋보이게 하는 묘미가 있다. 그러기에 이 작품들은 관음문학의 미술적 전개라는 점에서, 적어도 관음문학·예술의 진면목을 보여주는 가치와 기능을 갖추었던 것이다. 기실 이 관음미술의 모든 문장들은 시가형태를 비롯하여 수필형태와 함께 소설지향성과 일부 평론형태를 취하고 있는 게 사실이다. 이러한 문학장르들은 비록 소박하지만, 그 다양한 관음화들이 이 의미를 확장·입체화하고 시각적으로 미화하여 더욱 돋보이는 것이다.

4. 관음전승의 장르적 전개

1) 관음문학의 장르적 성향

이 문학이 그 사상·감정을 어문으로써 가장 아름답게 표현한 예술이라면, 이 관음의 세계, 그 주제·내용을 어문으로써 가장 절실하게 표출한 것은 모두 관음문학이라 하겠다. 그러기에 관음관계의 불경·불서를 비롯하여 관음신앙에 따른 수준 높은 문장·저술은 일단 관음문학에 포함될 수 있는 것이었다.[36] 이런 점에서 이 관음전승의 문장·저술들은 모두 훌륭한 문학작품으로 평가·규정되어야 마땅할 것이다.[37] 위에서 이 관음전승의 5개 유형을 거론하는 가운데, 그 문학적 실상이 이미 밝혀졌기 때문이다. 실제로 이 관음전승의 각개 유형은 모두 종합문학적 실상과 장르적 성향을 지니고 있었다. 그래서 이 논설계 유형은 관음관계 경전·저서를 새롭게 문학적으로 평설할 뿐만 아니라, 관음사상·신앙의 제반 주제를 역시 문학적으로 강설하였고, 이 설화계 유형은 관음신앙상의 다양한 영험사실을 환상적인 문학으로 풀어내었다. 그리고 재의계 유형은 모든 관음재의의 효율적인 대본으로 미화되어 문학성을 강화·증진시켰고, 이 문집계 유형은 관음과 관음신앙 전반에 관한 본격적인 문학작품으로 창작되었던 것이다. 또한 이 화문계 유형은 관음미술과 직결시켜 이를 문학적으로 해설·논하였던 것이다. 그리하여 이 관음전승의 모든 유형이 종합문학적 실상을 갖추고 장르적 성향을 지닌 것은 당연한 일이었다.

그리하여 이 관음전승의 종합문학적 실상은 그 개별 작품의 독자성에 근거하여 장르적 성향을 논의·규정할 필요가 있다. 이 작품들의 장르를 논의·입증하는 것이 바로 그 문학적 실상·가치와 기능·위상을 확정하는 일이기 때문이다. 그러

---

36 사재동,「불교문학·문학사의 연구과제」,『한국문학유통사의 연구』Ⅰ, pp.127-129.

37 孫昌武,「大悲觀音信仰與文化藝術」,『中國文學中的維摩與觀音』, pp.234-238.

기에 일반문학의 장르론에 기반하고 한국문학의 장르론에 입각하여, 이 관음전 승 작품들의 장르를 거론·설정하는 것이 당연하고 합당한 터다. 이 관음문학이 그만한 특성과 국제성을 띠고 있는 것은 사실이지만, 그 관음적 주제·내용만이 탁이할 뿐, 역시 일반문학·한국문학임에는 틀림이 없기 때문이다.

그러기에 보편화된 문학·한국문학의 장르론을 적용하여, 실제로 시가와 수 필, 소설과 희곡, 그리고 평론 등을 내세워 그 논의의 기준으로 삼을 수밖에 없 다. 이 5대 장르는 이른바 상위 장르로 통용되는 게 원칙이니, 세계문학이나 각 국문학에서 공통적으로 활용되고 있는 터다. 나아가 이 상위 장르에 속하는 하 위 장르는 국가적으로 특성 있게 적용되고 있는 실정이다. 기실 이 하위 장르는 각국의 민족성·문화성·토속성·언어성 등에 따라 독자적 실상·성향을 확보하고 있기 때문이다. 이에 이 관음전승의 유형별 작품들은 전체적으로 그 상위 장르 에 따라 그에 속하는 하위 장르로 나누어 논의·규정될 것이다.

2) 시가계 장르

이 시가계는 실제로 다양하게 전개되었다. 각계 유형의 게송이나 찬송·예경 가 등에 걸쳐 한시 각체와 장가, 향가 내지 국문시가까지 망라하고 있기 때문이 다. 첫째, 이 한시는 5개 유형을 통하여 상당한 세력을 유지하고 있다. 그 근체 시의 각체가 절구·율시·고시·장가에 걸쳐 4언·5언·7언으로 실세를 유지하고 있기 때문이다. 먼저 절구체와 율시체는 5언·7언을 중심으로 논설계와 설화계 에 일부 자리하고 재의계와 문집계, 화문계에서 성세를 보이는 터다. 그리고 고 시체는 재의계와 문집계에 일부가 있을 정도로 희귀하다. 이 장가는 문집계와 화문계에 송찬·중송 형식으로 몇편이 전할 뿐이다.

둘째, 이 향가는 그 유형 전체에 유전되었을 가능성이 크다. 원래 이 향가는 불교계에서 민중 포교의 방편으로 향찰을 개발하여 불교시가로 지어 낸 가요이 기에, 관음신앙계에 관음향가가 상당수 형성·유전될 수 있었기 때문이다. 이 논설계에서도 향찰 산문이 활용되었다면, 향찰 시가도 형성·유통되었을 터요, 설화계에서도 그만한 가능성이 농후했던 것이다. 그리고 재의계에서는 향가가 실제로 필요했고, 실제로 활용된 사례도 있는 터였다.[38] 그런데 이 관음향가는 설화계에 바탕을 둔 문집계에서 두어편이 전할 따름이다.

셋째, 국문시가는 정음 실용 이후에 모든 유형에 다 자리했을 것이나, 고전시대에서는 문집계에서 몇 편의 작품이 발견될 정도다. 그런데 근현대에 이르러서는 논설계나 설화계, 문집계와 화문계에서 상당수의 관음시가 창작·유전되었다.

3) 수필계 장르

이 수필계는 그 5개 유형에 걸쳐 다양하고 풍성하게 자리하여, 그 장르 성향도 뚜렷한 편이다. 따라서 이 수필의 하위 장르는 그만큼 보편화되어, 한·중 문학계에서도 공통되는 점이 많다.[39] 여기에는 국왕이 백관·민중에게 정책·훈계 등을 내리는 敎令과 신민이 국왕이나 불보살께 염원·소망을 아뢰는 奏議, 인문·사회·생활상의 제반 문제를 논의·개진하는 論說, 서책이나 작품에 그 제작 경위와 함께 평가를 내리는 序跋, 저명한 인물들의 전기나 행장을 기리는 傳狀, 그 비문이나 지문을 아우르는 碑誌, 고인을 애도하거나 각종 제의에 올리는 哀祭, 서로의 소식이나 용건을 교류하는 書簡, 개인·공인의 하루 일과와 생활을 기록하는 日記, 어떤 지역을 찾아가 그 견문·감회를 술회하는 紀行, 적절한 일화·사실을 들어 주견을 예증하는 譚話, 잡다하지만 소중한 사실·정감을 자유롭고 다양하게 표출하는 雜記 등이 이에 속하는 터다. 기실 이 5개 유형의 모

---

38 사재동, 「월명사·도솔가의 연행양상과 희곡적 전개」, 『어문연구학술발표논문집』, 어문연구학회, 2014, p.14.

39 진필상(심경호 역), 「산문의 문체 분류」, 『한문문체론』, 이회, 1995, pp.40-51.

든 산문들이 이 수필의 하위 장르를 거의 모두 충족시키고 있다는 게 중시된다.[40]

첫째, 이 교령은 전체적으로 희귀한 편이다. 원래 이 교령은 숭불 제왕이 중요한 국가적 불사에서 이를 경찬·격려하는 교서·어명을 내리는 것으로 매우 값진 일이었다. 국왕의 이런 교령은 불교의 성세와 발전에 지대한 영향을 끼쳤기 때문이다. 그러기에 논설계에는 특별한 경우에만 교령이 내려지고, 설화계에서는 숭불군왕이 그 영험사실에 감동하여 간곡한 교령을 보내는 경우가 있었다. 그리고 제의계에서는 그 중요성과 성과에 대한 찬탄·축의로 신불·군왕의 교령이 내려갈 수가 있고, 문집계에는 탁이한 경우가 아니고는 교령을 기대하기 어려웠다. 끝으로 화문계에서는 그 관음의 장엄한 소상·화상 등에 대하여 감복한 군왕이 어지를 내린 사례가 있었던 터다.[41]

둘째, 이 주의는 상당한 작품들이 형성·유전될 수 있었다. 원래 이 주의는 역대 모든 불사에서 승려·신도들이 국왕이나 불보살께 고유하는 형식이므로, 일찍부터 수많은 작품들이 명멸·유전되었다. 기실 국왕에게 와뢰는 주의는 대체로 위 교령에 상응하여 올리지만, 불보살께 바치는 주의는 제반 불교활동에서 무수하게 지어졌기 때문이다. 그래서 논설계에도 일부가 있고, 설화계에서는 그 영험에 대한 수많은 기도·발원이 주의의 성격을 띠게 되었다. 그리고 재의계에서는 시종일관 관음 중심의 불보살께 기원을 계속하니, 그게 바로 주의의 성격을 띠고 기능했던 터다. 그것은 문집계에도 기원적 서발이 그 주의를 대신했던 것이다.

셋째, 이 논설은 5개 유형을 통하여 상당히 많은 작품들이 유전되어 왔다. 기실 이 논설은 관음사상·신앙활동 등에 논의·강설을 가하는 것이므로, 그 영역이 다양·광범할 수밖에 없다. 그러기에 논설계에는 이 논설작품으로 가득 차있

---

40 사재동, 『한국불교전서의 문학적 실상과 전개』, p.27.

41 丁觀鵬, 『觀音尊像卷』, 商務印書館, 1988, p.1.

고, 설화계에는 일부 그 영험담의 해설·소개 정도로 논설이 삽입되어 있는 실정이다. 또한 재의계에는 특별한 경우에는 논설이 붙고, 문집계에는 평론에 접근하는 일부 논설이 따르고 있다. 끝으로 화문계에는 그 관음상·관음화상 등을 소개·해설하거나 논의·평가하는 논설이 상당수에 이르고 있는 터다.

넷째, 서발은 전체적으로 많은 편이다. 원래 이 서발은 관음신앙계의 모든 저술의 앞뒤에 놓이고, 예물·공양을 올릴 때 붙어 다니는 서문·발문이기 때문이다. 그래서 이 서말은 논설계에 상당히 많고 설화계에도 적지 않으며, 재의계에 일부 있는가 하면, 문집계에는 상당수가 유전되었다. 그리고 이 작품은 화문계에도 저술식 책자형태에 반드시 붙어 있게 마련이었다.

다섯째, 이 전장은 그 유형 전반에 걸쳐 상당한 질량을 확보하고 있다. 원래 모든 저술에는 그 등장인물이나 거론되는 인물들의 행적을 어떤 형태로든지 전기·행장으로 포함하는 게 사실이다. 이 관음신앙의 제반 문제와 신행활동을 논의·기술하는 데서 이 전장형태는 매우 효율적인 방식이기 때문이다. 그러기에 논설계에도 일부가 있고, 설화계에서는 모든 작품들이 거의 다 전장의 성향을 띠고 있는 게 사실이다. 그것은 관음보살의 영적이지만, 그 신행·기도자의 행적이기 때문이다. 그리고 재의계에도 자연 제불보살과 신중들의 성적이 드러나지만, 그 많은 영가·귀중들의 수많은 행적이 전장형태로 부각되기 마련이었다. 한편 문집계에도 이 전장이 상당수 개입되지만, 그 화문계에는 상당수가 편입되어 있는 실정이다. 그 관음미술의 관계자나 그 성상의 유래에 대한 전장이 필요하였기 때문이다.

여섯째, 이 애제는 실제로 많은 작품이 형성·유전되었고 현전하는 것도 상당한 터다. 고금을 통한 애사·제례에서 관음보살의 이름으로 구비·문장을 통하여 애도문·제의문이 수시로 형성·활용되어 왔기 때문이다. 다만 그것이 문장으로 기술·정착된 사례가 희귀할 뿐이다. 그래서 이 작품은 논설계와 설화계에 일부가 전하고, 재의계에서는 상당수가 활용되고 있는 터다. 그 기도·발원문이 바로 제의문에 들기 때문이다. 그리고 문집계에서는 이 작품이 제작될 가능성과 함께 희귀한 자취를 남기고 있는 터에, 화문계에서는 그 관음성상을 기리고 기도하는 식의 문장이 애제의 성격을 띠게 되었던 것이다.

일곱째, 이 기행은 관음신앙, 그 기도와 직결되어 상당히 형성·전승되었던 터다. 원래 수많은 관음성지나 관음성상 등을 찾아서 기도·발원하고 구도·정진하고서 그 과정과 신심·영험 등을 그대로 써 내면 바로 관음기행문이 되기 때문이다. 그러기에 이 기행은 논설계에 관음성지를 순례·논의하는 작품이 많이 현전하고, 그 설화계에는 기도·영험과 직결되어 상당수가 기행문의 성격을 갖추었던 것이다. 그리고 이 작품은 재의계에도 불보살·신중의 법계 왕래나 그 중생·영가들의 천도, 즉 왕생극락의 도정과 직결되어 적지 않게 형성·유전되었던 터다. 한편 문집계와 화문계에도 관음성지를 순례하거나 관음성상께 참배하는 방식의 기행문이 상당히 형성·전승되었던 것이다.[42]

여덟째, 이 담화는 5개 유형에 걸쳐 상당한 비중을 차지하고 있다. 기실 관음에 관한 일체의 문장에서 그 행적·영험 등의 예화·사담을 실례로 들어 그 주견을 제시·논의하는 것이 가장 손쉽고 효과적이었기 때문이다. 따라서 이 작품은 논설계에도 일부가 있고, 설화계에서는 그 영험담의 대부분이 담화성향을 띠고 있는 터다. 그리고 재의계에서는 비교적 희소한 편이고, 문집계에서는 상당수를 차지하고 있다. 한편 이 작품은 화문계에서도 상당한 질량을 보이고 있는 터다.

아홉째, 이 잡기는 모든 유형에 걸쳐 가장 많이 분포되어 있다. 기실 그 관음적 주제·내용이 값지고 그 표현이 절묘하되, 여타 11개 하위 장르에서 벗어나는 작품이 바로 잡기이기 때문이다. 실제로 관음에 관한 모든 문제를 가장 자유롭고 다양하게, 그러나 적절하고 간요하게 표출하니, 이 작품의 질량을 헤아리

---

42 원효, 「遊心安樂道」, 『한국불교전서』 1, pp.566-580.

기가 어렵다. 그래서 이 작품은 논설계에 가장 많고 설화계에서도 일부가 자리하였다. 그리고 재의계와 문집계에서도 일부가 유전되고, 화문계에서는 상당한 비중을 차지하고 있는 터다.[43]

한편 여타 장르로 비지는 관음성지나 관음성상 등을 기념하는 작품으로 형성되었고, 서간은 승속간에 관음에 관한 주제·내용을 상호 교류하는 형식으로 작품화되어 상당수에 이르렀을 것이다. 한편 일기도 관음신앙계에서 사부대중이 관음에 대한 신심·수행을 날마다 기록·자술하는 형식으로 쓰여졌던 것이다. 따라서 이 3개의 하위 장르, 그 작품들이 5개 유형에 다 실렸을 가능성은 있지만, 실제 작품을 수집하지 못하여 논의로 할 수밖에 없다.

4) 소설계 장르

이 소설계는 모든 유형을 통하여 상당한 위치를 차지하고 있다. 따라서 이 작품들은 그만한 질량을 유지하면서, 그 장르적 성향을 갖추고 있는 터다. 적어도 이 소설계는 신화·전설·민담 등의 설화적 유형으로 성립된 說話小說을 비롯하여, 역사적 인물의 행적에 따라 그 전기적 유형을 재구·부연한 紀傳小說, 그리고 위 두 소설형태에 기반을 두고 이를 환상적으로 허구·부연한 傳奇小說이 그 하위 장르로 형성·전개되었다. 한편 이 소설들의 구조·형태와 문체·표현이 운문과 산문의 교직으로 강창체를 지향하는 경향에 따라 講唱小說이 성립될 수도 있고, 나아가 이러한 한문소설을 국문화하여 재창출한 국문소설이 정립될 수가 있었던 것이다.[44]

첫째, 이 설화소설은 각개 유형에 걸쳐 어느 정도의 비중을 차지하고 있다. 원래 역대 관음신앙계에서는 관음의 부사의 위신력과 전능의 신통력을 강조하기

---

43 邵傳烈, 『中國雜文史』, 上海文藝出版社, 1991, pp.1-8.
44 사재동, 「국문소설의 형성문제」, 『한국고전소설의 실상과 전개』, pp.341-349.

위하여 환상적으로 허구·부연하는 소설형태로 발전하여 왔기 때문이다. 그러기에 이 작품은 논설계에서 그 서사적 구조를 갖추고 소설적 구성·형태를 지향하여 왔고, 그 설화계에서는 상당한 질량을 확보하고 있는 터다. 한편 재의계에서는 그 연행과정에서 출현하는 신화·전설적 서사문맥을 바탕으로 이 설화소설을 적잖이 산출하였던 것이다. 또한 문집계에서는 본격적인 설화소설이 상당수 형성·전개되었고, 화문계에서는 그 관음의 다양한 응신도를 중심으로 그 설화적 전승이 생겨, 그 소설적 분위기를 조성하는 데 이르고 있었다.

둘째, 이 기전소설은 일부 유형에 걸쳐 어느 정도 질량을 유지하고 있다. 따라서 논설계에서는 일부 등장인물의 행적이 서사문맥을 유지하는 정도에 머물렀고, 설화계에서는 그 영험담의 주인공이나 등장인물의 전기적 유형이 기전소설로 성립·전개된 사례가 허다한 터다. 한편 재의계에서는 여기에 등장하는 역사적 인물의 행적이 서사적으로 부연되어 소설적 구조·형태를 지향하고 있는 터에, 그 문집계에서는 일부 본격적인 기전소설이 행세하고 있는 것이다.[45]

셋째, 이 전기소설은 설화소설과 기전소설이 수승하게 정화된 본격적 소설작품으로 그 분포가 비교적 희귀한 편이다. 적어도 논설계에 몇몇 작품이 있는가하면, 설화계에 상당수의 작품이 성립되어 있는 실정이다. 한편 재의계에서는 이 작품의 분위기만 보일 따름이지만, 문집계에는 본격적인 작품이 여러 편 자리하고 있는 터다.

넷째, 이 강창소설은 그 구조·형태와 문체·표현이 강창체를 유지한 작품이기에, 그 분포상태가 제한적일 수밖에 없다. 따라서 그 논설계와 설화계, 그리고 재의계에 일부 자취가 보이고, 문집계에서 본격적인 작품이 여러 편 자리하게 되었다.[46]

45 김열규, 「민담과 이조소설의 전기적 유형」, 『한국민속과 문학연구』, 일조각, 1971, pp.94-96.
46 劉瑛, 「傳奇的體裁」, 『唐傳奇硏究』, 正中書局, 1982, p.70.

다섯째, 이 국문소설은 정음 실용 이래 근현대에 걸쳐서 상당수가 형성·전개 되었다. 적어도 관음관계 경전·불서의 국역과 이른바 국문불경의 찬성과정에 서 국문소설이 형성·발전하여 그 전통을 근현대로 이어 주었기 때문이다. 그리 하여 이 국문소설은 그 설화계의 국역과 함께 단편 국문소설이 상당수 성립되었 고,[47] 주로 문집계에 이르러 여러 편의 본격적인 장편소설이 수습되었던 것이다. 따라서 다른 유형에도 국문소설이 깃들 여지가 있었던 터다.

5) 희곡계 장르

무릇 불교문학·관음문학은 모두 연행되는 게 원칙이다. 실제로 이 작품들 은 고금의 모든 장르에 걸쳐, 개인적 수행생활이나 집단적 신앙활동에서 어떤 형태로든지 연행되었기 때문이다. 그러기에 이 관음문학은 모든 장르에 걸쳐 그 연행을 전제로 한 대본·극본의 성향을 갖추고 있었던 터다. 따라서 그 모든 연행을 연극적 공연이라고 규정할 때, 이 작품들은 그 극본·희곡의 구조·형태 를 유지하게 되었던 것이다. 기실 이 연극적 공연이 그 자체의 장르적 전형으 로 성립되었을 때, 그 극본으로서 이 희곡적 작품들이 그에 상응하여 장르를 조정·정립해 왔던 것이다. 이미 밝혀진 대로 이 불교계의 연극적 공연이 장르 별로 정형을 이루어 한·중 연극의 장르와 상응하고 있는 실정이니, 그게 바로 가창극과 가무극, 강창극과 대화극, 잡합극으로 전개되었던 터다. 따라서 이 연극 장르에 대응되는 그 극본·희곡 역시 歌唱劇本과 歌舞劇本, 講唱劇本과 對話劇本, 雜合劇本 등의 하위 장르로 분화·전개되는 게 당연한 일이었다.[48]

첫째, 가창극본은 가창을 중심으로 공연하는 가창극의 대본이다. 그러기에 이 작품은 각개 유형에 두루 분포되어 있는 실정이다. 원래 모든 시가는 가창

---

47 국역『관세음보살지송영험전』목판본, 연대미상, 경산당 정암소장본.

48 사재동,「고전연극의 장르와 희곡체계」,『한국공연예술의 희곡적 전개』, 중앙인문사, 2006, pp.19-28.

하기 위하여 제작된 것이니, 언제 어디서나 가창되어 그 공연의 극본으로 역할했던 터다. 그러기에 논설계에서는 그 시가를 갖춘 서사문맥으로써 적지 않은 가창극본을 형성시켰고, 이어 설화계에서는 여러 편의 작품들이 시가를 삽입하여 자연히 그 가창극본으로 성립·행세하였던 것이다. 역시 재의계에서는 그 궤본의 게송·찬시들이 본격적으로 가창·연행되어 많은 가창극본을 성립시켰고, 그 문집계에서는 그 관음게찬 등의 시가들이 모두 가창극본으로 성세를 보였던 것이다. 나아가 화문계에서는 그 자용찬류의 시가들이 서사적 화면과 어울려 그 가창극본의 기능을 발휘했던 것이다.

둘째, 이 가무극본은 5개 유형에 걸쳐 그 위치가 비교적 뚜렷하지 않다. 원래 가창극에는 가창자의 자발적인 무용이 따르지만, 전문적인 무용이 결부되는 경우는 상당히 제한적이었기 때문이다. 그러기에 논설계나 설화계에는 그 가창극본에 따라 무용이 결부될 가능성만 있을 정도다. 그런데 재의계에서는 그 진행과정의 가창에 작법무가 결부되어 가무극을 연출하였기에, 그 가무극본이 상당히 성립되었던 터다. 한편 문집계와 화문계에는 역시 가창극본에 자발적인 무용을 곁들이는 가무극본 정도가 가능했던 것이다.

셋째, 이 강창극본은 각개 유형의 강창체를 통하여 상당수 배치되어 있는 터다. 원래 이 강창극본은 그 서사문맥의 장면화에 따라 강설과 가창을 교직·연창하는 강창극의 대본이기 때문이다. 그러기에 강창체 내지 강창소설이 자리한 데서는 강창극본이 얼마든지 조성될 수가 있었던 터다. 따라서 그 논설계에서는 관음관계 경전·불서의 강설 중에 시가의 가창이 결부되어 강창극본이 상당수 생기게 되었고, 그 설화계에서도 삽입가요를 갖춘 작품들은 강창극본으로 재조직될 수 있었던 터다. 그리고 재의계에서는 그 산문적 기도문과 게송·찬가가 결합하여 상당수의 강창극본을 창출했던 것이다. 나아가 문집계에는 그 관음보권이나 강창소설을 통하여 이미 강창극본을 여러 편 마련하고 있었다.

넷째, 이 대화극본은 그 유형마다 이 작품의 대화체를 통하여 상당수 성립되었던 터다. 따라서 논설계에는 대화극본이 그다지 성립되기가 어렵지만, 설화계에서는 그 많은 서사물의 대화를 복원·재구하여 족히 이 대화극본이 상당수 성립될 수 있었다. 그리고 재의계는 각개 작품마다 대화극본이 상당히 배치되어 있다. 기실 제불보살·신중 내지 만령과 재자·주관 승려들의 신비로운 대화가 서사적 장면에 충만하고, 또한 재자·승려·신도 사이에 생동하는 대화가 활발하여 실제적 대화극을 이룸에 따라서 다양한 대화극본이 산출되었기 때문이다. 한편 이 문집계에는 실제로 원대 잡극식의 대화극본이 여러 편 배치되어 있는 게 사실이다.

다섯째, 이 잡합극본은 여러 유형을 통하여 상당수 자리하고 있다. 원래 잡합극본은 이상 4개 장르의 극본에서 벗어난 자유로운 양식이기에, 그 장르들의 형태를 일부씩이나마 취합하여 그 나름의 종합성을 갖추면서, 다양한 극본적 역할을 감당하였던 터다. 따라서 이 잡합극본은 실제적 기능면에서 중국의 만능극본과 같이 다양했던 것이다. 그리하여 논설계에는 일부 잡합극본이 자리하였고, 설화계에서는 적지 않은 그 극본이 성립되었던 터다. 또한 재의계에는 수많은 잡합극본이 잠재하였고, 문집계에는 상당수의 이 극본이 형성·유전되었던 터다. 끝으로 화문계에도 이 극본이 성립될 여건을 일부 갖추고 있었던 것이다.

6) 평론계 장르

자고로 문학이 있으면 반드시 그 평론이 따르는 법이니, 언제 어디서나 작품이 나오면, 어떤 형태나 방법으로든지 그 평론이 나오는 것은 당연한 일이다. 따라서 이 관음전승의 각개 유형이 모두 문학일진대, 그에 대한 평론이 나올 수밖에 없었다. 그리하여 이 방대·다양한 작품들은 그 장르별로 평론이 붙게 되었다. 따라서 이들 유형의 시가에는 詩歌論이, 수필에는 隨筆論이, 소설에는 小

說論이, 희곡에는 戲曲論이 따르는 것은 필연적인 일이었다. 나아가 이 관음 문학의 전체를 총체적으로 논의하는 문학론과 관음미술을 평가·논석하는 미술론까지 대두되었던 것이다.

첫째, 시가론은 전체 유형에 걸쳐 상당한 분포를 보이고 있다. 기실 그 각개 작품들 중에 시가가 있으니, 그에 대한 서문·찬양·해석·해설 등이 시화·시가론으로 나타났다. 실제로는 먼저 그 구비적 시평으로 시작되었지만, 그것이 문장화되어 다양하게 정립되었던 터다. 따라서 그 논설계에는 관음계 불경·불서 중의 시가를 강설·논평하는 데서 시가론이 성립되었고, 그 설화계에서는 그 작품들에 삽입된 시가를 그 전후의 문장이 해설·찬탄하는 데서 시가론이 전개되었던 것이다.[49] 그리고 재의계에서는 그 작품들의 각개 장면에서 게송·찬시 등을 내세워 찬양·칭송하는 데서 그 시가론이 형성되었고, 그 문집계에서는 전문적 시가 또는 시가집의 서문·발문을 통하여 그 시가론을 대신했던 것이다.

둘째, 이 수필론은 각개 유형의 수필계 작품에 대한 평가·논의의 형태가 나타났지만, 그 형적이 뚜렷하지 않고, 그 분포도 저조한 편이다. 자고로 이 수필계열의 독자성을 공인하지 않고 따라서 그에 대한 평가·논의를 소홀히 하였기 때문이다. 그런데도 논설계에서는 관음계 산문경전을 수필적으로 분단하여 강설·논의하였으니, 그게 수필론의 단초가 되었다. 그리고 설화계에서는 일부 수필적 영험담에 논의·찬시를 붙여 수필론의 기능을 발휘하였고, 그 재의계에서는 그 연행과정에서 기원형 산문에 대하여 찬탄·공감의 표현으로 수필론의 단초를 보였던 것이다. 한편 그 문집계에서는 특정한 산문에 대한 평가·논의는 물론 유관 산문집의 서문·발문 등을 통하여 그 수필론의 면모를 나타냈던 터다.

셋째, 이 소설론은 여러 유형에서 비교적 전문적으로 나타난다. 이들 유형에 수록된 소설이 자체 내에 평론적 문장을 갖추고 있을 뿐만 아니라, 그들 작품이

---

49 사재동, 「한국가요전설의 희곡적 전개」, 『한국공연예술의 희곡적 전개』, pp.165-166.

독자적으로 찬성·유전될 때 그 서문·발문이 붙어 평론을 대신하였다. 그리고 이 소설 장르에 대한 전문적 논의나 각개 작품에 대한 논문식 평론이 대두되었던 것이다. 그리하여 논설계에서는 관음의 전생·행적을 기술한 소설적 경전을 논의·강설하여 소설론의 시원을 이루었고, 설화계에서는 그 소설 작품의 말미에 논의를 붙여 평론의 일면을 보이고 있는 터다. 그리고 재의계에서는 연행과정의 소설적 형태에 대하여 현장적 평가가 내려지는 정도였고, 그 문집계에서는 관음소설 장르에 대하여 그 실상과 위상을 논의를 하거나, 독립적으로 행세하는 작품의 서문·발문을 통하여 그 평의를 대신하는 한편, 각개 작품에 대하여 논문식 평론을 내놓기도 하였던 터다.[50]

넷째, 이 희곡론은 위 소설론과 결부되어 거의 동일하게 전개되었다. 원래 이 희곡과 소설은 동일한 서사구조에서 벌어져 나온 두 개의 작품 형태이기에, 그 평론이 분화·전문적이기보다는 통합적인 결과를 가져 왔기 때문이다. 따라서 이 희곡론은 그 논설계에서 관음관계 경전·불서에 대하여 희곡적 성격을 논의·개진한 바가 있고, 그 설화계에서는 역시 각개 희곡적 작품의 말미에 평의를 붙여 평론의 일면을 보였다. 그리고 그 재의계에서는 이 연행의 전체과정이나 장면단위에서 그 희곡적 성격을 논의하는 가운데 평론이 성립되었고, 그 문집계에서는 관음희곡 전체에 대하여 그 실상과 위상을 논의하거나,[51] 독립적으로 유통되는 작품의 서문·발문을 통하여 그 평론을 가하는 일면, 일부 작품에 대하여 논문식 평의를 제시하였던 것이다.

다섯째, 이 관음문학 전체를 거론한 것은 최근의 일이라 본다. 그 다양한 관음전승을 문학적 관점에서 논의한 것은 실로 참신하고 올바른 방법이요 성과였던 것이다. 그리하여 이 문집계의 평론분야에서만 그 관음문학론이 대두되었던 것

---

50 인권환, 「관음설화의 소설적 전개」, 『한국불교문학연구』, pp.337-342; 설성경, 「사씨남정기에 형성화된 관음의 세계」, 『서포소설의 선과 관음』, pp.197-203.

51 羅偉國, 「表現觀音的戲曲」, 『說話觀音』, pp.138-140.

이다.[52] 나아가 이 관음미술론은 역시 예술론·미학론을 방법론으로 그 미술작품들을 조각과 회화를 중심으로 논의·평가한 것이 실로 돋보이는 터다. 원래 이러한 예술론·미술론은 역사가 오래지만, 이 관음미술론은 최근의 성과로 그 문학론과 결부되어 중요한 의미를 가지기 때문이다.[53] 기실 이러한 업적은 관음미술의 현장적 검토도 있지만, 그 도록의 서문·발문의 양식으로 나타나기 시작하였다. 나아가 그 조각·회화 등으로 장르별 논고가 있는가 하면, 특정 작품의 실상과 위상을 논문식으로 상론한 바도 있는 터다. 그러기에 이러한 미술론은 적어도 이 화문계에만 자리할 수밖에 없었던 것이다.

5. 관음전승의 예술적 전개

모든 종교·불교가 그러하듯이 이 관음전승은 종합예술적 방편으로 전개되어 왔다. 기실 그것은 종합적 문학작품을 기반·주축으로 하여 종합적 예술형태로 전개된 양상이요 형국이라 하겠다. 그래서 이 관음문학이 적어도 종합문학적 양상으로부터 5개 장르로 분화·전개될 때, 그것은 가장 적절한 예술적 방편을 타고 활발하게 유통·전파되었던 것이다. 실제로 문학과 예술의 관계는 필연적인 상호 발전·확장의 광장으로 찬연하게 빛났던 것이다. 그러니까 문학과 예술은 하나이면서 둘이요 둘이면서 하나다. 그래서 이 문학이 없으면 그 예술이 그리 체계적으로 피어날 수가 없고, 그 예술이 아니면 이 문학이 그리 하려하게 빛날 수가 없었던 것이다. 그리하여 먼저 이 문학은 그 주제·내용의 대본이 되어 미술로 꽃피고, 또한 그것은 악무로 생동하고, 나아가 그것은 연극으로 입체화되

---

52 李森, 「觀音文學」, 『觀音菩薩寶卷』, 吉林人民出版社, 1995, pp.15-16.

53 李森, 「觀音藝術」, 『觀音菩薩寶卷』, pp.13-15; 강우방, 「수월관음도와 화엄경 입법계품」, 『수월관음도와 수월관음의 탄생』, 글항아리, 2013, pp.66-71.

었던 게 사실이다. 따라서 이 관음문학의 미술적 전개양상과 악무적 전개양상, 그리고 연극적 전개양상을 개관하여 보겠다.

1) 관음문학의 미술적 전개

이 관음사상·신앙과 관음의 부사의 위신력, 무량한 권능을 어문으로 미화한 것이 관음문학이라면, 이 문학세계를 시각적으로 미화한 것이 바로 관음미술이다. 그러기에 관음신앙계에서 관음문학이 관음미술로 전개된 것은 필연적인 일이었다. 잘 알려진 대로 이 관음미술은 건축을 바탕으로 조각과 회화 그리고 공예로 펼쳐져 왔다. 기실 인도·서역을 거쳐 한·중간에서 형성·전개된 이 관음미술은 가장 찬연한 실상과 위상을 보여주었던 것이다.

첫째, 이 관음건축의 형성·전개에 대해서다. 실제로 이 건축은 사암형태로 조성되어 왔다. 그래서 이 사암은 지상건축과 석굴구조로 가장 아름답게 조영되었다. 이에 그 명칭은 규모와 위상에 따라 관음사나 관음암, 그리고 관음굴 등으로 불리는 것이 원칙이다. 한편 이 건축은 사암내의 한 전각으로 조성되어 관음전이나 원통전, 원통보전 등으로 이름하였다. 이 관음보살이 아미타불의 좌보처로 자리할 때는, 그 건축이 미타전이나 극락전으로 전개되었던 터다. 그리하여 이 건축은 관음의 상주처요 이상적 세계로서 최상의 건축미를 자랑할 수밖에 없었다. 이 관음건축은 관음계 경전문학, 관음문학이 묘사하고 있는 그 상주처와 이상세계를 그대로 건축으로 표현하고 있기 때문이다. 한편 이 관음건축은 독자적 사암일 경우, 그 대지·환경을 알맞게 선택·조성하여 이른바 관음성지를 이루었던 것이다.[54]

둘째, 이 관음조각의 형성·전개에 대해서다. 실제로 이 조각은 관음의 조소상

---

54 정만, 『관음성지를 찾아서』, 우리출판사, 1992. p.15, 177, 235. ; 정성운 등, 『한국불교기도성지』, 불교시대사, 2000, pp.53-106.

으로 조성되었다. 여기서 그 형상은 이미 그 경전문학·관음문학에서 제시하고 있는 정형, 6관음으로부터 8관음, 15관음, 33관음, 33응신, 53자용 내지 100관음에 이르기까지 그리 다양한 용모에 준거하여 최상의 인물상으로 조성되었던 것이다. 게다가 이 용모는 그 조각의 소재에 따라 특수하고, 그 봉안 위치에 따라 상이하며, 그 역할에 따라 탁이하게 조소되어 인물상의 최고봉을 이룩하였다. 더구나 그 상모의 지혜·자비적 행동·표정까지 가장 아름답게 묘사되어 조각미의 절정에 이르렀던 것이다. 그리하여 관음문학이 묘사해 낸 그 모습을 입체화하는 데에 최상의 경지를 성취하였던 터다.[55]

셋째, 이 관음회화의 형성·전개에 대해서다. 실제로 이 회화는 관음상의 그림으로 나타났다. 이 그림은 평면적이지만 천변만화의 그 모습을 자유자재로 묘사하여 가장 수려한 인물화의 세계를 이룩하였다. 게다가 이 용모는 그 처지와 역할, 그 봉안 위치에 따라 미적인 특성을 과시하였던 터다. 기실 이 화상은 독존상으로 많이 그려지고, 아미타불협시상으로도 상당히 그려졌으며, 후불탱화나 대소 괘불, 전각 내외 벽화 등으로 묘사되어, 천연색의 생동하는 관음세계를 찬연하게 장엄하였던 것이다. 그 가운데 이 지혜·자비의 미모와 무한 권능의 미묘한 행동·표정은 실로 인물화의 절정을 이루고 이른바 서사화의 세계를 개척하였던 것이다. 그러기에 이 관음문학이 제시·묘사한 그 세계를 오히려 넘어서고 있는 터라 하겠다. 한편 관음화상은 시화체재로 그려져 대소 책자의 방편을 타고 자유롭게 행세하였다. 그것은 대부분 묵화·선상으로 나타나고 때로 천연색으로 장식되어 절묘한 아름다움을 자랑했던 터다.[56]

끝으로 이 관음공예의 형성·전개에 대해서다. 기실 이 공예는 그 관음조각의

55 顧美華·馬元浩, 『中國雕塑觀音』, 上海古籍出版社, 1996, pp.1-89; 李翎, 『藏密觀音造像』, 宗敎文化出版社, 2003, pp.1-12.
56 李東洲, 『高麗佛畵』, 中央日報社, 1981 참조.; 한국불화편찬실, 『한국의 불화』 40책, 성보문화재연구원, 1996-2007 참조.

축소·세밀화의 형태로 조성되었다. 그래서 장신구나 호신불격으로 나타나기도 하고, 방안의 장식·장엄용으로 다양하게 제작되었다. 한편 도자형태로 관음상을 빚거나 도자기에 관음상을 새겨 기념으로 교환·소장하는 사례도 많았다. 이러한 광음공예는 흔히 금은보화나 옥석 등으로 세공하여 그 가치를 더욱 높였던 것이다. 이에 근현대에 이르러, 사찰 주변의 문화기념상품으로 고급·다양한 관음상을 양산하여 관음공예의 현대적 계승·발전상을 족히 보여 주는 터다.

2) 관음문학의 악무적 전개

원래 이 관음문학은 그 신행상에서 악무로 연행·전개될 운명을 타고 났다. 기실 이런 신행의 전체적 과정은 악무로 시작하여 악무로 끝나는 것이 원칙이요 관례였다. 여기서 이 악무는 전문적인 것과 평상적인 것이 나뉘어, 전자는 연극적 공연으로 들어가고, 후자가 보편적 신행에 활용되었던 터다. 따라서 이 관음문학은 장르에 따라, 그 평상적 악무에 의하여 활발하게 연행되었던 게 사실이다. 기실 이 연행에서는 관음문학이 기악으로 성사물, 범종·법고·목어·운판을 비롯하여 태징·경쇠·소종·목탁·요령 등 악기의 연주를 받아,[57] 성악으로 가송성·강독성·강창성·염불성 등을 통하여 자발적 무용을 곁들여서 실연되었던 터다. 그러니까 여기서는 관음문학이 가송성이나 강독성, 강창성·염불성으로 연행되는 게 중심을 이루는 것이다.

첫째, 이 관음문학의 가송성 연행에 대해서다. 이 관음신행상에서 모든 시가는 가송되는 게 당연한 관례다. 그 집전 승려나 설법 고승들은 게송·찬가 등의 시가를 청아하게 가송하였다. 그리고 일반 신도들도 승려들의 가송에 준거하여 청성으로 가송하였던 터다. 그리하여 승속간에 그 시가 내용에다 음성공양을 더

---

57 양영진, 「불교수륙재의 악기활용과 기능」, 『한국수륙재와 공연문화』, 글누림, 2015, pp.361-363.

하여 관음보살의 감응을 일으켰던 것이다. 이 가송적 연행에서는 자발적 무용이 따르고 때로 작법무가 가세할 수도 있었다.

둘째, 이 관음문학의 강독성 연행에 대해서다. 이 관음신행상에서 모든 산문들은 승·속 간에 모두 강독성으로 읽어 가게 마련이었다. 기실 여기서는 관음관계 경전·불서를 비롯하여 각종 산문들을 읽을 때에, 반드시 강독성 음악이 따르지 않으면 안 되는 터였다. 그 강독은 모두 불보살께 올리고 신중에게 들려주는 것이기에, 음성공양이 아니고는 그 효능을 발휘할 수가 없었기 때문이다. 그것은 불가의 상식이 되어 일부에서는 그 음악성에 무심할 지경이지만, 그것은 개인 강독이나 대중의 합창적 강독일 때, 장엄한 음악으로 울려 퍼졌던 것이다.

셋째, 이 관음문학의 강창성 연행에 대해서다. 이 관음신행상에서 산문계 작품, 그 중에서도 시가를 삽입하거나 결부된 강창체 작품들은 승려의 법문·강론을 통하여 유창하게 강설·가창되는 게 관례였던 터다. 기실 불보살 앞에서 신도 대중에게 그런 작품을 강창의 입체적 음악으로 연행할 때만 그 감동·감응이 극대화되었기 때문이다. 이러한 강창성 연행은 신도·거사나 연예인들에 의해서도 연행되어, 마침내 판소리계의 강창음악으로 전개되었던 터다.[58] 따라서 여기에는 그 자발적 무용과 일부 작법무가 덧붙을 수 있었던 것이다.

넷째, 이 관음문학의 염불성 연행에 대해서다. 원래 이 관음신앙에서 일체 기도의식의 문학적 문장들은 모두 염불성으로 연행되어 왔다. 따라서 모든 사암에서는 그 재의가 계속되는 한, 집전승려의 염불성이 끊이지 않고 동참 신도들의 호응하는 염불성이 꼬리를 물었던 것이다. 그러기에 모든 사찰에서는 일체의 신행활동이 음악으로 시작하여 음악으로 끝난다는 말이 나오게 되었다.[59]

---

58 사재동, 「불교계 강창문학의 판소리적 전개」, 『한국공연예술의 희곡적 전개』, pp.419-422.
59 법현, 「불교의식음악의 종류와 범패구성」, 『불교의식음악 연구』, 운주사, 2012, p.113.

3) 관음문학의 연극적 전개

　마침내 이 관음문학은 희곡장르를 중심으로 연극적 공연을 통하여 그 예술적 역량을 최대한으로 발휘하여 왔다. 실제로 여기서는 그 신앙 재의를 주축으로 연극적 요건을 모두 갖추고 있었다. 먼저 전술한 바 관음미술을 통하여 그 무대를 완벽하고도 찬란하게 갖추게 되었다. 그 관음건축에 관음조각을 안치하고 관음회화를 제자리에 배치·장엄한 뒤에 관음공예로 거듭 장식하였기 때문이다. 그리고 여기에는 등장인물들이 다수 출연하여 다양한 연기를 펼치게 되었다. 게다가 이 연기와 공연을 이어 가는데 필수되는 제반 악무가 위와 같이 완비되었던 것이다. 또한 여기에는 원만한 관음문학으로서 그 극본·희곡이 완비되었다. 그리하여 이 연극적 공연의 핵심적 요건이 확립되었던 터다. 끝으로 여기에는 수많은 관중이 운집하여 그 공연에 동참하였다. 언제 어디서나 이 관음신앙, 관음연극의 현장에는 사부 대중이나 신중·민중이 인산인해를 이루었기 때문이다. 이렇게 연극적 공연의 요건을 완비한 가운데, 그 극본·희곡이 위 여러 유형을 망라하여 장르별로 정립되어 있었던 것이다. 전게한 바 가창극본과 가무극본·강창극본·대화극본·잡합극본 등이 바로 그것이다. 기실 위 희곡의 하위 장르들은 이미 그 연극적 장르가 선행·전제되어 확립된 것이었다. 따라서 이제는 이 희곡장르들을 전거로 하여 역추적하면 바로 그 연극장르의 실상과 위상이 제대로 들어날 것이 분명한 터다. 적어도 이 가창극본에서 가창극을, 가무극본에서 가무극을, 강창극본에서 강창극을, 대화극본에서 대화극을, 잡합극본에서 잡합극을 유추·재구하는 일은 얼마든지 가능하기 때문이다.

　첫째, 가창극본의 연행에 대해서다. 이 가창극은 원래 신앙재의를 통하여 공연되었지만, 그 뒤에는 신중이나 관중을 위한 포교방편으로 공연되었다. 먼저 그 무대는 관음도량 그 전각을 중심으로 관음·조각·회화·공예품으로 장엄·장식하는 것으로 족하였다. 그리고 그 연행자는 가승·가객이나 기녀 등으로 일반적 분장·의상에 장신구·소도구를 갖추고 가창·연기하였다. 그 가창은 실연하되, 독창하거나 대창·합창하고, 때로 도창에 따라 제창으로 응수하는 식으로 연결되었다. 여기에는 타악기·관악기 중심의 반주가 따르고, 자발적 무용이 자연스럽게 어울렸던 것이다. 그것은 가창에 따르는 흥취의 몸짓·표정으로서 소박한 연기의 일면을 보여 주었다. 이에 호응하는 관중들은 신앙적 감동과 오락적 쾌감을 사실상 겸유하였던 터다.

둘째, 가무극본의 연행에 대해서다. 이 가무극은 원래 그 재의를 중심으로 정립·전개되었지만, 나중에는 대중 포교의 방편으로 연행되었다. 먼저 그 무대는 가창극과 비슷하되, 그보다 좀 더 광활해야 되기에, 전각 내에서 야외 무대로 나갈 수가 있었다. 여기서는 그 무대가 관음 전각·도량처럼 가설될 수밖에 없었다. 그리고 여기에 등장하는 인물들은 가무승, 작법승이 해당 분장·의상에 소도구를 지참하고 가창과 반주 음악에 맞추어 실연하였다. 여기에는 일반 남녀 무용객이 개입하여 대중적 관음무를 연행할 수도 있었다. 이 때의 가창은 별도의 가승·가객·기녀들이 따로 부르는 게 원칙이지만, 때로는 가무승·무용객이 가창하면서 무용하는 사례도 없지 않았다. 이에 호응하여 수많은 관객이 운집하여 환호하면서 신앙적·감명과 오락적 쾌감을 함께 누렸던 것이다.

셋째, 이 강창극본의 연행에 대해서다. 이 강창극은 원래 재의과정의 법문이나 관음법회의 설법에서 시작되었지만, 역시 대중 포교를 위하여 연창되었던 터다. 먼저 그 무대는 굳이 특정 장소에 특설될 필요가 없이 비교적 자유스러웠다. 특설무대도 좋지만, 관음전각·도량이나 사암 내 어떤 실내외 공간·광장도 좋고, 노천무대, 야단법석 등도 좋다. 그 연창자가 자리하고 관객만 있으면, 그 곳이 바로 무대이기 때문이다. 그 연창자, 연기자는 단 한 사람, 다만 타악기로 장단을 치는 상대자 하나만 있으면 족하였다. 그 연창자는 평상의 예복으로 차리고 부채나 북채 같은 소도구만 가지면 되었다. 그리고 그 장단에 맞추어 이 강창극본을 유창하게 강설하고 감명 깊게 가창해 나가기만 하면 되는 것이다. 그런데 그 강창의 연기는 그 극중 등장인물의 역할을 다 대행해야만 되었다. 그러니까 판소리처럼 '一人全役'으로 강창연행을 혼자서 다 해내는 것이었다. 따라서 이 강창극은 광대와 같은 강창능력만 갖추면 강창소설·강창문학만 가져도 언제 어디서나 공연할 수 있으니, 그만큼 대중적이고 경제적인 연극형형태로 행세하였던 터다. 그리하여 관중은 승속대중·상하 민중으로서 모두가 신앙적 감동과 오락적 쾌감을 만끽할 수가 있었던 것이다.

넷째, 이 대화극본의 연행에 대해서다. 이 대화극은 그 재의 연행 가운데 특수하게 조정된 연극의 일환이었지만, 점차 본격적이고 전문적인 연극형태로 발전하였다. 기실 연극은 대화와 행동의 연예형태이기 때문이다. 따라서 이 대화극은 막과 장으로 장면화되어 이른바 종합예술적 공연형태로 전개되었던 터다. 그러기에 이 무대부터가 위 기본무대에다 장면마다에 어울리는 특수 장치를 구비해야 되었다. 게다가 음악과 조명이 갖추어져야 하고 적절한 소도구까지 준비되어야 했다. 그리고 등장인물들은 각기 배역에 따라 분장·의상하고 개성적인 연기뿐만 아니라, 연행에 필요한 장신구나 소품까지 갖추어야 되었다. 그리하여 등장인물들이 대화와 연기를 중심으로 혹은 가창이나 일부 무용까지도 곁들이며 그 사건을 입체적으로 밀고 나가야 했다. 그러기에 상하 관중들은 함성으로 공감·동참하여 신앙적 감명과 오락적 쾌감을 공유하였던 것이다. 그리하여 원대 잡극이나 명·청대의 전기와 같이 한국의 역대 대화극이 제한적으로 공연되었던 터다. 실제로 이 대화극은 그만한 인적 자산과 다대한 경비가 소요되면서 제반 여건이 필수되어야 했기 때문이다.

다섯째, 잡합극본의 연행에 대해서다. 이 잡합극은 원래 재의과장의 연극형태로 출발했지만, 드디어는 대중적 연극으로 발전하였다. 기실 이 잡합극은 위 4개 장르의 연극요소를 고루 갖추었기에, 실로 연극의 백화점 같은 실상과 기능을 갖추고 있었다. 그래서 이 연극은 중국의 전능극과 대등한 위상을 유지하였던 터다. 그러기에 이 무대도 다양하고 자유스러웠다. 관음도량·전각도 좋고 사암 내외의 광장도, 때로 가설 무대, 야단법석도 관계치 않았다. 기실 그 극본이 잡다한 터에 등장인물도 다양하였다. 때로는 극정에 따라 비연극적 연행에 엉뚱한 인물, 심지어 말이나 코끼리 같은 짐승들까지도 등장하였기 때문이다. 그러기에 이 잡합극의 공연은 난장판처럼 무질서한 것 같지만, 실제로는 종합예술적 공연의 기능을 제대로 해 내고 있었던 터다. 따라서 그 관중들은 여전한 관심을 가지고 시차에 따른 특정한 연행을 선택하여 마음껏 즐길 수가 있었던 것이다.[60]

6. 관음전승의 문학·예술사적 위상

1) 문학사상의 위치

이 관음전승의 문학적 유형과 장르적 전개가 계통적으로 파악·실증되었다. 그리하여 이 관음전승의 문학적 실상과 그 역사적 전개는 그대로 한국불교문학사 내지 일반문학사의 일환이라는 사실이 밝혀진 것이다. 기실 이 문학사는 그 실체로나 학문적 파악에 있어, 그 시대배경과 저자별 작품의 장르적 전개로써 이룩되는 것이기 때문이다. 그렇다면 이 관음전승은 삼국·신라·고려·조선시대를 통하여 근현대에 이르기까지 고승·문사들의 모든 작품들이 장르별로 계승·전개되었기로, 완전한 불교문학사·한국문학사의 일부로 평가되는 것이 당연한 일이다. 원래 본질적이고 본격적인 문학사는 작품사요 장르사다. 그러기에 이 관음전승은 한국의 문학시대를 통관하여 저명 작자들의 작품들을 배열하고 장르별로 계통화함으로써, 진정한 작품사 내지 장르사로 엄연히 자리한 것이라 하겠다. 따라서 이 관음전승의 작품사는 그 장르사로써 더욱 뚜렷하게 빛나는 터다.

첫째, 이 시가사의 전개다. 이 관음전승의 시가 작품들은 적어도 신라 이래 조

---

60 사재동, 『불교재의궤범의 공연양상과 문학적 전개』, pp.180-190.

선시대·근현대까지의 시가사에 합류하고 있다. 여기에는 그 한시사와[61] 향가사 내지 국문시가사까지 포괄되어 있다.[62] 나아가 이 시가사는 그 하위 장르로까지 분화·전개되어 계맥을 유지해 왔던 것이다. 따라서 이 시가사는 한국불교시가사로서 뿐만 아니라 일반시가사의 주류로서 자리하여 그 영향을 끼쳤던 터다. 나아가 이 시가사는 불교·관음적 주제·내용과 구조·형태의 공통점으로 하여 불교권 시가사와의 유통사 내지 교류사까지 감당하고 있는 것이다.

둘째, 수필사의 전개다. 이 관음전승의 수필작품들은 실제로 신라·고려·조선시대·근현대까지의 수필사에 기여하여 왔다. 여기서는 그 한문수필사와 국문수필사에까지 계통을 이어 왔던 것이다. 따라서 이 수필사는 하위장르로 분화되어, 교령·주의·논설·서발·전장·애제·기행·담화·잡기 등의 계통사로 이어졌던 것이다. 그리하여 이 수필사는 불교수필사상에서 뿐만 아니라, 일반수필사상에서도 일부를 이루어 영향을 끼쳤던 것이다. 한편 이 수필사는 불교·관음적 주제·내용으로 보편성을 확보하여 불교권 수필사와의 유통사 및 그 교류사에까지 결부되어 있는 터다. 그동안 이 수필사는 그 엄연한 실체에도 불구하고 그 계맥이 제대로 파악되지 못했던 게 사실이다. 이제 이 관음전승의 수필사가 그 위상을 드러냄으로써, 한국 수필사가 뚜렷이 부각되는 데에 일조가 되었던 터다.[63]

셋째, 이 소설사의 전개다. 이 관음전승의 소설작품들은 신라 이래 조선시대·근현대까지의 소설사를 형성하여 왔다. 여기에는 그 한문소설사와 후대의 국문소설사가 합류하여 내려왔던 것이다.[64] 그래서 이 소설사는 하위장르로 분화되어 설화소설사와 기전소설사·전기소설사 내지 강창소설사와 국문소설사 등의 계통을 지켜왔던 것이다. 그리하여 이 소설사는 불교소설사의 일환이 되면

61 이종찬, 『한국불가시문학사론』, 불광출판사, 1993, pp.13-14.

62 조윤제, 『조선시가사강』, 박문출판사, 1936, pp.1-4.

63 장덕순, 『한국수필문학사』, 박이정, 1995, pp.1-5.

64 김태준, 「조선소설의 개관」, 『조선소설사』, 학예사, 1939, pp.21-25.

서 한국소설사의 일부로 부각되었던 터다. 그러면서 저 불교권의 소설사와 유통·교류한 사실까지 보증하게 되었다.[65] 그동안 이 소설사의 실체는 시종 성실하게 이어져 왔는데도, 그 계맥이 올바로 파악되지 못하였던 게 사실이다. 이에 이 관음전승의 소설사가 그 위치를 드러냄으로써, 한국소설사가 보완·부각될 수 있었던 것이다.

넷째, 이 희곡사의 전개다. 이 관음전승의 희곡작품들은 실제로 신라 이래 조선시대·근현대에 걸쳐 뚜렷한 희곡사를 이룩하여 왔다. 여기서는 구비희곡사를 전제하고 한문희곡사와 후대의 국문희곡사까지 합세하여 성세를 보이고 있다. 나아가 이 희곡사는 장르별로 분화되어, 가창극본사·가무극본사·강창극본사·대화극본사·잡합극본사 등이 각기 계맥을 타고 상대적인 특성을 유지하며 전개되어 왔던 것이다.[66] 그리하여 이것은 불교희곡사의 주류가 되면서 한국희곡사의 일부를 이루었던 터다. 나아가 이 희곡사는 저 불교권의 희곡사와 유통·교류한 사실까지 실증해 주는 터다.[67] 그동안 이 희곡사는 실제로 풍성한 실체와 뚜렷한 위치를 지키고 있는데도, 그것이 올바로 파악되지 못하고 아예 거론조차 되지 않은 실정이었다. 이제 이 관음전승의 희곡사가 그 실체·위상을 제대로 드러냄으로써, 한국희곡사가 계통적으로 파악되는 데에 일조하였던 것이다.

다섯째, 이 평론사의 전개다. 이 관음전승의 평론작품들은 신라·고려·조선시대·근현대를 통하여 풍성한 평론사의 일환으로 전개되었다. 여기서는 한문평론사를 중심으로 국문평론사가 부수되는 터에, 그 장르성향에 따라 시론사와 수필론사·소설론사·희곡론사가 계통을 이어 나갔던 터다. 그리하여 이 평론사

---

65 뢰영해(박영록 역), 「불교와 소설」, 『중국불교문화론』, 동국대학교 출판부, 2006, pp.496-506.

66 사재동, 「한국희곡사 연구서설」, 『한국문학유통사의 연구』 II, 중앙인문사, 2006, pp.303-305.

67 뢰영해, 『불교와 희곡』, 위의 책, pp.527-532.

가 불교평론사의 일환이 되면서 한국평론사의 일부를 이루어 왔던 것이다. 그러면서 이 평론사는 저 불교권의 평론사와 긴밀히 유통·교류한 사실을 직증해 주고있는 것이다. 그동안 이 평론사는 그 실체가 완전히 자리했는데도 고려 이래의 시론사 정도가 논의되었을 뿐, 그 시대를 통관하는 수필론사나 소설론사·희곡론사는 일체 논급되지 않았던 터다. 기실 그 시론 이외의 장르별 평론이 아예 거명조차 되지 않았기 때문이다. 이에 이 관음전승의 평론사가 확고하게 파악되면서 불교평론사는 물론, 한국평론사가 본격적으로 부각되는 데에 기여하였던 것이다.

2) 예술사상의 위치

이 관음전승의 종합예술적 양상은 그 문학사와 함께 미술사와 악무사 그리고 연극사로 전개되어 왔던 게 사실이다. 이미 그 문학사의 각개 장르사가 파악되고 나니, 그 미술사와 악무사, 연극사의 장르별 전개 맥락이 그 윤곽을 드러내는 터다. 실제로 그것은 관음문학사의 예술사적 전개과정이기 때문이다.

첫째, 이 미술사상의 위치다. 여기 역대 관음미술은 관음건축과 관음조각, 관음회화와 관음공예로 형성·전개되어 면면한 전통을 이어 왔다. 먼저 이 관음건축은 중국의 역대 관음성지와 관음사, 원통보전 등 그 전통양식을 이어 한국적으로 창건·조영되어 왔다. 적어도 삼국시대 이래 통일 신라기의 관음성지와 관음사·관음암 또는 관음굴 그리고 관음전이나 원통전 내지 원통보전 등으로 자리하여 그 화려·찬연한 위용을 자랑하여 왔다. 그리하여 관음사암·관음전 등은 다른 사암·건축의 전범·주축이 되었던 터다. 이 건축은 신라 이래 고려대에 이르러 보수·증축과 창건을 거듭하면서 발전·번영을 누리게 되었다. 그 후로 조선시대에 이르러서는 그 배불·혁파의 위난에도 불구하고 이 관음도량 그 전당은 명맥을 유지·전승하게 되었다. 따라서 근현대에 와서는 그 전통적 관음도량

과 대소 성전이 보수·재건되거나 창건·장엄되어 성세를 보이고 있는 것이다.[68]

다음 이 관음조각은 중국 역대 관음상의 전통 양식을 이어 받고 한국적으로 재창조되어 찬연한 역사를 이끌어 왔다. 적어도 삼국시대를 이은 신라대의 관음상은 당대 불교조각, 조형예술의 절정을 이루며 관음사암이나 관음전·원통전 등 도량에 안치·전승되었다.[69] 이 관음성상은 다른 불보살상의 조성에 전범이 되었고 일반 인물조상에 지대한 영향을 끼쳤던 것이다. 이어 고려대에 이르러 이 관음성상은 엄중히 보존·숭앙되었고, 관음전각의 증수·창건에 따라 얼마든지 새로 조성되어 성황을 보였던 것이다. 기실 조선조에 와서도 그 각처의 관음성상은 그대로 숭신·보전되며 또 다른 성상을 조성하는 데에 영향을 끼쳤던 터다. 이에 근현대에 이르러 이 성상들은 보물시되며 관음신앙의 중흥과 관음전각의 신축 등에 힘입어 새롭게 조성되는 사례가 허다했던 것이다.

그리고 이 관음회화는 중국 역대 관음화상의 전통양식과 소통하여 한국적인 그 화상을 창출하여 찬란한 역사를 이룩하여 왔다. 기실 삼국시대를 이어 온 신라대의 관음화상은 독존상이나 협시상을 망라하여 많은 걸작들로 성황을 이루었던 터다. 그리하여 이 관음성화는 다른 불보살화의 전범이 되고 역대 불화사의 소중한 한 축을 이루게 되었다. 특히 이 관음화상은 미려한 여성상으로 발전하여 당대나 후대의 인물화에 상당한 영향을 끼쳤던 것이다. 따라서 고려대에 이르면 이 관음화상이 새롭고 아름답게 발전하여 절정을 이룩하게 되었다. 그것은 수월관음을 비롯하여 다양한 관음화상으로 제작·유전되어 고려불화의 주류를 이루었던 것이다.[70] 그리하여 이 화상들은 고려회화사의 찬란한 일환으로 지대한 영향을 끼쳤던 게 사실이다. 이러한 관음화상의 전통은 조선시대로 계승되

---

68 정만, 『관음성지를 찾아서』, 우리출판사: 정성운 외, 『한국불교 기도성지』, 불교시대사.

69 경주 석굴암의 십일면관세음보살상이나 낙산사·보리암 등의 해수관음상이 그 전형적인 사례라 본다.

70 이동주, 『고려불화』, 중앙일보사, 1981, pp.12-37.

어 애호·숭앙되면서 관음신앙을 유지·발전시키는 성상으로 행세하였고, 그 나름의 아류작을 내는 전범이 되었던 터다. 따라서 이런 관음화상의 아름다움과 그 가치는 외국에까지 알려져 중요한 거래·약탈의 대상이 되기도 하였다. 그리하여 이 관음회화의 전통은 근현대로 이어져 더욱 성황을 이루고 관음전각과 함께 많은 창작이 나왔다. 그게 바로 최근 열린 한국국제불교박람회에 전시된 관음화상으로 나타났던 것이다.[71]

마지막 이 관음공예는 관음조각의 축소·세밀화라는 차원에서 그 형성·전승의 맥을 이어 왔던 것이다. 따라서 고래로 이 다양한 작품들은 개인 호신용이나 가정 장식용, 신앙 기념품 등으로 내장·전승되었던 것이다. 그러기에 신라 이래 역대의 관음공예가 불교공예사의 중심을 이루고, 일반 공예에 상당한 영향을 끼쳤던 것이다. 이런 관음공예는 근현대에 이르러 정교한 작품으로 양산되어, 한·중 대찰 주변의 기념품으로 유통되는 실정이다.

둘째, 이 악무사상의 위치다. 여기 역대 관음악무는 그 가송성과 강독성, 강창성과 염불성으로 형성·전개되어 끊임없이 계승되었다. 먼저 이 가송성은 역대 중국의 가송 관례와 연관되어 한국의 독자적 가송음악으로 형성·전개되었다. 적어도 이 가송성은 신라 이래 역대 불교재의를 통하여 계승·작용하여 왔거니와, 각 사암의 의식승·가창승을 중심으로 전승된 것이었다. 여기서는 그 승려들의 계송이나 다라니·진언과 어울리고, 나아가 범패와 결부되어 점차 전문적인 음악으로 발전하였다. 여기서 필요에 따라 자발적 무용이나 작법무가 결부되어 그 전통을 이어 왔던 것이다. 그리하여 이 가송성이 그 승려들에 의하여 직접 전달·보급되거나 신도·대중을 매개로 하여 일반 민중에 전파·수용되었고, 따라서 일반 민간음악에 영향을 끼쳤던 것이다. 그리하여 이 가송성이 민간의 민요창이나 시조창 내지 가사창에까지 직접 영향을 주었던 터다.

71 2016년 3월 27일, 서울 학여울역 컨벤션센타, 제2회 한국국제불교박람회에 43편의 관음화가 출품되었다.

다음 이 강독성은 역대 중국의 강독 관례와 연결되어 한국의 독특한 강독음악으로 형성·전개되었다. 원래 이 강독성은 신라 이래 역대 불교계의 승·속 간 독경성으로부터 형성되어 유사 불서나 기원문 등의 낭독성으로까지 확대·발전하였다. 그리하여 이 강독성은 언제나 그 독경과 기원에서 그 감동과 효능을 극대하는 음악적 역할을 다하여 왔던 것이다. 이에 그 강독성은 자고로 승려나 신중에 의하여 민간·대중에 전파·전승되어 식자층의 독서성으로 전개되었고, 민간층의 소설낭독성으로 수용되었던 터다. 나아가 이 강독성은 상하민중의 제례 축문이나 기도문 등의 낭독성에까지 영향을 끼쳤던 것이다.

그리고 이 강창성은 역시 중국의 강창성과 교류하며 독자적 강창음악으로 형성·전개되었다. 적어도 이 강창성은 신라 이래 역대 불교계에서 재의 중의 법문이나 일반 법회에서 그 강사·법사가 강창음악으로써 설법하는 데서 그 역량을 발휘하며 전통을 이어 왔던 것이다. 기실 모든 강경과 설법에서는 이 강창음악을 통해야만 그 효과와 감동을 극대화할 수가 있었기 때문이다. 그리하여 이 강창성은 승려·신도 등을 통하여 민간·대중에 전달·보급되고 일반 교육계의 강의 방법으로 활용되었는가 하면, 민간음악의 일환으로 발전하였던 터다. 그래서 마침내 강창음악의 민간적 정화로서 판소리음악이 출현·성장하였던 것이다. 이 판소리야말로 그 불교·관음신앙계의 강창성, 강창음악·강창설법을 계승하여 성취된 최고의 민중음악·예술이라 하겠다. 여기서 그 연창의 극정에 따라 자발적 무용이나 작법무·민간무가 결부되어 그 전통을 이어 왔던 것이다.

끝으로 이 염불성은 역대 중국의 염불성에 상응하여 독자적 염불음악으로 형성·전개되었다. 원래 신라 이래 역대 불교계의 모든 신행활동에서는 이 염불이 기본이요 필수이기에, 위 3개 음악성 말고는 모두가 염불성으로 가득하였다. 그래서 일체의 기도·수행에서 집전승의 주도 아래 승속 간에는 이 불교음악이 끊이지 않았다. 기실 이 염불성이 아니고는 모든 기도·염원이 그 흡족한 감응을 얻을 수가 없었기 때문이다. 이러한 염불성이 수행현장에 보편화되면서, 승려·신도들을 매개로 민간·대중에까지 보급·전승되었다. 그리하여 무속계의 기도에서나 민간신앙의 기원에서 모두 이 염불성을 따르게 되었던 것이다.

셋째, 이 연극사상의 위치다. 이 관음문학은 실제로 미술·음악·무용 등과 연결되면서, 마침내 연극적 공연으로써 연극사의 전통을 이어 왔던 것이다. 그러기에 적어도 신라 이래 이 불교문학사는 바로 이 연극사와 운명을 같이 해온 것이 사실이다. 따라서 이 연극사는 그만큼 다양하게 장르별로 계맥을 이루어 왔던 것이다.

우선 이 가창극은 시가와 맞물려 그 역사적 계맥을 형성시켜 왔던 것이다. 그리하여 불교가창극사의 주류가 되면서 일반가창극사의 일부를 이루었던 터다. 그러면서 이 가창극사는 저 불교권의 가창극사와 유통·교류한 사실을 실증해 주었다. 그동안 이 가창극은 그 개념조차 불투명하여 그 실상과 시대적 위상이 거론되지도 않았는데, 이제 적어도 신라 이래 조선시대·근현대에 걸치는 가창극사가 부각된 것이다.

다음 이 가무극은 가창극과 직결되어 그 전통을 이어 왔던 것이다. 그리하여 이것이 불교가무극사의 주축이 되면서 일반가무극사와 합류하게 되었다. 그러면서 이 가무극사는 불교권의 가무극사와 교섭·교류한 사실을 입증해 주었던 터다. 그동안 이 가무극의 실상과 위상이 거론되지 않아, 그 역사적 계맥이 불투명한 터에, 여기 가무극사가 적어도 신라·고려·조선시대·근현대를 통하여 뚜렷이 밝혀진 것이다.

그리고 이 강창극은 강창문학을 대본으로 폭넓은 역사를 이끌어 왔다. 그리하여 이것이 불교강창극사의 주류가 되었음은 물론, 일반강창극사의 한축을 이루어왔던 것이다. 나아가 이 강창극사는 저 불교권의 강창극사와 상통·교류한 사실을 직증하였던 터다. 그동안 이 강창극의 개념과 범위가 설정되지 않아 그 역사적 맥락이 불투명했던 게 사실이다. 그런데 이렇게 이 강창극사가 신라 이래 조선시대에 걸쳐 선명하게 들어난 것이다. 그리하여 판소리와 결부되었던 터다.

한편 이 대화극은 그 전체의 극적인 서사문맥과 대화체를 중심으로 장구한 역사를 이룩하여 왔다. 그래서 이것은 불교대화극사의 주축이 되면서 일반대화극사의 일부가 되었던 터다. 더구나 이 대화극사는 불교권의 대화극사와 소통·교류한 근거를 제시하여 주는 것이다. 그동안 이 대화극은 그 실체와 위상이 거의 논의되지 않아, 역사적 계맥이 밝혀지지 않았던 것이다. 이에 이 대화극사의 실체와 그 계맥이 적어도 신라·고려·조선시대·근현대에 걸쳐 제대로 파악된 것이다.

끝으로 이 잡합극은 종합적 극본을 바탕으로 전능극의 기능을 발휘하며 풍성한 전통을 세워 왔던 게 사실이다. 그리하여 이 잡합극사는 실제적으로 불교잡합극사의 주류가 되고 또한 일반잡합극사의 한 축이 되었던 터다. 나아가 이 잡합극사는 저 불교권의 잡합극사와 일부 교류하면서도, 그 자유·개방적 형태 안에 토착적인 요건을 수용함으로써 독자적인 면모로 전개되었던 것이다. 그동안 이 잡합극의 개념·범위와 위치가 거론되지 않아 그 역사적 전개과정이 방치되어 온 게 분명하다. 이제 이 잡합극사의 실체와 계맥이 신라이래 조선시대·근현대에 이르기까지 올바로 파악된 것이다.

3) 문화사상의 위치

이 관음전승의 모든 작품들이 그 시대의 불교계에 상응하여 널리 자유롭게 유통·전개되면서, 불교문학사·예술사를 중심으로 그 주변의 문화사를 형성·전개시켰던 것이다. 기실 이러한 불교문화사는 일반문화사와 동반하여 광범하고 다양한 역사를 이끌어 온 게 사실이다. 그 중에서도 이 불교사상사·포교사와 불교신앙사·의례사, 불교문헌사·유통사 등이 중시되는 터다.

첫째, 불교사상사·포교사의 전개다. 이 관음전승의 모든 작품들은 불교사상을 주제·내용으로 형성된 게 사실이다. 그것이 바로 관음전승의 진상이기 때문이다. 그러기에 이 작품들은 그 시대의 불교철학·사상의 실체와 변화·발전의 사조 등을 포괄·반영하고 있는 것이 당연하다. 기실 이 불교사상은 인도로부터 실크로드·중국을 통하여 한국에 이르기까지 장구한 역사를 이끌어 왔다. 이것은 신라·고려·조선시대·근현대에 걸치는 불교사상의 역사를 그대로 저술한 작품으로 유통·행세하였으니, 그대로가 불교사상사요 불교발전사라고 해야 마땅할 것이다.[72]

한편 이 관음전승의 모든 작품들은 실제로 포교·전법을 위한 방편이요 그 교재였던 것이다. 아들 작품의 동기·목적이 바로 상구보리하며 하화중생하는 데에 집중되어 있었기 때문이다. 기실 이 작품들은 우선 불교진리·사상을 참구하는 게 사명이지만, 결국 그것이 이 불교전체를 올바로 광포하는 데에 역점을 둘 수밖에 없었다. 그러기에 이 작품들은 포교 현장의 필수적인 방편으로 그 역량을 발휘하였다. 그리하여 이 작품들은 신라 이래 조선조·근현대까지 그 포교의 일선을 주도하며 일대 포교사를 장식하여 왔던 것이다. 실로 그것은 한국불교 홍통사의 주축이 되었던 것이다.

둘째, 이 불교신앙사·의례사의 전개다. 이 관음전승의 작품들은 그 시대의 승려나 신도들의 신행을 위하여 어떤 형태로든지 활용된 게 사실이다. 기실 이 승려·대중이나 신도·민중의 신행이 독경이나·염불·기도·참선 등으로 다양하게 전개될 때, 이 작품들은 모두 그 교본이 되어 왔기 때문이다. 실제로 이 관음전승은 역대 불교사회의 신앙활동, 그 신행이 생동하는 불교생활로서 불교발전의 원동력이 되고, 그 불교사를 주도하여 왔던 것이다. 그리하여 이 작품들은 이러한 신행과정에 교범으로 형성·활용되었거니와, 반면에 그런 과정을 통해서 이 작품이 더욱 발전·전개되었던 터다. 이처럼 이 작품들이 적어도 신라 이래 조선

72 김영태, 「불교가 한국정신문화에 끼친 영향」, 『불교사상사론』, 민족사, 1992, pp.254-262.

시대·근현대까지의 신앙사를 이끌어 오면서 생동하는 불교발전사를 이룩하게 된 것은 중요한 의미가 있다.

한편 이 신앙사는 이 재의사와 직결되어 온 게 사실이다. 역대 불교사회 언제·어디서나 그 신행은 어떤 형태로든지 그 재의를 통하여 실현되었기 때문이다. 기실 이 관음전승의 작품들 중, 재의계는 이 재의를 연행하는 대본으로써 바로 이 재의사를 주도하여 왔던 것이다. 따라서 이 재의사는 인도나 실크로드·중국을 거쳐 한국에 이르기까지 면면한 전통을 이어 한국적 변용을 겪었거니와, 실로 여기에는 그 주변사가 직결되어 더욱 중요한 의미를 가지는 터다.[73] 이미 알려진 신앙사는 물론, 문학유통사와 연행·연극사 등이 이 재의사와 직결·전개되어 왔기 때문이다.

셋째, 이 불교문헌사·유통사의 전개다. 이 관음전승의 작품들은 모두 문헌을 통하여 활용·전승되었다. 그 역대 불교사회에서 이 많은 작품들이 문헌으로 성행·유통되어 왔으니, 그 문헌사는 실로 문학사와 함께 찬연한 것이었다. 그것은 필사본을 비롯하여 주로 목판본이나 활자본으로 행세·유전되었거니와, 그것이 차지하는 불교문화사상의 비중이 그만큼 컸던 것이다.[74] 실제로 이 문헌은 그 모든 작품들이 유통·활용되는 방편이었으니, 그게 광의의 문학사라 하여 무방할 것이다. 나아가 이것은 연행·연극의 대본 문헌으로서 연행·연극사와도 불가·분리의 관계를 맺어 온 게 사실이다.

한편 이 문헌사는 구비적 유전사와 함께 이 작품들의 유통사를 이룩하여 왔다. 기실 이 유통은 그 작품의 실상, 그 생동하는 역량을 발휘·전달하는 첨단적 현장이니, 그 유통사야 말로 이 모든 작품들의 생동·전달사라 하겠다. 그러기에 모든 불경의 결미에 그 유통을 가장 강조한 점과 함께 이 유통사는 공시적으

73 홍윤식, 「한국의 불교의식과 불교음악」, 『한일전통문화비교론』, 지원미디어, 2004, pp.99-100.

74 김두종, 「총설」, 『한국고인쇄기술사』, 탐구당, 1974, pp.1-14.

로 이룩되는 유통망의 전통이요 역사라고 본다. 결국 이것은 불교사회에 이 작품들을 널리 펼쳐 알린 보급사로서 중시해야 될 것이다. 이 유통·보급사는 실제로 그 작품들의 실상·실체사, 그 기능·영향사이기 때문이다.

7. 결론

이상 관음전승의 문학적 실상과 예술적 전개양상을 불교문화학적 관점에서 문학 장르론과 공연예술론·유통론 등에 의하여 총합적으로 고구하였다. 지금까지 논의해 온 것을 요약하면 다음과 같다.

1) 이 관음전승의 형성경위와 유통양상을 검토하였다. 먼저 이 관음전승은 종합예술적 실체임을 전제하여 그 신앙·예술적 배경을 개관하고, 적어도 삼국 이래 신라·고려·조선시대·근현대의 학승·문승·문사·예능인이 주체가 되어, 관음신앙계의 상구보리·하화중생의 동기·목적 아래, 관음에 관한 제반 주제·내용을 당대의 문학·예술적 방법으로써 형성·전개시킨 보배로운 업적이었다. 따라서 이 방대한 저술들은 모두 값진 문학·예술작품으로서, 그 시대에 상응하여 찬연한 역사를 이끌면서 구비·문헌과 연행 등의 방편을 타고 유통·전승되었다.

2) 이 관음전승의 문학적 유형을 구분하였다. 이 많은 저술들은 그 주제·내용과 전통적 기술방법 등에 따라 대강 5개 유형으로 분류되었다. 우선 관음관계 불경·불서의 사상·신앙이나 관음의 제반 문제를 밝혀내어 깊이 있게 해설·논석한 논설계, 관음성상이나 그 권능에 의하여 형성된 영험담류의 설화계, 또한 그 제반 재의를 연행하는 대본으로 형성된 재의계, 역대 문승·문인들이 관음적 주제·내용을 당시의 문학장르로 창작한 문집계, 끝으로 역대 관음미술과 이에 관한 문학적 문장으로 결합된 화문계였다.

3) 이 관음전승의 문학 장르적 전개 양상을 고찰하였다. 먼저 이 5개 유형의

작품들은 상위 장르 시가와 수필·소설·희곡·평론 등으로 분화되고, 다시 그 하위 장르로 전개되었다. 따라서 이 관음문학은 그 시가장르 아래, 한시 각체 4언·5언·7언의 절구·율시·고시·장가 등을 무수히 확보하고, 향가·국문시가 몇 편을 포함하였다. 그리고 수필장르 밑에 교령과 주의·논설·서발·전장·애제·기행·담화·잡기 등의 수많은 작품을 거느리고, 그 문원의 주류를 이루었다. 한편 이 소설장르 아래, 설화소설과 기전소설·전기소설 등 많은 작품을 포괄하고, 그 전체의 강창적 구조·문체를 통하여 강창소설을 설정하며, 국문소설까지 포함시켰다. 또한 희곡장르 밑에, 가창극본과 가무극본·강창극본·대화극본·잡합극본을 상당수 배속시켰다. 끝으로 이 평론장르 아래, 시가론과 수필론·소설론·희곡론 내지 평론이론까지 다 갖추었던 것이다.

4) 이 관음전승의 예술적 전개양상을 추적하였다. 먼저 관음미술의 형성·전개 양상을 그 하위 장르인 관음건축과 관음조각·관음회화·관음공예로 나누어 챙겨 보았다. 그리고 이 관음악무의 형성·전개과정을 불교악무와 함께 그 가창성과 강독성·강창성·염불성으로 나누고 무용과 결부시켜 살펴보았다. 또한 이 관음연극의 형성·전개양상을 그 하위 장르 가창극과 가무극·강창극·대화극·잡합극으로 나누어 거론하였다.

5) 이 관음전승의 문학·예술사적 위상을 파악하였다. 이 관음전승의 문학작품들은 적어도 삼국·신라 이래 고려·조선·근현대까지에 걸쳐 형성·전개되어 왔기에, 그대로 불교문학사의 주류를 이루면서 한국문학사의 일환이 되었다. 이러한 작품들은 장르별로 그 형성·전개사를 이끌어 왔기에, 이 시가사와 수필사, 소설사와 희곡사 내지 평론사로 전개되었던 것이다. 나아가 이 관음예술사는 그 미술사가 하위 장르사, 건축사와 조각사·회화사 내지 공예사로 전개되었다. 그리고 관음악무사는 그 하위 장르사, 가송음악사와 강독음악사·강창음악사·염불음악사로 계통을 이었다. 마지막 관음연극사는 그 하위 장르사 가창극

사와 가무극사·강창극사·대화극사·잡합극사로 계맥을 지켜 왔던 것이다. 나아가 이 관음전승은 불교문화사상에 지대한 영향을 끼쳤으니, 그것이 불교사상사와 포교사, 불교신앙사와 의례사 그리고 불교문헌사와 유통사 등으로 전개되었다. 이러한 불교문화사의 전개는 불교문학사와 그 공연예술사의 외연에 따라 값지고 광범하게 확장·전승된 결과이니, 그 유통·영향의 역사가 실로 찬연한 것이라 하였다.

이와 같이 관음전승은 관음문학의 집대성으로 불교문학·문학사의 주류를 이루고 한국문학·문학사의 소중한 일부로 자리하였고, 그 공연을 통하여 불교예술사·문화사의 주축을 이루면서 한국예술·문화사에 기여한 바가 지대했던 터다. 이다지 값지고 소중한 관음전승에 비하면 이 작은 논고가 그 연구서설에도 못 미치는 게 사실이다. 그러기에 본고는 이런 문학·예술 내지 인문학의 보전에 본격적인 연구·조명이 가해지기를 일깨우고 기대하는 데에 의미가 있을 뿐이다. ●

『반야심경언해』의 문학적 실상과 연행양상

1. 서론

이 '般若波羅蜜多心經'은 모든 불경 중에서 가장 빼어난 경전이다. 불교의 숭고한 이념이 上求菩提하고 下化衆生하는 데에 있다면, 그 지혜로써 진리를 탐구하고 그 자비로써 중생을 교화·구제하는 게 그 대도이거니와, 그 지혜 즉 반야를 설한 600권 『大般若經』의 진수를 뽑아 간추린 핵심적 경전이기 때문이다. 그러기에 260자의 한문으로써 반야에 관한 불교철학·사상을 가장 논리적인 명문장으로 담아내었으니, 그것은 생경하고 관념적인 기술을 벗어나 가장 효율적인 문학작품으로 승화되었던 터다. 따라서 역대 불교권에서는 불교에 접근하여 불법을 공부·신행하는 사부대중들이 이 경전을 가장 널리, 가장 깊이 있게 강독·염송하여 온 게 사실이다. 그리하여 고금을 통한 불교국에서는 이 범어원전을 자국의 언어문자로 번역·유통시키는 데 최선을 다하였다. 그러기에 실크로드의 각국 어문본과 중국의 한역본이나 서장어문본·몽고어문본 등이 수없이 유전·교류되는 게 필연적인 일이었다.

한국에서도 삼국시대 이래 그 한역본이 불교전래와 함께 유입되어 승려들이나 한해 식자층에 광범하게 유통·활용되었지만, 한문을 모르는 백성·대중의 교화와 수요를 충족시키는 데는 막대한 장애가 따랐던 것이다. 그리하여 삼국시대에 이은 신라·고려대의 불교계는 물론 조선초기까지도 이 경전을 국어·국문으로 대중화하려고 향찰·이두·구결 등을 만들어 온갖 노력을 기울였던 터다. 그런데도 여전히 그 장애와 한계를 극복하지 못하여 최대의 관심사요 당면과제로 그 번역의 방편을 갈구하였던 터다. 그 무렵 세종이 수양대군·신미 등과 함께 불교왕국을 재건하면서 백성과 불교계의 문자로서 훈민정음을 창제·실용하고, 국문불경으로『월인천강지곡』·『석보상절』·『월인석보』 등을 찬성·유통시킨 이래, 세조가 등극하여 간경도감을 설치하고 많은 대승경전을 번역하는 가운데, 우선적으로 언역한 것이 바로 이『반야바라밀다심경언해』(이하 심경언해)이다.

이른바 간경도감본『심경언해』는 다른 대승경전 언해본과 함께 국보적 문헌이기에, 그 문화·국학상의 가치를 재언할 필요가 없다. 그 중에서 이『심경언해』는 불경적 가치를 기반으로, 그 해석학적 전범과 국어학·국문학상의 가치, 그리고 그 연행양상 등이 특히 중시되는 게 사실이다. 그러기에 이『심경언해』의 문화·국학상의 중대성을 전제로, 그 문학적 실상과 그 연행양상 등을 검토·고찰하여 그 진가를 규명할 필요가 절실한 터다.

그동안 이『심경언해』는 그 중요성에도 불구하고 방대한 대승경전언해에 가려져서 불교학·불교사나 문헌학·서지학 등은 물론, 근세국어학·국어사 등의 연구에서도 별다른 주목을 받지 못하였던 게 사실이다. 그러기에 이『심경언해』의 문학적 실상이나 그 연행양상 등에 대한 연구·논의는 찾아보기 어려운 실정이라 하겠다.

이에 본고에서는 불경언해에 대한 문학적 연구의 일환으로, 이『심경언해』의 문학적 실상과 연행양상을 고찰하겠다. 첫째, 이『심경언해』의 찬성경위와 그 원전의 성격 내지 유통양상을 해석학과 국어학적 측면에서 검토하겠고, 둘째, 그 원전의 문학적 전개양상을 문학론·장르론에 따라 고구하겠으며, 셋째, 이 심경과 그 언해의 연행양상을 공연예술·연극론의 관점에서 추적하여 보겠다. 그리하여 이『심경언해』가 불교문화사상에서 차지하는 위상을 파악하는 데에 일조가 되고자 한다. 여기서 그 원전은 간경도감본『반야바라밀다심경언해』이다. 그 저본의 원명은 송대 학승 仲希가 소술한『般若心經疏顯正記』로서 그 주석의 표제로는『般若波羅蜜多心經略疏』라고 내세웠다. 이를 주석·국역한『심경언해』는 총 138면으로서 간경도감본 불경언해의 전형적인 서지형태를 갖추고 있다. 이 원전이 '天順八年三月' 세조 9년(1464)의 그 간본임에 틀림이 없기 때문이다. 실제로는 홍문각의 영인본을 활용코자 한다.[1]

2. 『심경언해』의 찬성경위와 성격·유통

1) 찬성의 주체와 역할

이 『심경언해』는 그 간경도감에서 역간한 대승경전언해의 일환으로 찬성된 것이다. 그러기에 이 간경도감의 기구와 그 인원의 역할을 통하여 이 『심경언해』의 찬성 주체를 탐색하는 것이 합당한 일이다. 따라서 먼저 그 대승경전의 언해·간행 과정을 논의하고, 나아가 이 『심경언해』의 특별한 사례를 언급하겠다.

(1) 간경도감의 기구와 기능

이 간경도감은 세조의 강력한 원력이 아니라면 결코 설립될 수 없는 국가기관이었다. 이른바 숭유의 이념으로 다져진 조선왕조에서 이러한 숭불의 국가기관이 성립될 수 있었던 것은 세조의 등극과 불교세력의 강화로 실질적인 불교왕국이 재건되었다는 사실을 증언하는 터라 하겠다. 그러기에 문종·단종 대에 벌떼같이 일어나 척불·혁파의 상소를 올리던 유신들은 이런 숭불 불사의 국가기관으로 간경도감이 출범·경영되는 데에는 일언반구의 항소가 없었다. 이 무렵 그간의 배불 유신들, 집현전 출신들까지도 거의 모두 침묵을 지키고 불교신앙으로 전향하면서 간경도감에 동참하기를 기대하게 되었다. 따라서 간경도감의 권위와 그 사업을 위해서라면 명실 공히 세조가 총체적 책임을 질 수밖에 없었다.

---

1 『般若波羅蜜多心經諺解』(영인), 弘文閣, 1980, pp.1-138.

그렇지 않으면 어느 누구도 그 책임을 지고 간경도감을 유지·운영할 수가 없었기 때문이다. 이 간경도감은 그만한 권세와 위치를 가지고 있기에, 그만한 부서를 갖추고 훌륭한 인재들을 모아 조직적으로 그 사업을 추진할 수가 있었다. 따라서 이 기관의 운영에 따르는 막대한 예산이 족히 충당되었던 것이다. 그래서 간경도감은 세조가 심혈을 기울인 국왕직속 국가기관이라는 점에서 중대한 의미를 가지는 터다.

① 총섭·감독부

이 간경도감에는 그 설치목적과 간경사업의 성격으로 보아, 국왕의 직무를 대행할 정도로 총섭·감독하는 부서가 요청될 수밖에 없었다. 이 간경도감이 적어도 육조를 대비·능가하는 특별 기능을 갖추었다면, 아무래도 도총섭을 수장으로 하는 총섭직제가 필수적이었을 터다. 그렇다면 이 총섭·감독부는 간경의 특수성으로 보아 승직자가 보임되는 게 당연한 일이었다. 국내외 역대 불경의 결집과 간경의 주체로는 언제나 승직자가 핵심을 이루었기 때문이다.

그렇다면 당대 불교계의 핵심적 지도자 등이 그 자리에 추대되었을 것이다. 적어도 당시 세조의 왕사격인 신미가 그 도총섭에 보임되었을 가능성이 크다. 그 자리는 유표하게 드러내지 않고 왕사 내지 국사의 역할을 다하며 간경에 대한 총책임을 다할 수 있었기 때문이다. 그러기에 신미가 그 자리에 앉아 그 권능으로 그 역할을 다했으리라 보는 것이 순리라 하겠다. 신미야말로 그 당시 법력과 실력, 역경의 권능, 탁월한 지도력 등으로 하여 그 자리를 지키는 데에 조금도 손색이 없었던 터다. 그러기에 세종대에 하사한 문제의 작호 중에 '禪敎都摠攝'이 중요한 의미를 가진다고 하겠다. 이러한 도총섭의 좌우에 총섭격으로 그 심복의 고승이나 문사가 보임되어 그 직무를 보좌했을 것이다. 다만 이러한 사실은 당시에도 공식적으로 명시되지 않았을 뿐만 아니라, 신미를 '妖僧'으로 평가하는 사관들이 『세조실록』 찬간과정에서 묵살·삭제했을 가능성이 짙다고 하겠다.

②실무·지휘부

실무·지휘부의 직제는 『세조실록』과 현존 불경언해의 진전문 등에 명시되어
있다. 도제조와 제조·부제조·사·부사·판관·낭관 등이[2] 바로 그것이다. 여기서
주목되는 것은 도제조와 제조급이 의정부 육조의 수장급으로 보임되고 그 이하
의 직제도 모두 공직의 명분을 가지고 있다는 점이다. 그것이 이 간경도감의 국
가기관적 권위와 실세를 보여주고 있기 때문이다.

먼저 도제조는 실무·지휘부의 수장으로서 간경사업의 실무를 총체적으로 관
장하고, 그에 따른 모든 업무를 총지휘하였다. 이 도제조는 원칙적으로 1명
일 것이지만, 초기에는 3명(능엄경언해)으로 계양군·윤사로·황수신을 임명하
였고, 이어 2명(법화경언해)으로 윤사로와 황수신을 보임한 뒤에는, 황수신 하
나로 일관되었다. 그런데 세조 2년 세워진 「원각사비음기」에 원각사의 역사를
관장한 간경도감 도제조로 한명회가 보이고, 또 성종초년에 제조에서 도제조로
승진한 김수온·윤자운 등이 있어 주목된다.

위 계양군은 세종의 둘째 서자로 세조의 수양대군 시절부터 협력하여 그 즉위
를 도운 왕자다. 더구나 그 처가 세조의 며느리 인수대비와 자매 관계로서 그 사
이가 긴밀하였다. 여기 윤사로는 세종의 딸 정현옹주와 결혼하여 일찍부터 숭불
문사로서 수양대군과 협력하고 세조로 즉위한 뒤에도 가까이 보필하였다. 그리
고 황수신은 조선 초의 명재상 황희의 아들로 불교에 조예가 있어 세조의 신임이
두터웠고, 계양군과 윤사로와도 가까이 지내면서 줄곧 도제조를 맡았기에, 좌
익삼등공신으로서 간경도감의 불전 간행에서 주도적 역할을 하였다.

---

2 『세조실록』 7년 16일 조에 '처음으로 간경도감을 설치하고 도제조·제조·사·부사·판관을 두었
다.'고 하였다. 그 후에 부제조와 낭관을 두게 된다.

또한 윤자운은 간경도감 제조에서 도제조로 승진하였다. 세종 26년에 집현전에 들어갔지만, 불교적 성향을 띠고 신숙주의 처남이 되어 세조의 주목을 받으면서, 그 2년에 좌익공신으로 책록되었다. 이어 김수온은 제조에서 도제조로 승진하여 특히 눈길을 모았다. 그는 당대의 명승으로 학문과 시문이 뛰어난 신미의 실제인데다 숭불심이 높은 불교학자로서 수양대군시절부터 뜻을 같이 하였다. 더구나 세종 당시 훈민정음 창제·실용과정이나 국문불경을 신찬하는 데에서 공적이 현저하여 세종에 이어 세조까지도 총애하였다. 비록 세조 9년『묘법연화경언해』부터 조조관의 명단에 그 이름이 오르기 시작했지만, 모든 불경언해 사업에서 주동적 역할을 해 왔다. 마침내 그는 이런 공적·행업이 부가되어 좌리공신에 책록되기도 했다.

한편 한명회는 잘 알려진 세조의 제일 모사로서 세조·성종 연간의 정치를 주도한 인물이다. 그의 1녀가 윤사로의 아들에게, 2녀는 예종의 왕비로, 3녀는 성종의 왕비로 출가한 것만을 보아도, 그의 정치적 위세와 위상을 알 수가 있다. 그는 간경도감의 불서 간행에는 직접 관여치 않았지만, 세조 당시 불사, 사찰의 창건·중수 등에 앞장서면서 불경 간행을 적극 외호·후원하였던 터다.

다음 제조는 도제조의 임무를 보좌·수행하는 직책으로 그 수가 적지 않았다. 여기서 제조를 역임한 면면을 보면, 박원형을 비롯하여 조석문·이극증·원효연·성임·한계희·김수온·강희맹·김국광·윤찬 등이다. 이어 부제조는 좀 늦게야 보충된 직제로 제조를 보좌하였으니, 홍응·이문형·노사신 등이 이를 역임하였다.

그 중에서도 한계희는 한계미와는 친형제이고 한명회와는 6촌간이며 간경도감에 관여한 권함의 외숙이기도 하다. 그는 세종 29년에 집현전에 들어와 활동했는데, 세조의 특별한 총애를 받아 간경도감 설치 이전에『초학자회』와『잠서』등의 언해에 동참하였다. 그 뒤 한명회의 후광으로 예종대 익대공신의 반열에 오르고, 성종 2년 좌리공신에 책록되어 간경도감의 혁파론에 적극 반대하며,

그 이후의 불사를 주도하였다.[3]

③ 역경·교정부

이곳은 역경 간행의 중심 부서였다. 여기서는 우선 번역할 경전을 선정하고, 구결을 달며, 이를 다시 확인하고 직접 낭송해 본다. 그리고 그 경문을 직접 번역하고 이를 다시 상고하여 예를 정하며 한자에 국음을 붙인다. 그 번역문을 세밀히 교정하고 이를 확정하며 구송해 보는 것으로 그것이 완결된다. 이 부서의 작업과정을 명시한 기록이 『능엄경언해』 제10권에 어제 발문의 논의·해설로 전하여 주목된다.[4]

上이 입겨출 드릭샤 慧覺尊者ㅅ끠 마기와시늘 貞嬪韓氏 等이 唱準ㅎ야늘 工曹判書 臣韓繼禧 前尙州牧使 臣金守溫은 飜譯ㅎ고 議政府檢詳 臣朴楗 護軍 臣尹弼商 世子文學 臣盧思愼 吏曹佐郎 臣鄭孝常은 相考ㅎ고 永順君 臣溥는 例一定ㅎ고 司瞻寺 臣曺變安 監察 臣趙祉는 國韻쓰고 慧覺尊者 信眉 入選 思智 學悅 學祖 正히온 後에 御覽ㅎ샤 一定커시늘 典言曺氏 豆大는 御前에 飜譯 닑ᄉ오니라(띄어쓰기, 주음 제거 : 필자)

위에는 빠져 있지만, 우선 여기서 언해할 불경을 선정하는 과정이 가장 중요한 터다. 그 언해의 작업에 선행하여 그 많고 값진 불경 중에서 어떤 것을 선정하느냐가 급선무였기 때문이다. 이 경전의 선정은 그 작업의 범위와 작업환경, 작업능력까지 고려한 우선순위의 최고 결정이었다.

그러기에 이 과정은 세조의 어정으로 마무리된다. 세조는 승왕답게 불교교리

3 박정숙, 「세조대 간경도감의 설치와 불전간행」, 『부대사학』 20집, 부산대학교, pp.46-49.
4 활자본 『능엄경언해』 권10, 「어제 발」(영인), 문화재관리국, 1992, 4장 앞·뒷면.

와 실수에 대하여 두루 능통하고 언어·문장과 정음에 대한 조예가 깊어, 그 불경에 구결을 달고 번역하는 데에 거침이 없었다. 세조는 수양대군 시절부터 실제적인 숭불세자로서 불교정책과 함께 억불세력을 대응하는 데 크게 기여하며 특출한 왕재를 보여 왔다. 그리하여 불교중흥을 위한 정음 창제과정에서 총괄적 주관자로 세종의 어지를 받들고 전문적 실무자들을 조정하여 그 대업을 성취하였던 것이다. 나아가 수양대군은 『월인천강지곡』과 『석보상절』을 찬성하는 데도 총괄적 주관자로 주동이 되었고, 마침내 승왕으로 등극하여 『월인석보』를 찬성하는 데까지 주동이 될 수밖에 없었다. 따라서 세조가 간경도감을 창설하고 그 사업에 착수할 때, 그 경전의 선정에서 그 최고 권위를 발휘한 것은 당연한 일이었다.

한편 이 선정과정에서 세조의 최후결정이 내려지는 데까지 그 전문적 판단과 진언은 당대 승직의 최고 수장인 신미가 해냈을 것이다. 전술한 대로 신미는 세조의 왕사격으로 혜안과 법력이 높아 그 선정과정에서 핵심적 권능을 행사했을 터이다. 실제로 신미는 세조의 스승으로 존숭을 받으며 역대 최고의 작호를 하사 받은 고승으로서 수양대군을 숭불세자로 밀어 올리고 승왕까지 추대하는 데에 주역이 되기도 했다. 신미는 김수온과 함께 '雄文巨筆'로 문장이 빼어나고 범어 등 외국불교문자에 능통하며 세종·수양대군을 통하여 정음을 창제하는 데에 전문적 실무자로서 수장·도총섭의 역할을 다하였다. 따라서 정음의 실용과정에서 『월인천강지곡』과 『석보상절』 그리고 『월인석보』를 찬성하는 데도 전문적 실무자의 수장·도총섭이었으니, 간경도감의 언해작업에서 그 경전을 선정하는 데에도 주도적 역할을 했으리라고 보아진다.

그리고 이 최고의 결정에 가세했을 인사로 효령대군을 꼽지 않을 수 없다. 효령대군은 숭불왕자로 태종 때부터 왕실 숭불에 앞장서 세종대의 숭불정책에까지 영향을 미치며 승려들을 능가하는 수행 법력을 갖추어 왔다. 그리하여 세종 후기부터 세조대까지 이어지는 숭불정책과 함께 불교 중흥에 크게 이바지했던

터다. 나아가 효령대군은 일찍이 불교문자로 정음을 창제·실용하는 과정에 직·
간접으로 간여·협력하면서, 간경도감에 참여하여 불경언해에 직접 손을 대기도
하였다. 당시 세조의 중부로서 교리·실수에 능통하여 원숙한 안목을 갖추고, 그
언해할 경전을 선정하는 데에 조력했으리라 보아진다.

다음 선정된 불경에 구결을 다는 과정이다. 이 불경의 한문 원전에 구결을 다
는 것은 그 번역의 절반 이상을 해결하는 일이다. 그 경전의 연자체 원문을 전
체적으로 파악하고, 그 개별문장의 의미를 국어 단위로 구분하여 구어식 토를
다는 작업이기 때문이다. 따라서 이런 구결 작업은 교학에 능통하고 그 불경에
달통하며 국어·국문에도 상당한 조예가 있는 석학·고승이래야 감당할 수가 있
다. 그러기에 세조가 여러 불경에 구결을 붙였던 것이다. 그리고 신미 정도의 학
승이 그런 구결을 달기도 했었다. 그래서 이 구결이 그 국역의 정확성을 좌우하
는 열쇠가 되기에, 아무리 전문가의 것이라도 다시 객관적인 검증을 거쳐야 된
다. 따라서 세조의 구결을 단 문장이 다시 검증·확인될 수밖에 없었던 것이다.
그러고도 더욱 신중을 기하기 위하여 구결되고 검증·확정된 그 문장을 소리 내
어 유창하게 읽는 단계가 필수되었다. 이런 단계는 그 구결을 달거나 검증한 세
조·신미 등의 앞에서 다시 한 번 실험하는 결과가 되었다. 이러한 낭송은 대개
유식하고 초성이 좋은 궁녀·후궁 등에 의하여 진행되었다. 거기서는 신빈 한 씨
등이 동참하였다.

마침내 구결을 단 경문을 직접 번역·검토하는 과정이다. 여기서 불경언해의
본격적인 작업이 이루어진다. 이러한 국역작업은 불교교리와 함께 그 경전의 내
용을 다 꿰뚫어야 하므로, 한문과 국문에 능통한 학승이나 신불 문사 등에 의하
여 진행될 수가 있었다. 그러기에 실제로 구결에 능통한 세조를 비롯하여 교학
과 한문·국문에 달통한 신미나 해초·홍일·효운·혜통·연희·사지·학조 등, 역
시 불학과 문장에 뛰어난 효령대군·김수온·한계희·노사신 등이 여기에 동참하
였다. 이어 일단 경문의 국역이 이루어지면, 이 번역문과 그 한문 원문을 대조·

고찰하는 단계가 필요하다. 여기서도 불교와 문장에 조예가 있는 학승이나 신불문사로 알려진 박건이나 윤필상·노사신 등이 이에 종사한 사실이 드러난다. 그리고 그 작업 과정에 전형적인 어휘·문장의 실례를 들어 정하는 단계가 있었다. 그 구체적인 역할을 알기는 어려우나 그 번역문을 올바로 다듬는 일임에는 틀림이 없었다. 여기에는 왕실의 신불문사 영순군 같은 인재가 동원되었다.

한편 이 불경의 국역문 속에 들어간 한자어에 국음을 달아주는 과정이 있었다. 여기에 활용된 한자음은 『동국정운』에 준거하여 정확히 매 한자에 달았으니, 그 작업이 결코 쉬운 게 아니었다. 한자와 한자음, 훈민정음과 『동국정운』에 정통한 신불학자들이 이에 종사하였으니, 조변안·조지 등이 동참하였다. 그런 작업 과정에서 음운에 관한 방점까지 찍은 것이라 추정된다.

드디어 이러한 국역문을 마지막으로 교정하는 과정에 이른다. 이 작업과정은 막중한 책임이 따르니 정교·명확을 기해야 된다. 일자 일획, 단어·문장 하나라도 잘못 번역되어서는 큰 일이기 때문이다. 여기서는 지극한 정성과 혜안을 가지고 그 교정에 임하였으니, 위에 든 신미와 사지·학열·학조 등이 동참하였다. 이 고승들은 정음 창제·실용과정에서 전문적 실무자로 활약하였기에, 그만한 작업을 족히 감당·완수할 수가 있었다.

최후의 국역 교정문은 어람·확정하는 과정을 겪는다. 이 단계는 바로 세조만이 해 낼 수 있었다. 국왕으로서 여기에 신심·성심을 다하여 부처님께 공양하는 일이었기 때문이다. 그리하여 궁녀로 보이는 전언 조씨가 어전에서 그 국역 경문을 낭송하여 바치니, 그것이 바로 부처님께 공양하는 결과가 되었다. 여기서 비로소 부처와 국왕이 동일시되어, 세조는 족히 승왕·대법왕으로 행세하였던 것이다.

④ 인쇄·출간부

이곳은 기술 공작의 부서로 바로 이전의 주자소나 재지소·묵방·책방 등의 기능을 통합했던 것이다. 여기서는 일단 불경언해의 필사원고가 넘어오면 이를 정식으로 접수·조판하여 그대로 인쇄하여 제책·출간하면 되었다. 그러기 위해서는 이 부서의 각 분야가 유기적으로 협력하여 그 작업에 임하게 되었다.

먼저 그 주자분야에서는 주자공이 그 원고에 의거하여 필요한 활자를 주조해 내는 것이 급선무였다. 이어 조판공이 그 활자로써 그 원고 내용을 그대로 조판하고 고정시킨 다음, 한 장씩 가인출을 하여 교정분야로 넘긴다. 이에 교정원이 가인출지와 원고를 일일이 대조하여 철저한 교정을 본다. 그 교정을 적어도 2·3차 거친 다음, 마지막 책임자가 '좋다'고 판정할 때, 비로소 그 인쇄를 시작하게 된다. 여기서는 조지소에서 종이를 제공하고, 묵방에서 먹물을 가져오며 기타 필요한 자료가 갖추어져야 된다. 그제야 인쇄공이 그 능숙한 솜씨로 정성스럽게 한판 한판 인출해 내는 것이다.

그리고 책방에서는 편집공이 그 인쇄된 낱장을 순서대로 추려 모아 일단 완전한 책자가 되도록 만들어 놓는다. 그러면 제책공이 그 책무더기를 황표지로 편철하여 5정침 한장으로 완성하는 것이다. 마지막으로 그 과정을 관리 감독하는 검서관이 이모저모 점검한 후에 그 '완결'을 판단하면, 그 책은 비로소 출간되어 위로 바쳐지는 것이다.

한편 언해된 불경의 원고를 목판인쇄에 붙일 경우에는 위 활판인쇄와는 달리 그 목각과정이 정교·특출했던 것이다. 견고하고 특수 처리된 목판 위에 그 필사된 원고를 뒤집어 붙이고, 각자장이 날카로운 칼로 그 글자 그대로 양각을 한다. 따라서 그것은 원고 글자를 그대로 새겨 놓았으니까, 나머지는 다 없어져 버린다. 그래서 원고와 각자 사이의 교정을 볼 필요가 없다. 나머지 인쇄와 제책의 과정은 활판본의 경우와 똑같다.[5]

---

5 사재동, 「불경언해의 문학적 실상과 전개」, 『훈민정음의 창제와 실용』, 역락, 2014, pp.440-450.

(2) 『심경언해』의 주체와 역할

이 『심경언해』가 위 간경도감의 기구와 기능을 통하여 역간된 것은 분명하지만, 그 경전상의 독특한 위상과 관련하여 각별한 사정이 있었다. 한계희가 올린 『심경언해』의 발문에 그러한 내막이 밝혀지고 있기 때문이다. 그 발문에 따르면 세조가 이 『반야심경』을 특히 중시하여 그 국역에 남다른 관심을 가졌던 것이다. 그리하여 세조는 특히 효령대군과 한계희에게 하명하여 이 『반야심경』을 번역해 내라고 당부하였던 터다.[6] 그러기에 세조는 이 『심경언해』의 발원자요 최고 책임자임에 틀림이 없다. 나아가 어명을 받은 효령대군은 그 대승경전언해의 주체였지만, 이 『심경언해』에서는 더 중요한 역할을 다했던 것이다. 그리고 효령대군과 같이 어명을 받은 한계희는 이에 대승경전언해에서 주도적 역할을 해왔지만, 이 『심경언해』에서는 그 전문적 실무에 이르기까지 총체적 주관을 맡았던 것이라 본다. 적어도 이 『심경언해』의 발문을 지었다는 것이 이런 점을 이증하고 있기 때문이다.

기실 이 『심경언해』의 전문적 실무작업은 위에서 이미 밝혀진 대승경전 언해 과정을 따랐거니와, 아무래도 그 실제적 작업에서는 여기에 능통한 학승들의 주체적 노력이 필수되었던 터다. 그래서 그 발문에서 효령대군과 저명한 학승들이 자세한 해석·교정을 보아 탈고하였다고[7] 증언하였던 것이다. 이 때의 명승은 아무래도 당대의 학승 신미 등이 해당되리라 추정된다. 그 중에서도 혜초와 사지 등이 지목되고 있어[8] 주목되는 터다. 이 언해의 주체들은 그 해석·역경·교정에 치중했던 것은 물론이거니와, 그 인쇄·출간에까지도 책임있는 역할을 다하였던 게 사실이다.[9]

---

6 『반야심경언해』의 한계희 발문에 '上命孝寧大君臣補率臣韓繼禧 就爲宣譯'이라고 하였다.

7 『반야심경언해』의 발문에 '大君與名緇詳加讎校 旣克脫藁'라 하였다.

8 김무봉, 「조선시대 간경도감 간행의 한글경전연구」, 『한국사상과 문화』 23집, p.381.

9 위 발문에 '函令入梓 模印廣布'라 하였다.

2) 찬성의 동기

이 『심경언해』의 찬성 동기는 대국적인 관점에서 불경언해 전체의 목적성을 전제하고, 그 개별적인 견지에서 구체적으로 추적해 볼 수가 있겠다. 이 『심경언해』가 당시 불경언해의 일환으로 그 대세를 따른 것은 물론이거니와, 그 자체로서도 절실한 목표가 있었기 때문이다. 먼저 불경언해의 대국적 동인을 논의하고 이어 그 개별적 동기를 거론하겠다.

(1) 불경언해의 동기

불경언해의 동기는 원대하면서도 구체적으로 절실한 것이었다. 당시 민심을 수습하고 왕권에 순응하여 호국하는 여론을 형성하기 위해서 각별한 대민정책으로 불교적 방편을 쓰는 게 당연한 추세였다.[10] 세조의 등극으로 불교왕국을 재건하고 불교중흥을 이루었지만, 그것이 내실화되고 민중화되기 위해서는 구체적 시책과 그 실천이 요구되었기 때문이다. 이러한 정책·사업이 실질적으로 간경도감에 의하여 추진된 게 사실이다.

우선 불교에 대한 각종 규제를 다 풀고 사찰과 승려 등에 관한 제도를 긍정적으로 개선하였다. 세조는 조정 신료들에게 전지하여 숭불·호국을 분부하고 윤음을 통하여 왕실 종친과 백성의 신불 평안을 권장하며, 나아가 이웃나라의 무사태평까지 기원하였다. 그 윤음에 준하는 세조의 『월인석보』 서문에

> 서천 ᄯᅡ앳 경이 노피 사햿거든 붏 사ᄅᆞ미 오히려 독송ᄋᆞᆯ 어려ᄫᅵ 너기거니와 우리 나랏 말로 옮겨 써 펴면 드를 사ᄅᆞ미 다 시러 키 울월리니 그럴ᄊᆡ 종친과 재상과 공신과 아ᅀᆞᆷ과 백관 수즁과 발원 술위를 석디 아니호매 미며 덕본ᄋᆞᆯ 그지 업소매 심거 신령이 편안ᄒᆞ시고 백성이 즐기며 나랏 ᄀᆞᅀᅵ 괴외ᄒᆞ고 복이 구드며 시절이 편안ᄒᆞ고

---

10 사문경, 「고려말·조선초 불교기관연구」, 충남대학교 대학원, 2001, pp.99~100.

녀르미 드외며 복이 오고 익이 스러디과뎌 ᄒ노니 우희 닐온 요ᄉᆞᆫ시예 ᄒ욘 공덕으
로 실체예 도ᄅᆞ혀 향ᄒᆞ야 일체 유정과 보리피안애 썰리 가고져 원ᄒᆞ노라[11]

　이것이 바로 세조의 불교정책이요, 간경도감의 목표·강령이었던 것이다.
이것이야말로 그대로가 불경언해의 필연적 배경이요, 직접적 동기였던 터다.
　불경언해는 간경도감의 가장 중요한 사업이었다. 전술한 대로 당시로서는
불법의 대중적 홍포와 정음실용이 세조의 왕권과 함께 도전받고 있는 위기에
서, 그에 대응하는 가장 큰 방책은 흔히 유통되는 대승경전을 국역하여 널리
보급하는 일이었기 때문이다. 실제로 세종대의 훈민정음과 국문불경은 그것
이『월인석보』로 확충·간행되었는데도, 역시 역부족이라는 분위기가 나돌았
다. 이미 간경도감의 주동으로 그 많은 불사를 추진했음에도 일시적 현상에
머물게 되었고, 한문불경을 제3의 속장경으로 간행했음에도 백성·대중에게는
그 한계점이 확실해졌던 것이다.
　잘 알려진 대로 왕세자가 갑자기 돌아가고 갖가지 재앙이 왕실에 찾아 들면
서 세조와 공신들의 불안감은 점차 깊어지고, 이런 기회를 파고드는 반대세력
은 조정·유교계의 저력을 조직적으로 정비하면서 저항의 세력을 더욱 강화해
가고 있었다. 그러기에 반불교 반정음의 구체적 역량이 집현전 출신 유신들을
중심으로 여기저기 불거지기 시작할 무렵이었다. 따라서 세조와 그 측근에서
는 이에 상응하는 특단의 방책을 내세우지 않을 수가 없었다. 그것이 바로 제2
의 불교중흥이요, 획기적인 불경언해 사업이었던 것이다.
　그러기에 세조와 측근들은 서둘러 간경도감을 설치하고 주위의 실력 있는
인재들을 불교적 세력으로 재결집하여 막강한 국가기관으로 정립하였다. 전
술한 대로 세조 아래 신미를 수장으로 하는 정예학승들이 승격·집결하고 효령

11 세조『월인석보』서문 말미에 '天順三年己卯七月七日序'라 하였다. 본문 한자어는 현실음으
로 대치하였다.

대군을 중심으로 신불 왕자들이 다시 단합했는가 하면, 영의정 신숙주를 수반으로 하는 친왕 유신들(집현전출신)과 신불 신료들이 유입·합력하게 되었다. 이에 세조는 이런 간경이 불가하다는 여론을 강력히 억압하였다. 한 때 정인지가 이전 연회에서 그 경전의 간행을 불가하다고 계언하니, 왕이 진노하여 파연하고 불경죄로 단호하게 다스린 일까지 있었다.[12] 그리하여 세조는 공공연히 공조판서 김수온과 인순부윤 한계희, 도승지 노사신 등에게 명하여『금강경』을 국역하라[13] 하였고, 나아가 효령대군 등이『원각경언해』의 교정을 완결하였을 때, 세조가 사정전에 친임하여 그 상찬·위로의 잔치를 베풀기까지 하였다. 그 때 초대된 인물들을 보면 그 의미가 심중한 터다. 조정 신료들이 모두 집합한 형국이 보이기 때문이다.[14]

이렇게 볼 때, 세조는 불경언해에 그만큼 큰 비중을 두고 국력을 기울여 국가 불사로 추진했던 것이라 하겠다. 따라서 이 언해사업은 선택된 몇몇 불경이나 현전하는 수준의 경전에 머물렀다기보다는 국역대장경으로 계획·추진했으리라 추정된다. 여기서 그 당시 유통되고 결집이 가능했던 전형적 대승경전이 체계적으로 망라·국역되었을 가능성이 크기 때문이다.[15]

(2)『심경언해』의 동기

우선 세조와 주변에서 이『반야심경』이 불법의 진수·핵심을 담은 가장 중요한 경전이라고 높이 평가하였다는 사실이다.[16] 그러기에 심오하게 응축된 그 진

---

12 『세조실록』 4년 2월 12일조, 16일조 참조.

13 『세조실록』 10년 2월 8일조.

14 『세조실록』 11년 3월 9일조.

15 사재동,『불경언해의 문학적 실상과 전개』, pp.452-454.

16 한계희, 위 발문에 '夫當相著相者 衆生之所以墮於煩惱 見相非相者 諸佛之所以證於涅槃'이라 하여, 이 불경이 그 煩惱를 벗어나 涅槃에 이르는 최상의 진리를 담았다는 것이다.

의를 쉽고 정확하게 풀어내는 것이 불자의 사명이요 급선무라고 확신하였다. 이러한 경전의 내용을 올바르게 널리 알리는 게 포교·전법과 하화중생의 최고 방편이었기 때문이다. 그래서 이 주체들은 그『반야심경』의 논소에 큰 관심을 가지게 되었다. 그리하여 법장의『般若波羅蜜多心經略疏』가 그 주소의 조종이라 평가되고[17], 또한 이 약소에 자세한 주석을 더한 중희의『般若心經疏顯正記』가 가장 명확하고 완비된 주석서라고[18] 선택되었던 터다.

그런데도 그들이 추구하는『반야심경』의 진의 해명은 바로 근본적인 장애와 한계에 직면하게 되었다. 이상의 주석이 아무리 정확하고 완벽하다 치더라도, 그것은 한문으로 표기되었기에, 그 문자를 모르는 신도 대중들에게는 역시 아무런 소용이 없었기 때문이다. 이에 그『반야심경』의 보배로운 참뜻을 해명·광포하려는 열망은 그대로 그것의 국역으로 쏠릴 수밖에 없었다. 바로 이 점이 대승경전을 언해하는 대국적 동기와 합일·상통하는 것이었다. 이 반야심경을 국역·광포하는 사업이 그대로 하화중생의 대도로서 불교를 중흥하고 불교왕국을 재건·발전시키는 선봉이요 견인차의 역할로 전개되리라 확신하였기 때문이다. 그러기에 사찰의 모든 재의·신행을 통하여 언제나 염송하는 이 반야심경을 주목하여 그 국역·국문화를 구체적으로 성취하였던 터다. 따라서 그 발문에 의하면, 이 언해의 동기가 거창하게 거론되지 않고, 그 염송을 주도하는 승려들이 항상 익혀 조석으로 치송함에 그 여래의 참뜻을 올바르게 체달하도록 깨달음의 문을 연다는 정도에[19] 머물렀던 것이다.

---

17 위 발문에 '自譯此經逮唐迄今造疏著解 代各有人 法藏之註 獨得其宗'이라 하였다.

18 위 발문에 '又得大宗沙門仲希所述顯正記 科分藏疏 逐句消釋極爲明備'라 하였다.

19 위 발문에 '主上殿下 以此經 緇素常習 故特令敷譯 盖憫晨昏致誦…其開覺人天入佛知見之旨 聖聖同揆 嗚呼至哉'라 하였다.

3) 찬성의 실제와 원전의 유통

전술한 대로 이『심경언해』는 그 찬성과정이 정치하고 입체적 협업으로 진행되었다. 상게한 주체들이 전문적으로 분담하여 단계에 따라 그 작업에 정성을 다하였기 때문이다. 그것은 대강 저본의 선정과 그 주석의 검토·교정, 심경 본문 및 논소문의 현토와 언해, 그 언해본의 교정과 인행 등을 통하여, 그 원전의 성격과 유통으로 연결·전개되었다.

(1) 저본의 선정과 그 주석의 검토

이 저본은 삼중으로 이루어졌다. 그 원본은 현장이 범문본으로부터 한역한 小本이요, 그 저본을 법장이 분과·논소한 약소본에, 다시 이를 중희가 해석·기술한 현정기가 다 포괄되어 있기 때문이다. 원래 이 원전은 大本으로서 이른바 육성취를 갖추고 서분·정종분·유통분을 아울러 불경의 체제를 완비하였거니와, 여기 소본은 거두·절미하고 그 정종분만을 선택·한역한 것이다. 그리하여 이 소본이 그 호한·무궁한 반야사상을 가장 짧게 요약·응축시킨 핵심적 경전으로 행세하였다. 그 소본의 한역에는 앞서 구마라집의 번역이 있었지만, 이 현장의 번역이 역대 불교국에서 고금을 통하여 가장 널리 유통되어 왔던 터다. 그러기에 이 언해의 원본으로 현장의 소본 한역본이 주목된 것은 당연한 일이었다.

그리고 이 언해에는 먼저 그 원문의 논소본이 필요했던 것이다. 기실 이 논소본은 그 당시만 해도 많은 학승들에 의하여 다양하게 저술·전승되었거니와, 그 중에서도 법장의 논소를 가장 중시했던 터다. 이 법장은 당대 제일의 역경승일 뿐만 아니라, 불법에 통달하고 저술이 광범·심오하여 그 성가가 지금껏 떨쳐 도광이 천고에 빛났기 때문이다.[20]

20 『般若波羅蜜多心經諺解』(영인) p.2에 '法藏者卽疏主之名諱本康國人 姓康氏 平居西太原寺 華嚴第三祖 立五種敎 以判如來一代聖言 理無不盡 後人制謏 罔敢不遵 廣有著述 今現流行 聲震一時 道光千古'라고 하였다.

나아가 여기서는 그 논소본의 주석본을 탐색하게 되었다. 그 중에서 전개한 중희의 주석본이 채택된 것은 당연한 일이었다. 이 중희는 송대 학승으로 저명할 뿐만 아니라 불법에 능통하여 많은 저술을 낸 가운데, 이 논소의 주석이 가장 저명했기 때문이다. 그러기에 이 주석본은 법장 논소의 본문을 분과하여 구절에 따라 석연히 해석하니, 지극히 명쾌하고 완비하였다고 평가되었던 터다, 이로써 『반야심경』의 논소·주석은 그 이상 명확하고 상세할 수가 없었던 것이다.

그런데도 그 주체들은 이 논소·주석본을 원문의 본지에 입각하여 엄정히 검토하고 올바로 교정하였던 터다. 기실 이 경문이 그만큼 보배롭고 소중하기에 그 의미 해석이나 문장 표기에서 일호의 착오도 용납될 수 없었기 때문이다. 따라서 세조의 특명으로 효령대군과 한계희, 그리고 신미 등 학승들이 사명감을 가지고 상세히 검증하고 철저히 교정하여 완벽한 저본을 편찬하였던 터다. 그리하여 그 원문은 분과되어 상단에 대자로 올리고, 그 논소문은 1단 내려 중자로 붙이며, 그 해당 주석분은 곧이어 소자 쌍행으로 연결시키게 되었다. 이로써 한문 원문·논소·주석본으로서는 가장 완전한 저본이 이룩된 것이다.

(2) 본문과 논소문의 현토·언해

위 한문 원문·논소·주석본 중에서 현장의 원문과 법장의 논소만 현토·언해된 것은 불가피한 일이었다. 기실 그 한문본 전체를 언해하는 것이 당연하지만, 그 중희의 주석문까지 번역하면 실제로 주객이 전도되어 본문의 의미가 혼잡하게 가려질 것이 뻔하기 때문이다. 따라서 그 상당량의 주석문을 그대로 둔 채, 그 본문과 논소문을 번역하는 데에 만족할 수밖에 없었다.

이 언해는 그 문장들의 현토로부터 시작되었다. 실제로 이 현토는 그 문장의 의미를 완전히 파악하고 어구·문장의 분절 지점에 국어식 토를 국자로 표기하는 작업이다. 이것은 언해의 필수적인 선행과정으로 제일 중시되었던 터다. 기실 이 현토작업이 완벽할 때, 비로소 그 번역작업이 완전해지기 때문이다. 그러기에 이 주체들은 그 현토작업에 신중하고 정확하게 최선을 다했던 것이다. 따라서 사계에 능통한 전문가가 일단 현토를 하면, 다른 전문가가 이를 재검증·확인하였다. 그리고 그 확정된 현토본을 다른 전문가가 큰 소리로 낭독하고, 나머지 전문가들은 청취·교정하여 이를 확정하였던 터다.

그리고 이 현토본을 가지고 그 전문가가 국어국문으로 번역하였다. 그리고 번역문 중의 난해어를 국문으로 번역·설명하여 ( )안에 넣었다. 나아가 이 초역본을 여러 전문가들이 돌려보며 비교·검증하고 그 문장의 전형을 확정하였다. 한편 이 번역된 문장의 한자어에 동국정운식 한자음을 국자로 표기하였다. 이에 그 국어국문을 다시 세밀히 점검하여 잘못된 것을 수정하였다. 그러고도 전문가들이 모두 모여 그 번역문을 최후로 합의·확정하였다. 마침내 그 문장을 전문가가 소리내어 읽고 모두가 청취·확인하고서야 그 언해가 완결되었던 것이다.

(3) 언해본의 교정·인행

그 주체들은 이 완벽한 언해본을 가지고 판각의 원고를 작성하는 데까지 책임을 질 수밖에 없었다. 그 언해본의 원문이 판각의 원고로 옮겨지는 가운데 상당한 착오가 개입될 수 있기 때문이다. 따라서 그 전문가들이 이 원고본을 작성하면, 그 언해의 전문가들이 모두 그 원고본의 교정을 가장 철저히 보았던 터다. 여기서 그 착오를 바로 잡지 못하면 이 인포에 큰 오점을 남기기 때문이다.

이러한 원고의 최후 교정본을 조판에 넘기면 그들의 작업은 일단 완료되거니와, 그 조판·인쇄의 기술적 작업에서도 감독의 책임을 면할 수 없었다. 그 조판된 초본을 인출하여 인쇄 직전에 다시 교정을 보아야 하기 때문이다. 한편 그 조판이 목각일 경우에는 그 원고를 목판에 뒤집어 붙이고 그대로 새기지만, 그래도 거기에 사소하지만 중대한 착각이 생길 여지는 얼마든지 있는 터다. 더구나 활자 조판일 경우에는 그 초고의 교정이 전혀 새롭게 시작되는 게 당연한 일이다.

나아가 그들은 인쇄·제본에까지 감독의 손을 뻗쳐야만 되었다. 그 인쇄의 판형·지질·묵색·선명도 등이 실제적으로 그 책의 중요한 분야이기 때문이다. 그리고 이 제본과정에서도 그들의 감독이 필요했던 것이다. 우선 이 책의 장정에 있어 그 표지의 색상이나 표제의 서체·위치가 격에 맞아야 하고, 그 선장 제본에 있어 그 실의 색깔·굵기·강도 그리고 오정침의 정교함 등까지 엄격히 고려되어야 했던 터다.

게다가 그들은 그 인쇄본을 읽으며 다시 교정을 봐야 했다. 거기에 만약 일자 일획의 오자가 나면, 그 책임을 지고 정오표를 작성해야 되었기 때문이다. 여기에 절대 있을 수 없는, 있어서는 않될 오자 등이 실제로는 얼마든지 나타나는 법이었다. 이와 같이 그들의 전문적인 역할·책임 아래, 그 완벽한 『반야바라밀다 심경언해』가 역사적으로 창간되니, 그것이 바로 세조 9년 2월 중한의 일이었다.

(4) 원전의 성격과 유통

이 원전은 『반야심경』의 완벽한 해석·국역의 보전이다. 기실 한·중 해석학의 절정을 실증하고 있기 때문이다. 전술한 대로 가장 광대·심오한 반야의 진리를 가장 짧은 어문으로, 가장 효율적으로 표현한 보배로운 불경중의 핵심 경전, 이 『반야심경』이 현장의 빼어난 한역을 통하여 법장의 투철한 논소를 거치고, 게다가 중희의 철저한 주석을 받아 한문 논소·주석의 최고봉을 이룬데다, 조선 불교 최고 군왕·명승·석학들에 의하여 현토·언해되고 다시 세주까지 붙였으니, 사계 최고의 보전임에 틀림이 없다.

실제로 이 원전의 해석학적 실상과 가치가 국학 전반의 기반이 되는 것은 물론이지만, 특히 어문학 연구에 다시없는 중대성을 확보하고 있는 게 분명한 사실이다. 적어도 국문학에 있어서 이러한 해석학은 그대로 그 기초적 연구에 속하기 때문이다. 나아가 이러한 해석학은 그 문학평론의 기본적 이론과 방법론을 제시하고 있는 터다. 기실 이 원전은 이미 그 『반야심경』의 문학적 연구에 한결음 진입하고 있는 실정이라 하겠다.

그리고 이 원전은 국어국문을 중심으로 국어의 실상과 국어학의 요건을 다 갖추고 있다. 이 경전의 국어국문은 최초의 국어문장으로서 그 음운·음절·어휘·문장·문체 등에 이르기까지 하나같이 전범을 보이고 있기 때문이다. 물론 이에 선행하여 국문불경 등에서 국어문장이 형성·행세하였지만, 이런 불경언해에 이르러 보다 발전적인 전형을 보인 것이 사실이다.

일찍이 불경언해의 국어국문이 그 이전의 그것에 비하여 우수하다는 논의가 있었다. 실은 이 불경언해의 주체들이 그 훈민정음 창제·실용을 주도하고 국문불경의 찬성에서도 중심적 역할을 해왔기에, 그 일련의 국어국문의 사업에서 세련·증진된 전문적 식견·능력을 그 언해에서 발휘하였기 때문이라는 것이다.

그러기에 이러한 훈민정음, 국문과 국문불경 내지 불경언해의 주체들이 갖추고 발휘한 전문성과 원숙성은 바로 이들 불경언해의 음운·음절·어휘·어법·문장·문체 등이 그만큼 세련·발전되고 완벽하다는 것을 실증해 주었다. 이미 알려진 대로 불경언해가 그 이전의 국문불경보다 원전 해석에서 정확하고 고유어의 사용에서 두드러지며, 어법의 활용에서 올바르다는 것이다. 일찍이 이숭녕이 「15세기 문헌의 문체론적 고찰」에서[21] 국문불경 『월인석보』 중의 『법화경』 부분과 이 불경언해 중의 『법화경』을 비교하여 그 특징을 지적한 바가 있다.

첫째, 이 불경언해가 그 경전의 원문을 보다 정확하게 해석했다는 것이다. 그 한문원전에 구독점을 알맞게 찍고 이론적인 문장구조에서 번역에 신중을 기하여 문맥을 올바로 잡고, 언어를 다루는 우수한 솜씨가 더욱 돋보이기 때문이다.

둘째, 이 불경언해에서는 그 어휘 구사에 있어 고유어를 중시·활용했다는 것이다. 그 이전의 국문불경에서 활용했던 고유어를 발전적으로 계승함은 물론, 그 한자어의 상당 부분을 고유어로 번역했던 터다. 이것은 전통적인 국어를 갈

---

21 이숭녕, 「15세기 문헌의 문체론적 고찰」, 『가람이병기선생송수논문집』, 삼화출판사, 1966.

고 닦아서 보존 발전시킨 값진 일이 아닐 수 없다.

셋째, 이 불경언해에서는 국어 문법에 있어 문장구조의 격을 정립하고 시제나 경어법의 올바른 활용을 제시하여 국어문장의 전형을 수립하는 데에 보다 앞장섰던 것이다.[22] 위 국문불경에서 국어국문을 창안하였다면, 이 불경언해에서는 이를 계승·발전시켜 정형을 만들어냈다는 것이 더욱 중요하다고 하겠다.[23]

이와 같이 이 원전이 불경언해의 전반적인 추세에 맞추어 나간 것은 당연한 일이다. 그런데다 이 언해본은 그 중요성과 간명성에 입각하여 그 국어국문이 더욱 올바르고 아름다운 모습을 보이고 있는 터다. 그리하여 이 언해본은 전형적인 국문체로 그 음운·음절론·어휘·형태론, 통사·문장론 내지 문체론에 이르기까지 모두 국어학적 요건을 다 갖추고 있는 게 분명하다. 실제로 이 국문문장의 이러한 전형성은 이『심경언해』의 문학성과 직결되어 있는 게 사실이다. 모든 문학은 이러한 문장의 창조적 조직이기 때문이다. 이런 점에서 이 언해의 국문문장은 그대로 그 문학성을 보증하는 표현 조건을 완비하고 있는 터다.

따라서 이 언해본은 그 중요한 가치와 국역의 갈망, 전형적인 국문체로 하여 그 찬간·배본 이래, 그 유통망을 타고 불교계를 중심으로 널리 유포되었던 것이다. 먼저 이 언해본은 당시 불경언해의 유통 대세에 따라 유포되었음을 검토하는 것이 당연하다. 이 불경언해는 간행되는 대로 입체적 유통망을 타고 전국적으로 퍼져 나갔던 것이다. 우선 불경언해는 당사자·관계자들을 출발점으로 하여 왕실·궁내와 승단·불교계, 그리고 조정·유교계까지 거의 동시에 파급되었던 것이다. 이것은 포교를 중심으로 치민적 긴요성에 의하여 왕명과 간경도감의 권위를 날개 삼아 급속히 전파되었으니, 왕실에서는 왕족에다 그 원근 친인척으로 뻗치고 궁내의 모든 인원에까지 미쳤다. 그것은 승단·불교계에서 경향

---

22 이숭녕, 위의 논문, pp.279-280.

23 사재동,「불경언해의 문학적 실상과 전개」, pp.459-460.

사찰 조직과 승려·신도단체, 각 개인에게 전달되고 그 이웃 가정에까지 보급되었다. 조정·유교계에서는 백관 신료들과 그 가정 내부 그 자손들의 가정에 이를 전달하고 유교의 경향 각지 서원·향교에까지 발송되었을 것이다. 여기에는 의도적인 시책이 강력히 적용되어 그 보급에 관심을 가졌기 때문이다. 그러기에 이 불경언해는 매우 빠른 속도로 전국 각지에 유전·보급되어 적극적으로 읽히고 배우게 되었다.

처음부터 이 불경언해는 대량 간행되어 그 원본이 그다지 널리 유통·활용되었거니와, 그 시일이 지날수록 원본의 절판과 함께 수요가 늘어나서 후대적 복간이나 중간이 불가피하게 되었다. 이러한 복간·중간의 불사는 경향의 대소 사찰에서 자체의 경비로나 특지가의 보시에 의하여 활발하게 진행되었다. 그러한 불사의 실상이 상계한 바 현전 불경언해의 후대적 복각본이나 중간본에 의하여 실증되고 있다.[24]

여기서 주목되는 것은 이 『심경언해』가 가장 손쉽게 널리 유통되었다는 점이다. 먼저 이 언해본 자체가 단권으로 간단하여 인쇄·제본이 용이한 데다, 그 중요성과 함께 수요가 비교적 많았기 때문이다. 잘 알려진 대로 이 반야심경은 사찰 내외에서 예불·기도할 때나 집단·개인이 염불·수행할 때마다 필수적으로 활용되는 경전이므로, 그 유통이 각별히 성세를 보인 것은 당연한 일이었다.

실제로 이 언해본은 문헌적으로 유통이 되었다. 먼저 판본으로 인행·유포되었거니와, 고금을 통하여 목판본과 활판본을 통하여 광포되었다. 조선 초기부터 말기까지는 목판본이 주류를 이루었거니와, 활판인쇄가 보편화되던 시기부터는 그것이 활판본으로 널리 인행되었던 터다. 그리고 이 언해본은 비교적 간단한 규모와 직접적 수요에 따라, 필사본으로 제작·유통되는 사례가 허다하였다. 나아가 이 언해본은 구비적 방편을 타고 널리 유통되었다. 실은 이 반야심

---

24 사재동, 「불경언해의 문학적 실상과 전개」, pp.460-461.

경의 염송은 사부대중의 신앙적 의무이므로 거의 모두가 기억·암송하는 게 당연하였던 터다. 이 심경이야말로 전통적인 낭송법에 따라 개인적 독송이나 집단적 합송이 타악기의 반주에 맞추어 음악적으로 진행됨으로써, 그 유통·언행의 날개를 달게 되었던 것이다.

3. 『심경언해』의 문학적 전개

1) 『심경언해』의 수록 형태와 복원

(1) 수록 형태

전술한 대로 이 『심경언해』는 해석학적으로 잘 조직되어 있는 터다. 본문 모두에 '般若心經疏顯正記'와 그 병서가 나오고 '般若波羅蜜多心經略疏'를 내세워 한문 주석을 붙인다. 이어서 그 약소의 본문1구가 현토되어 나오고, 또 한문 주석이 이어진다. 이것이 일단락되면 ○표 아래 그 현토된 논소문의 언해가 자리한다. 때로 그 언해문의 난해어를 국문으로 주석하여 ( )안에 끼워 넣는다. 마침내 반야심경 본문의 문구가 현토·제시되고 그에 대한 한문 주석이 붙고는 바로 ○표 아래 언해문이 나온다. 그러면 바로 아래 그 논소문이 현토·제시되고, 한문 주석을 붙인 뒤에 ○ 아래 언해문이 자리한다. 그리하여 심경 본문이 40개 부분으로 나뉘고, 그에 따른 논소문이 52개 부분으로 분화·교직되어 나간다. 마지막으로 법장의 '般若心經略疏'의 발문이 언해되어 나오고, 이어 한계희의 한문 발문으로 끝난다. 이를 도시하면 다음과 같다.

경명(한문)

서문(한문)

논소총설 : 논소1(현토·한문 주석) 언해～논소5(현토·한문 주석) 언해(국문주석)

심경본문1(현토·한문 주석) 언해 + 논소6(현토·한자 주석) 언해(국문 주석)～본

문40(현토·한자 주석) 언해(국문 주석) + 논소52(현토·한문 주석) 언해(국문 주석)

논소 발문(현토) 언해

언해 발문 : 한문

(2) 언해 원문의 복원

위와 같이 수록된 상태에서 그 언해분 국문만을 빼내어 정리할 수가 있고 그럴 필요가 있다. 우선 심경 본문의 국문은 40개 부분으로 나뉘어 논소 국문의 47개 부분과 유관 부분끼리 부합·교직되어 나갔다. 따라서 이 본문과 논소문이 상호 분절·작용을 일으켜 여러 개의 문장이나 작품으로 분화·전개되는 현상이 나타난다. 여기서 심경 본문은 한 어휘나 어구 단위가 중심을 이루고 한 문장을 이루는 경우는 드물다. 따라서 그 분절·분화의 의미는 없지만, 그만큼 세밀·엄정하게 주석·언해하였다는 확증이 되는 게 사실이다. 그런데 논소문의 경우에는 그 분화된 각 편이 거의 다 독자적 문장 내지 작품으로 존재·행세할 수가 있기에 중시되는 터다. 실제로 여기서는 40여 개의 문장 내지 작품이 분화·전개될 수가 있기 때문이다. 이에 그 국문 전체를 분화된 상태대로 정리·도시하면 왼쪽과 같다.

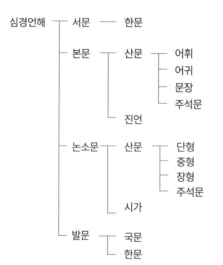

이런 점에서 그 원문·원본을 복원해 보아야 한다. 그래야만 이 본문과 논소문 2편의 국문작품을 문학적으로 거론할 수 있기 때문이다. 그러기에 심경 원문은 그 분화된 각 편을 결합시켜 하나의 작품으로 복원해야 된다.[25] 그리고 그 논소문은 각 편 전체를 통합하여 한편으로 재구해야 됨은 물론, 그 각 편의 규모·성격·내질에 따라 독립적 작품으로 인정해야 될 것이다. 기실 그 본문의 분석적이고 해석학적인 논소를 위해서, 본문의 각개 어휘·어귀·문장에 따른 심오한 의미를 각기 탐색·논증하려면 무득이 수미를 갖춘 독자적 논술을 펴지 않을 수 없었기 때문이다. 그러기에 이 논소의 각 편은 전체 논소의 일부분이라 하더라도, 그 독자적 작품성이 강하다고 보아지는 터다.

2) 『심경언해』의 문학적 성격

(1) 불경언해의 문학성

이미 알려진 대로 불경은 경장·율장·논장 등 삼장에 걸쳐 모두 문학이다. 일찍부터 학계에서는 이러한 보편적 전제 아래 불교문학개론을 체계화하고 불교문학사를 계통화하여 왔으니[26] 재론의 여지가 없다. 그동안 이 불교문학의 장르적 체계가 다소 애매하게 논의되어 왔지만,[27] 그 논의를 보완·조정하면 대강 불교시가와 불교수필, 불교소설과 불교희곡 그리고 불교평론 등으로 정리·규정되는 것이다. 기실 인도문학과 문학사는 불경문학·불교문학이 주류를 이루어 전개되었던 게 사실이다.[28] 그로부터 실크로드 주변의 불교권 국가에서는 이 불경문학을 다 자국문학화하였으니, 그 중에서도 중국문학의 경우가 현저하였

---

25 그 복원된 작품은 말미에 수록하여 활용한다.

26 小野玄妙, 『佛敎文學槪論』, 甲子社書房, 1925에서 불교문학의 종류를 '本生經文學·譬喩經文學·因緣經文學·紀傳文學·律藏文學·阿含經文學·世紀經文學·方廣經文學·論藏文學·秘密儀軌文學' 등(pp.8-16)으로 나누었다.

27 深浦正文, 『佛敎文學槪論』, 永田文昌堂, 1970에서 불교문학의 장르를 '譬喩文學·因緣文學·本生文學·佛傳文學·求道文學·名稱文學·戲曲文學·理想文學·讚詠文學' 등(pp.14-15)으로 분류하였다.

28 中野義照 等譯, 『印度佛敎文學史』, 丙午出版社, 1923, pp.145-146.

다. 일찍이 중국의 국제적 학자는 불경을 소설이나 희곡의 형식 등 문학작품으로 인정하고 이르기를

其餘經典也, 往往帶着小說或戲劇的形式 (中略) 都是半小說體半戲劇體的
作品, 這種懸空結構的文學體裁, 都是古中國沒有的 他門的輸入, 與後代彈詞·
平話·小說·戲劇的發達, 都有直接或間接的關係, 佛經的散文與偈體夾雜並
用, 這也與後來的文學體裁有關係.[29]

라고 하여 불경문학이 중국문학에 번역·수용되어 비로소 그 문학이 본격적으로 형성·전개되었다고 증언하였다. 그리고 일본 학계에서는 이 '불교문학이 바로 세계문학'이라고 장담하면서 중국이나 일본의 문학에 끼친 직·간접의 영향을 논급하였다.[30] 한국 학계에서도 국문학이 불교문학을 직·간접으로 수용하여 본격으로 형성·전개되었음을 거론·공인하고 있다.[31]

그런데 이러한 불교문학·불경문학이 각국 문학에 수용된 직접적인 계기가 바로 그 불경의 번역·유통이라는 점이 가장 중시된다. 이것은 동방·불교권 문학의 공통적 추세이거니와, 중국에서는 불경의 한역을 지적하였고[32] 일본에서는 그 불경의 화역이 그 문학의 형성·발전과 장르적 전개의 직접적인 동인임을 밝혔다.[33] 한국에서는 불경의 국역을 기반으로 찬성된 국문불경『월인천강지곡』·『석보상절』·『월인석보』 등을 통하여 국문문학이 형성·전개되었음을 거론한

---

29 胡適,『白話文學史』, 樂天出版社, 1923, pp.145-146.

30 中野義照 等譯, 위의 책, pp.355-356.

31 인권환, 「불교문학의 개념·영역·형성·전개」,『한국불교문학 연구』, 고려대학교 출판부, 1999, pp.30-37.

32 孫武昌, 「漢譯佛典及其文學價値」,『佛敎與中國文學』, 上海人民出版社, 1988, p.45.

33 永井義憲,『日本佛敎文學』, 塙書房, 1970, pp.112-114.

바가 있다.[34] 이로써 불경의 번역이 각국의 번역문학으로 자리하여 그 나라 문학·문학사와 결부되어 왔음을 확인할 수 있다.

그러기에 이 불경언해는 한국의 번역문학으로서 한국문학의 그 형성·발전이나 장르적 전개에 직결되어 왔음이 확실해졌다. 그렇다면 전술한 이 불경언해와 그 분리·분화된 각 편들이 모두 국문 작품이라고 보는 게 당연한 일이다. 나아가 위와 같이 전개된 그 각 편들의 유형들이 국문학의 상·하위 장르와 직접 결부될 수 있다는 점이 중시되는 터다.[35]

(2)『심경언해』의 문학적 특성

이미 이 언해가 문학성을 확보하였지만, 여기에는 그만한 특성이 있다. 원론적으로 문학성은 보다 원대하고 보배로운 주제·사상을 가능한 한 응축시켜 아름답고 멋지게 표현하는 데서 가장 높아지는 게 사실이다. 그러기에 시가가 문학의 핵심·선두가 되는 것은 당연하게 알려져 있다. 그러기에 이『반야심경』은 범문·한역에서는 물론 국문에서도 그 문학성의 절정이 확보·공인되어 왔다.

그렇다고 이 언해가 시가는 아니다. 실제로 이 범문의 한역이 근체시체가 아니기 때문이다. 따라서 그것은 부득이 산문으로 인식·행세할 수밖에 없었다. 그렇지만 그 실상은 시가와 다름이 없다. 그 장엄·심오한 철학·사상을 최대한 응축시키고 은유·상징을 통하여 유기적인 조직으로 아름답게 구상화하고 있기 때문이다. 그것은 원래 일상적 수시 독송을 위하여 범문부터 내재적 운율이 신묘하게 따르고 있다. 그런데도 한역·언해에서 보이듯이 시가는 아니다. 적어도 화엄경을 응축·시가화한 의상의「법성게」와는 다르기 때문이다.[36] 그러기에 시가

---

34 사재동,「월인석보의 문학적 실상과 위상」,『월인석보의 불교문화학적 연구』, 중앙인문사, 2006, pp.116-118.

35 사재동,「불경언해의 문학적 실상과 전개」, pp.471-473 인용.

36 의상의「법성게」는 분명 7언 고시체로 30구 210자까지 연속된다.

적 산문이라면 되겠지만, 마땅치 않다. 그렇다고 산문적 시가라고 할 수는 없다. 따라서 이 작품은 시가와 산문을 융합·승화시켜 그 문학성의 절정을 창출한 것이라 본다.

한편 이 언해는 그 심오·고상한 문학성으로 하여 그 논소를 문학평론으로 형성시켰고, 나아가 그 주석을 또한 비평문학으로 전개시켰다. 그리하여 이러한 논소·주석이 도리어 이 언해의 문학성을 분석하고 높이 평가하는 결과를 내었다. 이런 점에서 그 서문과 발문이 이 언해의 문학성과 연관되어 제작되었으며, 반면 그 문학성을 실증·찬탄하게 되었다고 보아진다.

3) 『심경언해』의 문학적 실상
(1) 주제와 사상

이 언해의 주제는 바로 반야계 경전의 주제를 그대로 집약·표상하고 있다. 모든 중생이 오온에 집착하여 고해에 빠져 허덕이는 것을 지혜로써 구제하고 저 열반·극락의 세계로 건너가게 하는 게 그 주제·이상이다. 그러기에 법장은 그 논소 총설에서 이르기를

般若心經은 眞實로 닐오디 어드운 길흘 비취는 노푼 해며 受苦ㅅ 바를 건네는 쌘른 비라 物을 거리며 迷惑을 引導호맨 이에 더으니 업스리라 그러면 般若는 神奇히 비취요므로 體삼고 波羅蜜多는 뎌 ㄱ새 가므로 功을 삼고 心은 조ㅅㄹ 외며 微妙호미 간 고들 나토고 經은 言敎를 뻴씨니[37](동국정운식 한자음 제거 : 필자)

라고 하여 그 주지·주제를 설파하고 있는 터다. 이것은 반야경 전체의 주제를 꿰뚫고 불경의 총체적 주제를 집약하고 있는 게 분명하다. 잘 알려진 불교의 삼

---

37 『반야바라밀다심경언해』(영인), pp.15-16.

법인에 諸行無常하고 諸法無我하여 一切皆苦이니 涅槃寂靜이라 하였거니와, 중생의 현실을 모두 고해로 직시하고 지혜의 배를 타고 그 열반·극락의 세계로 건너가라는 것이 불경 내지 불교 최상의 이념이기 때문이다. 이 심경의 주제는 불경의 광대한 주제·이념을 비유·상징을 통하여 투철하게 부각시키고 있거니와, 그 배경사상은 실로 심오·무변하기 이를 데 없다.

이미 알려진 대로 이 심경의 반야사상은 불교적 제법실상의 지혜·자비와 광범하게 직결되어 있다. 따라서 이 반야사상은 불교사상 전체와 융화되어 있다는 이야기다. 이 반야를 부득이 지혜라 한다면, 그 자체만도 원만한 지혜론으로 법성론 내지 불성론을 기반으로 한다. 그러기에 그것은 '無名無相絶一切'의 실상을 통하여 공사장으로 직통하고 중도사상과 직결된다. 그리고 구제론·방편론을 통하여 이른바 '彼岸의 世界'에 이르나니, 그 정토사상·극락세계와 합일되는 것이다. 나아가 반야·정토사상은 그 이상적 법화사상 내지 화엄사상으로까지 전개되는 터다. 이와 같이 심경의 반야사상은 광대무변한 불교사상의 전체적 핵심과 상통하여 하나로 돌아온 것이다.

(2) 구조·내용

전술한 대로 이 심경은 소본으로서 그 대본을 원형으로 하는 게 사실이다. 그러기에 먼저 그 대본의 구조와 내용을 검토하는 것이 순리다.

이 심경의 대본은 아주 간요하지만, 그런대로 불경의 전형적 구조·내용을 완비하고 있다. 그 전형적 구조는 이른바 서분과 정종분·유통분을 갖추는 것인데, 이 대본이 그 전형을 그대로 따르고 있기 때문이다. 먼저 여기에는 그 6성취가 실현되었다. 이와 같이 내가 들었다 하고, 어느 때 세존이 많은 수행승·구도자들과 함께 왕사성 영취산에서 명상에 들어 있었다는 것이 서분이다.

그때에 지혜 제일 불제자 사리불이 구도자 관자재보살에게 만약 훌륭한 젊은 이가 심원한 지혜의 완성을 실천하려면 어떻게 공부하면 좋겠냐고 묻고, 그 보살이 그 진리의 설법을 하는 데까지가 정종분이다.

나아가 그 설법이 끝나자 세존이 명상에서 일어나 그 보살의 설법을 공인·찬탄하고 기쁨에 넘치니, 그 보살·사리불과 모든 동참자들이 세존의 말씀을 듣고 환희·봉행하였다는 것이 유통분이다.[38]

여기서 이 『심경언해』는 소본으로서 대본의 원형에서 서분과 유통분을 제외하고 정종분만을 취택한 것이다. 그러기에 언제든지 이 소본에는 대본의 원형이 전제되어 있는 게 사실이다. 따라서 이 소본의 구조·내용을 논의할 때는 원칙적으로 서분과 유통분을 복원·결부시켜 보아야 옳다. 그리하여 이 소본, 정종분의 내용을 요약해 보겠다.

① 관자재보살이 지혜로 저 열반에 이르는 깊은 수행을 할 때, 오온 즉 색·수·상·행·식이 모두 공한 것임을 비춰보고 모든 고통·액운에서 벗어났다.

② 관자재보살이 사리자에게 오온이 다 공하다는 진실을 논리적으로 밝혀준다. 그 색은 공과 다르지 않고 공은 색과 다르지 않으니, 색이 곧 공이요 공이 곧 색이라, 수·상·행·식도 이와 같다는 것이다.

③ 관자재보살이 사리자에게 이 모든 것의 공한 모습은 나지도 않고 없어지지도 않으며, 더럽지도 않고 깨끗하지도 않으며 늘지도 않고 줄지도 않는다고 설파한다.

④ 그러므로 이 공 가운데는 오온이 없음은 물론 물심의 모든 존재가 하나도 없으니, 아무런 앎과 얻음도 없기에 오직 공허할 뿐이라고 강조한다.

⑤ 그러므로 구도자 보살들은 이 허공을 타고 자유로운 지혜로 마음에 걸림이 없고 두려움이 없고, 뒤집힌 망상을 멀리 벗어나 마침내 열반의 세계에 도달한다고 직설한다.

⑥ 그래서 관자재보살은 삼세의 모든 부처들도 이 지혜로 허공을 타고 열반에 이르

---

38 이기영, 「대본 반야심경 번역」, 『금강경·반야심경』, 한국자유교육협회, 1974, pp.106-108.

는 법에 의지하므로 위없는 진리를 깨달아 얻었다면서, 그러므로 이 반야의 법이 바로 신비롭고 밝으며 위없고 비할 데 없이 높은 주문이기에, 능히 일체 고액을 없애여 진실하고 허망하지 않음을 명심하라고 역설한다.

　㉠ 그러므로 관자재보살이 그 주문을 바로 설한다. '곊뎨 곊뎨 바라곊뎨 바라숭곊뎨 보뎨 샳바하'(간 간 건너간 건너들 간 道여 옳소이)[39]

(3) 구성·형태

이 작품은 단축된 규모 속에 원형적으로 무대와 등장인물·사건진행 등 구성요건을 갖추고 복합적인 장르 형태를 융합하고 있다. 그 무대는 본래 불타의 설법 현장이다. 인도 왕사성의 영취산 법문 회상이다. 그 주변 환경이 정엄·수려함은 물론, 그 도량이 숭엄·청정한 가운데 화환 당번으로 장식되고 향연이 퍼지며 꽃비가 나리고 천악이 울린다. 여기에 공중에는 신중·천인들이 들러리하고 세존의 주변에는 많은 보살·수행승과 대중들이 경배하며 옹위한다. 이것은 세존의 설법 무대로서 완벽한 전형을 그대로 재연하고 있는 터다. 따라서 이런 무대는 마치 불교 공연의 무대를 방불케 하는 점에서 주목되는 것이다.

그리고 여기에 등장하는 인물들은 모두 거룩하고 다양하다. 거룩하신 세존을 비롯하여 관자재보살 같은 보살들, 사리불 같은 아라한 불제자들, 그리고 신중·천인과 사부대중 등 청중이 운집하고 있는 터다. 그 중에서 세존은 거룩하신 법주로 자리 잡아 깊은 명상에 들고, 상당한 보살·아라한이 그와 함께 명상한다. 그 가운데 지혜 제일의 제자 사리자가 아라한들과 사부대중들을 대표하여 관자재보살께 반야로 열반에 이르는 법에 대하여 묻고 설법을 청한다. 그래서 그는 발심·발의하여 청법하고 그 설법·대화의 상대역을 감당하는 터다. 이에 그 구도자 지혜·자비의 화신 관자재보살이 그대로 관세음보살로서 전지전능

---

39 『반야바라밀다심경언해』(영인), pp.130-131. (김형기, 번역본 말미).

한 위신력을 통하여 그 반야의 법을 연설하고 세존·사리자 이하 모두의 감명·찬탄을 받는다. 나아가 나머지 신중·천인이나 사부대중은 청중으로 자리하면서, 특별한 반응을 일으켜 그 법문·연행에 동참하면서 그대로 등장인물의 역할을 하는 것이다.

또한 여기서 진행되는 사건은 입체적인 서사성을 갖추고 있다. 먼저 여기 경제 내지 주제와 직결되어 내적인 사건진행이 조직되어 있다. 이 언덕, 사바세계에서 지혜의 배를 타고 고해를 건너 저 언덕, 열반·극락세계에 도달한다는 것이 바로 그것이다. 이것은 상당한 비유와 상징을 통한 상상적 사건진행이다. 따라서 이 사건진행은 반야, 지혜의 주인공이 사바세계에서 고해를 건너 극락세계까지 도달·체험하는 법계 여행기 같은 조직을 보이는 터다. 다음 그 문장·내용을 통한 외적인 사건 진행이 조성되어 있는 터다. 실제로 위 내용의 서분에서 그 사건이 발단하여 예건의 설명을 마치고 위 ①에서 유발적 사건이 일어나고, ②에서 상승적 동작의 제1단계, ③에서 상승적 동작의 제2단계, ④에서 상승적 동작의 제 3단계를 거쳐 ⑤에서 절정에 오른다. 나아가 ⑥에서 그 절정에 잇다은 하강적 동작으로 ⑦에 연결된다. 그리하여 그 유통분에 이르러 대단원을 이루는 것이다. 이와 같이 사건진행이 내외적으로 복합·조화되는 경우는 희귀하거니와, 그것은 서사구성 면에서 소설이나 희곡의 사건 진행과 공통되는 점이라 하겠다.

(4) 표현·문체

이 언해의 문체는 최초의 번역문체다. 심경으로서는 이것이 제일 먼저 언해되었기 때문이다. 따라서 이 문체는 그 문장들이 고아하지만 고졸하여 소박하고 세련되지 못한 원형을 간직하고 있다. 이에 그 문체의 일부를 임의로 들어보면 이러하다.

득혼 곧 업순 젼ᄎ로 보리살타 반야바라밀다롤 브튼 젼ᄎ로 ᄆᅀᆞ미 걸며 ᄀ료미

업스니 걸며 ᄀ료미 업슨 젼ᄎ로 저품 업서 갓곤 몽샹올 머리 여희오 구경 녈반하며

삼세제불이 반야바라밀다롤 브트샨 젼ᄎ로 아뇩다라삼막삼보리롤 득ᄒ시ᄂ니 이럴

씨 알리로다. 반야바라밀다ᄂᆫ이 큰 신기흔 쥬ㅣ며 큰 불ᄀᆫ 쥬며 이 우 업슨 며 가ᄌᆞᆯ

벼 굴오리 업슨 쥬ㅣ라 능히 일쳬 슈고롤 더로미 진실ᄒ야 허티 아니ᄒ니라[40]

이와 같이 이 문체는 원래 모든 한자에도 동국정운식 국자음을 달았기에 국문

전용이다. 이 국문전용 문체는 이전의 국문불경이나 모든 불경언해에서 그대로

통용되었지만, 여기서도 여전히 중시될 수밖에 없다. 기실 당시나 후대의 국어

국문, 국문문학 내지 국문문화사상에서 이 국문전용은 중대한 실상과 위상을 유

지하고 있기 때문이다.

실제로 이 문체는 간결성과 응축성을 특징적으로 보인다. 실제로 그 간결성이

간결체를 이루거니와, 그것은 이 문체의 산문성을 보장한다. 그래서 이 문체가

산문임을 인정할 수밖에 없다. 그러기에 산문적 낭송에 알맞은 율조를 나름대로

유지하고 있는 게 사실이다. 원래 경문은 산문이라도 낭송·음독하는 음법이 따

르거니와, 이 언해문에도 그 방점과 함께 낭송음조가 따랐던 것이다.

한편 이 문체는 적절한 그 응축성으로 하여 시가문의 면모로 조직되어 있는 터

다. 여기서 은유·상징의 기법을 감안·복원한다면, 그것은 시문의 운율을 지향

하고 있는 게 드러난다. 이렇게 보면 이 문체야 말로 산문체와 운문체를 잘 융화

시키고 있다고 본다. 실제로 독송·연행될 때, 그 문체는 운문과 산문을 결코 구

별할 수 없는 조화의 울림이 메아리칠 뿐이기 때문이다.

그러기에 이 문체는 운문이면서 산문이요, 산문이면서 운문이다. 여기서 그

서술·진행의 필연성과 논리성이 돋보이는 터다. 그 원전 전체나 상계한 본문에

---

40 『반야반야바라밀다심경언해』(영인), pp.107-124. 이 한자어는 현실음이다.

서 보이듯이, '~젼추로'라는 '~까닭으로'·'때문이다'가 시종 일관되어 논리적 문장, 산문적 특성을 강화하고 있음으로써다. 그런데 이 문체는 운문으로서도 빈틈없는 조직과 필연적인 의미 전개로 그만한 특징을 갖추고 있는 터다. 그래서 이 문체가 산문·운문을 총화하여 그 필연적인 조직과 논리적 전개의 절정을 보이고 있는 것이다.

또한 이 문체는 대화체로 일관하고 있다. 전술한 대로 이 심경은 사리자가 묻고 관자재보살이 답변·설법하고, 나아가 세존의 공인·찬탄의 말씀으로 완결되며 참석 대중 모두의 감탄의 말로써 마무리된다. 그러기에 이 문체는 시종 대화로 일관하고 있는 게 사실이다. 기실 관자재보살이 설법하면서 그 대화임을 확인하기 위하여, 의미 전환·강조의 시점에서 '사리자'를 불러 대화의 현장을 환기·강화하고 있기 때문이다. 이런 대화체는 세존의 모든 설법에서 전범을 이루었거니와, 그 법회의 연극적 연행에서 가장 중요한 요건이었던 터다. 이러한 문체는 그 작품의 장르성향을 규정하는 데에 소중한 전거가 되었던 것이다. 이처럼『심경언해』는 문학적 요건을 모두 갖추고 복합적인 장르 성향을 보이는 터다.

(5) 논소언해의 문학적 성격과 형태

전술한 대로 이 논소언해는 문학작품임에 틀림이 없다. 이『심경언해』가 경전문학·불교문학이기에, 이를 논소한 것은 바로 그 평론문학이기 때문이다. 잘 알려진 논장을 기반으로 각개 불경의 논소가 문학평론의 성격을 지녔으니, 원효의 방대·수려한 논소 같은 작품이 평론계 문학으로 논의·평가되는 것은 당연한 일이다.[41] 따라서 이 심경의 논소언해는 심경으로부터 형성·전개된 문학평론이라고 간주해야만 옳다. 그리하여 이 논소언해는 전체적으로 1편의 장편 평론으

---

41 사재동,「원효 논소의 문학적 전개」,『한국문학 유통사의 연구』Ⅰ, 중앙인문사, 2006, p.177.

로 규정되어야 마땅한 터다.

　그러기에 이 논소언해는 심경에 준거하여, 그 주제·사상, 구조·내용, 구성· 형태 등을 조성·유지하고 있는 게 당연하다. 그런데도 이 논소언해는 그 심경 의 어휘·어구·문장 등 40개 부분을 각기 해석·논의하는 데에 집중함으로써, 그 각 편의 논설들이 독자적 구조·내용, 구성·형태를 갖추고 있는 게 사실이다. 게 다가 그 표현·문체가 역어체·간결체라는 바탕 위에, 논리적이고 분석적인 문 세로 특성 있게 조직되어 독자적 면모를 보인다. 더구나 그 말미에 논소 전체를 총괄하는 게송을 붙여서 강설·가창을 교직하는 강창문체의 단초까지 나타나고 있는 터다. 이런 점에서 전술한 대로 이 논소언해의 52개 각 편들은 각기 독자 적인 형태를 갖추었다고 보아진다. 따라서 이 각 편들은 그 규모와 내용·성격 에 의하여 장형·중형·단형 등으로 나뉘어 평론계 문학 장르로 규정·행세할 수 가 있는 터다.

4)『심경언해』의 장르적 전개

　위에서『심경언해』의 본문언해와 논소언해의 문학적 성격을 검토하고 그 문 학적 실상을 검증한 결과로써, 그 장르적 전개양상을 논의하게 되었다. 어떠한 작품이든지 그 장르적 성향이 조명·규정될 때 비로소 올바르게 자리잡을 수가 있기 때문이다. 이에 먼저 그 본문언해의 장르성향을 검증하고, 다음으로 그 논 소언해의 그것을 검토하겠다.

(1) 본문언해의 장르성향

　이 본문언해는 전체적으로 하나의 작품이다. 그런데 그 장르적 성향은 단순하 지 않은 게 사실이다. 그 장르성향이 복합적으로 융합되어 그 어떤 하나로 규정 할 수가 없기 때문이다. 일단 있는 그대로 다각도의 검증이 필요한 터다.

첫째, 이 본문언해는 시가적 성향을 보이고 있다. 그 심오·광원한 진리의 세계, 철학·사상을 응축·승화시켜 비유 상징의 어문으로 청결·고아하게 표현되었기 때문이다. 여기에 규칙을 초월한 낭송적 율조를 갖추어 음악성까지 가미하니 금상첨화의 예술성을 발휘하는 터다. 그러기에 이 작품은 중국문학의 사부체를 방불케 하고 한국문학의 가사체에 근접하는 성향을 보인다. 그런데도 저 사부체의 규식에서 벗어나고 이 가사체의 형식에 얽매이지 않는다. 그러기에 이 작품은 이른바 자유시나 산문시의 범주를 맴도는 것이라 하겠다.

둘째, 이 작품은 수필적 성향을 띠고 있다. 그만큼 보배로운 주제·내용을 기본적인 산문으로 표현하고 있기 때문이다. 기실 이 작품은『반야바라밀다심경』의 세계를 가장 핍진하게 논설하고 있는 게 분명하다. 이보다 더 완벽한 논설·논문은 없음으로써다. 그러기에 일단 이 작품을 논설 장르에 포함시킬 수는 있겠다. 그러나 이 작품은 그 논설로만 고정시킬 수가 없다. 이 작품의 내면적 흐름이 사바세계에서 고해를 건너 열반·정토의 언덕에 이르는 기행적 성향을 드러내기 때문이다. 한 주체가 현실적 세속세계에서 중간적 고해를 거쳐 이상세계에 도달하는 것과 같이, 이 주인공이 지혜를 방편으로 그만한 정신세계, 마음의 세계를 편력하여 극락·행복을 성취하는 과정이야말로 기행의 극치라 하여 마땅할 것이다. 따라서 이 작품의 표현이 수필의 기행 장르에 접근하고 있는 터라 본다. 한편 이 작품은 설법의 주체인 관자재보살의 성스러운 행적을 그리고 있기에, 그 전기적 일면을 나타내고 있다. 모든 불경이 그 설법 주체의 성적에 해당되는 것처럼, 이 작품이 관자재보살의 행적에 속하는 것이라면, 그것이 수필의 전장 장르를 지향한다고 볼 수도 있겠다.

셋째, 이 작품은 소설적 성향을 나타낸다. 원래 서사적 불경은 모두 소설이라고 하였거니와, 이 작품의 구조·구성과 문체가 소설적 요건을 구비·조화시키고 있기 때문이다. 기실 이 작품의 서사적 구조·구성을 원형적으로 재구해 보면, 소설의 그것에 부합되는 게 사실이다. 원론적으로 현실적인 고통·고행을 감수·

극복하여 이상적인 세계로 진입하는 것이 바람직한 서사구조, 소설적인 구도라면, 이 작품은 그러한 소설적인 전형을 정립하고 있는 터라 하겠다. 그러기에 이다지 저명한 작품의 소설적 구조·구도는 확대·부연되어 소설계의 작품으로 발전·전개될 수도 있었다. 사실 이 작품에는 그 한역자와 결부되어 흥미로운 설화가 생겼다. 현장법사가 인도로 구법여행을 떠날 때 성도의 공혜사에서 어떤 승려에게 핵심적인 범어법문을 받아 가지고, 그 도중의 험난한 위난을 당할 때마다 염송하여 이를 모두 극복하면서 무사히 인도에 도착하여 구법에 성공했다는 이야기다. 그 승려는 바로 관세음보살이요, 그 법문은 곧 『반야심경』이며, 현장의 일행이 갈구하는 경전은 오직 『반야심경』뿐이라는 것이다. 그러기에 이러한 필연에 의하여 소설계에서는 심경의 소설적 구조·구도에 입각해서, 현장의 고행·법담으로 『서유기』를 형성·전개시켰다는 것이다.[42]

넷째, 이 작품은 희곡적 성향을 드러내고 있다. 위에서 서사적 불경은 모두 희곡이라고 하였거니와, 이 작품의 원형적 구조·구성과 문체 등이 희곡 장르의 그것과 상통하고 있기 때문이다. 이 작품의 무대와 등장인물, 사건진행이 일반 희곡의 전형에 부합될 뿐 아니라, 그 문체가 권위와 감동에 찬 대화체로 일관되는 게 분명하다. 그러기에 이 작품은 모든 불경이 부처의 연극적 설법의 대본·희곡이듯이, 실로 그 설법의 연극적 공연을 위한 극본·희곡으로 정립되었던 것이다.

이와 같이 이 작품은 시가·수필·소설·희곡의 성향을 구비하면서도 그 어느 한 장르에 고정될 수가 없다. 따라서 이 작품은 이러한 장르들을 복합·융화시켜 그 연행·공연의 환경에 따라 장르적 특성으로 대응하면서, 그 입체적 장르 성향으로 군림해 온 것이었다. 그러기에 이 한 작품은 복합·입체적 문학으로 자리하면서 모든 장르로 대응·작용할 수 있는 최고의 명작이라고 평가되어야 마땅한 터다.

42 최기표, 『금강경·반야심경 읽기』, 세창미디어, 2014, pp.30-32.

(2) 논소언해의 장르 성향

이 작품은 전체적으로 그 심경 작품의 한 평론이다. 그렇지만 그것이 자리하고 있는 그대로 장르 성향을 검증하는 게 합리적이라 본다. 따라서 그 서발과 각 편을 독립시켜 장형·중형·단형으로 유형화하고 각개의 장르 성향을 살피는 게 순리라 하겠다.

첫째, 이 각 편 중에는 시가가 결부되어 있다. 그 논소를 마치면서 그 요지와 감회를 읊은 게송이 바로 그 시가다. 그 작품을 들어 보면 이러하다.

般若 기푸믄(般若深邃)
한 劫에 맛나미 어려우니(累劫難逢)
分을 조차 讚歎ᄒ야 사겨(隨分讚釋)
眞宗애 맛과뎌 ᄒ노라(冀會眞宗)

이런 시가야말로 그 반야의 실상과 논소자의 심경이 하나로 융합·승화된 절창이라 하겠다. 이 시가는 그 논소를 평가·찬탄하는 총평의 기능을 다하고 있는 터다. 마치 저『삼국유사』각 편의 말미에 붙은 '讚詩'와 같은 것이라 하겠다. 기실 그 논소의 각편을 기술하는 과정에서도 그만한 감회와 법열을 시가로 읊었을 가능성은 얼마든지 있지만, 기록되지는 못하였다.

둘째, 이 각 편들은 대부분 수필적 성향을 보이는 것이다. 이 각편의 단형에는 어휘 풀이식의 문장이 많거니와, 그 나머지 일부와 중형에서 수필 중의 논설 장르에 해당되는 것이 많다. 가령 본문언해의 '쏘 得업스니'를 논의한 문장을 들어보면

곧 이 아논 空理도 쏘 得디 몯ᄒ릴ᄊᆡ 니ᄅ샤ᄃᆡ 得 업다 ᄒ시니라 무로ᄃᆡ 알ᄑᆡ 니ᄅ샤ᄃᆡ 空이 色둘히라 ᄒ샤믄 色이 업디 아니호몰 볼기시니 엇뎨 이 그레 一切

다 ᄒᆞ시뇨 엇뎨 이 空이 色을 滅티 아니ᄒᆞ료 對答호ᄃᆡ 알ᄑᆡ 비록 이쇼매 ᄀᆞ리디 아니ᄒᆞ나 일즉 업디 아니홈 아니오 이제 이에 다 업스나 일즉 셔디 아니홈 아니니 이럴ᄊᆡ 大品에 니ᄅᆞ샤ᄃᆡ 諸法이 잇ᄂᆞᆫ 고디 업스나 이 ᄀᆞ티 잇ᄂᆞ니라 ᄒᆞ시니 이ᄂᆞᆫ 잇ᄂᆞᆫ 곧 업수메 나ᅀᅡ가시고 알ᄑᆞᆫ 이 ᄀᆞ티 이쇼ᄆᆞᆯ 브트시니라 ᄯᅩ 알ᄑᆞᆫ 서르 짓ᄂᆞᆫ 門에 나ᅀᅡ가시고 이ᄂᆞᆫ 서르 害ᄒᆞᄂᆞᆫ 門을 브트시니 ᄒᆞᆫ 法이 두 ᄠᅳ디라 니ᄅᆞ샤ᄆᆞᆯ 조차 어긔욤 업스니라[43]

이러하다. 이 문장은 논소언해 전체와 연결되는 것은 물론이지만, 그보다는 오히려 그 한 구절을 해석·논의하는 데에 충실하여 그 자체로 독자적 의미 단위로 행세할 수 있는 터다. 그리고 이 문장은 그 전체적인 문맥상 부득이 거두절미한 모양이지만, 적어도 그 구절의 의미파악이나 그 표현에서 통일된 정확성을 유지하고 있는 게 사실이다. 더구나 이 문장에서는 먼저 그 어구의 뜻을 전체적으로 풀이하고 이어 문답식 논의를 통하여 심오한 뜻을 부각시키고 있는 터다. 따라서 이 문장을 독자적인 작품으로 간주하고 그 논술 장르에 포함시키는 데 주저할 필요가 없다. 이러한 유형의 논설 작품이 상당한 비중을 차지하여 그 장르적 보편성이 입증되는 것이다.

이와 동류의 각 편 가운데는 등장인물의 행적을 전기식으로 논의한 작품이 몇 편 끼어 있다. 그 중에서 '舍利子아'에 대한 논술이다.

舍利는 이 새 일후미니 예서 飜譯엔 鶖鷺鳥ㅣ니 그 사ᄅᆞ미 어디 영노ᄒᆞ며 ᄲᆞᆯ로미 뎌 새 눈 ᄀᆞᆮ홀ᄊᆡ 因ᄒᆞ야 그 일후믈 세니 이 뎌의 아ᄃᆞ리라 어미를 니ᅀᅥ 일훔 지홀ᄊᆡ 鶖子ㅣ라 니ᄅᆞ니 이ᄂᆞᆫ 어믜 새 일후믈 因코 아ᄃᆞᆯᄋᆞᆫ 어믜 일후믈 니ᅀᅳ니라 聰慧 第一이라 標ᄒᆞ야 上首ㅣ 두외야실ᄊᆡ 對ᄒᆞ샤 疑心을 시기시니라[44]

43 『반야바라밀다심경언해』(영인), p.105.
44 『반야바라밀다심경언해』(영인), p.50.

이로써 이 문장은 한 인물의 저명한 행적을 간단·명료하게 전기화하고 있는 게 분명하다. 기실 이 사리불의 행적은 빼어난 불제자로서 그 행적이 화려·찬연한 터에, 이렇게 간명하게 입전하여 부족함이 없기 때문이다. 그러기에 이 문장은 사리불의 약전으로서 그 전기임에 틀림이 없다. 따라서 이 작품을 수필 중의 전장 장르에 포함시켜도 무방할 것이다.

한편 이 논소언해에는 그 전후에 서문과 발문이 붙어 있다. 이 논소의 모두에 붙은 중희의 '般若心經顯正記並序'와 『심경언해』 말미에 붙인 한계희의 발문은 모두 명문 서발이거니와 언해되지 않아서 논외로 한다. 그래서 유일한 논소의 발문 언해만이 있어, 그 수필 작품의 실상을 보인다. 그 전문을 보면

法藏이 長安 二年에 셔욼 淸禪寺애 經 飜譯 餘暇애 마초아 司禮部 兼檢校 雍州長史 榮陽鄭公이 淸白ᄒ며 簡略호미 性이 일며 忠孝ㅣ ᄆᅀᆞᄆᆯ 보트며 金柯 玉葉 됴ᄒ 고지며 九刑三王ㅅ 重ᄒ 所任으로 朝廷엣 羽儀며 法門엣 城塹이 ᄃᆞ외야 靑衿을 비르서 白首에 니르리 이 心經을 디뇨ᄃᆡ 數千萬 버늘 ᄒ야 ᄆᅀᆞ미 妙意에 ᄃᆞ니며 이베 靈文을 외오더니 두어번 브즈러니 ᄒ야 略疏를 내라 ᄒ니 믄득 鼇管으로 엇뎨 노ᄑᆞ며 기프닐 혜아리리오[45]

이만하면 발문으로서 간명한 수작이다. 더구나 당대 제일의 고승·역경승 법장의 친제로서 그 필연적 동기와 논소의 정곡을 꿰여 겸허하게 풀어내니 실로 천하의 명문이다. 여기에 위 한문서발을 더하면 그 서발의 질량이 더욱 강화되는 터다. 그러기에 이 발문을 들어 수필의 서발 장르에 넣는 것이 당연한 일이다.

셋째, 이 각 편들은 평론적 성향을 나타내고 있다. 이 각 편의 장형은 실로 수미일관된 평론으로서 충분한 요건을 갖추고 있기 때문이다. 그 『반야심경』에 대

[45] 『반야바라밀다심경언해』(영인), pp.132-134.

한 총설을 비롯하여[46] 이 경을 논소하는 방법론의 제시와 그 실제적 논석[47] '色不異空~亦復如是'의 논석,[48] '不生不滅~不增不減'의 논석[49] 등은 수미일관된 평론의 형태를 구비하고 있는 실정이다. 기실 이 작품들은 서론과 본론·결론의 전형적 과정을 밟아서 본격적인 평론으로 밀고 나간다. 그 논지가 분명하고 논리적인 서술에서 명석·곡진하여 심오·미묘한 진리·실상을 탐색·부각시키는 데에 부족함이 없다. 기실 이 심경을 대승 최고의 경전문학, 불교문학의 백미라고 할 때, 이 평론이야말로 제일급의 비평문학으로 승화된 것이라 본다.

이와 같이 이 논소언해는 전체적으로 한편의 평론으로서 그 원문으로부터 풍성한 문학작품을 연역·형성해 냈던 것이다. 그 결과로 이 논소언해로부터 시가와 수필, 평론의 장르가 분화·전개된 사실이 실증되었던 터다. 이는 실로 『심경언해』 전체의 문학적 실상과 장르적 전개상에서 주목할 만한 일이라 하겠다.

4. 『반야심경』, 그 언해의 연행양상

1) 번역적 연행

이 심경은 세존·관세음보살의 법문으로 성립되면서 범어문이나 빠리어문으로 연설·연행되기 시작하여 요원의 불길처럼 불교사회를 비롯하여 민중신앙상에까지 퍼져 나갔다. 여기서는 음악적 염송을 기본으로 하여 점차 발달된 예술적 방편을 타고 광범하게 파급되었다. 그것은 이 심경의 거룩하고 보배로운 가치와 역량에 따른 연행의 대세로서 실크로드를 타고 모든 불교국에 파급·연행

---

46 『반야바라밀다심경언해』 (영인), pp.14-16.

47 위의 책, pp.22-23, 27-28, 33-34, 37-39.

48 위의 책, pp.54-55, 57-58, 66-68, 72-73.

49 위의 책, pp.79-81, 83-83, 87-88.

되었던 터다. 그리하여 이 심경은 각국에서 그 어문으로 번역·연행되었다. 그 국가에서는 교단의 전문가가 그 번역을 주도하였거니와, 그때마다 심경의 번역은 그 자체가 연행이었고, 그 시작과 진행, 완료의 단계에 따라 해당의식을 통하여 연행을 거듭했던 것이다. 그리고 일단 번역·인행될 때에도 그에 상응하는 의식으로 연행되는 것이 당연한 일이었다. 이러한 번역과 연행은 시공을 통하여 당시의 학승이나 숭불학자들에 의하여 수없이 추진되었다. 따라서 이러한 값진 불사는 후대적으로 더욱 성행하여, 고금에 걸친 번역·연행의 유통망을 이룩하게 되었다. 이러한 심경의 번역·연행은 실크로드를 타고 여러 불교국에서 다 성행하였거니와, 그 중에서도 한어문역과 티베트어문역·몽고어문역, 그리고 한국어문역·일본어문역 등이 저명하였다. 이러한 불교국에서는 고금을 통하여 유명·무명의 번역·연행이 계속 성행하여 저명한 전통을 이루었던 터다. 이러한 맥락에서 한국의 심경 번역·연행은 보다 성황을 이루어 조금도 손색이 없었던 터다.

적어도 이 심경이 전래된 것은 삼국에 불교가 전래·공인된 시기와 동일하였으리라 본다. 이 심경이 불경의 선봉에 서서 그 불교를 이끌어 왔기 때문이다. 그때의 심경은 범어문이기보다는 한역본이었으리라 본다. 그런데 여기 중요한 것은 이 심경이 어떤 원본이든 간에 그것이 유통·활용되는 데에는 번역이 필수되어야 한다는 점이다. 그것이 한역본이었다면 한문에 능한 승려나 식자들이야 그대로 독송하면 되지만, 적어도 한문을 모르는 사부대중에게 알리고 교화하기 위해서는 어떤 형태로든지 그 국어로 번역하는 게 급선무였던 터다. 그러기에 삼국시대나 신라통일기·고려대·조선초기까지는 부득이 구두로 번역하여 전달하는 방식을 취할 수밖에 없었다. 그러면서 이 구비적 번역을 그대로 문장화하기 위해서라면 가능한 한 차자표기, 이두·향찰을 활용했을 것이지만, 그것은 원만하지 못했으리라 본다. 이러한 환경·조건 속에서라도 이 심경의 번역·낭송은 성행하여 그때마다 격식·의례를 차려 그대로 연행될 수밖에 없었던 터다.

마침내 이 심경이 언해될 때, 정음의 창제와 실용의 대세 속에 국왕의 발원으로 간경도감을 설치하고 그 전문부서를 지휘하여 『심경언해』로 찬간했으니, 그것은 당시 불교적 왕국의 경사요 불교계의 성사로 널리 연행되었던 터다. 전술한 바 그 언해과정에서도 그 나름의 연행을 한 것은 사실이지만, 그 간행 이후에 불교계와 사부대중의 염송·활용에서 그 연행이 필수된 점에서 더욱 주목된다. 그 최초의 언해·연행이 전범이 되어, 후대 불교계의 학승이나 숭불문사들이 경향 각개 사찰에서 이 심경을 국역하여 봉송·연행한 사실은 이루 헤아릴 수가 없다. 기실 고금을 통하여 지금까지 그러한 언해·연행의 사실과 전통은 계속되고 있기 때문이다.[50]

이러한 심경의 번역·연행에서 일련의 공연예술, 즉 연극적 공연의 일면이 나타났다. 그 심경 자체의 염송에서 가창 형태가 발현되고, 그 가창이 법열 가운데 무용을 아우르면 가무형태로 발전할 수도 있었다. 여기서 한역본만 보더라도 그 음송의 음악적 절주가 단순 소박한 법열무에 적합하도록 전개되고 있기 때문이다. 그리고 이 심경의 염송이 강설조를 띠고 법열의 게송을 1편이라도 결부시키면 바로 강창형태로 연행되었던 터다. 나아가 이 심경이 불타 설법의 원형을 전제로, 관자재보살과 사리불 사이의 문답·대화로 전개된 것을 공감·수용할 때에는 그 대화형태까지 생동하게 되었던 것이다.

2) 강설적 연행

이 심경이 번역되니, 그 이상으로 이를 논의·설명하는 논소가 성행하였다. 원래 이 심경이 심오·광대한 진리의 세계를 짧은 규모·형식 속에 응축·상징하여 표현하였기에, 이 논소는 그 유통·교화과정에서 필수되었기 때문이다. 이러한

---

50 최근까지 제가에 의하여 한문본 번역은 수없이 나왔고, 범문본 번역으로는 이기영 번역과 김형기 번역이 주목된다. 후록참조.

심경의 논소 작업은 인도에서부터 시작되었을 것이지만, 실크로드 주변의 불교 국가를 거쳐 티베트나 중국 등지에 가장 성행하였다. 적어도 중국의 역대 불교 왕국에서는 저명한 심경의 논소가 80여건에 달하고 있는 터다. 그때마다 논소의 찬성과정과 그 유통의 방편으로 그에 직결된 연행이 필수되었던 것이다. 기실 이런 논소는 그 강설·연행의 대본이었기 때문이다. 이런 심경 논소의 유통·연행은 후대 불교계의 전범이 되어, 경향 사찰을 중심으로 거의 무수한 사례가 성행하고, 그 전통을 이루었던 터다. 그러한 심경 논소가 한국에 전래되고 그 유통·연행의 전통이 가장 민감하고 적극적인 수용·반응을 보였던 것이다.

이러한 심경 논소가 한국에 전래된 것은 삼국시대 불교전래시기와 거의 같았으리라고 본다. 그 전래의 선봉이었던 심경의 논소가 생각보다 일찍이 형성되어 급속히 전파되었기 때문이다. 기실 삼국시대 불교전래 이래 이 심경 논소는 한문 그대로 통용·연행되었고, 한편 그 논소를 학승들이 국어로 풀어 사부대중에게 강설하는 데에 주력할 수밖에 없었다. 국어는 있으되 국자가 없었기 때문이다. 따라서 신라통일·고려대를 거쳐 조선초기까지도 고승·석학들이 그 새로운 논소를 많이 저술했지만, 역시 한문으로 표현할 수밖에 없었고, 다만 그 구두로 강설하는 것만이 상책이었던 터다. 그래서 그 참뜻을 전수·강연하는 데에 부족한 점을 보완·충족시키기 위하여 그에 직결된 연행을 강화하였던 것이다.

마침내 이 심경이 언해되면서 그 저명한 논소가 언해되니, 이것은 그 유통·연행의 금상첨화가 되었다. 이 논소의 언해는 본문언해를 업고 다니며 그 고승·대덕들이 심경을 국어로 강설할 때, 그 국문대본으로서 원만한 연행을 위하여 크게 공헌하였던 터다. 그로부터 조선 초중기를 거쳐 말기에 이르기까지 이 국문 심경이 유통·연행되면서, 그 강설의 연행 전통이 성세를 이루게 되었다. 따라서 불교세가 약화되던 시기에서도 이 심경언해와 논소언해는 그 강설·연행을 더욱 강화하면서, 그 유지·발전의 실질적인 방편이 되었다. 이런 전통적인 분위기 속에서, 많은 학승들과 신불학자들이 그 심경의 새로운 강설·강론을 저술하면서,

그 연행을 강화하는 데 주력하였던 것이다.

이와 같이 그 심경이 강설에 의하여 유통·연행될 때, 거기에는 역시 연행 예술적 방편으로 그 전후의 의식과 어울려 연극적 공연이 전개되었다. 우선 이 본문이 게송처럼 낭송되고, 이어 그 강설이 유창한 음성으로 우아하게 연행되었다. 이것은 바로 공연예술의 가창형태의 기능을 발휘하는 터다. 본래 가창형태는 공연예술, 연극장르의 기본이요 출발점이 되기에 주목될 수밖에 없다. 또한 이 가창형태는 그 강설의 법열에 따르는 자발적 무용이나, 그 전후 의식에 수반되는 무용과 결합되어 가무형태로 전개될 수가 있었던 것이다. 그리고 이 강설에서는 강경설법의 전형에 따라 진행의 중간, 적절한 곳에서 게송·가창하여 강창형태로 연행하게 되었다. 상계한 대로 이 논소언해의 말미에 시가가 붙어 그 강창형태를 실증하고 있는 터다. 실제로 그 모든 강설에서는 으레 연행적 효과를 올리기 위하여 강창적 공연을 강화하는 게 상례이기 때문이다. 이것은 불교권에서 강경하는 방편으로 정립되었거니와, 이를 속강이라 하고 그 대본 강창문을 변문이라고 하였다. 이런 점에서는 이 심경의 강설, 강창형태의 공연은 속강에 속하고 그 대본 논소, 강창문은 바로 변문에 해당된다고 보아진다.[51] 나아가 이 강설에는 원문의 대화적 성격·위치에 따라 대화가 많이 재구·형성되어 있다. 원래 이런 대화는 논소의 성질·문맥상 얼마든지 재생·인용될 수가 있는 데다, 당시 강설사와 청중과의 사이에서도 현장적 대화가 삽입될 수가 있는 터다. 그러기에 이 강설적 연행에서 그 대화형태가 주조를 이루었던 터다.

3) 염송적 연행

이 심경은 인도 본토로부터 모든 신앙인이 언제·어디서나 어떤 처지이건 간에 수시로 독송하여 왔던 것이다. 특히 이 심경의 낭송은 신앙의 핵심적 표상이요

---

51 王慶菽, 「試談 變文的産生和影響」, 『敦煌變文論文集』(上), 明文書局, 1985, pp.255-257.

기도·발원의 기본인데다 모든 고난을 극복하고 소원을 원만 성취하는 무소 불능의 보배로운 주문이기 때문이다. 전술한 대로 현장이 이 심경을 전수받아 항상 염송하여 모든 고난을 극복하고 천축의 구법 여행을 원만히 마쳤다는 사실이 뚜렷한 터다. 이 심경의 염송 신앙과 그 실천은 실크로드를 타고 주변국에 전파되어 마침내 중국에 이르러 크게 성행하고 그 독송의 소리가 불교 천하를 뒤덮었던 것이다. 일찍이 법장이 증언했듯이, 당대 고관 정공이 이 심경을 수천만 번 염송하여 그 묘의를 깨닫고 만사형통했다는 것이다.[52] 이처럼 중국의 불교 천하가 이 심경의 독송 소리로 가득하여 불교의 대세를 이끌어 왔던 터다.

이에 한국에서 그 심경이 전래된 이래 삼국시대로부터 신라통일·고려기를 거쳐 조선 초기까지, 그 독송의 소리가 경사를 중심으로 전국 각지 사찰이나 불교 사회에 가득히 흘러 넘쳤던 것이다. 이 불교를 신앙하는 사부대중, 백성·민간 모두가 언제·어디서든지 마음 내키는 대로, 필요에 따라 이를 염송하였기 때문이다. 고금의 불경, 그 문학작품치고 이보다 더 광범하게 속속들이 염송·각인된 것은 다시없을 터다. 기실 많이·널리·오래 읽히는 작품이 명작이라면 이 심경이야 말로 불멸의 명품임에 틀림이 없다.

마침내 심경이 언해되고 그 논소까지 언해되면서, 그 신행사에 획기적인 사건이 벌어졌던 것이다. 그동안 천여 년의 세월, 이 심경을 한문으로, 대중들은 내용도 모르는 채 그 한자음대로만 외워 낭송하던 것이 이제 그 의미를 파악하고 독송·연행할 수 있었기 때문이다. 그 한문본의 맹신·암송과 국문본의 숙지·염송은 실로 천지차이였던 것이다. 그러기에 조선 중·후기 불교의 약세에도 불구하고, 이 『심경언해』와 그 염송 신앙이 교세를 유지하고 발전시키는 선봉이요 견인차의 역할까지 하였던 터다. 그러기에 이 심경의 염송·연행은 그 전후

---

52 법장의 상계 발문에 '(鄭公)始自靑衿 迄於白首 持此心經 數千萬徧 心游妙義 口誦靈文'이라 하였다.

에 큰 차이가 있었다고 본다. 그 언해 이후부터 이 심경의 염송·연행이 실질적인 성행을 보였기 때문이다.

실제로 이 염송도 연행이요, 연극적 공연이 될 수 있다. 이 심경의 염송은 음악적으로 연행되는데, 그 염송자의 신앙 수준, 그 실상적 확신, 이 경에 대한 숭앙 정도, 당시의 심정, 그리고 각자의 음색, 발성 역량·기능에 따라 천차만별로 다 다르기 때문이다. 따라서 그 독송은 개성적 독창이 되지만 합송은 조화로운 합창이 된다. 고금을 통하여 이 염송을 청취·체험했다면, 이 연행에 공감하지 않을 수 없다. 그래서 이 염송은 바로 연행되어 가창형태를 취하였던 터다. 기실 이 염송은 아주 자연스러운 연행이기에, 그 가창형태가 법열에 의하여 무용을 동반할 수도 있었다. 이런 공연에서 가창이 청중의 감동을 자아낼 때, 자발적인 자유무, 법열무가 합세하는 사례는 얼마든지 있었다. 따라서 이 연행이 가무형태로 전개될 수가 있었기 때문이다. 나아가 이러한 가창형태가 이 심경 내용에 대한 자유로운 해설을 곁들여 강설·가창의 합성으로 강창형태를 조성할 가능성이 없지 않았다. 그리고 이 심경의 본원적 대화성에 힘입어 그 염송자들의 집단적 대화가 결부된다면, 그 대화형태까지도 형성될 수 있었던 것이다.

4) 재의적 연행

원래 이 심경은 인도에서부터 각종 불교의식에서 필수적으로 독송되었다. 기실 이 심경이 그 의식의 어떤 위치에서 염송되느냐의 차이는 있지만, 그것은 어떤 의식에서든지 반드시 염송·연행되었기 때문이다. 이러한 심경이 그 의식 중에 필히 염송·연행되는 관례·전형은 실크로드를 통하여 그 주변 불교국에 그대로 전파되고, 어느 국가든지 그 불교신앙의 시작과 함께 실현되었다. 그중에서도 중국에서는 이 심경이 제반 의례에 적절히 염송·연행되는 것은 불변의 법칙이었다. 그리하여 한·중의 불교문화 전반의 교류상에서, 한국은 그 의식 전체를 거의 그대로 수용·조정하였던 것이다.

실제로 한국에서는 삼국시대부터 불교재의가 시작되면서, 그 전체의식에 이 심경을 필수적으로 염송·연행하는 것이 불변의 원칙이었다. 특히 신라통일기를 지나 재의가 가장 발달·성행하던 고려대를 거쳐[53] 배불의 조선시대까지 그 모든 재의에 이 심경을 독송·공연하는 법칙은 변함없이 엄수되었다. 이 한국의 불교 재의는 모두 전통이 구원하고 규모·형식이 분명하며 고금을 통관하여 지금껏 다양하게 전개되고 있다. 이를 체계적으로 정리해 보면 이러하다.

예경재의에서, 새벽예불·사시공양·저녁예불 등

수행재의에서, 수계의식·출가의식·안거의식·수련의식 등

법회재의에서, 강경법회·속강법회·산립법회 등

국행재의에서, 수륙재·팔관재·연등재 등

천도재의에서, 예수재·영산재·다비식·사십구재·백일재·기신재 등

명절재의에서, 불탄재·출가재·성도재·열반재·우란분재 등

경찬재의에서, 낙성재·사리경찬재·창사재·점안의식·이운의식 등

월령재의에서, 정초통알·칠성재·칠석불공·추석불공·동지불공·관음재·지장재·약사재·초하루불공 등

생활재의에서, 출산기도·생일불공·출세기도·학업기도·재수불공·치병불공·방생재 등

여기에 현행 재의까지 추가하면 40여 종의 재의가 설법과 함께 진행되어 왔다. 이렇게 다양한 재의의 실제적 연행과정에 이 심경이 어떤 형태로든지 염송·공연된다는 사실은 확고한 터다. 기실 역대 불교왕국의 보수적 전통재의가 다양하게 전개되면서 그 연행의 역사를 이루어 왔거니와, 그 가운데서 이 심경이

53 김형우, 「고려시대 국가적 불교행사에 대한 연구」, 동국대학교 대학원, 1992. pp.164-168.

염송·연행된 실적은 매우 풍성하고 찬연한 것이었다. 위에서 이 심경 자체의 연행 양상을 검토하였거니와, 여기서는 그 소속 재의들의 연행양상, 연극적 공연 실태와 결부시켜 살펴보겠다. 실제로 이 전통적 재의는 몇 가지 유형으로 나누어지거니와, 그 연행양상, 연극적 공연의 유형에서 모두 공통적 요건을 갖추고 있는 터다.

이미 알려진 것처럼, 이 재의들은 우선 가창형태로 연행되었다. 그 재의들 중에는 공통적으로 기도적 계송이 필수되어 음악적으로 가창되기 때문이다. 물론 이 가창이 그 재의 연행의 어떤 위치에서 어떤 역할을 하느냐는 다르지만, 공연 중의 가창형태라는 점만은 분명히 같은 것이다. 그리하여 이 심경의 연행이 그 가창형태와 조응하는 터다.

그리고 이 재의들은 가무형태로 연행되었다. 기실 국행재의나 사찰재의의 중요한 연행에서는 영산재식의 작법무가 도입되어, 그 가창과 함께 가무형태를 이루기 때문이다. 물론 이 소규모의 개인적인 재의에서나 사찰·재주의 지원이 부족한 재의에서는 그 연행이 영산재의 법식을 생략할 수가 있어, 능소능대의 융통성을 보이는 것은 사실이다. 그렇지만 웬만한 재의라면 당연히 작법무를 수용하여 입체적인 가무형태로 연행하는 것이 원칙이라 하겠다. 그리하여 이 심경 연행의 가무형태와 상응하는 터다.

또한 이 재의들은 강창형태로 연행되었다. 기실 이 재의의 가창형태가 그 기도문·발원문과 설법문 등의 강설형태와 조합되어 강창형태를 이룩하기 때문이다. 여기에는 그 재의의 단위마다 으레 나오는 가창과 강설이 서사적 연결 없이 형식적으로 결합되는 강창형태가 있다. 그리고 이 재의들에 필수되는 설법에서, 서사적인 법화를 강설하면서 적절한 계송을 가창하여 형성되는 강창형태가 있는 게 사실이다. 그리하여 이 심경 연행의 강창형태와 연결되는 터다.

한편 이 재의들은 대화형태로 연행되었다. 실제로 이 재의 과정은 그 재를 받는 대상과 재를 올리는 재자·승려의 신묘한 대화로 연결되고, 그 재자들끼리의 필수적인 대화로 풀이되기 때문이다. 여기서 이 재자 등이 올리는 청원·찬탄·기원의 계송이나 청원문·발원문·기도문 등은 그 대상에 대한 발화로서 그 상위의 말없는 응답을 받아 대화로 전개되는 터다. 그리고 재자 등이 서로 주고받는 대화가 생동하고, 그 설법상에서 법화중의 대화가 성립되어 대화형태가 입체적으로 전개되는 것이다. 그리하여 이 심경 연행의 대화형태와 결부되는 터다.

끝으로 이 재의들은 잡합형태로 연행되었다. 기실 이 재의에서는 그 가창·가무·강창·대화 등 공연 요건을 몇 가지씩 조합하여 잡합형태로 연행되기 때문이다. 현실적으로는 이 잡합형태가 많이 연행되는 편이다. 이를 주선하기가 편리하고 그 연행이 입체적 효능을 발휘하고 있는 것이다. 여기에도 이 심경이 필수되어 그 연행에 합류·기여하는 바가 적지 않았던 터다.

5) 연행의 장르적 전개

위와 같이 이 심경·심경언해의 연행 양상은 연극적 공연으로 전개되었다. 따라서 이 연행의 장르는 바로 연극적 공연을 전범으로 분류하는 게 당연한 터다. 그러기에 이 연행의 장르는 그대로 그 연극적 장르에 준거하여 분화·규정될 수밖에 없다. 이미 알려진 대로 연극의 장르에는 가창을 중심으로 하는 가창극에 무용이 합세한 가무극, 서사문맥의 강설 가운데 가창을 짜 넣은 강창극, 그 극적 내용을 대화·연기로 밀고 나가는 대화극, 위 연극적 요소를 잡합시켜 펼쳐가는 잡합극 등이 자리하였다. 이렇게 공인된 연극 장르에 따라 이 심경 공연의 장르를 살펴보겠다.

첫째, 이 심경의 연행은 가창극으로 전개되었다. 위 심경의 연행 과정에서, 먼저 그 번역적 연행의 가창 형태가 그대로 가창극으로 규정될 수가 있다. 따라서 그 강설적 연행의 가창형태와 그 염송적 연행의 가창형태, 그 재의적 연행의 가창형태가 각기 가창극으로 정립되는 것은 당연한 일이다. 이처럼 위 4개 분야의 연행 과정에서 각기 가창극 장르가 풍성하게 정립·행세하였던 것이다.

둘째, 이 심경의 연행은 가무극으로 전개되었다. 위 심경의 연행 과정에서, 먼저 그 번역적 연행의 가무형태가 그대로 가무극으로 규정될 수가 있다. 따라서 그 강설적 연행의 가무 형태와 그 염송적 연행의 가무형태, 그 재의적 연행의 가무형태가 각기 가무극으로 정립되는 것은 당연한 일이다. 이처럼 위 4개 분야의 연행 과정에서 각기 가무극 장르가 풍성하게 정립·행세하였던 것이다.

셋째, 이 심경의 연행은 강창극으로 전개되었다. 위 심경의 연행과정에서, 먼저 그 번역적 연행의 강창형태가 그대로 강창극으로 규정될 수가 있다. 따라서 그 강설적 연행의 강창형태와 그 염송적 연행의 강창형태, 그 재의적 연행의 강창형태가 각기 강창극으로 정립되는 것은 당연한 일이다. 이처럼 위 4개 분야의 연행과정에서 각기 강창극 장르가 풍성하게 정립·행세하였던 것이다.

넷째, 이 심경의 연행은 대화극으로 전개되었다. 위 심경의 연행과정에서, 먼저 그 번역적 연행의 대화형태가 그대로 대화극으로 규정될 수가 있다. 따라서 그 강설적 연행의 대화 형태와 그 염송적 연행의 대화형태, 그 재의적 연행의 대화형태가 각기 대화극으로 규정되는 것은 당연한 일이다. 이처럼 위 4개 분야의 연행과정에서 각기 대화극 장르가 풍성하게 정립·행세하였던 것이다.

다섯째, 이 심경의 연행은 잡합극으로 전개되었다. 위 심경의 연행과정에서 그 번역적 연행이나 강설적 연행, 염송적 연행 등에는 그 잡합극의 분위기와 가능성만이 감돌았거니와, 그 재의적 연행에서 잡합형태가 분명히 나타났다. 따라서 여기서만 그 잡합형태가 잡합극 장르로 규정될 수밖에 없는 터다.

이와 같이 이 심경·심경언해가 유통·연행과정에서 연극적 공연을 통하여 가창극과 가무극·강창극·대화극·잡합극 등으로 정립·전개된 게 분명한 사실이다. 그래서 이 심경 문학이 시·공을 초월하여 전파·보급되어 온 최상의 가치와 무한한 역량을 입증하고도 남음이 있는 터다. 이로써 그 심경·심경언해의 문학작품이 예술세계로 확산·광포되는 그 실상과 역사적 위상이 올바로 밝혀졌다고 하겠다. 그러기에 모든 문학작품은 연행을 통하여 그 자체의 진상과 가치가 밝혀지는 것은 물론, 나아가 그 유통·전파, 연극적 공연의 시·공적 양상이 광범하게 규명되는 것이 보다 중요하다고 본다.

5. 결론

이상 『심경언해』의 문학적 실상과 연행양상을 문학론과 연극론 등에 의하여 유기적으로 고찰하였다. 지금까지 논의해 온 것을 요약하면 다음과 같다.

1) 이 『심경언해』의 찬성경위와 그 원전의 성격 내지 유통양상을 검토하였다. 이 『심경언해』는 당시 간경도감에서 역간한 불경언해의 일환이기에, 세조가 최고책임자로 조정의 신불학자·신료들을 동원하고 신미 등 학승·문승들을 모두 집결시켜 총섭·관리부와 실무·지휘부, 역경·교정부와 인쇄·출간부의 조직을 갖추고 국가사업으로 진행되는 가운데, 특히 『심경언해』는 효령대군과 한계희가 어명을 받아 당대의 학승들과 함께 추진하였다. 이 언해는 불교중흥과 정음보급 등을 위하여 승속 사부대중의 신앙적 편의를 제공하려고, 전문적이고 정교하게 번역되어 해석학적인 정확성과 국어학적 완벽성을 바탕으로 문학적 원전으로 완성되었으며, 행정조직 내지 불교계통 등을 거쳐 널리 유통되었다.

2) 이 『심경언해』의 문학적 전개양상을 고구하였다. 이 『심경언해』는 본문언해와 논소언해가 상호 분절 작용을 통하여 여러 각 편으로 분화되니, 그 본문은 한 작품이고 논소는 52개의 단형·중형·장형 작품으로 자리하였다. 이 작품들은 모두 불교문학의 성격을 지니되, 본문 언해는 그 주제와 사상, 구조와 내용, 구성과 형태, 표현·문체 등에서 문학적 요건을 갖추었고, 나아가 논소언해는 여러 편의 문학양식을 보여 주었다. 그리하여 이 작품들은 국문학 장르에 기준하여, 본문언해는 시가적 성향과 수필적 성향, 소설적 성향과 희곡적 성향을 입체적으로 조화시킨 최고의 명품으로 규정되었고, 논소언해는 전체적으로는 한

편의 평론문학이지만, 각 편 단위로는 소수의 시가와 상당수 수필의 논설 장르, 전장 장르, 서발 장르, 기행 장르 그리고 여러 편의 문학평론으로 정립되었다.

3) 이 반야심경, 그 언해의 연행양상을 탐색하였다. 이 심경은 찬성되자마자 인도로부터 불교신행의 모든 분야에서 널리 낭송되고 실크로드를 타고 그 주변의 불교국에 전파·봉독되어 파급의 대세를 이루었다. 이에 그 역대 불교왕국에서는 이 심경을 각국의 어문으로 번역하는 과정에서 이를 낭송·연행하게 되었으니, 중국의 한역본을 비롯하여 티베트어문본·몽고어문본이 유명하지만, 한국의 언해본에 이르러 번역적 연행의 성황을 보였다. 그리고 이 심경을 각국에서 논소·강설하는 과정을 통하여 그 연행이 강화되었으니, 그 중에서도 중국 등의 강설이 그 연행을 강화·발전시켰고, 그 한문논소본을 언해하면서 그 강설적 연행이 본격적으로 진행되었다. 나아가 이 심경은 모든 신도들이 개인적인 낭송이나 단체적인 합송을 통하여 연행의 실상을 보였고, 특히 각개 불교국의 제반 재의를 통하여 적극적으로 연행하였으니, 그 언해 이후에 점차 본격화되었다. 이러한 다양한 연행이 연극적 공연의 실상을 보이면서, 그 유형은 연극 장르에 의하여, 가창극와 가무극, 강창극과 대화극, 그리고 잡합극 등으로 규정·전개되었던 것이다.

그리하여 이 심경과 그 언해는 불교예술·문화사상에서 중요한 위상을 확보하여 왔다. 우선 이 심경이 불경중의 불경으로서 불교문학의 절정에 자리하여 후대 문학 그 장르적 전개에 장구한 세월에 큰 영향을 끼쳤으니, 그 문학사상의 위치가 뚜렷하다. 그리고 이 심경은 그 번역과 강설·독송, 재의를 통하여 그 연행사, 연극사상에서 지대한 역할을 다하였다. 나아가 이 심경의 유통·연행이 불교신행사와 재의사상에서 면면한 전범·전통을 이어 주었으며, 심지어 민속사상에서도 그 기여한 바가 적지 않았다. 고금을 통하여 무속의례에까지 이 심경이 파급되어 소중한 역할을 다하여 왔던 것이다. 그리하여 이 심경 그 언해는 지금까지 그 문학·예술적 실상이나 문화사적 전통이 그대로 계승·발전되고 있다는 사실이 그만큼 중시되는 것이다.

般若波羅蜜多心經(漢譯)

觀自在菩薩 行深般若波羅蜜多時 照見五蘊皆空 度一切苦厄 舍利子 色不異空 空不異色 色卽是空 空卽是色 受想行識 亦復如是 舍利子 是諸法空相 不生不滅 不垢不淨 不增不減 是故空中無色 無受想行識 無眼耳鼻舌身意 無色聲香味觸法 無眼界迺至無意識界 無無明 亦無無明盡 乃至無老死 亦無老死盡 無苦集滅道 無智亦無得 以無所得故 菩提薩埵 依般若波羅蜜多故 心無罣导 無挂礙故 無有恐怖 遠離顚倒夢想 究竟涅槃 三世諸佛 依般若波羅蜜多故 得阿耨多羅三藐三菩提 故知般若波羅蜜多 是大神呪 是大明呪 是無上呪 是無等等呪 能除一切苦 眞實不虛 故說般若波羅蜜多呪 卽說呪曰 揭諦揭諦波羅揭諦波羅僧揭諦菩提薩婆訶

般若波羅蜜多心經諺解(원문)

觀自在菩薩이 行이 기픈 般若波羅蜜多ㅣ 時節에 五蘊이 다 空혼돌 비취여 보샤 一切苦厄을 건나시니라 舍利子아 色이 空과 다르디 아니코 空이 色과 다르디 아니ᄒ며 色이 곧 空이오 空이 곧 이 色이니 受와 想과 行과 識도 ᄯ 이 ᄀᆮᄒ니라 舍利子아 이 諸法의 空혼 想은 生티 아니ᄒ며 滅티 아니ᄒ며 더럽디 아니ᄒ며 조티 아니ᄒ며 더으디 아니ᄒ며 더디 어니ᄒ니 이런ᄃ로 空中엔 色 업스며 受와 想과 行과 識괘 업스며 眼과 耳와 鼻와 舌과 身과 意와 업스며 色과 聲과 香과 味와 觸과 法괘 업스며 眼界 업스며 意識界 업수메 니르며 無明 업스며 ᄯ 無明 다오미 업스며 乃至 老와 死왜 업스며 ᄯ 老와 死와 다오미 업수매 니르며 苦와 集과 滅와 道왜 업스며 智 업스며 ᄯ 得 업스니 得혼 곧 업슨 젼ᄎ로 菩提薩埵ㅣ 般若波羅蜜多를 브튼 젼ᄎ로 ᄆᅀᆞ미 걸며 ᄀ료미 업스니 걸며 ᄀ료미 업슨 젼ᄎ로 저품 업서 갓ᄀᆫ 夢想을 머리 여희오 究竟 涅槃ᄒ며 三世諸佛이 般若波羅蜜多를 브트샨 젼ᄎ로

阿耨多羅三藐三菩提를 得ㅎ시ᄂᆞ니 이럴씨 알리로다 般若波羅蜜多ᄂᆞᆫ 이 큰 神奇ᄒᆞᆫ 呪ㅣ며 이 큰 불근 呪ㅣ며 이 우 업슨 呪ㅣ며 가즐벼 ᄀᆞᆯ오리 업슨 呪ㅣ라 能히 一切受苦 더로미 眞實ᄒᆞ야 虛티 아니ᄒᆞ니라 이럴씨 般若波羅蜜多呪를 나ᄅᆞ노라 ᄒᆞ시고 곧 呪를 니ᄅᆞ샤ᄃᆡ 揭諦揭諦波羅揭諦波羅僧揭諦菩提薩婆訶(국문 주석 및 한자 주음 생략 : 필자)

슬기 건넌 마음에 날(智度心經)

다 아신 이께 절하옵고

聖觀自在 道人이 깊은 슬기건넘을 行하시며 살피시니 조각이 다섯이오 또 그 됨됨이 빈 것을 看破하셧다. 자 鶖子야 허울이 비어 있어 虛할 事 허울이니 허울과 빔이 다름 없고 빔과 허울이 다름 없어 허울이 그 빈탕이오 빈탕이 그 허울이라 느낌과 생각과 뜻과 분별도 또한 그러하니라 자 鶖子야 모든 것이 빈 相이라 남도 없고 꺼짐도 없으며 醜함도 없고 淨함도 없으며 줆도 없고 붊도 없다 그러므로 鶖子야 빈 바에는 허울이 없고 느낌이 없고 생각이 없고 뜻이 없고 분별도 없으며 눈 귀 코 혀 몸 마음도 없고 허울 소리 냄새 맛 닿음 法이 없으며 눈갈피가 없고 필경 마음 분별갈피도 없으며 有識도 없고 無識도 없으며 필경 늙죽음이 없고 늙죽음 끝장도 없으며 괴롬 모딤 滅亡 길이 없고 깨침도 없고 攄得도 없으니 다 허탕이기 때문이다. 道人이 슬기 건넘으로 말미암아 마음걸림 없음이 도사리나니 마음걸림이 사라지므로 두렴이 없고 꺼꾸러짐을 여흰 徹底한 '없는 동산'이니라 세 누리 퍼져 계신 모든 깬 이도 슬기 건넘에 依하여 위 없는 '바로 다 앎'을 通達하셧다 그러므로 알라 슬기 건넘의 큰 呪文은 매우 밝은 呪文이며 위없는 呪文이며 같음없이 같은 呪文이라 모든 괴롬을 없애나니 참이요 거짓없기 때문이다 슬기 건넘에서 이른 呪文은 이러하다 '간 간 건너간 건너들간 道여 옳소이'(김형기 교수가 1975년 범본에서 번역하였음) ●

제3부

불교재의의 공연양상과 문학세계

불교재의궤범의 공연양상과 문학적 전개

수륙재의궤의 공연양상과 희곡적 전개

『사리영응기』의 공연양상과 희곡적 전개

불교재의궤범의 공연양상과 문학적 전개

1. 서론

이 불교는 유구한 역사 속에서 그 상구보리·하화중생의 최고 이상을 오직 대소 간의 재의로써 실현하여 왔다. 그러기에 이 불교재의는 오랜 전통 아래 가장 다양하고 풍성하게 종합에술적으로 발전·전개되어 실로 방대하고 보배로운 역량을 발휘하였던 것이다. 따라서 이 불교재의는 형성·출발 이래, 점차 발달되면서 다양한 전형을 이루고 계통적으로 체계를 갖추어 오늘에 이르렀던 터다. 이러한 재의 전체는 모든 신행의 현장에서 보다 다양하고 경건하게 연행·공연되는 것이 원형이고 원칙이거니와, 이를 분야·계통별로 조정·기록한 것이 이른바 재의궤범으로 정립되었다. 이 궤범은 그 재의의 발전적 연행의 성과적 산물이거니와, 그 후로 계속되는 모든 재의 연행의 대본으로서 중대한 역할을 다하여 왔던 것이다. 그것은 마치 모든 연극의 대본, 극본·희곡과 같은 실상과 기능을 발휘하였기 때문이다.

기실 이 궤범은 역대 불교재의의 효율적인 연행을 위하여, 불교계 명사의 계속적인 개신·개편에 따라 빼어난 문학·예술성을 갖추기에 이르렀던 터다. 그리하여 이 궤범 전체를 문학·예술적 관점에서 보면, 온통 문학작품의 집성이요 그 예술적 연행의 대본, 극본이기 때문이다. 그러기에 이 궤범은 모두 불교문학의 보고요 연행예술의 본거지라고 해야 마땅할 것이다. 따라서 이 궤범의 공연양상과 그 문학적 전개실상을 고구할 필요성이 절실해지는 터다. 지금껏 이 궤범이 한갓 불교계의 의례 문헌이라고만 취급되다가, 이제 거기에서 다양하고 값진 문학작품과 아름답고 감동적인 예술작품이 발굴·재구될 수 있기 때문이다.

그동안 이 궤범에 대한 학계의 관심은 크지 않았던 게 사실이다. 그 중에서도 이 궤범을 불교의례라는 측면에서 주목한 바가 있고[1] 그 전체적인 재의를 의례 자체로서 검토한 업적이 나왔다.[2] 그 중의 몇몇 의례가 민속학적으로 조명되었고,[3] 그리고 그것의 불교음악적 면모나 불교무용적 일면이 조명되었으며,[4] 한편 공연문화적 측면의 거론도 일부 있었다.[5] 나아가 그중 특수한 재의궤범의 연극적 공연양상과 문학적 전개실상을 검토·논의한 사실도 있었던 터다.[6] 그런데도 이 불교재의궤범 전체의 연극적 공연양상과 문학적 전개실상을 총체적이고 본격적으로 고구한 논저는 아직 접하지 못했던 것이다.

이에 본고에서는 이 재의궤범의 연극적 공연양상과 문학적 전개실상을 고찰하고자 한다. 첫째, 이 궤범의 찬성경위와 전승양상을 원전론·유통론에 따라 검토하겠고, 둘째, 이 궤범의 유형실태를 제의론·유형론에 의하여 점검하겠으며, 셋째, 이 궤범의 공연양상을 공연예술론·연극론에 준하여 추적하겠고, 넷째, 이 궤범의 문학적 실상과 장르적 전개를 문학론·장르론에 입각하여 고구하겠다. 그리하여 이 궤범이 연극사·문학사 내지 불교문화사상에서 차지하는 위상을 개괄적으로 파악해 보려는 것이다.

여기서는 그 원전으로 朴世敏의 『韓國佛敎儀禮資料叢書』 전4집(이하 자료총서)을 중심으로, 安震湖의 『釋門儀範』을 활용하겠다.[7] 전자는 전통적 궤

---

1 박세민, 「불교의례의 유형과 구조」, 『韓國佛敎儀禮資料叢書』 第1輯, 三聖庵, 1993.

2 洪潤植, 『韓國佛敎儀禮の研究』, 隆文館, 1976.

3 진관사 수륙재 보존회, 『진관사 수륙재의 민속적 의미』, 민속원, 2012.

4 법현, 『불교의식음악 연구』, 운주사, 2012; 『불교무용』, 운주사, 2002.

5 한국공연문화학회, 『한국수륙재와 공연문화』, 글누림, 2015.

6 사재동, 「영산재의궤범의 희곡문학적 전개」, 『한국공연예술의 희곡적 전개』, 중앙인문사, 2006; 김순미, 「조선조 불교의례의 시가 연구」, 경성대학교 대학원, 2005.

7 박세민, 『韓國佛敎儀禮資料叢書』 全4輯, 총 75편을 선택적으로 활용한다. ; 안진호, 『釋門儀

범의 현존본을 집대성한 것이고, 후자는 그 궤범을 현대적으로 계승·개편한 것이기 때문이다.

2. 불교재의궤범의 찬성경위와 전승양상

1) 찬성의 주체

이 불교재의는 그 상구보리·하화중생의 본원적이고 필수적인 방편이었다. 이 불교의 창도 이래 그 모든 활동은 이 재의를 통하여 이루어졌기 때문이다. 따라서 인도 이래 역대 불교의 발달·전파는 바로 이 재의의 발달·전파로 나타났던 것이다. 그러기에 이 불교재의는 실크로드를 타고 그 주변 제국으로 전파·성행하였으니, 중국을 통하여 한국에 이르러 그 주류를 이루었던 터다.

그리하여 삼국시대 불교의 전래와 함께 이 재의가 전래·유통되었으니, 고구려·백제·신라의 불교문화가 이를 실증하고 있다.[8] 실제로 모든 불교문화는 그 다양한 재의의 소산이기 때문이다. 이러한 불교재의는 신라통일기의 발전을 거쳐 고려대의 융성으로 전개되었으니, 그 불교의 성세와 문화적 유산이 이를 확증하는 터다. 나아가 이 재의의 전통과 성황은 조선시대로 계승되어, 불교가 탄압·혁파되는 와중에서도 그 재의만은 실세를 유지하여 불교의 명맥을 보전하게 되었다. 그러기에 조선시대의 불교를 齋儀佛敎라고 지칭하였던 터다.[9]

이러한 불교재의의 주체는 물론 불교계 승단의 승려들이다. 그 승려들이 이 재의를 주재·주도하여 승려·신도들의 신앙·불사를 이끌어 왔기 때문이다. 기

範』, 法輪社, 1993. 총 14편 111장 중에서 일부를 활용한다.

8 혜일명조, 『수륙재』, 일성, 2013, pp.26-32 참조.

9 김상현, 「불교의례의 역사적 전개와 교화 방편」, 『불교의례』, 열화당, 2015, pp.49-57.

실 모든 승려들이 필수적으로 이 재의를 익혀 자수·교화의 역할을 다하였지만, 나아가 불교의 전문적 발전·분화에 따라 그 전문성을 확보하게 되었다. 적어도 불교가 이론과 실수 면에서, 선학·교학을 기반으로 하여 각종 교파가 이루어지면서, 승려들은 이판승·사판승으로 나뉘고 나아가 선사·법사·강사나 주지 등의 직함·소임을 맡게 되었다. 여기에 이르러 이 재의를 전공·전문으로 하는 재의승이 출현하여 이를 주관·주도하여 왔던 터다. 바로 이 재의승들이 명실공히 그 주체의 역할을 전담하였던 것이다.

여기서 주목되는 것은 이 불교재의 대본으로서 그 궤범의 찬성을 주도한 세력이다. 그들이 이 재의의 대본을 궤범으로 찬성·운용한 주체이기 때문이다. 이러한 재의궤범이 어떠한 형태로든지 찬성되기 시작한 것은 이 재의의 실연과 그 연원을 거의 같이 했으리라 본다. 어떤 재의이든지 그것은 비록 소박한 구비형태로라도 대본이 없이는 실연될 수가 없음으로써다. 그러기에 그 재의가 조직적 체계를 가지고 연행될 때는 이미 그 대본이 전제될 뿐만 아니라, 그 결과로서 그 대본이 성립되는 게 당연한 일이다. 이러한 과정에서 그 대본이 문헌적으로 성립된 것은 아무래도 그 연행 이후의 성과로 나타났던 터다. 따라서 이러한 과도기에 그 재의의 대본, 그 궤범을 찬성하기 시작한 주체는 역시 그 재의를 실연한 주체였으리라 보아진다.

이러한 전통을 이어 적어도 중국의 양나라 시대, 그 숭불주 무제 때부터는 본격적인 재의궤범이 정립되었던 것이다. 잘 알려진 指空이 『水陸儀文』을 찬성한 이래, 志磐이 재례의 궤범을 정리하여 『水陸新儀』를 편찬하고, 그 수륙재의궤범의 원형으로 행세하였다. 그리고 무제의 특명에 의하여 梁朝諸大法師가 『慈悲道場懺法』(6권)을 찬집하여 후대의 전범으로 전승되었고, 역시 양나라 寶誌와 寶唱이 『慈悲道場觀音懺法』(3권)을 찬성하여 유통시켰던 터다. 이와 같이 각종 재의의 궤범이 정립·성행하여 그 전통을 이어 주었으니, 그로부터 당·송을 거쳐 원·청까지 그 전문 승려들에 의하여 많은 재의궤범이 찬성·정립되어 유통되었을 것은 당연한 일이다.[10]

그런데도 한국에서 확인할 수 있는 그 찬성의 주체와 실제의 재의궤범은 빙산의 일각으로 전할 뿐이다. 당나라 不空과 佛陀波利가 『五大眞言集』(1권)을 번역하고, 不空이 단독으로 『觀世音菩薩薩靈驗略抄』(1권)를 한역한 사실과 송대 延壽가 『受菩薩戒法』(1권)을 집술한 것이 그것이다. 이어서 원대 王子成이 『禮念彌陀道場懺法』(10권)을 편찬하고, 德異가 『增修禪敎施食儀文』(1권)을 찬성하며, 蒙山이 『大利四明日迎魂施食儀文』(1권)을 편성한 것과 청대 株宏이 志磐의 『水陸新儀』를 기초로 하여 『法界聖凡水陸勝會修齋儀軌』(1권)을 편찬하면서 『戒殺放生文』(1권)을 찬성해 낸 것, 西河가 『仔夔刪補文』(10권)을 편찬하고 定慧가 『地藏菩薩本願懺儀』(1권)를 편찬해 낸 것 등이 고작이라 하겠다.

실제로 이 재의궤범은 삼국시대로부터 유입·유통되고 신라통일기를 거쳐 고려대에 이르러 토착화되면서 다양하게 개편·찬성되고 유통·성행하여 조선시대까지 유전되었을 것이지만, 현전하는 것은 겨우 고려시대의 약간과 조선시대의 일부가 있을 뿐이다. 그것도 고려 말기 祖丘가 『慈悲道場懺法集解』(2권)을 찬술하고, 竹庵이 『天地冥陽水陸齋儀纂要』(1권)를 편술하며, 混丘가 『新編水陸儀文』을 편찬하는 한편, 惠永이 『白衣解』(1권)를 편성한 것 등에 머물고 있다.

나아가 조선조에는 후대적 전승으로 비교적 다양한 재의궤범이 현전하거니와, 그것 역시 많은 실전을 겪은 나머지라고 보아진다. 적어도 15세기 學祖가 『眞言勸供』(1권)을 편역하고, 金守溫이 『法界聖凡水陸勝會修齋儀軌』(1권)와 『詳校正本大慈悲道場懺法』(10권) 등에 발문을 붙여 간행한 것과, 16

---

10 미등, 『국행수륙대재』, 조계종 출판사, 2010, p.23.

세기 休靜이 『雲水壇歌詞』(1권)와 『說禪儀』(1권) 등을 편간하고, 明照가 『僧家禮儀文』(1권)을 편찬하며, 覺性이 『釋門喪儀抄』(2권)를 작성한 것 등이 돋보인다. 그리고 17세기 道安이 『中峯和尙三時繫念儀範文』(4권)을 편집한 데에 이어 18세기 東賓이 『大刹四明日迎魂施食儀文』(1권)을 재편하며, 聖能이 『仔夔文節次條列』(1권)을 편찬하고, 義圓이 『雲水壇儀文』(1권)을 편집하며, 亘璇이 『作法龜鑑』(2권)과 『茶毘說』(1권) 등을 작성한 것이 사실이다. 나아가 19세기 井幸이 『僧家日用食時黙言作法』(1권)과 『茶毘作法』(1권), 『七星請文』(1권) 등을 편집하고, 葆光이 『甘露法會』(1권)를 편찬하며, 慧溟이 『禮文』을 작성한 이래, 그 전통은 20세기 蓮苞와 震海가 『七衆受戒儀軌』(1권)를 편집하고, 映湖와 晴湖가 『茶毘作法』을 현토·언해한 것, 白相奎가 『大覺敎儀式』을 제정한 데다, 權相老가 『朝夕持誦』(1권)을 작성한 것과 海雲이 『請文要集』(1권)을 엮어 내고, 璜華가 『要集』을, 盛權이 『要集文』을 필사하는 한편, 鼎奭이 『華嚴大禮文』(1권)을 편집하며, 慈雲이 『淨土儀範』(1권)을 작성한 것 등으로 계승되어, 마침내 安震湖가 『釋門儀範』을 집성하게 되었다.

한편 연대 미상이로되 대강 조선 후기에 해당되리라 추정되는 찬성자에게 그 궤범이 있어 열거해 보면 이러하다. 먼저 大愚의 『豫修十王生七齋儀纂要』(1권)와 眞一의 『釋門家禮抄』(2권), 智禪의 『五種梵音集』(2권), 雪梅와 道性의 『釋門祖師禮懺作法』(1권), 伴雲·應輝·智禪·眞一 등의 『刪補梵音集』(1권), 智還의 『天地冥陽水陸齋儀刪補集』(3권), 蒙隱·雲嶽·慧峰 등의 『密敎開刊集』(1권), 龍巖·白巖·映月 등의 『眞言集』(2권), 그리고 聳虛의 『造像經』(1권) 등류가 전하여 상당히 주목되는 터다. 나아가 아예 편자·연대 미상의 재의궤범이 있으니, 『觀世音菩薩禮文』(1권)과 『天地冥陽水陸雜文』(2권), 『勸供諸般文』(1권), 『靈山大會作法節次』, 『諸般文』(1권), 『慈悲地藏懺法』(3권), 『作法節次』(1권), 『要集文』(1권), 『彌陀禮讚』(1권), 『無

量禮敬文』(1권) 등이 있어 오히려 중시된다.

이와 같이 역대 불교재의와 그 대본·궤범을 주도·편간한 주체가 그 전문적 식견·능력을 가진 승려들로서 그 면면한 전통을 이어 왔던 것이다. 실제로는 그 시대의 모든 재의가 불교활동에서 그만큼 중대한 역할을 다하였다는 사실이 중시된다. 특히 조선시대의 불교계에서는 모든 고난 속에서 그 재의를 유지·발전시키려는 사명과 공적이 그만큼 다대하였던 것이다. 한편 그 주체자의 주변에서 보좌·협력한 신불문사 김수온이나 보광 같은 역할을 주목해야만 될 터다.

2) 찬성의 동기

이미 알려진 대로 이 불교재의는 그 사상·신앙을 교화·실천하는 최고·지선의 실제적 방편이다. 따라서 이 재의의 동기는 크게 보아 상구보리·하화중생하는 데에 집중되어 있는 게 확연하다. 그러기에 이 재의는 그 불교적 이념을 실현하는 보편적인 방법으로서 가장 강력하고 효율적인 공연을 목적으로 삼을 수밖에 없었다.[11] 그리하여 이 재의는 그 동기·목적을 올바로 실현하기 위하여 총체적 이념에 기반을 두고, 분야별로 발전·전문화되는 게 당연한 일이었다. 따라서 이 재의의 동기는 그 분야에 따라 구체적으로 강조·부각되었다.

우선 그 예경재의를 연행·공연하는 일이다. 이 불교에서 불·법·승 삼보에 귀의하여 그 가르침을 배우고 실천하는 것은 제일 기본적이고 중요한 과정이다. 그것은 삼보를 찬탄·숭신하는 기반이 되기 때문이다. 다음 그 수행재의를 연행·공연하는 일이다. 이 불교에서 사부대중의 수행은 그 진리·사상을 체달·실천하는 중심적 과정이다. 이 수행이 불교 발전의 원동력이 되기 때문이다. 또한 그 법회재의를 연행·공연하는 일이다. 이 불교에서 그 법회재의는 승려 중심으로 교리·사상을 공부하고 실천하는 보편적 과정이다. 따라서 넓은 의미에

---

11 양은용, 「불교사상과 의례 구조」, 『불교의례』, pp. 116-117.

서는 사찰·불교계 전체의 교화와 신행활동이 법회재의에 속한다고 볼 수도 있다. 그렇지만 여기서는 그 포교·교화의 활동만으로써, 본격적인 역할을 다하고 있는 터다.

한편 그 수륙재의를 연행·공연하는 일이다. 이 불교에서 그 수륙재의는 국가적 재변이나 환란을 당하여 이를 극복·치유하는 거창·중대한 과정이다. 이 재의는 국가와 불교계가 거국적으로 수행하는 소재의례로서, 실제로는 그 재난을 일으키는 천지·명양·수륙의 모든 영혼을 소청하여 관욕·개의하고 불보살과 신중의 법력·권능을 빌어 시식·해원하며, 법은을 입은 채로 극락세계로 왕생시키는 것이 주목적이다. 그리하여 이 재난을 극복·치유함은 물론 그 당대의 흉흉한 민심을 승화·합일시키는 것이 가장 중대한 역할이었던 터다. 그리고 그 천도재의를 연행·공연하는 일이다. 이 불교에서 그 천도재의는 인연 있는 영가·만령들을 소청하여 목욕재계시키고 불보살과 신중들의 법력·권능을 빌어 극락세계로 왕생시키는 것이 목적이다. 그리하여 이 영가들에 대한 비통과 갈등을 해소·추모하면서, 유족·생존자 역시 승화되어 평안을 누리게 되는 터다.

또한 그 명절재의를 연행·공연하는 일이다. 이 불교에서 그 명절재의는 석가불의 탄생·출가·성도·열반을 찬탄·기념하고 우란분재를 열어 하안거를 해제하며 선망영가들을 천도하는 것이 중요한 역할이다. 이 재의는 불교를 창도한 불타의 행적과 직결되어 매우 중대한 역량을 발휘하였던 것이다. 이어 그 점안재의를 연행·공연하는 일이다. 이 불교에서 그 점안재의는 사찰을 낙성하거나 성물을 점안·이운하면서 염불·찬탄하여 사부대중의 예경·신심을 강화하는 데에 목적이 있다. 그리하여 사부대중이 깊은 신심과 환희심을 가지고 불사에 호응·매진케 하는 게 큰 역할이다. 그리고 그 월령재의를 연행·공연하는 일이다. 이 불교에서 그 월령재의는 매월 이름있는 관음재일·지장재일·약사재일 미타재일 같은 의미 있는 날에 그와 직결시켜 염불·기도하는 것이 중요한 목적이다. 이 재의는 저명한 불·보살의 권능과 법력을 찬탄·발원하면서 사부대중의 신심과 가피를 성취하는 데에 많은 역할을 했던 것이다. 끝으로 그 일상재의를 연행·공연하는 일이다. 이 불교에서 그 생활재의는 사부대중의 일생 통과의례나 생활 상에서 벌어지는 애경간의 제반 사건을 원만히 해결하는 것이 목적이다. 이 재의가 다양하고 사소한 것 같지만, 실제로는 절실하고 소중한 고비를 이루고 넘기는 역할을 하는 터다.

이와 같이 여러 분야의 동기가 확인되면서, 이 전체 재의의 지향·목적이 분명해졌다. 따라서 이 재의궤범의 찬성동기가 확실해진 것이다. 이 실제 재의의 동기가 바로 그 대본·궤본의 동기일 수밖에 없기 때문이다. 그런데도 이 궤범 자체의 찬성·전개에 따른 구체적 동기를 추적할 필요가 있다. 바로 그것이 역대 모든 재의궤범의 찬성·개변·발전을 좌우하여 왔기 때문이다. 기실 이 재의궤범은 그 재의의 실연을 통하여 정립되고, 다시 그 연행·공연을 위한 대본으로 찬성된 것이다. 따라서 이 궤범이야말로 그 연행·공연을 가장 정확하게, 좀 더 효과적으로 진행시키는 데에 그 본분과 목적을 두는 게 당연한 일이었다. 그러기에 이 재의궤범은 그 연행·공연의 성과를 향상시키고 극대화하는 데에 주력할 수밖에 없었다. 그리하여 이 재의궤범은 그 목적·과업을 충족·강화하는 방향으로 개선·발전하게 되었다.

우선 이 재의궤범은 그 불교신앙을 엄선·첨예화하고 대승적으로 대중화하는 데에 주목하였다. 그러기에 이 궤범에서는 교종·선종 내지 밀종 등을 망라하여 신도 대중이 호응·공감하는 덕목을 체험적으로 선택하여 신중하게 개선하였던 터다. 따라서 상계한 재의의 각개 분야에 걸쳐 그 신앙덕목이 대승불교·대중불교의 다양한 면모를 갖추게 되었다. 다음 이 재의궤범은 그 구조·구성과 문장 표현을 문학적으로 보완·강화하는 데에 주력하였다. 따라서 이 궤범에서는 당대의 불교문원에서 적절하고 빼어난 작품들을 엄선·수용하여, 위 재의의 각 분야에 걸쳐 문학적 대본의 실상을 강화하게 되었다. 그리하여 이 대본은 모든 문학 장르를 갖추고 종합문학적 양상을 확보하기에 이르렀다. 나아가 이 재의궤본은 그 공연예술적 방편·장치를 보완·강화하는 데에 주력하였다. 적어도 이 궤범에 서는 그 실연무대를 미술적으로 다양화하고, 음악·무용·연기 등을 입체적으로 강조하여, 그 연행·공연을 적극 뒷받침하였다. 그리하여 이 궤범은 실제적으로 불교연극의 발전적 방향을 제시하게 되었던 것이다.[12]

3) 찬성의 실제와 유통

이 재의궤범은 어떤 개인의 창작이 아니다. 그 재의가 최선의 불교활동으로 형성·실연되면서, 거기에 활용된 불교사상과 계송·진언·기원문·법문·경문 등 문학작품들, 그리고 그 배경·무대·장엄 등 미술작품들, 그 계송·진언이나 기 원문 등을 가사로 부르는 모든 음악, 이를 역동적 법열로 입체화하는 무용, 그 리고 의식절차의 연기적 요건 등이 유기적으로 집성·조정되어 그 대본·궤범이 정립되기 시작하였던 것이다. 그러기에 위 찬성의 주체에서 보인대로, 그들은 기존의 사상·신앙과 불교문학, 불교미술·불교음악·불교무용·불교연기 등 예 술적 요소·요건을 가지고 그 대본·궤범을 편찬·편집하는 게 우선적 방책이었 던 터다.

위 각개 분야에 걸쳐 그 재의적 연행은 인도로부터 이미 형성·전개되었지만, 그것이 불교 전래와 함께 실크로드 주변국과 중국 등지에 전파된 것은 사실이 다. 그래서 이 각종 재의가 그 대본의 원형과 함께 중국에 수용되고, 다시 당대 의 불교계에서 이 재의대본을 현지 여건에 적합하도록 개변·조정한 것이 중국 의 재의대본·궤본으로 정립되었던 터다.

적어도 이 불교재의가 양나라 때에 본격화되면서 각개 분야에 걸친 재의궤범 이 성립되었다면, 그것이 당·송대를 거치면서 발전적으로 편집·보완되고 원· 명대에 이르러 개신·재편되면서 청대로 계승되었으리라 본다. 역대 재의궤범

---

12 이상 사재동, 「수륙재의궤의 공연양상과 희곡적 전개」, 『한국수륙재와 공연문화』, pp.269-272.

의 주체자들이 전문적 권위에 의하여 상술한 바 사상·신앙의 대중화, 문학적 작품의 강화, 예술적 공연의 강조 등 직접적 동기에 따라서 그 궤범의 편찬·편집을 계속 진전시켰던 것이다. 그리하여 이 재의궤범은 각개 분야에 걸쳐, 그 전체적 구조와 서사적 진행과정에서 그 구성 형태가 전형을 이루고, 그 장면 단위마다 무대 장엄을 명시하며, 등장인물의 연기 활동에다, 기도·발원의 다양한 운문과 산문 등을 점차 강화·결집하게 되었다. 나아가 그 효과적 연행을 위하여 감명 깊은 음악이 가창·가송으로 흐르고, 그 법열을 무용으로 작동케 하며 미묘한 연기로 장식하게 되었던 것이다. 이처럼 중국의 역대 재의궤범이 그 시대마다 전형을 이루어 연행·유통되면서, 한국으로 전래된 것은 필연적인 일이었다.

그러기에 한국에서는 삼국시대부터 그 재의궤범을 입수·수용하여 일단 그대로 활용할 수밖에 없었을 터다. 이러한 초기적 시행착오를 겪으면서, 고구려·백제·신라가 공히 그 재의궤범의 모방·습용을 벗어나 현지 사정과 여건에 맞는 궤범으로 개편·정립시켰을 것이다. 이어 신라통일기에는 삼국의 재의궤범을 통일·조정하여 여법한 형태로 정립했으리라 추정된다. 이어 고려대에는 그런 신라식 재의궤범을 계승하여 좀 더 발전시켰던 터다. 이 고려대의 불교융성과 함께 그 재의가 가장 성행하였으니, 그 궤범이 성행·발달한 것은 당연한 일이었다. 여기서 고려 불교의 주체들이 전래 궤범의 실천적 연행을 통하여 당대·현지의 실정·여건에 적합하도록 대폭 혁신·개편하였던 것이 주목된다. 이로써 그 궤범은 자체의 구조와 진행과정, 그 절차와 진행단위의 구성형태를 개신하고, 그 문학·예술적 요건을 충분히 계승·발전시켜 위 각개 분야에 걸친 궤범의 전형을 이룩하게 되었던 터다. 적어도 이때에 이르러 상계한 예경재의와 수행재의·법회재의·수륙재의·천도재의·점안재의, 명절재의와 월령재의 내지 생활재의 등에 걸친 각개 궤범이 정형을 이루었기 때문이다.

나아가 조선시대에는 그 주체들이 고려대의 재의궤범을 그대로 계승하여 발전적으로 개편·신정하여 나갔다. 기실 억불·숭유의 수난기를 맞이하여 일반 불경·불서의 간행·유통이 부진했음에도 불구하고, 이 재의궤범은 오히려 성세를 보였던 것이다. 실제로 이 불교재의는 국행수륙재나 천도재 등을 중심으로 조정의 탄압을 벗어나 의외로 성행하고 쇠퇴일로의 불교세를 유지하는 대방편이 되었던 터다. 그리하여 조선시대의 불교를 齋儀佛教라고 하리만큼 진전되니, 따라서 그 재의궤범이 발전·성행한 것은 당연한 일이었다. 당시의 그 주체들은 이 재의궤범을 전체적으로 개편·신찬할 때, 그 방향·목적을 더욱 분명히 내세워 실천하였던 것이다. 전술한 대로 이 재의궤본은 그 불교 사상·신앙을 유불상합의 대중적 성향으로 강조하고, 그 구조·구성의 규모를 적절히 증감하면서, 그 불교 문학적 감화력을 강화하고, 그 연행의 미술적 환경·무대와 음악·무용·연기 등의 공연예술적 요건을 확장하여 나갔기 때문이다. 이는 현전하는 조선시대의 재의궤범이 실증하고 있는 터다. 나아가 근현대에 편성된 재의궤범들은 그 주체들에 의하여 이전의 궤범들을 현대적 안목으로 개편·집성한 것이라 보아진다.

이렇게 찬성·편찬된 재의궤범들은 그 시대의 불교재의에 상응하여 널리 유통·전파된 점이 중시된다. 기실 이런 궤범은 그 전파·유통을 통하여 그 보배로운 실상을 보이고 신묘한 역량을 발휘하였기 때문이다. 따라서 이런 재의궤범은 그 생동하는 활용에 의해서만 그 내재적 제반 가치가 발현되고 그 영향력이 입증되어, 그 문학·예술적 진가와 불교문화사적 위상이 올바로 파악되는 터다. 이런 점에서 이 재의궤범의 유통양상은 주의 깊게 검토되어야 마땅하거니와, 그 구비적 유통·연행은 다음의 '연행양상' 조로 미루고 여기서는 그 재의궤범의 문헌적 유통 상황만을 살펴보겠다.

우선 이 재의궤범은 일부 필사본·활판본도 있지만 대강 목판본을 중심으로 간행·유통되었다. 그 역대 사찰에서는 이 재의궤범을 목판에 올려 각판·인행하고, 사찰에 중점을 두어 보급·유통시켰다. 기실 이 목판본은 그 문장과 도식 내지 화면을 함께 각인하는 편의가 있는 데다, 이를 대량 생산할 수도 있어 매우 유리하였다. 또한 그 목각 원판을 잘 보관하였다가 기간의 판본이 절판되거나 필요할 때 얼마든지 다시 인출할 수 있기에 더욱 유용한 터였다. 또한 이 동일 판본을 원판으로 하여 다른 사찰에서 중판·인행할 수도 있으므로, 이 목판본에서는 이본이 얼마든지 제작·유포될 수 있었던 것이다. 이는 그 재의궤범의 목판인행이 그만큼 성행하였음을 실증하는 터라 하겠다. 이러한 상황·사실이 현전하는 재의궤범의 목판본에서 실증되는 터다. 이에 개판사찰과 그 목판본을 도별로 살펴 보면 다음과 같다.

평안도에서

妙香山 普賢寺 : 刪補梵音集

安辺 釋王寺 : 勸供諸般文

강원도에서

雪岳山 神興寺 : 天地冥陽水陸齋儀纂要

金剛山 楡岾寺 : 造像經

경기도에서

朔寧 龍腹寺 : 說禪儀·豫修十王生七齋儀纂要·靈山大會作法節次

楊州 重興寺 : 天地冥陽水陸齋儀梵音刪補集

楊州 望月寺 : 眞言集

京城에서

曹溪寺 : 羅漢供養式

安養庵 : 朝夕持誦

충청도에서

  俗離山 空林寺 : 法界聖凡水陸勝會修齋儀軌

  月岳山 德周寺 : 水陸無遮平等齋儀撮要

  公州 甲寺 : 禪門祖師禮懺作法

경상도에서

  陜川 海印寺 : 雲水壇·諸般文·仔夔文節條列·茶毘作法·七衆受戒儀軌

  海印寺 白蓮庵 : 大利四明日迎魂施食儀文

  海印寺 兜率庵 : 僧家日用食時黙言作法

  鶴駕山 廣興寺 : 豫修十王生七齋儀纂要

  金井山 梵魚寺 : 觀世音菩薩靈驗略抄

  佛靈山 雙溪寺 : 密教開刊集

전라도에서

  潭陽 龍泉寺 : 念佛作法

  潭陽 玉泉寺 : 僧家禮儀文

  鎭安 盤龍寺 : 雲水壇歌詞

  茂朱 安國寺 – 鎭安 中合寺 : 五種梵音集

  順天 松廣寺 : 天地冥陽水陸雜文

  金堤 金山寺 : 諸般文

  順天 仙巖寺 : 茶毘作法

    이상과 같이 현전 재의궤범이 사찰 중심으로 개판·유통되었다는 사실은 매우 중요한 의미를 지니는 터다. 이러한 재의궤범이 창해유주처럼 현전하는 마당에, 이를 근거로 하여 전국 역대 사찰들이 거의 모두 그 간행·유통의 거점으로 역할했으리라 추정된다는 점이다. 그래서 이 간행·유통의 거점 사찰은 그 시대에 상응하여 시·공간의 유통망을 형성하여 왔다는 것이 중시된다. 이 유통망이 그 재의궤범의 보배로운 실상을 발현하고, 그 강력한 역할·영향력을 실증하기 때문이다.

이와 같은 유통상의 거점과 그 역할은 위 목판본에만 국한되지 않는다. 적어도 그 문헌적 이본에는 필사본과 활자본이 제작·행세하였기 때문이다. 먼저 그 필사본은 그 목판본의 저본으로 제작되었을 뿐만 아니라, 그 보완·연장선상에서 출현하였다. 기실 이 필사본은 제작과정의 한계와 유통과정의 제한이 따르는 깃은 사실이지만, 그 재의·신앙적 정성과 전파의 친화력에서는 소중한 의미가 뒤따랐던 것이다. 이에 현전 재의궤범의 필사본을 들어 보면 이러하다.

高麗 惠永 : 白衣解

固城 安靜寺 慧溟 : 禮文

白坡 亘璇 : 茶毘說

金化 福住庵 瓚華 : 要集

盛權 : 要集文

三角山 白蓮寺 海雲 : 請文要集

文殊院 寶國寺 : 彌陀禮讚

鼎奭 : 華嚴大禮文

慈雲 : 淨土儀梵

이와 같이 현전본이 희소하지만, 이를 전거로 그 시대에 상응하여 제작·유통된 성세를 유추할 수가 있는 터다. 이러한 필사 유통의 거점에 입각한 그 유통망이 목판본의 그것에 합세하니, 그 중요한 역할·기능을 주목해야 될 것이다.

한편 이 활판본의 유전이 심상치 않다. 적어도 목활자본은 위 목판본에 상대하여 제한적 출판이기는 했지만, 그 유통상에 중요한 역할을 해 온 것은 분명하다. 그것은 대량 출판이 가능하여 그 파급력이 컸지만, 그 조판을 해체하면 끝나기에 유전본이 매우 희귀한 터다. 그래도 학조의 『眞言勸供』이나 보광의 『甘露法會』 정도가 현전하거니와, 그 당시로서는 상당한 역할을 했던 것이다. 그런데 이 신연활자본은 형편이 매우 다르다. 이 활판본은 근현대 인쇄술의 발달에 힘입어 대량 출판이 얼마든지 가능하였기 때문이다. 더구나 이 활판본은 불교기관이나 출판사의 보급·판매망을 통하여 그 유통·전파가 광범하게 전개되었던 터다. 여기서는 그 유통망이 판매·보급처로 확대·진전하여 그 성황을 보였던 것이다. 이런 점에서 그 유통상의 파급·영향력이 중시되거니와, 그 현존본은 오히려 희귀하다. 그 실제적 유통상황에 비하여 백상규의 『大覺教儀式』이 대각교중앙본부의 이름으로 간행된 이래, 잡다한 활판본이 출판·전래되고 있는 실정이다. 그런데도 이런 활판본의 전통을 이어 그 안진호의 『釋門儀範』이 현대판으로 정리·집성된 것은 그 재의궤범 유통사상에서 중대한 위치를 점유하는 터다. 현재 사찰에서 모든 재의를 진행함에 있어, 이 의범을 주로 활용하고 있기 때문이다.

3. 불교재의궤범의 유형실태

위와 같이 다양하고 복잡한 재의궤범을 체계적으로 정리·검토하기 위해서는 우선 그 전체를 유형적으로 분류하고, 그 성격을 살필 필요가 있다. 따라서 그 분류의 원칙과 기준을 세우는 일이 선행되어야 한다. 먼저 그 재의궤범의 주제와 찬성동기 및 목적이 일치하거나 유사해야 된다. 그리고 이 재의궤범의 소재·내용과 구조 및 규모가 일치하거나 유사해야만 된다. 나아가 이 재의궤범의 진행과정·절차의 단계적 장면이 무대 장엄과 인물 배치, 사건 추진과 음악·무용·

연기 등 연행형태에서 동일하거나 유사해야만 된다. 적어도 이런 정도의 동일·유사점을 대체적으로 갖추어야만 이른바 동일 유형이라고 규정할 수 있기 때문이다. 따라서 이러한 원칙과 기준에 의하여 그 재의궤범 자체를 검토한 나머지, 그 유형으로는 대강 6개 분야가 설정되니, 예경재의를 비롯하여, 수행재의와 법회재의, 수륙재의와 천도재의, 점안재의 등이 바로 그것이다. 이밖에도 전게한 바 명절재의와 월령재의·생활재의 등의 유형을 설정할 수는 있다.[13] 그러나 이 재의들은 실제적 진행과정에서 위에 든 재의유형들과 상당 부분 공통되고 있는 실정이다. 적어도 명절재의는 거불·상단권공에서는 예경의식과 상통하고 영혼 시식에서는 천도재의와 공통되는 편인데다, 월령재의는 관음재의·지장재의·야사재의·미타재의 등이 예경재의와 거의 동일하며, 생활재의도 역시 그러하기에 여기서는 논외로 하겠다.

1) 예경재의 유형

고금의 모든 사찰에서는 매일 아침·점심·저녁에 각개 전각에서 예불·공양을 올려 왔다. 그래서 이 예경재의는 일상화되어 평범하게 인식되기 쉽지만, 실제로는 수행·포교 상에서 가장 기본적이고 보편적인 의식에 속한다. 기실 모든 불교활동은 이 예불 존경의 제반 재의로부터 출발·전개되었기 때문이다. 따라서 이 예경재의는 불교사상·신앙의 실현에서 중대한 의미를 지녔을 뿐만 아니라, 여타 재의의 기반이 되어 지대한 역할을 다하였다.

이러한 예경재의는 각개 사찰에서 다양한 불보살·신중을 모신 전각에 따라 모두 여법하게 진행되어 온 게 사실이다. 대체로 적광전을 비롯하여 대웅보전·대웅전·팔상전·약사전·용화전·관음전·명부전·나한전·신중단·삼성각 등 모든 전각에서 각기 여법한 예경의식을 치러왔으니, 그 전체적 재의의 실상과 그 실

---

13 법현, 「불교의식의 종류」, 『불교무용』, pp.22-31 참조.

천적 역량은 실로 대단한 것이었다. 그리하여 이 예경재의의 전형이 성립되고, 따라서 그 대본이 정립·작성되었던 터다. 바로 이 대본, 궤범이 전래·유통되어 현전하는 게 있다. 이 예경재의의 유형에 드는 궤범을 들어 보면 아래와 같다.

作法龜鑑(자료총서 3집, pp.375-429)

이 상권의 三寶通請과 觀音請·地藏請·神衆略禮·神衆大禮·神衆朝暮作法·彌陀請·獨聖請·城隍請·竈王請 등이 예경재의에 해당되고, 각기 의식문을 갖추고 있다.

禮文(자료총서 3집, pp.623-656)

여기에는 불가에서 상용하는 바 제불보살께 예경하고 참회·공양하는 재의가 망라되어 있다. 그래서 비로자나불과 노사나불·석가모니불을 비롯하여 약사여래불·아미타불, 화엄계의 제불과 일체 법보, 그리고 관세음보살과 지장보살 등 일체 보살중, 오백아라한과 일체 성중을 향한 예참문이 갖추어져 있다.

朝夕持誦(자료총서 4집, pp.307-370)

여기에는 사찰에서 조석으로 삼보전에 예경하는 육성례 조석염불선후송의 재의절차가 실려 있다.

要集文(자료총서 4집, pp.307-370)

여기에는 각개 불전에 예경·공양하는 권공절차와 彌陀請·觀音請·地藏請·七星請·羅漢各請·神衆大禮作法·獨聖請·現王請·竈王請·山神請 등의 의식문이 망라되어 있다.

要集(자료총서 4집, pp.375-475)

여기에는 영산작법절차에 이어 觀音請과 地藏請·諸佛通請·彌陀請·藥師請·
竈王請·山神請·七星請·彌勒請·帝釋請·現王請·獨聖請·羅漢請·神衆請 등
의 재의문이 수록되어 있다.

請文要集(자료총서 4집, pp.579-650)

여기에는 상주권공으로부터 地藏請·山神請·竈王請·現王請·七星請·獨聖請·
彌勒請·羅漢請·力士請·彌勒請·帝釋請·神衆請·朝夕神衆·三壇唱佛·雲水
請·觀音施食 등까지 그 재의문이 다 망라되어 있다.

無量禮敬文(자료총서 4집, pp.671-684)

여기에는 모든 사찰에서 각개 전각에 걸쳐 제불보살·신중에게 예경하는 의식문이
포괄되어 있다. 위『禮文』의 내용과 대동소이한 이본이라 하겠다.

禮敬篇(석문의범, pp.110-245)

여기에는 사찰의 제불보살·신중을 모신 각개 전각에서 올리는 예경재의문을 망라
하고 있다. 그 大雄殿을 비롯하여 極樂殿·八相殿·藥師殿·龍華殿·大藏殿·觀
音殿·羅漢殿·冥府殿·神衆壇·山王壇·竈王壇·七星壇·獨聖壇·現王壇 등에
해당되는 예경문이 모두 갖추어져 있다.

佛供篇(석문의범, pp.248-409)

여기에는 위 전각의 예경문과 직결되어, 諸佛通請에 이어 彌陀請·藥師請·彌勒
請·觀音請·地藏請·羅漢請·七星請·神衆請·山神請·竈王請·現王請·四天
王請·龍王請·帝釋請·伽藍請·井神請·太歲請·風伯雨師請 등의 재의문이 망
라되어 다양한 면모를 보인다.

이상 예경재의유형은 각기 그 사상·신앙적 바탕 위에서 각개 전각에서 안차비로 벌리는 제불보살·신중의 소청·예경으로 조직·편성되어 있다. 여기에는 각전·각청에 따르는 개별성이 있지만, 전체적으로는 공통점이 내재되어 있는 터다. 따라서 이 유형을 정립하는 차원에서 그 공통점을 중심으로 살펴보겠다.

여기 적광전·대웅보전·대웅전의 제불통청을 비롯하여 극락전 미타청·약사전 약사청·용화전 미륵청·원통전 관음청·명부전 지장청·응진전 나한청·칠성각 칠성청·신중단 신중청·산신각 산신청·공양간 조왕청·천왕문 사천왕청·용왕단 용왕청·천왕단 제석청 등에 걸쳐 그 예경재의 절차가 공동 통일성을 보여 준다. 그 절차, 진행과정을 보면

至心歸命禮·擧佛·普召請眞言·由致·香花請·歌詠·獻座眞言·精勤·淨法界眞言·茶偈·眞言勸供·變食眞言·施甘露水眞言·一字水輪觀眞言·乳海眞言·淨食眞言·運心供養眞言·禮懺·普供養眞言·普廻向眞言·大願成就眞言·補闕眞言·祝願

등으로 빈틈없이 전개된다. 이러한 유형적 공통점은 擧佛·由致·歌詠·精勤·茶偈·禮懺·祝願 등에서 제목이 같지만, 각전·각청에 따라 그 세부 내용이 달리 제작된다. 이 예경재의 각편의 구체적 동기·목적을 이루기 위하여, 그에 적합한 주지를 담아야 하기 때문이다. 그래서 이들 궤범에는 전체적으로 수미일관된 진행과정 속에 발단·전개·상승·절정·하강·정리 등에 이르는 서사적 구조를 갖춘 데다, 다양하고 수많은 문장형태가 결부되었던 터다. 다만 위 상당 부문을 차지하는 ~眞言들은 동일 명칭인 바에는 그 내용에서 모두가 같은 게 사실이다. 그런데 이 진언의 모두에 일정한 게송을 붙여 그 예경재의의 주지를 나타내고 있는 점이 각기 다르다. 여기서도 그 게송이 별개의 문장형태로 성세를 보이고 있어 주목된다.

한편 이 각전·각청의 예경재의궤범에는 각기 전체적 구조의 장면화에다 그 문장·진언마다 연행의 요건이 수반되고 있는 터다. 우선 그 각전의 건축과 불보살상 및 신중상과 불화·장엄 등이 연행의 배경·무대를 이루고, 각종 음악, 사물성·목탁성·요령성과 게송성·범패성·염불성·기도성·독경성 등이 어울려 나온다. 여기 특별한 경우에 집전승·의식승·범패승·작법승·법사 등이 가창·가무와 강창·대화 등을 통하여 연행의 절차·작법을 수행함으로써, 그 연극적 공연의 요건에 부합하고 있는 게 사실이다.

2) 수행재의 유형

실제로 불교신앙의 요체는 수행으로 실현된다. 따라서 이 수행은 불교활동의 거대한 한 축을 이루는 터다. 그러기에 이 수행재의가 불교재의의 주류로 행세해 온 것은 당연한 일이다. 이 수행의 분야는 독경을 비롯하여 염불·주력과 참선·수계 등의 재의로 전개되어 그 위상이 뚜렷한 터다.

이러한 수행재의는 사찰의 각개 전각 내지 선원·강당 등을 중심으로 수시로 설행되기에, 그 재의의 전체적 실상과 실천적 영향력은 대단한 것이었다. 그러기에 이 재의의 정형이 성립되면서 그 대본·궤범이 다양하게 정립되었던 터다. 그런 가운데에 이 궤범은 대강 2계열로 전개되었으니, 수련계열과 수계계열이 바로 그것이다. 그래서 이 두 계열의 궤범은 하나이면서 둘이요 둘이면서 하나인 상관성을 가지고 있는 터다. 그러면서도 이 궤범은 당시의 유통·성세에 비하면 현전하는 게 너무 희귀하다. 이에 그 현전하는 궤범을 들어 보면 이러하다.

白衣解(자료총서 1집, pp.235-243)

여기에는 관음찬양총설에 이어 백의관자재보살, 관세음보살의 위덕을 11단에 걸쳐 찬탄하는데, 이 각단마다 그 찬사와 게송 1수, 진언 1편에 참회문 1장이 따른다. 그러면서 이 각단의 문장 단락에는 각기 해설이 붙어 강설의 기능을 보인다. 그리고 제12단에서는 대세지보살을 찬탄하면서 그 문장을 해설하고 있다. 나아가 제13단에서는 제불보살을 찬탄·해설하고, 이어 제14단에서는 일체현성승을 찬탄·해설하면서, 끝으로 법계중생의 지심참회송에 그 해설이 붙어 나온다.

觀世音菩薩禮文(자료총서 1집, pp.427-434)
여기서는 제불법신과 관세음보살의 위신·묘력을 찬양·총설하고, 거불로써 청정법신과 원만보신·천백억화신을 소청·예경한다. 이어 백의관자재보살·관세음보살의 위신·묘력을 11단에 걸쳐 찬탄·예경하되, 이 각단마다 그 찬사와 게송 1수·진언 1편에 참회문 1장이 따라 나와서, 그 강창의 형태를 나타내고 있다. 그리고 제12단에서는 지장보살을, 제13단에서는 대세지보살을, 14단에서는 제존보살을, 15단에서는 일체 현성승을 찬탄·예경한다. 나아가 至心懺悔頌과 至心發願頌, 無常偈를 낭송하고 끝으로 제중생의 귀의·서원을 내세운다.

念佛作法(자료집서 2집, pp.3-7)
여기서는 먼저 禮敬偈와 眞言에 이어 9불을 들어 開經偈·法藏眞言을 염송한다. 그리고 歸依三寶하고 懺悔偈·廻施偈에 이어 阿彌陀佛讚을 봉송한다. 다시 염불로 들어가 阿彌陀佛讚辭·偈頌, 觀音·勢至菩薩禮敬·臨終偈·四弘誓願·往生偈·上品上生眞言을 염송한다. 다음 祝願頌에 이어 十六觀經略說, 四十八願力莊嚴을 염하고 如來十大發願文을 봉송한다. 끝으로 念佛普勸에서 念佛往生譚을 설한다.

禪門祖師禮懺作法(자료전서 2집, pp.439-452)
여기에는 먼저 예참의 작법 절차가 시행된다. 대중이 각처에 있어 금고를 쳐서 시작하니, 본재의 이전의 의례라 하겠다. 다음 바라를 울리고 일상 행하던 작법을 그대로 행한 뒤에, 喝香·燃香偈·喝燈·燃燈偈·喝花·舒讚偈·佛讚·開啓疏·合掌

偈·告香偈·觀音讚·觀音請·香花請·歌詠·乞水偈·灑水偈·擧佛·獻座眞言·
茶偈·普供養眞言·香花偈 등에 이어 육법공양을 마친 뒤, 일체공경을 올리니 대
체로 영산작법과 유사하다. 그리고는 선문제1조인 迦葉에서부터 33조 慧能, 그리
고 한국 선승 道義·梵日·無染·玄昱·普照·無學 등에 이르기까지 각기 그 존영
과 함께 예경문을 내놓고 있다.

受菩薩戒法(자료총서 1집, pp.213-232)

여기서는 먼저 보살계의 가치와 중요성을 찬양·총설하되, 8조에 걸친 문답식 법담
을 통하여 구체적으로 논의·설파한다. 이어 실제적인 受菩薩戒儀로 들어가 菩薩
戒總說에 이어 菩薩戒八種殊勝과 觀五法·興三願·四弘誓願이 계속된다. 다음
奉請諸佛菩薩과 敬禮諸佛菩薩에 이어 三歸依가 나오고, 修行難法問答 10조
와 七遮問答, 受戒者三相과 十無盡戒問答·誓願, 持戒功德 10조에 諸佛證明
誓願과 禮謝諸佛菩薩, 이어 受戒功德 5사와 授戒說法으로 마무리된다.

七衆受戒儀軌(자료총서 3집, pp.681-716)

여기에는 受戒儀序에 이어, 優婆塞五戒法으로서 請和尙法에 이어 三歸五戒
法을 설하고 실천을 서원하며, 優婆夷五戒法을 거의 동일하게 진행한 다음, 八關
齋法을 공동 팔계법으로 강설한다. 그리고 沙彌十戒를 강설하고 沙彌威儀文에
이르러 그 律儀 24조를 설파한다. 겸하여 沙彌尼十戒를 위와 같이 설하고 특히
六法과 尼八敬法을 강조한다. 또한 受比丘戒法에서는 먼저 請和尙法에 이어
請羯摩師法·請敎授師法·安受戒人處所法·差敎授師法 등을 거쳐, 往彼問遮
難法에 법사와 수계자의 계법 문답이 그 問已白僧法으로 이어진다. 또한 從僧乞
戒法이 바로 羯摩師白法과 羯摩師問法으로 연이어 강설된다. 한편 장을 달리하
여 正說四分律比丘戒本에 의거 沙彌受戒法을 기반으로 正牒戒目傳受가 8조
로 전개되고 授四儀法에 연결된다. 이에 따라 比丘尼戒法에서는 四分律比丘尼

戒本에 의하여 與本法尼授大戒請羯摩阿闍梨法과 乞戒法을 이어서 羯摩師白法·羯摩師問法에 이른다. 正受戒法을 통하여 受戒相法에서 법사와 수계자 사이에 계법을 문답·서원하고, 授四儀法을 강설한다. 나아가 별도의 受菩薩大戒儀에서는 請和尙阿闍梨法을 비롯하여 請羯摩阿闍梨法과 請敎授阿闍梨法을 거쳐 敬請佛菩薩을 행한다. 그리고 應敎懺悔三業에 이어 敬禮佛菩薩을 올리고 菩薩戒八種殊勝功德을 설파한다. 다시 正受戒法을 내세워 和尙乞戒法을 시작으로 觀五法·興三願을 거쳐 發四弘願을 하고, 問難法·問七遮難에서 계법을 문답하여 略示三相 後에 白三羯摩를 거쳐, 三歸依戒와 十重大戒 내지 四十八輕戒를 문답식으로 진행하여, 그 공덕·성과를 설파한 다음, 當禮謝諸佛菩薩을 행하면서 마무리된다.

受戒篇(석문의범, pp.894-921)

여기서는 沙彌十戒로 擧佛에 이어 普召請眞言을 송념하고 由致를 봉독, 香花請에 歌詠을 거쳐 獻座偈 眞言·淨法界眞言을 한 다음, 송사의 게송, 수계자의 은사·부모에 향한 절과 게송, 환희 게송, 부모를 향한 마지막 절과 게송, 執刀偈에 이어 削髮偈를 송념한다. 마침내 敬請六師를 하여 沙彌十戒를 받고, 立志偈를 하며 계사·대중에게 삼배한 다음, 부처께 헌향 삼배·게송 그리고 運心供養偈 眞言, 普供養眞言·普回向眞言·願成就眞言·普闕眞言을 염송한 다음 축원과 중단권공으로 끝난다. 이어 比丘尼八敬戒와 八起戒는 위와 같은 의식에 이어 각 조항마다 법사가 수계자에게 묻고 다짐을 받는다. 그리고 立志偈를 마치고 수계자가 대중 또는 불전에 절하고, 게송을 읊는 경우나 축원·중단권공은 사미계와 같다. 한편 居士五戒에서는 수계자가 불전에 헌향·게송, 환희·게송, 부모에게 배례·게송, 수계자에게 법명·가사를 내리며 게송, 가사를 받고 삼배하며 게송·진언을 염송한다. 이어 敬請六師하고 三歸依戒와 五戒를 받되, 일일이 엄수 여부를 묻고 수계자는 확답·맹세한다. 다음 立志偈를 염송하고 수계자는 계사와 대중에게 삼배하며, 불전에 헌향·삼배한다. 이하 축원과 권공은 사미계와 같다. 또한 보살계는 그 의식절차가 위와 같고, 십중대계와 사십팔경구계를 설하되, 그 엄수 여부를 문답· 확인하는 과정이 중대하다. 이어서 축원하고 권공하는 의식은 위와 같다.

이상 수행재의유형은 각기 그 사상·신앙적 기반 위에서 제불보살께 기도·염불하고 참선하며 계법을 수행·실천하는 대본으로 정립되어 있다. 여기에는 각 궤범마다의 독자성이 있는 것은 사실이지만, 전체적으로 공통점이 형성되어 있는 게 분명하다. 그러기에 이 유형을 논의·정립하는 관점에서 그 공통점을 유추해 보는 게 당연하다. 따라서 그 다양한 독사성을 통하어 이 유형적 형태를 살펴보면 다음과 같다. 우선 수련계열의 경우에는

擧佛·喝香·燃香偈·喝燈·喝花·召請·禮敬·歸依三寶·舒讚偈·佛讚·開啓 疏·合掌偈·告香偈·懺悔偈·彌陀讚·觀音讚·觀音請·香花請·歌詠·乞水偈·灑 水偈·獻座偈　眞言·茶偈·普供養眞言·香花偈·六法供養·祈禱·念佛·參禪別 開經偈·開法藏眞言 修行 回向眞言

다음 수계계열의 경우에는

擧佛·普召請眞言·由致·香花請·歌詠·獻座偈 眞言·淨法界眞言·受戒功德· 四弘誓願·奉請諸佛菩薩·敬禮諸佛菩薩·三歸依·敬請六師·各種受戒問答·立 志偈·持戒功德·諸佛證明·禮謝諸佛菩薩·獻香偈·受戒說法·運心供養偈 眞言· 普供養眞言·普回向眞言·願成就偈 眞言·補闕眞言·祝願·勸供

등으로 연결되어 있다. 물론 이 수행재의유형이 두 계열로 나누어지지만, 역시 유기적인 연관성으로 결부되어, 각기 발단·전개·상승·절정·하강·정리 등

의 서사적 구조를 갖추고 있는 게 사실이다. 그 세목으로 보면 양자가 동일한 것도 있고 다른 것도 섞여 있거니와, 그 같은 제목의 게송이나 기원문이라 하더라도 그 내용은 다 다르게 제작된다. 그 재의궤범이 지향하는 바가 각기 다르기 때문이다. 기실 여기 등장하는 많은 진언은 제목이 같으면 원칙적으로 내용도 같지만, 그 앞에 게송이 있을 때 그 내용이 각기 다른 것은 물론이다. 그리하여 이들 궤범에는 전체적으로 일관된 서사적 구조 속에 다양하고 수많은 문장형태가 집성되어 있는 터다.

한편 이 수행재의궤범에는 그 전체적 구조의 장면화에다 다양한 문장과 진언마다 연행의 요건이 수반되어 있는 게 중시된다. 그 수행재의의 배경이 사찰 전각·법당으로서 그 건축 공간에 불보살·신중 등의 성상과 불화·공예 등 장엄이 찬연하여 그 연행의 무대로서 충분하고, 각종 음악, 사물성이나 목탁성·요령성·삼현육각과 염불성·게송성·범패성·기도성·독경성·설법성 등이 연속적으로 어울려 나온다. 게다가 특별한 경우에 집전승·의식승·범패승·작법승·법사 등이 가창·가무·강창·대화 등을 통하여 연행의 절차·작법·연기를 수행함으로써, 연극적 공연의 요건에 도움을 주는 게 분명하다.

3) 법회재의 유형

이 법회재의는 실제로 불교재의의 보편적인 주류를 이루어 온 게 사실이다. 이 법회는 사찰 내외의 적절한 도량·법석에서 필요에 따라 일반법회나 특별법회, 정기법회나 수시법회, 그리고 각종 불교행사에 곁들이는 임시법회에 이르기까지 실로 다양하게 전개되어 왔다. 그러기에 이런 법회재의는 자연스레 성세를 보이어, 전체적으로 지대한 영향을 끼쳤던 것이다.

그러기에 이 법회재의가 그처럼 정립·행세하면서 그 대본으로서 재의궤범이 일찍이 성립·제작되었던 것이다. 그리하여 이 궤범은 그 재의의 결과물이면서 바로 그 재의의 대본으로서 중대한 역할을 해왔던 터다. 따라서 이 궤범이 그 시대마다 다양하게 제작·유통되었으니, 그 자체가 단행본으로 행세하는 경우도 있지만, 그보다는 다른 재의궤범의 연장선상에서 필요에 따라 삽입·합본되는 사례가 많았던 터다. 그런대로 이 재의궤범은 상당하게 제작·유통되었지만, 현전하는 것은 희귀한 편이다. 이제 현전·수집된 그 궤범을 들어 보면 다음과 같다.

中峯和尚三時繫念儀範文(자료총서 2집, pp.547-564)
여기서는 擧呪로 시작하여 雲集讚을 합념하고 登床偈로 법사가 법좌에 오른 후 提綱을 염송하며 繫念緣起를 설한다. 모두 아미타불을 염하고 축향·축수하여 해설하며, 擧大悲呪에 灑淨念偈를 염송한다. 이어 讚極樂世界·讚阿彌陀·讚觀世音·讚大勢至·讚淸淨海衆·讚西方衆聖·讚聖賢安坐를 거쳐 呈意와 演念으로 발원하고 歌揚佛號한다. 이에 재불의식으로 들어가 법사가 변식을 설하고 變食眞言·施甘露水眞言·普供養眞言에 이어, 供香花讚·供四聖讚·供法寶讚·供三界讚·供六道讚 등을 거쳐 回向疏式으로 서분이 마무리된다. 그리고 제일시불사로 아미타경 상권을 강설하는데, 제강에 이어 아미타불을 염하고는 강연을 시작한다. 이 강설이 끝나면 거불 염송하고 참회하며, 지심발원하고 西方讚으로 끝난다. 이어 제이시불사로 아미타경 하권을 강설하는데 바로 제강으로 들어가 끝나면서 미타삼존을 예념하고 게송을 염송하며 강연을 시작한다. 게송으로 강연을 마치고 참회하며 게송을 읊고는 發願文을 낭송하며 彌陀讚으로 마무리된다. 이어 彌陀禮懺儀文이 부록처럼 전개된다. 제삼시불사로 관무량수경을 강설하는데, 게송으로 제강이 시작되고 바로 게송을 읊어 강연하고는 게송으로 끝난다. 다음 참회와 발원이 게송으로 계속되고, 서방찬이 게송으로 마무리된다. 그리고 勸念佛이 부록으로 나온다.

作法龜鑑·說主移運(자료총서 3집, pp.444-445)

여기서는 법사를 모시는 절차로서 법회재의를 보여 주고 있다. 유나나 제자승들이 온갖 의례로서 법사를 모시는데, 먼저 降生偈를 비롯하여 入山偈·出山偈를 송념하고 拈花偈에 이어 登床偈를 읊어 단위에 오른다. 坐佛偈로서 법사가 법상에 정좌하면 拈香式으로 헌향·헌다하고 供養三寶하면서, 頂戴偈로 법화경·법보를 찬탄하고 開經偈 眞言에 이어 擧揚式을 올린다. 그리고 請法偈를 염창하고 說法偈를 드리면 법사가 법화경을 설한다. 다음 收經偈로 그 설법을 거두고 四無量偈로 법사·설법을 찬탄하며 歸命偈로 마무리된다.

靈山作法·說法節次(자료총서 4집, pp.478-379)

여기서는 擧佛로 시작하여 唯願慈悲光臨法會를 거치고 獻座偈 眞言을 염송하며 일체공경을 하고 香花偈를 읊는다. 이어 頂戴偈를 송념하고 開經偈와 請法偈를 염송하고는 說法偈 眞言으로 법사가 설법을 하고 收經偈로 법문을 마치면 四無量偈와 至心歸命禮로 모두 마무리된다.

齋供篇·說法節次(석문의범, pp.673-679)

여기서는 擧佛·單請佛로 시작하여 獻座偈 眞言에 이어 茶偈를 염송하며 헌다하고 普供養眞言 偈頌을 따라 退供眞言을 마치면 一切恭敬과 花香偈로 이어진다. 이에 頂戴偈와 開經偈·開法藏眞言을 염송하고 請法偈에 이어 說法偈를 올리면 법사가 설법을 한다. 설법이 끝나면 普闕眞言에 이어 收經偈를 읊고 四無量偈를 거쳐 歸命偈로써 끝을 맺는다.

上壇勸供·說主移運(법현, 불교의식음악 연구, pp.158-169)

擧佛 降生偈로 시작하여 入山偈를 송념하고 歌詠을 하며 獻座偈 眞言에 出山偈와 靈鷲偈를 중창한다. 散花落에 擧靈山을 하고 登床偈를 하면 법사가 등단

한다. 이에 坐佛偈를 하고 頂戴偈와 함께 開經偈·開法藏眞言을 염송하며 十念 法身 운운하고 거량을 한다. 그리고 請法偈를 하고 說法偈를 합송하면 법사의 설법이 진행된다. 그 설법이 끝나면 普闕眞言에 이어 收經偈를 읊고 四無量偈에 이어 歸命偈를 하면 모든 절차가 마무리된다.

이상 법회재의유형은 각기 그 나름의 독자성을 보이고 있지만, 총체적 불교신앙 아래서 그 공통점이 이루어지고 있는 게 사실이다. 따라서 이들 각개 원전들을 비교·검토하여 그 유형적 공통점을 유추해 낼 수가 있는 터다. 이에 그 다양한 독자성을 통하여 이 유형적 형태를 들어보면 다음과 같다.

舉佛·降生偈·入山偈·歌詠·獻座偈　眞言·茶偈·普供養眞言　偈頌·出山偈·拈花偈·靈鷲偈·散花落·舉靈山·登床偈·坐佛偈·拈香式·供養三寶·一切供敬·香花偈·頂戴偈·法寶讚歎·開經偈　眞言·舉揚式·請法偈·說法偈·說法(提網·禮念·講說·懺悔·發願)·補闕眞言·收經偈·四無量偈·歸命禮

등으로 연결되어 있다. 이 유형은 전체적으로 수미일관된 유기적 맥락을 가지고 각기 발단·전개·상승·절정·하강·정리 등의 서사적 구조를 갖추었다. 그리고 그 게송과 기원문·설법문 등은 제목은 같지만, 그 내용이 경우에 따라 다르게 제작된다. 한편 상당수의 진언은 명칭이 동일하면 내용도 같은 것이 원칙이지만, 그 전후의 게송만은 각기 다르다. 그러기에 이들 궤범들은 그 일관된 서사적 구조 안에 다양하고 수많은 문장형태를 포괄·조정하고 있는 형국이다.

또한 이 법회재의궤범들은 각기 연행되기 좋은 여건을 갖추고 있다. 그 전체적 진행과정이 모두 장면화되어 있는 데다, 그 다양한 문장과 진언마다 연행의 요건을 갖추고 있기 때문이다. 이 법회재의의 배경이 대개 사찰 전각·법당으로서 그 건축 공간이 각종 성물·성상과 불화·공예 등으로 찬란하게 장엄되어 무대로서 적합하고, 각종 음악이 사물성을 비롯하여 목탁성·요령성·삼현육각, 염불성·게송성·범패성·기도성·독경성·설법성 등으로 융통성있게 결부되어 있다. 게다가 특별한 경우에 집전승·의식승·범패승·작법승·법사 등이 가창·가무·강창·대화 등을 통하여 연행의 절차·작법·연기를 해냄으로써, 연극적 공연의 요건을 구비하고 있는 터다.

4) 수륙재의 유형

수륙재의는 불교재의 가운데 제일 막중한 주제와 가장 방대한 규모로서 화려·찬란하게 연행된 의식이었다. 이는 역대 왕국에서 국가적 재난을 당하여, 그 원인이 되었다는 누대 수중·육지·공중에 유랑하는 일체 함령·만령을 소치해서, 불보살·신중의 위신력으로 위무·시식하고 설법·정화시켜 극락세계로 왕생시키는 대표적 재의였던 것이다. 그리하여 그 국난을 극복할 뿐만 아니라, 당시에 흉흉·불안해진 백성·민중을 안정시켜 국태민안을 도모하는 게 주요 목적이었기에 더욱 중시되었던 터다.[14] 그러기에 국가적 재난에 대처하여 국왕이 주최하고 불교계에서 주관하는 국행수륙재나 불교계 자체에서 추진하는 사찰수륙재가 자주 설행되었던 터다.

따라서 이 수륙재의가 전형적으로 정립·행세하면서, 그 대본으로서 재의궤범이 일찍부터 성립·제작되었던 것이다. 그리하여 이 궤범은 그 재의의 결과물이면서 되풀이되는 그 재의의 대본으로서 중대한 역할을 다하였던 터다. 이 수륙재의가 그만큼 중대한 기능·역할을 해왔던 만큼, 그 궤범이 다양하고 풍성하게 제작·유통되어 성세를 보여 온 것이 사실이다. 결국 중국계의 궤범을 수용하거나 한국식으로 재편·개정한 궤범이 성행하여 많은 이본을 유전시켰기 때문이다. 그런데도 현전하는 원전은 그리 흔하지 않다. 그 중에서 현전하는 전형적 궤

---

14 사재동, 「수륙재의궤의 공연양상과 희곡적 전개」, p.265.

범을 들어 보면 이러하다.

天地冥陽水陸齋儀纂要(자료총서 2집, pp.217-249)

여기서는 수륙재의 절차 전체가 발단에서 절정을 거쳐 정리에 이르기까지 장면화
되어 그 연행에 적합하게 되어 있다. 이에 그 개개의 장면을 순차대로 열거하면 設
會因由篇·嚴淨八方篇·呪香通序篇·呪香供養篇·召請使者篇·安位供養篇·
奉送使者篇·開闢五方篇·安位供養篇·召請上位篇·奉迎赴浴篇·讚歎灌浴
篇·引聖歸位篇·獻座安位篇·禮讚三寶篇·召請中位篇·奉迎赴浴篇·加持澡
浴篇·出浴參聖篇·天仙禮聖篇·獻座安位篇·召請下位篇·引詣香浴篇·加持
澡浴篇·加持化衣篇·授衣服飾篇·出浴參聖篇·孤魂禮聖篇·受位安座篇·祈
聖加持篇·普伸拜獻篇·供聖廻向篇·祈聖加持篇·普伸拜獻篇·供聖廻向篇·
祈聖加持篇·普伸拜獻篇·宣密加持篇·加持滅罪篇·呪食現功篇·孤魂受饗
篇·說示因緣篇·願聖垂恩篇·請聖受戒篇·懺除業障篇·發弘誓願篇·捨邪歸
正篇·釋相護持篇·得戒逍遙篇·修成十度篇·依十獲果篇·觀行偈讚篇·廻向
偈讚篇·化財受用篇·敬伸奉送篇·普伸廻向篇 등 모두 54편으로, 마무리된다.
그 중에서 祈聖加持篇과 普伸拜獻篇이 중복되는데, 그것은 명칭만 같을 뿐 내용
은 다르다. 그리고 그 각 편마다 게송·진언과 기원문 등이 연결·조직되어 있는 것
은 물론이다. 이 궤범이 수륙재의유형의 원본·전형이 될 것이다.

水陸無遮平等齋儀撮要(자료총서 1집, pp.623-649)

여기서는 위 『天地冥陽水陸齋儀纂要』의 계통으로서 그 54권 장편 중에서 초두
에 發菩提心篇을 신설하고 중간에 開闢五方篇과 安位供養篇·奉迎赴浴篇·讚
歎灌浴篇·引聖歸位篇·奉迎赴浴篇·加持澡浴篇·出浴參聖篇·受衣服飾篇'
등을 빼고 宣揚聖號篇을 추가하더니, 후반부에서 祈聖加持篇과 普伸拜獻篇·
供聖廻向篇·祈聖加持篇·普伸拜獻篇·供聖廻向篇·加持滅罪篇·願聖垂恩

篇·請聖受戒篇·依十獲果篇·化財受用篇·普伸廻向篇 등을 삭제하였다. 이로써 이 궤범은 모두 35편 장면으로 신편되니, 그것은 위 원본에서 중복·불요한 장면을 제외시켜 전체 주제와 사건 맥락을 강화하여 연행의 효과를 증대시키고 있는 터다.[15]

法界聖凡水陸勝會修齋儀軌(자료집성 1집, pp.575-620)
이 궤범은 원본이 아니라 후대적 축약·개편본이라 추정된다. 여기서는 위『天地冥陽水陸齋儀纂要』에 기준하여, 초두에서 設會因由篇과 嚴淨八方篇·呪香通序篇·呪香供養篇을 생략하고, 중간부에서는 加持澡浴篇과 祈聖加持篇·普伸拜獻篇·供聖廻向篇·祈聖加持篇·普伸拜獻篇·供聖廻向篇 등을 제외시켜 43편 장면으로 조정하였다.

眞言勸供·三壇施食文(자료총서 1집, pp.470-496)
여기서는 開啓에 이어 發菩提心과 召請三寶·召請諸天·召請下位·加持禮聖·受位安座·佛供·諸天供養·寶揚聖號·三歸依戒·受佛五戒·孤魂受饗·懺悔·發四弘誓願·十二因緣·修行六度·觀行偈讚·心經·廻向 등으로 많은 축약·개변이 이루어졌다. 그런데도 거기에 따르는 게송이나 진언, 기원문 등은 상당한 질량을 확보하고 있는 게 사실이다.

天地冥陽水陸齋儀梵音刪補集(자료집성 3집, pp.3-181)
여기에는 수륙재의의 잘 알려진 의식·잡문을 축약·변형시켜 다양하게 수록하고 있다. 기실 여기서는 제목 그대로 범음에 관한 것이 중점을 이루어, 수륙재의에서 차지하는 범음의 위상을 확보하고 있다. 그리하여 여기서 추출되는 유형은 對靈

15 사재동,『수륙재의궤의 공연양상과 희곡적 전개』, pp.279-282.

儀와 設齋儀·施食·奉送儀·供養儀로 요약되니,[16] 위 궤범들과 유사·상통하고 있는 게 사실이다. 여기에는 수륙재 관련 게송·진언과 각종 기원문이 상당수 수록되어 중시된다.

天地冥陽水陸雜文(자료집성 1집, pp.505-534)

여기에는 수륙재의의 각개 단계에 필수는 잡문을 수록하고 있다. 그 형태를 보면 文과 表章·榜·疏·牒 등으로 분류되어 문학적 실상과 함께 소중한 역할을 다했던 것이다.

仔夔刪補文(자료총서 2집, pp.253-426)

여기서는 수륙재의에 관한 의식문을 산보한 것으로 각단의 권공절차 등을 제시·해설하고 있다. 이 진행과정이 위 전형적인 그것과 동일한 계통이면서 그 주변의 문장, 게송·진언과 기원문 등을 많이 보유하고 있는 것이 특장이다. 그리고 다른 재의의 권공절차도 수록하여 더욱 풍성한 문장을 갖추고 있는 터다.

水陸無遮平等齋儀(석문의범, pp.815-862)

여기서는 수륙재의궤범이 전통적 전형을 기반으로 하여, 근현대적으로 개편·정리한 것이 특징이다. 그러기에 이 궤범은 현대적 활용을 지향하여 축약·정리된 것이라 본다. 그래서 현행 수륙재의에서는 이 궤범을 선호하는 경향이 있다. 이 원전은 서두에 이어 設會因由篇·嚴淨八方篇·發菩提心篇·呪香通序篇·呪香供養篇·召請使者篇·安位供養篇·奉送使者篇·開闢五方篇·安位供養篇·召請上位篇·獻座安位篇·召請中位篇·天仙禮聖篇·獻座安位篇·召請下位篇·引詣香浴篇·宣揚聖號篇·說示因緣篇·宣密加持篇·呪食現功篇·孤魂受饗篇·懺

16 이기운, 「조선후기 수륙재의 설행과 천지명양수륙재의범음산보집의 편찬 의도」, 『진관사수륙대재의 조명』, 삼각산 진관사, 2010, p.106.

除業障篇·發四弘誓願·捨邪歸正篇·釋相護持篇·修行六度篇·觀行偈讚篇·

廻向偈讚篇·奉送六道篇 등 30편 장면으로 정립되었다. 그리하여 위『天地冥陽

水陸齋儀纂要』와 비교하면 실로 금석지감이 있는 터다. 그런데도 그 각 편의 내용

에서는 전통에 충실하고 있는 게 사실이다.

이상 수륙재의 유형은 각기 그 독자성을 일부나마 보이지만, 그 전형적인 유

형이 비교적 뚜렷한 터다. 그 진행과정이 거시적으로 나뉘어 그 내용·문장을 조

직화하고 있기 때문이다. 이 단계적 의식별로 그 유형의 진행과정을 들어보면

이러하다.

侍輦儀式 : 擁護偈·獻座眞言·茶偈·行步偈·散花落·靈鷲偈·普禮三寶

對靈儀式 : 擧佛·對靈疏·地獄偈·着語·振鈴偈·破地獄眞言·滅惡趣眞言·

普召請眞言·由致·請詞·香花請·歌詠·茶偈·孤魂請·歌詠 諭說

掛佛移運 : 擁護偈·護佛偈·出山偈·拈花偈·散花落·南無靈山會相佛菩薩·

登上偈·四無量偈·靈山志心·獻座偈 眞言·茶偈·建會疏

灑水結界 : 喝香·燃香偈·喝燈·燃燈偈·三頂禮·開啓疏　祝願·合掌偈·告香

偈·設會因由　祝願·淨法界眞言·左持右塗眞言·淨三業眞言·嚴淨八方　祝

願·洒淨陀羅尼·建壇眞言·開壇眞言·呪香通序　祝願·焚香眞言·呪香供養

祝願

說法儀式 : 燃香偈·三頂禮·讚佛偈·神妙章句大陀羅·事懺偈·懺除業障　念

佛·十惡懺悔·滅罪偈·理懺偈·懺悔眞言·開經偈·開法藏眞言·請法偈·入

定·說法偈·說法·精勤·釋迦如來種子眞言·嘆白·功德廻向偈

使者壇 : 擧佛·使者疏·振鈴偈·召請使者眞言·由致·請詞·香花請·歌詠·安

位供養 祝願·般若波羅密多心經·獻座眞言·淨法界眞言·茶偈·進供眞言·變

食眞言·施甘露水眞言·一字水輪觀眞言·乳海眞言·五供養·加持偈·普供養

眞言·普廻向眞言·消災吉祥陀羅尼·願成就眞言·補闕眞言·和請·行牒疏·
奉送使者 祝願·奉送眞言·奉送偈

五路壇：舉佛·開通五路疏·振鈴偈·普召請眞言·由致·請詞·香花請·歌詠·
安位供養 祝願·神妙章句大陀羅尼·獻座眞言·茶偈·眞供眞言·變食眞言·施
甘露水眞言·一字水輪觀眞言·乳海眞言·五方讚·五供養·加持偈·普供養眞
言·普廻向眞言·般若波羅蜜多心經·消災吉祥陀羅尼·願成就眞言·補闕眞
言·開通道路眞言

上壇儀式：舉佛·上位疏·振鈴偈·請諸如來眞言·請諸菩薩眞言·請諸賢聖
眞言·奉迎車輅眞言·由致·請詞·奉迎赴浴　祝願·淨路眞言·入室偈·讚歎灌
浴　祝願·九龍讚·灌浴偈·引聖歸位　祝願·拈華偈·散花落·南無靈山會相佛
菩薩·坐佛偈·獻座安位　祝願·獻座偈·獻座眞言·茶偈·普禮三寶　祝願·四無
量偈·四字偈·三頂禮·五字偈　眞言·加持變供·變食眞言·施甘露水眞言·一
字水輪觀眞言·乳海眞言·五供養·運心供養眞言·普供養眞言·消災吉祥陀
羅尼·願成就眞言·補闕眞言·精勤·釋迦如來種子心眞言 祝願·和請·祝願

中壇儀式：舉佛·召請中位疏·振鈴偈·召請三界諸天呪·召請五通諸仙呪·
召請一切天龍呪·召請一切善神呪·召請焰摩羅王呪·由致·請詞·奉迎赴浴
祝願·淨路眞言·入室偈·加持澡浴　祝願·灌浴偈·出浴參聖　祝願·天仙禮聖
祝願·普禮偈·三頂禮·五字偈·獻座安位　祝願·獻座偈·獻座眞言·淨法界眞
言·茶偈·加持變供·變食眞言·施甘露水眞言·一字水輪觀眞言·乳海眞言·
五供養·普供養眞言·普廻向眞言·消災吉祥陀羅尼·願成就眞言·補闕眞言·
滅定業眞言·嘆白·和請·祝願

下壇儀式：舉佛·召請下位疏·振鈴偈·破地獄眞言·滅惡趣眞言·召娥鬼眞
言·鉤召諸惡趣衆眞言·普召請眞言·由致·孤魂都請·歌詠·引詣香浴　祝願·
神妙章句大陀羅尼·淨路眞言·入室偈·加持澡浴 祝願·灌浴偈·嚼楊枝眞言·
漱口眞言·洗手面眞言·加持化衣　祝願·授衣服飾　祝願·着衣眞言·整衣眞

言·出浴參聖　祝願·行步偈·散花落·南無大聖引路王菩薩·庭中偈·開門偈·
孤魂禮聖　祝願·普禮偈·三頂禮·五字偈·嘆白·法性偈·受位安座　祝願·獻座
偈·受位安座眞言·祈聖加持　祝願·三歸依·大威德眞言·甘露水眞言·一字水
輪觀眞言·乳海眞言·普仲拜獻　祝願·普供養眞言·普廻向眞言·供聖廻向　祝
願·常住不滅轉法輪·神妙章句大陀羅尼·十念·宣蜜加持　祝願·南無諸如來·
加持滅罪　祝願·呪食現功　祝願·孤魂受饗　祝願·施食偈　眞言·普供養眞言·
說示因緣　祝願·願聖垂恩　祝願·般若波羅蜜多心經·請聖受戒　祝願·懺除業
障　祝願·懺悔偈·懺悔眞言·發弘誓願　祝願·發四弘誓願·發菩提心眞言·捨
邪歸正　祝願·歸依三寶眞言·釋相加持　祝願·得戒消遙　祝願·修成十度　祝
願·依十獲果　祝願·往生淨土呪·觀行戒讚

奉送回向：圓滿廻向疏·廻向偈讚·普禮偈·行步偈·散花落·法性偈·化財受
用　祝願·化財偈·燒錢眞言·敎伸奉送　祝願·三壇都拜送·奉送眞言·上品上
生眞言·普伸廻向　祝願·普廻向眞言·破散偈·三廻向·廻向偈[17]

　　등으로 연결·조직되어 있다. 이 유형은 그 규모가 방대하고 진행이 화려·찬란
하거니와, 전체적으로 수미 정연한 유기적 맥락을 유지하고 있다. 따라서 그 진
행과정이 발단·전개·상승·절정·하강·정리 등의 서사적 구조를 갖추고 있는 게
사실이다. 그 진행의 장면마다 다양한 문장과 진언 등이 연결·활용되어 풍성한
문원을 이루고 있는 터다. 여기서 주목되는 것은 그 장편의 진행단계에서 그 게
송이나 기원문·축원문 등이 동일 제목으로 중복되는 일이다. 그렇지만 이 문장
들은 그 위치와 역할에 따라 그 내용이 각기 다르다. 그런데 그 다양한 진언·다
라니는 제목이 같으면 원칙적으로 내용도 같다고 본다. 그러나 이들 진언이 앞·
뒤에 게송을 수반할 때 그것은 내용을 달리하게 되는 터다. 그러기에 이 유형의

17 이상 미등, 『국행수륙대재』, pp.52-250 참조.

궤범들은 모두 그 일관된 서사적 구조 안에 다양하고 수많은 문장형태를 포괄·조직하고 있는 게 중시된다.

한편 이 수륙재의유형의 궤범들은 전반적으로 연행되기에 적합한 여건을 구비하고 있는 터다. 그 전체적 진행과정이 모두 장면화되어 있는 데다, 그 다양·풍성한 문장들과 수많은 진언·다라니들이 필히 연행되어야 할 요건을 갖추고 있기 때문이다. 우선 이 재의의 연행무대가 광활하고 화려·찬란하였다. 그 배경이 사찰 내외, 해천변 명소에 자리하여 야외·노천 무대를 특설하고 그 연행의 주지·방향에 적합하도록 설치·장엄되어 있다. 여기에 온갖 불교음악이 동원되니, 그 사물성·목탁성·요령성 내지 삼현육각에다 범패성·게송성·기원성·독경성·설법성·가영·화청성 등으로 전개되었다. 게다가 이 재의에는 그 작법무가 보다 전문적으로 가세하고, 여기에 출연하는 승려들이 가창·가무·강창·대화 등을 통하여 연행의 절차·연기를 보여 주었다. 이로써 이 수륙재의 연행과정은 연극적 공연의 제반 여건에 그 요건을 모두 구비하였던 것이다.

5) 천도재의 유형

천도재의는 불교재의 중에서 가장 빈번하고 필수적인 의례로서 그 기반·중심을 이루어 왔다. 실제로 누구나가 다 죽을 수밖에 없고, 따라서 모두가 극락왕생을 갈망하기 때문이다. 그러기에 불교계에서는 일찍부터 망자의 생사간 소망과 유족들의 정성에 따라 천도재의가 제일 성행할 수밖에 없었다. 실로 모든 사람의 죽음 앞에서 빈소의례로부터 시다림이나 장례의례·다비의식, 사십구재·백일재·기신재 등은 물론 고인·선령의 추모재 내지 생전예수재에 이르기까지 그 천도재의는 아주 다양하게 성행·전개되었던 터다. 그리하여 이 재의가 그렇게 정립되면서 그 유형이 독자적으로 설행되는 것은 물론, 다른 재의의 추모과정에 투입·연행되는 사례가 많이 나타났던 것이다.

이 재의의 전형적 설행 결과로써 그 대본·궤범이 성립·행세하고 점차 정형을 이루어, 그 재의 공연을 주도하게 되었다. 그리하여 이 재의궤범은 독자적으로 제작되거나 다른 재의궤범 속에 중요한 일부를 이루어 다양하게 성행하였던 터다. 그러기에 이 천도재의궤범은 중국계를 포함하여 현존하는 원전이 비교적 많은 편이다. 그 가운데서 현전하는 전형적 궤범을 들어 보면 다음과 같다.

慈悲道場懺法(자료총서 1집, pp.3-132)

여기서는 우주 만령과 중생의 극락왕생을 참회·발원하는 데에 주력하고 있다. 따라서 이 궤본은 서문·석문에 이어, 歸依三寶·斷疑·懺悔·發菩提心·發願·發廻向心·顯果報·出地獄·解怨釋結·發願·自慶·爲六道禮佛·廻向·發願·囑累 등으로 연결·조직되었다. 이 각개 단계 마다 그 주제에 맞는 서설과 발원문·기원문·예참문이 여러 조항씩 배치되어 있다. 그런데 전체적으로 진언은 아예 없고, 게송적 운문이 몇 편 끼어 있을 뿐, 모두가 산문으로 일관되어 있는 게 특징이다. 그러면서도 동업대중이 도량에 모여 법사·의식승의 지도와 설법을 들으며, 그 산문들을 염송하고 예경·참회하는 의식을 경건·신중하게 진행하는 것만은 확실하다.

禮念彌陀道場懺法(자료집성 1집, pp.247-359)

여기서는 모두에 彌陀懺讚과 서문을 싣고도 懺法序說·請威加護偈·啓請三寶·歸依西方三寶·決疑生信·問答偈·引教比證·聖賢諸家法門·往生傳錄·極樂莊嚴·四十八願·禮懺罪障·發菩提心·發願往生·求生行門·總爲禮佛·自慶·普皆廻向·囑累流通 등으로 구성·연결되었다. 이들 단계마다 그 주제에 맞는 서설과 기원문·발원문·법문 등이 따르고, 일부 게송을 갖추며, 불보살·신중에 대한 예참이 강화·필수된다. 그런데 진언·다라니는 넣지 않았다. 그 주제·사상에 맞추어 서방정토·미타삼존과 부수적 성현에 예경·기원하는 절차가 주축이 되어 극락왕생, 천도재의의 역할이 강조되어 있다.

禪敎施食儀文·迎魂文(자료총서 1집, pp.371-374)

여기서는 재의서설·발원을 비롯하여 動鈴偈·破地獄偈·破地獄眞言·滅惡趣眞言·召餓鬼眞言·普召請眞言·香偈(2)·燈偈(2)·茶偈(3)·引入參聖·指壇眞言·淨路開門偈(2)·庭中偈(2)·普禮三寶·受位安座 祝願·安座眞言·獻靈飯 祝願·香偈(2)·茶偈(2)·飯偈(2)·宣密加持 祝願·表白·送魂(3) 등으로 연결·전개되었다. 이 궤범은 비교적 간략하지만, 영혼천도 재의대본으로서는 모든 요건을 갖추었다. 여기에 자리한 게송은 각기 2수 이상씩 불리고, 특히 香偈(2)와 茶偈(3)는 중복되어 나오되, 그 내용이 다 새롭게 제작된다는 게 흥미롭다.

雲水壇作法(자료집성 2집, pp.49-57)

여기서는 서두에 이어 開經偈·懺悔偈·淨三業眞言·淨法界眞言·開壇眞言·建壇眞言·召請上位·普召請眞言·請詞·召請中位·請詞·普禮三寶·獻座安位 祝願·上位進供·中位進供 祝願·召請下位·着語·千手經·唯心偈 眞言·普召請眞言·解冤結眞言 祝願·歸依三寶·滅定業眞言·滅業障眞言·開咽喉眞言·三昧耶戒眞言·變食眞言·施甘露水眞言·一字水輪觀眞言·乳海眞言 祝願·施無遮法食眞言 祝願·十二因緣法 講說·心經·向壇祝願·廻向疏·念佛·送魂 등으로 연결·조직되어 있다. 이와 같은 계통의 궤범으로『雲水壇歌詞』(자료총서 2집, pp.11-22)와『雲水壇儀文』(자료총서 3집, pp.187-197) 등이 있는데 그 내용이 거의 같아서 거론하지 않는다.

靈山齋(석문의범, pp.449-486)

여기서는 영산재 시식을 통관하여 사십구재 등 천도재에 활용되는 재의대본이 정리·완결되었다.[18] 기실 이 궤본은 전래·전통의 궤본을 기반으로 근현대에 상응하

---

18 법현,『영산재 연구』, 운주사, 1997, pp.147-148.

여 체계적으로 개선·정리된 것이다. 따라서 이 궤본은 가장 전형적이고 완비된 대본이라 보아진다. 실제로 이 궤본은 이 천도재의를 연행하는 데에 주도적인 역할을 다할 수 있다고 본다. 그러기에 이 궤범은 상게한 궤범들을 망라하여 추출되는 공통적 유형으로 간주되어도 무방할 터다. 이에 그 진행과정을 들어보면 擧佛·宣疏·修設大會疏·着語·振鈴偈·孤魂請·香煙請·歌詠·引詣香浴 祝願·神妙章句大陀羅尼·般若心經·淨路眞言·入室偈·加持澡浴 祝願·沐浴偈·沐浴眞言·嚼楊枝眞言·漱口眞言·洗手面眞言·加持化衣 祝願·化衣財眞言 祝願·授衣眞言·着衣眞言·整衣眞言·出浴參聖 祝願·指壇眞言·歌詠·庭中偈·開門偈·加持禮聖 祝願·普禮三寶·法性偈·受位安座 祝願·安座眞言·茶偈·施食 着語·振鈴偈·唯心偈·破地獄眞言·解冤結眞言·普召請眞言·三歸依·證明請·香花請·歌詠·變食眞言·施甘露水眞言·一字水輪觀眞言·乳海眞言·稱量聖號 祝願·施魂食眞言·普供養眞言·普廻向眞言 偈頌·如來十號·極樂世界十種莊嚴·彌陀因行四十八願·諸佛菩薩十種大恩·普賢菩薩十種大願·釋如來八相成道·多生父母十種大恩·五種大恩銘心不忘·高聲念佛十種功德·奉送祝願·行步偈·散花落·南無大聖引路王菩薩·法性偈·奉送 祝願·燒錢眞言·奉送眞言·上品上生眞言·廻向 祝願 등으로 연결·조직되어 있다. 전술한 대로 이 궤범은 그 천도재의를 연행하는 전형적 대본으로 완결되었다. 기실 이 궤범의 적절한 곳에 靈駕遷度歌와 阿彌陀經 독송만을 삽입하면, 그것은 명실공히 천도재의궤법을 대표하는 공통적 유형이라 하겠다. 이밖에도 『四十九齋』가[19] 있거니와, 그 진행과정이 위와 유사하면서 미흡하여 거론하지 않는다. 또한 이 계열의 궤범으로 『豫修十王生七齋纂要』(자료총서 2집, pp.67-87)을 비롯해서, 『釋門家禮抄』(자료총서 2집, pp.157-177), 『僧家禮儀文』(자료집성 2집, pp.427-436), 『大刹四明日迎魂施食儀文』(자료총서 2집, pp.571-578), 『釋門喪儀抄』(자료집

---

19 구미래, 『한국불교의 일생의례』, 민족사, 2012, pp.378-397.

성 3집, pp.571-592) 등이 있지만, 그 특수 분야이거나 그 재의의 일부를 취급한 것이기에, 일일이 거론하지 않겠다. 다만 거기에 실린 문장, 운문·산문만을 활용하게 될 것이다.

이상 천도재의유형은 각기 그 독자성을 보이지만, 그 중심적 궤범을 기준하여 공통적 전형성을 확보하고 있는 게 사실이다. 따라서 전게한 바『靈山齋』의 그것을 여기 공통적 진행과정으로 지정하여 제시하는 터다. (위 靈山齋 진행과정 참조) 전술한 대로 그것은 이 유형을 대표하는 데에 아무런 손색이 없기 때문이다.

이 유형은 수륙재의 다음으로 규모 있고 찬란하거니와, 그 전체가 수미일관된 유기적 맥락을 유지하고 있다. 따라서 그 진행과정이 발단·전개·상승·절정·하강·정리 등의 서사적 구조를 구비하고 있는 게 분명하다. 그 진행의 장면마다 다양한 문장과 진언 등이 연결·활용되어 풍성한 문원을 이루고 있는 것이다. 여기서도 비교적 장편으로 진행되는 각개 단계에서 그 게송이나 기원문·축원문 등이 같은 제목으로 중복되는 터다. 그렇지만 이 문장들은 그 위치와 역할에 따라 내용이 각기 다르게 제작되는 것이다. 그런데 여기 다양한 진언들은 제목이 같으면 내용도 같은 게 원칙이다. 다만 그 진언의 앞뒤에 게송이 붙으면 그 내용은 달라지는 게 당연한 터다.

한편 이 천도재의궤범들은 모두 연행되기에 적합한 여건을 갖추고 있는 터다. 본래 이 궤범들은 연행을 목적으로 형성된 것이기 때문이다. 그 전체적 진행과정이 모두 장면화되어 있을 뿐 아니라, 그 다양·풍성한 문장들과 수많은 진언들이 연행될 수밖에 없는 요건을 구비하고 있는 터다. 먼저 이 재의의 배경이 사찰 내의 전각·도량이거나 특설재단인 데다, 그 성상·성물과 화려·찬란한 미술적 장엄으로 무대를 이루고 있다. 여기에 다양한 불교음악이 결부되니, 그 사물성·목탁성·요령성 내지 악기성에다 범패성·게송성·가영·기원성·독경성·설법성 등으로 실연되었다. 더구나 이 재의에는 일부 작법무가 연결되어 출연 승

려들이 가창·가무·강창·대화 등을 통하여 그 연행의 절차·연기까지 보여 주는
터다. 이로써 이 궤범은 그 연행과정에서 연극적 공연의 제반 여건과 요건을 두
루 갖추었던 것이다.

6) 점안재의 유형

점안재의는 사암을 창건하거나 각종 성상·성물을 조성하여 거기에 생명과 권
능을 불어 넣는 소중하고 필수적인 의식이다. 그러기에 이 점안재의는 사찰 낙
성경찬회나 성상·성물 의식과 함께 경축·찬탄의 값진 의례로 진행되어 왔던 것
이다. 따라서 이 재의는 적어도 그 주제·내용과 진행절차에서 저 천도재의와는
상대적으로 경찬·예경의 뜻이 더욱 강조되었던 터다.

그리하여 이 재의는 예경재의와 조응하면서 일찍이 그 전형을 이룩하게 되었
고, 따라서 그 궤범이 정립·유전되었다. 그러기에 이 궤범은 그 시대의 수요에
상응하여 많이 제작·유통되지만, 고문헌으로 유통되는 사례는 매우 희소한 터
다. 다행히 『석문의범』을 통하여 전통적인 궤범이 정리되어 행세하고 있어 상
당히 중시된다. 이에 그 궤범들을 들어 보면 다음과 같다.

佛像點眼儀式(석문의범, pp.575-607)

여기서는 화엄성중을 청한 다음에 擁護偈·擧目·歌詠·茶偈·嘆白·喝香·燈偈·
三志心·合掌偈·告香偈·開啓·灑水偈·千手經·四方讚·火聚眞言·道場偈·
懺悔偈·擧佛·普召請眞言·仰告 祝願·淨地眞言·解穢眞言·淨三業眞言·塗
香眞言·淨法界眞言·開壇眞言·建壇眞言·不動尊眞言·護身被甲眞言·降
魔偈 眞言·發菩提心偈 眞言·執杵眞言·執鈴眞言·動鈴偈 眞言·佛部召請
偈 眞言·蓮花部召請偈 眞言·金剛部召請偈 眞言·由致·香花請·歌詠(9차)·
擁護請·香花請·歌詠·降生偈·五色絲眞言·五佛偈·眼相讚·開眼光明偈 眞
言·安佛眼眞言·灌浴 祝願·沐浴偈 眞言·施水偈 眞言·安相眞言·三十二相

眞言·八十種好眞言·安莊嚴眞言·獻座偈 眞言·茶偈·點筆法·佛像證明唱佛 등으로 연결·조직되어 있다. 이어 보살상점안의식이나 불화점안의식은 이 불상점안의식과 동일하여 별도로 제시하지 않는다. 그 동일한 궤범을 가지고 이들 별도의 재의를 실연하기 때문이다.

羅漢點眼儀式(석문의범, pp.607-610)
여기서는 위 擁護偈부터 召請眞言까지는 불상점안의식과 같고, 이어 由致에다 香花請·歌詠이 두 번 되풀이되고, 위 降生偈 이하는 역시 불상점안의식과 동일하게 끝난다.

十王點眼儀式(석문의범, pp.611-614)
여기서는 위 擁護偈부터 普召請眞言까지는 불상점안의식과 같고, 이어 由致와 香花請·歌詠이 다르고 나머지는 역시 불상점안시와 비슷한 터다.

天王點眼儀式(석문의범, pp.614-616)
여기서는 擁護偈로부터 普召請眞言까지는 불상점안의식과 같고 由致 정도가 다르며, 그 이하는 역시 위와 별로 다르지 않다. 이밖에도 『袈裟點眼儀式』(석문의범, pp.617-633)이나 『金銀錢點眼儀式』(석문의범, p.634) 등이 있지만, 그 의식 과정이 기본적으로 불상점안의식과 크게 다르지 않은 데다 그 주변적 성질·위상으로 하여 논외로 하겠다.

　이상 점안재의유형은 각기 그 독자성을 보이지만, 위 『佛像點眼儀式』을 중심으로 공통성을 보이고 있는 게 사실이다. 이에 그 불상의 경우를 전형으로 내세워, 그 점안재의의 공통점이라 규정할 수가 있겠다. 따라서 위 『佛像點眼儀式』의 전개과정에다 각기 명색에 맞는 由致와 歌詠 그리고 說法 정도를 가미·

삽입시키면, 이 점안재의유형이 완결되리라고 보아진다.

　이 유형은 그 규모가 비교적 작지만, 낙성·경찬의 뜻이 깊어 오히려 찬연하고 알차게 진행되어 왔다. 그 전체가 수미일관된 유기적 맥락을 유지하고 있음은 물론, 그 진행과정이 발단·전개·상승·절정·하강·정리 등의 서사적 구조를 갖추고 있는 터다. 그 진행의 단계마다 다양한 문장과 진언 등이 결부·조화되어 상당한 문원을 형성하고 있는 게 확실하다. 여기서도 진행과정에 동일 제목이 중복되는 경우가 있지만, 그 내용은 용도와 위치에 따라 다르게 제작된 게 사실이다. 또한 상당히 많은 진언은 제목이 같으면 내용도 같지만, 이 전후에 게송이 붙으면 그 내용은 다르다.

　한편 이 점안재의궤범들은 역시 연행되기에 알맞은 여건을 갖추고 있는 게 사실이다. 원래 이 궤범들은 연행을 위한 대본이기 때문이다. 따라서 그 전체적 진행과정이 모두 장면화되어 있는 데다, 그 다양·풍성한 문장들과 진언 등이 연행되어야 하는 요건을 구비하고 있는 터다. 먼저 이 재의의 배경이 사찰 내의 전각·도량을 중심으로 그 성상·성물과 화려·찬란한 미술적 장엄을 통하여 훌륭한 무대를 이루었다. 여기에 다양한 불교음악이 따라 나오니 그 사물성으로부터 목탁성·요령성, 여타 악기성에다 범패성·게송성·가영·기원성·독경성·설법성 등으로 전개되었다. 게다가 이 재의에는 상당한 작법무가 결부되고 출연 승려들이 가창·가무·강창·대화 등을 통하여 그 연행의 활기와 연기까지 자아내고 있었던 터다. 그리하여 이 궤범은 그 연행과정에서 연극적 공연의 제반 여건과 요건을 족히 갖추고 있었던 것이다.

4. 불교재의궤범의 공연양상

1) 불교재의의 연극적 공연요건

이미 알려진 대로 모든 불교재의는 다 연극적으로 공연되어 왔다.[20] 불타 이래 모든 불교진리·사상은 이런 종합예술적 공연을 통하여 모든 중생·대중을 교화·구제하는 데에서 최상의 성과를 올려 왔기 때문이다. 그러기에 석가불 당시부터 모든 설법·신앙·포교에서는 이런 재의의 연극적 공연을 최선의 방편으로 정립·공인하고, 점차 종합예술적 방향으로 발전시켜 왔던 게 사실이다. 그리하여 이 재의의 연행이 바로 연극적 공연으로 전개되는 것은 당연한 일이었다.[21] 그래서 일찍이 모든 제의는 연극적으로 공연된다는 정론이 성립되었고,[22] 따라서 제의극의 이론과 실제가 정립되었다.[23] 그러기에 모든 불교재의가 연극적 공연으로 실연되면서 불교재의극이나 불교연극의[24] 이론과 실제가 병립되는 것은 필연적인 일이었다.[25]

그리하여 이 재의는 다른 종교의 의식에 비하여 가장 빼어난 데다, 그 발달된 공연을 통하여 그대로 불교연극의 실상을 보여 주고 있는 게 확실하다. 실제로 이 재의의 공연은 적어도 보편적인 연극의 요건으로 위 6개 유형을 망라하여 그 무대와 등장인물, 대본과 관중을 모두 갖추고 있기 때문이다. 이에 그 요건

20 曲六乙, 「宗敎祭祀儀式·戱劇發生學的意義」, 『西域戱劇與戱劇的發生』, 新疆人民出版社, 1992, pp.17-18.

21 구미래, 「불교의례와 공연예술의 만남」, 『불교의례』, pp.34-35.

22 陳榮富, 「宗敎禮儀與戱劇」, 『宗敎礼儀與古代藝術』, 江西高校出版社, 1995, pp.234-235.

23 田中一成, 『中國祭祀演劇硏究』, 東京大學 東洋文化硏究所, 1981, pp.7-8.

24 陳宗樞, 『佛敎與戱劇藝術』, 天津人民出版社, 1992, pp.38-40.

25 사재동, 「불교연극연구서설」, 『한국공연예술의 희곡적 전개』, pp.195-197 ; 「영산재의궤범의 희곡적 전개」, 위의 책, pp.678-680.

들이 각기 그 연극적 실상을 유기적으로 실증해 줄 것이다.

첫째, 그 무대가 다채·장엄하고 화려·찬란하다. 위 예경재의나 수행재의·법회재의 등에서는 으레 사찰 내 전각이 주무대가 되거니와, 그 장엄한 건축과 내외부 단청·불화, 불보살상·신중상·후불탱화, 각종 공양구와 소도구가 갖추어졌다. 그리하여 불보살의 상단과 신중의 중단, 영가의 하단이 구체적인 무대 단위로 장엄·장식되었다.[26] 그리하여 그 앞에 무대겸 대중석이 마련되어 복합적인 활용공간을 이룩하는 것이다.[27] 나아가 수륙재의를 중심으로 천도재나 점안재의 일부에서는 사찰 내외에 별도의 무대를 시설하여 시련소·대령소·관욕소와 사자단·오로단·상단·중단·하단·고사단 및 소대 등으로 특설하고, 그에 상응하는 괘불·불화와 불보살·신중·영가의 위패, 당번·지전·각종 공양물로 찬연하게 꾸며, 그 무대의 위용으로 역할을 다하고 있는 터다.[28]

둘째, 그 등장인물들이 다양하고 위력적인 데다 개성적인 연기를 다한다. 위 예경재의나 수행재의·법회재의에서는 법사·강사와 의식승, 그리고 청법대중이 등장하고, 그 수행의 수계재의에서 병법·수계·증명법사가 추가되는 정도다. 그래서 여기서는 불보살이나 신중 등이 다만 재의를 옹호·성취시키는 권능으로만 작용할 뿐이다. 그런데 수륙재의를 중심으로 천도재나 점안재의에서는 회주·증명·병법·선덕·어산·법음·유나·찰중과 작법승·악사 등이 각기 분장·의상으로 증원되고,[29] 나아가 불보살·신중 등이 소청되어 등장·생동하며 다양한 행적의 만령이 대두·활동한다. 그리고 재자·신도·대중이 동참하여 그 연행에 합세하기도 한다. 이러한 등장인물은 각기 그 처지·위상에 따라 맡은 바 역할을 수행하여 이른바 등장인물의 연기를 다하고 있다. 그리하여 여

---

26 정명희, 「조선시대 불교의식과 불교회화」, 『불교의례』, pp. 229-230.

27 아네스 피에롱, 「무대구성의 세 국면」, 『연극의 이론』, 청하, 1993, pp.245-246.

28 미등, 「설단 장엄」, 『국행구룩대제』, pp.259-311 참조.

29 智還, 「天地冥陽水陸齋儀梵音刪補集 卷中」, 『韓國佛敎儀禮資料叢書 第3輯』, pp.67-68.

기서 주관·주동하는 고승·전문승들의 능숙한 법력·연행은 물론, 여기에 소청된 불보살·신중의 권능·위력이 신이하게 발현되고, 나아가 별의별 사건을 다 등지고 온 만령의 살벌·삼엄한 분위기까지 조성되었던 것이다.[30]

셋째, 이 재의의 대본이 문학적으로 완비되어 있다. 전술한 대로 이 대본은 유구한 전통을 계승·발전시키면서, 그 공연의 연극적 효능을 증진시키는 방향·방법으로 증보·개선되어 온 완벽한 극본임에 틀림이 없다. 이 대본은 전체 과정이 수미 일관되어 발단·전개·상승·절정·하강·정리 등으로 서사적 맥락을 유지하면서, 적절한 장면화로 연결되어 있다. 그러면서 장면마다 필수적인 게송과 진언, 기원문·발원문·축원문·법문 등, 그리고 이를 연창하는 각종 기악·성악을 배치하고 작법무와 함께 연행의 연기적 지시까지 기록하고 있는 게 사실이다. 따라서 이 궤범은 그 연극적 공연의 대본으로서 아무런 손색이 없는 터라 하겠다.[31]

넷째, 이 재의의 현장에는 다양한 동참 관중이 운집하여 있다. 여기에는 이 재의를 주관·협찬하는 승려들과 유관 사부대중은 물론 원근의 신도·민중들이 이 공연을 관람하기 위하여 무수히 모여 드는 것은 필연적인 일이었다. 그래서 불교신앙에 따른 관중을 중심으로 단순한 구경꾼·군중들이 합세하여 그 연극의 청중·관객이 성황을 이루고 있는 터다. 그러기에 이 재의는 불교연극 내지 일반연극의 요건을 완비하여 방대하고 감명 깊은 연극의 면모를 보였던 것이다.[32]

2) 불교재의의 연극적 공연형태

전술한 대로 이 불교재의는 연극적 요건을 완비하고 여러 형태로 공연되었

---

30 로베르 아비라세, 「배우와 그의 연기」, 『연극의 이론』, pp.209–211.

31 안느 위베르스펠트, 「연극 텍스트 읽기」, 『연극의 이론』, pp.101–103.

32 모리스 데코트, 「연극 관중의 문제」, 『연극의 이론』, pp.293–294.

다. 실제로 전체적 공연형태는 몇 가지 연극적 조건을 갖추고 있다. 우선 이 공연의 전체적 맥락이 연극의 그것을 그대로 따르고 있다는 점이다. 위 6개 유형에서 공통적으로 보여 준 '발단-전개-상승-절정-하강-정리' 등의 과정이 그대로 연극의 '발단-예건의 설명-유발적 사건-상승적 동작-절정-하강적 동작-대단원' 등과 일치하고 있기 때문이다. 기실 이 재의의 진행과정이 모두 공연예술의 연극적 효과·공능을 극대화하기 위하여, 이러한 보편적 방법을 선택한 것은 당연한 일이었다. 그러기에 위 예경재의로부터 수륙재의를 거쳐 점안재의에 이르기까지 아무리 작은 규모의 재의라도 이 연극적 과정이 필수되었던 것이다.

다음 이러한 재의과정이 단계적으로 장면화되고 긴밀하게 연결되어, 연극의 그것과 같다는 점이다. 위 6개 유형에서 수륙재를 중심으로 보여 준 단계별 장면화가 바로 그것이다. 이미 알려진 대로 서사적 극정의 전개가 장면화되는 것이 연극의 기본형태라면, 이 재의 진행의 장면화는 바로 연극적 형태와 일치하는 점이라 하겠다. 기실 모든 공연예술은 장면화가 필수요건이요 존재 이유이기 때문이다.

그리하여 이 재의의 공연은 그 진행맥락과 장면화가 막의 형태로 정립되어 연극의 그것과 상통한다는 점이다. 이른바 연극에서 막 또는 장의 개념은 보편적으로 상식화되어 있는 실정이다. 따라서 이 재의의 공연과정이 막으로 성립·진행되는 것은 연극의 기본조건이 완비된 것임을 실증하는 터다. 그러기에 이 재의의 공연과정은 각기 연극의 그것과 같이, 그 발단은 서막이요, 예건의 설명·유발적 사건은 1막이며, 상승적 동작은 2막이요, 절정은 3막이며, 하강적 동작은 4막이요, 대단원은 5막인데, 식당작법이 덧붙으면 여막이라고 규정될 수가 있다.[33]

33 B. 아스무트, 「드라마의 구성-막과 장면」, 『드라마 분석론』, 한남대학교 출판부, 1995, pp.57-58.

한편 이 재의 공연의 실제적 요건이 연극의 그것과 일치되고 있다. 먼저 이 재의의 장면 내지 막마다 대사를 갖추고 연행지시까지 받고 있는 게 연극의 그것과 같다는 점이다. 그 대사야말로 매우 다양한 운문, 각종 게송·진언 등은 물론 제반 산문, 기원문·유치·청사나 착어·재의소, 축원과 법문, 여러 경우의 대화 등이 완비되어 공연의 기본 대사를 완비하고 있는 터다. 따라서 이 대사는 어떤 연극의 그것에 비해도 손색이 없다고 본다.

다음 이 재의의 공연에서 음악이 기악과 성악으로 필수되어 연극의 그것을 능가하고 있다는 점이다. 적어도 이 불교재의는 음악으로 시작하여 음악으로 끝나는 것이 관례다. 따라서 이 음악은 기악으로, 법종·법고·목어·운판·동당쇠와 태징·경쇠·소종을 거쳐 목탁과 요령, 그리고 호적과 삼현육각이 총동원되어 반주하거나 자체 연주로 극정을 조성하였다.[34] 그리고 성악으로는 평염불·염송성을 기반으로 설법·독경성까지, 범패의 안채비로 유치성·착어성·개탁성·편게성 등과 바깥차비로 홋소리와 짓소리, 그리고 화청 기타 찬불가 등이 합세하여 그 극정을 고조시켰던 것이다.[35]

이어 이 공연에서는 무용이 가세하여 그 음악적 공연을 역동적으로 입체화하고 있는 것이 연극의 그것과 동일하다는 점이다. 이 불교무용은 작법무라 하여, 대강 바라춤과 나비춤·법고춤·타주춤을 가리킨다.[36] 이 바라춤은 7가지 작법이 있는데, 천수바라와 사다라니바라·화의재진언바라·명바라·관욕쇠바라·내림게바라·요잡바라 등이 그것이다. 이처럼 다양한 바라춤은 기악으로는 호적과 사물·삼현육각으로 반주되고, 성악으로는 범패 홋소리 등에 맞추어 연행된다. 이어 나비춤은 모두 18종으로 향화게작법과 도량게작법·다게작법·삼귀의작법·모란찬작법·오공양작법·구원겁중작법·자귀의작법·정례작법·지옥게작

34 양영진, 「불교수륙재의 악기활용과 기능」, 『한국수륙재와 공연문화』, pp.361-363.

35 법현, 「불교의식음악의 종류와 범패구성」, 『불교의식음악연구』, p.113.

36 심상현, 「작법무의 연원과 기능에 대한 고찰」, 『불교의례』, pp. 274-275.

법·운심게작법·삼남태작법·대각석가존작법·옴남작법·창혼작법·기경작법·
사방요신작법 등으로 연행된다. 이러한 나비춤은 기악으로는 호적·사물·삼현
육각으로 반주되고, 성악으로는 범패 홋소리로 연행된다. 그리고 법고무는 단
순한데다 범패가 쓰이지 않고 사물과 태징의 반주로 실연된다. 또한 타주무는
역시 단순하지만, 평염불 및 범패 홋소리, 사물로 진행된다.[37]

나머지 이 공연에서는 출연인물들의 의례 동작이나 규범, 수인·표정 등이 어
울려 연극에서의 연기와 같은 역할을 한다는 점이다. 기실 이 재의의 연행에서
출연자들은 그 재의의 법식에 상응하여 움직이고 연행의 동작을 취한다. 그리고
그 출연자의 수인이나 손짓 내지 표정·눈짓까지도 소중한 연기적 기능을 발휘
하는 터다. 나아가 그 출연자의 가창·가무·강창·대화 등에는 그에 상응하는 능
숙한 동작이 연기로 작용하는 게 사실이다.

이와 같이 다양한 연극적 요건들이 합세·조화되어 이 재의의 연행을 연극적
공연으로 전개시킨 것은 실로 주목할 만한 일이다. 한갓 불교재의의 일환으로
취급되던 그 공연이 불교연극 내지 일반연극으로 평가·규정될 수 있기 때문이
다. 이러한 불교연극은 그 진행과정을 통하여 여러 가지 연극적 형태의 전형을
이루고 있는 게 사실이다. 적어도 그 연극적 형태는 대체로 그 운문·진언 등을
노래하는 가창형태와 이 가창과 그 무용이 상응하는 가무형태, 운문을 염창하고
그 산문을 강설하는 강창형태, 연행 중에 설왕설래하는 대화형태, 위 형태들을
축약·포괄시킨 잡합형태 등으로 유형화되기 때문이다. 따라서 실제로 이 형태
들을 구체적으로 검토·논의할 필요가 있다.

첫째, 이 가창형태에 대해서다. 여기서는 위 6개 유형을 망라하여 그 많은 게
송·진언 등을 가송하여 가창형태가 성세를 보였다. 모든 운문·진언은 기악의
반주나 성악의 곡조에 따라 가장 효율적으로 가창되어야 했기 때문이다. 위 모

37 법현, 「불교무용의 유형과 분류」, 『불교무용』, p.82.

든 궤범이나 그 재의유형을 막론하고 전부가 이 가창형태를 공히 갖추었기에, 이것은 가장 기본적이고 보편적인 연극형태라 보아진다. 이 가창형태는 게송의 단형·중형·장형에 따라 그 곡조와 가창이 다양하게 연행되었고, 그 수많은 진언도 다라니까지 망라되어 독특한 범패·창법에 따라 그 신묘한 가창으로 공연되었던 것이다. 그러기에 이 가창형태만으로도 이 재의의 연극적 공연을 이끌어 갈 수가 있었던 터다.

둘째, 이 가무형태에 대해서다. 원래 이 가창형태는 무용과 결부되어 입체적 역동성을 가지려는 성향이 있기에, 그 궤범 전체에 가무형태가 성세를 보이리라 예견되지만, 실제로 예경재의유형이나 수행재의유형·법회재의유형 등 비교적 정적이고 엄숙한 재의에서는 특별한 경우에만 작법무를 수용하는 편이었다. 그러기에 이 가무형태는 수륙재의유형을 중심으로 천도재의유형·점안재의유형 등에 집중적으로 자리하고 있다. 위 바라춤와 나비춤·법고춤·타주춤 등에서 보였듯이, 이 가무형태는 여기서 다양하게 공연되고 있었던 터다. 그리하여 이 가무형태는 그 적재적소에서 적절한 기악·성악의 반주·협연에 의하여, 그 연극적 기능을 족히 발휘하였던 것이다. 따라서 가무형태는 그 안에 바라가무와 나비가무·법고가무·타주가무로 나뉘어 다양하게 공연·전개됨으로써, 이 가무형태가 입체적 역동성을 갖추어 그 재의극 전체에 연극적 활기를 제공했던 것이라 하겠다.

셋째, 이 강창형태에 대해서다. 기실 위 6개 유형을 망라하여 그 운문·진언을 가창하고 연속된 산문을 강설하는 강창형태가 실세를 보이고 있다. 여기에는 몇 가지 운·산문 교합의 형식이 있어 다양하게 전개되었다. 우선 이 재의 중의 다양한 산문에 이어 게송 운문이 붙은 형식을 취하여, 실제로 음악적인 강설에 상응하는 가창으로 강창형태를 이루는 사례가 있다. 그리고 먼저 게송·진언 등 운문이 나오고 이를 해설 보완하는 산문이 붙어 선창·후설하는 창강형태가 있는데, 이를 통일하여 강창형태로 취급한 것이다. 또한 그 전체 유형에서 설법이 있는 경우에 두 가지 형식이 자리하였다. 즉 산문적 강설을 하다가 게송 가창을 삽입하는 강창형식이 있고, 때로 게송 가창을 먼저 하고 이를 해설·강설하는 창강형식이 있는 게 바로 그것이다. 이렇게 다양한 형식의 강창형태가 강세를 띠어 그 연극적 공연에 기여하였던 터다.

넷째, 이 대화형태에 대해서다. 실제로 위 6개 유형의 모든 재의는 불보살·신중·만령과 출연 승려·재자 등의 대화로 성립·진행된다고 하겠다. 이 출연자들이 그 재의 대상을 향하여 소청·찬탄하고 기도·발원하는 일체 언행·대사는 다 상대에게 바치는 발화이고, 따라서 상대의 신묘한 응답, 말없는 감응을 받아 내기 때문이다. 그리하여 출연자들과 불보살·신중·만령 등의 대화는 실로 신묘하고도 생동·활발하게 진행되는 터다. 이것이 재의진행상에서 벌어지는 대화형태의 특장이라고 본다. 나아가 출연자들 사이에 주고받는 대화도 성세를 보이고 있다. 적어도 예경재의유형에서는 승려간의 대화나 승려와 신도 간의 대화, 그리고 신도 간의 대화가 법담으로 진행되고, 수행재의유형에서는 참선상의 선문답, 염불과정의 문답, 수계중 법사와 수계자의 문답 등이 대화형태를 이루며, 법회재의유형에서도 법사의 설법 중에 서사적 대화가 나오고, 법사와 청법대중간의 법문답이 대화형태를 이루고 있는 터다. 나아가 수륙재의유형이나 천도재의유형·점안재의유형에서도 설법과 수계상에서 실제적인 대화형태가 성립되었던 것이다.

다섯째, 이 잡합형태에 대해서다. 기실 위 6개 유형, 모든 재의는 다 잡합형태를 유지하고 있는 실정이다. 그들 재의 진행과정 안에 가창·가무·강창·대화 등 여러 형태가 조합되어 있기 때문이다. 그래서 이 잡합형태는 전체적인 장형·중형과 독자적인 단형으로 규정될 수가 있다. 각개 재의진행 전체를 잡합형태라 한다면, 그 재의의 장면·막 단위로도 잡합형태를 이루고 있기 때문이다.

3) 불교재의의 연극적 장르성향

이 불교재의가 제의극, 불교연극의 형태를 갖추어, 일반연극의 유형으로 합류하게 되었다.[38] 따라서 이 재의의 연극형태가 자연 장르성향을 띠고 있어, 이를 보편적인 연극장르로 규정하는 것이 당연한 일이다. 적어도 문학·예술분야에서는 그 장르를 규정·공인하는 것이 필수적이다. 그래야만 그 작품의 실상적 가치와 위상이 확정되기 때문이다.

이 연극의 장르는 한·중간을 중심으로 합리적으로 규정·정립되어 있는 게 사실이다. 이미 알려진 대로 가창극과 가무극·강창극·대화극·잡합극이 바로 그것이다. 여기서 논의할 필요가 있는 것은 바로 강창극과 잡합극이다. 이 강창극은 중국 측에서는 설창이라 하여 曲藝로 규정·독립시키고 연극장르에 포함시키지 않는다.[39] 그러나 이 강창형태는 세계적 고전극 장르에 비춰보거나 작품형태 자체를 전거로 하여 볼 때, 강창극으로서 연극장르에 넣어야 옳다. 그리고 잡합극은 일견 잡된 것의 규합이라는 인상을 주지만, 실로 중국의 이른바 全能劇의 개념과 일치하는 게 사실이다.[40] 전술한 대로 가창·가무·강창·대화의 형태를 일부 또는 전부를 수용·재편하여 입체적 형태로 조성된 것이기 때문이다. 따라서 이 잡합극은 가장 개방적이고 포괄적인 연극장르로 능소능대하여, 비연극적 요소까지도 수용하여 전능한 성과를 올려 왔던 것이다. 그러기에 기능 면에서는 전능극이라 할 수 있지만, 형태면에서는 잡합극이라 하는 것이 타당하리라 본다. 원론적으로 장르론은 형태론이기 때문이다.

그리하여 위 연극장르에 기준하여 이 재의 공연의 연극적 형태를 본격적으로 논의·규정할 단계가 되었다. 상술한 대로 이 재의 공연의 가창형태를 가창극으로, 그 가무형태를 가무극으로, 강창형태를 강창극으로, 대화형태를 대화

---

38 마틴 에슬린, 「집단적 경험-제의로서의 극」, 『드라마의 해부』, 청하, 1987, pp.45-47.
39 전홍철, 「구비연행의 근거」, 『돈황 강창문학의 이해』, 소명출판, 2011, pp.355-356.
40 任半塘, 『唐戲弄』, 漢京文化公司, 1985, p.127.

극으로, 잡합형태를 잡합극으로 규정·공인하자는 것이다. 그래야만 이 재의의 연극적 공연이 불교연극이나 일반연극상의 가치와 위상을 올바로 차지할 수 있기 때문이다.[41]

우선 이 재의의 공연형태를 전체적으로 파악하겠다. 그러면 이들 불교재의의 각자가 모두 일련의 잡합극으로 규정되는 터다. 이 모든 재의 공연 전체가 가창·가무·강창·대화 등의 연극형태를 포괄하고 있기 때문이다. 그리하여 전게한 궤범의 모든 재의가 잡합극으로 규정·행세하게 되었다. 따라서 불교계에는 위 6개 유형을 중심으로 모든 재의 공연이 장편 또는 중편의 잡합극으로 공연·유통되었던 것이다.

다음 이 재의 공연을 장면·막에 기준하여 구분·독립시키고 그 연극적 형태의 계통을 따라서 그 장르를 검토·규정해 보겠다. 전술한 대로 가창형태와 가무형태·강창형태·대화형태·잡합형태를 연극장르로 규정·공인할 수가 있기 때문이다. 첫째, 이 가창극에 대해서다. 이 가창극은 불교연극이나 일반연극 중에서 가장 기본적이고 단순한 장르다. 그러면서 가장 널리 분포·행세하여 연극사상에서도 그 위상이 뚜렷하였다. 이 장르에 해당되는 것이 바로 위 재의의 가창형태다. 이 가창극은 그 공연에서 전체적으로나 각개 장면·막별로 일관되게 성행하여 극정을 잘 이끌어 왔다. 이에 이 가창극은 당시 불교연극·일반연극의 가창극과 교류·유통하면서 그 역할과 위상을 뚜렷이 발휘하였다.

둘째, 이 가무극에 대해서다. 이 가무극은 가창극에 입체성과 역동성을 가하고 극적 역량을 확장·발현한 장르다. 그러기에 이 가무극은 보편적으로 연행되어 성세를 보여 왔던 것이다. 위 가무형태가 바로 이 장르에 속한다. 비록 이 가무극이 그 재의극의 모든 과정에 필수되지는 않았지만, 오히려 그 선택적인 희귀성이 역동적인 효능을 강화하게 되었다. 그리하여 이 가무극의 작법무가 그

41 사재동, 「불교연극의 장르적 실상, 불교연극 연구서설」, 『한국공연예술의 희곡적 전개』, 중앙인문사, 2006 pp.178-191 참조.

게송·진언의 심중한 의미와 함께 정중동의 신묘함을 더하여, 연극적 기능을 확대하고 종교극의 영역을 족히 확보하였다. 따라서 이 가무극은 당대의 불교연극·일반연극의 가무극상에서 독특하고 진귀한 실상을 보이며 위상을 지켜왔던 것이다.

셋째, 이 강창극에 대해서다. 이 강창극은 불교연극이나 일반연극에서 가장 보편적이고 경제적인 장르로 알려졌다. 웬만한 가창력과 화술이 있는 승려나 식자라면 서사적 산문의 강설에다 게송·시가를 가창·조화시켜 족히 강창극을 단독으로 연출할 수 있기 때문이다. 게다가 일정한 무대장치나 소도구 등이 없이 청중만 있으면 단순한 타악기의 장단에 의하여 편리하게 공연할 수가 있는 터다. 위 강창형태가 바로 이 장르에 해당된다. 이 강창극은 위 6개 유형의 모든 공연에 적절하게 자리하여 전체적 극정의 흐름에 변화와 확충을 가져 온다. 특히 그 전체적 공연과정의 축원·해원·설법·화청 등 대목에서 이 강창극은 성세를 보이고, 그 기능을 제대로 발휘했던 것이다. 따라서 이 강창극은 당시 불교연극이나 일반연극의 강창극과 교류·합세하여 그 실력을 보이고 그 중요한 위상을 유지했던 터다.[42]

넷째, 이 대화극에 대해서다. 이 대화극은 불교연극이나 일반연극에서 가장 본격적이고 전문적인 장르다. 원래 연극은 대화와 행동의 예술이기 때문이다. 따라서 이 대화극이 그 주류·중심을 이루어온 것은 당연한 일이다. 위 대화형태가 바로 이 장르에 속한다. 이 대화극은 그 재의극상에서 전체적으로나 그 각개 장면·막 가운데서 입체적이고 역동적인 극정을 연출하여 그 기능·역량을 발휘하였다. 적어도 그 불보살·신중과의 신묘한 대화가 상호간의 심금을 울리며 감응을 자아냈다. 나아가 출연자들의 정성어린 대화와 합세하여 본격적인 연극의

---

42 사재동, 「한·중 불교계 강창문학의 희곡사적 위상」, 『한국공연예술의 희곡적 전개』, pp. 364-365.

진면목을 보여 주었다. 그러기에 당대 불교연극·일반연극의 대화극과 어울려 유통·성행하면서, 그 실상과 위상을 유지하게 되었던 것이다.

다섯째, 이 잡합극에 대해서다. 이 잡합극은 실제로 불교연극이나 일반연극에서 비교적 성세를 보여 왔다. 적어도 전통연극에 있어 시대적 여건이나 종합예술적 성격으로 하여 잡합극이 형성·연행된 것은 필연적인 추세였다. 위 잡합형태가 바로 이 장르레 속한다. 이 잡합극은 이 재의의 전체적 공연에서 이미 실상을 보여 왔거니와, 그 장면·막별로도 그 면모를 드러내고 있다. 이런 차원의 잡합극이 그 공연상에서 저 全能劇의 역할로 기능을 족히 발휘할 수가 있었다. 그리하여 이 잡합극은 당대 불교극이나 일반연극의 잡합극과 교류·소통하면서 그 연극사의 발전에 기여했던 게 사실이다.

5. 불교재의궤범의 문학적 전개

1) 희곡적 실상

불교재의궤범은 그 공연의 연극적 성과를 강화하는 방향으로 개선·보완되어 온 완벽한 대본이다. 그러기에 이 재의 공연이 모두 다 불교연극으로 규정되었으니, 그 궤범들이 그대로 이 대본·극본으로 취급되는 것은 당연한 일이다. 따라서 이 궤범들이 모두 문학장르 중의 희곡으로 규정될 수밖에 없다. 그리하여 이 궤범들을 희곡론에 의거하여 분석·논의해 보겠다.[43]

먼저 이 궤범들은 주제·사상이 중후·광대하다. 잘 알려진 대로 이 궤범들은 전체적으로 불교철학·사상을 신앙적 실천으로 풀어내어 모든 중생, 사부대중과 만령까지 교화·구제하는 것이 이상·목표이기 때문이다. 기실 이 주제는 멀

---

43 B.아스무트, 「드라마의 본질」, 『드라마 분석론』, pp. 16-17.

리 불교이념과 방편에 연결되고 가까이 홍법의 대방편인 재의와 직결되었기로, 결국 上求菩提·下化衆生의 대도를 연극적으로 실현하는 데에 집중되어 있는 터다. 그러기에 이 궤범들의 주제는 불교문학·예술의 보편적인 주제와 상통하면서, 그 희곡으로서의 주제 의식을 충족시키고 있는 것이다.

다음 이 궤범들은 그 희곡적 구성의 요건을 다 갖추고 있다. 우선 그 배경·무대가 광대·무변하고 화려·찬란하게 제시하였다. 그 6개 유형을 망라하여 사찰 내외 우주법계로부터 천지·수륙·허공계와 명계·양계에 걸쳐 무대가 설치·조성되어 장엄·장식되어 있기 때문이다. 이 무대는 각기 그 용도와 특성에 맞추어 장중한 건축·전각에 각종 불화와 각색 당번 등으로 꾸며지고, 온갖 화환·조전 등에 풍성한 공양물까지 화려하게 배설되었다. 이러한 무대들이 다양하게 펼쳐져서 각종 재의의 연극적 공연을 위하여 조직적으로 생동하니, 그 자체만으로도 희곡의 무대를 조성하는 데 손색이 없다.

이어 그 등장인물이 다양하게 등장하여 개성적으로 연기하게 설정되었다. 여기 등장인물들은 크게 두 부류로 나타났다. 그 하나는 불보살·신중 그리고 온갖 영가·만령 등으로서 기원 의식에 의하여 각단 무대에 강림·감응하는 존재요, 또 하나는 출연 승려·악사들과 동참 재자·사부대중 등 실재 인물들이다. 기실 전자는 제불보살이 만능과 위신력으로 다양하게 감응하고, 무량한 신중들이 장엄한 대세로 조응··옹호하며, 온갖 행적을 가진 만령들이 그 업보대로 반응하여 생동하는 연기를 보이게 되었다. 또한 후자는 출연 승려들이나 악사들이 전체적으로 연출을 주관하는 한편, 맡은 바 역할을 해내고, 때로 불보살 신중·만령 등의 언행·역할을 대행·대화하는 연기까지 해내게 마련되었다. 그리고 동참 사부대중은 그 공연의 인물로 연기하면서 청중의 역할을 겸하여 실세를 유지하도록 배려하였다.

그래서 이 사건진행이 다양하고 곡진한 서사문맥으로 조직되었다. 이런 사실은 위 연극적 공연과정에서 밝혀졌지만, 이 대본, 궤범에서 극적인 사건진행으로 명시·기술되었다. 실제로 그 등장인물들이 여법하게 어울려 고결·전아한 게송·시가를 가창하고 산문을 강설하며 대화를 엮어 신비로운 교감으로 역동적인 사건을 추진하기 때문이다. 이 사건진행의 극정은 위 연극적 공연에서 보인 그대로, 감동의 동선을 따라 원활하게 나아가도록 조성되어 있다. 실제로 이 사건진행은 희곡진행의 보편적 곡선에 따라, 서막에서 발단하여 제1막에서 예견의 설명·유발적 사건으로 이어지고, 제2막에서 상승적 동작을 거쳐 제3막에서 절정에 오른다. 나아가 제4막에서 하강적 동작을 지나 제5막에서 대단원에 이르고 여막에서 뒷풀이로 마무리되게 엮어 놓았다.

　게다가 이 문체는 희곡적 면모를 보이고 있다. 먼저 이 문체는 가창체로 일관하여 실제로 각개 장면·막마다 게송과 진언을 엮어서 음송하게 되었다. 그 게송은 모두 아려하고 심중한 불교시가인데다, 그 진언 역시 번역할 수 없는 신비한 가송이다. 다음 이러한 게송과 진언을 연꽃처럼 배치하고 작법무를 적절하게 결부시키니 바로 입체적인 가무체가 이룩되었다. 여기서는 반드시 이 게송·진언과 직결시켜 그 작법무의 종류와 동작까지 지시·명기하고 있다. 여전히 게송·진언의 가창과 함께 소문·유치·청사·축원문 내지 설법문 등 다양한 산문을 결부시켜 강설하니 바로 강창체가 성립되었다. 그만한 시가·진언에 비단결 같은 산문이 어울려 청아·간절한 감동적 강창체를 이루니, 금상첨화의 극치를 보이는 터다. 이어 이 문체는 사실상 신비한 대화체를 조성해 나간다. 전술한 대로 이 궤범 전체의 게송·진언, 일체의 산문은 출연자들이 그 대상에 올리는 발화다. 따라서 그 대상이 평상의 언어로 대답하지는 않더라도, 응당 이쪽의 발화에 말없이 응답하는 데서 대화가 성립되는 터였다. 그리고 출연자나 동참자들이 주고받는 대화도 이 대본상의 대화체로 족히 그 기능을 발하게 마련되었다. 나아가 이 문체는 잡합체로 재조직되었다. 그것이 전문적으로 강조되지 않을 때, 가장 개방적이고 실용적인 방법을 지향하여 그 가창체·가무체·강창체·대화체를 편리하게 재조합시켜 잡합체로 성립된 것이다. 그리하여 이 잡합체는 고전희곡 문체의 전형에 그대로 부합되면서 전능적인 기능을 갖추게 만들었던 터다.

이와 같이 이 궤범들은 모두 연극적 공연의 대본으로서 그 극본·희곡의 모든 요건을 완비하고 있다. 그 주제의 불교철학·사상적 광대·심원함과 그 구성의 무대·등장인물·사건진행 등 서사적 조직, 그 문체의 미려·고아함이 조화·융합되어 완벽한 극본·희곡을 이룩하고 있기 때문이다. 그러면서 이 궤범의 희곡형태는 전체적으로나 장면·막별로 장르적 성향을 보이고 있는 게 사실이다. 이러한 희곡형태의 하위장르 문제는 다음에 논의될 것이다.

2) 종합문학적 양상

이 궤범은 일단 극본·희곡으로 규정되었지만, 결코 여기에 머물지 않는다. 그 작품 전체가 종합문학적 양상을 보이기 때문이다. 원래 위 6개 유형의 모든 궤범들은 모두 여러 형태의 독자적 작품들을 인용·재편하여 통일적 극본으로 완결되었다. 그러기에 이 궤범들은 각기 그 전체가 1편의 장편·중편 희곡 작품이지만, 그 공연을 통하여 분화되고 보면, 여러 독립 작품의 유기적 집성이라 하겠다. 따라서 그 각개 작품들은 규모·내질이나 형태로 보아 여러 유형으로 성립되는 게 분명하다. 기실 이런 작품들이 문학인 바에는 그 유형이 바로 문학장르와 그대로 상통하는 게 당연한 일이다. 그러기에 이 작품들이 대강 시가계와 수필계·소설계·희곡계·평론계 등으로 유별되는 것이라 파악된다. 이에 위 계열에 따라 그 유형을 검토하여 보겠다. 다만 희곡계는 위에서 논의한 것으로 대신한다.

첫째, 시가유형에 대해서다. 위 6개 유형 모든 궤범에는 운문작품이 산문작품을 상회하는 비중을 차지하고 있다. 그 운문이 바로 시가로서, 그 중에는 게송이 주류를 이루고 있는 실정이다. 그래서 이 게송이 바로 불교시가의 중심을 이루는 터다. 이 게송은 한시로서 다양한 형태를 보이며 종교성과 문학성을 융합·승화시킨 영성시로 대세를 보인다. 그리고 歌詠이 있어 게송과 같은 시형인데도 그 앞에 香花請을 하거나 그 위 산문을 요약하여 중송하는 식으로 그 경향을 달리한다. 이 게송과 가영은 그 궤범 전체를 통하여 수많은 질량을 보이거니와, 그 제목이 동일하더라도 그 재의목적과 처지에 따라 그 내용은 각기 다르게 제작되어 더욱 다양하고 풍성한 것이다. 적어도 위 6개 유형의 게송을 중심으로 그 여타 궤범까지 망라하여 200여종의 게송이 자리했기 때문이다. 기실 그 제목도 ~偈로 주축을 이루지만, 전게한 和請은 물론, ~頌이나 ~讚의 이름으로 내세워 다양성을 보인다. 그러면서 한시의 하위장르를 충족시키고 있는 터다. 그리고 여기에는 和請이 끼어 있어, 장형 국문시가로 「회심곡」을 많이 활용하지만, 때로 유관 장가를 택하기도 한다. 한편 이 유형에는 단형 진언과 장형 다라니가 있는데, 번역할 수 없는 범어가송이라 하겠다. 이 진언은 제목이 같으면 내용도 같은데, 다만 진언 앞에 게송이 나올 때는 그 내용이 목적·처지에 따라 달리 제작되는 게 원칙이다. 이어 그 다라니는 진언보다 장형이지만 형편이 같아서 다양하게 자리하였다. 적어도 이 진언·다라니가 위 게송과 같은 실상과 기능을 지닌 것이라면, 매우 중시할 필요가 있다. 실제 위 6개 유형을 중심으로 여타 궤범을 통하여 100여 종이 파악되는데, 그것은 전체적인 대본, 그 연행상에서 그만큼 역할이 크기 때문이다. 기실 이 진언·다라니는 거의 다 게송과 맞붙어 ~偈 眞言이 되거나 주변의 게송·산문 등과 결부되어 그 유기적인 관계를 강화하여 돋보이는 터다.

둘째, 수필유형에 대해서다. 위 6개 유형 모든 궤범에는 산문작품이 큰 비중을 차지하는데, 위 시가유형을 빼내면 나머지는 모두 산문인 셈이다. 그 중에서도 이 대본에 기록되기로는 수필유형이 주류를 이루는 터다. 실제로 각 궤범마다 그 나름의 명문이 계통을 이어 성행하고 있기 때문이다. 대체로 모든 궤범들은 序文과 跋文을 갖추고 있다. 모든 서문은 그 방면의 저명한 승려들이나 문사들이 그 궤범과 찬자에 대하여 내용을 소개하고 찬탄·평가하는 긍정적인 문장이다. 이어 발문은 서문에 호응하여, 그 찬자의 친구·후배, 후인이 서문과 같은 취지·방향에서 지은 문장이다. 이 서문·발문은 공히 특색 있는 문장으로 수필장르의 중요한 일부를 점유하였다. 기실 전체적으로 보아 이 서문·발문은 상당한 질량을 확보하고 있다.

그리고 각개 궤범마다 그 재의 진행에서 그 취지·목적을 아뢰는 疏가 나온다. 이 소문은 모두 그 재자와 출연 승려들의 입장에서 국왕이나 불보살·신중에게 올리는 문장이라 정중하고 간곡한 내용과 격식을 갖추고 있다. 기실 이 소문은 전체적으로 상당한 질량을 확보하고 수필작품의 일환으로 행세하였다. 이어 같은 계열에 由致가 있다. 이 문장은 재의 대상, 불보살이나 만령을 소치하는 이유를 밝히는 문장으로 명철하고 정성어린 내용과 형식을 구비하고 있다. 실제로 이 문장은 모든 재의의 필수적인 문장으로 상당한 수준을 유지하며 수필작품의 일환으로 행세하였다. 또한 같은 계열에 着語가 나온다. 이 문장은 만령 중심의 소청 대상에게 그 착좌·위상을 확인시키는 내용과 형식을 갖추어 명확하고 친절하게 표현되었다. 이 문장은 그 배치·활용이 비교적 제한적이지만, 때로 그 문체가 운문적인 특징을 보이면서 수필작품의 일면을 보여 주는 터다.

다음 이 궤범들에는 그 재의과정에 請辭가 필수된다. 그 재의의 대상을 소청하는 문장으로 그 게송·진언과 함께 상당한 비중을 차지한다. 기실 이 문장은 불보살이나 신중, 만령을 소청하는 내용·절차이기에, 그 내용이 정중·경건할 뿐만 아니라 그 표현이 정결·간절하여 상호간에 감동을 자아낸다. 따라서 이 문장에는 수작·명문이 많고 빈도가 높아서 수필작품의 일환으로 성세를 보였던 것이다. 이와 같은 계열에 表白이 있다. 역시 이 문장은 그 대상에게 강림·감응을 청원하여 올리는 내용·형식이라 위 청사와 유사한 면모를 보인다. 이 문장의 배치는 그리 흔하지 않지만, 그런대로 독자성을 지니면서 수필작품의 일환으로 동참하였던 터다.

그리고 이 궤범에는 그 재의과정에 禮敬이 반드시 따른다. 일단 강림한 대상, 불보살이나 신중에게 예배·공경하는 것은 지극히 당연한 일이다. 이 문장은 불보살을 중심으로 그 대상에 지극한 신심과 무한 존경심을 실어 예경의 정성을 극대화시키고 있다. 따라서 이 문장은 그 내용과 격식·표현에서 매우 정결하고 고아하여 수필문학의 일환으로 널리 행세하였다. 그만큼 이 문장은 삼보·신중의 예경에까지 범위를 넓혀 그 질량과 기능을 발휘했던 것이다. 이어 그 예경에 직결되어 讚辭가 필수되었다. 이 문장은 불보살의 무한 위력과 무량 공덕을 찬탄할 뿐만 아니라, 법보·경전의 무상 진리를 찬양하여 감동하는 글이다. 따라서 그 내용이 거룩하고 그 표현이 미려·고아하여 문학적 극치를 보이며 상호간의 감응·감명을 자아낸다. 특히 그 경전의 불보살과 그 찬연한 세계를 인도·정진하는 이 찬사야말로 법계편력의 감동과 영광을 경험케 하는 터다. 그러기에 이 문장은 수필작품의 소중한 일환으로 유통·행세하였던 것이다.

또한 이 궤범에는 반드시 懺悔가 있어 왔다. 이 문장은 예경·찬사와 동시에 그 發願의 전제로 자신의 업장을 소멸하고 청정을 다짐하는 글이다. 따라서 그 내용은 뼈를 깎는 아픔이고 그 표현은 불꽃처럼 뜨겁고 절실한 터다. 그래야만 그 두터운 업장·죄과를 태워 버리고 불은을 입어 승화될 수 있기 때문이다. 그래서 이 문장은 많은 수작을 내어 수필작품의 일환으로 널리 유통되었던 터다. 이와 관련되어 哀禱가 뒤 따른다. 이 문장은 천도재의를 중심으로 만령을 위로·봉송하는 글이다. 그래서 이 문장은 영가·고혼을 애도·위로하는 송별의 내용에다, 그 표현이 애절하여 상호 감읍하는 경지에 이른다. 그리하여 이 문장은 빼어난 작품이 많아 수필작품의 일환으로 널리 행세하게 되었다.

그리고 이 궤범에서는 發願이 필수되어 성세를 보였다. 기실 모든 재의는 결국 그 불보살·신중에게 소원을 성취시켜 달다는 발원이기 때문이다. 이 문장은 그 재의의 목적·취지에 따라 다양한 내용을 갖추거니와, 그 표현이 그만큼 정성스럽고 간절하여 감응·감동을 자아내게 되었다. 그리하여 이 문장은 자연 상당한 수준의 작품으로 승화되어, 수필문학의 일부로 합류하였던 것이다. 이와 관련하여 祝願이 함께 하였다. 이 문장은 그 재의의 각개 단계마다 일일이 원만 성취하라는 관행적인 기원이다. 그러기에 이 내용은 그 장면의 진행과정이요 그 표현은 평범한 관행으로 일관되어 있다. 따라서 질량 면에서 매우 광범하여 수필의 일환으로 상당한 성세를 보였던 것이다.

한편 이 궤범에서 거의 각개 단계마다 그 취지·목적을 명시하는 講說·論議가 따른다. 그 장면의 해당 신앙·사상의 덕목을 내 걸고, 그 논리적 문장이 소중한 의미를 부여하는 것이다. 그 문장의 내용은 물론 불교의 덕목이거니와, 그 표현은 경전이나 논소와 같이 명철·간결한 터다. 이러한 문장은 수많은 질량으로 배치되어 수필작품의 역할을 다하고 있는 것이다. 이와 직결되어 그 궤범의 설법 과정에 법사의 간결한 說法文과 法譚이 나와서 중시된다. 이 문장은 불교적 일화를 실례로 들어 흥미롭게 신앙을 논증·강조하는 터다. 따라서 그 내용은 중요한 법문이거니와, 그 표현은 재미있는 이야기로 일관되는 게 특징이다. 이런 문장 역시 상당한 질량으로 성세를 보이고 수필작품의 역할을 다했던 것이다.

그리고 이 궤범의 일부에는 牒이 있어 서신의 역할을 다하고 있다. 특히 수륙재의궤범에서는 사자들을 소청하여 공양하고, 모든 성현·신중이나 만령에게 소청의 서신을 전달하도록 당부한다. 이때의 첩서는 거의 관례적으로 재의 봉행을 정중히 알리면서 강림하기를 간곡히 앙청하는 내용이다. 그 표현은 일반적으로 통행되던 서신의 형식이지만, 그 대상에 따라 그 언사가 각기 다르다. 이런 점에서 이 문장은 다양한 내용과 표현으로서 서간문의 역할을 다하며 수필작품의 일환으로 동참하는 터다.

이어 이 궤범에는 전체적으로 불보살·신중이나 만령, 특히 한·중 역대 제왕·명인들의 행적을 찬탄·추모하여 본풀이처럼 서술하는 傳記가 풍성하게 나타난다. 실로 잘 알려진 불보살과 신중들은 이 궤범을 통하여 찬연한 권능과 행적이 모두 전기식으로 입전되고, 그 파란만장한 사건을 끌고 온 만령의 행적이 전기적으로 부각되며, 역대 제왕이나 명인들의 행장이 전기식으로 기술되어 대성황을 이루고 있는 터다. 이 문장에는 서사적이고 극적인 행적담이 응축되어, 서사문학적으로 전개될 소지를 얼마든지 갖추고 있다. 일단 이 문장들은 풍성한 인물전기의 형태로 수필작품의 영역을 지키고 있는 터다.

끝으로 위 유형에 들지 않고 잡다하지만, 擧佛하거나 禮佛하는 데에 따르는 문장이 많다. 어떤 문장형식에 구애되지 않고 예경·숭신의 성심을 보이고 있어 수필의 경지에 이르렀다. 이 문장은 대단한 질량을 확보하여 주목을 받을 수밖에 없다. 이상 거론된 문장류는 그 명목이 같을지라도 그 내용은 그 재의의 취지·목적에 따라 다르게 제작되는 게 사실이다. 그러기에 이 수필유형의 실제적 작품들은 실로 풍성한 문원을 이루었던 것이다.

셋째, 소설유형에 대해서다. 위 6개 유형 모든 궤범에는 소설적 서사문맥이 많이 자리하고 있다. 그것이 '소설'이라고 명기되지는 않았지만, 모두가 서사문맥을 갖추고 소설형태를 지향하고 있기 때문이다. 전술한 바 희곡적 서사문맥이 소설적 서사형태와 공통되어 소설작품으로 전개될 기틀을 마련하고 있는 터다. 원래 동일한 서사구조가 역동적으로 극화되면 희곡이 되고, 정중동으로 문장화되면 소설이 되기 때문이다. 그러기에 위와 같은 희곡유형이 존재하면 반드시 그만한 소설유형이 실재하는 것은 당연한 일이다. 그리고 모든 궤범의 설법과정에서 소설적 서사형태가 무한대로 생성·발현되었다. 그 법사·강사가 어떤 경전의 서사적 법화를 구연하여 부연·보완하면 그대로가 소설적 서사형태로 전개되는 것이고, 그들이 불교계의 서사적 법화를 끌어다 파격적인 구연으로 재창조하면, 그게 바로 소설유형으로 발전하였던 터다.

한편 이 궤범들은 연극적 연행과정에서 수많은 신화나 전설을 형성·전개시켜 희곡은 물론 이 소설유형을 지향하여 왔다. 모든 신화는 재의의 구비적 상관물이라는 대전제가 있거니와, 이 재의의 궤범들이 바로 이런 실례를 실로 다양·풍성하게 보여 주는 터다. 기실 불교계의 모든 영험설화·연기설화·신앙일화 등은 다 이런 재의를 통하여 형성·전개되어 그 궤범에 전거를 남긴 것이다.[44] 그 불보

----

44 徐建華等編, 『中國佛話』, 上海文藝出版社, 1994; 활안, 『불교영험설화대사전』, 불교정신문화원, 2012.

살·신중·만령, 거기에 유통된 경전, 사찰 내외의 모든 성물, 많은 승려나 신도·대중에 얽힌 모든 영험담·연기담·기이담 등은 다 서사문맥을 갖추고 소설유형으로 발전하여 왔던 터다.

또한 이 재의에 등장하는 유명·무명의 모든 역사적 인물들은 다 그 행적이 입전되어 전기·행장의 형태로 전개되었거니와, 그 전장이 이런 재의 연행을 통하여 부연·허구화되고 역사적 소설형태로 발전하는 사례가 허다했던 터다. 기실 이러한 역사적 전기형태가 영험·신기담과 교합·창작되어, 본격적인 소설형태로 형성·전개되는 것은 필연적 귀결이었다.

넷째, 평론유형에 대해서다. 실제로 모든 재의나 모든 문장에는 다 전문적이고 대중적인 평가·논의가 따르게 마련이었다. 그러기에 이 재의의 평론과 그 궤범 문장의 평론이 얼마든지 자리하고 있다. 이것이 바로 예술평론·문학평론의 유형으로 전개되어 온 터다. 우선 그 재의 각개 장면·분야에 그 지시문·해설문이 다양하게 따르는 것은 물론, 그 각개 문장들에 대하여 해설·해석·논의가 일일이 필수되었다. 적어도 그 운문에 따르는 해설·논의나 선행산문을 요약하여 운문으로 표현한 것은 운문평론, 즉 시가론을 지향하는 터다. 그리고 이 재의에 통용되거나 그에 연관된 여러 경전의 전체 또는 일부를 강설·논의한 것은, 그 경전의 문학성을 전제하여 산문평론, 즉 수필론이나 소설론·희곡론 등을 지향하는 게 분명하다. 나아가 이 재의에 관련된 불교적 덕목을 그 원 경전에 입각하여 논술한 것도 일단 광의의 평론으로 간주해야 될 터이다.

3) 문학장르적 전개

이상 5개 문학유형을 통하여 그것 모두가 문학작품임을 재확인하고, 나아가 그 유형들이 각기 하위장르로 분화·배속될 수 있음을 파악하게 되었다. 기실 이 궤범의 문학적 유형, 모든 작품들은 다 불교문학이다. 우선 그 주제·내용이 심오한 종교성을 지니고 인생의 생사고락을 극복·해탈하여 영원한 행복을 추구하고 진실한 삶을 성취하는 데에 이른다. 그러기에 이 구성은 고해의 인간이 불보살·신중에게 찬탄·참회하고 호소·발원하며 자비·구제하고 성불·상락하는 방향으로 조직·승화되는 터다. 따라서 그 표현은 최선의 언표로서 정중·청결하고, 우아·아려하며, 진실·간절하여 예술적 표현의 극치를 이룬다. 그리하여 이 불교문학이 그 최선의 방편으로 창작·개발한 것이 바로 시가·수필·소설·희곡·평론의 방편이었다. 기실 이러한 문학적 방편은 인류가 언문으로 표현한 최고의 경지 그 자체였던 것이다. 그러기에 이 궤범 안의 모든 작품들은 일단 모두 수작·명품이라 하여 손색이 없으리라 본다.

그러기에 이 불교문학은 일반문학과 상통하여 그 일환으로 통합되는 게 보편적 사실이다. 따라서 이 불교문학의 장르체계는 일반문학의 그것과 상통하는 것이 당연하다. 그러기에 불교문학의 상위장르는 위와 같이 시가·수필·소설·희곡·평론 등으로 국문학 내지 세계문학의 그것과 동일한 터다. 그래서 이 상위장르에 소속되는 하위장르는 적어도 한국문학의 그것과 공통되는 것이라 본다. 기실 이 하위장르는 그 국가·민족의 토착성·고유성·전통성과 언어·문자에 따라 독자성을 갖추는 게 원칙이다. 다만 한·중·일 등 동방권의 불교·문화·예술·문학이 빈번한 교류에 따라 이 하위장르마저 상통하는 것은 불가피한 일이다. 이에 이 불교문학의 장르체계에 따라, 그 하위장르를 검토·논의하겠다.

첫째, 이 시가의 하위장르에 대해서다. 위 시가유형은 분명한 문학장르로서 그 아래 한시와 국문시가 및 진언을 망라하여 하위장르가 설정된다. 먼저 이 한시는 근체시체로 5언·7언의 절구·율시·고시로 나누어지는데, 이 재의의 게송·가영·찬시 등이 이에 소속된다. 그 절구에는 5언절구로 「合掌偈」·「禮佛偈」·「茶偈」 등이 있어 상당수에 이르고, 7언절구로 「告香偈」·「懺悔偈」·「奉送偈」, 그리고 「歌詠」 등이 절대 다수를 보인다. 이어 그 율시에는 5언율시로 「淨法界」와 「八相偈」 정도가 있어 아주 드물고, 7언율시로 「四弘誓願」·「祝壽偈」·「拜送偈」 등이 있어 역시 드문 편이다. 또한 고시에는 5언고시로 「淨

三業偈」·「降生偈」·「讚安樂世界」 등이 있어 희귀한 편이고, 7언고시로 「散花偈」·「法性偈」·「廻向偈讚」 등이 있어 비교적 많은 편이다. 이러한 한시는 이 재의궤범에서 풍성한 시원을 이루고 불교시단과 일반시단에 소통·합류하였던 것이다.

한편 국문시가는 그 하위에 민요·사뇌·단가·사설·별곡·가사·잡가 등이 따르지만, 여기서는 和請의 가사만이 대표적으로 성행하였다. 이 화청가사는 법화를 3·4조로 연첩시킨 가사체로 규정된 터다. 원래 이 가사는 '노래조의 이야기'로서 '이야기체의 노래'로 공인되었기 때문이다. 이 화청에서는 「회심곡」을 주로 부른다지만, 실제로는 그 재의의 성격·목적에 따라 적합한 불교가사를 인용하거나 창작하여 부른 것이 사실이다.[45] 그러면 이 화청과정은 국문불교가사의 산실이요 연행의 현장이라 하여 마땅할 것이다. 그리고 한문표기의 「往生偈」는 3장 6귀의 형태로서, 원래 3귀 6명 사뇌체를 계승하여 국문단가로 이어진 것이라 추정된다. 또한 「觀音讚」은 7언 6귀로서 근체시에 맞지 않는 데다, 후대의 국문사설 「관음찬」과 주제·구조상 상통하는 점이 있어 주목된다. 나아가 그 진언은 다라니와 함께 번역될 수 없는 梵讚으로서 이 재의에서 시가의 역할을 한 것이 분명한 터다. 따라서 이 진언은 이 재의 시가의 특별한 하위장르로 인정해야만 될 것이다.

둘째, 이 수필의 하위장르에 대해서다. 원래 수필의 범위가 넓으니, 그 하위장르도 참으로 다양하다. 교령·주의·논설·서발·전장·찬앙·애제·서간·일기·기행·담화·잡기 등이 바로 그것이다. 따라서 이 궤범의 수필작품이 그만큼 풍성하여 그 하위장르 모두를 충족시키고 있는 것은 결코 우연한 일이다. 우선 이 재의와 관련하여 군왕이 이러저러한 어지를 그 주관의 수장에게 내렸던 것이다. 적어도 국행수륙재 같은 데서는 국왕이 주체가 되어 그 재의에 관련되는 교지를

45 노명열, 「불교 화청의식 복원에 관한 연구」, 『북랩』, 2013, pp.56-58.

전한 것은 당연한 일이다. 이를 감히 그 궤범에 수록하지 못했을 뿐, 그 교지·전교를 부정할 수가 없다. 여기서 군왕이 불교계나 승단에 내린 敎令을 공인·규정할 수밖에 없다. 이에 불교계·승단을 대표하여 국왕에게 올리는 상소나 제불보살에게 드리는 각종 소문, 그리고 유치·청사·표백 등은 승속·신민이 위로 바치는 奏議에 해당된다. 기실 이 재의에 동원된 그 주의는 실로 풍성하고 문학성이 높은 작품으로 가득한 터다.

다음 여기에는 이 재의에 필수되는 덕목·계행이나 경전류에 나오는 법문에 대하여 수많은 강설·논의가 많이 나온다. 이것이 바로 그 論說에 해당되니, 이 작품들은 고승·학승들에 의하여 논리가 정연하고 간명한 문장으로 나타났던 것이다. 그리고 이 궤범에는 거의 다 서문과 발문이 붙어 있거니와, 이 재의의 초두에 시작을 알리는 서두문과 함께 그 序跋을 이루는 게 상례라 하겠다.

한편 여기에는 제불보살·신중들의 거룩한 공덕이나 파란만장한 만령의 행적, 역대 제왕·명인들의 공업, 고승·신승의 이적 등이 간단·명료하게 입전된 바가 있다. 이런 전기와 행장을 통합하여 傳狀이 이루어졌다. 이러한 불보살이나 경전, 고승들의 위신력·법력과 무량공덕 등을 찬탄·예경하는 작품이 적지 않았으니, 이것이 바로 讚仰으로 정립된 것이다. 나아가 이 재의에는 불보살·신중에게 발원·애원하고 참회·소망하거나 만령에게 애도·축원하는 작품으로 가득 차 있다. 이러한 애원·참회문과 발원·축원문·제의문 등을 모두 병합하여 哀祭로 규정하는 게 마땅한 터다.

또한 여기에는 주로 사자들을 소청·공양하고 그들을 시켜, 불보살·신중과 만령들에게 이 재의의 소식과 함께 소청의 뜻을 밝히는 첩문, 서신을 다양하게 보냈으니, 이는 족히 書簡의 실상과 역할을 보이는 터다. 그리고 여기에는 재의과정 도처에서 설법이나 강설에서 의미있는 법화·일화를 들어 법지를 설파하는 사례가 허다하다. 이러한 작품들을 모두 모아 譚話로 묶는 것이 온당한 터다. 이러한 가운데 탁이하게 화장세계나 극락세계, 또는 지옥세계 등을 안내·편력하는 작품이 나오니, 이것은 법계여행의 차원에서 紀行이라 하여 무방할 것이다.

끝으로 위 하위장르에 들지 않으면서 잡다한 명문이 있다. 거불·예불·참회·정근 등에 직결된 간결·심오한 작품들이 바로 그것이다. 이 작품들은 시가적으로 응축되기도 하고 산문적으로 부연되면서 때로 운문·산문이 뒤섞이는 형태를 보이지만, 그 의미가 심중하고 경건하여 보배로운 작품으로 엄연한 터다. 그리하여 이 궤범 전체의 이런 작품을 아울러 雜記라고 규정할 수밖에 없다. 이는 마치 희곡의 雜合劇本(하술)과 같이 전능한 실상과 기능을 발휘하기 때문이다.

이와 같은 수필의 하위장르는 다양하게 전개되어 각기 주옥같은 작품들을 거느리고 있다. 그동안 이 작품들은 그 재의상의 단순한 문장으로 처신하다가, 이제 찬연한 수필문학으로서 실상과 장르가 규명되었다. 이 작품들은 불교문학 수필장르와 당당하게 합류하고, 나아가 당대의 일반문학 수필작품들과 대등하게 행세하여 온 것이 당연한 귀결이라 본다.

셋째, 이 소설의 하위장르에 대해서다. 이 소설유형은 이 재의궤범에서 다양하게 계발·재구되었다. 이미 밝혀진 대로 이 유형은 그 주제·내용은 물론 그 구성과 문체에서도 그 자체로서 소설의 요건을 완비하여, 그 실상과 기능을 발휘하여 왔던 것이다. 이런 작품들이 형성·발전하여 유통·행세하면서 자연 그 하위장르로 집합·조성되니, 대강 설화소설·기전소설·전기소설 나아가 강창소설 등이 바로 그것이다. 우선 이 재의의 연행과정에서 수많은 영험설화·연기설화·신앙일화가 형성·전개되었다. 기실 모든 재의의 효능·가피를 실증하는 차원에서 그 재의마다의 주인공을 중심으로 신화·전설적 불교설화가 생기는 것은 당연한 일이었다. 그 중에서 그 구조·구성·문체 면에서 소설의 조건을 갖춘 작품을 바로 說話小說이라고 규정할 수가 있다.

그리고 전계한 傳狀을 바탕으로, 그 전기적 유형이 부연·성장하여 소설적 요건을 갖추게 되니, 이를 紀傳小說이라 하여 마땅할 것이다. 또한 이러한 기전소설이 골격이 되어, 설화소설적 성향을 따라 한층 신기하게 허구·승화되니, 이것은 본격적인 한문소설로서 傳奇小說이라 규정하기에 충분한 터다. 한편 위세 장르의 소설작품에 일관되는 구성·문체의 특징으로 강설·가창형태를 유추할 수 있다. 이것이 강창체 내지 강창문학으로 행세하고 있거니와, 이러한 소설유형을 講唱小說이라고 규정할 수도 있을 것이다. 그런데도 이런 소설장르가 대등하게 성립되기는 어려우므로 전기소설의 일환으로 취급하며, 아래 강창극본과 결부시킬 수는 있겠다. 그리하여 이런 소설장르들이 국문소설과 상호 발전하면서 불교소설 내지 일반소설과 교류·합세한 것은 시로 주목할 만한 일이다.

넷째, 이 희곡의 하위장르에 대해서다. 이것은 위 연극의 하위장르와 직결시켜 보는 것이 당연한 터다. 그 연극의 대본이 바로 극본·희곡이기 때문이다. 그렇다면 이 희곡의 하위장르는 그 연극의 하위장르에 따라 일단 가창극본과 가무극본·강창극본·대화극본·잡합극본으로 규정될 수밖에 없다. 이러한 희곡장르가 학계 일각에서나마 논의되고 있는 게 사실이다. 그러기에 여기 희곡의 하위장르는 그 연극적 공연의 하위장르와 위 희곡유형의 문체에 기준하여 규정되는 게 순리라 하겠다. 우선 위 궤범들 전체의 장르적 성향을 논의·규정할 필요가 있다. 위에서 이미 그 재의들 각개의 전체적 연극장르가 잡합극으로 규정되었다. 그리고 이들 궤범, 대본의 문체가 전체적으로 잡합체라는 게 밝혀졌다. 따라서 이 재의궤범들 전체는 각기 잡합극본이라 규정되는 게 당연하다. 따라서 이 재의계 장형·중형의 잡합극본이 출현·행세하게 되었다. 그리하여 이 재의극 장형·중형 잡합극본이 불교희곡이나 일반희곡과 교류·상응하면서 그 실상과 위상을 유지하고 기여한 바가 적지 않았던 것이다.

그런데도 이 궤범의 희곡장르는 여기서 머물지 않는다. 그것은 공연과정을 통하여 필연적으로 전문적 하위장르를 형성하게 되었기 때문이다. 역시 위에 제시된 기준·원칙에 따라 각개 장르를 논의해 보겠다. 먼저 이 가창극본에 대해서다. 이 가창극본은 그 재의 연극의 가창극에 상응하고 저 희곡유형 문체의 가창체에 근거한다. 기실 이 가창극본은 불교희곡에서 가장 보편적이고 실용적인 장르다. 이것은 그 궤범의 희곡적 실상에서 가장 큰 비중을 차지하고 그만큼 소중한 기능을 발휘한다. 그 게송의 내용이 문학적으로 정화되어 신앙적인 호소력이 강한 데다 청아·유장한 음악으로 불리어 음성공양을 겸비하기 때문이다. 더구나 게송과 직결되어 진언이 범음 그대로 신비롭게 가송되면서, 이 가창극의 효능은 절정에 이른다. 그러기에 모든 불교연극에서 이 가창극본이 가장 보편적으로 활용되는 게 사실이다. 이러한 가창극이 일반 연극의 가창극과 교류되면서, 그 가창극본이 그 유통·활용의 영역을 확대하여 나갔던 것이다.

다음 가무극본에 대해서다. 이 가무극본은 그 재의 연극의 가무극에 부합되고 저 희곡유형 문체의 가무체에 의거한다. 실제로 이 가무극본은 불교희곡에서 널리 성립·활용하는 장르다. 이 가무극본은 가창극을 주축으로 거기에 작법무를 곁들이는 경우가 있고, 이 무용극을 중심으로 가창체를 끌어드린 사례가 있다. 어느 편이든지 이 가무극본은 그 가창을 유장하고 심중하게 입체화하여 시청각적 효능을 발휘하는 터다. 이런 점에서 이 가무극본은 전체적 극정을 추진하는 고비에 맞추어 활용되기에 더욱 돋보이는 장르라 하겠다. 이 가무극본이 제한적인 면이 있지만, 그것이 불교극본·일반극본의 가무극본과 연계되어 그 유통·연행의 범위를 넓힌 것은 사실이다.

그리고 강창극본에 대해서다. 이 강창극본은 그 재의 연극의 강창극에 해당되고 저 희곡유형 문체의 강창체에 근거한다. 기실 여기 강창극본은 그 조직이 느슨하고 미비된 것 같지만, 그 기능·역할에서는 부족함이 없다. 그 연행자가 공연과정에서 능소능대하게 보완할 수 있기 때문이다. 원래 이 강창극본은 불교희곡 중에서 가창극본에 대등할 만큼 비중이 크고 실연·활용도가 높다. 그러기에 이 강창극본은 잘 알려진 불경에서부터 각국에 토착화된 불교법화, 고승전 같은 데에 널리 분포되어 있다. 이러한 경향 아래서 이 희곡의 강창극본이 중요한 위치를 차지하며 공연·활용되는 것은 당연한 일이다.

한편 대화극본에 대해서다. 이 대화극본은 이 재의 연극의 대화극에 부합되고 저 희곡유형 문체의 대화체에 의거한다. 기실 불교희곡 중의 대화극본은 가장 본격적이고 전문적인 장르다. 원래 희곡은 대화와 행동의 문학이기 때문이다. 그래서 이 궤범의 희곡 중에서 이 대화극본이 중심·주축을 이루는 것은 당연한 일이다. 그런데 이 궤범의 대화극본은 현실적인 대화가 이 쪽의 발화만 존재·기록되어 있지, 상대방의 응답이 존치·기술되지 않아서 미비된 것으로 보인다. 그러나 전술한 대로 상대방, 모든 불보살·신중, 만령 등은 말없이 진실한 감응·대답을 하기에, 신비·영험의 대화가 가능한 것이다. 다만 그것을 이 극본에서 응축·생략했을 뿐이다. 이렇게 미비한 듯이 완벽한 대화극본이 이 전체 희곡을 감명 깊게 그리고 완전하게 조성하고 있다는 사실은 분명한 터다. 이것은 당대의 불교희곡·일반희곡의 대화극본과 원활하게 교류하면서 손색없이 공연되었던 터다.

끝으로 잡합극본에 대해서다. 이 잡합극본은 그 재의 연극의 잡합극에 해당되고 저 희곡유형 문체의 잡합체에 근거한다. 전술한 대로 이 궤범은 전체적으로나 각개 막별로 잡합극본의 실상을 보이고 있다. 이 극본은 가창극본·가무극본·강창극본·대화극본의 요건을 잡합·조화시키고 있기 때문이다. 그러기에 이 잡합극본은 일찍부터 총합적인 극본으로서 전능극본의 역할·기능을 발휘하며 그 공연에 이바지했던 것이다. 따라서 이 극본·희곡은 전체적으로 장형·중형 잡합극본이 되고, 각개 막별로는 단형 잡합극본이 되는 터라 하겠다. 그러면서 이 잡합극본은 개방·가변적 융통성을 갖추어 공연·현장에서 또 다른 연극적 요소나 비연극적 연행요건을 얼마든지 수용함으로써, 실로 전능극본으로 행세하며 그 중요한 위치를 유지하여 왔던 것이다. 그래서 그것은 불교희곡이나 일반희곡의 잡합극본과 합세하여 성행하였던 터다. 이와 같이 이 재의궤범의 희곡은 그 연극과 함께 방대하고도 다양한 장르로 성립·발전하여 왔다. 이러한 희곡장르가 상호 발전하면서 당시의 불교희곡 내지 일반희곡 장르와 교류·융합된 것은 실로 희곡사상의 중대한 사실이라 하겠다.

다섯째, 이 평론의 하위장르에 대해서다. 이 궤범들에는 각개 장면의 연행에 관한 지시·해설이 있고, 그 문장의 대부분에 주석·논의가 따르며, 그 법문과정에서 당해 경전을 강론·평가한 문장이 나온다. 그리고 이 재의요목이나 신앙·사상의 덕목을 논파한 논문이 많이 나온다. 이런 문장들이 평론이라는 것은 부인할 수 없다. 따라서 이 평론의 하위장르를 규정할 수 있으니, 실제로 시가론·수필론·소설론·희곡론이 바로 그것이다. 우선 위 시가류에 붙은 잡다한 해설·논의는 시가론이라 할 것이고, 그 수필류에 따른 여러 설명·논의는 역시 수필론이라 해야 마땅하다. 그리고 이 소설류에 가해진 강론이 소설론이거니와, 그 법문과정에서 소설적 경전을 강론·평가한 것이 이를 대신하리라 본다. 나아가 희곡론은 그 연극적 연행에 가해진 지시·해설로써 바로 그 기능을 보여 주는 터다. 나아가 위 불교적 덕목에 대한 논문이 바로 간결·정연한 비평론이라 하여 손색이 없을 터다. 이러한 평론은 미숙한 대로 불교문학 평론이나 일반문학 평론과 소통·교류하며 상호 발전을 기했을 것이다.

6. 불교재의궤범의 문화사적 위상

불교재의궤범은 삼국시대를 연원으로 신라·고려·조선의 장구한 시공을 통하여 연극적 공연과 문헌적 유통을 거치면서 사계에 지대한 영향을 끼치고 찬연한 불교문화사를 이끌어 왔다. 적어도 이 궤범은 그 연극적 공연을 통하여 불교연극사상에서, 그 극본·희곡 내지 문학 장르적 유통을 통하여 불교문학사상에서, 그 자체의 본원적 연행을 통하여 불교의례사·민속사상에서, 그 불교홍포의 기능·역할을 통하여 불교신행사·포교사상에서, 그 위상이 실로 값지고 뚜렷하였던 것이다. 이에 이런 몇 가지 분야로 그 계통을 개관하여 보겠다.

1) 불교연극사상의 위치

불교재의궤범은 연극적 공연을 통하여 적어도 신라로부터 고려를 통하여 불교연극으로 행세하여 왔다. 당시 불교왕국에서는 이 불교연극이 중심·주축을 이루어 연극계를 견인하여 왔기 때문이다. 이 불교연극은 거국적 불교계를 기반으로 제반재의의 명분 아래 성행하여, 당대의 연극계와 교류하며 영향을 끼쳤던 것이다. 적어도 고려시대에는 이 불교연극이 불교계 각종 행사 공연의 중심에서 각개 장르별로 발전을 거듭하면서 연극계의 대세를 주도하게 되었던 터다. 그리하여 이 불교연극이 일반 연극의 가창극·가무극·강창극·대화극·잡합극 등의 장르적 형성·발전에 크게 기여했으리라 보아진다.

이어 조선시대에 이르러 이 불교연극은 태조의 발원으로 국행수륙재를 재활시키면서 모든 재의가 성황을 보게 되었고, 숭유배불의 태종대에도 그 명맥을 유지하였다. 드디어 세종이 숭불주가 되면서 불교문물이 중흥되고 세조가 승왕으로 등극하여 가위 불교왕국을 재건하는 지경에 이르렀을 때, 이런 불교연극은 제반 재의의 명분을 띠고 그 공연이 성행하였다. 그 후로 국책이 유교 중심으로 흘러 일반 연극이 위축되고 불교활동이 제한되는 환경 속에서도 이 불교연극만은 오히려 성행하여 실제로 연극계의 중심에서 그 유지·발전에 크게 기여했던 것이다. 전술한 이 궤범의 유통과정에서 보인 것처럼, 이 불교연극은 조선시대 중·후기까지 전국 각처의 사찰에서 국행수륙재나 사찰 중심의 제반 재의 이름으로 공연되어, 한산했던 연극계를 거의 독자적으로 이끌어 왔던 터다. 그리하여 이 불교연극은 장르별로 전형을 정립하면서 그 전통을 근현대에까지 이어 주었던 것이다. 이로써 이 재의 연극이 차지하는 불교연극사 내지 한국연극사상의 중대한 위치가 파악된 것이라 하겠다.

2) 불교문학사상의 위치

이 궤범은 일단 장형·중형의 불교희곡으로 규정되고, 여기에 포함된 문학작품들이 각개 장르별로 분화·전개됨으로써, 그 불교문학사상의 위치가 매우 중시된다. 이 불교문학작품들이 그 재의의 연극적 공연을 통하여 널리 유통·전개되면서 일반문학계에도 지대한 영향을 끼쳤기 때문이다. 이 궤범은 초기로부터 신라·고려대를 거쳐 조선시대까지 일관되게 계승·발전하고 매우 광범하게 유통·활용되었기에, 그 문학사적 역할·영향이 더욱 컸던 것이라 하겠다.

우선 이 궤범은 극본·희곡으로서 불교희곡사·한국희곡사상에 상당히 기여했으리라 본다. 이 희곡작품은 그 장편·중편이나 단편 규모의 가창극본·강창극본·대화극본·잡합극본 등 하위장르를 통하여 당시나 후대의 희곡류와 교류하면서, 그 희곡사의 주류를 이루었으리라 추정된다. 기실 태종의 불교 혁파 이래 침체 일로에 있던 그 불교연극과 함께 그 존재조차 불투명했던 것이 이 희곡의 처지였다. 그러기에 학계에서는 아예 그 시대의 희곡을 논의조차 하지 않는 실정에서, 이러한 작품이 발현된 것은 획기적인 일이었다. 따라서 이 희곡작품은 불교희곡사·한국희곡사상에서 중요한 위치를 차지하게 되었던 터다.

다음 이 궤범의 시가류는 불교시가사·한국시가사상에서 적잖이 역할했으리라 본다. 이 시가류는 자체 발전을 통하여 불교계의 전통적 시가와 합세하고 각개 하위 장르로 전개되니, 당시 시단에 신선한 충격을 주었던 것이다. 그리고 이 시가들은 당시의 근체시나 국문시가 등 제반 장르와 교류하면서 후대의 시가들에 상당한 영향을 끼쳤던 것이다. 더구나 이런 시가가 단순하게 읽히고 정체되어 있는 게 아니라, 실제로 연극적 공연을 통하여 그 종교·문학적 가치와 역량을 발휘하는 예술적 생명체라는 것을 실증해 보였던 터다. 그리하여 이 시가 작품들은 불교시가사·한국시가사상에서 중요한 역할·위상을 지켜 왔던 것이다.

또한 이 궤범의 수필류는 불교수필사·한국수필사상에서 소중한 역할을 다하였으리라고 본다. 이 작품에서 분화된 작품들이 당대 최고의 종교 문학적 가치를 지니고 교령·주의·논설·서발·애제·전장·서간·기행·담화·잡기 등 각개 장르에 걸쳐 유통·성행하였다는 점만으로도 주목할 만한 일이었다. 조선조에 이르러 실제로 침체·위축을 면치 못하던 불교수필, 산문문원에 신선한 충격을 주며 새로운 작품들의 창작에 전범이 되었을 터다. 게다가 이 수필 작품들은 정체·화석화된 독서물이 아니라, 그런 제반 재의 그 연극적 공연을 통하여 그 진가를 드러내고 상상 밖의 기능을 발휘하여 왔다는 점이 중시된다. 그리하여 이 수필들은 일부 국문화되었으리라는 전제 아래, 그 불교수필사·한국수필사상에서 중요한 위치를 유지하여 왔던 것이다.

그리고 이 궤범에서 돋아난 서사적 문맥이 소설적으로 형성·전개되면서 불교소설사·한국소설사상에 기여한 바가 적지 않았을 것이다. 전술한 바 이 작품의 극적 사건이 소설적 여건으로 재구성되고, 그만한 표현·문체를 갖추는 데서 소설이 형성되는 것은 당연한 일이었다. 따라서 이러한 소설계 작품은 그 희곡 장르와의 상관성에서 전체적 장편소설이나 여러 편의 중·단편소설로 형성·전개될 수가 있었던 터다. 특히 조선시대 정음 실용 이후 국문불경을 통하여 국문소설이 형성·전개되고, 이어 방대한 불경언해를 거쳐서 국문소설이 양산·합세하는 추세였다. 그러기에 이 궤범의 소설계 작품들은 설화소설·기전소설·전기소설 등으로 발전하고, 그 불교계 국문소설의 대세에 가담하여 불교소설사·한국소설사상에서 중요한 역할을 했으리라 본다.

끝으로 이 궤범과 공연에 직결된 평론류는 불교문학평론사·한국문학평론사상에서 특이한 역할을 했으리라 본다. 이 궤범의 문학작품들은 장르별로 현장적 평가를 전통적으로 받아왔다. 그것이 비록 전문적으로 기록·보전되지 못하였지만, 그 문학평론적 역할을 해 온 것은 분명하다. 그것은 어떤 형태로든지 유통되어 사계에 영향을 주어 왔기 때문이다. 이런 점에서 이들 문학작품을 번역하는 과정에 그 평론의 면모가 나타나는 것은 주목할 만한 일이었다. 전게한 대로 그 운문·산문 등을 번역하면서 그 작품을 해석하거나 그 주제·의미 등을 논의하는 문장이 뒤따랐다. 이런 문장은 기본적으로 그 평론의 성격과 기능을 갖추고 있는 게 사실이다. 여기서 시가론과 수필론, 소설론과 희곡론 등이 성립·전개되어, 그 평론사상에서 상당한 위치를 차지하였을 터다.

3) 불교의례사·민속사상의 위치

이 궤범은 역대 불교의례의 대본으로서 널리 유통·연행되어 왔다. 적어도 신라·고려 이래 이 궤범이 장구·면면한 전통을 계승하면서, 보다 효율적인 공연을 위하여 변모·개신되고 발전함으로써, 이 재의를 여법하게 거듭 공연하는 데에 지대한 역할을 해 왔던 것이다. 나아가 이 궤범이 점차 대중화되면서 민간에 토착화되는 경향을 보이게 되었다. 그러기에 이 궤범이 수륙재를 중심으로 하는 불교의례사에서 차지하는 위치는 실로 중요하다고 보아진다.

이어 이 궤범은 민중적 토착화와 함께 민속화되어 무속의례로 변모·전개되었다는 사실이 중시된다. 기실 이 궤범은 연극적 공연을 통하여 무속의례에 직접적인 영향을 미치게 되었다. 원래 역대의 무불습합이 자연스럽게 이루어져 왔거니와, 이러한 배경 아래서 이 궤범은 민속화되어 무속의례로 전개되었기 때문이다. 실제로 이러한 민속화·무속화는 일찍부터 진행되어 왔던 것이다. 그 무속 자체의 의례는 그 전통이 장구한 터에, 여기서 이런 재의의 실연을 수용·원용한 것은 너무도 당연한 현상이었다. 그러한 사례는 지금까지 계승·전개되고 있어 주목된다. 이와 같이 이 재의의 실연은 무속에 영향을 주어, 그 장구한 민속·무속의례사상에서 중요한 위치를 점유하여 왔던 것이다.

4) 불교신행사·포교사상의 위치

기실 이 궤범과 그 공연은 신앙의 물결이라 하여 마땅한 터다. 이것은 불교신앙의 집단적 연행이기 때문이다. 따라서 이 궤범과 공연은 신앙에 의한, 신앙을 위한, 신앙의 예술적 산물이라 하여 마땅할 것이다. 그러기에 이 궤범·공연사는 그대로 불교신앙사로 이어지는 것임에 틀림이 없다. 이처럼 이 궤범의 공연은 장구한 전통 속에서 그 민중불교의 간절한 신앙사에 지대한 영향을 끼치고 그 주동이 되어 왔던 터다.

그리고 이 궤범의 실연은 대중포교·민중교화에 그 목적이 있었다. 물론 그 무주고혼·아귀 등 비극적 만령을 승화·구제시키는 것이 표면적 동기라면, 실은 거기에 동참하거나 관심을 가진 모든 대중·중생들을 교화·제도하는 데에 내면적 목표가 있었던 것이다. 그러기에 이 재의 공연은 불교의 고난기에도 절묘한 방편으로 계속 성행하여 교세를 유지하고 확장시키는 데에 원동력이 되고 견인차가 되었던 것이다. 이와 같이 이 의례와 공연은 신라·고려 이래, 특히 조선시대 포교사의 중심·주축이 되어 찬연한 역사를 이끌어 왔던 것이다.

7. 결론

이상 불교재의궤범의 공연양상과 문학적 전개실상을 공연학·연극론과 문학·희곡론에 의하여 고찰하였다. 지금까지 논의한 것을 요약하면 다음과 같다.

1) 불교재의궤범의 찬성경위와 유통양상에 대하여 검토하였다. 먼저 이 재의는 역대 불교왕국의 숭불주를 배경으로 당대의 학승·문사 등이 주체가 되어, 역대 중국의 불교왕국이나 한국의 불교계를 거치면서 그 모든 재의의 대본으로 이 궤범을 제작·편찬하여 왔다. 이런 재의가 불교의 사상·신앙을 종합예술적 방편으로 교화·실천하는 데에 동기·목적이 있었기에, 이 궤범은 그 재의를 가장 효율적으로 공연하는 방향에 목표를 두고 점차 신편·개작되었다. 이러한 한·중 전래의 수많은 궤범들은 당대나 후대의 불교계 사찰을 중심으로 구비나 문헌, 목

판본과 필사본 내지 신구 활자본을 통하여 거국적 유통망을 이루어 연행되었다.

2) 불교재의궤범의 유형실태를 점검하였다. 원래 이 재의는 대강 예경계와 수행계·법회계·수륙계·천도계·점안계·명절계·월령계·생활계 등의 분야로 나눌 수는 있다. 그런데 이 궤범들의 주제·내용과 구조·구성 그리고 수록 작품 내지 문체 등을 통하여 공통유형을 유추해 내니, 그것은 예경재의유형과 수행재의유형·법회재의유형·수륙재의유형·천도재의유형·점안재의유형 등으로 전개되었다. 그리하여 이 궤범의 유형들은 결국 재의 연행의 대본으로서 연극적 공연성향과 함께 문학적 전개실상을 나타내었다.

3) 불교재의궤범의 연극적 공연양상을 추적하였다. 이 재의는 연극적 공연의 요건을 갖추었으니, 그 무대가 다체·장엄하고 화려·찬란한 데다, 그 등장인물들이 다양하고 위력적이며 개성적인 연기를 다하는 한편, 그 대본이 문학적으로 완비되어 있고, 나아가 연행의 현장에 각계각층의 관중이 운집하였던 것이다. 그래서 이 공연의 진행과정은 '발단-예건의 설명-유발적 사건-상승적 동작-절정-하강적 동작-대단원'으로 전개되고 그 전체가 장면화되어, 그 발단은 서막이요, 예건의 설명·유발적 사건은 1막, 상승적 동작은 2막, 절정은 3막, 하강적 동작은 4막, 대단원은 5막이 됨으로써, 연극의 그것과 일치하였다. 나아가 이 공연은 다양한 운문·산문의 대사를 완비하고, 음악·무용·연기를 통하여, 연극형태로 연출되었고, 따라서 가창극과 가무극·강창극·대화극·잡합극 등의 연극장르로 전개되었다.

4) 불교재의궤범의 문학적 실상과 장르적 전개양상을 고구하였다. 먼저 이 궤범은 그 연극적 공연의 문학적 대본이므로, 일단 그 극본·희곡이라고 규정되었다. 그 주제·사상이 불교적으로 광대·확고하고, 그 전체의 서사적 구조가 장면화되어 희곡적 전형을 갖추었다. 그리고 그 구성에서 무대의 배치, 등장인물의 설정과 역할, 사건의 진행이 '발단-예건의 설명-유발적 사건-상승적

동작-절정-하강적 동작-대단원'으로 희곡적 노선을 그대로 따랐고, 이어서 그 운문·산문의 대사로 짜인 문체가 가창체·가무체·강창체·대화체·잡합체를 이루어 희곡 문체의 전형을 보였다. 나아가 이 궤범은 전체적으로 희곡에서만 머물지 않고 종합문학적 실상을 갖추고 대강 시가유형과 수필유형·소설유형·희곡유형·평론유형으로 조성되어, 그 하위장르를 지향하였다. 따라서 이 장르체계에 의하여 그 시가유형은 한시 근체시 5언절구와 7언절구, 5언율시·7언율시, 5언고시·7언고시 등으로 풍성하게 전개되고, 국문시가의 가사체와 단가체가 실체와 흔적을 보였다. 다음 수필유형은 교령·주의·논설·서발·전장·찬앙·애제·서간·기행·담화·잡기 등으로 분화되어, 풍성한 작품으로 모든 장르를 충족시켰다. 이어 소설유형은 설화소설·기전소설·전기소설 내지 강창소설·국문소설로 전개되어 성황을 보였다. 그리고 희곡유형은 그 대본 전체가 장형·중형의 희곡일 뿐만 아니라, 장면·막별로 가창극본·가무극본·강창극본·대화극본·잡합극본으로 분화·행세하였다. 끝으로 평론유형은 기본적이지만 시가론과 수필론·소설론·희곡론·비평론으로 전개되어 실질적으로 행세하였던 터다. 이와 같이 이 궤범의 작품들은 무한한 질량으로 문학의 장르체계를 충족시켰던 것이다.

5) 이 궤범의 불교문화사적 위상을 파악하였다. 이 궤범의 연극적 공연은 불교연극으로 공인·유통되어 당대나 후대의 불교연극사 내지 한국연극사상에서 지대한 영향을 끼쳤다. 이 불교연극은 적어도 신라·고려시대부터 장르별로 발전·전개되어, 조선시대에 오히려 성행하면서 침체 일로의 연극계를 주도하며 조선 후기 내지 근현대까지 그 성세를 유지하였다. 다음 이 궤범의 문학사적 위치가 뚜렷하였다. 이 문학작품들은 장르별로 신라·고려 이래 조선시대에 걸쳐 시가사와 수필사, 소설사와 희곡사, 평론사를 이루어, 불교문학사 내지 한국문학사상에 크게 기여하였다. 또한 이 궤범은 불교의례사·민속사상의 위치가 중시된다. 이 궤범은 그 공연을 보다 효율적으로 주도하여 그 방대·장엄한 재의

를 적어도 신라·고려대로부터 조선시대 내지 근현대까지 계승·발전시키는 데에 지대한 역할을 다하였다. 그러면서 이 궤범은 대중화·민속화되어, 민속·무속계의 재의를 형성·발전시키는 데에 직간접의 영향을 끼쳤던 것이다. 끝으로 이 궤범은 민중의 불교신앙사·포교사상의 위치가 주목된다. 이 궤범의 공연을 통하여 민중의 신앙을 집단적이고 입체적으로 고취·강화하여 왔으니, 신라와 고려대는 물론, 특히 조선시대의 신앙사상에서 중대한 역할을 다하였다. 그래서 이 의궤의 공연은 대중포교·불교중흥을 위하여 최선의 역량을 발휘하여 왔으니, 특히 조선시대 불교의 명맥을 유지하고 교세를 확장하는 그 포교사상에서 뚜렷한 위치를 차지했던 것이다.

이상 불교재의궤범의 공연양상과 문학적 전개실상에 대한 논의는 그 원전의 보배로운 가치에 비하면 미흡한 게 사실이다. 다만 이 논고가 사계의 관심을 모으는 데에 의미가 있기를 바랄 따름이다. 실로 이 재의궤범은 공연학·공연예술론과 한문학 중심의 문학 장르론·작품론의 보고임은 물론, 국학·인문학의 보전임에 틀림이 없다. 따라서 문학계·공연학계 뿐만 아니라, 국학계·인문학계 전반에서 보다 적극적이고 전문적인 연구가 계속 되기를 기대할 뿐이다. ●

수륙재의궤의 공연양상과 희곡적 전개

1. 서론

이 수륙재의궤는 역대 불교계에서 봉행하여 온 수륙재의 대본이다. 이 수륙재는 불교계의 각종 재의 중에서 제일 막중한 주제와 가장 방대한 규모로서 실로 화려·장엄하게 공연된 의식극이었다. 한 국가에서 한재·기근·역질·환란 등 대소 재난을 당하여, 그 원인이 된 누대의 고혼·원혼·아귀 등 수중·육상·공중의 모든 유랑 함령들을 소치해서 불보살의 위신력으로 위무·시식하고 설법·정화시켜 극락왕생케 하는 천도공연이었기 때문이다. 그리하여 그런 재난을 극복할 뿐만 아니라, 그로 하여 흉흉·불안해진 민심을 안정시켜 국태민안을 이룩하는 데에 주요 목적이 있었기에, 더욱 중시할 수밖에 없었던 것이다. 그래서 크게는 국행수륙재로서 그 규모가 방대하고 그 과정이 화려·장엄한 공연으로 일관되었고, 작게는 사찰수륙재로서 그 규모가 축소되지만, 그 공연과정은 신앙적으로 더욱 극화·전개되었던 터다. 기실 이 수륙재는 그 공연의 연극적 효능이 모든 함령과 민중에게 얼마만큼 감동을 주느냐에 성패가 달려 있었기 때문이다.

따라서 이 수륙재는 자고로 그 재의의 연극적 효능을 극대화하기 위하여 그 대본을 우선적으로 설계·편성하는 데에 최선을 다하여 왔던 것이다. 이러한 대본이 확립되었을 때, 그 실연이 기대 이상의 극적 효과를 올릴 수 있었기 때문이다. 실제로 이 수륙재의 전체 구조가 극적인 서사구조를 갖추는 것은 물론, 그 주제 내용이 불교사상·신앙 면에서 간절·엄중하고 그 공연의 무대가 미술적으로 화려·찬란하며, 그 등장인물이 그 역할·처지에 적합하게 연행해야만 되었다. 그 연행에 맞추어 뜻 깊은 시가와 산문·법화 등이 문학적으로 세련되고 또한 가창·가무·강창·대화 등을 통하여 감동적 예술로 연출되어야 했던 것이다. 그리하여 이 수륙재의 대본이 실연을 통하여 보완·확립되어 이른바 '수륙재의궤'로 정립되었던 터다. 이러한 대본 의궤는 다음의 수륙재를 위하여 중시·보존되고, 계속된 실연을 통하여 개신·발전을 거듭하면서 전승·유통되었던 것이다. 그러기에 이 수륙재의궤는 불교계 자체로도 중요하거니와 불교연행, 연극적 공연이나 그 극본·희곡상에서 그만큼 중시될 수밖에 없다.

그동안 이 수륙재의궤의 중대한 가치에 착안하여 불교의례사나[1] 민속사[2]의 측면 또는 불교미술사와[3] 음악사[4] 내지 무용사의[5] 관점에서 상당한 연구 성과가 나온 것은 당연하고 다행한 일이다. 그런데도 이 의궤에 대한 공연문화적 검토나 연극·희곡적 고찰은 아직 뚜렷하게 보이지 않는 것 같다. 그러던 차에 이번 한국공연문화학회에서 이 수륙재를 공연문화학적으로 여러 각도에서 조명한다 하니, 참신한 시도가 아닐 수 없다. 이에 호응하여 이 수륙재의궤의 공연양상과 그 희곡적 실상을 논의하는 것이 매우 적절한 일이라고 본다.

이에 본고에서는 이 의궤를 공연학·연극론과 희곡론에 의하여 그 연극적 공연양상과 희곡적 전개실상을 고찰해 보겠다. 첫째 이 수륙재의궤의 찬성경위

---

1 이장렬, 「조선 전기 국행수륙재의 설행 논란과 사회문화적 역할」, 『진관사 수륙재의 조명』, 진관사수륙재보존회, 2010, p.33; 이성운, 「삼화사 국행수륙재의 설단과 장엄」, 『삼화사 국행수륙대재의 전승 양상과 발전 방향』, 삼화사, 2014, pp.29-30; 이창식, 「백운사 수륙재의 전승 특성과 공연콘텐트」, 『이랫녁 수륙재의 어제, 오늘 그리고 내일』, 백운사, 2014, pp.25-27.

2 홍태한 외, 『진관사 수륙재의 민속적 의미』, 민속원, 2012 참조.

3 김창균, 「기록을 통해서 본 진관사 감로왕도」, 『진관사 국행수륙대재의 조명』, p.145; 김승희(강우방 공저), 「감로탱의 도상과 신앙의례」, 『감로탱』, 예경, 1995, p.385.

4 양영진, 「진관사 국행수륙재 범패의 의식음악적 기능」, 『진관사 국행수륙재의 한국문화적 위상』, 진관사, 2014, p.57.

5 이애현, 「진관사 수륙재의 의식무의 기능과 동작 분석」, 위의 책, p.97.

를, 그 찬성의 주체와 동기, 그 찬성의 실제, 그리고 그 원전의 성격과 유통 등으로 검토하겠고, 둘째 이 의궤의 연극적 공연양상을, 그 진행과정을 통하여 연극적 실태와 그 장르적 성향으로 검증하겠으며, 셋째 이 의궤의 희곡적 전개실상을, 그 전체적 구조·구성, 그 장르적 성향, 문학장르적 분화 등으로 고구하겠다. 넷째 이 의궤의 불교문화사적 위상을, 불교연극사·문학사, 불교의례사·민속사, 불교신앙사·포교사 등의 위치로 파악하겠다. 그리하여 수륙재와 그 의궤가 불교문화사 내지 한국문화사상에서 기여한 공헌과 가치를 종합적으로 규명하는 계기를 마련했으면 한다. 이것이 불교계와 유관학계의 긴요한 당면과제이기 때문이다.

2. 수륙재의궤의 찬성경위와 유통양상

1) 찬성의 주체

수륙재의궤의 찬성은 그 역사가 오래 되었다. 이미 알려진 대로 그 유명한 양무제가 깊은 신심을 가지고 무주의 고혼을 널리 구제함이 제일가는 공덕이라 하고 승려들과 상의한 후 스스로 그 의식문을 제작한 것이 최초라는 것이다. 그 후이 의식문에 의지하여 수륙재가 성행하여 수·당대에 불교계 승려·숭불문사들의 관여로 그 궤본이 개변·발전했을 것은 물론이지만, 송대 희령 연간에 동천이『水陸文』3권을 찬성하면서 그 의궤가 전형을 이루고 널리 유통되었다. 따라서 한국불교계에서는 적어도 삼국시대에 불교 전래와 거의 동시에 수륙재와 의궤가 전래·실연되었을 것이지만, 신라통일기를 거쳐 고려시대에 이르러서야 전래·실연되었다는 게 통설이다. 기실 그 수륙재의 실연기록이나 그 의궤의 실존전거가 없는 마당에 장담하기는 어렵지만, 아무래도 신라시대 불교전성기에는이 의궤가 실연되다가 실전되었다고 보는 게 순리라고 하겠다. 그래야만 고려시대에 그것이 성행·유통되었다는 사실이 합리적으로 파악될 수 있기 때문이다.

그래서 고려 광종 대에 그 의궤를 통하여 갈앙사에서 수륙재를 봉행한 이래, 그 성행을 보았다. 그 후 선종대에 태사국사로 있던 최사겸이 송나라에서 구해 온『水陸儀文』이나 동호사문 지반이 찬성한『法界聖凡水陸勝會修齋儀軌』 등을[6] 수용하여 그 당시 이에 밝은 학승·고승들이 조정·개편하여 보제사에 수륙당을 짓고 이를 실연하게 되었다. 또한 일연의 제자 혼구가 이 의궤로『新編 水陸儀文』을 신편함으로써, 그 의식이 더욱 성행하여 고려 말까지 유통되었다. 그리고 고려 사문 죽암이 편찬한『天地冥陽水陸齋儀』가 현전하여 주목된다.[7]

한편 조선 초기는 태조의 불교입국이 태종의 혁명적 유교입국으로 숭유배불을 표방하였으나, 세종 후반에서 세조대에 걸치는 불교왕국이 재건되었으니, 이 국행수륙재는 국태민안과 영가천도의 충효윤리를 명분 삼아 여전히 성행하였다. 따라서 그 의궤는 당대의 학승이나 신불문사 등에 의하여 계속 개정·신편되어 효율적인 대본으로 전개되었다. 따라서 전게한『法界聖凡水陸勝會 修齋儀軌』등 선행 의궤를 전범으로 당대 고덕·문승이 보다 효율적으로 개편한『天地冥陽水陸齋儀纂要』나『水陸無遮平等齋儀撮要』등이 널리 행세하고, 이런 의궤를 좀 더 효율적으로 보완한 지운의『天地冥陽水陸齋儀梵音 刪補集』이 간행되어 조선후기까지 유전되었다. 이와 같이 이 수륙재의궤는 오랜 불교사를 통하여 불교계 제왕이나 학승·문사들이 주체가 되어 적어도 신라시대를 기점으로 고려시대를 거쳐 조선시대 내지 현재까지 계승·개변·발전하여 왔던 것이다.

2) 찬성의 동기

6 박세민,『한국불교의례자료총서』I, 삼성암, 1993, pp.573-574.
7 국립도서관 소장본, 미등(연제영),『국행수륙대재』, 조계종 출판사, 2010, pp.35-38.

이 의궤의 찬성 주체가 확실해지니, 그 찬성의 동기도 그만한 윤곽이 잡히는 게 사실이다. 이미 예견한 대로 이 수륙재는 불교적으로 복합적인 동기와 목적을 가지고 설행되었다. 우선 크게 보아 하화중생의 차원에서 생사 간 모든 중생을 구제하기 위함이었다. 기실 이러한 중생 구제는 불교의 실천적 이념이요 지상의 목적이었다. 따라서 불교계에서는 그 자비·구제의 손길이 무주고혼이나 허공 유전의 원혼·아귀 내지 수고하는 지옥 중생들에게까지 미치니, 이 수륙재를 통하여 그들을 구제·승화시키려 했던 것이다. 특히 나라가 한해·수재나 난리·역질 등 각종 재난에 처하면 이를 극복하기 위하여 그에 따른 고금의 고혼·아귀나 원혼·중음신 등을 소치하고 불보살·신중의 위신력과 승속 대중의 신심·정성으로 그들을 목욕·정화시키며 풍성한 시식과 함께 미묘한 법문을 베풀어 참회·숭불게 함으로써, 마침내 극락세계에 왕생시키는 것이 그 중심적 목적이었다. 그리하여 그런 국란으로부터 흉흉·불안하였던 민심마저 안정·평온케하여 마침내 국태민안을 이룩하는 것이 구경의 동인이었던 터다. 이에 준하여 역대 선대 영가의 천도를 위하여 왕족·대가에서는 당대의 사찰에 의존하여 수륙재를 봉행하는 일이 허다하였다. 이처럼 수륙재의 전통과 범위가 확대되면서 그 동기·목적이 다양하게 확장되어 모두의 소통과 화합을 지향하게 되었던 것이다.[8] 그래서 이 수륙재의 공통적인 동기는 각계·각층의 다양한 고혼·원혼·아귀 등 만령을 천도하여 개인과 가정, 지역·국가의 안녕·화평을 성취하는 일이었다.

여기서 거시적으로 주목되는 것은 불교사적 차원에서 이 수륙재가 당대의 불교세를 확장하고 실질적으로 발전시키는 기폭제 내지 견인차가 되었다는 사실이다. 기실 조선시대의 배불·숭유기간에 오히려 이 수륙재가 다양한 형태로 교묘하게 성행하였다는 현상이 이를 역증하고 있기 때문이다. 그 시기에는 불교계의 본격적이고 정정당당한 불교활동이 억압·박해를 받았기에, 이 수륙재를 주

8 홍윤식, 「불교민속과 진관사 국행수륙재」, 『진관사 국행수륙재의 한국문화적 위상』, p.17.

축으로 하는 천도재의가 국태민안을 기원하는 충의와 선망 영가를 극락왕생시키는 효행이라는 거대한 명분을 타고 족히 성행할 수가 있었던 터다. 그러기에 조선시대의 불교적 특징을 의식불교라고 하리만큼, 수륙재 등 제반의식이 온갖 방편으로 설행되어 실질적으로 불교세를 유지·발전시키고 대중화하는 원동력이 되었다는 것이다. 그리하여 불교계 승단의 차원에서 이 수륙재의 근본적이고 원대한 동기는 억불 숭유의 난관을 극복·개척하고 상하 민중불교를 유지·발전시키고 중흥하는 데에 역점을 두었던 터다. 기실 이 수륙재의 과정 전체에는 화엄교학과 선학참선·염불정토·밀교비전의 철학·사상에 그 세계관까지 내재·실현되어 불교 전체가 생동하고 있는 게 사실이다.[9] 그리하여 이런 수륙재를 설행하는 것은 불교사상·교리를 의식적 공연을 통하여 가장 효율적으로 전파하는 데에 주목적이 있었던 터다. 그러기에 이 수륙재는 사후의 만령들을 구제·승화시키는 방편으로써 오히려 살아 있는 대중·중생들을 교화·구제하는 것이 실질적인 동기라고 보아진다.

여기서 이 수륙재의궤의 찬성동기가 자명해진다. 이 의궤는 그 수륙재를 가장 효율적으로 공연하기 위한 대본이기 때문이다. 따라서 이 의궤의 찬성동기는 그 수륙재의 동기와 동일한 것이 물론이지만, 그 대본 자체로서 강력한 목적이 항상 작용하여 왔던 것이다. 이 의궤는 그 최초의 대본으로부터 후대적으로 개신·전개되면서 언제나 좀 더 효율적인 공연의 방향과 방법을 적극 모색하게 되었다. 그러기에 그 환경·무대의 설정과 설비를 화려·찬란하게 장엄하고, 그 등장인물들을 가시적으로 특성화하며, 의식의 규모와 절차를 적절히 조절하는 한편, 그 실연 과정의 역동적 감동성을 강화하기 위하여 그에 필수되는 시문을 더욱 미화하고, 그 연행의 음악과 무용 그리고 연기 등을 연극적으로 연출하는 데

9 신규탁, 「불교철학자의 입장에서 본 진관사 수륙재」, 『진관사 국행수륙재의 한국문화적 위상』, pp.20–22.

에 치중하게 되었다. 이와 같은 대본의 발전적 면모는 자연 종합예술적 극본형태를 성취하기에 이르렀다. 그리하여 이 의궤는 수륙재를 위한 건축과 회화·조각·공예 등 불교미술을 발전시키고 그 진행과정의 서사적 구조를 강화했을 뿐만 아니라, 그에 필수되는 시가·산문 등 문학을 정화시키며, 그 연행의 효능을 극대화하는 인물들의 의상·연기와 함께 기악·성악 등 음악과 각종 작법무를 연극적으로 향상시키게 되었다. 그로 하여 이 의궤를 대신하고 보완하는 불화가 대두되었으니, 그게 바로 이른바 '감로탱'이었다. 이 감로탱은 한 폭의 대형불화로 그 속에 수륙재의 전체를 역동적으로 생동하게 그려내고 있기 때문이다. 이 감로탱은 실제로 수륙재의 실연도로서 이 의궤를 대신할 수도 있고, 또한 그 실연의 보조·배경이 되어 왔던 것이다.

3) 찬성의 실제와 원전의 유통

이 수륙재의궤가 창안된 것은 인도불교의 신앙·의례에 따라 그 유래가 오래되었다고 보아진다. 흔히들 양나라 무제가 숭불에 투철하여 승려들과 상의하고 친히 그 의식문을 만들어 금산사에서 그 재의를 베풀었다는 것이다. 이 의식문이 전거가 되어 당나라 때는 불교의 융성과 함께 그 수륙재가 성행하였는데, 그 의궤의 면모는 전하지 않는다. 이어 송나라 희녕 연간에 동천이 『水陸文』 3권을 찬성하여 그 이후의 수륙재에 전범이 되었으니, 이로써 그 의궤의 윤곽이 잡혔던 것이라 하겠다.

이에 한국에서도 중국불교와의 교류가 빈번했던 점으로 보아 적어도 삼국시대 말기나 신라통일기에는 수륙재와 그 의궤가 전래되었을 것이지만, 그 전거는 고려 때부터 확실해진다. 기실 이 의궤는 마치 경전과 같아서 인도에서 연원하여 중국 양나라·당나라를 거쳐 송대에 집성된 것이 고려에 수입·응용되었기 때문이다. 전술한 대로 선종대에 태사국사로 있던 최사겸이 송나라에서 『水陸儀文』을 구해 온 것을 계기로 수륙재가 더욱 성행하였고, 그 후로 일연의 제자 혼구가 『新編水陸儀文』을 찬술함으로써, 그 의례가 더욱 널리 유전되었으리라 본다. 그런데도 수륙재의궤의 실체는 구체적으로 밝혀지지 않고 있는 터다. 다만 남송 말 지반이 찬성한 『法界聖凡水陸勝會修齋儀軌』가 현전하여 주목된다.

이 의궤는 '法界聖凡水陸勝會修齋儀軌卷第一'의 제하에 '四明東湖沙門志磐謹撰'이라 하고, 권말에 '成化六年'(성종 1년)에 김수온이 지은 발문이 붙어 있다. 그리고 이 의궤는 만력 원년(선조 7년)에 '忠淸道淸州俗離山 空林寺 開板'으로서 1권 1책, 총 92장이다. 그 내용은 '召請四直篇'에서부터 '普伸回向篇'에 이르기까지 총 43편으로 나누어져 있다. 이 의궤는 제반 사항으로 보아 신빙성이 있는 것만은 사실이지만, 그게 바로 남송대나 고려대에 유통된 그 원본이라고 장담할 수는 없다.[10] 그 말미 발문 이전에 '天地冥陽水陸齋儀 纂要一卷'이라고 명기하고 있는 것이 그 이본임을 증언하고 있는 터다. 바로 이 의궤가 비록 요약본이라 하더라도 그 원본을 추적·복원할 수 있는 유일한 전거임에는 틀림이 없다.

여기에 고려시대 죽암이 편찬한 『天地冥陽水陸齋儀』가 현전하여 중시된다. 이 의궤는 인조 20년(1642) 나주 용진사에서 개판한 이본으로 국립중앙도서관에 소장되어 있다. 이 의궤가 비록 후대적 간본이지만, 그 원형을 그대로 유지하고 있는 터다. 이 의궤는 상계한 지반의 의궤 그 원본에 준거하여 11편이나 증보함으로써, 모두 54편의 대본으로 완성되었다. 그리하여 고려 말기까지는 물론, 조선시대로 계승·활용되었던 것이다.

이어 조선시대에 이르러 승유배불 내지 외유내불의 대세 속에서 오히려 이 수륙재가 많이 설행되면서, 그 의궤는 고려시대의 그것을 사용할 수밖에 없었다. 그러기에 죽암의 『天地冥陽水陸齋儀』를 그대로 활용하되, 그 명칭만

---

10 미등(연제영), 「수륙의례문의 유형」, 『국행수륙대재』, p.23.

조금 변경하기에 이르렀던 것이다. 그것이 바로『天地冥陽水陸齋儀纂要』로 등장하게 되었다. 이 의궤는 중종 24년(1529) 무량사에서 개간하고 중종 26년 (1531) 중대사에서 대행이 간행한 이래, 여러 이본이 전하는데 위와 동일한 편 목이 54편으로 편성되던 터다.[11] 이후로 수륙재가 다양하게 설행되면서, 이 의 궤의 발전적 방향과 방법은 그 실행·공연의 효율성을 높이는 데에 역점을 두 게 되었다. 기실 조선시대의 이 의궤는 고려시대의 그것을 계승·개신하는 데 에 최선을 다하여 그 실효를 거두고 있었기 때문이다.

먼저 이 의궤의 주제를 더욱 선명하게 강화하였다. 그 이전의 의궤가 불보 살이나 신중을 중심으로 진행되는 경향을 보이고 일체 만령의 위상이 약화되 거나 애매한 것을 그 영가 중심으로 확립하였다. 적어도 이 일체 만령이 주인 공이 되어 불보살·신중의 청정·장엄한 법석으로 소청되고 목욕·재계하여 경 배·순응하면서, 그 위엄 있는 찬식과 법식을 받고 극락세계에 왕생한다는 주 제가 강조된 것이었다.

다음 이 의궤의 주제에 맞추어 그 절차를 간요하게 조정하였다. 그 이전의 의궤가 너무 장황하고 산만한 절차를 갖추어 그 실연의 효과가 저조하였기에, 여기서는 그 전체적 구조를 서사적 맥락에 맞도록 재조정하고, 그 진행절차 를 공연적 문맥에 적합하도록 재편성하였던 것이다. 이런 취지에서 편성된 의 궤가 바로『水陸無遮平等齋儀撮要』다. 이 의궤는 찬자·연대가 미상이지만, 조선조 왕실 간행에 이어 전국 저명사찰에서 중간하여 가장 널리 유통·활용 되었다. 그중에서 만력 원년(선조 7년)에 '忠淸道忠州月岳山德周寺'에서 개 판된 그 궤본에 보면, 이 의궤는 전계한 바 죽암이 편찬한『天地冥陽水陸齋 儀』를 원본으로 공연성을 강화하여 개편한 것이라 하겠다. 전체가 1권 1책으 로 부록까지 모두 53장이다. 그 내용 절차는 '設會因由篇'에서 '奉送六道篇'

---

11 미등(연제영),『국행수륙대재』, pp.29-32.

에 이르기까지 모두 35편으로 전개되었다. 실제로 이 의궤는 그 원본에서 '소청상위편' 이하 '봉영부욕편'·'찬탄관욕편'·'인성귀위편'과 '소청중위편' 아래 '봉영부욕편'·'가지조욕편'·'출욕참성편' 등 19편을 축약하고 그 순차를 조정하여, 공연의 효율성을 제고하는 전형적인 대본으로 가장 널리 유통되었던 게 당연한 일이었다.

그 후로 이어지는 수륙재의 의궤는 이 촬요본을 기준으로 하여 그 절차를 요약·조정하면서 그 공연적 효능을 높이는 방향으로 개편되었다. 그런 의궤가 근·현대에 이르러 전통적으로 계승·정리된 것이 바로 안진호의 『釋門儀範』에 수록되어 있다.[12] 이 의궤 『水陸無遮平等齋儀』는 전게한 『水陸無遮平等齋儀撮要』에 의거하여 그 편목을 8편이나 생약하고, 그 의식절차의 진행을 선명하게 만든다는 것이 오히려 그 전체의 전개과정을 약화시키는 결과를 내었다.

이와 같이 수륙재의궤는 그 공연의 효율성을 제고하기 위하여 그 규모와 절차과정을 축소하는 데에서 한계가 있으므로, 이를 극복하기 위해서 그 종합예술적 공연방법을 전문적으로 모색·추구하게 되었다. 그리하여 먼저 이 의궤에 소요되는 게송·시가와 산문, 진언 등을 공연에 적합하도록 미화·발전시켜 문학적으로 집성·강화하는 작업이 진행되었다. 여기서 『天地冥陽水陸齋雜文』과 『勸供諸般文』 등이 집성·유통되었다. 『天地冥陽水陸齋雜文』은 편자·연대 미상이지만, 가정 10년(중종 26)에 '全羅道順天松廣寺'에서 간행한 이본에 의하면, 2권 1책 총 142장으로 상권에는 수륙연기와 표장·방문 등이 실리고, 하권에는 각종 소문과 첩문 등이 들어 있다. 이 산문들은 수륙재에서 필수적인 기원문 내지 의식문인데, 이 방면의 역대 명문이 거의 다 망라되어 있다. 따라서 수륙재의 공연에 보다 효율적인 작품을 골라 쓸 수가 있고, 또한 이를

---

12 안진호, 「수륙무차평등재의」, 『석문의범』(신편), 법륜사, 1982, pp.815-862.

참조하여 더욱 감동적인 작품을 지어서 활용할 수가 있었다. 여기에는 게송·시가는 제외하고 유관 산문만 나열된 것이 특징이라 하겠다. 그리고『勸供諸般文』은 역시 편자·연대 미상이지만, 만력 2년(선조 7)에 釋王寺에서 개판한 이본에 의하면, 1권 2책 총 102장으로 전래 제반 재의의 각개 의식단위에 필수되는 기도문과 게송·다라니 등을 체계적으로 열거하고 있다. 따라서 이 수륙재의 진행절차에 필요한 기원문·게송·다라니 등을 여기서 뽑아다가 얼마든지 보완·활용할 수가 있었던 것이다.

한편 이 수륙재의 의궤를 활용하는 데 있어 그 문학적 게송·산문이 난해한데다 그 한자로 주음된 진언류가 발음하기 어려워서 지장이 많았다. 그리하여 이 수륙재의궤를 중심으로 유관 의례의 게송·산문을 국역하고 진언류를 국음화하여 집성함으로써, 공연의 활성화에 큰 도움을 줄 수가 있었다. 그런 것이 저명한 학조의『眞言勸供』으로 나타났다. 이 원전은 홍치 9년(연산군 2년)에 인수대비가 학조에게 명하여 국역·주음해 낸 것인데, 1권 1책 총 121장이다. 여기서는 그 수륙재 등의 권공·시식 절차에 상용되는 게송·산문 및 진언을 집성하고 있다. 따라서 이런 재의·의식의 공연 대본이 문학적으로 승화·강조되었던 것이다.

다음 이 수륙재의궤는 그 공연상의 가무를 강화하는 방향으로 전문적인 역량을 발휘하게 되었다. 따라서 그 음악을 강화하는 데에 주력하였다. 그러기에 기악의 악기·연주를 보완할 뿐만 아니라,[13] 그 성악의 염불·기원성과 범패 등을 바로잡아 발전시키고 활성화하는 데에 최선을 다하였다.[14] 이에 상응하여 그 무용, 작법무를 발전적으로 연마하는 데에도 관심을 쏟았던 것이다.[15]

---

13 손인애,「경제 불교음악의 태평소 가락 연구」,『제4회 불교의식 음악학술대회 논문집』, 불모산 영상재 보존회, 2013, pp.107-108.

14 이보형,「북방불교음악에서 송경과 7언율시 게송의 박절 특징」, 위의 책, pp.133-134.

15 손인애,「범패 천수바라의 음악 형성사적 연구」,『한국불교음악의 음악적 특징』, 불모산 영상재

그리하여 이런 공연상의 범음·작법무 등을 바로 잡아 강화·집성한 것이 저 지환의 『天地冥陽水陸齋儀梵音刪補集』이다. 이 의궤는 강희 60년(경종 1) 경기도 양주 삼각산 중흥사에서 개판하였는데, 그 상권에 수륙재의궤를 요약·정리하였거니와, 그 주요부분이 바로 모든 의례의 범음·작법을 산보하여 바로잡고 활성화하는 데에 이르렀던 것이다. 이 의궤는 외제를 '梵音集'이나 '魚山集'이라 할 만큼 '作法·移運·勸供·儀式·規法·文' 등에 걸친 범음·작법을 교정·강화하여 그 공연을 활성화하는 데에 기여했던 터다.[16]

나아가 이 수륙재의궤는 그 공연상의 미술을 강화·발전시키는 데에 주력하게 되었다. 우선 그 무대로서 이른바 3소 6단 및 소대를 장엄하는 일이었다. 흔히 말하는 시련소와 대령소·관욕소, 그리고 사자단·오로단·상단·중단·하단·고사단·소대 등의 건축을 강화하였다. 이러한 건축은 대개 수륙재를 개설할 때에 조성하지만, 특별한 경우 사찰 전각에 잇대어 전용 수륙사를 건설하기도 하였다.[17] 이 건축에다 각종 불화를 휘황찬란하게 제작하여 걸거나 붙이는 작업이 강화되었다. 여기다가 불교조각을 가미하는가 하면 각양각색의 번을 느려 놓고, 각종 지화를 화려하게 배치하였다. 각종 위패와 공양구가 점차 아름답게 제시되고 육법공양과 지전 등의 공양물이 훌륭한 공예품으로 제작되었다. 이러한 무대설비와 장치 등은 일시적으로 임의 설치되는 것이 아니라, 모든 법식·의궤로 작성되어 그에 의한 계승·발전이 가능했던 것이다.

여기서 중시되는 것은 이 수륙재 전체의 진행 절차를 불화로 그려 이를 적극적으로 활용했다는 사실이다. 이것이 바로 『甘露幀』으로 집성되었다. 이 『甘露幀』은 모든 고혼·원혼 등을 대표하는 아귀에게 시식하는 것을 중심으로

보존회, 2011, pp.22-24.

16 이기운, 「조선후기 수륙재의 설행과 천지명양수륙재의범음산보집의 편찬 의도」, 『진관사 수륙대재의 조명』, p.104.

17 김봉렬, 「진관사 수륙사의 건축사적 해석」, 『진관사 수륙대재의 조명』, p.15.

위로 불보살의 가피와 옆으로 모든 신중의 가호, 승려·재자들의 정성, 아래로 그 고혼·원혼 등의 다양한 사망 사건에 이르기까지 모두 사실적으로 묘사하고 있다. 이것은 그대로 수륙재의 사생도로 제작·활용되기 시작하여 점차 발전· 성행함으로써, 웬만한 사찰에서는 거의 다 갖추고 있었던 것이다. 그러기에 『甘露幀』은 수륙재의 보조적 불화일 뿐만 아니라[18] 수륙재의 설행 현장을 입 체적으로 대행하고 역사적으로 보증하는 터라 하겠다.

그리하여 이 수륙재의궤는 처음 전래·찬성된 이래, 그 공연의 효율성을 높 이는 방향과 방법으로 개편·발전하여 수많은 이본을 남기게 되었다. 이에 상 게한 『天地冥陽水陸齋儀』의 적통을 이은 『水陸無遮平等齋儀撮要』를 중 심·주축으로 고금의 의궤를 참조하여[19] 그 표준이 되는 전형적 의궤를 재구할 수가 있다. 그 편목을 들면 다음과 같다.

1) 設會因由篇: 이 재의를 여는 취지 목적을 국왕이나 주재승의 이름으로 불보살 께 고유한다.

2) 嚴淨八方篇: 이 법석 각단의 팔방을 엄숙·청정하게 조성하기 위하여 팔방 신 붕에게 기원한다.

3) 發菩提心篇: 이 재의에 동참한 모두가 보리심을 내어 간절한 정성을 바치도 록 기원한다.

4) 呪香通序篇: 이 재의 도량의 각단에 향을 피워 올린다고 기도한다.

5) 呪香供養篇: 그 향을 널리 피워 직접 공양하는 의식을 한다.

6) 侍輦儀式篇: 그 법석 밖의 시련소에 나가서 불보살·신중과 원귀·만령을 연이 나 가마에 태워 모셔 들이고 각단에 안치한다.

18 이 감로탱은 수륙재의 공연에서 하단의 배경화로 부착·활용되고 있다.

19 미등, 「수륙의례 설행」, 『국행수륙대재』, pp.47-49; 홍대한, 「진관사 수륙재의 구성과 연행」, 『진관사 수륙재의 민속적 의미』, pp.55-58.

7) 對靈儀式篇: 그 원귀·만령을 하단으로 인도하게 이전에 이 법석 밖의 대령소에 잠시 머물게 하고 안정시킨다.

8) 掛佛移運篇: 이 미륵불 중심의 대형괘불을 이운하여 상단에 봉안한다.

9) 召請使者篇: 이 재의를 널리 알리기 위하여 사자들을 소청한다.

10) 安位供養篇: 그 소청된 사자들을 사자단에 안치하고 각종 공양을 한다.

11) 奉送使者篇: 그 사자들에게 임무를 부여하고 당부하여 시방으로 봉송한다.

12) 開闢五方篇: 오방의 천황을 오로단에 모시고 오방의 통로를 개통·보후하라고 기원한다.

13) 安位供養篇: 그 오로단에 정좌한 천황들에게 각종 공양을 올리며 「산화가」를 부른다.

14) 召請上位篇: 미륵불 중심의 불보살을 상단으로 봉청한다.

15) 獻座安位篇: 그 불보살에게 자리를 바쳐 안좌케 기원한다.

16) 普禮三寶篇: 그 불보와 법보·승보께 경배하고 공양을 올리며 「도솔가」를 부른다.

17) 召請中位篇: 각계 신중들을 중단으로 봉청한다.

18) 天仙禮聖篇: 그 신중들이 좌정하기 전에 상단의 불보살께 예경한다.

19) 獻座安位篇: 그 신중들에게 자리를 지정하여 안좌케 청원하고 각종 공양을 올린다.

20) 召請下位篇: 대령소에 대기하던 원귀·만령을 하단으로 소청한다.

21) 引詣香浴篇: 그 원귀·만령을 관욕소로 인도한다.

22) 加持藻浴篇: 그 원귀·만령을 향탕에서 목욕시킨다.

23) 加持化衣篇: 그 원귀·만령에게 새 옷을 갈아입힌다.

24) 出浴參聖篇: 그 원귀·만령이 관욕소에서 나와 상단·중단의 성위께 예배한다.

25) 加持禮聖篇: 그 원귀·만령이 상단·중단께 다시 공양·예경한다.

26) 受位安座篇: 그 원귀·만령이 자리를 잡고 안좌한다.

27) 加持變供篇: 그 원귀·만령에게 간단한 공양을 베푼다.

28) 宣揚聖號篇: 그 원귀·만령이 5여래를 찬탄·선양한다.

29) 說示因緣篇: 그 원귀·만령에게 인연법을 강설한다.

30) 宣密加持篇: 그 원귀·만령이 마지막으로 해탈케 기원한다.

31) 呪食現功篇: 그 원귀·만령에게 그 법식의 공덕을 송주한다.

32) 孤魂受饗篇: 그 원귀·만령에게 향연을 베풀어 만족케 한다.

33) 懺除業障篇: 그 원귀·만령이 모든 업장을 참회·제거토록 일깨운다.

34) 發四弘誓篇: 그 원귀·만령이 불법의 네 가지 서원을 하도록 교시한다.

35) 捨邪歸正篇: 그 원귀·만령이 모든 사행을 버리고 삼보에 귀의하도록 기원한다.

36) 釋相護持篇: 그 원귀·만령이 부처의 오계를 받도록 설시한다.

37) 修行六度篇: 그 원귀·만령이 6가지 바라밀을 수행하라고 교시한다.

38) 觀行偈讚篇: 이 수륙재의 삼보 장엄 위덕을 총체적으로 찬탄·게송한다.

39) 回向偈讚篇: 이 수륙재 원만히 완료되었음을 찬양·송찬한다.

40) 奉送六道篇: 이 수륙재에 동참한 중생, 원귀·만령을 극락세계로 왕생시키되, 모든 공양물·지전 등을 태워 보낸다.

41) 大衆供養篇: 이 재의에 동참한 승속·상하 대중이 함께 공양하고 여법한 연행을 한다.

이렇게 재구된 의궤가 중심적 전범이 되리라 본다. 따라서 이 의궤의 연행양상이나 그 희곡적 전개실상에 대한 고구는 이 재구본을 중심으로 중요 이본 내지 『甘露幀』 등을 활용하는 게 당연하다.

여기서 중시되는 것은 그 다양한 의궤의 유통양상이라 하겠다. 고금을 통하여 그 의궤가 유통된 실상이 바로 수륙재 설행의 기능·역할과 역사적 영향관계를 실증해 주기 때문이다. 이에 그 현전하는 이본의 간행·유존 상황을 전거로 그 유통실태를 파악하여 보겠다.

1) 『法界聖凡水陸勝會修齋儀軌』는 성종 1년(1470) 전라도 송광사 개판본과 선조 6년(1573) 충북 속리산 공림사 개간본 이외에 5종의 이본이 전한다. 이 의궤는 연산군 때 1회, 명종 때 2회, 선조 때 1회, 인조 때 1회 등 5회나 발간되었다.

2) 『天地冥陽水陸齋儀』는 선조 19년(1586) 황해도 곡산 불봉암 개판본과 인조 20년(1642) 나주 용진사에서 개판한 이본이 전한다. 지금까지 선조 때 1회, 인조 때 1회 정도 간행된 것이 밝혀졌다.

3) 『天地冥陽水陸齋儀纂要』는 중종 24년 충청도 무량사 개간본과 중종 26년 대중사 개간본 외 17종의 이본이 있다. 선조 4년(1571) 전라도 강진 무위사 개판본, 효종 10년(1659) 경상도 서봉사 개간본, 숙종 20년(1694) 경상도 해산사 개간본 등이다. 중종 때 2회, 명종 때 2회, 선조 때 3회, 인조 때 4회, 총 15회나 발간되었다.

4) 『水陸無遮平等齋儀撮要』는 왕실간행본 이외 23종 이본과 선조 7년(1574) 충청도 은진 쌍계사 개간본, 전라도 대광사와 경상도 선본사 개판본, 강원도 문수사 개판본 등이 전한다. 이 의궤는 중종 때 4회, 명종 때 1회, 선조 때 6회, 광해군 때 1회, 인조 때 4회, 현종 때 1회, 숙종 때 2회, 총 19회나 발간되어 가장 널리 유통되었다.

5) 『天地冥陽水陸齋儀梵音删補集』은 숙종 35년(1709) 전라도 곡성 도림사 개간본과 경종 1년(1721) 경기 양주 삼각산 중흥사 개간본이 편찬된 이후 6종의 이본이 유통되었다.

6) 『天地冥陽水陸雜文』은 중종 26년(1531) 전라도 순천 송광사 개판본과 인조 13년(1635) 경기도 수청산 용복사 개간본이 대표적 이본이다.[20]

7) 『勸供諸般文』은 선조 7년(1574) 석왕사에서 개판한 이본만이 발견되었지만, 보다 널리 유통되었으리라 본다.

20 이기운, 「조선후기 수륙재의 설행과 천지명양수륙재의범음산보집의 편찬의도」, pp.98-99; 미등, 「수륙의례문의 유형」, 『국행수륙대재』, pp.23-41.

8) 『眞言勸供』은 연산군 2년(1496) 왕실에서 개판한 것만이 전하는데, 더 많은 이본이 유통되었을 것이라 추정된다.[21]

　그리고 이 수륙재의 실황을 묘사하고 그 의궤를 대신하는 위 『甘露幀』이 전국 각지 사찰과 박물관 내지 개인소장으로 많이 현전하여 매우 중시된다. 그것이 당시의 수륙재의 실상과 그 의궤의 유통을 실증하고 있기 때문이다. 그 제작사·연대와 소장처를 열거하면 다음과 같다.

　1) 약선사장 감로탱 ; 1589년, 奈良國立博物館

　2) 조전사장 감로탱 ; 1591년, 日本 朝田寺

　3) 보석사 감로탱 ; 1649년, 국립중앙박물관

　4) 청룡사 감로탱 ; 1682년, 안성 청룡사

　5) 남장사 감로탱 ; 1701년, 상주 남장사

　6) 해인사 감로탱 ; 1723년, 합천 해인사

　7) 직지사 감로탱 ; 1724년, 개인소장

　8) 귀룡사 감로탱 ; 1727년, 동국대박물관

　9) 쌍계사 감로탱 ; 1728년, 하동 쌍계사

　10) 운흥사 감로탱 ; 1730년, 경남 고성 운흥사

　11) 선암사 감로탱 ; 1736년, 전남 선암사

　12) 여천 흥국사 감로탱 ; 1741년, 개인 소장

　13) 선암사 감로탱 ; 화기 없음, 전남 선암사

　14) 원광대박물관 소장 감로탱 I ; 1750년

　15) 국청사 감로탱 ; 1755년, 기메미술관

21 박세민, 『한국불교의례자료 총서』 I , p.436, 652.

16) 자수박물관 소장 감로탱 ; 18세기 중엽

17) 안국사 감로탱 ; 1758년, 개인소장

18) 봉서암 감로탱 ; 1759년, 호암미술관

19) 원광대박물관 소장 감로탱Ⅱ ; 1764년

20) 봉정사 감로탱 ; 1765년, 개인소장

21) 신흥사 감로탱 ; 1768년, 호암미술관

22) 통도사 감로탱Ⅰ ; 1786년, 양산 통도사

23) 용주사 감로탱 ; 1790년, 개인소장

24) 고려대박물관 소장 감로탱 ; 18세기 말

25) 관룡사 감로탱 ; 1791년, 동국대박물관

26) 은해사 감로탱 ; 1792년, 개인소장

27) 호암미술관 소장 감로탱 ; 18세기 말

28) 홍익대박물관 소장 감로탱 ; 18세기 말

29) 백천사 운대암 감로탱 ; 1801년, 망월사

30) 수국사 감로탱 ; 1832년, 기메미술관

31) 흥국사 감로탱 ; 1868년, 수락산 흥국사

32) 경국사 감로탱 ; 1887년, 경국사

33) 불암사 감로탱 ; 1890년, 불암사

34) 봉은사 감로탱 ; 1892년, 봉은사

35) 지장사 감로탱 ; 1893년, 지장사(구 화장사)

36) 보광사 감로탱 ; 1898년, 보광사

37) 청룡사 감로탱 ; 1898년, 삼각산 청룡사

38) 백련사 감로탱 ; 1899년, 백련사

39) 통도사 감로탱Ⅱ ; 1900년, 통도사

40) 신륵사 감로탱 ; 1900년, 여주 신륵사

41) 대흥사 감로탱 ; 1901년, 순천 대흥사

42) 원통암 감로탱 ; 1907년, 고려산 원통암

43) 청련사 감로탱 ; 1916년, 청련사

44) 사명암 감로탱 ; 1920년, 통도사

45) 흥천사 감로탱 ; 1939년, 정릉 흥천사

46) 온양민속박물관 소장 감로탱 8폭 병풍 ; 20세기 전반[22]

이와 같이 이 수륙재의궤와 『감로탱』이 전국 각지 사찰을 중심으로 조선시대에 걸쳐 널리·오래 유통되어 성황을 보여 왔다. 이러한 의궤와 불화가 성황리에 시공의 유통망을 형성하여 온 것은 역대 수륙재의 실상과 그 의궤의 활용양상을 그대로 실증하는 터라 하겠다. 그리하여 이 의궤의 유통양상 내지 유통망이 바로 그 불교문화사 내지 한국문화사상의 중대한 위상을 보증하는 것이라 보아진다.

3. 수륙재의궤의 연극적 공연양상

1) 수륙재의 연극적 공연

잘 알려진 대로 모든 불교의례는 다 연극적으로 공연되어 왔다.[23] 일체의 불교진리는 이런 종합예술적 공연을 통하여 모든 중생·대중을 교화·구제하는 데에서 최상의 성과를 거두어 왔기 때문이다. 기실 이 수륙재는 그 철학·사상적 주제·내용이나 공연의 규모·구성과 예술적 실상 등으로 보아 불교재의 중에서 가

---

22 강우방·김승희, 『감로탱』, p.58.

23 曲六乙, 「宗教祭祀儀式·戲劇發生學的意義」, 『西域戲劇與戲劇的發生』, 新疆人民出版社, 1992, pp.17-18.

장 빼어난 의례다. 따라서 이 수륙재의 실연이 가장 풍성하고 완벽한 종합예술적 공연을 지향하여 왔던 것이다. 그러기에 이 수륙재의 실연이 그대로 연극적 공연의 실상을 드러내고 있는 터라 하겠다. 일찍이 모든 제의는 연극적으로 공연된다는 정론 아래서 제의극의 이론과 실제가 정립되었거니와,[24] 따라서 모든 불교재의의 실연이 연극적 공연으로 '불교재의극' 내지 '불교연극'이라는[25] 이론과 실제가 성립되어 있는 게 사실이다.[26]

그러기에 이 수륙재는 그다지 저명한 불교재의로서 그 공연을 통하여 바로 불교연극의 실상을 보여 주는 것이 확실한 터다. 기실 이 수륙재의 공연은 적어도 보편적인 연극의 요건으로 그 무대와 등장인물, 대본과 관중이 완비되어 있기 때문이다. 먼저 그 무대가 너무도 장엄하고 찬연하다. 그 장중한 사찰이나 풍경이 절승한 강변·해변을 배경으로 시련소·대령소·관욕소와 사자단·오로단·상단·중단·하단·고사단 및 소대 등이 온갖 지화로 꾸며지고, 다양한 불화·탱화로 장식되며, 수많은 번으로 느려지고 갖가지 형형색색의 공양물이 벌어지며 심지어 하늘까지 오색 천으로 짜이고 있다.

다음 그 등장인물들이 다양하고 위력적이다. 그래서 전능의 위신력을 구족한 제불보살과 옹호·보좌의 권능을 구비한 제신중이 봉청되고, 법력·기능을 갖춘 증명·법주·어장·의식승·작법승 등 제반소임과 신심·정성을 드리는 재주·신도들이 동참한다. 그리고 이 재의의 주인공인 수륙·공중의 모든 무주고혼·원혼 등이 아귀를 대표로 하여 살벌하게 등장한다. 이들 만령들은 대략 24가지 유형의 비극적 사건으로 비명·횡사하여 비통·원한을 품고 허공을 떠돌며 온갖 재난과 흉사를 일으킬 수도 있는 강세를 띠고 있는 터다.

24 田仲一成, 『中國祭祀演劇研究』, 東京大學 東洋文化研究所, 1981, pp.7-8.

25 陳宗樞, 『佛敎與戲劇藝術』, 天津人民出版社, 1992, pp.38-40.

26 사재동, 「불교연극서설」, 『한국공연예술의 희곡적 전개』, 중앙인문사, 2006, pp.195-197; 「영산재의궤범의 희곡적 전개」, 위의 책, pp.678-680.

그리고 이 의궤·대본이 완비되어 있다. 전술한 대로 이 대본은 오랜 전통을 계승·발전시키고 그 공연의 연극적 효능을 증진시키는 방향·방법으로 개변·완성된 극본이기 때문이다. 실제로 이 대본은 그 재의의 공연을 연극적으로 진행시키는 지침서요 연출계획서로서 완벽한 것이라 하겠다. 끝으로 이 수륙재의 공연에는 수많은 관중이 운집하여 왔다. 거의 전국적인 승려들과 유관 신도들은 물론, 일반 민중과 걸인까지도 다 모여 대성황을 이루었기 때문이다. 그리하여 이 수륙재는 불교연극 내지 일반연극의 모든 조건을 완비하여 거창하고 훌륭한 연극의 면모를 보여 주었던 것이다.

2) 연극적 공연의 실제

　이 수륙재의 연극적 공연은 크게 서막에 이어 4막 그리고 여막의 규모로 진행되는 터다. 위 재구된 원전에서 1) 설회인유편부터 5) 주향공양편까지 서막이요, 6) 시련의식편부터 8) 괘불이운편까지 제1막이요, 9) 소청사자편부터 14) 소청상위편을 거쳐 19) 현좌안위편까지 제2막이요, 20) 소청하위편부터 28) 선양성호편을 고비로 29) 설시인연편을 거쳐 34) 발사홍서편까지 제3막이요, 34) 사사귀정편부터 40) 봉송육도편까지 제4막이요, 41) 대중공양편이 여막이라 하겠다. 이들 막은 각기 독자적인 연극으로 성립되면서, 그 전체가 유기적으로 연결되어 필연적인 극정을 원만하게 전개시키고 있다. 이에 그 막별로 연극적 실상을 살펴보겠다. 여기서는 현재까지 삼화사·진관사·백운사에 전승되는 수륙재의 공연실태를 참조할 것이다.[27]

---

27 삼화사 수륙재(국가중요무형문화재 제125호), 국행수륙대재설행(2014.10.17-19) 현장답사. 미등, 「수륙의례 설행」, 『국행수륙재』 참조. ; 진관사 수륙재(국가중요무형문화재 제126호) 진관사 제공, 삼각산 진관사 국행수륙무차평등대재(동영상). 홍대한 등, 『진관사 수륙재의 민속적 의미』 참조. ; 『백운사 수륙재』(국가중요무형문화재 제127호), 석봉(주지·어장)해설(2014.10.21). ; 『천지명양수륙대재』(동영상, 2012.10.13-14). 혜일명조, 「아랫녘 수륙재」, 『수륙재』, 일성출판사,

(1) 서막에서

이 수륙재의 3소 및 7단이 설치된 장엄 도량에서 법주·의식승·작법승·취타와 신도 대중이 불단을 향하여 법주의 이름으로 이 수륙재를 설판하는 연유를 음악적으로 고유한다. 이어 의식승의 주도로 목탁성에 맞추어 모두 「신묘장구대다라니」를 합송하고, 「정삼업진언」과 「계도도장진언」·「삼매야계진언」을 염송하여 동참자 모두의 심신을 청정히 한다. 이 진언은 범성으로 염송되고 증명법사의 수인이 신비롭게 연출된다. 이하 모든 진언은 모두 이와 같이 예술적으로 연행된다. 그리고 이 도량의 팔방과 각소·각단을 정결케 하는 기도를 올린다. 그 의식승이 이 도량을 청정히 해달라는 기도문에 이어 물을 뿌려 마귀를 떨쳐내는 다라니를 염송하고, 「개단진언」·「건단진언」을 거쳐 「결계진언」을 범성으로 염송하여, 이 수륙재의 도량이 신성하고 청정하게 이룩되었음을 확인한다.

그리고 모든 동참자와 천지·수륙의 만령이 보리심을 내도록 의식승의 기도문과 함께 「발보리심진언」을 합송한다. 이어 의식승이 향을 피워 올리는 정성과 효능을 고유하고 「분향진언」을 염송한 다음. 실제로 계향·정향·혜향·해탈향·해탈지견향을 피워 광명운대와 주변법계에 충만한 삼보전에 공양한다. 이로써 이 수륙재의 도량과 각소·각단은 완전히 청정하고 향기롭게 정화되어 그 연극적 공연의 '발단'을 이룬다.

(2) 제1막에서

위 동참자들이 나무대성인로왕 번기를 앞세우고 주관사 사령·취타·의식승·작법승·순도기·영기·순기·청룡기·황룡기·일월선·봉황선·일산·연·불패·다기·오방번기·항마진언번기·청사초롱과 참석대중 순으로 장엄하게 도열하고[28]

2013 참조.

28 미등, 앞의 책, pp.57-58.

5번의 타종에 따라 불단에서 출발하여 일주문 밖 시련소로 행렬하니, 그 자체만도 극적인 장엄성을 연출한다.

그 시련소에 도착하여 그 의식을 연극적으로 공연한다. 그 제단을 배경으로 불보살과 신중을 청하여 이 자리에 모시고 간단하게 차 공양을 올리고 수륙도량으로 모시는 절차가 진행된다. 먼저 「신묘장구대다라니」를 독송하여 천수바라무를 추고, 「옹호게」를 가송하여 의식이 시작된다. 이어 「헌좌게」를 가송하며 부처님께 극진한 예를 표하고 찬탄하는 요잡바라무를 춘다. 이어 「다게」를 염송하며 나비무를 춘다. 이제 그 불보살·신중을 정성껏 모셔야 하기에, 「행보게」를 가송하여 그 출발을 고하고, 「산화락」을 불러 불보살·신중의 가는 길에 꽃을 뿌려 청정하게 결계하는 의미를 나타낸다. 이어 '나무대성인로왕보살마하살'의 찬탄·예경을 마치고 취타와 함께 인성으로 이전의 행렬에 따라 수륙도량을 향하여 그 연을 모시고 이동하니,[29] 이 장면 그대로가 연극적 공연이다. 그 행렬이 상단에 도착하면, 인성과 음악을 멈추고 「영취게」와 「보례삼보」를 가창하며 나비무와 요잡바라무를 추고 마무리된다. 여기서는 게송·진언의 가창과 해당 작법무가 합세하여 가창·가무가 주류를 이루어 연극적 공연이 강화되고 있다.

한편 대령소에서는 그 재단을 배경으로 천지·명양·수륙·허공 제방의 무주고혼·원혼·아귀 등 만령을 초치하여 위패로 모시고 간단하게 음식을 대접하며 하단의식이 진행될 때까지 기다리게 한다. 말이 위패지 그 만령들은 모두가 비극과 원한에 사무친 행적을 가지고 온갖 흉모와 악취가 가득하여 흉칙한 아귀로 대표된다. 그래서 그들은 인간계에 재난과 불행을 불러일으킬 수 있는 무서운 존재로 파악·인식된다. 이에 그들을 일단 안정시키는 의례가 시작된다. 그래서 먼저 「거불」하여 극락도사 아미타불과 관세음보살·대세지보살, 접인망령

---

29 이 시련의식에서 성현의 연에 이어 그 만령을 가마에 태우고 뒤따르는 경우가 있다.

대성인로왕보살을 소청하여 그 위신력으로 그 만령을 제압하는 터다. 이어 법주가 소문을 음악적으로 읽어 수륙재에 그 만령을 소치하는 취지를 밝히면서 더욱 그 안정을 찾는다. 동참한 승려 2인이 그 소문을 양쪽에서 펴 들고 법주가 나와서서 음악성으로 낭독하는 광경이 가관이다. 거의 모든 소문은 이런 식으로 읽는다. 이어 「지옥게」를 가창하여 지옥문을 열고, 거기서 나온 만령들을 위하여 「착어」로써 설법·위무하며 「진령게」를 가송한다. 이어 「파지옥진언」·「멸악취진언」·「보소청진언」을 거듭 음송하고, 「유치」로써 그 만령을 소청하여 수륙재를 여는 취지를 설파한 다음, 인로왕보살이 강림하여 만령의 집합을 인증해 달라는 「청사」를 낭독한다. 이어 「가영」을 송창하고, 「다게」를 가창하여 차를 올리고, 「고혼청」으로써 그 만령을 일심 봉청한 다음, 다시 「가영」을 베푼다. 끝으로 법주가 경건한 일심으로 만령을 소청하여 공양하는 모두의 정성을 받아 들여 안정하라는 기원을 드린다. 그 게송·진언·기원문 등이 간절하다. 이로써 대령의식의 실제가 상당한 비극적 분위기와 함께 가창과 가무·강창·대화 중심의 연극적 실상을 드러내고 있는 터다.

　나아가 그 상단의 위의와 권능을 극대화하기 위하여 괘불을 수륙도량으로 이운한다. 이 이운할 일행이 취타와 함께 상단 앞에서 출발하여 평소 괘불이 모셔져 있는 곳으로 이동한다. 그 괘불 앞에 이르면 천수바라무를 추어 의식이 진행될 공간을 청정히 하고 참석 대중의 심신을 깨끗이 한다. 먼저 「옹호게」를 가창하며 바라무를 추어 신중의 보살핌을 발원하고, 「찬불게」를 가송하며 나비무를 추어 부처님을 찬탄한 다음, 「출산게」를 가창하여 출발을 준비한다. 그 이운이 시작되면 「염화게」를 가송하여 꽃을 공양하고, '나무영산회상불보살'을 합송한다. 그 괘불이 이운되는 길에 꽃을 뿌리는 의식으로 「산화락」에 상응하여 요잡바라무를 추고, 이어 취타와 인성으로 수륙도량에 이르는데, 그 법주와 의식승, 취타와 작법승, 괘불·동참 대중으로 이어지는 그 행렬이 그대로 연극적 공연의 면모를 보인다. 이 괘불이 상단에 도착하면 취타와 인성을 그치고, 「등상게」를 가창하며 의식을 통하여 괘불을 단상에 모셔 펼쳐 올린다. 그리고 괘불 앞에서 「사무량게」를 가창하고, 법주를 중심으로 둥그렇게 둘러서서 범패에 맞추어 바라무를 춘다. 이어 「영산지심」을 가창하며 요잡바라무를 춘다. 끝으로 괘불을 모시고 수륙법회를 열게 된 동기·취지·발원 등을 밝히는 「건회소」를 법주가 음악성으로 낭송한다. 이 괘불의식의 공연 자체가 가창·가무·강창·대화로 이어지는 연극적 면모를 보인다.

여기서는 시련·대령·괘불 등 일련의 의식이 가창·가무·강창·대화의 연극적 형태를 보이며 그 수륙재의 준비단계를 마무리한다. 이로써 제1막은 그 연극적 공연 전체의 예비적 단계, '예건의 설명'을 다하고 있는 터다.

(3) 제2막에서

먼저 사자단에서 「거불」로 삼보를 봉청하고 태징과 바라를 울리며 의식을 시작한다. 「진령게」를 가창하고 「소청사자진언」을 음송하여 사직사자를 소청한다. 이어 「유치」로써 이 의식을 거행하는 취지를 설파하고 「청사」로써 사자들을 일심으로 봉청한 다음, 「가영」을 송창한다. 그리하여 사자들이 안좌하기를 고유하고, 「헌좌게」의 가창에 이어 「헌좌진언」을 송념하며, 「정법계진언」을 연창한다. 이에 사자들이 안좌하면 「다게」를 송창하며 차를 공양하는데, 여기에 맞추어 나비무를 춘다. 이어 「진공진언」과 「변식진언」·「시감로수진언」·「일자수륜관진언」 등이 연송되는 가운데 공양을 올리며 그에 상응하는 바라무를 춘다. 그리고 「오공양」을 염송·설화하며 향·등·다·과·미 등을 올리고, 「가지게」를 가창하여 사자들을 칭송·격려한다. 이어 「보공양진언」과 「보회향진언」·「소재길상다라니」·「원성취진언」·「보궐진언」 등을 연창하면서, 그 사자들이 팔방 법계에 이 수륙재를 전달하고 안내하라는 「행첩소」를 낭송하여 그 임무를 주지시킨다. 그리고 이 사자들을 봉송하는 의식이 진행된다. 먼저 사자들의 임무를 재당부하고, 이제 떠나야 한다는 소문을 낭송하며, 「봉송진언」을 음송하고 「봉송게」를 가창함으로써 사자들을 봉송한다. 마지막으로 사자들이 지참하는 「행첩소」와 그들이 타고 가는 말을 소각하여 올린다. 여기서는 사자들이 생동하며 시종 가창·가무·강창·대화 중심으로 연극적 공연이 이루어지고 있다.

그리고 오로단에서 5방의 오제 신위를 소청·공양하여 법계 오로를 개방하고 만령 등이 회집하는 데에 걸림이 없게 하는 의식이 진행된다. 먼저 「거불」로써 삼보를 봉청하고 「개통오로소」를 낭송하여, 이 의식을 봉행하는 취지를 고유한다. 이어 「진령게」를 가창하고 「보소청진언」을 음송한 다음, 「유치」를 낭송하여 오방 오제를 소청하는 목적을 설파하고, 그 신위가 이 재단에 강림하기를 삼청한다. 다시 「청사」를 염송하여 그 오제가 기필코 강림하기를 일심으로 간절히 앙청한 다음, 「가영」까지 송창하니 그 문사가 간절하다. 그리하여 강림한 오제에게 법좌를 바쳐 안좌하기를 기원하며, 동참자 모두 「신묘장구대다라니」를 가송하면, 이에 상응하여 천수바라무를 춘다. 이어 「헌좌게」와 「헌좌진언」을 연창하고, 안좌한 오제에게 「다게」를 가창하며 나비무를 추면서 차를 올린다. 이어 「진공진언」과 「변식진언」·「감로수진언」·「일자수륜관진언」·「유해진언」을 연송하면서 요잡바라무를 함께 춘다. 그리고 「오방찬」·「오공양」의 찬탄·헌사를 올리며, 「가지게」에 이어 「보공양진언」·「보회향진언」·「소재길상다라니」·「원성취진언」·「보궐진언」·「개통도로진언」을 연송하면서 모두 마무리된다. 여기서는 오방오제가 그대로 생동하며 다양하고 숭고한 게송과 기원·고유문 등이 작법무와 어울려 가창·가무·강창·대화 중심으로 공연되는 연극적 면모를 보인다.

나아가 상단에서 불보살과 성문·연각 등 사성을 소청하여 모시고 공양을 올린다. 먼저 상단에 예경·기원하고 참석 대중과 함께 『천수경』을 합송하며 천수바라무를 춘다. 「거불」로 삼신불을 받들고, 「상위소」를 염송하여 수륙재를 여는 취지를 고유하며, 삼보님이 상단에 강림하여 증명하시라 봉청한다. 이어 요령을 울리며 「진령게」를 가창하여 무변 불성이 모두 기꺼이 회집하기를 기원하고, 「청제여래진언」과 「청제보살진언」·「청제성현진언」·「봉영차로진언」을 연송하면서 이에 상응하는 작법무를 춘다. 그리고 「유치」를 낭송하여 이 재의를 열게 된 사유를 고유하고, 제불보살과 모든 성현들이 강림하시기를 청원하며, 「청사」를 근독하여 삼보님이 이 상단에 강림하시어 이 법회를 증명하시라고 기원한다. 그리하여 보배와 향으로 마련한 자리에 불보살과 연각·성문께서 안좌하시라 고유·간청하고, 「헌좌게」를 가창하며 「헌좌진언」을 음송한다. 이어 「다게」를 가송하고 나비무를 추면서 다를 공양한다. 이에 안좌한 불보살·성중께 경배·공양을 올린다. 먼저 경건하고 간절한 고유문을 낭송하여 올리고, 「사무량게」와 「사자게」를 가창하며, 「삼정례」를 올리고 「오자게」를 가송한 뒤에, 「가지변공」을 아뢴다. 그러면서 「변식진언」과 「시감로수진언」·「일자수륜관진언」·「유해진언」을 연송하면서 이에 상응하는 작법무를 춘다. 그리고 「오공양」을 아뢰고, 「운심공양게」를 가송하며 「운심공양진언」을 음송하면서, 향·등·다·과·미 등 오종 공양을 올린다. 계속하여 「보공양진언」·「보회향진언」·「소재길상다라니」·「원성취진언」·「보궐진언」·「석가여래종자심진언」 등을 연송하고 그에 상응하는 작법무를 춘다. 마지막으로 「정근」에 이어 「찬불게」를 가창하고 모두 참회하면서 다 같이 성불하기를 서원한다. 이로써 상단의 불보살·성문·연각 등이 생동하여 그 위신력과 권능을 발휘하여 그 만령을 위무·제도할 수가 있다. 이러한 극정이 시종 아름답고 감동적인 가창과 가무·강창·대화를 주축으로 연극적 공연으로 이어지는 것이다.

한편 중단에서 법계의 일체·신중을 소청하여 모시고 공양을 올린다. 먼저 「거불」로써 「중위소」를 염독하여 24부류의 신중에게 이 수륙재를 여는 취지를 고유한다. 먼저 요령을 울리며 「진령게」를 가창한 다음, 「소청삼계제천진언」과 「소청오통제선진언」·「소청일체천룡진언」·「소청일체선신진언」·「소청

염마라왕진언」등을 연송하며 이에 맞는 작법무를 춘다. 이어 「유치」를 낭독하여 이 중단에 강림하실 당위성을 역설하고 바로 「청사」로써 그 신중들이 친이 강림하시기를 일심으로 봉청한 다음, 「가영」을 베풀어 감흥을 돋운다. 그리하여 운집한 일체 신중들이 상위 삼보님께 예경·참배한다. 먼저 일체 신중이 경배하는 취지를 고유하고 「보례게」를 합창하여 「삼정례」를 아뢰며 세 번 일심으로 정례를 올린다. 이어 「오자게」를 합송하고 「오자진언」을 음송하여 마무리한다. 그리고 이 일체 신중들은 중단에 안좌하여 공양을 받는다. 먼저 헌좌·공양하는 연유를 아뢰고, 「헌좌게」를 합창하며 요잡바라무를 추고 「헌좌진언」과 「정법게진언」을 연송한다. 「다게」를 가송하며 바라무를 추는 가운데 차를 올린다. 다음 「가지변공」을 알외고 나비무를 추며 「변식진언」과 「시감로수진언」·「일자수륜관진언」·「유해진언」을 연송하며 작법무를 춘다. 이어 「오공양」을 거양하고 향·등·다·과·미를 공양하며, 「보공양진언」과 「보회향진언」·「소재길상다라니」·「원성취진언」·「보궐진언」·「멸정업진언」을 연송하고, 「탄백」으로 일체 신중들의 위용을 찬탄하면서 마무리가 된다. 여기서는 일체 신중이 운집하여 생동·현현하고, 그 권능을 갖추는 극정이 가창과 가무·강창·대화 중심으로 고조되어, 그 연극적 공연의 실상을 보인다.

이로써 위 사자단과 오로단, 상단과 중단에 걸치는 일연의 의식·재례를 통하여 등장인물들이 생동화하고, 그 위신력·권능을 완비·발휘하는 실상이 가창·가무 내지 강창·대화를 주축으로 공연됨으로써 연극적 면모를 보여 준다. 따라서 이 제2막은 전체 극정의 흐름에서 그 사건을 유발하는 과정이니, 그 '유발전 사건'의 단계라고 하겠다.

(4) 제3막에서

이 하단에서 무주고혼·애혼·아귀 등 만령을 소청하여 본격적인 공연이 벌어진다. 먼저 「거불」로써 아미타불·관세음보살·대세지보살을 봉청하고, 「하위소」를 낭독하여 이 하단의식을 하게 된 사유·취지를 고한다. 이어 요령을 울리며 「진령게」를 가창하고 「파지옥진언」과 「멸악취진언」·「소아귀진언」· 「구소제악취중진언」·「보소청진언」 등을 연송한 다음, 「유치」를 낭독하여 그 비극적 만령에게 이 도량 하단에 운집하여 찬식과 법식을 받으라고 알린다. 그리고 특별히 「고혼도청」을 낭독하여 대강 24부류의 만령을 모두 일심으로 봉청한다. 이에 대령소에서 대기하던 그 만령이 등장·현신하니 실로 비극적 사건의 총집성으로 보복·행패의 불안·공포가 폭발 직전이다. 그러나 위로 제불보살·성현의 위신력과 일체 신중, 오방 오제의 권능에 둘러 싸여 겨우 안정을 찾는다.[30] 이에 그 만령은 관욕실로 향한다. 먼저 그들을 향욕실로 안내하는 간곡한 기원을 하고, 「신묘장구대다라니」를 합송하며 천수바라무를 춘다. 그리고 「청로진언」을 음송하고 「입실게」를 가창하여 그 만령을 향탕으로 들게 한다. 이어 그 만령에게 그간에 입은 비극·원한·고통 등의 모든 때를 깨끗이 닦고 심신을 청정히 하여 상락향에 들라고 기원하며 「관욕게」를 가창한다. 이어 「목욕진언」과 「작양지진언」·「수구진언」·「세수면진언」 등을 연송하면서 바라무를 춘다. 이제 그들이 목욕을 마쳤으니 옷을 갈아입으라고 기원한다. 그리하여 「화의진언」과 「수의진언」·「정의진언」을 가창하고, 따라서 그들은 심신을 청정히 한 다음, 깨끗한 옷을 받아 입어 단정히 차린다. 그리고 그들에게 욕실에서 나와 상위 성중과 중위 신중에게 예참하라고 작법무를 춘다. 이어서 그들이 삼보성중께 예경하도록 지시하고 그 공덕이 무량함을 역설한다. 그들은 예경을 마치고 하단에 자리를 잡아 안좌하니, 「안좌게」를 가송하고 「안좌진언」을 음송한다. 이제 그 안좌한 만령의 이름으로 법계의 무진 삼보전에 공양을 올린다. 이에 그 취지를 고하고, 「정법계진언」과 「변식진언」·「출생공양진언」·「헌향진언」·「헌등진언」·「헌화진언」·「헌과진언」·「헌수진언」·

---

30 이런 광경이 모든 『감로탱』의 주제로 그려져 있다. 강우방·김승희, 『감로탱』 도판 참조.

「헌병진언」·「헌식진언」·「운심공양진언」 등을 연송하니 작법무가 따른다. 이 제 그들이 불자로서 오여래의 성호를 선양하게 된다. 「나무다보여래」와 「나무 묘색신여래」·「나무광박신여래」·「나무감로왕여래」 등을 선양하여 각기 진언 을 음송하여 그 공덕을 높이 찬탄한다. 이로써 그 비극적 만령들은 불자로 승화 되었지만, 오로지 그동안에 먹지 못하여 아귀의 고통만은 해탈치 못하고 더욱 치성해져 입과 눈에서 불이 솟구치게 된다. 따라서 그 동안의 승화과정이 실제 로 전체 극정의 절정을 지향하는 상승적 역할을 하면서, 가창·가무·강창·대화 중심으로 연극적 공연양상을 강화한다. 그리하여 이 과정은 전체의 연극적 진행 과정에서 '상승적 동작'에 자리하는 터다.

이제 이 아귀로 대표되는 만령 불자들에게 법사가 인연법을 설시하고 「십이 인연진언」을 세 번 합송한다. 그리고 만령에게 마지막 남은 아귀업보를 없애 고 원결을 풀라고 기원하면서 「멸정업진언」과 「해원결진언」을 합송한다. 이 제 그들이 진실로 해달의 경지에서 찬식공양을 받게 된다. 그리하여 「변식진 언」과 「시감로수진언」·「일자수륜관진언」·「유해진언」을 연송하고 그 작법무 를 추면서, 그들이 직접 풍성한 시식을 선열로서 받는다. 그러기에 「시귀식진 언」·「보공양진언」이 명쾌하게 합송된다. 여기서 그들은 실제적 주인공으로서 찬식과 법식을 받고 완전한 해탈·법열을 누린다. 그들은 마침내 미진한 업장 을 참회·초탈하고 나아가 불보살 성현중을 향하여 「사홍서원」을 세우며 법열 에 넘쳐 모두 환성을 지른다. 이로써 이 수륙재의 극정은 절정에 이른다. 그 아 귀로 대표되는 비극적 만령이 불보살·성현들의 위신력과 신중들의 권능과 시 식으로써 해탈·법열의 불자로 거듭났기 때문이다. 이러한 일련의 과정이 가창 과 가무·강창·대화를 중심으로 연극적 공연의 절정을 보여 주는 데에 조금도 부족함이 없다. 따라서 이 부분은 전반부의 '상승적 동작'에 이어 전체 극정의 '절정'을 이루고 있는 게 확실하다.

(5) 제4막에서

　이제부터는 그 불자 만령이 청정·편안하여 동참자들과 더불어 삼귀의계를 받는다. 먼저 이 수계의 중요성을 설파하고 '귀의불·귀의법·귀의승'을 세 번 염창하며 삼귀의계를 받고, 「귀의삼보진언」을 합창한다. 이어서 그들은 오계를 받고 엄수할 것을 다짐한다. 먼저 오계를 받는 중요성을 강조하고 법사가 '불상생·불투도·불사음·불망어·불음주'의 오계를 들어 설하고 '능히 지키겠느냐' 하면, 그들은 '능지'라고 대답·맹세한다. 나아가 그들은 육바라밀의 수행을 다짐한다. 우선 육바라밀 수행의 중요성을 설파하고, 모두 그 수행의 실천을 다짐한다. 나아가 그들 모두는 장편 게송으로 삼보를 찬탄·경신하고 노래하며 작법무를 춘다. 이로써 이 재의의 연극적 공연은 극정의 하강적 국면을 연출한 것이다. 이 과정이 가창과 가무·강창·대화 중심으로 공연되어 연극적 실상을 보이면서, 전체 극정의 '하강적 동작'에 자리하고 있는 터다.

　이제 수륙재는 회향단계로 접어든다. 모두가 장편 게송으로 이번 재의의 원만 회향을 송축하고, 이 도량에 강림한 상위·중위·하위 모든 대상을 찬탄하며 요잡바라무를 춘다. 이어 「보례게」를 가창하고 「행보게」를 가송하여 모두가 소대로 향하여 움직인다. 이 장엄한 행렬이 가는 길에 「산화락」을 가창하며 꽃을 뿌리고, '나무영산회상불보살'에 이어 「법성게」를 합창한다. 그 현장에서 여기에 강림하신 삼단의 대상을 보내는 기도문을 낭독하여 올리고 「삼단도배송」의 장편게송을 합창한 후에, 「봉송진언」과 「상품상생진언」·「보회향진언」을 연송한다. 이어 「파산게」와 「귀의삼보」·「자귀의삼보」를 합창하고 「삼회향」을 거쳐 「회향게」를 가창하면서 이 재의가 마무리된다. 끝으로 하단의 신번·오여래번·삼도위패·화개·지전, 중단의 삼장보살패·주망공사·지화, 상단의 불패·번·화개·지화 순으로 소각하여 보낸다. 그리고 「회향소」를 통하여 대중들은 경건하고 정성스러운 마음으로 성중의 가르침을 받들고 일심으로 머리 숙여 회향을 찬탄한다. 이로써 이 재의는 원만하게 마무리되며 여운을 남긴다. 이 과정은 시종 가창과 가무·강창·대화를 중심으로 연극적 공연을 통하여 원만 회향을 연출한다. 따라서 이 부분은 전체 극정의 '대단원'을 장식하는 터다.[31]

(6) 여막에서

이 수륙재를 원만 회향한 승속 사부대중은 성취·경축의 대중공양으로 들어간다. 법주나 주지의 회향 덕담에 이어 삼단에 공양한 성찬을 음복하며, 축하·법열의 연극적 공연을 한다. 그 대중이 가창·가무·강창·대화하는 보편적 연행을 하고, 의식승·작법승을 중심으로 공연하는 삼회향놀이(땅설법) 등이 공연된다.[32] 나아가 외부의 국악단이나 남사당패 등을 초청하여 연극적 공연판을 벌리기도 한다. 그러기에 모든 동참자의 환희심과 감동을 자아내는 데는 이 여막의 뒤풀이가 더 효율적이었던 것이다.

이상 이 수륙재의 연극적 공연은 장엄한 무대와 다양·특출한 등장인물, 주제에 충실한 유기적 대본, 그리고 수많은 관객들로 하여 풍성한 장편 연극으로 전개되었다. 그 연극적 공연은 실제로 가창과 가무·강창·대화를 주축으로 연극의 형태를 유지하면서, 그 막별로 독자성을 유지하고 나아가 전체적인 절차·흐름을 견지·완결하였던 터다. 이에 보편적인 연극, 그 극정의 동선으로 보면 이 서막은 '발단'이요, 제1막은 '예건의 설명'이며, 제2막은 '유발적 사건'이요, 제3막은 '상승적 동작'에 이은 '절정'이며, 제4막은 '하강적 동작'에 이은 '대단원'이요, 여막은 풍성한 '뒤풀이'라고 하겠다. 이로써 이 수륙재는 전체가 서막을 비롯하여 제1막~제4막에 이은 여막으로 마무리되는 전형적이고 대표적인 장편

---

31 이상 수륙재의 진행 절차는 미등, 『국행수륙대제』를 많이 참고하였다.

32 이보형, 「삼회향(땅설법)의 공연적 특성」, 『한국불교음악의 음악적 특징』, pp.150-151.

재의극, 불교연극이라고 보아진다.

3) 연극적 공연의 장르적 전개

여기서 이 장편 불교연극의 장르적 성향을 주목할 필요가 있다. 이 연극이 그 당시의 전형적인 연극 장르와 유형적으로 상통하기 때문이다. 이미 알려진 대로 그 연극 장르는 가창 중심의 가창극과 가무 위주의 가무극, 가창과 강설 화합의 강창극, 대화와 연기 위주의 대화극, 위 각개 장르의 요건을 두루 조합한 잡합극으로 나누어진다. 이런 연극 장르에 준거하여 이 불교연극의 장르 성향을 검토하여 보겠다.

첫째, 가창극 유형에 대해서다. 위 공연에서 밝혀진 대로 이 불교연극에는 각개 막별로나 전체에 걸쳐 가창적 공연형태가 일관되어 왔다. 그 전체적 주제·사건·극정에 맞추어 적절한 계송의 가창과 신비한 진언의 음송이 가창극으로 조직·실연되었기 때문이다. 이 가창은 가사로서의 다양한 계송이 숭고한 문학성을 발휘하는 데다, 타악·삼현육각의 반주와 청아한 악곡에 의하여 가창되면서 연극적 효능을 발휘하였다. 그리고 그 진언은 본래 시가로서 불역의 신비성을 지닌 데다, 그에 상응하는 음악이 조화되어 위 가창극의 역량을 강화하고 있는 터다. 따라서 이 가창극의 장르는 각개 막을 단위로 성립될 뿐만 아니라, 전체를 통관하여 크게 정립될 수가 있다.

둘째, 가무극 유형에 대해서다. 이 불교연극에서는 각개 막을 거쳐 전체에 이르기까지 가창에 상응하여 적절한 작법무가 합세하여 조화를 이룬다. 원래 가창에는 그 무용이 어떤 형태로든지 상응·결부되기 때문이다. 이 가창과 무용이 가무극의 형태를 이루어 연극적 효능을 입체화하고 있는 게 사실이다. 기실 이 작법무는 오랜 전통과 심오한 법도를 가지고 정중동의 전아한 춤사위가 신묘한 범음·가창과 어울려 그 연극적 기능을 거룩하게 극대화하여 종교극의 영역을 역동적으로 확보하고 있는 터다. 이 가무극 형태는 각개 막별로 단형을 이룰 수가 있고, 전체적으로 장형을 이룩할 수도 있는 터다.

셋째, 강창극 유형에 대해서다. 이 불교연극에서는 가창에 상응하여 산문적 강설이 따르고 있다. 그 각개 막별로나 전체적으로 각종 소문·고유문·기원문·법문 등이 음악적으로 강설되고 가창과 어울려 연극적 효능을 입체적으로 증진시키고 있기 때문이다. 일찍이 불교계에서는 운문과 산문이 교직되어 입체화되는 강창문학이 형성·유통되고, 이를 연행하는 강창극 형태가 공연·성행되었던 터다. 따라서 이 불교연극에서 그런 강창극이 그만한 전통과 계통을 이어 공연된 것은 당연한 일이라 하겠다. 이러한 강창극 형태는 각개 막별로 단형을 이룰 수가 있고 또한 전체적으로 장형을 이룩할 수도 있는 것이다.

넷째, 대화극 유형에 대해서다. 이 불교연극에서는 각개 막별로나 전체적으로 이 공연을 주도한 법주나 재의승·작법승 등을 통하여 상위·중위·하위와의 대화가 신묘하고도 극적으로 이어져 왔다. 그것은 평상적 대화를 초월하여 극적 효능을 확장시키는 특수한 대화 형태이기 때문이다. 여기서 행해진 모든 게송과 진언, 일체 소문·고유문·기원문·법문 등이 다 그 대상의 호응·답변을 전제로 하여 그 대화적 응답을 받아냈던 게 사실이다. 실제로 어떤 형태로든지 답변이 없었다면 이 연극의 진행은 불가능했던 것이다. 일찍이 불교계에서는 '以心傳心'의 바탕 위에 '不說說 不聞聞'의 대화가 신묘한 소통의 방편이 되어 왔던 터다. 따라서 이 연극의 위 언어·문장이 이쪽의 대사로써 상대의 대답을 무언으로 받아 내어, 신통한 대화가 성립되어 왔음을 확인할 수밖에 없다. 그러기에 이 연극은 대화 중심으로 전개되어 왔음이 실증되는 터다. 기실 연극은 대화와 행동의 예술이거니와, 이 연극의 대화가 대화극 형태를 갖추고 있는 게 당연한 일이다. 그리하여 이 대화극 형태는 각개 막별로 단형을 이룰 수가 있고, 전체적으로 장형을 이룩할 수도 있는 터다.

다섯째, 잡합극 형태에 대해서다. 이 불교연극에서는 각개 막별로나 전체적으로 시종 잡합극의 면모를 보여 왔다. 실제로 이 연극에서는 가창극·가무극·

강창극·대화극의 요건을 잡합·조화시키고 있기 때문이다. 그러기에 일찍부터 이 잡합극 형태는 총합극으로서 이른바 전능극의 기능을[33] 발휘하여 왔던 것이다. 그리하여 이 불교연극은 각개 막별로 단형 잡합극이 성립되고, 전체적으로 장형 잡합극이 정립될 수가 있는 터다. 특히 이 불교연극을 장형 잡합극이라 한다면, 그 재의 도량에서 벌어진 비연극적 요건이나 언동, 대본에 없는 장면, 동참자들의 즉흥적 연행까지 삽입·포괄하여 실로 총합적인 전능극으로 행세하여 중대한 위치를 지켜 왔던 게 사실이다.

이와 같이 이 불교연극은 방대하고도 다양한 장르로 정립·전개되어 왔다. 그것은 전체적으로 장대한 잡합극으로서 총합적인 전능극의 기능을 발휘하였고, 각개 장르별로는 가창극·가무극·강창극·대화극·잡합극으로 분화·전개되었기 때문이다. 이러한 연극 장르가 상호 발전하면서 당대의 보편적 연극 장르와 교류·합세한 사실은 실로 연극사상의 큰 사건이 아닐 수 없었던 것이다.

4. 수륙재의궤의 희곡적 전개

1) 의궤의 희곡적 실상

수륙재의궤는 그 공연의 연극적 효능을 강화하는 방향으로 개변·보완된 완벽한 대본이다. 따라서 이 재의가 장편 불교연극으로 설정되고 나니, 그 의궤가 자연 그 대본·극본으로 규정될 수밖에 없다. 그리하여 이 의궤가 문학 장르 중의 희곡으로 편입되는 것은 당연한 일이다. 그렇다면 이 의궤를 희곡론에 입각하여 분석 논의할 필요가 있다.

첫째, 이 의궤는 그 주제 의식이 확고·분명하다. 이미 논의된 대로 이 의궤는

---

33 任半塘은 『唐戱弄』(漢京文化公司, 1985, p.127)에서 중국희곡을 全能類와 歌舞類·歌戱類·科白類·調弄類로 나누었다.

불교철학·사상에 입각하여 고통 속에서 헤매는 비극적 고혼·아귀 등 만령과 일체 중생을 정화·구제하여 극락세계로 승화시키는 것이 중심 주제다. 이 주제는 크게는 불교의 근본이념과 방편에 맞닿아 있고, 작게는 홍법의 대방편인 재의의 목적 그 자체이기 때문이다. 원래 불교에서 '하화중생'의 대도는 일체 재의를 통하여 그 승화·구제의 권능을 발휘하기에, 이 재의를 집성·대표하는 수륙재의 주제가 그만큼 광대·고원한 것은 당면한 일이다. 이로써 이 의궤의 주제가 문학의 보편적인 주제와 상통하면서, 그 희곡으로서의 주제 의식을 상회하고 있는 게 분명해진다.

둘째, 이 의궤는 그 희곡적 구성의 요건을 완비하고 있다. 우선 그 배경·무대가 광대무변의 우주 법계로부터 천지·수륙·허공계와 명계·양계를 거쳐 하해변 명승지나 사찰 정계에 이르러, 3소 6단 및 소대 등으로 장엄·장식되어 있다. 그 구체적인 무대는 특별히 설치·조성되어 각기 그 용도와 특성에 맞게 장쾌한 건축과 각종 불화로 장식되고 각색 번으로 장엄되며 온갖 화환·지화 등이 배치되고 갖가지 공양물이 화려하게 설치된다. 이러한 각개의 무대들이 이 재의의 연극적 공연을 위하여 유기적으로 연결되어, 그 자체만으로도 연극의 분위기를 조성하도록 설계되어 있는 터다.

이에 그 등장인물들이 다양하게 등장하여 개성적으로 연행하도록 설정되어 있다. 기실 등장인물들은 두 부류로 나타난다. 그 하나는 불보살·성중, 온갖 신중·사자나 고혼·아귀 등 만령으로서 기원 의식에 의하여 각단 무대에 강림·생동하는 존재요, 또 하나는 증명·법주·어장·의식승·작법승·취타 등 실제 인물로서 그 연극적 공연을 주도·연출하는 부류다. 여기서 실제적 주인공은 그 만령이다. 그 만령이 비극적 행적, 그 사건의 주인공으로 이 수륙재의 하단에 소청·강림하여 목욕·재계하고 성현께 경배·공양한 뒤, 찬식·법식을 받고 업장을 참회하며 사홍서원을 하고 삼귀의·오계를 수지하면서 육도를 수행하여 극락왕생하기 때문이다. 실제로 그 만령들은 24개 부류 내지 무수한 부류의 집단적 외형을 보이지만, 개별적으로 보면 모두가 비극의 주인공이요 고해의 주체들이다. 그러기에 수륙재를 생생하게 그려낸 『甘露幀』에서 그들은 아귀로 대표되어 주인공의 위치를 차지하고 있는 터다. 이어 그들의 비극적 행적, 그 사건들도 『甘露幀』의 하단에 최대한으로 다양하게 그려지고 있는 것이다. 그리고 제불보살, 무량성중은 그 위없는 위신력으로 그 만령을 교화·구제하는 방편적 역할이요, 일체 신중 등은 그 권능으로 그들을 용호·보좌하는 배역이라고 하겠다. 한편 이 연극적 공연에 동참하는 실재 인물들은 전체적으로 이 연출을 맡으며 때로는 그 만령이나 성중·신중 등의 언행·역할을 대행·연결시키는 역할까지 해 낸다. 그처럼 이 의궤는 복잡·다단한 등장인물들을 일사불란하게 명시·묘사하고 있는 터다.

그리하여 이 의궤는 그 사건진행이 장쾌·거창한 서사문맥으로 심원·비장·법열의 극정을 역동성 있게 추진하고 있다. 이런 사실은 위 연극적 공연과정에서 이미 들어났지만, 바로 이 의궤에서 그 극적인 사건진행이 명시·기술되었다. 실제로 그 등장인물들이 적절히 어울려 아름답고 고상한 시가를 가창하고 산문을 강설하며 대화를 엮어 언행하는 신비로운 교감으로 빈틈없는 사건을 추진하고 있기 때문이다. 이 사건진행의 극정은 위 연극적 공연에서 보인 그대로, 감동의 동선을 따라 도도하게 전진하도록 짜여 있다. 즉 희곡적 사건진행의 보편적 곡선에 따라 이 의궤의 사건진행은 그 서막에서 '발단' 하여. 제1막에서 '예건의 설명' 을 하고, 제2막에서 '유발적 사건' 으로 접어들며, 제3막에서 '상승적 동작' 에 잇다은 '절정' 에 오른다. 나아가 제4막에서 '하강적 동작' 에 이어 '대단원', 종결에 이르고. 여막에서 뒤풀이로 마무리된다. 따라서 이 의궤의 사건진행은 희곡적으로 완벽하게 조직·정립되어 있는 터다.

셋째, 이 의궤는 희곡적 표현·문체의 형태를 제대로 갖추고 있다. 먼저 이 의

궤의 문체는 가창체로 일관하고 있다. 실제로 각개 장면마다 게송을 가창하고
진언을 음송하고 있기 때문이다. 그 게송은 하나 같이 세련되고 의미 심중한 불
교시가요, 그 진언 역시 번역할 수 없는 신비한 가송이다. 이러한 게송과 진언
을 꽃송이처럼 배치하고 작법무를 결부시켜 입체적 가무체로 표현하면서 비단
결 같은 각종 산문을 강설하게 만든다. 그 산문은 소문·고유문·기원문 등으로
청아·간절하여 감동적 극치를 보이며, 그 시가의 가창과 어울려 강창체를 이룩
하니, 비단 위에 꽃송이를 수놓은 격이라 하겠다. 그리고 이 문체는 사실상 신
비한 대화체를 조성해 나간다. 전술한 대로 이 의궤 진행의 모든 게송·진언, 일
체 산문은 대상에게 던지는 발화다. 그 대상이 평상의 어문으로 대답하지는 않
더라도, 응당 이 쪽의 발화에 말없이 응답한 것이기 때문이다. 그러기에 이 '以
心傳心'으로 '不說說'하고 '不聞聞'하는 대화는 실로 신비하고 심오한 대화
체가 되고도 남음이 있다. 그와 같이 이 의궤의 표현·문체가 가창체와 가무체·
강창체·대화체를 입체적으로 조화시켜 잡합체로도 가능하니, 이것은 실제로 고
전희곡 문체의 전형에 그대로 부합되는 터다.

그리하여 이 의궤는 그 연극적 공연의 대본으로서 그 극본·희곡의 모든 요건
을 완비하고 있다. 그 주제의 철학·사상적 광대·심원함과 그 구성의 배경·등장
인물·사건진행 등 서사적 조직, 그 표현·문체의 아름다움·고상함이 모두 융합·
조화되어 완벽한 극본·희곡을 이룩하고 있기 때문이다. 나아가 이 의궤의 희곡
적 형태는 전체적으로나 유형별로 그 장르적 성향을 보이고 있다. 따라서 그 장
르적 전개양상을 검토할 필요가 있는 터다.

2) 희곡의 장르적 전개

이 의궤의 극본·희곡적 실상은 그 장르적 성향을 분명하게 보인다. 그것은 이
미 거론된 이 수륙재의 연극적 공연이 불교연극으로 규정되면서, 그 장르가 가

창극과 가무극. 깅창극과 대화극. 그리고 잡합극으로 분화·독립된 것에 근거하며, 나아가 이 의궤의 희곡적 표현·문체가 가창체와 가무체, 강창체와 대화체로 분화되고 또한 잡합체가 이룩되는 데에 의거하기 때문이다. 이에 따라 고전희곡의 보편적 장르에 기준하여 가창극본과 가무극본, 강창극본과 대화극본, 잡합극본으로 나누어 고찰하겠다.

첫째, 가창극본에 대해서다. 이 가창극본은 그 수륙재 연극의 가창극에 해당되고 이 희곡 문체의 가창체에 근거한다. 기실 이 가창극본은 불교희곡에서 가장 보편적이고 실용적인 장르다. 이 의궤의 희곡적 실상에서 가장 큰 비중을 차지하고 그만큼 소중한 기능을 발휘한다. 그 게송의 내용이 문학적으로 정화되어 신앙적인 호소력이 강한데다 청아·유장한 음악으로 불리어 음성공양을 겸비하기 때문이다. 더구나 게송과 직결되어 진언이 범음 그대로 신비롭게 가송되면서 이 가창극의 효능은 절정에 이른다. 그러기에 모든 불교연극에서 이 가창극본이 가장 보편적으로 활용되는 게 사실이다. 이러한 가창극이 일반 연극의 가창극과 교류되면서, 그 가창극본이 그 유통·활용의 영역을 확대하여 나갔던 것이다.

둘째, 가무극본에 대해서다. 이 가무극본은 그 수륙재 연극의 가무극에 부합되고 이 희곡 문체의 가무체에 의거한다. 실제로 이 가무극본은 불교희곡에서 흔히 성립·활용하는 장르다. 이 가무극본은 가창극을 주축으로 거기에 작법무를 곁들이는 경우가 있고, 이 무용극을 중심으로 가창체를 끌어드린 사례가 있다. 어느 편이든지 이 가무극본은 그 가창을 유장하고 심중하게 입체화하여 시청각적 효능을 발휘하는 터다. 이런 점에서 이 가무극본은 전체적 극정을 추진하는 고비에 맞추어 활용되기에 더욱 돋보이는 장르라 하겠다.

셋째, 강창극본에 대해서다. 이 강창극본은 그 수륙재 연극의 강창극에 해당되고 이 희곡 문체의 강창체에 근거한다. 기실 여기 강창극본은 그 조직이 느슨하고 미비된 것 같지만, 그 기능·역할에서는 부족함이 없다. 그 연행자가 공연과정에서 능소능대하게 보완할 수 있기 때문이다. 원래 이 강창극본은 불교희곡 중에서 가창극본에 대등할 만큼 비중이 크고 실연·활용도가 높다. 그러기에 이 강창극본은 잘 알려진 불경에서부터 각국에 토착화된 불교법화나 변문, 고승전 같은 데에 널리 분포되어 있다. 이러한 경향 아래서 이 희곡의 강창극본이 중요한 위치를 차지하며 공연·활용되는 것은 당연한 일이다.

넷째, 대화극본에 대해서다. 이 대화극본은 이 수륙재 연극의 대화극에 부합되고 이 희곡 문체의 대화체에 의거한다. 기실 불교희곡 중의 대화극본은 가장 본격적이고 전문적인 장르다. 원래 희곡은 대화와 행동의 문학이기 때문이다. 그래서 이 의궤의 희곡 중에서 이 대화극본이 중심·주축을 이루는 것은 당연한 일이다. 그런데 이 의궤의 대화극본은 현실적인 대화가 이쪽의 발화만 존재·기록되어 있지, 상대방의 응답이 존치·기술되지 않아서 미비된 것으로 보인다. 그러나 전술한 대로 상대방, 모든 성현·신중, 만령 등은 말없이 진실한 감응·대답을 하기에, 신비·영험의 대화가 가능한 것이다. 다만 그것을 이 극본에서 응축·생략했을 뿐이다. 이렇게 미비한 듯이 완벽한 대화극본이 이 전체 희곡을 감명 깊게 그리고 완전하게 조성하고 있다는 사실은 분명한 터다.

다섯째, 잡합극본에 대해서다. 이 잡합극본은 이 수륙재 연극의 잡합극에 해당되고 이 희곡 문체의 잡합체에 근거한다. 기실 이 의궤는 전체적으로나 각개 막별로 잡합극본의 실상을 보이고 있다. 이 극본은 가창극본·가무극본·강창극본·대화극본의 요건을 잡합·조화시키고 있기 때문이다. 그러기에 이 잡합극본은 일찍부터 총합적인 극본으로서 전능극본의 역할·기능을 발휘하며 그 공연에 이바지했던 것이다. 따라서 이 극본·희곡은 전체적으로 장형 잡합극본이 되고, 각개 막별로는 단형 잡합극본이 되는 터라 하겠다. 그러면서 이 잡합극본은 개방·가변적 융통성을 갖추어 공연·현장에서 또 다른 연극적 요소나 비연극적 연행요건을 얼마든지 수용함으로써, 실로 전능극본으로 행세하며 그 중요한 위치를 유지하여 왔던 것이다.

이와 같이 이 불교희곡은 그 연극과 함께 방대하고도 다양한 장르로 성립·발전하여 왔다. 이 희곡이 전체적으로는 장편 잡합극본으로서 총합적인 전능극본의 역할을 다하였고, 각개 장르별로는 대강 단형 가창극본·가무극본·강창극본·대화극본·잡합극본으로 분화·발전하여 그 기능을 발휘하였기 때문이다. 이러한 희곡 장르가 상호 발전하면서 당시의 일반적 희곡 장르와 교류·융합된 것은 실로 희곡사상의 중대한 사실이라 하겠다.

3) 의궤의 문학 장르적 분화

이 의궤는 전체적으로 한편의 장편희곡이라지만, 그 안에 여러 문학 장르를 포괄·조직하여 종합문학적 양상을 보이고 있다. 기실 이 의궤는 공연·유통되는 가운데 그 효율성을 높이기 위하여 그 대본에 상당한 문학작품을 수용·강화하였다. 그리하여 이 의궤 자체 내의 문학작품은 물론, 전게한 여러 이본과 함께 『天地冥陽水陸齋雜文』과 『勸供諸般文』 나아가 『眞言勸供』 등에 걸쳐 많은 작품들이 유통·집성되어 있는 실정이다. 기실 이 의궤를 중심으로 연결된 일련의 문학작품들은 질량 면에서 놀라운 수준을 유지하고 있어 크게 주목된다. 실제로 이 작품들은 모두 불교적 철학·사상·신앙, 지혜·자비 등을 주제로 정성을 다하여 아름답고 거룩하게 표현되어 불교문학의 정화라 하여 마땅할 것이다. 더구나 이 작품들은 크게 운문과 산문으로 나누어지지만, 나아가 국문학 장르의 성향을 지니고 있는 게 사실이다.

잘 알려진 국문학 장르는 시가·수필·소설·희곡·평론 등 5개 유형으로서 세계적인 보편성을 지향하고 있다. 기실 이 문학 장르는 이른바 상위 장르로서 그 아래에 각기 소속되는 하위 유형을 거느리고 있는 터다. 이를 일러 하위 장르라 규정한다면, 그것은 각개 국가·민족의 고유성·향토성·문화성이 깃들어 독자적 성격을 나타낸다. 실제로 이 의궤의 문학작품들은 상·하위 장르로 분류되는 분명한 형태를 가지고 있는 게 사실이다. 이에 그 장르 체계에 따라 이 의궤의 문학작품들을 분류·검토하여 보겠다.

첫째, 시가 장르에 대해서다. 위에서 제시된 각종 게송·찬시·가영과 진언 등은 모두가 수준 높은 시가, 한시임에 틀림이 없다. 그 대부분이 근체시의 7언절구이지만, 5언절구도 일부분을 차지하고, 또한 「관행게찬품」이나 「회향게찬품」 같은 5언고시도 없지 않다. 이 시가들은 모두 한시라 하겠지만, 그 중의 「가영」 같은 것은 「화청」과 함께 국어로 노래되었을 가능성이 높다. 게다가 이런 한시가 일단 위 학조의 『眞言勸供』에서 언해되어 국문시가의 형태를 보이며 활용되었을 터다. 기실 이 의궤의 모든 시가는 종교성과 문학성이 뛰어나 당대 불교시단은 물론 일반시단에도 교류·유통되었으리라 추정된다.

둘째, 수필 장르에 대해서다. 이 의궤에서는 수많은 산문이 낭송·강설되어 왔다. 그 수륙재의 각소·각단마다 간곡한 소문·소청문·고유문·기원문 등이 연이어 활용되었기 때문이다. 이 산문들, 수필문학은 오랜 전통 아래 학승·문사들에 의하여 정성껏 제작되었으니, 모두가 종교성과 문학성이 빼어난 명문이 아닐 수 없다. 이 산문들이야말로 그 거룩한 불보살·성중, 신중과 다양한 만령 심지어 동참 대중을 감동시켜야 되었던 것이다. 이러한 수필작품은 이 의궤와 함께 『天地冥陽水陸雜文』에 집성되어 있거니와, 이를 장르별로 살펴보겠다. 기실 이 의궤가 국행수륙재의 대본임을 전제할 때, 그에 따른 국왕의 교지가 없지 않았을 것이니, 그 교령류를 설정할 수가 있다. 다만 그 사실과 작품이 의궤에 기록되지 않았을 뿐이다. 그리고 법주·재주 등 주관자들이 국왕이나 불보살·성현, 신중·오제·사자 등에게 상소·청원하는 주의류가 많은 작품을 남기고 있다. 이 의궤 이외 그 수륙잡문에 실린 것만도 표장으로 「십왕전선독신주」로부터 소문 「성전개계」·「청사직사자」·「개통오로」·「예청상위」·「청천선」·「청고혼」·「청가친」 등에 이르기까지 많은 작품이 주의류에 속하는 터다. 그리고 방문으로「단문」·「단반」·「금계사마외도」·「법사」·「사중간경」등 여러 작품이 경계·권장·논의의 주지를 가지고 논술류를 이루고 있다. 또한 이 의궤의 이본마다 서문·발문이 있고, 위 수륙잡문에도「수륙잡문서」·「설당야납근백」·「수륙연기」등이 바로 서발에 해당된다. 나아가 이 의궤와 수륙잡문 중에 산재하는 고유문·기원문 등 많은 애도·재문이 그대로 애제류로 유형화되는 터다. 한편 그 비극적인 만령들 중에 특수한 영가의 행적을 입전하여 기도하는 중에 그 전장류가 수많이 형성·활용되었지만 기록으로 전하지 않을 따름이다. 이어 그 첩문으로「당처토지」·「총첩사대지부사자」·「사천사자」·「공행사자」·「지행사자」·「연직사자」등이 서신 전달의 의미로 서간류를 이루고 있는 터다. 나머지 여러 곳에서 사용된 잡된 산문은 대강 잡문류에 포함되는 터다. 이와 같이 이 의궤 중의 수필 장르는 다양한 하위 장르에 걸쳐 그 명품들이 불교문원에 자리하여 일반 수필계와 교류·합세하였던 것이다.

셋째, 소설 장르에 대해서다. 이 의궤에 실제적으로 소설작품이 수록되지 않은 것은 사실이다. 그러나 이 의궤가 전체적 진행의 서사문맥을 소설적으로 운용하고 있는 것은 분명하다. 이미 위에서 그 사건진행의 서사적 극정을 확인하였거니와, 그 자체가 소설적 서사구조·구성으로 파악될 수가 있다. 기실 소설과 희곡은 동일한 서사문맥에서 뻗어 나간 두 가지와 같은 장르이기 때문이다. 더구나 그 비극적 일생·행적을 이끌고 온 고혼·아귀 등 만령이 각각 그 생애 중 소설적 사건의 연장선상에서 수륙재를 통하여 승화·구제되고 극락세계로 왕생한다는 이야기는 그대로가 소설형태라고 할 수밖에 없다. 그러기에 이 수륙재의 도량과 이 의궤의 여백에는 수많은 희비극적 소설이 형성·유통되었다고 유추할 수가 있다. 따라서 그 소설의 세계는 설화소설·기전소설·전기소설·강창소설 등 하위 장르로 형성·전개되었으리라 추정되는 터다.

넷째, 희곡 장르에 대해서다. 이 의궤가 전체적으로는 장편희곡이고 개별적으로는 단편희곡이라면서 그 장르까지 규정되었기로 재론할 필요가 없다. 기실 이 의궤는 크게는 장편잡합극이요, 개별유형으로는 가창극본·가무극본·강창극본·대화극본·잡합극본으로 분화·행세하였던 것이다. 그러기에 이 의궤의 극본·희곡은 그 자체로서 개신·발전을 거듭하고 당시의 희곡계와 교류·연합되면서 그 역할을 강화하고 크게 기여하였던 것이다.

다섯째, 평론 장르에 대해서다. 이 의궤가 그 기록이나 공연을 통하여 문학평론임을 명시하지 않은 것은 사실이다. 그렇지만 이 의궤의 각 개 작품에 주석이 붙거나 국역에 해설이 따르는 사례가 많다. 그리고 그 작품들을 연행할 때는 그에 대한 평가·논의가 나오게 마련이었다. 뿐만 아니라 동참 청중들이 그 공연을 시청하고 이에 대한 평의·중론을 펴게 되었다. 이러한 문헌적 주석·해설이나 구비적 평의·중론이 융합·정리되어 결국 그 평론 장르로 정립되었던 것이다. 여기서 이 평론은 그 대상 작품의 장르에 따라 적어도 시가론과 수필론·소설론 정도로 성립되었던 터다. 나아가 그 희곡 장르에 직결되어 희곡론 내지 연극평까지 가세하였던 것이다.

5. 수륙재의궤의 불교문화사적 위상

수륙재의궤는 삼국시대를 연원으로 신라·고려·조선의 장구한 시공을 통하여 연극적 공연과 문헌적 유통을 거치면서 사계에 지대한 영향을 끼치고 찬연한 불교문화사를 이끌어 왔다. 적어도 이 의궤는 그 연극적 공연을 통하여 불교연극사상에서, 그 극본·희곡 내지 문학 장르적 유통을 통하여 불교문학사상에서, 그 자체의 본원적 연행을 통하여 불교의례·민속사상에서, 그 불교홍포의 기능·역할을 통하여 불교신행사·포교사상에서 그 위상이 실로 값지고 뚜렷하였던 것이다. 이에 이런 몇 가지 분야로 그 계통을 개관하여 보겠다.

첫째, 불교연극사상의 위치에 대해서다. 이 수륙재의궤는 연극적 공연을 통하여 적어도 신라로부터 고려를 통하여 불교연극으로 행세하여 왔다. 당시 불교왕국에서는 이 불교연극이 중심·주축을 이루어 연극계를 견인하여 왔기 때문이다. 이 불교연극은 거국적 불교계를 기반으로 대표적 국행의례의 명분 아래 성행하여, 당대의 연극계와 교류하며 영향을 끼쳤던 것이다. 적어도 고려시대에는 이 불교연극이 불교계 각종 행사 공연의 중심에서 각개 장르별로 발전을 거듭하면서 연극계의 대세를 주도하게 되었던 터다. 그리하여 이 불교연극이 일반 연극의 가창극·가무극·강창극·대화극·잡합극 등의 장르적 형성·발전에 크게 기여했으리라 보아진다.

이어 조선시대에 이르러 이 불교연극은 태조의 발원으로 국행수륙재를 재활시키면서 그 재의적 성황을 보게 되었고, 숭유배불의 태종대에도 그 명맥을 유지하였다. 드디어 세종이 숭불주가 되면서 불교문물이 중흥되고 세조가 숭왕으로 등극하여 가위 불교왕국을 재건하는 지경에 이르렀을 때, 이 불교연극은 역시 대표적 재의의 명분을 띠고 그 공연이 성행하였다. 그 후로 국책이 유교 중심으로 흘러 일반 연극이 위축되고 불교활동이 제한되는 환경 속에서도, 이 불교연극만은 오히려 성행하여 실제로 연극계의 중심에서 그 유지·발전에 크게 기여했던 것이다. 전술한 이 의궤의 유통과정에서 보인 것처럼, 이 불교연극은 조선시대 중·후기까지 전국 각처의 대찰에서 국행이나 사찰 중심의 수륙재의 이름으로 공연되어, 한산했던 연극계를 거의 독자적으로 이끌어 왔던 터다. 그리하여 이 불교연극은 장르별로 전형을 정립하면서 그 전통을 근현대에까지 이어주었던 것이다. 이로써 이 재의연극이 차지하는 불교연극사 내지 한국연극사상의 중대한 위치가 파악된 것이라 하겠다.

둘째, 불교문학사상의 위치에 대해서다. 이 의궤는 일단 장편불교희곡으로 규정되고, 여기에 포함된 문학작품들이 각개 장르별로 분화·전개됨으로써, 그 불교문학사상의 위치가 매우 중시된다. 이 불교문학작품들이 그 재의의 연극적 공연을 통하여 널리 유통·전개되면서 일반문학계에도 지대한 영향을 끼쳤기 때문이다. 이 의궤는 초기로부터 신라·고려대를 거쳐 조선시대까지 일관되게 계승·발전하고 매우 광범하게 유통·활용되었기에, 그 문학사적 역할·영향이 더욱 컸던 것이라 하겠다.

우선 이 의궤는 극본·희곡으로서 불교희곡사·한국희곡사상에 상당히 기여했으리라 본다. 이 희곡작품은 그 장편이나 단편의 규모, 가창극본·가무극본·강창극본·대화극본·잡합극본 등 하위 장르를 통하여 당시나 후대의 희곡류와 교류하면서, 그 희곡사의 주류를 이루었으리라 추정된다. 기실 태종의 불교 혁파 이래 침체 일로에 있던 그 불교연극과 함께 그 존재조차 불투명했던 것이 희곡의 처지였다. 그러기에 학계에서는 아예 그 시대의 희곡을 논의조차 하지 않는 실정에서, 이러한 작품이 발현된 것은 획기적인 일이었다. 따라서 이 희곡작품은 불교희곡사·한국희곡사상에서 중요한 위치를 차지하게 되었던 터다.

다음 이 의궤의 시가류는 불교시가사·한국시가사상에서 적잖이 역할했으리라 본다. 이 시가류는 자체 발전을 통하여 불교계의 전통적 시가와 합세하고 각개 하위 장르로 전개되니, 당시 시단에 신선한 충격을 주었던 것이다. 그리고 이 시가들은 당시의 근체시나 악장·별곡 등 제반 장르와 교류하면서 후대의 시가들에 상당한 영향을 끼쳤던 것이다. 더구나 이런 시가가 단순하게 읽히고 정체되어 있는 게 아니라, 실제로 연극적 공연을 통하여 그 종교·문학적 가치와 역량을 발휘하는 예술적 생명체라는 것을 실증해 보였던 터다. 그리하여 이 시가 작품들은 불교시가사·한국시가사상에서 중요한 역할·위상을 지켜 왔던 것이다.

또한 이 의궤의 수필류는 불교수필사·한국수필사상에서 소중한 역할을 다하였으리라고 본다. 여기서 분화된 작품들이 당대 최고의 종교 문학적 가치를 지니고 교령·주의·논설·서발·애제·전장·서간·잡기 등 각개 장르에 걸쳐 유통·성행하였다는 점만으로도 주목할 만한 일이었다. 조선조에 이르러 실제로 침체·위축을 면치 못하던 불교수필, 산문문원에 신선한 충격을 주며 새로운 작품들의 창작에 전범이 되었을 터다. 게다가 이 수필 작품들은 정체·화석화된 독서물이 아니라, 그런 제반의식 그 연극적 공연을 통하여 그 진가를 드러내고 상상 밖의 기능을 발휘하여 왔다는 점이 중시된다. 그리하여 이 수필들은 일부 국문화되었으리라는 전제 아래, 그 불교수필사·한국수필사상에서 중요한 위치를 유지하여 왔던 것이다.

그리고 이 의궤에서 돋아난 서사적 문맥이 소설적으로 형성·전개되면서 불교소설사·한국소설사상에 기여한 바가 적지 않았을 것이다. 전술한 바 이 작품의 극적 사건이 소설적 여건으로 재구성되고, 그만한 표현·문체를 갖추는 데서 소설이 형성되는 것은 당연한 일이었다. 따라서 이러한 소설계 작품은 그 희곡 장르와의 상관성에서 전체적 장편소설이나 여러 편의 중·단편소설로 형성·전개될 수가 있었던 터다. 특히 조선시대 정음 실용 이후 국문불경을 통하여 국문소설이 형성·전개되고, 이어 방대한 불경언해를 거쳐서 국문소설이 양산·합세하는 추세였다. 그러기에 이 작품의 소설계 유형들은 그 불교계 국문소설의 대세에 가담하여 불교소설사·한국소설사상에서 중요한 역할을 했으리라 본다.

끝으로 의궤와 공연에 직결된 평론류는 불교평론사·한국평론사상에서 특이한 역할을 했으리라 본다. 이 의궤의 문학작품들은 장르별로 현장적 평가를 전통적으로 받아왔다. 그것이 비록 기록·보전되지는 못하였지만, 그 문학평론적 역할을 해 온 것은 분명하다. 그것은 어떤 형태로든지 유통되어 사계에 영향을 주어 왔기 때문이다. 이런 점에서 이들 문학작품을 번역하는 과정에서 그 평론의 면모가 나타나는 것은 주목할 만한 일이다. 전계한 『진언권공』 같은 데서는 그 게송·기원문 등을 번역하면서 그 작품을 해석하거나 그 주제·의미 등을 논의하는 문장이 뒤따른다. 이런 문장은 기본적으로 그 평론의 성격과 기능을 갖추고 있는 게 사실이다. 여기서 시가론과 수필론, 소설론과 희곡론 등이 성립·전개되어, 그 평론사상에서 상당한 위치를 차지하였을 터다.

셋째, 불교의례사·민속사상의 위치에 대해서다. 이 의궤는 역대 불교의례를 대표하는 대본으로 여타 모든 대소 의례의궤의 전범·표준이 되어 왔다. 적어도 신라·고려 이래 이 의궤가 장구·면면한 전통을 계승하면서, 보다 효율적인 공연을 위하여 변모·개신되고 발전함으로써, 이 수륙재를 여법하게 거듭 공연하는 데에 지대한 역할을 해 왔던 것이다. 그러면서 이 의궤는 다른 불교재의, 영가천도재나 영산재·예수재 등의 유지·발전에 지속적인 영향을 주어 왔던 터다. 나아가 이 의궤가 점차 대중화되면서 민간에 토착화되는 경향을 보이게 되었다. 그러기에 이 의궤가 수륙재를 중심으로 하는 불교의례사에서 차지하는 위치는 실로 중요하다고 보아진다.

이에 이 의궤는 민중적 토착화와 함께 민속화되어 무속의례로 변모·전개되었다는 사실이 중시된다. 기실 이 의궤는 연극적 공연을 통하여 무속의례에 직접적인 영향을 미치게 되었다. 원래 역대의 무불습합이 자연스럽게 이루어져 왔거니와, 이러한 배경 아래서 이 의궤는 민속화되어 망자 해원·천도의 무속의례로 전개되었기 때문이다. 실제로 이러한 민속화·무속화는 일찍부터 진행되어 왔던 것이다. 그 무속 자체의 망자 해원·천도의 의례는 그 전통이 장구한 터에, 여기서 수륙재의궤와 실연을 수용·원용한 것은 너무도 당연한 현상이었다. 그러한 사례는 지금까지 계승·전개되고 있어 주목된다. 잘 알려진 서울의 진오귀굿 같은 것이 그 대표적인 실증 자료라고 하겠다. 그리고 호남지역의 무속에서는 수륙재라는 이름을 내걸고 재차는 다르지만, 진혼·해원·천도의 목적으로 그와 유사한 의례를 행하고 있는 터다.[34] 이와 같이 이 의궤와 실연은 무속의 해원·천도굿에 영향을 주어, 그 장구한 민속·무속의례사상에서 중요한 위치를 점유하여 왔던 것이다.

---

34 홍태한, 「진관사 수륙재와 무속의례의 비교」, 『진관사 수륙재의 민속적 의미』, pp.91-93 ; 백운사, 「수륙재의 민속적 의미」, 『이랫녘 수륙재의 어제, 오늘 그리고 내일』, pp.66-67 ; 이용범, 「수륙재와 민속의례의 상관성」, 『삼화사 수륙대재의 전승 양상과 발전방향』, pp.55-56.

넷째, 불교신행사·포교사상의 위치에 대해서다. 기실 이 의궤와 그 공연은 신앙의 물결이라 하여 마땅한 터다. 이것은 불교신앙의 집단적 연행이기 때문이다. 따라서 이 의궤와 공연은 신앙에 의한, 신앙을 위한, 신앙의 예술적 산물이라 하여 마땅할 것이다. 그러기에 이 의궤·공연사는 그대로 불교신앙사로 이어지는 것임에 틀림이 없다. 이처럼 이 의궤의 공연은 장구한 전통 속에서 그 민중불교의 간절한 신앙사에 지대한 영향을 끼치고 그 주동이 되어 왔던 터다.

그리고 이 의궤의 실연은 대중포교·민중교화에 그 목적이 있었다. 물론 그 무주 고혼·아귀 등 비극적 만령을 승화·구제시키는 것이 표면적 동기라면, 실은 거기에 동참하거나 관심을 가진 모든 대중·중생들을 교화·제도하는 데에 내실의 목표가 있었던 것이다. 그러기에 이 의궤공연은 불교의 고난기에도 절묘한 방편으로 계속 성행하여 교세를 유지하고 확장시키는 데에 원동력이 되고 견인차가 되었던 것이다. 그러기에 조선시대의 불교가 '의례불교'라는 평의가 나오는 것은 당연한 일이다. 이와 같이 이 의례와 공연은 신라·고려 이래, 특히 조선시대의 포교사의 중심·주축이 되어 찬연한 역사를 이끌어 왔던 것이다.

6. 결론

이상 수륙재의궤의 공연양상과 희곡적 전개실상을 공연학·연극론과 희곡론에 의하여 고찰하였다. 지금까지 논의한 것을 요약하면 다음과 같다.

1) 수륙재의궤의 찬성경위와 유통양상에 대하여 검토하였다. 먼저 이 수륙재는 역대 불교왕국의 숭불주를 배경으로 당대의 학승·문사 등이 주체가 되어 수륙재의 설행에 맞는 이 의궤를 편찬·전개시켰다. 이 의궤는 수륙재의 대본으로서, 모든 불교사상을 총합적인 재의로써 구현하되, 선망 만령과 생전 중생을 승화·구제하는 데에 동기·목적이 있었다. 이런 의궤는 양나라 이래 불교전성기에

찬성되어 여러 종류로 전개되었지만, 남송대 지반의『法界聖凡水陸勝會修齋儀軌』에 이르러 중심적 전범으로 집대성되었고, 이에 준거하여 여러 의궤가 개편·전개되었다. 실제로 고려대에 이런 의궤를 수용하되, 지반의 그것에 의거하여 죽암의『天地冥陽水陸齋儀』가 재 집성되었다. 이 죽암의 의궤를 그대로 계승한『天地冥陽水陸齋儀纂要』가 편성·유전되었고, 한편 죽암의 그것에 입각하여 그 주제를 명확히 하고 만령을 중심으로 그 공연의 효율성을 제고하는 방향·방법에 따라 요약·개편된『水陸無遮平等齋儀撮要』가 실용적 전범이 되어 보편적으로 활용·유통되었다. 따라서 이 촬요를 중심으로 다른 의궤들을 참고하여 모범적인 의궤로 41편본이 재구될 수 있었다. 여기서 이 의궤가 신라·고려대로부터 조선시대를 중심으로 많은 이본과 함께『甘露幀』까지 오래·널리 유통된 것은 중대한 일이었다.

2) 이 의궤의 연극적 공연양상을 검증하였다. 이 의궤의 공연은 재의극으로서 그대로 연극적 실상을 드러내니, 그 장엄·찬란한 무대와 불보살·성중과 신중, 고혼·아귀 등 만령, 증명·법주·어장·재의승·작법승·취타, 재자·신도 등 다양한 등장인물, 그리고 조직적이고 서사적인 대본·극본, 여기에 운집·동참한 승려·사부대중·일반 민중 등 관객이 어울려 연극의 요건을 완비하였다. 그리하여 이 의궤의 연극적 공연은 설재연유·도량결계·발보리심·헌향 의식을 서막으로 발단하고, 시련·대령·괘불이운 의식을 제1막으로 '예건의 설명'을 하며, 사자단·오로단·상단·중단 의식을 제2막으로 '유발적 사건'을 지어, 하단 의식을 제3막으로 '상승적 동작'에 이어 '절정'을 이루고, 수계·회향 의식을 제4막으로 '하강적 동작'에서 '대단원'에 이른다. 그리고 대중공양 의식을 여막으로 모든 것이 마무리되었다. 이러한 장편재의극, 불교연극은 전체적으로 잡합극 형태를 보이고, 그 연극적 실상의 가창·가무·강창·대화·잡합의 제반 요건을 귀납·유형화하여, 그 하위 장르로 가창극·가무극·강창극·대화극·잡합극 등을 설

정할 수가 있었다.

　3) 이 의궤의 희곡적 실상과 전개양상을 고구하였다. 이 의궤는 그 주제의식이 확고·분명하니, 불교철학·사상에 입각하여 고통 속에서 헤매는 비극적 고혼·아귀 등 만령과 일체중생을 정화·구제하여 극락세계로 승화시켰다. 그것은 희곡적 구성의 요건을 완비하니, 그 무대가 광대무변의 우주법계로부터 천지·수륙·허공, 명계·양계를 거쳐 도량의 3소 6단 및 소대 등으로 장엄·장식되어 있다. 그 등장인물들이 다양하게 설정되니, 불보살·성중과 신중, 고혼·아귀 등 만령과 증명·법주·어장·의식승·작법승·취타 등이 역할을 담당하였다. 그 사건진행이 장쾌·거창한 서사문맥으로 심원·비장·법열의 극정을 역동성 있게 추진하니, 서막에서 발단하여 제1막에서 '예건의 설명'을 하고 제2막에서 '유발적 사건'을 이어 가고 제3막에서 '상승적 동작'에 이은 '절정'에 오르며, 제4막에서 '하강적 동작'을 거쳐 '대단원'에 이르고, 여막에서 마무리되었다. 그 문체·표현은 다양하고 입체적이어서 희곡문체의 요건을 갖추고 있다. 그 전체나 각개 막별로 가창체와 가무체·강창체·대화체·잡합체가 일관되게 조화를 이루었다. 그리하여 이 의궤의 희곡은 장르적 유형을 보이고 있으니, 가창극과 가창문체에 따른 가창극본, 가무극과 가무체에 의한 가무극본, 강창극과 강창체에 따른 강창극본, 대화극과 대화체에 의한 대화극본, 잡합극과 잡합체에 따른 잡합극본 등이 성립·규정되었다. 나아가 이 의궤는 전체가 종합적 불교문학으로 일대 장편불교희곡의 명목 아래, 문학의 모든 장르가 다 포괄되어 있으니, 우선 시가 장르에는 각종 게송·찬시·가송과 진언 등이 소속되어, 하위 장르로 전개된다. 다음 수필장르에는 그 다양한 소문·소청문·고유문·기원문 등이 포괄되어, 교령·주의·논설·서발·애제·전장·서간·잡문 등 하위 장르로 전개되었다. 그리고 소설 장르에는 의궤 전체의 서사문맥과 그 만령의 비극적 행적, 의례를 통하여 현현하는 영험적 사사물들이 소설적 방편을 타고 형성되어 설화소

설·기전소설·전기소설·강창소설·국문소설 등 하위 장르로 발전하였다. 나아가 희곡 장르에는 전체적으로 장편 잡합극본이면서 개별적으로 가창극본·가무극본·강창극본·대화극본·잡합극본 등 하위 장르로 전개되었다. 끝으로 평론 장르에는 실제적으로 시가론과 수필론, 소설론과 희곡론 등이 대두되어 그 위치를 확보하였다.

4) 이 의궤의 불교문화사적 위상을 파악하였다. 이 의궤의 연극적 공연은 불교연극으로 공인·유통되어 당대나 후대의 불교연극사 내지 한국연극사상에서 지대한 영향을 끼쳤다. 이 불교연극은 적어도 고려시대부터 장르별로 발전·전개되어, 조선시대에 오히려 성행하면서 침체 일로의 연극계를 주도하며 조선 후기 내지 근현대까지 그 성세를 유지하였다. 다음 이 의궤의 문학사적 위치가 뚜렷하였다. 이 문학작품들은 장르별로 고려 이래 조선시대에 걸쳐 시가사와 수필사, 소설사와 희곡사, 평론사를 이루어, 불교문학사 내지 한국문학사상에 크게 기여하였다. 또한 이 의궤는 불교의례사·민속사상의 위치가 중시된다. 이 의궤는 수륙재의 공연을 보다 효율적으로 주도하여 그 방대·장엄한 재의를 적어도 신라·고려대로부터 조선시대 내지 근현대까지 계승·발전시키는 데에 지대한 역할을 다하였다. 그러면서 이 의궤는 대중화·민속화되어, 민간·무속계의 천도의식·수륙재를 형성·발전시키는 데에 직간접의 영향을 끼쳤던 것이다. 끝으로 이 의궤는 민중의 불교신앙사·포교사상의 위치가 주목된다. 이 의궤의 공연을 통하여 민중의 신앙을 집단적이고 입체적으로 고취·강화하여 왔으니, 신라와 고려대는 물론, 특히 조선시대의 신앙사상에서 중대한 역할을 다하였다. 그래서 이 의궤의 공연은 대중포교·불교중흥을 위하여 최선의 역량을 발휘하여 왔으니, 특히 조선시대 불교의 명맥을 유지하고 교세를 확장하는 그 포교사상에서 뚜렷한 위치를 차지했던 것이다.

이상 이 수륙재의궤의 공연양상과 희곡적 전개실상에 대한 논의는 그 원전의 보배로운 가치에 비하면 미흡한 게 사실이다. 다만 이 논고가 그 의궤에 대하여 사계의 관심을 모으는 데에 의미가 있을 따름이다. 나아가 이것이 수륙재뿐 아니라, 불교계의 모든 재의와 그 의궤에 대하여 공연학·연극론·문학론 등의 측면에서 적극적이고 본격적인 연구가 진행되기를 희망할 뿐이다. ●

『사리영응기』의 공연양상과 희곡적 전개

1. 서론

　『사리영응기』는 세종대의 문장가 김수온의 유명한 작품이다. 세종 말년에 궁성 내에 내불당을 창건하고 그 낙성에 즈음하여 가장 성대·장엄한 경찬대법회를 널리 열고 왕실·신료·승려·대중이 일심으로 기도·정진하여 불력의 감응으로써 사리가 출현·분신하는 극적인 사건을 시종 그려낸 명작이기 때문이다. 기실 이 작품은 물론 단순한 보고서나 신기한 기행문이 아니다. 당시로서는 경천동지의 행사요 역사적 사건을 실제 공연하는 모습으로 묘사하여, 그것은 마침내 극본·희곡형태로 문학화되었던 것이다. 그러기에 공연예술이나 국문학·희곡을 연구하는 관점에서는 이보다 확실하고 가치 있는 작품은 없다. 지금껏 조선 초기 공연예술이나 희곡문학이 자료의 부족을 이유로 그 연구가 부진한 상황에서, 이러한 작품을 개발하여 문학·예술적으로 탐구하는 것은 긴요한 일이라 하겠다.
　이 작품에 대하여는 최근에 불교학계에서 주목하여 중요한 자료로 소개하고 그 가치를 강조한 일이 있지만[1] 학문적으로 분석·고구한 업적은 아직 눈에 띠지 않는다. 그리고 서지학 쪽에서 관심을 가지고 그 간행 연대와 함께 그 자체나 판본 등에 대하여 조사 보고한 적이 있다.[2] 그리고 국어학계에서는 안병희가 이 원

---

1 서종범, 「사리영응기 해제」, 『중앙승가대학 논문집』 제3집, 1994, pp.352–353.
2 『조선전기불서전시 목록』, 동국대학교 도서관, 1965 참조.

전을 「중세어의 한글 자료에 대한 종합적 연구」에 포함시키며[3] 「초기 한글 표기의 고유어 인명에 대하여」에서 이 원전 말미의 '精勤入場人名'에 한글 이름이 있는 점을 주목·논의하였다.[4] 그래서 이 원전 전체의 국문본이 제작되었을 가능성을 암시하였다. 그리고 이 원전의 불교음악적 측면에 관심을 가지고 일찍이 안자산이 거론하기 시작한 이래[5] 박범훈의 「세종대왕이 창제한 불교음악 연구」에서 이 작품을 중심으로 전문적인 논의가 진행되었다. 그 논고에서는 이 작품 속에 함입된 세종 창제의 신곡을 위주로 그 예술적 공연의 기본인 음악을 다루었지만, 그 연주에서는 악·가·무의 종합적 공연형태를 취했으리라고 언급하여[6] 시사하는 바가 크다. 그런데 정작 공연예술·연극학계에서는 이 작품에 대하여 논급한 바가 없는 것 같고, 국문학계에서도 이를 공연의 대본, 극본·희곡문학으로 논구한 본격적인 성과가 아직 보이지 않는 실정이다.

이에 본고에서는 이 작품을 연극적 공연의 대본·극본으로 간주하고 연극론과 희곡론을 통하여 접근·고찰하겠다. 첫째 이 작품의 제작경위를 불교적으로 검토하고, 둘째 이 작품 속의 연행양상을 연극적 공연으로 재구하고, 셋째 그 대본의 희곡적 실상을 거론하겠다. 넷째 이 작품의 불교예술사적 위상을 파악하여 보겠다.

여기 원전으로는 동국대학교 도서관에 소장된 『舍利靈應記』를 활용한다.[7] 이 원전은 1책 24장이다. 자체는 초주 갑인자 목각자 판본이며, 판식은 사주 단변에 광곽 21.7×15.9cm로 유계며, 1면 9행에 1행 15자, 주문 소자 쌍행, 내향

3 안병희, 「중세어의 한글 자료에 대한 종합적 연구」, 『규장각』 3집, 서울대학교 규장각, 1979.

4 안병희, 「초기 한글 표기의 고유어 인명에 대하여」, 『언어학』 2, 서울대학교, 1977 참조.

5 안자산, 「조선음악과 불교」, 『안확국학논저집』 권5, 여강출판사, 1994, pp.156-186; 권오성, 「세종조 불교음악관계 문헌의 연구」, 『세종학연구』 2집, 세종대왕기념사업회, 1987, p.89.

6 박범훈, 「세종대왕이 창제한 불교음악 연구—사리영응기를 중심으로-」, 『한국음악사학보』 제23집, 한국음악사학회, 1999, p.29.

7 김수온, 「사리영응기(영인)」, 『중앙승가대학 논문집』 제3집, 부록.

흑어미로 판심은 '靈應記', 저지 선장본이다. 그리하여 이 원전은 그 시대의 서지적 요건을 완비하고 있는 것이 확실하다.

그런데 이 원전에서는 불상이운의식이나 점안의식·낙성의식 등 당시 불교계에 보편화되었던 재의는 그 이름만 들고 진행과정을 생략하였다. 이런 재의의 공연양상을 재구하기 위해서는 안진호의 『석문의범』을 전거로 하겠다.[8] 이 불교계 의식집은 전통적이고 전형화된 의례를 망라·정리하고 있어, 여러 의식의 공연에 걸쳐 그 전범이 되고 있기 때문이다.

2. 『사리영응기』의 제작경위

1) 제작의 주체

이 작품은 제반 여건이나 전거에 의하여, 김수온이 제작하였다고 보는 데에 이의가 없다. 이 작품의 원전이 서지적으로 그 연대를 확정하고, 그 말미에 '承議郞守兵曹正郞 臣金守溫 謹記'라[9] 명기하여 놓았기 때문이다. 더구나 그의 문집 『拭疣集』기류에 『사리영응기』가 거의 그대로 실려 있기도 하다.[10]

잘 알려진 대로 김수온(1410-1481)은 조선초기의 문신이며 학자·문사로 유명하다. 본관은 영동이고 자는 문량, 호는 괴애 또는 식우며, 증영의정 김훈의 아들로 당대의 고승·학승 신미 혜각존자의 동생이다. 1441(세종 23) 식년과에 병과로 급제하여 교서관 정자가 되었으며 곧 세종의 특명으로 집현전 학사가 되었다. 1446년 부사직이 되고, 훈련원 주부와 승문원 교리, 병조·정랑을 거쳐 1451년(문종 1) 전농소윤, 이듬해 지영주군사 등을 역임하였다. 1457년(세조

---

8 안진호, 『석문의범』, 법륜사, 1982 참조.
9 『사리영응기』(영인), p.41.
10 김수온, 『식우집』(국역), 영동문화원, 2001, pp.36-42.

3) 성균 사예로서 문과 중시에 2등으로 급제하여 첨지중추부사가 되고, 이듬해 동지중추부사에 올라 정조부사로 명나라에 다녀왔다. 1459년에 한성부윤, 이 듬해 상주목사, 1464년 지중추부사로 공조판서에 올랐다. 1466년 발영시에 이 어 등준시에 모두 장원하여 판중추부사에 이르고 쌀 20석까지 하사받았다. 이 어서 호조판서를 거쳐 간경도감 도제조에 오르고 1468년(예종 즉위) 보국숭록 대부에 이르며, 1471년(성종 2) 좌리공신 4등에 책록되고 영산부원군에 봉해졌 으며, 1474년 영중추부사를 역임하였으니 시호는 문평이다.

실제로 김수온은 천품·재질이 뛰어나 일찍이 유학과 제자백가에 능통하고 시 서 문장에 빼어나 신미와 함께 '雄文巨筆'로 유명하였다. 한편 명나라 사신으 로 왔던 진감과 '喜晴賦'로써 화답한 내용이 명나라에까지 알려졌고, 당대의 일류 석학들과 교류하며 문명을 다투었다. 그의 시문은 방대하고 가치로워 별세 후 왕명으로 문집을 간행하니 무려 24권의 거질이었다.[11]

특히 김수온은 불학에 능통하고 신행에 투철하여 수양대군과 함께 당대의 수 승 신미와 쌍벽을 이룰 지경이었다. 일찍이 신미 문하에서 수양대군과 함께 수 학·정진하고 자수·대성하여 재가 불자의 지도자로서 대표적인 역할을 다하였 다.[12] 그는 신미와 함께 불교중흥을 발원하고 불교왕국을 재건하려는 불교계의 대세에 앞장서 왕실과 화통·합력하여 큰 뜻을 이루게 되었다. 마침내 세종이 그 20년을 넘어서며 숭불주가 되고 수양대군이 숭불세자로서 불교시책을 주도하 는 데에 동참·선도하여 그 중심에 자리하였다. 그러기에 그는 세종의 총애를 받 고 수양대군·세조의 신임을 얻어 높은 관직에 있으면서 왕실·국가 차원의 대소 불사를 신미와 함께 전문적으로 주도하였다.

우선 김수온은 세종의 훈민정음 창제·실용에 전문적 실무자로서 신미 등 학승

11 김수온, 『식우집』(국역), p.4.
12 세종실록 29년 6월 5일 조에 '首陽大君珛 安平大君瑢 酷好信之 坐信眉於高座 跪拜於前 盡 禮供養 守溫亦佞佛 每從大君住寺 披閱佛經 合掌敬讀 士林笑之'라 하였다.

들과 함께 전극 참여하였다. 이 정음이 불교중흥·불법홍포를 위한 불교문자로 창제될 때, 그는 중국음운학이나 문자학의 식견을 갖추고, 인도 이래 중국·서장 등 불교제국이 불교문자를 창제한 이론·방법을 수용하여 그 실무에서 주도적 역할을 했던 것이다. 따라서 그는 신미 등과 함께 훈민정음 창제·실용의 전문가가 되어, 세종·소헌왕후나 수양대군 등의 신임을 더 받게 되었다.

다음 불교계의 대세에 호응하여 세종과 수양대군이 발원한 국문불경 『월인천강지곡』·『석보상절』·『월인석보』 등의 찬성에도 그는 유일한 재가 전문가로서 신미 등과 함께 그 전문적 실무에 전념하였던 것이다. 그는 위 『월인천강지곡』을 찬성할 때, 그 저본으로 『釋迦譜』를 편찬하여 제공하고 그 제작에 동참하였다. 그러기에 세종·수양대군은 그 역할이 끝난 『釋迦譜』를 증보·국역하여 『석보상절』을 찬성하려는 데서도 김수온에게 명하여 그 증수를 전담케 하였다. 따라서 그 『釋迦譜』의 국역과정에서도 그가 신미 등과 함께 그 작업에 동참하는 것은 당연한 일이었다.[13]

나아가 김수온은 세조가 즉위한 이후 그 『월인석보』를 증보·신편할 때에도 어명으로 신미 등과 함께 그 전문적 실무자로서 주도적 역할을 다했던 터다. 세조의 「월인석보서」 주석에서

> 묻더신 사른 무 慧覺尊者 信眉와 判禪宗事 守眉와 判敎宗事 雪峻과 衍慶住持 弘濬과 前檜菴住持 曉雲과 前大慈住持 智海와 前逍遙住持 海超와 大禪師 斯智와 學悅와 學祖와 嘉靖大夫同知中樞院事 金守溫괘라[14]

라고 명시한 것은 김수온이 신미 등과 함께 훈민정음 창제·실용으로부터 국

---

13 세종실록 28년 12월 2일 조에 '命副司直金守溫 增修釋迦譜' 라 하였다.
14 세조, 「월인석보서」, 『월인석보』 제1(영인), 세종대왕기념사업회, 1992, p.35.

문불경의 찬성과 그 교정·신편에 이르기까지 주도적으로 기능한 것을 실증하는 터라 하겠다.

그리고 세조의 간경도감이 설치되어 각종 불사를 감독·격려하고 불경수집과 함께 국가적 대작불사로 불경언해를 적극 추진할 때도 김수온은 신미 등과 함께 그 언해작업에 전문적 실무자로 최선을 다하였다. 『원각경언해』 세조의 「어제발」 그 주해에서

> 샹이 임겨츨 두르샤 혜각존쟈의 마기와시늘 뎡빈 한씨 등이 챵준ㅎ야늘 공조참판 한계희와 젼 샹쥬목ᄉ 김슈온은 번역ㅎ고…[15]

라고 한 것은 김수온의 그 역할과 위치를 실증하는 터다.

더욱이 김수온은 세종·세조의 발원에 따라 벌어진 각종 대작불사, 경향 각지 사찰의 창건이나 중창, 불상·석탑·비석·범종 등의 조성에서 이를 주관·감독하고 그 기념문을 거의 다 지어냈던 것이다. 그 「묘적사중창기」·「회암사중창기」·「상원사중수기」·「낙산사중수기」 등과 함께 「대원각사비명」·「낙산사범종명」 같은 기문을 많이 남겼던 터다.[16] 그러면서 김수온은 이런 불사와 직결되어 벌어지는 국가적인 행사나 법회를 감독·주관하고 거기에 관련된 찬불 시문을 지어 직접 동참하는 일이 허다하였다. 그리고 거기서 성취되는 부처님의 영험·가피를 전체적으로 기술하는 경우가 적지 않았다. 잘 알려진 「복천사기」나 「여래현상기문」·「견성암영응기문」 등이 바로 그것이다.[17]

기실 김수온은 그러한 대작불사, 그 행사와 법회를 신미 등과 함께 주선·설계하고 대본을 작성하되, 그에 필요한 찬불 시문을 지어 그 재의·연행을 주도하는

---

15 활자본 『원각경언해』(영인), 문화재관리국, 1997, p.34.
16 김수온, 『식우집』(국역), p.9.
17 김수온, 「복천사기」(p.28), 「여래현상기문」(p.217), 「견성암영응기문」(p.225) 등, 위의 책.

일이 한 두 번이 아니었다. 세종이 말년에 두 왕자와 왕비를 연이어 여의고 비애 무궁하기로, 그 영가들을 천도하고 왕을 위로하기 위하여 내불당에서 대법회를 여는 데에, 김수온이 신미 등과 함께 그 장엄·찬연한 재의·대본을 작성하되, 직접 찬불가를 짓고 관현에 올려 연행을 주도했던 것이다. 그것이 바로 세종 31년 2월 25일의 일로서 그 대강이 실록에 기록되었다.

> 上連喪二大君 王后繼薨 悲哀憾愴 因果禍福之說 逐中其隙 守溫兄信眉倡其
> 妖說 守溫製讚佛歌詩 以張其敎 嘗大設法會于佛堂 選工人 以守溫所製歌詩 被
> 之管絃 調闋數月而後用之[18]

라 하였으니, 김수온은 왕실의 불사·행사와 재의·법회의 연행에서 그 설계·대본의 제작과 공연을 주도하고 그 전경을 그대로 기술하여 극본으로 정립시켰던 것이다.

이런 점에서 김수온이 이 궁궐 내에 내불당을 창건하고 그 낙성 행사로 봉불·점안식과 경찬대법회를 봉행·공연함에 있어, 그 주선·설계와 시문·대본을 작성하여 그대로 공연토록 주관·감독하고, 나아가 그 과정 전체를 재조정하여 하나의 극본으로 제작·기술한 것이 바로 『사리영응기』라고 보아지는 터다. 그러기에 여기서는 세종·수양대군·신미 등의 발원·정성과 김수온의 신행·불학·예능·문재가 당대의 불교문학·예술을 통합·승화시켜 최선의 불교계 재의극본으로 제작·창출하게 되었던 것이다.

2) 제작의 동기
이 작품의 제작 동기는 불교적으로 복합적이고 그 의미가 심중한 터였다. 당

---

18 세조실록 31년 2월 25일조.

시 조선왕조는 유교국가라 하지만, 실제로 불교중흥을 통하여 불교왕국을 재건하고 있었다. 잘 알려진 대로 세종이 그 20년을 넘기면서 숭불로 기울어, 국찰격인 흥천사 사리각을 국가적으로 중창하고 열화 같은 반대를 무릅쓰고 최대의 낙성경찬법회를 성대히 봉행·회향한 것부터가 그런 증좌를 보이기 시작하였다.[19] 이어 세종은 숭불세자 수양대군과 수승 신미·김수온 등을 앞세워 숭불왕국의 대방편으로 불교문자를 창제하고 훈민정음의 이름 아래 국자로서 반포·실용하였던 터다. 이에 세종은 국문불경을 찬성하는데, 그 『월인천강지곡』은 어제로 하고 『석보상절』은 수양대군의 찬성으로 하였다. 그리고 소헌왕후가 서세함에 그 추선대법회를 여러 국찰에서 봉행할 때, 그 재주는 으레 '佛弟子朝鮮國王'으로 서명했던 것이다. 그러고도 말년에 이르러 세종은 획기적인 대작불사로서 궁성 안에 내불당을 중창하게 되었다. 너무도 단호한 원력으로 강력한 반대를 굴복시키고 그 대규모의 찬연한 불사를 완공·낙성한 것만으로도 그 당시 조선왕조가 불교왕국임을 표방하고도 남음이 있었다. 그런데도 세종은 이 역사적 사실을 제불보살과 만천하에 선언·공지하기 위하여 역대 초유의 낙성경찬대법회를 가장 장엄·찬연하게 봉행토록 엄명하였다. 이 경찬대법회를 통하여 불보살이 위신력을 나투기로, 그 보우 아래 내불당이 영원하여 국가가 위력을 발휘하고 선왕들과 국왕이 부처의 권능을 갖추며 숭불세자가 그만한 잠재력을 보인다는 사실이 확연히 입증되어야 했기 때문이다. 그러기에 이 경찬대법회는 전통의례에 기반을 두고 당시로는 최고·최대의 종합예술적 공연을 모색하는 것이 상책이었다.

그러기 위해서는 우선 세종이 숭불군주로서 그만한 신념·원력을 실현하고 부처와 같은 위력을 발휘하여 험난한 불교왕국을 다스려야만 했다. 그래서 세종

---

19 사재동, 「훈민정음 창제·실용의 불교문화학적 고찰」, 『불교문화학의 새로운 과제』, 중앙인문사, 2010, pp.577-578.

은 이 경찬대법회를 통하여 그만한 불력을 과시할 수밖에 없었다. 따라서 세종은 내불당을 창건하는 원력을 세워 실현했고, 그 낙성경찬대법회를 성대히 봉행하라는 엄명을 내린 것이었다. 그리고 세종은 태조가 착수한 황금삼신불상을 완성케 하고 겸하여 약사여래상·아미타여래상 및 보살상·나한상 등을 신조토록 명하였다. 또한 신미와 김수온에게 「삼불예참문」을 짓게 명하고, 나아가 친히 찬불음악 7곡과 찬불악장 9장, 그리고 찬불소문 2편을 친제하여 봉헌하였다. 한편 세종은 그 불전에 곤룡포 2건과 각종 공양물을 봉헌하며 드디어 사리영응을 간구하였다. 마침내 사리영응이 성취되어 모든 불력과 왕불일여의 위력이 실증됨에, 곤룡단 2필과 향화·음악과 최상의 공양을 하며 환희지경을 찬탄하였다. 이로써 세종이 이 경찬대법회를 통하여 이루고자 했던 모든 목적·동기가 원만성취된 것이었다.

다음 수양대군이 숭불세자로서 세종을 이어 불교관계 정책을 원만히 추진해 나갈 수 있는 잠재력을 갖추고 그 역할을 충분히 해 내리라는 점을 실증해야만 되었다. 그러기에 수양대군은 이 경찬대법회에서 세종을 대리하여 주도적 역할을 다할 수밖에 없었다. 실제로 수양대군은 신미·김수온 등과 함께 그 내불당을 창건하는 일부터 주관하여 반대세력을 억누르고 완공을 보았고, 그 낙성경찬대법회를 봉행하는 일까지 발의·주도했던 것이다. 그리고 그는 불상을 조성하는 불사에도 간여하였고, 세종의 신제 악보를 받들어 모시고 출연하는 여러 악사와 가창자, 무동 등을 거느렸다. 또한 수양대군은 김수온 등을 이끌고 궁궐에 안치된 불상을 봉영하려 앞장섰으며, 그 불상을 새 불당에 모시고 세종을 대신하여 행향을 하였다. 나아가 그 불상의 점안법회와 낙성법회에 세종을 대신하여 고불소를 올리었다. 드디어 낙성법회에 이어 세종이 간구한 사리영응을 위해서 승·속 대중, 동참자 모두가 목숨을 걸고 일심으로 기도할 때, 그 절정에 이르러 수양대군은 다시 엄숙히 경배하고 향을 피워 올리며 사리영응을 간구하는 범패 일성에 '나무석가모니불'을 감창함으로써 마침내 사리영응을 이루었던 것이다. 이로써 수양대군은 그 사리영응을 성취한 주체로서 숭불세자의 잠재력을 만천하에 과시하였던 터다. 그리하여 이 경찬대법회의 핵심적 목적·동기가 분명히 부각된 것이라 하겠다.

그러기에 제작자 김수온과 신미 등은 이러한 동기 설정에 쾌재와 영광을 절감하며, 엄중한 사명을 띠고 대망을 이루게 되었다. 따라서 김수온과 신미 등은 그처럼 중대한 목적과 동기를 충족시키기 위하여 당대 불교계의 지혜와 역량을 총합하여 맹세코 전무후무한 그 대법회를 설계·제작·감독하는 데에 목숨을 걸게 되었던 터다. 그리하여 전술한 종합예술적 공연방식을 채택·설계한 것이 『사리영응기』로 제작·집성되었던 것이다.

3) 제작의 실제

이 낙성경찬대법회는 국행대재로서 국왕이 재주요 숭불세자가 대행이며 왕자·왕족과 백관·신료, 고승·대덕과 사부대중이 동참하는 유례없는 최대·최상의 법연이었다. 따라서 그 규모에 상응하여 그만큼 장엄하고 찬연한 종합예술적 공연이 될 수밖에 없었다. 그러기에 이 전무후무한 경찬대법회를 위하여 전통적 재의·법회를 계승·발전시키는 차원에서 중지를 모아 그 최대·최상의 대본을 설계·제작하는 것이 필연적인 일이었다. 그리하여 김수온이 세종의 명에 의하여 수양대군·신미 등과 협의하여 당시로서는 완벽한 대본을 제작하였던 것이다.

기실 역대 불교왕국에서 성행하던 경찬법회를 다시 점검하여, 이운·봉불의식과 점안의식, 행향의식과 낙성의식에다 각종 예경·공양의식과 기도·정진의식 등을 새롭게 평가·수용하는 것이 당연한 절차였다. 이러한 제반 의식은 오랜 전통 속에서 정형화된 핵심적 불교의례로서 각기 신행적 공연의 성격을 갖추었기 때문이다. 모든 종교의식이 그러하듯이 이런 불교의식은 심오한 제의극으로서 족히 연극적 기능을 발휘하였던 것이다.

그런데 여기 경찬대법회의 대본에서는 그 전통적 불교의식을 기본적으로 수용하되 대폭 증보하고 새롭게 개편할 수밖에 없었다. 그러기에 이 무대부터 새롭게 꾸몄다. 그 내불당을 크게 중창하여 백가지 제도·문물과 장엄·장식이 당대 제일의 성황을 이루었다. 그리고 삼신불상과 약사여래·아미타여래상, 보살·나한상을 새로 조성하여 그 불당에 모시고 휘황찬란한 장엄이 설시되어 있었다. 이에 세종이 신미와 김수온에게 「삼불예참문」을 짓게 하고, 친히 새로운 찬불음악 7곡과 찬불악장 9장, 그리고 소문 2편 등을 신제하였던 것이다. 그리고 박연 등에게 명하여 영인을 거느리고 새로운 공연을 준비케 하고 수양대군은 신제악보를 받들고 악공과 죽간자·가자·무동 등 70인 가까이를 다스려 색다른 공연을 예비하였다. 이러한 공연 준비와 공연 단위는 이 경찬대법회의 공연에서 새롭고 중대한 역할을 다하게 되었다. 이로써 김수온 등이 증보·신편한 이 경찬대법회의 대본은 일단 완결되었던 것이다.

드디어 이 대본은 실제로 공연에 오르게 되었다. 그 궁궐과 내불당 사이 도성 내외 신민이 운집한 가운데, 수백인의 정근 입장자, 숭불군왕과 숭불세자, 왕자·왕족 신료와 고승·대덕, 각종 공연단이 어울려, 영불·이운식과 봉불·점안의식, 경찬의식, 각종 예경·공양의식, 영응기도·정진의식 등에 걸쳐 공연이 원만하게 진행되고 그 집단적 감흥·비원이 마침내 부처님의 가피, 사리영응을 성취하게 되었다. 이러한 일련의 실연과정을 주관·감독하며 자세히 지켜 본 김수온 등이 군왕에게 진달하고 불교계 국가기록으로 남기기 위하여, 선행 대본을 준거로 하여 완벽한 공연대본을 재조성하게 되었다. 여기서 김수온이 그 대본을 하나의 거대한 공연의 대본문학『사리영응기』로 재창작하였던 것이다.

그러기에 이 영응기는 단순한 사실기록이나 순연한 공연관찰기에 머무르지 않고, 더구나 김수온의 저명한 '記文學'의 한 작품에 얽매이지 않는다. 그것은 세종 말년에 제작된 최대·최고의 불교계 종합예술적 공연, 그 대본문학이기 때문이다. 기실 이러한 공연이 바로 불교계의 연극으로 공인·행세한다면, 이 작품 그대로가 극본·희곡으로 승화되는 것은 당연한 일이다. 실제로『사리영응기』는 그 당시의 생동하는 종합예술적 공연을 연극적으로 재생시킬 수가 있고, 그 자체가 극본·희곡의 제반 요건과 실상을 갖추고 있는 것은 분명한 사실이다. 그래서 이것은 역대 중요한 궁중의례를 설명·도시한 각종 의궤와 상통하는 일면이 있는 터다.[20]

이 작품이 완성되어 필사본으로 진상된 것은 늦어도 세종 31년 12월 중순을 넘기지 않았을 것이다. 이 공연이 그 12월 7일에 마무리되었으므로, 재주이면서 현장에 임어하지 못한 왕을 위하여 서둘러 이 작품을 제작하여 올려야만 했기 때문이다. 그 때의 필사본은 일단 한문본이라 짐작되지만, 겸하여 국문본도 제진되었을 가능성을 배제할 수 없다. 당시 세종·수양대군이나 신미·김수온 등의 입장에서 불교문자를 실용·보급하는데 심혈을 기울이던 차라, 불교계 작품에 한문본과 함께 국문본을 작성하는 것이 당연하였기 때문이다. 그래야만 왕실 비빈과 내·외명부 그리고 불교계 대중층에 보급·유통시킬 수가 있었던 터다. 기실 궁중의 각종 국행제례·의식을 거행하는 데에 그 의궤를 작성하는 사례에서, 한문본과 국문본을 겸작하여 국문본은 필사본인 채로 궁내 중심으로 보급시키고, 한문본은 인행하여 적으나마 유통시킨 경우가 있었던 것이다.[21] 더구나 이 작품의 말미에 '精勤入場人名'에는 정음으로 표기된 이름이 적지 않게 보이기로, 그 국문본의 가능성이 더욱 높아지는 터다. 그러니까 이 작품의 국문본은 필사된 채 궁중 중심으로 유전되다가 자취를 감추고, 그 한문본만이 인행·유전된 것이 아닌가 한다. 아마도 그 인행은 세종이 훙서하기 직전에 그 장수를 기원하는 보시로 서둘러 진행되었으리라 보아진다. 적어도 이 작품은 어명에 의하여 세종 32년 2월 17일 이전에[22] 간행되었으리라 추정되기 때문이다. 그로부터 이 한문본은 널리 오래 유통되었으니, 불교계나 유관분야에서는 매우 중시·보급되

20 강신항, 「의궤연구 서설」, 『장서각 소장 가례도감의궤』, 한국정신문화연구원, 1994, p.32.
21 『ᄌᆞ경뎐진쟉졍례의궤』(영인), 서울대학교 규장각, 1996, pp.204-563.
22 세종은 32년 2월 17일에 별궁, 영응대군제에서 승하하였다.

어 조선 후기까지 명맥을 유지하였다. 이 무렵에 사성된 것으로 보이는 몇 종류의 필사본아 현전하기 때문이다.[23]

3. 『사리영응기』의 공연양상

1) 불교재의의 연극적 공연

기실 이런 불교재의는 공연을 통하여 연극으로 행세하여 왔다. 불타 당시부터 그 설법형태가 종합예술적 공연으로 전개된 전형과 전통이 계승되어 왔기 때문이다. 전세계의 신앙제의나 기도의식에서 연극형태가 형성되어 이른바 '제의극'으로 공연되고 있는 실정이다. 그러기에 전게한 일련의 재의가 전체적으로나 개별적으로 종합예술적 공연이요 제의극의 범주 안에서 연극이라 하여 마땅할 것이다.[24]

실제로 위 각종 재의는 연극적 요건을 갖추고 있는 게 사실이다. 그 무대와 등장인물, 대본과 관중이 완비되어 있었기 때문이다. 우선 그 무대가 너무도 장엄하고 찬연하였다. 궁궐과 내불당을 연결한 웅장·화려한 건축과 찬란 무쌍한 실내, 법당의 장엄과 장식 등이 놀라운 지경이었다. 그 주 무대인 내불당의 법당에는 벽화·탱화 등과 각양각색의 당번에 연화 등의 생화·조화 속에 정좌한 삼신불과 약사여래·아미타여래, 보살·나한·신중 등이 위엄을 보이고 있는 터였다. 그래서 이 무대는 실로 완벽한 모습을 과시하는 것이었다. 다음 그 출연인물들이 너무도 다양하고 훌륭하였다. 세종의 주재로 그 대행 숭불세자와 왕자들

---

23 서종범, 「사리영응기 해제」, 위의 책, p.352.
24 田中一成, 「祭祀演劇發生の原理」, 『中國祭祀演劇研究』, 東京大學 東洋文化研究所, 1981, pp.3-6; 칼 망쏘이우스(飯塚友一郎 역), 「宗敎劇の戱曲的 槪觀」, 『世界演劇史』第三卷, 平凡社, 1931, pp.8-10 등 참조.

6명, 김수온 등 고관 신료들 200여명, 고승·대덕 51명, 정근 연비자들 261명, 악사 45명, 죽간자 2명, 가자 10명, 무동 10명에 이르렀다. 그들은 다 역할에 따라 분장·의상에 소도구까지 가지고 연행에 동참하였던 것이다. 그리고 대본이 너무도 거창하고 완벽하게 작성되어 있었다. 그것은 김수온과 신미 등이 작성한 그 재의들의 공연을 유기적으로 진행시키는 지침서요, 연출기획서로서 완벽한 것이기 때문이다. 한편 그 관중이 운집하여 대성황을 이루었다. 그 왕실·궁속 인원과 조정신료들, 전국 각지의 승려들, 도성 내외 민중들, 심지어 천민·걸인들까지 모두 모여 인산·인해를 이룩하여 그 수를 헤아릴 수 없었으니, 이것이 다 관중이요 거대한 불교세력이었다. 이로써 여기 재의공연이 모두 연극의 요건을 갖추었음이 실증되었다.

2) 연극적 공연의 실제

이러한 관점에서 여기 일련의 재의극, 그 연극의 규모는 크게 5막으로 전개되는 터다. 대강 그 이운의식은 제1막이요, 점안의식은 제2막이며 경찬의식은 제3막이요, 사리간구정근은 제4막이요, 사리분신기도는 제5막이라 하겠다. 이 5개의 재의극이 개별적으로 독자성을 유지하면서 전체적으로 극정의 흐름을 원만하게 유지하고 있는 터다. 이제 그 각개 의식의 공연장면에 보이는 연극적 실상을 그 막별로 개술하겠다.

(1) 이운의식 ; 제1막

세종 31년 12월 3일 새벽에, 수양대군이 김수온·한홍·정효강·남흡·임동·최읍 등과 독특한 복식을 갖춘 채 이운의식 승려들을 거느리고 궁궐에 가서 세종에게 아뢰고 불상을 맞이한다.

세종이 그들을 환영하여 덕담을 하고, 효령대군과 왕자·부마 등에게 불상을 내불당까지 모시도록 하명한다. 이에 그 승려들이 이운의식을 「옹호게」·「찬불게」·「출궁게」 등의 가창·염불로 공연하여 마친다.

마침내 그 불상들을 교태전에서 모셔 내어 각기 장엄한 연(가마)에 모시고 이동한다. 선두의 화려한 당번 기치에 이어 수양대군이 어제 신악보를 받들어 서고 삼신불상과 약사여래상·아미타여래상, 보살상·나한상 등이 차례로 위용을 자랑하며 이어 간다. 그 좌우에 효령대군 등이 옹위하고 뒤에는 동참한 신료들, 왕족들과 궁인들, 의식승들이 꼬리를 물고, 그 발걸음에 맞추어 염불·게송을 가창하니, 이 이운 행렬 자체만도 연극적 공연으로 관중의 감동을 자아내기에 족하였다.

이 행렬이 교태전을 떠나 원중을 거쳐서 현무문을 나와 내불당을 향할 때에, 임동·김윤산·황귀존 등이 영인·악공들을 거느리고 현무문 밖에 서서 불상들을 바라보고, 어제 신악을 연주하며 그 행렬을 선도하여 간다. 그 불당의 경내에 이르니, 안평대군이 여러 비구들과 정분·민신·박연·최습·이사철·이명민·성임 등과 더불어 불전에 화향을 바치고 당번을 높이 들어 영접하는데, 그 재의 공연이 성황을 이룬다. 승려·악공들이 법라를 불고 법고를 치며, 그 어제 신악과 함께 일대 범패 작법을 벌인다. 거기서 신묘한 음악·범성이 영인과 연예승의 작법무와 어우러져서, 그 공연이야말로 가창·가무·강창 등의 연극적 성황을 연출하였다. 이에 그 주변이나 뒤 언덕에서 이 공연을 가까이 본 수많은 관객이 모두 감동하여 울고, 도인·사녀들이 파도처럼 밀려와 불상들에 머리 숙여 경배한다.

마침내 그 불상들이 일단 불단에 정성껏 안치된다. 그 근엄하고 성스러운 절차조차도 실로 연극적이 아닐 수 없다. 그리고는 의식승들이 「사무량게」·「영산지심」·「헌좌게」 등을 염송하여 불상들을 법당에 봉안하였음을 고하고, 「다게」로써 헌다한 뒤에 헌화·헌향하며 줄지어 참배하였다.

(2) 점안의식 ; 제2막

3일은 점안의식을 위한 예비적 재례만 진행되었다. 수양대군이 부왕을 대리하여 행향을 하고, 이어 여기에 동참한 각계 인사들의 화향 공양이 줄을 잇는다. 한편 수양대군은 영응대군 등을 거느려 권내로 들어가 부왕을 알현하고 위에서 내리는 향을 받들어 내불당 불상들 앞에 봉헌하였다.

5일에 점안의식이 본격적으로 진행되었다. 이 의식은 불상에 불성·생명을 불어 넣는 중대하고 핵심적인 재례다. 이 재례를 통하여 조각에 불과한 그 불상이 등신불로서 위신력을 발휘할 수 있기 때문이다. 그러기에 이 의식이 매우 엄중하고 경건하면서, 대규모로 다양하게 공연되는 게 당연하다. 따라서 이 점안의식은 전형적인 연극형태를 드러내는 게 사실이다.

그 신미 등이 회주·법주·증명이 되고, 재의승이 집전·기도하며 가영승·작법승 등이 종합예술적 공연을 담당한다. 그리고 재주가 소문을 봉독하고 궁중 악사들이 연주하며 가자가 가창하여 그 공연을 보완·입체화한다. 이에 재의승 등이「옹호게」를 합송하고「거목」으로 불·보살과 성현중 등을 앙청한다. 가영승이 가영하여 귀명정례를 마치고, 타악기(목탁·요령·법고·징·종 등, 아래도 같음)에 맞추어「다게」를 가송하고, 법주의「탄백」이 유창하게 이어진다. 부처님을 찬탄하고 공경·예배한다는 지성에 공감되어, 종을 7번 치고 바라를 세 번 울린다. 이어「할향」·「등게」·「삼지심」 등 음악적 게송이 7번이나 간곡하게 불린다.

그리고『천수경』독송이 입체적으로 진행된다. 여기에 동참한 승·속 사부대중이 음악적으로 합송하는 데, 이 공연은 그 찬불·기도의 내용과 함께 부처님들을 감응케 하고 모두가 감동하여 가피를 입는다. 특히「신묘장구대다라니」를 합송할 때는 그 감응·감동이 절정에 달하여 천수바라춤과 함께 법열의 경지에 이른다.

이어「화취진언」에다「도량게」·「참회게」를 송념한 후에「거불」로 삼신불께 귀의·서원하고「보소청진언」을 염송한다. 그리고는 회주가「앙고전」으로 부처님께 이번 점안의식을 고유하고 그 원만성취를 간구한다. 이 부분은 회주의 법력과 권능으로 하여 그 무게와 감명이 더욱 깊은 터라 그 연행의 효능이 돋보인다. 또한「정지진언」·「해예진언」·「정삼업진언」등 신묘한 진언이 그 타악기에 맞추어 16번이나 계속된다. 그런데 결코 지루하지 않고 천상의 음악에 도취된 듯이 알찬 감명을 받는다. 실로 서천의 범성·범패로 이어지는 가창극·가무극의 경지가 열리는 것이다.

마침내「유치」로서 재주 세종을 대신한 숭불세자 수양대군이 왕의 이름으로 소문을 봉독한다. 그 위풍당당한 품위로 신심과 성심을 다한 찬불이 절정을 이루며, 점안의식의 영응을 간구하는 정성이 법계에 두루 미치니, 인천이 감동하고 제불·보살이 감응하는 경지에서 하나가 된다. 동참자 모두는 감동의 눈물을 흘리고 불보살은 영응의 미소를 짓는다.

이로부터「향화청」을 삼창하면서 찬불「가영」은 세종 신제의 불교음악 7곡에 의하여 찬불악장이 차례로 가창·가무되는 것이다.「찬법신」과「찬보신」·「찬화신」에 이어「찬약사」·「찬미타」와「찬삼승」·「찬팔부」·「찬희명자」등이 그 궁중 악사들의 신곡 연주에 맞추어, 가자들에 의하여 정중하게 가창되었으니, 그것은 지극한 찬탄과 음성공양으로서 크나큰 감명을 준다. 이러한 점안의식의 공연은 여기에 이르러 중심·절정을 이루는 터다. 이런 수준에서 가창·가무·강창의 공연적 진면목을 보이고 있는 것이다.

그리고는「신불청」에 이어「향화청」·「가영」을 사이하여「옹호청」이 끝나면,「가영」·「강생게」를 거쳐 법주의「오불례」가 장중하게 진행된다. 이어「개안광명진언」·「안불안진언」을 가송한 다음,「관욕편」으로 들어가「목욕진언」에 따라「시수진언」·「안상진언」을 염송함으로써 불신의 청정을 증명하고,「삼십이상진언」과「팔십종호진언」을 가창하여 부처의 거룩한 위신을 공인·찬탄한다. 그리고「안장엄진언」으로 불신이 장엄하게 안정하고,「헌좌진언」으로써 그 연화좌에 정좌하여「다게」로써 헌다를 받는다.

이로써 법주는 불상의 안정에 점을 찍는다. 법주는 실제로 붓을 들어 그 점을 찍는 시늉을 하며 찬탄·기원을 계속한다. 그 찬탄·기원의 내용은 이미 문장화되어 복장시켰으니, 입으로 염송하며 그 점을 찍는 정성스러운 모습은 모든 이의 시선을 모으기에 족하다. 그것은 지극히 연극적이기 때문이다. 이로써 불상은 점안을 통하여 생동하게 되니, 그 기도와 영험에 모두 찬탄과 환희를 멈추지 못한다. 이런 점안의식의 여법한 공연이 그만큼 큰 연극적 효능을 발휘하였기 때문이다.

드디어 증명법사가 「불상증명창불」을 통하여 이 불상들이 등신불로 재림하였음을 증언하니, 이를 굽어 살피고 증명한 불보살님을 찬탄·감사하는 과정이다. 그 법사가 삼신불로부터 과거불·오방불, 큰 보살들 그리고 역대 저명한 고승·대덕까지 불러내어 지성껏 경배·보은하는 모습은 동참자 모두에게 공감을 일으켜 극적 효과를 충분히 발휘하였던 터다.[25]

(3) 낙성의식 ; 제3막

이 낙성의식은 법당 앞의 넓은 도량에 불단을 지어 광대·장엄한 무대로 꾸몄다. 동참자 사부대중이 운집한 가운데 타악기를 울려 그 의식의 시작을 알리고, 재의승이 삼보와 보살·신중을 봉청한다. 이에 「옹호게」·「찬불게」·「출산게」·「염화게」·「산화락」에 이어 「등상게」·「사무량게」·「영산지심」·「헌좌게」로 삼보와 보살·성중을 좌정시키고 「다게」로써 헌다한다.

그리고 법주가 「수설대회소」를 올려 이 낙성의식의 봉행을 고유하고 그 경위와 의의를 음악적 초성으로 아뢴다. 여기서 이 의식이 전형적인 영산작법으로 진행되는 사실과 그 과정이 명시된다. 이어 「할향」·「연향게」와 「할등」·「연등게」, 「할화」·「서찬게」를 송하고 「불찬」으로 들어가, 「대직찬」에서 '불타야 양족존'을 지심으로 예경하고, 「중직찬」에서 '달마야 이욕존'을 지심으로 공경하며, 「소직찬」에서 '승가야 중중존'을 지심으로 경배한다.

---

25 이상은, 안진호. 『석문의범, 점안편』, pp.575-605 참조.

그리고 법주가 이제 영산작법의 봉행취지와 의미, 그 찬불·공양의 정성을 「수설대회소」로써 아뢴다. 이어 「합장게」·「고향게」를 염하고, 「개계편」으로 들어가 「관음찬」·「관음청」을 염송한 뒤, 「향화청」·「산화락」을 3번씩 창하고 「가영」을 부른다. 그리고 「걸수게」·「쇄수게」·「복청게」와 함께 「사방찬」을 염송한다.

마침내 세종을 대리하여 수양대군이 불은을 찬탄·공경하며 내불당의 창건 경위와 불상 조성의 의미, 전경·사경의 정성을 피력하고, 동참 사부대중의 간절한 정근으로 선왕·대비 영가의 극락왕생과 사리영응을 발원하는 「수설대회소」를 봉독한다. 이것이 불보살과 동참 대중을 감읍케 하고 실로 극적인 효능을 발휘한다. 그리하여 제의승이 「거불」에 이어 「단청불」·「헌좌진언」과 「다게」로써 「일체공양」과 「향화게」·「정대게」를 풀어낸다.

그리고는 「개경게」·「개법장진언」에 이어 「청법게」·「설법게」를 염송한 다음, 회주 신미가 「수설삼보소」로써 김수온과 합제한 「삼불예참문」을 중심으로 감명 깊은 설법을 한다. 이때 신미 혜각존자의 도력·법력으로 하여 그 법문은 감명의 절정을 이루고, 세종이 발원한 사리영응을 간구하는 영험적 분위기가 점차 고조되어 간다. 그리고 「수경게」·「사무량게」·「귀명게」와 함께 여러 진언을 창염하여 마무리가 된다.

한편 「육법공양」이 벌어진다. 그리하여 「배헌해탈향」과 「배헌반야등」·「배헌만행화」·「배헌보리과」·「배헌감로다」·「배헌선열미」 등으로 6가지 공양의식이 여법하게 진행되는데, 그 자체가 청아한 불교음악과 엄숙한 게송가창과 어울려 감격적인 극적 효과를 극대화한다. 마지막으로 「가지게」를 염송하여 낙성의식은 일단 마무리된다.[26]

여기서 주목되는 것은 이 의식의 연장선상에서 전개되는 지극한 찬불·공양으

---

26 이상은, 안진호, 『석문의범』, pp.654-682 참조.

로서 바쳐지는 종합예술적 공연이다. 실제로 낙성의식의 경찬회적 진면목은 이 공연에서 발휘되기 때문이다. 이 공연을 통하여 불보살·신중과 동참자 모두 감동·감응으로 하나가 되어 수희·법열의 경지에서 극락을 누리는 터다. 그리하여 마침내 구극의 서원으로 사리영응의 단계에 오르는 것이다.

먼저 이러한 큰 의식·법회에서 으레 연행되는 영산작법이 공연된다. 불가 자체의 삼현 육각과 타악기가 전통적 불교음악을 연주하고 그에 맞추어 가무승들의 가창과 무용이 어우러져서 전형적인 공연을 이룩한다. 흔히 말하는 바라춤과 나비춤·법고춤·타주춤이 연행되고 '화청'으로 강창까지 가세한다. 그리하여 이 공연을 통하여 가창·가무·강창의 연극적 유형을 보이는 것이 확실하다.[27]

그리고 이미 준비된 궁중악사들이 죽간자·가자·무동들과 함께 세종 친제의 불교음악 7곡과 악장 9장을 대본으로 본격적인 찬불·공양의 공연을 펼친다. 기실 그 모든 준비는 이 공연을 위한 예비작업이었기 때문이다. 당시에 연행된 이 공연의 구체적인 연극 형태를 그대로 복원하기는 어렵지만, 여기서 분명한 것은 이런 공연이 적어도 가무·가창·강창의 연극적 유형을 이루었으리라는 점이다.

한편 이 의식이 선대 군왕·왕비 영가의 천도를 겸하고 있는 이상, 재주 세종이나 수양대군의 입장에서 소헌왕후를 추천하는 의미가 간절했던 터다. 따라서 그 왕후의 서거 시 추선재의에 바쳐졌던 『월인천강지곡』의 공연이 여기서 재연되었을 가능성이 크다. 기실 『월인천강지곡』은 그 당시나 후대에 영산회상곡에 맞추어 궁중 악사·가창자·무용수 등이 가창·가무·강창의 연극 형태로 공연되어 왔다.[28] 그 공연은 마침 『용비어천가』가 「봉래의」에 의하여 가창·가무된 연

---

27 사재동, 「영산재의궤범의 희곡문학적 전개」, 『한국공연예술의 희곡적 전개』, 중앙인문사, 2006, pp.635-641.

28 세조실록 14년 5월 12일 조에 '上御思政殿 與宗宰諸將談論 令各進酒 又命永順君溥 授八妓 諺文歌詞令唱之 卽世宗御製月印千江之曲'이라 하였다.

극 유형과 대응되는 것이었다.[29]

한편 이만한 경찬회의 공연에서 저명한 불교적 공연물을 도입하여 동참자 전체의 신심·감흥을 더욱 고조시켰을 가능성을 배제할 수가 없다. 가령 원효와 직결된「무애가무」나 궁중 정재로 활용되는「학연화대처용무합설」등이 족히 공연되어도 무방하였기 때문이다.

이러한 낙성의식의 공연은 장엄·화려하고 입체·역동적인 연극 형태로 전개되었다. 이 공연은 여러 편의 독자적 연극으로 유형화되고, 따라서 가창극·가무극·강창극의 성향을 보이고 있는 것이 사실이다. 그런데도 이 공연은 전체적으로 장편 연극의 일환으로서 그 제3막의 역할·위상을 감당하고 있는 터다. 그리하여 이 전체 공연의 절정 단계, 사리영응의 이적을 향하여 상승일로의 역량을 족히 발휘하고 있는 것이다.

(4) 사리간구정근 : 제4막

이 날 낙성의식이 공연되었던 그 자리, 그 도량이 그대로 무대다. 바로 그 저녁이다. 그 동참자가 그대로 모여 낙성의식에서 받은 감동·신명의 열정을 바쳐 올릴 방향을 찾고 있다. 어느 누구도 예측·장담할 수 없는 극정·연기에 위대한 횃불을 올린 것은 세종이었다.

세종이 안평대군 등을 통하여 곤룡포 2건과 침수향 등을 세존께 헌공게 한다. 수양대군이 세종을 대리하여 신미 등 동참 대중에게 고유한다. '짐의 효성만으로 능히 부처님의 명감을 받겠는가. 그러나 대중의 원력·정근에 의지하여 그 감응을 얻는다면 추선하는 마음에 이 아니 만족인가. 이에 사리를 간구하니 금일이 아니면 어느 때 다시 가능하랴. 금야에 정근하여 사리영응을 간걸하라.' 그

---

29 사재동,「월인석보의 연극적 유통과 희곡적 실상」, 『한국공연예술의 희곡적 전개』, pp.533-534.

성음은 성성하고 간절하다.

이 간곡한 옥음에 대중이 모두 머리 조아려 감읍하고, 즉시 나아가 옷을 갈아 목욕재계하며, 다투어 경건한 정성을 내고 서로 맹약하여 말한다. 신미 같은 고승이 감격하여 설파한다. '지금 성상이 선대 추모의 망극한 뜻으로써 내불당을 창건하고 신민과 더불어 불교 승업을 함께 숭상하여 선인을 맺는 것은 실로 보살의 홍원과 똑같아 다름이 없다. 세존의 자비가 사물에 감응하여 즉시 나타나니, 마치 달이 강물에 비침과 같고 골짜기가 메아리로 답함과 같다. 이에 세존께서 본원력으로 중생의 도탈을 항상 갈구하고 대신통을 나투시어 제군생을 빼어내시니, 진실로 치성을 드리면 반드시 미묘한 보살핌이 있으리라. 오늘 성상이 세존께 지성으로 통절히 간청하여 진신사리를 구견코자 하니, 세존의 영응을 어찌 의심하랴. 다만 우리들의 치성이 지극하지 못할까 두려울 뿐이다.' 이 법언에 모두 감동하여 신심이 치솟고 있다.

이때에 한 고승이 감히 일어나 엄숙하게 서원한다. '우리들이 만약 사리를 얻지 못하면 장차 삼계의 죄인이 될 것이요 살아서 앙화를 받고 죽어서 지옥에 떨어져 영원히 빠져 나옴을 기약할 수 없다. 무슨 얼굴로 세간인을 다시 보겠는가. 우리들은 응당히 목숨을 걸고 기필코 그 사리를 얻어 내야 한다.' 이 법언에 모두가 생사기로의 외경을 절감하며 비원을 세운다.

그리하여 동참 대중은 귀천을 막론하고 불전에 들어가 서원하고 연비를 자청하여 죽을 듯이 참회·정근하니 모두 261명이었다. 그 열기가 불당 도량에 충만하고 야단의 하늘에 사무치니, 그 대중의 정근력이 절정에 이른다. 바로 이 때 신미와 안평대군이 곤룡포를 바치고 참회·발원을 마친 후에, 드디어 수양대군이 나와 세존께 다시 엄숙히 공경·예배하고 분향하여 그 사리간구의 어의를 고유하고 간결하는 뜻으로 범패 일성을 부르며 '나무석가모니불'을 간절히 염창한다. 그 즉시 도량의 사리탑 사이에 흰 기운이 횡으로 뻗쳐 감도니, 승·속이 함께 융화되어 마구 뛰고 앞 다투어 정근하고 뼈아프게 기도하는데, 징과 북을 급하게 울려 대중의 열성을 더욱 독려한다.

이에 초장에는 모두 기가 막혀 혹자는 상위에 엎어지고 혹자는 입을 벌려 다물지 못하며 혹자는 남에 의지하여 쓰러지기도 한다. 한 밤중에 이르러 다시 이런 장면이 벌어지는 순간에 법당 내외의 사부대중이 모두 '전상이 방광한다'고 소리친다. 합장하여 관상하고 지심으로 큰 절을 올리는데 신이한 향기가 가득히 퍼져 내외에 널리 감지되니, 드디어 사리탑 앞으로 나가서 보자기로 감싼 사리를 발견한다. 진신 사리 2과인데 촛불을 들어 밝히니 고루 둥글며 맑고 투명하여 광명이 찬연하게 피어난다. 이것을 본 동참 대중이 또한 절하고 또한 울면서 희유한 환희심을 내고 일찍이 없었던 찬탄을 아끼지 않는다.

마침내 수양대군이 존상을 우러러 지극히 공경·예배하고 함루·묵언하는 가운데 신미 같은 고승이 엄숙하게 선언한다. '우리들이 비로자나 무상 세존을 친견하여 광겁에 쌓인 업장이 다 소멸하니, 우리 부처님께서 일체 대중을 연민히 여기시매 이다지 상서로운 사리영웅을 나투셨다. 이는 오로지 우리 성상의 지성에 감응한 바이니 모두 성상께 머리 조아려 예배하고 깊은 마음으로 우러러 모셔야 한다.' 이 말에 모두 감복하여 세종의 대리 수양대군을 향하여 절한다.

드디어 이 사실을 왕에게 아뢰니, 왕이 곤룡단 2필과 채색비단 2필을 보내어 사리 전에 봉헌케 하고, 향화와 음악, 온갖 공양구로써 공경·공양하니 그 환희에 넘치는 경사를 어찌 능히 기술하겠는가. 신령한 광명이 온 누리에 비취니 주변 법계 부처의 세계가 하나로 경사와 행복을 누림이로다. 이로써 그 사리간구정근이 영광과 극락으로 마무리된다.

이러한 사리간구정근의 공연은 실로 연극 중의 연극으로 절정의 단계를 성취하였다. 세종이 사리간구의 어명을 내리고, 이를 받들어 모든 동참자가 목숨을 걸고 정근하는 과정에 대본에도 없는 상상 밖의 극적 장면이 창출되어 감격·감흥의 바다를 이루었다. 그 사리간구의 정근이 참회와 감읍으로 몸부림치는 원력의 대세 속에서 수양대군의 그 절체 절명한 비원과 범패·창불이 도화선을 이루어 백기가 충만하고 마침내 사리영응이 성취되는 장면은 실로 환상적인 최상의 연극이었다. 이 공연만으로도 독립적인 신이극, 가창·가무를 대동한 대화극으로서 빼어난 것이다. 그런데도 이 공연은 그 전체적인 연극의 제4막으로서 그 절정단계에 자리하고 있는 게 사실이다.

(5) 사리분신기도 ; 제5막

어제의 정근과 영응의 그 도량, 그 대중은 철야 정진을 계속한다. 바로 사리분신을 갈망하는 절실한 기도다. 거기에는 어제의 영응에 대한 확신과 정성이 가세한다. 드디어 날이 밝아지면서 사리분신의 영적이 나타나니, 그 대중의 감읍·찬탄·희유심 등은 어제와 다름이 없다. 그래서 진신사리는 4과가 된다.

이에 세종이 똑같이 곤룡단 2필과 채색비단 2필을 보내어 봉헌하고 향화·음악과 온갖 공양물로 불공하는 공연을 편다. 이제는 비단·베를 대중에게 보시하여 일체 대법회의 발원을 되새긴다. 이 때 신미 같은 고승이 마무리 법언을 올린다. '오늘 우리들이 성상의 은덕을 입어 장엄하고 거룩한 법회에 동참하여 세존께 직접 예경·공양하니, 그 아란·가섭과 무엇이 다른가. 모두 원하옵나니, 이 마당에 동참한 대중들은 영세 겁겁에 동행하여 늘 깨달아 제도하며 부처의 넓고 큰 지혜 바다로 들게 하소서.' 이것이 회향의 법문이다.

이에 향을 사루어 분신사리와 제불보살·연각·성문·신중들에게 증명하여 올리고 승속 대중이 서로 향하여 동행을 다짐하고 주상전하께 예배·공경하며, 그 성덕으로 동방 제일의 태평천하를 누리고, 그 지성 공덕으로 이번의 서응을 성취하였다고 찬탄한다. 이로써 사리분신기도의 공연과 그 전체의 그것이 원만하게 대단원을 이룬다.

이러한 사리분신기도의 공연은 위 정근 공연의 절정단계를 계승하여 거의 같은 연극적 성과를 거두었다. 그 사리출현에 이어 사리분신이 또 하나의 극적사건을 연출하였기 때문이다. 그리하여 세종·수양대군이 주도한 그 공연이야 동일하다지만 그 분위기는 이제 하강적 경향을 보이는 것이 필연적이었다. 이 전체 공연의 최고 목적·동기가 원만 성취된 그 절정에 이어 내리막길을 걷는 것은 극정의 자연스러운 흐름이기 때문이다. 따라서 이 사리분신기도의 공연은 그 자체로서 위와 같이 족히 독립된 연극의 실상을 갖춘 것은 사실이지만, 전체적 공연의 맥락에서는 제5막으로 그 하강과정과 함께 대단원의 역할·위상을 유지하는 것이 분명한 터다.

이상 전체의식의 공연은 5개 단계로 전개되어 각기 독자적인 연극단위로 행세하면서 5막의 장편 연극으로 연행되었다. 이 장편 연극은 보편적인 극정의 흐름에 따라 전형적인 과정을 밟고 있는 게 분명해졌다. 실제로 그 이운의식;제1막은 서막으로 '예건의 설명'이고, 그 점안의식;제2막은 '유발적 사건'이며, 그 낙성의식;제3막은 '상승적 동작'이고 그 사리간구정근;제4막은 '절정·정점'이며, 그 사리분신기도;5막은 결막으로서 '하강적 동작·대단원' 등으로 연결되어 있기 때문이다. 이로써 『사리영응기』를 통하여 복원·재구된 그 의식들의 공연은 장편 연극으로 시대적인 전형을 이루고 있는 게 확실해진 터다.

3) 연극적 공연의 장르적 전개

여기서 이 장편 연극의 장르적 성향이 주목된다. 이것이 그 당시 전형적인 연극 장르와 유형적으로 상통하고 있었기 때문이다. 이미 알려진 대로 그 연극장르가 가창극과 가무극·강창극·대화극·잡합극으로 전개되니, 이에 준거하여 이 장편 연극의 장르를 규정하여 보겠다.

우선 이 장편 연극은 전체적으로 잡합극의 성향을 띠고 있다. 이 잡합극은 놀랍게도 총합극이나 전능극의 개념으로 가창과 가무·강창·대화의 연극적 요건을 적절히 총합하고, 비연극적 만담이나 잡기·동물연기 나아가 동참자들의 현장적 언동까지 포용하여 백화점식 전능화에 이르고 있는 터다. 따라서 이 장편연극은 제1막에서 제3막에 걸치는 가창·가무·강창의 요건과 제4막과 제5막에 이르는 가창·가무·강창과 강화된 대화의 요건, 나아가 악사의 연주, 타악기의 즉흥적 연행, 승·속간 동참자의 현장적 즉흥연기 등을 모두 포괄 조정하여 일대 연극의 장강을 이루고 있으니, 전능적 잡합극이라 할 수밖에 없다.

다음 이 장편 연극은 장르적 요건별로 계통화하면, 적어도 가창극·가무극·강창극·대화극의 장르로 유형화되는 게 사실이다. 첫째, 가창극 유형에 대해서다. 기실 제1막에서 제3막까지는 타악기나 삼현 육각 등의 반주에 의하여 재의 승 등의 그 계송·진언·가영이 가창극 형태로 중심을 이루었고, 더구나 세종 친제의 음악과 악장을 궁중의 가자가 불러서 가창극에 가세하여 그 주류를 이루게 되었다. 나아가 제4막이나 제5막에서도 가창극의 요건은 상당한 세력으로 그 극적 맥락을 유지하여 왔다.

둘째, 가무극 유형에 대해서다. 실제로 가창이 있으면 으레 무용이 따르게 마련이었다. 그런데도 제1막에서는 불상 이운의식에서 승려들의 길놀이·바라춤 정도 외에는 무용이 특별히 사용되지 않았고, 제2막에서는 불상 점안의식이 실내에서 엄숙하게 진행되었기에 역동적이고 본격적인 무용은 활용되지 않은 채 승려들의 작법무 일부가 가창을 보조했던 터다. 그러다가 제3막에 와서는 낙성의식의 입체적이고 종합적인 그 공연에서 연예승과 궁중 무동들의 연행이 적극 강화되어 가무극의 실제를 연출하였다. 나아가 제4막에서는 그 사리간구정근에서 그 간구의 열기를 점차 고조시키기 위하여 타악기의 격렬한 반주에 맞춘 가창과 연예승·무동 등의 강력한 무용이 합세하여 가무극의 대세가 주류를 이루는 가운데, 여기에 고무된 동참 대중의 즉흥적 춤사위가 자유분방하게 가무극의 분위기에 족히 가세하였던 것이다. 게다가 사리영응이 일어나 그 감격적인 분위기에서 가무극이 강화되는 데다, 세종이 하사한 경축 음악에 따라 궁중 가자·무동들에 의한 전문적 가무극이 실로 장쾌하게 연행되었던 터다. 그리고 제5막에서도 이 제4막의 연장선상에서 세종이 하사한 음악이 전문적 가무극을 연출하여 그 맥락을 유지하였던 것이다. 그리하여 이 가무극의 유형이 가창극의 그것과 대등하게 입체적이고 역동적인 공연에 크게 이바지했던 게 사실이다.

셋째, 강창극 유형에 대해서다. 기실 불교재의에서는 산문적 강설과 운문적 게송·진언의 혼효·조화로 공연되는 게 원칙이다. 이 공연에서는 이미 가창극 유형이 정립되었기로, 여기에 산문적 강설이 결합되어 강창극 유형이 이룩된 형국이다. 따라서 제1막에서 이 강창극 유형이 시작되고, 제2막에서는 가창의 다양한 강조에 맞추어, 세종·수양대군의 소문, 신미 등의 고유문 등이 가세하여 강설이 그만큼 강화되었다. 이어 제3막에서도 그 강창극 유형은 실세를 그대로 유지되었고, 제4막과 제5막에서는 그런대로 명맥을 이어 왔던 것이다. 따라서 이 강창극 유형은 그 전체적 공연의 실질적인 주축이 되었던 터다.

넷째, 대화극 유형에 대해서다. 원래 연극은 대화 중심으로 진행되는 것이 원칙이다. 그런데 이 공연은 종교 재의적 특성으로 하여 그 원칙을 고수하지 못하였다. 그러면서 그 대화마저도 대본에 예정된 것과 동참자들의 현장적 즉흥 대화가 뒤섞여 나오는 사례가 있었다. 그리고 세존께 바치는 모든 찬탄과 기도가 운문이던 산문이던 모두 그 응답을 전제로 아뢰는 사연이기에 대화성을 띠는 것이라 간주할 수가 있다. 그렇다면 제1막에서부터 대화극적 성향이 나타나는 것은 사실이다. 그 모든 찬탄·기도의 대화성과 함께 감명 깊은 공연과정에 동참자·관중에서 자발적으로 터져 나온 대화 등이 어울렸기 때문이다. 그리고 제2막에서는 대화성 기도·시문 말고는 엄숙한 분위기로 진행되다가, 제3막에 이르러 그 대화극적 분위기가 생동하였다. 마침내 제4막부터는 완전히 대화극 중심으로 연행되었다. 세종의 대화적 어명, 그 감명 깊은 응답·수용의 말씀, 세종·수양대군의 고유소와 범패·염불성과 그 반향, 신미 등의 어명에 대한 감격적 재강조, 나아가 정근을 격려하는 법언, 동참자들의 그 정진에 대한 다짐과 상호 약속, 사리영응을 본 모두의 감탄사, 그 찬탄의 법언 등이 빈틈없이 짜여 대화의 화원을 이루었기 때문이다. 더구나 이 동참자의 모든 대화가 세존의 응답과 어울려 보다 심중하게 전개되는 경지에서, 그 대화극적 공연은 절정에 이르렀던 것이다. 나아가 제5막에서도 그 대화극의 대세와 분위기는 그대로 유지되며 한 고비를 넘기게 되었던 터다. 이와 같이 이 공연 전체에서 대화극 유형은 제4·5막을 중심으로 본격적인 실세를 유지하면서 주동적 역할을 다하였던 것이다.

4. 『사리영응기』의 희곡적 실상

이 작품은 그 대본의 연극적 공연을 통하여 재조정·완결된 극본이다. 이 극본을 다시 공연하면 보다 완벽한 연극으로 재구될 수 있기 때문이다. 마치 각종 궁중의례의 의궤와 같은 실상과 위상을 갖추고 있는 터다. 이러한 극본이 바로 희곡 작품이라는 것은 당연한 일이다.

1) 희곡적 구성

이 작품에서는 그 공연의 주제와 배경사상이 심오하게 부각되어 있다. 실제로 세존의 위신력을 존숭·확신하고 그 간구·정근을 통하여 사리영응을 성취하여 불교왕국의 국력으로 승화시키면서, 세종이 숭불군왕으로서, 수양대군이 숭불 세자로서 공인·행세하게 되었다. 이러한 주제와 사상은 이 작품의 제작 동기와 그 제목 『사리영응기』로 일관되게 표징되었던 것이다. 당시 왕실·불교계에 미만했던 불타의 위신력과 호국사상, 사리신앙과 영험사상, 왕불일여 사상 등이 배경으로 작용해서 그 사리영응의 공연으로 나타나고, 마침내 국태민안을 기원하는 연극으로 실현되었던 것이다.

그리고 이 작품은 그 공연의 연기를 명기하고 있다. 이 내불당의 창건과 함께 그 낙성 경찬법회를 봉행하는 필연성과 당위성이 세종의 숭불 성심을 받들어 확실히 피력되고 있기 때문이다. 이것은 공연 극본의 필수 조건이다. 이 연기가 분명·확고하지 않으면 그 공연이 일관된 주축이 없이 흔들릴 수밖에 없는 터다.

이러한 전제로 그 공연의 무대를 구체적으로 설정하고 있다. 전술한 대로 이 무대는 궁궐과 연결된 내불당이다. 이 불당은 창건하는 과정도 극적이거니와, 그 자체가 역사적인 장엄·찬란함을 과시하고 있다. 그 규모는 24간이지만, 그 불전으로서의 온갖 제도·문물이 당대의 지극한 성황을 보였다. 그 불당 안에는 황금 삼신불상과 약사여래·아미타여래상, 보살·나한상을 조성하여 봉안하고 후불탱화와 벽화, 각종 당번으로 장식되었다. 거기에다 각종 법구·공양구 등이 찬연하게 갖추어지니, 실로 극락세계의 장엄을 그대로 방불케 하였다. 나아가 그 법당 밖의 도량에 낙성·경찬의 광활·화려한 무대가 별도로 신설되니, 이것이 야단법석의 절품이었다.

이러한 무대에 등장하는 인물들이 주인공을 중심으로 개성적이고 유기적으로 배치되었다. 세종·수양대군을 주축으로 그 수하의 신료들과 신미를 수반으로 그 아래의 승려들, 그리고 전문적 연행자로 악사들과 죽간자, 가자와 무동들이 등장하였다. 그들은 모두 그 처지와 역할에 따라 의장하고 분장하여 소도구까지 지참한 채 개성적으로 연기·활동하게 되었다. 한편 이 공연에 동참하거나 관람하는 사람들을 그 분위기와 필요에 따라 등장인물로 끌어 들이고 있는 게 주목된다. 그 개방적이고 융통성 있는 인물 운용이 현대적 전능극을 방불케 하기 때문이다.

이로부터 공연의 사건이 진행된다. 여기서는 그 사건을 이어 가는 공연단위를 예비적으로 제시하여, 그 서술의 경제성을 올리고 있는 게 흥미롭다. 실제로 신미·김수온의 「삼불예참문」이나 세종의 신제음악 7곡과 악장 9장, 소문 2편, 영인 악사 45인과 죽간자 2인, 가창자 10인, 무동 10인 등을 들어 공연단위를 유형적으로 예비하여 놓고, 한편 신미 등 51 비구를 거명하여 여기에 필수되는 불교의식 단위를 시사하고 있는 터다. 그리하여 정작 공연의 사건 진행상에서는 그 예비된 공연단위의 명칭만을 인용하면 그대로 통하도록 편의를 도모하였다.

이렇게 모색한 그 사건 진행의 도정은 공연 진행과정에서 이미 밝혀졌듯이 전형적이고 보편적인 순차를 밟았다. 기실 이 공연은 궐내의 재계로부터 시작되었다. 이어 백관이 형벌과 도살을 금하는 데서 그 분위기가 근엄하게 잡히었다. 그리고서 불상 이운의식(제1막)이 진행되어 이 공연의 서막을 이루었다. 그리하여 장차 전개될 사건을 예비적으로 설명하는 단계가 연출된 것이다. 이른바 희곡의 사건 진행에서 '예건의 설명'을 담당한 터다.

다음 이 점안의식(제2막)이 진행되어 이 공연의 사건을 본격적으로 유발시키는 역할을 다하였다. 기실 이 삼신불과 약사여래·아미타여래, 보살·나한 등이 점안식을 통하여 광명과 위신력을 갖추어야만 비로소 그 사리영웅의 권능을 발휘하게 되었기 때문이다. 여기서 이 점안의식이 원만하게 회향되어 그로부터 공연으로서의 사건 진행이 본격화되었던 터다. 이른바 희곡의 사건 진행에서 '유발적 사건'이 일어났던 것이다.

이어 이 낙성의식(제3막)이 진행되어, 이 공연의 사건을 점차 상승시키는 것이다. 이로써 이 사건이 그 절정을 향하여 상승의 길로 치닫게 되었기 때문이다. 실제로 숭신·경배, 눈물겨운 발원·공양이 아니었다면, 그 사건이 상승의 고비에 이르지 못했을 것은 물론이다. 여기서 그 사건은 극정의 커다란 봉우리를 이루면서 정상을 향하여 치닫는 준마 이상의 역할을 다하였던 것이다. 그러기에 이 단계는 이른바 희곡의 사건 진행에서 '상승적 동작'으로 작용하였던 터다.

마침내 이 사리영웅간구(제4막)가 진행되어, 이 공연의 사건을 절정으로 몰아넣는 것이다. 이로써 이 사건은 사리영웅의 극락을 성취하였기 때문이다. 여기서는 그 상승적 동작에 이어 목숨을 건 정근과 몸을 태워 바치는 공양, 피눈물의 간구가 세존의 위신력을 감응시켜 진신사리를 현현케 하였으니, 그 극락 이상의 환희와 법열로 모두가 감동·감읍하여 말이 끊어진 경지에 이르렀던 것이다. 이것은 극중극의 최고 정점에 올라선 최고의 행복 그 자체였던 터다. 따라서 이 단계는 이른바 희곡의 사건 진행에서 '절정'을 이룩하였던 것이다.

이에 그 절정을 절정이게 하기 위하여 이 사리분신기도(제5막)는 제2의 절정을 이루면서 하강의 길로 접어들 수밖에 없었다. 여기서는 그 지극한 기도로 밤을 지새우면서 사리분신의 영웅이 일어나고, 또 한번의 극락·절정이 벌어져 모두가 환희·법열의 행복을 만끽하고 그 장엄한 풀이로 마무리하였기 때문이다. 그리하여 동참자 모두는 아란·가섭 같은 영광을 누리며 세세생생에 여래의 경지에 머물기를 서원하였다. 그것은 이 공연의 사건을 멋지게 정리하는 단계다. 그리하여 이것이 희곡의 사건 진행에서 '하강적 동작'으로 자리하였던 터다.

그러기에 동참자 모두가 향을 피워 사리분신과 제불보살의 위신력을 실증하며, 주상전하 세종·수양대군의 위덕과 정성·은덕으로 오늘의 영적을 보았다고 찬탄하여 마지않았다. 이것이 바로 그 희곡의 사건 진행에서 이른바 '대단원'을 이루었던 것이다.

여기 말미에 김수온이 이 공연의 취지·경위와 성공적 연행을 되새기며, 이러한 대원의 원만 성취가 제불보살의 감응 아래, 세종과 수양대군의 성심·위덕으로 이룩된 것임을 거듭 강조하였다. 이 명문은 이 공연을 총평하는 발문으로서 보기 드문 특례를 나타내는 터다. 마지막으로 이 일체의 사실을 장편시로 읊어 내니, 이는 한·중 고전희곡의 보편적인 조건을 충족시키고 있는 것이다.

한편 그 말미에 '정근입장인명'을 실은 것은 이 공연의 연극적 성황과 성공적 성과를 실증하는 필수적 전거가 된다. 그리하여 이런 불교재의의 연극적 공연이 원만 성취되어 내불당과 함께 세종·수양대군의 불교적 권능이 실증·공인되고 불교중흥의 교화정책이 건재·실현됨을 입증하게 되었던 것이다. 이로써 이 작품이 그 연극적 공연의 극본·희곡으로서 완벽한 것임을 확인할 수 있는 터다.

2) 희곡 장르적 성향

이 작품의 표현 문체는 그 장르적 성향을 규정하는 결정적 요건이다. 이런 작품은 대체로 지문과 대화로 조성되어 있는 게 원칙이다. 우선 그 지문은 공연에서 벌어지는 사항에 대하여 설명하는 문장과 무대 장치로부터 등장인물들의 의상이나 분장·소도구, 그 언행·연기 등에 걸쳐 일일이 지시하는 문장으로 이루어졌다. 다음 그 대화는 제불보살·신중에게 고유·기원·찬탄하면서 그 응답을 고대하는 교감형과 등장인물 상호간에 직접 주고받는 상대형, 그리고 그 인물 혼자서 감동에 겨워 내지르는 독백형이 뒤섞여 있는 터다.

그래서 이 문체의 전체적 조직은 게송·찬시·진언 등의 시가 중심으로 이룩된 가창체, 이 가창체에 무용적 표현이 결합·조화되어 가무체의 형태를 보이고 있다. 한편 이 작품은 전체적으로 산문과 운문이 교직되어 입체적이고 역동적인 문체를 조성하고 있는 터다. 이 산문이 강설되고 이에 상응하는 운문이 가창되는 점을 전제하면, 그것은 강창체로 성립된다. 그리고 상술한 대화를 주축으로 운문적 대화와 산문적 대화를 망라하여 그 대화체가 주류를 이루고 있는 게 분명한 터다.

이와 같은 표현·문체가 이 작품 전체를 희곡 작품으로 규정·실증하였다. 나아가 이 문체를 기반으로 그 하위 장르를 설정할 수가 있다. 이미 논의된 이 연극적 공연의 장르적 전개에서, 그 가창극·가무극·강창극·대화극·잡합극이 규정되었기에, 그 극본이 바로 이 희곡의 하위 장르가 되기 때문이다. 그리하여 가창극본은 위 가창문체를 중심으로 가창극을 연출하는 극본·희곡이요, 가무극본은 위 가무문체를 주축으로 가무극을 연출하는 극본·희곡이다. 그리고 강창극본은 위 강창문체를 중심으로 강창극을 연출하는 극본·희곡이요, 대화극본은 위 대화문체를 중심으로 대화극을 연출하는 극본·희곡이다. 그리하여 이 잡합극본은 이상의 극본 형태를 포괄하면서 비연극적 요소까지 포용하여 잡다하고 전능적인 잡합극을 연출하는 극본·희곡이라 하겠다. 그러기에 이 작품은 개별적으로는 위와 같은 하위 장르의 면모를 보이거니와, 전체적으로는 일대 잡합극본이라 하여 마땅할 것이다.

3) 문학 장르적 분화

이 작품은 전체적으로 1편의 희곡이라 하지만, 그만큼 복합적인 구조·내용을 갖추고 있다. 이 작품 안에는 이미 완성된 많은 운문과 상당한 산문 등이 포괄·조정되어 있기 때문이다. 따라서 이 작품이 공연·유통되는 과정에서, 그 수용된 각개 작품들이 독자적으로 분화·행세하는 것은 당연한 일이었다. 이에 그 분화되어 나오는 각개 작품들을 문학 장르론에 입각하여 유형화해 볼 수가 있다.

첫째, 시가 유형에 대해서다. 전게한 5개 의식의 연극적 공연에 활용된 모든 게송과 찬시·가영 등은 훌륭한 시가에 속한다. 그 중에서도 7언 절구가 주축을 이루고 5언절구도 일부 합세하여 있다. 그 가영은 여기서 7언절구로 표기되어 있지만, 실제로는 국문시가였을 가능성이 짙다. 그리고 7언고시도 드물게 나오고, 김수온의 마지막 찬시 4언고시도 한 몫을 차지하였다. 특히 세종의 악장 9장은 매장 7언 6귀의 형태로 명작임에 틀림이 없다. 이 작품은 그 가치가 뛰어난 만큼 당시의 긴요한 불교문자 국문으로 표기되었을 가능성을 배제할 수가 없다. 그러기에 각별히 등장한 『월인천강지곡』의 위상을 중시하는 터다. 이처럼 풍성한 시가 작품들은 근체시 5언절구·7언절구, 7언고시·4언고시, 악장·별곡·가사 등의 장르 성향을 갖추고 있는 터다.

둘째, 수필 유형에 대해서다. 전술한 연극적 공연에 등장·실용된 산문은 중요하고 다양하였다. 그러면서 수필계의 하위 장르에 해당하는 성향을 보이고 있는 터다. 세종이 내불당 낙성법회와 함께 사리영응을 위한 연극적 공연을 주문하는 여러 하명과 교서는 바로 수필 중의 교령이라 하겠다. 그리고 이 엄중한 교령에 상응하여 신미·김수온 등의 주언·상소 등이 빈번하였는데, 이는 곧 수필 중의 주의가 된다. 그리고 세종·수양대군이 올린 그 의식상의 소문은 기원의 성격을 띤 논술성으로 보아 수필 중의 논설이라 보아진다. 한편 이 작품의 서두부는 서문과 같은 역할을 하고, 그 말미부의 공연에 대한 총평은 족히 발문의 기능을 다하니, 그 양자를 아울러 수필 중의 서발이라 규정할 수가 있겠다. 나아가 이 연극적 공연에서 「삼불예참문」 같은 다양한 찬앙문과 발원문·기도문·고유문 등은 그 기원·재의와 직결되어 수필 중의 애제로 취급될 수 있는 터다. 그리고서 이 작품은 위 작품 유형을 모두 빼내고는 그 본체만 남아서 또 하나의 작품으로 재조정되었다. 그것이 바로 위 문집에 『식우집』 실려 있는 『사리영응기』였다. 이 작품은 그 문집에서 '記' 류에 배치되었거니와, 그 자체로 보아 잡기보다는 기행에 속하리라고 보아진다. 이것은 전계한 그의 「견성암영응기문」이나 「여래현상기문」·「영감암중창기문」 등과 상통하고 있어 주목된다.[30] 이런 영응기문도 『사리영응기』와 동궤의 원문을 갖추었을 것이기 때문이다. 이처럼 이 작품 속의 산문들이 수필의 하위 장르로 유형화되는 것은 주목할 만한 일이다.

셋째, 소설 유형에 대해서다. 원래 이 작품은 전체적으로 강력한 서사문맥을 형성하고 있다. 기실 당시에 세종·수양대군과 신미·김수온 등이 내불당을 창건하고 그 낙성경찬대법회를 봉행하면서 사리영응을 성취함으로써, 불교왕국의 숭불국왕과 숭불세자가 불타의 위신력을 통하여 그 치국의 권능을 확증·발휘코자 한 것은 담대한 도전이요 일대 사건이다. 이러한 환경과 여건 아래서 이 작품의 서사적 맥락이 심각하게 조성·전개된 것이 사실이다. 이러한 기적의 사건이 상당한 신화·전설을 형성하여 소설적 분위기를 조성하였기 때문이다. 이러한 서사 문맥은 전술한 희곡적 사건의 진행과 동일한 소설적 진행과정을 밟을 수밖에 없었다. 실제로 이 작품의 서사적 구조 위에서 희곡과 소설이 분화·형성되었기 때문이다. 따라서 이 서사적 유형은 전체적으로 장편소설의 성향을 갖추

---

30 김수온, 『식우집』에 실린 「견성암영응기문」이나 「여래현상기문」, 「영감암중창기문」 등은 『사리영응기』처럼 불교재의 경찬의식을 통하여 영응을 성취하였는데, 그 연극적 공연에 관한 기사를 삭제함으로써 「記」류로 재조정되었다고 본다.

게 되었다. 적어도 그 구성에서 무대 설정과 등장인물 배치가 완전한 터다. 그 사건 진행이 '예건의 설명'으로부터 '유발적 사건'과 '상승적 동작'을 거쳐 그 '절정'에 오르고 다시 '하강적 동작'을 통하여 '대단원'에 이르기 때문이다. 여기에다 그 표현·문체가 소설적으로 보완되면 바로 소설 형태를 이루는 것은 당연한 일이다. 그리하여 이 작품은 전체적으로 장편소설의 유형을 보이거니와, 그 5개 막에 상응하여 적어도 5편의 중·단편소설이 형성·전개될 수 있는 터다.

넷째, 희곡 유형에 대해서다. 이미 이 작품은 전체적으로 희곡 형태라고 규정되었다. 이러한 전제 아래, 그 규모에 준거하여 이 작품은 적어도 5편의 중편·단편 희곡으로 분화·독립할 수가 있다. 그리고 전술한 대로 그 하위 장르의 성향에 따라, 적어도 그 이운의식과 점안의식에 기반한 가창극본과 가무극본이 재구될 수 있고, 그 낙성의식에 준거하여 강창극본 내지 잡합극본이 복구될 수 있으며, 그 사리간구정근·사리분신기도에 입각하여 대화극본 내지 잡학극본이 조성될 수 있었던 것이다.

5. 『사리영응기』의 불교예술사적 위상

이 작품이 제반 의식의 공연을 통하여 연극적 형태로 재구·전개된 사실은 불교예술사상에서 중대한 위치를 차지한다. 첫째, 그 연극적 공연은 불교연극사상에서 뿐만 아니라, 한국연극사 전반에서 중요한 의미를 갖는다. 세종·수양대군이 재주·주인공이 되고 당대의 수승 신미와 저명문사 김수온 등에 의하여 제작·연출된 이 국행 불교의식이 최선의 공연을 거쳐 전형적인 연극 형태로 조성·행세하였기 때문이다. 이 연극은 중후한 의취로 전형적인 공연을 통하여 당대나 후대의 불교연극 내지 연극 전반에 지대한 영향을 끼칠 수밖에 없었다. 이 연극 유형이 그 규모면이나 장르상에서 전형을 이루어 가창극사·가무극사·강창극사·대화극사·잡극사 등의 장르사로 전개되면서 그만한 권능을 발휘하여 군림하였던 터다.

기실 고려 말까지 성행하던 불교연극은 태종대의 불교혁파에 의하여 금제·퇴락하고 축소·변형되는 추세를 보였던 것이다. 따라서 유교정책이 강화되면서 전통적 연극 전반이 위축·퇴행의 일로로 접어들게 되었던 터다. 이 무렵에 그처럼 장엄·중후한 불교연극이 새롭고 아름답게 펼쳐지니, 그것은 불교왕국의 숭불주와 숭불세자의 획기적인 위력과 함께, 당시 연극계의 충격이요 사건이었다. 그리하여 이 전형적 연극 공연은 당시 불교연극 내지 연극전반의 전범이 되어 불교중흥·의식성행의 기반 위에서, 그 중흥의 계기를 마련하였던 것이다. 그로부터 이 연극 유형은 불교적 대세를 타고 계속하여 내불당이나 경향 각지의 대찰을 중심으로 성행하였던 터다.

실제로 세종이 승하하고 세조가 등극한 이래 명실공이 불교천하가 되면서, 전국 각지 명소에 불찰을 창건·중창하거나 불상·사리탑 등을 낙성하고 으레 경찬법회를 봉행하였다. 그때마다 위와 같은 제반의식의 연극적 공연이 되풀이 되었으니, 전게한 「견성암영응기문」이나 회암사의 「여래현상기문」, 「영감암중창기문」 등이 이를 실증하고 있는 터다. 나아가 세조의 재위 기간에는 저명 사찰이나 왕궁 등에서 사리분신·서기방광 같은 이적이 많이 일어났는데, 통도사·장의사·복천사·원각사·표훈사 등 사찰과 왕궁 함원전·후원 등지에서 그것이 실증되었다. 그때마다 불타의 위신력과 함께 숭불주·숭왕의 위덕을 찬탄하는 경축·경찬법회를 열고 그 연극적 공연을 펼치어 태평천국을 과시하였던 것이다.[31] 이런 의식의 연극적 공연이 성황리에 전개되면서 당시나 후대의 불교연극사, 한국연극사 전반에 끼친 영향이 지대했던 것은 물론이다.

둘째, 『사리영응기』가 문학작품으로 유통·행세하면서 문학사상에 끼친 영

31 사문경, 「간경도감의 설치와 그 역할」, 『불교문화연구』 10집, 한국불교문화학회, 2011, pp.213-218.

향을 소홀히 취급할 수 없다. 이 작품은 전체적으로 1편의 장편극본·희곡으로서 하위 장르로 분화된다고 이미 규정되었다. 그리고 이 작품이 연행·유통되면서 여러 문학 장르로 분화·전개된 사실이 벌써 밝혀졌다. 그리하여 이 작품은 그 가치와 역량으로써 각개 문학 장르사에 상당한 영향을 끼쳤으리라 추정된다.

우선 이 작품은 극본·희곡으로서 불교희곡사·한국희곡사상에 상당히 기여했으리라 본다. 이 희곡 작품은 그 장편이나 중·단편의 규모, 가창극본·가무극본·강창극본·대화극본·잡합극본 등의 하위 장르사를 통하여 당시나 후대의 희곡류와 교류하면서 그 희곡사의 주류를 이루었으리라 추정된다. 기실 태종의 불교 혁파 이래 침체 일로에 있던 그 불교연극과 함께 그 존재조차 불투명했던 것이 희곡의 처지였다. 그러기에 학계에서는 아예 그 시대의 희곡을 논의조차 하지 않는 실정에서 이러한 작품이 출현한 것은 획기적인 일이었다. 따라서 이 희곡 작품은 불교희곡사·한국희곡사상에서 중요한 위치를 차지하게 되었던 터다.

그리고 이 작품의 시가류는 불교시가사·한국시가사상에서 적잖이 역할을 담당했으리라 본다. 이 시가류는 세종 친제의 악장을 비롯하여 불교계의 전통적 시가가 합세하여 각개 하위 장르로 전개되니, 당시 시단에 신선한 충격을 주었을 것이다. 그리고 이 시가들은 당시의 근체시나 악장·별곡 등 제반 장르사와 교류하면서 후대의 시가들에 상당한 영향을 끼쳤을 것이다. 더구나 이런 시가가 단순하게 읽히고 정체되어 있는 게 아니라, 실제로 연극적 공연을 통하여 그 종교·문학적 가치와 역량을 발휘하는 예술적 생명체라는 것을 실증해 보였던 터다. 그리하여 이 시가 작품들은 불교시가사·일반시가사상에서 중요한 역할·위상을 지켜 왔던 것이다.

또한 이 작품의 수필류는 불교수필사·한국수필사상에서 소중한 역할을 다하였으리라고 본다. 이 작품에서 분화된 작품들이 당대 최고의 종교·문학적 가치를 지니고 교령·주의·논설·서발·애제·기행 등 각개 장르사에 걸쳐 유통·성행하였다는 점만으로도 주목할 만한 일이었다. 실제로 침체·위축을 면치 못하던 불교수필, 산문문원에 신선한 충격을 주며 새로운 작품들의 창작에 전범이 되었을 터다. 게다가 이 수필 작품들은 정체·화석화된 독서물이 아니라, 그런 제반 의식 그 연극적 공연을 통하여 그 진가를 드러내고 상상 밖의 기능을 발휘하여 왔다는 점이 중시된다. 그리하여 이 수필들은 국문화되었으리라는 전제 아래, 그 불교수필사·한국수필사상에서 중요한 위치를 지켜 왔던 것이다.

한편 이 작품에서 돋아난 서사적 문맥이 소설적으로 양산·전개되면서 불교소설사·한국소설사상에 기여한 바가 적지 않았을 것이다. 전술한 바 이 작품의 극적 사건이 소설적 여건으로 재구성되고 그만한 표현·문체를 갖추는 데서 소설이 형성되는 것은 당연한 일이다. 따라서 이러한 소설계 작품은 그 희곡 장르와의 상관성에서 전체적 장편소설이나 몇 편의 중·단편소설로 형성·전개될 수가 있었던 터다. 당시는 정음 실용 이후 국문불경을 통하여 국문소설이 형성·전개되고, 이어 방대한 불경언해를 거쳐서 국문소설이 양산·합세하는 추세였다. 그러기에 이 작품의 소설계 유형들은 그 불교계 국문소설사의 대세에 가담하여 불교소설사·한국소설사상에서 중요한 역할을 했으리라 본다.

셋째, 『사리영응기』는 불교문화사상에서 중요한 역할을 다하였던 것이다. 이 작품은 당시 불교왕국의 재건과 함께 세종·수양대군이 숭불주와 숭불세자로 거듭나서 그 권능으로 불교중흥을 이룩하는 데에서 선언적인 의미와 그 기능을 발휘하였던 터다. 그리하여 경향 각지의 대작불사와 그 경찬법회, 이 연극적 공연이 중흥·보편화되었으니, 그것은 불교사상·홍통사와 신앙·의례사, 문헌·유통사 등 불교문화사상에 기여한 바가 지대하였던 것이다. 다만 본고의 성질상 상론을 유보한 따름이다.

6. 결론

이상 김수온의 『사리영응기』를 연극론과 희곡론에 입각하여 그 연극적 공연 양상과 그 극본·희곡적 실상, 그리고 불교예술사상의 위상을 고찰하였다. 지금까지 논의해 온 것을 요약하면 다음과 같다.

1) 『사리영응기』의 제작경위를 검토하였다. 이 작품은 세종의 명에 의하여 김수온이 제작하였다. 그는 고승 신미의 실제로서 유학과 제자백가에 박통하고 특히 불학과 숭불에 능통하여 당대의 국가적 대작불사를 주동적으로 추진하였으며, 그 문장이 빼어나 당시 불사에 따른 시문을 제작하는 데에 앞장섰기로, 이런 작품을 족히 제작하게 되었다. 세종과 수양대군·신미 등이 불교왕국을 재건하면서 선왕·국왕과 숭불세자가 세존의 위신력에 의하여 불교중흥·국태민안을 이룩하기 위해서, 이를 선언·실증하는 내불당의 창건과 함께 낙성경찬대법회를 봉행하고 사리영응을 성취하려 발원하였다. 이에 김수온은 이 엄중한 동기·목적을 달성하려고, 그 불교의식을 최고·최선의 종합예술적 공연으로 설계하여 대본을 작성하고 그대로 감독·추진한 다음, 그 전체 과정을 극본형태로 보완 제작해 낸 것이 바로 『사리영응기』였다.

2) 『사리영응기』의 공연양상을 연극적으로 재구하였다. 그 역대 불교재의가 연극적으로 연행되어 왔다는 전제 아래, 이 낙성경찬대법회가 종합예술적으로 공연되어, 그 광활하고 장엄·찬란한 무대와 숭불국왕·숭불세자와 당대의 고승·고관·신료, 그리고 전문적 공연인 등 훌륭한 등장인물, 조직적이고 기발한 대본, 나아가 사부대중이 운집한 수많은 관객을 동원함으로써 연극적 요건을 제대로 갖추었다. 그리하여 이 의식의 연극적 공연은 그 불상 이운의식을 제1막으로 '예건의 설명'을 하고, 그 점안식을 제2막으로 '유발적 사건'에 이르며, 낙성의식을 제3막으로 '상승적 동작'을 이루고, 그 사리간구정근을 제4막으로 '절정'

에 오르며, 사리분신기도를 제5막으로 '하강적 동작'을 밟아서 '대단원'에 이르러 그 연극적 과정을 완결하였다. 따라서 이 작품은 전체적으로 잡합극적 장편연극이지만, 또한 가창·가무·강창·대화의 요건이 유형화되어 각개·하위 장르 가창극·가무극·강창극·대화극·잡합극으로 분화·행세할 수 있었다.

3) 『사리영응기』의 희곡적 실상을 거론하였다. 이 작품은 그 연극적 공연의 대본·극본이니 그것이 바로 희곡으로서 제반 요건을 갖추어 손색이 없었다. 우선 이 공연의 연기를 밝히고, 그 주제와 배경사상을 확실히 제시하며, 그 배경·무대를 사실적으로 설명한 데다, 그 등장인물들을 역할에 따라 개성적으로 연기케 하고 의상·분장·지참물까지 묘사하였다. 이어 그 사건 진행은 연극적 공연 과정을 근거로 하여 '예건의 설명 – 유발적 사건 – 상승적 동작 – 절정 – 하강적 동작 – 대단원'을 유기적으로 연결시키고, 그 표현 문제는 대체로 지문과 대화로 이루어졌지만, 실제로 제반 지시문과 대사로 엮어졌으니, 가창체·가무체·강창체·대화체 등의 성향으로 그 유형을 보이고 있다. 그리하여 이 작품은 전체적으로 잡합극본적 장편희곡으로 규정되면서, 그 문체적 성향을 중심으로 가창극본·가무극본·강창극본·대화극본·잡합극본 등으로 분화·정립될 수가 있었다. 여기서 이 작품 전체는 종합문학적 규모로 인하여 공연·유통되는 과정에서 자연 분화·독립되어 장르별로 전개될 수가 있었으니, 그 중의 시가류와 수필류, 소설류와 희곡류 등이 그 하위 장르까지 거느리게 되었다.

4) 『사리영응기』의 불교예술사적 위상을 파악하였다. 이 작품은 연극적 공연을 통하여 불교연극의 전형을 보이며 태종의 불교혁파 이래 침체 일로에 있던 연극 예술을 중흥시키고 세조대를 중심으로 계속 성행·발전하여 불교연극사·한국연극사에 크게 기여하였다. 그리고 이 작품은 그 자체가 장편희곡일 뿐만 아니라, 공연·유통과정에서 시가·수필·소설·희곡 등의 장르로 분화·전개되었다. 그리하여 불교문학계에 중흥의 대세를 이루었고, 각개 장르사별로 발

전·융성의 계기를 마련하였다. 한편 이 작품은 경향 각지의 대작불사와 직결되어 불교사상·홍통사의 신앙·의례사, 문헌·유통사상에서 중대한 영향을 끼쳤던 것이다. ●

부록

찾아보기

ㄹ

참고문헌

B. 아스무트, 드라마 분석론, 한남대학교 출판부, 1995.

간경도감, 반야바라밀다심경언해(영인), 홍문각, 1980.

강신항 외, 강서각 소장 가례도감의례, 한국정신문화연구원, 1994.

강우방, 수월관음도와 수월관음의 탄생, 글항아리, 2010.

경일남, 고려조 강창문학 연구, 충남대학교 대학원, 1989.

高金榮, 敦煌石窟舞樂藝術, 甘肅人文出版社, 2000.

曲六乙, 西域戲劇與戲劇發生, 新疆人民出版社, 1992.

구미래, 한국불교의 일생의례, 민족사, 2012.

국어국문학회, 수필문학 연구, 정음문화사, 1992.

權相老. 退耕堂全書(전10권), 전서간행회, 1990.

길기태, 백제사비시대 불교신앙 연구, 서경, 2006.

김기동, 한국문학의 사상적 연구, 태학사, 1988.

김동욱, 삼국유사와 문예적 가치해명, 새문사, 1982.

김두종, 한국고인쇄기술사, 탐구당, 1974.

김상현 등, 불교의례, 열화당, 2015.

김수온, 식우집(국역), 영동문화원, 2001.

김순미, 조선조 불교의례의 시가 연구, 경성대학교 대학원, 2005.

김승호, 한국승전문학의 연구, 민족사, 1992.

김열규, 삼국유사와 한국문학, 학연사, 1984.

김열규, 한국민속과 문학 연구, 일조각, 1971.

김영태, 백제불교사상 연구, 동국대학교 출판부, 1985.

김영태, 불교사상사론, 민족사, 1992.

김영태, 신라불교연구, 민족문화사, 1987.

김운학, 불교문학의 이론, 일지사, 1985.

김주곤, 한국불교가사 연구, 대구대학교 대학원, 1991.

김진영, 불교계 강창문학의 연구, 충남대학교 대학원, 1992.

김태준, 조선소설사, 학예사, 1939.

김형우, 고려시대 국가적 불교행사에 대한 연구, 동국대학교 대학원, 1992.

김혜원, 실크로드의 역사와 문화, 서경문화사, 2008.

羅偉國, 說話觀音, 上海書店出版社, 1998.

寧强, 敦煌佛敎藝術, 高雄復文出版社, 1992.

노명열, 불교 화청의식, 복원에 관한 연구, 북랩, 2013.

도업, 화엄경의 문학성 연구, 운주사, 2013.

敦煌文物硏究所, 敦煌壁畵故事, 甘肅人民出版社, 1995.

로드릭 위트필드(권영필 역), 명사산의 돈황, 예경, 1995.

뢰영혜(박영록 역), 중국불교문화론, 동국대학교 출판부, 2006.

馬元浩 외, 中國彫塑觀音, 上海古籍出版社, 1996.

마틴 에슬린, 드라마의 해부, 청하, 1987.

牧田諦亮, 疑經硏究, 東京大學 人文科學硏究所, 1975.

미등, 국행수륙대재, 조계종 출판사, 2010.

박계홍, 한국인의 통과의례, 어문연구회, 1987.

박광수, 팔상명행록의 계통과 문학적 실상, 충남대학교 대학원, 1997.

박범훈, 한국불교음악사 연구, 장경각, 2000.

박성의, 한국문학배경 연구, 이우출판사, 1978.

朴世敏, 韓國佛敎儀禮資料叢書(전4책), 보경문화사, 1993.

潘重規, 敦煌變文集新書(전2책), 中國文化大學, 1983.

법현, 불교무용, 운주사, 2002.

법현, 영산재 연구, 운주사, 2001.

법현, 한국의식음악 연구, 운주사, 2012.

불교문학연구회, 불교문학 연구입문, 동화출판사, 1991.

불교문화연구소, 한국관음신앙연구, 동국대학교 출판부, 1998.

사문경, 고려말·조선초의 불교기관 연구, 충남대학교 대학원, 2001.

謝保生 외, 敦煌藝術之最, 甘肅人民藝術出版社, 1993.

사재동 등, 한국수륙재와 공연문화, 한국공연문화학회, 2015.

사재동, 불교계 국문소설의 연구, 중앙문화사, 1994.

사재동, 불교계 규문소설의 형성과정 연구, 충남대학교 대학원, 1976.

사재동, 불교문화학의 새로운 과제, 중앙인문사, 2010.

사재동, 실크로드문화와 한국문화, 충남대학교 인문과학연국소, 1997.

사재동, 월인석보의 불교문화학적 연구, 중앙인문사, 2006.

사재동, 한국고전소설의 실상과 전개, 중앙인문사, 2006.

사재동, 한국공연예술의 희곡적 전개, 중앙인문사, 2006.

사재동, 한국문학유통사의 연구(2권), 중앙인문사, 2006.

사재동, 한국문학의 방법론과 장르론, 중앙인문사, 2006.

사재동, 한국희곡문학사의 연구(전 6권), 중앙인문사, 2000.

사재동, 훈민정음의 창제와 실용, 역락, 2014.

徐建華 외 編, 中國佛話, 上海文藝出版社, 1994.

徐秀榮, 敦煌藝術, 國仁書局, 1981.

설성경, 서포소설의 선과 관음, 장경각, 1999.

세조, 능엄경언해(영인), 문화재관리국, 1992.

小野玄妙, 佛敎文學槪論, 甲子社書房, 1925.

邵傳烈, 中國雜文史, 上海文藝出版社, 1997.

孫武昌, 中國文學中的維摩與觀音, 高等教育出版社, 1996.

孫武昌, 佛敎與中國文學, 上海人民出版社, 1988.

新修大藏經(영인), 寶蓮閣, 1976.

深浦正文, 佛敎文學槪論, 永田文昌堂, 1965.

아네스 피에롱, 연극의 이론, 청하, 1993.

顔廷亮, 敦煌文學, 甘肅人文出版社, 1989.

顔廷亮, 敦煌文學槪論, 甘肅人文出版社, 1993.

顔廷亮, 敦煌文學通俗談, 甘肅人文出版社, 2000.

안진호, 석문의범, 법륜사, 1982.

永井義憲, 日本佛敎文學, 塙書房, 1990.

오대혁, 금호신화와 한국소설의 기원, 역락, 2007.

王書慶, 敦煌佛敎:佛事篇, 甘肅人文出版社, 1995.

유동식, 한국무교의 역사와 구조, 연세대학교 출판부, 1983.

劉瑛, 唐傳奇硏究, 正中書局, 1982.

유진보(전인초 역), 돈황학이란 무엇인가, 아카넷, 2013.

이동주, 高麗佛畵, 중앙일보사, 1981.

이두현, 한국연극사, 학연사, 1999.

李翎, 藏密觀音造像, 宗敎文化出版社, 2003.

이상보 외, 국문학개론, 정화출판사, 1985.

이수웅, 돈황문학, 일월서각, 1986.

이수웅, 돈황문학과 예술, 건국대학교 출판부, 1990.

이정재, 중국구비연행의 전통과 변화, 일조각, 2014.

이종찬, 한국불가시사론, 불광출판사, 1993.

이주형, 인도의 불교미술, 한국국제교류재단, 2006.

李智冠, 韓國高僧碑文總集(권7책), 가산불교문화연구원, 2000.

인권환, 고려시대 불교시의 연구, 고려대학교 민족문화연구소, 1983.

인권환, 한국불교문학 연구, 고려대학교 출판부, 1999.

一然, 三國遺事(崔南善編), 瑞文文化社, 1988.

任伴塘, 唐戲弄, 漢京文化社, 1985.

장덕순, 한국수필문학사, 새문사, 1985.

田中一成, 中國祭祀演劇硏究, 東京文學 東洋文化硏究所, 1981.

전홍철, 돈황강창문학의 이해, 소명출판사, 2011.

丁觀鵬, 觀音尊像卷, 商務印書館, 1988.

정만, 관음성지를 찾아서, 우리출판사, 1992.

정무환 외, 육조단경의 세계, 대한전통불교연구원, 1989.

정성운 외, 한국불교기도성지, 불교시대사, 2000.

鄭在覺, 韓國佛敎全書(전10책), 동국대학교 출판부, 1979-1989.

조동일, 한국문학사상사론, 지식산업사, 1989.

조명숙, 삼국유사에 나타난 관음설화의 문학적 연구, 충남대학교 교육대학
　　　　원, 1998.

조명회, 불교와 돈황의 강창문학, 이회, 2003.

조윤제, 조선시가사강, 박문출판사, 1936.

조윤제, 한국문학사, 탐구당, 1984.

周紹良, 敦煌變文論文錄 (전2권), 明文書局, 1985.

中村義照 외 譯, 印度佛敎文學史, 丙午出版社, 1923.

지헌영, 한국지명의 제문제, 경인문화사, 2001.

진관사, 진관사 수륙재의 민속적 의미, 민속원, 2012.

陳榮富, 宗敎儀禮與古代藝術, 江西高校出版社, 1995.

陳允吉, 佛敎文學精編, 上海文藝出版社, 1977.

陳宗樞, 佛敎與戲劇藝術, 天津人民出版社, 1992.

진필상(심경호 역), 한문문체론, 이회, 1995.

최기표, 금강경·반야심경 일기, 세창미디어, 2014.

칼 망쏘이우스(일역), 世界演劇史, 平凡社, 1931.

파트릭 데 링크(박누리 역), 세계명화 속 성경·신화 읽기, 마로니에북스, 2011.

한국불화편찬실, 한국의 불화(40책), 성보문화연구원, 1796-2007.

韓國學文獻硏究所, 韓國寺刹志叢書(전12집), 아세아문화사, 1984.

許興植, 韓國金石全文(전3책), 아세아문화사, 1984.

혜일명조, 수륙재, 일성, 2013.

胡適, 白話文學史, 樂天出版, 1923.

洪潤植, 韓國佛敎儀禮硏究, 隆文館, 1976.

홍윤식, 한일전통문화비교론, 지원미디어, 2004.

洪庭植, 韓國佛敎撰述文獻總錄, 동국대학교 출판부, 1976.

활안, 불교영험설화대사전, 불교정신문화원, 2012.

황인덕, 불교계 한국민담 연구, 충남대학교 대학원, 1988.

황패강, 신라불교설화 연구, 일지사, 1975.